KB187148

문학교육방법론

오정훈

박문사

저자 **오정훈**

경남 마산에서 태어나 성장하였으며, 경상대학교 국어교육과를 졸업하고
문학교육 연구로 박사학위를 취득하였음. 중고등학교에서의 교직 경험을 거쳐
지금은 경상대학교 국어교육과에서 근무하고 있음.

문학교육방법론

초판인쇄 2017년 2월 1일
초판발행 2017년 2월 10일

저　　자 오정훈
발 행 인 윤석현
책임편집 안지윤
발 행 처 박문사
　　　　　Address: 서울시 도봉구 우이천로 353 성주빌딩 3F
　　　　　Tel: (02) 992-3253(대)　　　　Fax: (02) 991-1285
　　　　　Email: bakmunsa@daum.net
　　　　　Web: http://jnc.jncbms.co.kr
등록번호 제2009-11호

ⓒ 오정훈, 2017. Printed in KOREA.

ISBN 979-11-87425-25-0 93800　　　　　　정가 21,000원

* 저자 및 출판사의 허락 없이 이 책의 일부 또는 전부를 무단복제·전재·발췌할 수 없습니다.
* 잘못된 책은 교환해 드립니다.

머리말

문학과 문학교육에 관심을 두고 이론과 실천에 정진해 온 지 20년이라는 시간이 흘렀다. 학문적인 탐색의 과정이 깊어질수록 문학에 대한 연구자들의 견해가 다양하며, 문학을 규정하는 하나의 올곧은 입장만 허용되기 어렵다는 것을 느끼게 된다. 이는 아마도 문학의 내용과 형식이 다양하고 문학을 대하는 독자의 감상이 하나로 모아지지 않는 것과 같은 이치가 아닐까 생각해 본다. 하지만 중등학교는 물론 대학의 교실에서도 문학을 문학답게 감상하고 향유할 수 있는 허용적 분위기는 멀게만 느껴진다.

어리석은 생각일 수도 있지만, 필자와 같은 문학교사나 문학 연구자의 어설프고도 고집스러운 생각과 느낌의 강요가 문학을 죽이는 걸림돌이 아닐까한다. 하지만 역설적이게도 문학과 문학교육에 대한 필자의 설익은 생각을 담아 책으로 엮어 보는 것은, 문학에 대한 다양한 이야기 속에 필자의 목소리 하나쯤 끼워 넣음으로써 문학을 보는 허용적 관점의 마련에 일조하기 위함이다. 굳이 구성주의를 거론하지 않더라도 문학은 담론형성자들의 공통된 인식 속에서만 그 역할을 할 수 있다. 반면 문학은 동일한 관점과 정서를 깨트리고자 하는 실험적 시도를 통해 끊임없이 진화하는 것은 아닌가라는 반문을 가져 볼 수도 있다. 이상과 황지우가 그러했고, 박태원과 한강이 그러했기 때문이다.

이 책에 담긴 여러 편의 글들을 통해 문학과 문학교육에 대한 필자 나름대로의 방법적 지향을 모색해 보고자 하였으나, 미욱함으로 인해 문학을 문학답게 감상하지 못하게 하는 또 다른 걸림돌이 될까 걱정되는 바이다.

머리말

다만 문학을 이렇게도 교육할 수 있구나 라는 다소간의 긍정과 거센 비판의 목소리가 앞으로 전개될 필자의 연구에 도움이 되고, 그로 인해 한국의 문학과 문학교육에 대한 다양한 목소리가 값지게 잔존할 수 있다면 그것으로 의미 있는 작업이라 생각한다.

이 책은 학습자중심교과교육연구(제11권 제3호, 제14권 제8호, 제15권 제8호, 제16권 제1호, 제16권 제9호), 국어교육학연구(제49집 제2호, 제51집 제2호), 배달말(55집, 58집), 중등교육연구(제26집, 제28집), 문학교육학(제47호)에 실렸던 필자의 논문을 엮고 다듬어 본 것이다. 이미 발표된 논문들이 문학과 문학교육에 있어 '전략'을 마련하고 '철학'적 인식을 함양하며 방법을 효율적으로 모색해 나가고자 했다는 점에서 유사한 것들이기에 묶게 된 것이다. 아울러 필자의 논의가 문학에 관심을 가진 이들과 함께 문학을 고민할 수 있는 계기가 되었으면 하는 바람과, 필자의 향후 연구에 새로운 방향을 제시해 줄 반성의 장을 마련하기 위해 부끄러움을 무릅쓰고 발간하게 되었다.

끝으로 학술서적의 경제성을 보장할 수 없는 상황에서 선뜻 필자의 원고를 출판할 수 있도록 배려해 주신 도서출판 박문사의 사장님께 감사의 인사를 올리며, 설익은 원고를 거듭 교정하고 편집하는 수고를 감내하고 한 권으로 책으로 나오기까지 애써 주신 관계자 분들께 진심으로 감사의 마음을 전하는 바이다.

- 개척인의 꿈이 영글어가는 개척골에서

차례

차례

차례

차례

I. 전략과 사고력 함양 교육

문학교육방법론

교과서 시 작품의 선정 원리

●

●

1. 문학 교재 마련을 위한 주안점

시 교육은 기성 작가의 작품을 제재로 이루어진다. 시 문학 작품을 통해 수행되는 교육적 성과를 극대화하기 위해서는 작품의 선정이 중요하다는 것을 부인할 수는 없다(김동환, 2007). 작가의 세상에 대한 인식 방식과 그것을 표현하기 위한 개성을 시 작품을 통해 느끼고, 나아가 문학적 상상력을 향유하고 감동과 삶의 변화를 이루기 위해 제재의 성격은 무엇보다 중요하다고 볼 수 있다. 그러므로 교육의 목적으로 선택되는 시 작품은 문학사적으로 가치를 인정받는 정전正典이 대부분이다. 하지만 정전이라고 인정받는 작품에 대해서도 가치성에 대한 이의가 없지 않으며 정전과 비정전에 대한 구분이 명쾌하게 이루어지지 못하는 측면을 간과해서는 안 된다(박인기, 2008).

문학의 영역에 있어서 정전을 확정짓는 문제가 쉽지 않듯이 문학 교육에 있어서도 어떤 시 작품을 선정해서 학생들에게 제시할 것인지의 문제가 만만한 것은 아니다. 문학에서의 정전을 규정하기 위해 고려해야 하는 사항과 함께 교육적 요소를 추가적으로 고려해야 하기 때문이다. 교과서에 수록되는 시 작품은 문학 영역에서 인정할 수 있는 정전으로서의 가치를 가져야 할 뿐 아니라 교육적 측면에서도 합목적성과 타당성을 공인받을 수 있어야 한다. 문학과 교육의 양 측면에서 해당 작품이 문학 교육의 목적 성취를 위해 교과서에 수록되기에 합당하다는 승인을 얻기 위해서는 분명한 작품 선정 기준이 필요하다. 하지만 현행 교과서에 실려 있는 시 작품을 분석해 보았을 때, 보편성을 인정받을 수 있는 논리적 선정 기준을 찾아보기란 쉽지 않다.

따라서 이 글에서는 현행 교과서의 작품 선정 기준을 비판하고 총체적 입장에서의 작품 선정 기준을 제시하고자 한다. 문학교과서는 다양한 시 작품을 수록할 수 있는 지면이 충분히 할애되어 있고, 다양한 시대의 작품을 충분히 수록하고 있다고 판단하기에 연구의 논의를 고등학교 국어교과서로 제한하고자 한다. 물론 문학교과서와 국어교과서는 '문학적 감수성의 함양'과 '의사소통 수행기능의 향상'이라는 각기 다른 목표를 추구하는 것이기에, 국어교과서를 대상으로 시교육의 위계성과 합리성을 논한다는 것이 무리일 수 있다. 하지만 이 글에서 굳이 국어교과서 속의 시 작품 편제의 적절성을 따지는 것은 거시적 안목에서 본다면, 국어교과서 내의 시 작품도 단순한 나열식의 작품 구성이 아니라 일정한 기준과 원리에 따라 제시되어야 함을 강조하기 위한 것이다.

2. 작품 선정을 위한 인식 재고再考

1) 현행 교과서의 작품 선정의 기준

이전의 교육과정에 의한 고등학교 국어 (상), (하) 교과서에 실려 있는 현대시 작품은, 김소월의 '진달래꽃', 정지용의 '유리창', 이육사의 '광야', 백석의 '여승', 박재삼의 '추억에서', 김남조의 '설일' 등이었다. 시 학습에 대한 지속성과 위계성의 문제가 먼저 부각된다. 1학기 때 배우게 되는 (상) 교과서에는 시 교육을 위한 단원을 마련해 놓고서 2학기 때 학습을 하게 되는 (하) 교과서에는 시 교육을 위한 단원을 마련해 놓지 않고 있는 것이다. 이러한 교과서 구성은 시 교육의 지속 가능성을 단절시킬 뿐만 아니라 시 갈래에 대한 학년별 시 교육의 연계성과 심화 가능성도 차단하고 만다.

국어 교과서에 수록된 여섯 편 작품의 소재와 주제를 살펴보아도 편중성을 확인할 수 있다. '진달래꽃, 유리창, 여승, 추억에서'의 네 편의 작품은 이별의 정한을 다루고 있다. 여섯 편의 작품 중에서 네 편의 작품이 부정적 정서와 관련된 것으로 정서적 편향이 심함을 알 수 있다. 물론 이별의 슬픔과 그로 인해 느끼게 되는 한의 정서는 인간 삶 속에서 누릴 수 있는 비중있는 정서이며 문학이 다루고자 하는 소중한 미의식의 원천이기도 하다. 이별의 슬픔을 통해 인생의 참다운 의미와 그리움의 소중함을 깨닫게 되며 카타르시스에 대한 체험을 통해 문학적 감수성을 누리게 된다.

하지만, 문학에서 다루는 미적 범주에(김학성, 1980; 조동일, 1999; 하르트만, 1985) 슬픔과 관련된 것만 있는 것은 아니다. 우아미, 숭고미, 골계미와 같은 미의식도 학생들이 구체적인 작품을 통해 다양하게 경험할 수 있어야 한다. 문학에서 다루는 다양한 미의식을 치우침없이 골고루 체험함으로써 총체적인 미적 감수성과 문학적 상상력을 배양할 수 있으며 삶에 대한 폭넓은 인식과 내면화가 가능해진다.

이전 교육과정에 따른 현행 교과서에 수록된 시 작품이 학생들의 삶과 직접적인 연관성이 있는지에 대해서도 숙고할 필요가 있다. 학생들의 실질적인 삶과 직간접적인 관련성을 가진 작품이 문학적 감동과 이해를 심화 확대시킬 수 있음은 자명하다(유성호, 2008). 여섯 편의 작품이 과연 학생들의 삶과 어느 정도의 관련성을 갖고 있는지에 대해서는 회의적일 수밖에 없다. 작품이 학생 삶과 밀착되어야 한다는 인식은 제재의 관심도와 결부되는 측면이 있다. 학생들이 해당 작품에 대해 얼마만큼의 관심과 흥미를 가지고 접근하는가는 중요한 문제이다. 작품이 학생들의 관심을 유발시키고 재미를 불러일으킬 수 있어야 바람직한 교육적 성과를 이룰 수 있다(조대현, 1997).

문학이 재미만을 추구하는 것은 아니다. 하지만 문학을 교육한다는 입장에 서면 문학적 재미는 유의미한 가치를 가지게 된다. 문학적 재미는 작품에 관심을 갖게 하며 재미와 관심은 문학과 학생 소통의 적극성을 부여하는 매개로 작용하게 된다. 이러한 입장에 섰을 때 현행 교과서의 시 작품에서 학생 삶과의 관련성은 물론 관심과 흥미적 속성을 발견하기는 어렵다. 문학적 정전으로서의 가치를 가지고 있는 작품일지라도 문학을 교육한다는 입장에서 보면 교과서에 수록된 작품은 재론의 여지가 충분한 것이다.

이전 교육과정의 교과서 수록 작품은 1920년대에서부터 1970년대에 발표된 작품이다. 20년대, 40년대, 60년대, 70년대에 발표된 작품이 각각 한 편씩 수록되어 있으며, 30년대의 작품은 두 편이 제시되었다. 하지만 80년대 이후의 작품은 찾아 볼 수 없다. 문학 교육을 위한 작품 선정에서는 정전만이 절대적인 자격을 부여받았다고 볼 수 없다. 정전은 물론 교육적 가치가 있다고 판단된다면 비정전일지라도 적극 수용되어야 한다(우한용, 2006). 80년대 이후의 작품 중에서도 정전으로 손꼽힐만한 작품들이 존재함은 물론이고 교육적 가치가 있는 작품은 충분하다. 그럼에도 80년대 이후의 작품이 부재해 다양한 시대의 모습과 고민을 제시하지 못하고 있으며, 이는 학생 삶과 가까운 시대를 형상화한 작품을 배제시켜 문학과 학생 삶을 단절시키는 요인이 되고 있다.

작품을 시대별로 나열하는 것이 능사는 아니다. 하지만 일정한 시대를 분기점으로 사회상의 변화와 인식의 전환이 이루어지는 것이 사실이기에 시대에 따른 다양한 삶의 모습을 형상화한 작품을 통해 다채로운 문학적 주제 의식을 체험하게 할 필요가 있다. 시대에 따른 작가 의식, 사회 풍속, 시대에 대한 보편적 인식 등을 체험함으로써 문학적 감수성과 상상력을 활성화시킬 수 있음을 부인할 수는 없을 것이다. 시대와 관련지어 교과서 수록 작품을 살펴보면, '광야'를 제외하고서는 당대의 갈등이나 고민을 찾아 볼 수 없다. 특히 격동의 시기로 일컬어지는 60년대와 70년대에 생산된 작품의 경우도 순수시 계열의 것으로 시대적 고민과는 무관하다. 문학적 순수성을 지향하는 작품을 부정하는 것은 아니지만, 학생들에게 문학의 기능과 역할을 교육할 필요성을 인식하고 문학이 시대의 산물임을 알고 있다면 교과서 수록 작품은 재검토되어야 한다(김현수, 2010).

개정 교육과정에 따라 편찬된 16종의 국어 (상), (하) 교과서는 앞선 교육과정의 교과서에 비해 다양한 시대의 다양한 작가의 작품을 수록하고 있다. 특히, 강은교, 고은, 김광규, 김용택, 김혜순, 나희덕, 도종환, 문정희,

신경림, 정호승, 황지우 등 80년대 이후의 주목받는 작가의 작품을 실어 놓고 있다. 이는 다양한 시기의 작품, 학생들과 가까운 시대를 공유하고 있는 작가의 작품을 채택함으로써 새로운 작품 경향이나 가치관, 주제 의식을 학생들이 경험할 수 있다는 점에서 바람직한 것이라 할 만하다.

〈표1〉 이전 개정교육과정에 따라 발간된 국어교과서의 현대시 작품

출판사	수 록 작 품
A	황지우〈너를 기다리는 동안〉, 정호승〈희망을 만드는 사람이 되라〉, 김기림〈바다와 나비〉, 백석〈여승〉
B	김지하〈타는 목마름으로〉, 이육사〈광야〉, 정지용〈유리창〉, 고은〈머슴 대길이〉, 김소월〈진달래꽃〉
C	윤동주〈서시〉, 황지우〈겨울-나무로부터 봄-나무에로〉, 김수영〈풀〉, 도종환〈담쟁이〉, 백석〈흰 바람벽이 있어〉, 김종길〈성탄제〉
D	백석〈고향〉, 윤동주〈쉽게 씌어진 시〉, 신동엽〈산에 언덕에〉, 박목월〈산도화1〉, 정지용〈장수산1〉, 김소월〈진달래꽃〉
E	이육사〈광야〉, 김용택〈그대 생의 솔 숲에서〉, 김수영〈파밭가에서〉, 서정주〈추천사〉, 신석정〈들길에 서서〉, 김소월〈왕십리〉
F	김광규〈나〉, 김수영〈눈, 폭포, 풀〉, 김소월〈접동새〉, 백석〈수라〉, 윤동주〈서시, 쉽게 씌어진 시〉
G	이육사〈광야〉, 정희성〈숲〉, 박용래〈월훈〉, 정호성〈슬픔이 기쁨에게〉, 나희덕〈땅끝〉, 윤동주〈자화상〉
H	정지용〈인동차〉, 강은교〈우리가 물이 되어〉, 백석〈노루〉, 이육사〈광야〉, 김소월〈진달래꽃〉
I	김춘수〈꽃〉, 윤동주〈서시〉, 황지우〈겨울-나무로부터 봄-나무에로〉, 김소월〈진달래꽃〉, 이육사〈교목〉, 유안진〈춘천은 가을도 봄이지〉
J	정호승〈슬픔이 기쁨에게〉, 김광규〈대장간의 유혹〉
K	나희덕〈귀뚜라미〉, 김광섭〈저녁에〉, 정호승〈우리가 어느 별에서〉, 공광규〈맑은 슬픔〉, 김현승〈플라타너스〉, 이성수〈벼〉

출판사	수 록 작 품
K	곽재구〈새벽편지〉, 신경림〈목계장터〉, 정희성〈민지의 꽃〉
L	정호승〈봄길〉, 김종삼〈묵화〉, 이육사〈절정〉, 서정주〈추천사〉, 김기림〈바다와 나비〉
M	윤동주〈서시〉, 최영미〈선운사에서〉, 신경림〈길〉, 김영랑〈모란이 피기까지는〉, 김수영〈폭포〉, 김소월〈진달래꽃〉
N	김소월〈진달래꽃〉, 윤동주〈별헤는 밤, 새로운 길〉, 김수영〈풀〉, 신경림〈갈대〉, 정지용〈향수〉, 김혜순〈납작납작-박수근 화법을 위하여〉
O	박목월〈나무〉, 신경림〈나목〉, 김광섭〈저녁에〉, 백석〈팔원-서행시초3〉, 김준태〈참깨를 털면서〉, 복효근〈춘향의 노래〉
P	이육사〈절정〉, 문정희〈찔레〉, 서정주〈춘향유문〉, 박재삼〈흥부부부상〉

하지만 개정 교육과정의 교과서도 작품 선정 기준에 있어 보완의 여지가 있어 보인다. 80년대 이후의 작품을 수록하기 위해 애를 쓰기는 했지만, 작품 선정을 위한 시기 구분의 기준이 분명하지 않으며 해당 시기를 대표하는 작가인지에 대한 검증 문제도 여전히 남아 있기 때문이다. 또한, 정호승의 '희망을 만드는 사람이 되라', 도종환의 '담쟁이', 김광규의 '나', 정희성의 '민지의 꽃', 문정희의 '찔레' 등의 작품이 해당 작가의 대표 작품인지에 대해서도 재론의 여지가 충분해 보인다.

주제의 측면에서는 다양한 화제와 가치관을 담아내려고 하고 있으나, 학생의 삶과 직간접적으로 연관을 맺고 자기 삶의 발전으로 체화 가능한 다채로운 삶을 다루고 있다고 보기는 어려운 측면이 있다. 대상에 대한 그리움, 부정적 현실로 인한 좌절과 극복 의지, 자연에 대한 깨달음 등이 작품의 대부분을 차지하고 있다. 또한, 주제 형상화를 통해 학생들로 하여금 다양한 삶을 경험하게 하고 그를 바탕으로 삶의 의미를 다각도로 살피는 기회를 제공하기 보다는, 학생들의 삶의 방식이나 태도에 대해 변화를 요구하는 교훈적 성향의 작품들도 적잖이 발견할 수 있다.

문학이 구현하고자 하는 미적 범주 중에서 '우아미'와 '해학미'에 해당하는 작품을 찾아 볼 수 없다는 점도 아쉬움으로 남는다. 다양한 삶의 모습을 제시하고 작품 속에 형상화된 가치관을 편향됨 없이 느끼고 사고하면서, 문학의 다채로운 미의식을 경험할 수 있어야 함에도 미의식을 고루 반영하지 못하는 것은 문제점으로 지적될 수 있다.

제재의 위계성에 있어서도 개선이 필요하다. 학생의 입장에서 제재의 난이도를 위계화하고 이를 적절히 배치함으로써 시 감상의 효율성을 높이고자 하는 교재 구성 방식을 찾아 볼 수 없다. 대단원의 성격에 부합되는 시 작품을 산발적으로 배열함으로써 시교육의 단계성과 위계화는 기대할 수 없게 되었다. 앞선 교육과정과 그 이후의 개정교육과정에 국한해 논의를 전개했으나, 최근에 또 다시 개정된 교육과정의 시행을 목전에 두고 있는 지금도 위에서 지적한 것처럼 다양한 주제와 시기를 아우르면서 학생들의 공감대를 형성할 수 있는 작품 수록이 미흡하다는 것은 일반적인 시각이라 할 수 있다. 따라서 이 글에서는 치우침 없는 작품 선정과 시교육 목표에 기여할 수 있는 제재 선택을 위한 보편적이고 일반적인 원리를 제안하고자 한다.

2) 작품 선정 기준의 전제 조건

현행 교과서에 수록되어 있는 시 작품의 선정 기준이 모호하다는 인식 하에 바람직한 교재 구성을 위한 작품 선정의 기준을 마련하기 위해 몇 가지 전제 조건을 밝히고자 한다. 시 작품은 문학 교육을 위한 제재로서의 성격을 갖는 것이다. 그러므로 시 작품 선정을 위한 기준 속에는 문학적 측면과 교육적 측면에 대한 고찰이 동시에 수반되어야 한다. 즉, 교과서에 수록 가능한 시 작품이 되기 위해서는 문학으로서의 완성도가 높아야 한다는 전제와 교육적 효율성에 대한 검증이 동시에 만족되어야 한다는 것이다. 문학적 가치성과 교육적 효율성을 원론적 측면의 기준 설정 근거라고 할 수 있다. 원론적 측면은 최소한의 작품 선정 기준으로서 실질적인 차원에서 교과서를 구성하기 이전에 고려해야 하는 인식적 합의를 일컫는 것이다.

작품의 문학성과 교육성에 대한 검증이 이루어졌다고 해서 작품 선정에 대한 기준이 마련된 것은 아니다. 문학적 가치성과 교육 가능성에 부합되는 작품을 모두 교과서에 실을 수 없기에 실제적 측면에서 고려해야 할 요소가 첨가되어야 한다. 구성의 적절성과 이념적 중립성을 살펴야 한다. 어느 시기의 작품을 실을 것인지, 어느 시기의 작품은 배제할 것인지, 시기별로 작품 수를 어느 정도 안배할 것인지, 어떤 작가를 우선순위에 놓을 것인지, 어떤 작가를 배제할 것인지, 어떤 형식과 어떤 내용을 선택할 것인지에 대한 합의가 마련되어야 한다. 시기와 작가, 형식과 내용을 합리적이고 타당하게 안배하는 것이 편성編成의 적절성에 대한 고려하고 할 수 있다. 또한, 편성 측면에서 특정 이념에의 편중성에 대한 살핌도 추가되어야 한다. 교육에 국가 수준의 가치 요구가 배제될 수는 없지만(노철, 2007) 문학을 통해 다양한 가치 인식을 경험하고 미래지향적인 비판적 인식력을 신장시켜 나갈 수 있는 과정을 차단해서는 안 된다. 그러므로 극우나 극좌로 편향된 시각으로 작품을 선정해서는 안 될 것이며 엄정한 중용의 자세를 취할 수 있어야 한다.

[그림1] 작품 선정의 기준 마련을 위한 전제 조건

　[그림1]과 같이 시 교육을 위한 작품 선정을 위해서는 원론적 측면의 문학적 가치성과 교육 가능성, 실제적 측면에서의 구성의 적절성과 이념적 중립성에 대한 고려가 필수적이다. 작품 선정의 기준을 마련하기 위해 문학적 측면, 교육적 측면, 편성적 측면을 다각도로 살펴서 세 가지 요소에 부합되는 시 작품을 선정할 필요가 있다. 선정 기준의 마련을 위해 고려해야 할 요소 중 문학적 측면에 대해서는 이견의 여지가 없을 것이다. 하지만 현행 교과서에 수록된 작품들을 살펴보면 문학적 가치를 심도 깊게 살펴서 학생들로 하여금 문학적 미의식을 골고루 접할 수 있도록 작품을 안배했느냐는 질문에 대해서는 만족스런 대답을 얻을 수 없다. 또한, 문학 교육을 위해 선정한 작품임에도 교육적 차원의 목표와 내용 및 방법의 범주를 모두 고려했다고 보기 어렵다. 즉, 교육목표 성취를 위한 가치 인식에 대한 고찰, 교육내용과 관련한 수준에 대한 성찰, 교육방법의 효율화를 위한 관심과 흥미적 차원의 요소를 따지고 살펴야 함에도 이러한 요소들을 동시적이고 입체적으로 고려하지 않고 있다. 특히 편성적 측면에서 고려해야 할 시대 안배의 문제와 대표 작가의 선정에 관한 사항, 다양한 문학적 형식의 반영 여부와 문학적 내용 요소로서의 주제의 다양화에 대한 살핌이 결여되어 있다. 이념과 관련해서도 국가 차원의 지배 이념을 전제로 한 작품 선정이 주를 이룸으로써 다양한 비판 의식과 전통의 혁신,

사고의 다변화라는 인식 전환을 꾀하기에는 한계를 지니고 있다. 이 글에서 제시하고 있는 '문학적, 교육적, 편성적 측면의 요소'들이 다소 추상적이고 모호하다는 인상을 심어 줄 수는 있다. 하지만 구체적이고 실질적인 작품을 찾아내어 교과서에 수록하기 위한 물리적인 작업 이전에 선행되어야 할 철학적이고 인식적 측면에서의 거시적인 논의가 전제되어야 마땅하기에, 포괄적이고 일반적인 범위에서 작품의 선정 원리를 제시하고자 하는 것이다.

3. 작품 선정의 전략과 적용의 실제

1) 문학적 측면

시 작품 선정을 위한 기준 마련에서 살펴야 할 첫 번째 요소가 작품의 문학성에 관한 것이다. 이것은 가장 기본적인 것이면서도 무엇보다 우선시되어야 할 요소이다. 시 작품이 문학으로서의 본질적 속성을 온전히 지니고 있는지 여부를 꼼꼼히 따져 봐야 할 것이다. 문학은 인간 삶을 대상으로 사상과 정서를 미적으로 승화시킨 언어 예술이라고 일컫는다. 문학이 진정한 가치성을 가지기 위해서는 형식과 내용의 측면에서 예술적 보편성을 인정받아야 한다. 내용의 측면에서는 고귀한 사상과 정신적 가치를 담고 있으면서도 풍부한 정서를 발현시킬 수 있는 감수성 자극의 매개가 되어야 한다. 아울러 비유와 상징 등의 형식적 요소를 통해 사상과 정서를 예술로 형상화해 낼 수 있어야 한다. 이러한 형식과 내용적 요소의 상생으로 인해 미적 감수성을 자극하고 문학적 상상력을 고취시킴으로써 보편적인 미의식을 체험할 수 있는 작품을 선정해야 할 것이다. 시 작품의 형식적 내용적 측면의 예술성을 검증하기 위해서는 문학 연구의 하위 범주에 속하는 문학이론, 문학비평, 작가와 작품연구, 문학사(오세영, 2003)의 도움을 적극 받아들일 필요가 있다. 작품을 분석하고 평가하여 그 가치를 드러내 보이는 데 목적을 두고 있는 제반 연구를 검토하고, 이론적으로 검증된 작품을 엄정히 선정해야 한다. 작품의 문학성에 대한 가치 판단은 개인적 견해나 편협한 시각에서 벗어나 이론적 타당성과 보편적 합의성을 바탕으로 이루어져야 한다.

시 작품이 형식과 내용적 측면에서 보편적 예술 작품으로서의 가치를 지닌 것에 합의를 했다면 미적 범주를 다음으로 고려해 보아야 한다. 문학의 미는 작가의 세계관에 직결되는 문제이며, 인생과 예술에 대한 인식의 문제이다. 미적 범주는 작가의 감수성의 차이, 제재를 다루는 기법에 따라 달라질 수 있는 것이다(조기섭 외, 2004). 따라서 다양한 미적 범주를 체험할 수 있는 기회를 제공하기 위해 다양한 미의식을 담고 있는 작품을 선정할 필요가 있다. 현행 교과서에 수록된 작품처럼 미적 범주를 균등하게 안배하지 않고 편중될 경우 학생들의 미의식을 왜곡시킬 가능성마저 있다. 작품 속에 숭고미, 우아미, 비장미, 골계미가 드러나 있다는 것은 작가가 세상을 인식하고 표출하는 방식이 다양함을 의미하는 것이다. 문학을 통해 다양한 삶의 가치를 탐색하고 다채로운 미의식을 체험하게 함으로써 상상력을 신장시키고자 하는 것이 문학의 목표이기에 포괄적인 미적 범주를 포섭할 수 있는 작품 선정이 되어야 한다. 비장미와 골계미를 드러내는 작품만 학생들에게 제시할 경우 학생들은 삶의 부정적인 부분에 지나치게 주목할 것이고 이러한 현상은 삶에 대한 부정적 인식이나 냉소적 자세로 귀결될 수 있다. 반대로 우아미와 숭고미를 드러내는 작품만을 제시한다면 현실에 대한 비판적 안목의 결여나 소외계층에 대한 관심의 부족이라는 결과를 초래할 수 있을 것이다. 이처럼 삶에 대한 가치관이 한 쪽으로 치우칠 뿐만 아니라 미적 세계에 대한 총체적 안목이 형성되지 않아 심미적 정서의 측면에서도 부조화가 발생할 수밖에 없다.

문학적 측면에서 고려해야 할 사항 중에 무엇보다 중요한 것은 시의 독자적 특성이다. 시 교육을 위해 선정되는 시 작품은 시의 고유한 속성을 온전히 지니고 있는 것이어야 한다. 시는 문학의 범주에 포괄되는 것이면서 문학의 다른 하위 영역에 속하는 것들과는 차별화되는 독자적인 특징을 지니고 있다. 시는 소설, 수필, 희곡과 같이 문학이 지니는 공통된 자질을 가지면서도 다른 갈래와는 구별되는 시만의 고유한 색깔을 지니고 있다. 시 교육을 위해 선택되는 작품은 무엇보다 시로서의 본질적 속성을 세세히 지니고 있어야 한다. 그러기에 시 작품 선정에서 우선적으로 살펴야 할 것은 시의 음악성, 회화성, 의미성이다. 시를 시답게 하는 특성은 운율과 이미지, 상징성에 있기 때문이다. 교육을 위해 선정되는 시 작품은 갈래 상호 교섭을 통해 문학 하위 갈래의 고유한 색채를 상실한 실험적 성향의 것보다 시 고유의 특징을 지닌 것이 우선시 되어야 한다. 문학 하위 갈래의 성향을 동시에 지니고 있어서 시 본연의 특성이 제대로 드러나지 않는 작품은 시 교육의 목표 성취에 부합되지 않기 때문이다. 시 교육은 시의 세계에서 사용되는 언어의 특징과 규칙을 익히게 하는 일에서 출발해야 한다(지현배, 2004). 시는 삶의 본질을 드러내는 형상적 언어(장도준, 2005)로서 내포성과 애매성(김은전 외, 1996)을 가진 것이기에 본질적으로 운율과 이미지, 상징성을 갖게 마련이며, 시 교육은 이러한 시의 고유한 속성을 작품을 통해 학생들이 체험하게 할 필요가 있다. 시 교육을 위한 작품은 시의 압축성과 회화성, 상징성을 가진 것으로 시의 독자적인 문법을 체험할 수 있는 것이어야 한다. 이러한 작품을 통해 개별 문학의 속성을 체험함은 물론 문학 교육이 지향하는 문학적 감수성과 상상력, 창의성을 획득하게 되는 것이다.

이처럼 문학적 측면에서 시 작품 선정을 위해 고려해야 할 원리는 작품의 문학적 가치성과 미적 범주의 균등한 안배, 시의 독자적 특성에 대한 성찰이라고 할 수 있다. '형식과 내용의 측면에서 언어 예술로의 시적 가치를 가지고 있는가', '삶을 바라보고 미적 가치로 형상화하는 미에 관한 인식 태도를 다양하게 보여줄 수 있는가', '문학적 가치와 아울러 시로서의 본질적 특성을 제대로 갖추고 있는가' 등을 묻고 철저히 따져서 긍정적인 답을 얻을 수 있는 작품들을 선정할 필요가 있다.

> 산골에서 자란 물도
> 돌베람빡 낭떠러지에서 겁이 났다.
>
> 눈뎅이 옆에서 졸다가
> 꽃나무 알로 우정 돌아
>
> 가재가 긔는 골짝
> 죄그만 하늘이 갑갑했다.
>
> 갑자기 호숩어질랴니
> 마음 조일밖에.

흰발톱 갈갈이
앙징스레도 할퀸다.

어쨌던 너무 재재거린다
나려질리자 쫄뼷 물도 단번에 감수했다.

심심산천에 고사리밥
모조리 졸리운 날

송홧가루
노랗게 날리네.

山水 따라온 新婚 한쌍
앵두같이 상기했다.

돌부리 뾰죽뾰죽 무척 고부라진 길이
아기 자기 좋아라 왔지!

하인리히 하이네 적부터
동그란 오오 나의 太陽도

겨우 끼리끼리의 발꿈치를
조롱조롱 한나절 따라왔다.

산간에 폭포수는 암만해도 무서워서

괴염괴염 괴며 나린다.　　　　　　　　　　 ― 정지용,「폭포」, 전문

　'폭포'는 '유리창'과 다른 미의식을 지니고 있다. 폭포가 절벽 아래로 떨어지기 전의 조마조마한 심정과 갑갑하게 갇힌 산골짝의 삶에서 벗어나 새롭고 싱그러운 풍경을 동경하는 정서가 감각적으로 그려져 있다. 봄날의 포근하고 고요한 정경 묘사와 그 속에서 신선하고 아기자기한 맛을 느끼는 물의 정서가 절제된 언어로 형상화되어 있으며, 특히 조심조심 기듯이 새로운 세상으로 나아가기 위해 두려움을 안고 떨어지는 폭포수에 대한 묘사는 웃음을 자아내는 재미가 돋보인다. 뿐만 아니라 비유와 이미지 제시의 참신성, 발상의 특이성 등을 통해 형식과 내용의 측면에서 시의 본질적 속성을 온전히 내포하고 있다고 볼 수 있다. '폭포'가 '유리창'보다 문학성이 뛰어난 시라는 것에는 이론의 여지가 있을 수 있으나, 현행 교과서에서 슬픔의 정서와 관련된 시를 대다수 실어 놓고 있는 상황에서 '폭포'와 같은 싱그럽고 해학미가 돋보이는 작품을 선정하는 것은 바람직하다고 본다. '폭포'는 문학적 가치의 측면, 다양한 미의식을 경험하게 한다는 관점, 시 고유의 본질적 특성을 함축하고 있다는 점에서 시 교육을 위한 제재로 선정하기에 충분하다고 본다.

2) 교육적 측면

　시 작품을 일상적 생활인으로서 접하기 위한 것이 아니라 교육을 위한 제재로 활용하기 위한 것이기에 교육적 가치를 따져 볼 필요가 있다. 일상인으로 향유하는 문학에서 얻고자 하는 목표와, 학생이 교육 현장에서 접

하는 문학과 그 결과로 도달하고자 하는 목표 사이에는 차별성이 존재할 수밖에 없다. 일상의 문학보다 교육 대상으로서의 문학에 교육과 관련된 철학과 인식이 관여하게 된다. 일상인으로 접하는 문학은 선정의 폭이 다양할 수밖에 없다. 개인의 취향과 독서 습관, 경험이라는 기준에 의해 일정하게 규정지을 수 없는 개별성을 갖게 된다. 하지만 문학 교육의 목표를 달성하기 위해 선정하게 되는 시 작품의 경우는 교육의 목표, 내용, 방법과 관련된 제반 사항을 도외시할 수 없게 된다.

시 작품 선정을 위해 고려해야 할 교육적 측면의 원리에 포함시킬 수 있는 요소는 목표, 내용, 방법에 대한 것이다. 선정할 시 작품이 교육의 목표, 내용, 방법에 부합되는 것이어야 한다. 교육의 목표는 '가치성'에 관한 것이다(윤정일 외, 1998). 학생을 교육적으로 성숙시키기 위해 제공되는 제반 교육 자료나 내용은 일정한 절차와 과정을 거쳐 궁극적으로 가치성을 발현시키기 위함이다. 교육의 궁극적 목표가 교육 가치를 실현하는 것이라고 할 때, 시 작품은 공감과 내면화를 통해 가치있는 삶으로의 변화를 이루어 낼 수 있어야 한다. 문학적 가치가 높다고 할지라도 분명 그 중에는 교육 제재로서의 가치를 실각한 것이 있을 수도 있다. 실험적 성향의 작품이라든지, 성인문학에서 다루어야 할 주제나 제재를 형상화한 작품의 경우는, 학생 교육을 목적으로 한 작품 선정의 과정에서는 배제될 수밖에 없다.

그러므로 작품 선정을 위해서는 문학성을 기본으로 교육 목표에 해당하는 가치개념에 대한 성찰이 동반되어야 한다. 시 작품을 매개로 문학적 감수성과 상상력을 마음껏 누리고 이를 통해 학생의 인식과 정서적 측면의 성숙함을 이루어 내는 것이 문학 교육의 목표를 성취하는 것이며 교육의 목표를 이루는 것이다. 일상적 문학 작품은 초점이 문학 작품에 맞추어지지만 문학 교육에서는 초점이 학생에게 맞추어지는 것이기에 문학을 통한 학생의 성장과 발달이라는 교육 목표를 망각해서는 안 된다.

시 작품이 가치성의 발달이라는 교육 목표에 부합하는 것일지라도 교육 내용적 측면의 원리에 부합되지 않으면 안 된다. 교육 내용은 모든 학생을 상대로 동일하게 제공되는 것이어서는 곤란하다. 학생의 발달 수준과 단계(정일환 외, 2008)에 개인차가 있음을 인정하고 이러한 전제를 바탕으로 교육 목표를 성취할 수 있는 차원에서 교육 내용이 마련되어야 한다. 따라서 교육 내용을 살필 때 고려해야 할 요소는 '수준'에 관한 것이다. 시 작품의 경우도 중학교에서 배워야 할 내용과 고등학교에서 배워야 할 내용으로 가를 수 있으며, 고등학교에서도 학년에 따른 위계화가 가능하다. 사용되는 어휘나 상징의 수준, 표현 방식의 낯설음 정도에 따라 문학적 상상과 이해의 가능 범위가 존재하기 때문이다. 사실상 시 작품의 난이도는 엄격하게 구분지을 수는 없지만, 주제의 측면에서 본다면 구체적인 내용과 관련된 것에서부터 관념적이고 추상적인 주제 의식을 담고 있는 것으로 위계화 할 수 있다. 구체적인 주제 의식을 담고 있는 것으로는 학생들이 실질적이고 감각적인 차원에서 느낄 수 있는 대상의 아름다움을 토로한 작품, 이별을 다루고 있는 작품, 고향에 대한 그리움을 담고 있는 작품, 시련을 다룬 작품들이 있을 수 있다. 반면에 추상적 주제를 다룬 것으로는 자아성찰, 존재의 고독이나 삶의 본질 등과 같이 인식이나 관념적 측면과 관련된 작품이 있을 수 있다. 추상적 관념을 다룬 작품은 학생들이 오로지 머릿속으로만 내용을 상상해야 하는 것이기에 난이도의 측면에서 높은 쪽이라고 볼 수 있다. 형식적 측면에서 본다면, 시어의 비유나 상징적 의

미의 다양성이나 심화 정도, 이미지 상상의 곤란도, 형식적 측면의 파격성이나 시상 전개 방식의 낯섦의 정도 등으로 단계지을 수 있을 것이다.

그렇기에 시 작품을 문학 교육의 관점에서 다루고자 한다면 문학 감상의 주체가 학생임을 인식하고 학생의 발달 단계에 따른 작품 선정의 원리를 적극 적용할 필요가 있다. 문학 작품 선정 과정의 주체가 교재 구성자인 교사나 문학 연구자라는 인식에서 벗어나, 학생 중심과 학생 본위의 선정이 되어야 한다. 그 이유는 문학 교육의 주체 역시 학생이기 때문이다. 수준을 고려하지 않은 작품 선정은 학생의 공감대와 감동을 이끌어 낼 수 없으며, 이는 문학은 있으되 문학 교육은 없는 결과를 초래하게 된다.

교육 목표와 관련된 가치성, 교육 내용에 해당하는 수준에 대한 성찰과 아울러 교육 방법에 대한 살핌도 간과할 수 없다. 목표와 내용이 타당성을 갖는다할지라도 그 방법적 적합성을 얻지 못하면 실질적 효과를 거둘 수 없기 때문이다. 교육 방법의 효과를 극대화하기 위해서는 '흥미'적 측면을 우선적으로 고려할 필요가 있다(선주원, 2007). 효율적인 교육 방법은 학생의 흥미와 관심을 자극시키며 이는 동기유발로 이어져 시 작품을 적극적으로 감상하고 이해하고자 하는 자양분이 될 수 있다. 교사 중심의 교육 방법 제시는 시 작품에 대한 감상과 수용에 있어서 거부감으로 작용할 수 있기에 학생의 눈높이에서 그들의 특징과 자질을 세심하게 살피고 그를 바탕으로 교육 방법을 도출할 필요가 있다. 방법적 타당성을 위해 흥미를 고려한다는 것은 학생의 관심과 경험, 개성 및 특징과 관련된 것이다. 그러기에 선정되는 시 작품은 학생의 삶이나 속성과 무관한 것이 아니라, 그들의 내밀한 정서를 울릴 수 있는 공감대 형성의 매개가 되어야 한다. 학생의 경험과 관련성을 맺지 못한 작품은 단순한 지적 호기심을 자극하는 대상이나 이해와 분석의 대상은 될지라도, 학생들의 정서를 자극하고 공감대를 형성함으로써 깨달음의 차원으로까지 발전해 나가기에는 한계를 가질 수밖에 없다.

　관심과 흥미를 자극하기 위해서는 학생 경험과의 연관성을 살펴야 한다. 직접적이거나 간접적인 경험에 비추어 공감할 수 있는 작품은 학생이 적극적으로 반응하는 조건이 된다. 작품에 대한 상상은 경험적 토대가 활성화되지 않으면 불가능하게 되며(원자경, 2009), 학생 경험과 이질적인 작품은 진정한 감상과 내면화로 발전하지 않게 된다. 시 작품에 대한 감상은 궁극적으로 정서적 측면의 울림을 지향하는 것이기에 작품 수용이 관념적 차원의 이해에만 머문다면 교육적 성취를 이룰 수 없게 되는 것이다.

　시 작품 선정을 위한 원리로서 다루어야 할 교육적 측면의 과제는 목표와 내용, 방법에 관한 것이다. 교육 목표를 전제할 때 시 작품은 가치성을 내포해야 하며, 교육 방법을 고려한다면 시 작품은 수준에 부합되는 것이어야 하고, 교육 방법과 관련해서는 시 작품이 흥미를 유발시킬 수 있는 것이어야 한다. 시 작품이 '가치'를 갖기 위해서는 문학이 가지는 고유한 문학성만이 아니라 학생의 정서적 인격적 성장을 염두에 두고 작품을 선정해야 한다. 의도적인 교육을 통해 바람직한 이상이라 생각하는 합의된 성장과 발전을 위한 토대로서의 작품이 되어야 한다는 것이다. 작품이 '수준'에 합당하기 위해서는 작품의 형식적 내용적 측면의 난이도를 바탕으로 설정된 위계화에 입각해 학생의 개별 특성에 맞추어 작품을 선정할 필요가 있다(유영희, 2007). '수준'을 고려한다는 것은 교육적 차별화와 다양성을 염두에 둔 것으로 학생의 성향이나 발달 정도를 획일화시켜서는 안 된다는 인식이 전제된 것이다. '관심'을 이끌어 낼 수 있는 시 작품이 되기 위해서는 학생의 경험적 측면을 중요한 요소로 고려해야 한다. 학생 경험을 상기시킬 수 있는 작품, 학생의 경험을 폭넓게 확산시켜 갈 수 있는 작품이 선정되어야 하며 이는 진정한 공감과 내면화로 발전될 수 있기 때문이다.

> 또 다른 말도 많고 많지만 / 삶이란
> 나 아닌 그 누구에게 / 기꺼이 연탄 한 장 되는 것
>
> 방구들 선득선득해지는 날부터 이듬해 봄까지
> 조선 팔도 거리에서 제일 아름다운 것은
> 연탄 차가 부릉부릉
> 힘쓰며 언덕길 오르는 거라네.
> 해야 할 일이 무엇인가를 알고 있다는 듯이
> 연탄은, 일단 제 몸에 불이 옮겨 붙었다 하면
> 하염없이 뜨거워지는 것
> 매일 따스한 밥과 국물 퍼먹으면서도 몰랐네.
> 온몸으로 사랑하고 나면
> 한 덩이 재로 쓸쓸하게 남는 게 두려워
> 여태껏 나는 그 누구에게 연탄 한 장도 되지 못하였네.
>
> 생각하면
> 삶이란
> 나를 산산이 으깨는 일

눈 내려 세상에 미끄러운 어느 이른 아침에

나 아닌 그 누가 마음 놓고 걸어갈

그 길을 만들 줄도 몰랐었네, 나는   ─ 안도현, 「연탄 한 장」, 전문

제 손으로 만들지 않고

한꺼번에 싸게 사서

마구 쓰다가

망가지면 내다 버리는

플라스틱 물건처럼 느껴질 때

나는 당장 버스에서 뛰어내리고 싶다

현대 아파트가 들어서며

홍은동 사거리에서 사라진

털보네 대장간을 찾아가고 싶다

풀무질로 이글거리는 불 속에

시우쇠처럼 나를 달구고

모루 위에서 벼리고

숫돌에 갈아

시퍼런 무쇠 낫으로 바꾸고 싶다

땀 흘리며 두들겨 하나씩 만들어 낸

꼬부랑 호미가 되어

소나무 자루에서 송진을 흘리면서

대장간 벽에 걸리고 싶다

지금까지 살아온 인생이

온통 부끄러워지고

직지사 해우소

아득한 나락으로 떨어져 내리는

똥덩이처럼 느껴질 때

나는 가던 길을 멈추고 문득

어딘가 걸려 있고 싶다　　　　　　　— 김광규, 「대장간의 유혹」, 전문

　'연탄 한 장'과 '대장간의 유혹'은 인간의 삶을 다룬 작품들이다. 자기 삶에 대한 반성이 작품 형상화의 단초가 되며 사회 전체의 문제로까지 확산된다는 점에 있어서는 유사하지만, 시적 형상화 방식이나 비유적 장치의 구현 양상이 달라 학생 수준에 따라 차별적으로 제시될 수 있다. 두 작품은 '가치' 측면에서 인생과 삶에 대한 통찰과 그를 통해 가치로운 삶의 방향 설정이라는 인식의 지평을 확대할 수 있는 것들이기에 교육 목표에 합당하다고 볼 수 있다. 통찰력을 갖고 의도적으로 관찰하지 않으면 무심코 흘려버릴 수 있는 일상으로서의 사물과, 자기를 포함한 주변의 변질되어가는 삶의 양상에 관심을 갖고 의미를 재발견하게 함으로써 정신적 성숙을 꾀하게 한다. 삶의 질서 속에 서려 있는 가치를 발견하고 이를 자신의 개별적 삶과 연결시킴으로써 인간과 사회의 유기적 관련성을 한 번 더 일깨우게 하는 것이다. '흥미'의 측면에서 두 작품을 살펴도 학생 경험과 직접적인 관련성을 맺고 있으며, 관심을 유발시킴으로써 자기중심적 사고에서 벗어나 자기희생을 통해 남을 배려하고, 보다 나은 삶의 가치를 향해 스스로를 각성시켜나가는 직간접적인 경험을 유도하기에 충분한 제재라고 판단된다. 두 작품은 세태를 진단하고 비판하는 냉철한 시선과 사

물을 통해 삶에 유용한 가치관을 발견하며 일상을 의미있게 경영해 나가는 태도를 단순히 감각적 차원에서 기술하지 않고, 신선한 이미지 제시와 독특한 표현 및 발상법으로 독자의 관심을 끌고 있다. 또한 객관적 상관물을 일상적 삶과 연결시키는 비유는 심미적 정서체험은 물론 삶의 의미와 가치를 발견하도록 하는 자기 성찰로 이어져, 학생들로 하여금 상상력과 사고력을 자극시키는 관심 유발의 동기가 되고 있다. 반면에 '수준'의 측면에서 보면 두 작품은 다소의 차이를 발견하게 된다. '대장간의 유혹'은 화자의 정서나 의도가 학생들의 경험과 다소 이질적인 시어들로 표현되거나 다양한 상징어를 통해 생경한 이미지로 제시되며, 무기력한 삶에 대한 각성의 촉구라는 의미 부여와 현대 문명에 대한 비판적 인식이 동반되기에 학생들에게는 다소 어려운 작품으로 받아들여질 수 있다. 한편, '연탄 한 장'은 희생이 결여된 자기 삶에 대한 반성적 자각이라는 관념적 주제를 상징적 매개물과 구체적인 이미지 제시, 작가의 직접적인 정서 표출, 분명하고 자연스러운 언술을 통해 형상화하고 있다. 그러기에 '연탄 한 장'은 '대장간의 유혹'보다는 받아들이기에 쉬운 작품이라고 할 수 있다.

3) 편성적 측면

문학성과 교육성에 대한 합의를 이루었다고 할지라도 시 선정의 단계에서 그 모든 작품들을 수용할 수 없기에 우선순위를 고려해야하며, 지면의 제한으로 인해 편성적 안배의 효율성을 재고할 필요가 있다. 실질적인 차원에서 어느 시기까지의 작품을 선정하고 어느 시기 이후의 작품을 배제할 것인지, 어떤 작가는 수용하고 어떤 작가는 제외시킬 것인지에 대한 합의가 있어야 할 것이다. 또한 특정한 시간과 공간적 자질에 대한 합의도

전제되어야 한다. 시간성과 관련해서는 전통지향적 속성과 진보적 가치 지향 중에서 어떤 것을 택하고 버릴 것이며 어느 선에서 절충할 것인지의 문제와, 공간성과 관련해서는 민족지향적 이념과 통합적이고 탈이념적 가치 중에서 어느 쪽을 지향할 것인지에 대한 합의가 이루어져야 한다.

시 작품 선정에서 고려해야 할 '시기' 안배와 관련된 문제는 문학사적 측면의 가치평가와 닿아 있다. 문학사적 관점에서 작품과 작가에 대해 긍정적 가치 평가가 내려진 작품과 비평사적 측면에서 검증된 작품을 교육 현장에 수용하는 것이 바람직하기에, 왕성한 활동을 보이고 있는 최근 작가의 작품에 대해 신중을 기하는 것은 타당한 측면이 있다. 하지만 국어 교과서에 1980년대 이후의 작품 비중이 다른 시기에 비해 상대적으로 낮다는 것은 작품 선정의 경직된 태도를 방증하는 것이다. 80년대와 90년대에 발표된 작품 중에도 문학성이나 교육성에 있어서 긍정적으로 평가될 만한 작품들이 있기에 이를 적극적으로 교육 제재로 수용할 필요성이 있다. 시 작품은 특정한 시기에 치우쳐 선정되어서는 안 되며 다양한 시기의 작품을 고루 반영할 수 있어야 한다. 작품은 시대적 가치와 당시의 사회 문화적 속성을 반영하게 마련이기에 다양한 시기의 작품을 포괄적이고 개방적으로 제시해야 다양한 경험과 인식의 지평을 확대시킬 수 있다.

시기 안배의 포괄성 및 개방성과 아울러 동일시기에 해당하는 작품일지라도 어떤 작품을 선정할 것인지에 관한 것도 살필 필요가 있다. 언제부터 언제까지를 한 시기로 설정하고 시 문학사를 몇 시기로 구분하느냐하는 문제에 대한 합의도 필요하며, 어느 한 시기에서 대표성을 갖는 작품을 선정하는 문제는 매우 신중하게 논의되어야 한다. 10년을 주기로 10년 동안 발표된 작품 중에서 하나를 선정하는 기존의 방식이 아니라 문학 내적 준거와 외적 준거를 명확히 살펴 그것을 바탕으로 시대를 구분지어야 할 것이다. 소재나 주제 측면에서의 획기적인 변화, 작가의 현실 인식 태도의 변화, 표현 기법이나 형식적 일탈 등을 문학 내적 준거로 삼을 수 있으며, 급격한 사회 문화적 현상이나 가치의 변화, 정치적 이념이나 사회 구조의 변화 등을 문학 외적 준거의 개별 요소로 보아야 한다. 이러한 내외적 준거를 바탕으로 시기를 구분하고 이전 시대와는 다른 문학적 변화를 이루어낸 작품을 대표 작품으로 선정할 필요가 있다. 작품의 대표성은 사회문화적 변화상 속에서 문학사의 발전적 성취를 이루어낸 실적을 바탕으로 얻어질 수 있는 것이다.

문학은 특정한 가치와 이념을 지향할 수밖에 없다(구인환 외, 1998). 문학은 사회적 산물이며, 교육을 위해 선택되는 작품의 경우에는 정치 논리에서 벗어나기 어렵기 때문이다(김대행, 2008). 하지만 교육 제재로서의 시 작품은 특정 이념에 대한 편중성에서 벗어나야 한다. 전통 지향성은 진보적 가치와 상충되는 이념적 성향으로 보이지만 전통은 현재와 미래의 연장선상에서 파악되어야 하며, 과거에 대한 수용적 태도가 거세된 진보적 성향은 발전적인 미래를 창출하는 이념이 될 수 없는 것이다(김봉군, 2004). 역사 발전이라는 거시적 안목으로 본다면 보수와 진보는 서로가 대안이며 상생을 위한 비판이 될 수 있다. 이념적 성향이 강한 리얼리즘 계열의 시와 탈이념성을 표방하는 순수시의 대립은 지금까지 지속되고 있으며 교육의 마당에서는 더욱 첨예하게 갈등하고 있다. 이러한 편향된 인식은 공교육의 현장에서 현실 비판적 성향의 이념성을 배제하는 결과를 초래하고 있다. 교육 현장에서 민족지향적 가치와 국가체제 옹호적 이념을 중시하는 것은 필연적이라고 할 수 있다. 하지만 특정 가치 지향성에 함몰되어 다른 이념의 존재 가능성을 부정하는 것은 지양되어야 한다. 이념적 포용성과 중립성을 지키면서 교육적 가치에 부합되는 다양한 이념을 수용해야 할 것이다. 시 작품의 선정을 위해 적용되는 이념적 기준은 다양성을 바탕으로 한 수용적 태도라고 할 수 있다.

편성적 측면에서 시 작품 선정을 위해 고려해야 하는 '시기'의 문제는 다양한 시대의 작품을 수용하는 포괄성의 측면에서 논의되어야 하며, 개별 '시기'의 대표 작품과 작가에 대한 선정 기준은 문학적 측면과 사회 문화적 측면에서의 가치성과 발전적 변화성에서 찾아야 한다. 즉, 문학사적으로 검증된 다양한 시기의 작품을 수용하되, 사회 문화적 상황의 변화와 결부되어 문학의 형식과 내용적 측면의 발전에 영향을 끼친 작품이 선정되어야 한다. 시기별 안배와 시기의 대표성을 동시에 고려해야 할 필요가 있는 것이다. 또한, '이념'과 관련된 편성적 측면의 선정 원리는, 특정 이념에 편중된 성향에서 벗어나 허용성과 중립성을 이룰 수 있는 것이어야 한다. 교육의 본질적 목표를 지향한다는 거시적 안목을 바탕으로 특정 시기나 공간에 치우친 이념지향성은 배제되어야 한다. 작품 속에 전제된 작가의 가치관이나 세계관을 다양하게 포용함은 물론, 공교육을 통해 성취하고자 하는 교육 이념을 협력과 보완의 관계로 바라보는 인식 지평의 확대가 필요하다. 다양한 '시기'의 대표적인 작품과 편중된 '이념'적 성향에서 벗어나 다양한 가치를 내재한 작품에 대한 이해와 감상은, 학생들로 하여금 풍성한 문학적 체험을 가능하게 할 것이며 문학적 문화 의식에 대한 포괄적 안목을 길러줄 것이다.

나무는 자기 몸으로

나무이다

자기 온몸으로 나무는 나무가 된다

자기 온몸으로 헐벗고 영하 십삼도

영하 이십도 지상에

온몸을 뿌리박고 대가리 쳐들고

무방비의 나목으로 서서

아 벌 받은 몸으로, 벌 받는 목숨으로 기립하여. 그러나

이게 아닌데 이게 아닌데

온 혼魂으로 애타면서 속으로 몸 속으로 불타면서

버티면서 거부하면서 영하에서 영상으로

영상 오도 영상 십삼도 지상으로

밀고 간다, 막 밀고 올라간다

온몸이 으스러지도록

으스러지도록 부르터지면서

터지면서 자기의 뜨거운 혀로 싹을 내밀고

천천히, 서서히, 문득, 푸른 잎이 되고

푸르른 사월 하늘 들이받으면서

나무는 자기의 온몸으로 나무가 된다

아아, 마침내, 끝끝내

꽃 피는 나무는 자기 몸으로

꽃피는 나무이다.   ― 황지우, 「겨울-나무로부터 봄-나무에로」, 전문

아프리카 탕가니카 호湖에 산다는

폐어肺魚는 학명이 프로톱테루스 에티오피쿠스

그들은 폐를 몸에 지니고도

3억만 년 동안 양서류로 진화하지 않고

살고 있다 네 발 대신

가느다란 지느러미를 질질 끌며

물이 있으면 아가미로 숨쉬고

물이 마르면 폐로 숨을 쉬며

고생대古生代 말기부터 오늘까지 살아

어느 날 우리 나라의 수족관에

그 모습을 불쑥 드러냈다

뻘 속에서 4년쯤 너끈히 살아 견딘다는

프로톱테루스 에티오피쿠스여 뻘 속에서

수십 년 견디는 우리는

그렇다면 30억만 년쯤 진화하지 않겠구나

깨끗하게 썩지도 못하겠구나   ― 오규원, 「물증」, 전문

위 작품은 각각 1980년대와 2000년대에 창작된 것이다. 1980년대 이후는 산업화로 인한 인간소외와 빈부격차의 갈등이 사회문제로 부각되는 시기이다. 또한, 1960년대와 1970년대의 정치적 억압 속에 짓눌려 있던 비판 의식이 1980년대에 분출되면서 인간 존재의 가치에 대한 탐색이 2000년대로 옮겨 가던 시기이다. 이념적 다변화에 대한 공감과 인간적 가치 지향, 사회적 갈등 해소를 위한 논의가 정치·사회적으로 쟁점화되고, 이는

문화와 예술 분야에도 영향력을 미쳐 새로운 시도를 감행하는 동인이 되었다(이승훈, 1998). 이러한 측면에서 위에 제시된 작품은, 사회 문화적 상황의 변화에 대한 인식과 이를 새로운 방법적 시도로 형상화하고 있다는 점에서 주목할 만하다(박순재, 1994; 오수연, 2005; 박수연, 2004; 박선영, 2004; 송기한, 2007). 위 작품들은 기존 시 작품이 보여주었던 언어의 조탁미와 절제된 형식미, 관념적 상징성의 부각과 같은 특징들은 드러나지 않는다. 산문 정신에 입각한 독특한 발상을 토대로 최소한의 시적 형식 속에서 새로운 형태미를 추구하고 있다. 시 형식을 빌려 시대적 가치에 대한 고민을 표출함으로써 새로운 시적 경향을 보여주고 있는 것이다. 일상적 언어 질서에서 의도적으로 탈피한 생경한 표현과, 과도한 상징어의 선택에서 벗어난 잔잔한 비유를 통해 작가의 가치관을 형상화하고 있다. 현실에 대한 비판적 인식을 바탕으로, '겨울-나무로부터 봄-나무에로'는 민중의 생명력에 대한 긍정과 현실 극복 의지를 절제된 감정으로 표현하고 있으며, '물증'은 인간이 추구해 온 가치를 비판하면서 그 속에서 '우리'의 참모습을 조망하고자 하는 작가 정신이 드러나 있다. 따라서 삶의 양상의 변화에 주목하고 통념에서 벗어난 사회 인식 태도를 개성적인 표현방식으로 드러내고 있다는 점에서 교과서에 수록할 만하다. 다양한 시대의 작품을 반영해야 하고, 시대를 대표하는 작가와 작품이며, 이념의 포괄성을 달성할 수 있는 작품이어야 한다는 선정 원리에 부합된다고 볼 수 있다.

4) 선정 작품의 효율성 검증

이 글에서 제안한 시 작품의 선정 원리의 타당성을 검증하고, '문학적 측면', '교육적 측면', '편성적 측면'에서 선택된 작품들이 기존 교과서에 수록된 작품의 대안으로서 학생들에게 교육적 효과를 거둘 수 있을지에 대한 효율성을 검증하기 위해 대응표본 t-test를 시행하고 그 결과를 분석해 보았다. 10점 척도를 활용한 설문조사를 실시하고, 이 자료를 바탕으로 SPSS 프로그램을 활용해 얻어진 수치를 해석해 보았다.

설문에 참가한 대상은 시 지역에 위치한 학교의 국어 교사 10명과, 인근의 두 학교에 근무하는 교사 20명을 합해, 총 30명의 국어 교사에게 설문지 방식으로 조사를 하였다. 해당 학교에서 채택하고 있는 시 작품과 연구자가 제안한 시 작품을 상호 비교하게 하고, 어느 작품이 시 교육에 효율적인지에 대해 10점 평점 방식을 활용해 답하게 하였다. 교과서 시 작품의 적합성과 효율성을 평가하기 위해, 문학적 측면을 평가할 수 있는 항목으로 '비유와 상징의 참신성', '표현 및 발상의 독창성', '심미적 가치의 형상성'을 설정하였으며, 교육적 측면과 관련해서는 '학생 경험과의 관련성', '학생 반응 유도의 효과성', '내면화 가능성', '수준의 적절성'을 제시하였다. 또한, 편성적 측면의 타당성을 검증하기 위해 '시기 안배의 적절성', '작가와 작품의 대표성', '이념적 비편중성'을 평가 항목으로 선정하였다. 이렇게 10개 항목을 설정해 이에 대해 답하게 하고, 이를 종합적으로 고려해 최종적으로 작품이 시 교육에 활용하기에 어느 정도 적합한지를 각 평가 항목별로 10점 평점으로 응답하도록 했다.

연구자가 제안한 작품 선정 원리와 그를 토대로 선택한 작품이 시 교육적 상황에서 효율적인지, 각급 학교에서 채택하고 있는 교재에 수록된 시 작품이 학생 지도에 적합한지를 파악하기 위해 다섯 개의 세부 항목으로 나누어 적절성을 판단하게 하고, 이를 수렴해 총평의 형식으로 점수를 부여하도록 하였다. 조사의 객관성을 확보하고 외적 요인에 의한 평가의 임의성을 제거하기 위해, 연구자가 선정한 작품은 연구자가 제안한 것이라는 사실을 밝히지 않고, 두 평가 대상 중에서 어느 것이 적절한지에 대해 밝혀 줄 것을 요청하였다.

'연구자가 제안한 선정 원리에 의해 마련한 작품과, 기존 교과서에 수록된 작품 사이에는 효율성의 차이가 있을 것이다'라는 가설을 토대로 수행된 조사의 결과는 아래와 같이 밝혀졌다.

〈표2〉 대응표본 통계량

		평균	N	표준편차	평균의 표준오차
대응1	기존 작품	60.5833	30	11.5165	3.3245
	제안 작품	66.7500	30	9.2748	2.6774

〈표3〉 대응표본 상관계수

		N	상관계수	유의확률
대응1	기존 작품 & 제안 작품	30	.825	.001

〈표4〉 대응표본 검정

	대응차					t	자유도	유의확률 (양쪽)
	평균	표준편차	평균의 표준오차	차이의 95% 신뢰구간				
				하한	상한			
대응1 기존 - 제안	-6.1667	6.5064	1.8782	-10.3006	-2.0327	-3.283	11	.007

두 변수의 대응표본 상관계수는 0.825로 상당히 강한 상관을 보이고 있다. 기존 작품의 평균과 제안 작품의 평균 차이 즉, 대응차$_{paired\ difference}$가

-6.1667(60.5833 - 66.7500)이고 표준편차는 6.5064, 표준오차는 1.8782이다. 이 평균 차이의 95% 신뢰구간은 [-10.3006 ~ -2.0327]이며, 이것은 0을 포함 하고 있지 않으므로 제안 작품의 선정 효율성은 기존 작품보다 나은 것으 로 판단할 수 있다. 그리고 T검정을 해 보면 유의확률(양쪽) = 0.007 〈 0.05이므로, 유의수준 0.05에서 두 작품군作品群 간의 평균 차이는 유의미 하다고 할 수 있다.

결론적으로 연구자가 제안한 선정 원리에 의해 마련한 작품과, 기존 교 과서에 수록된 작품 사이에는 효율성에 있어 유의한 차이가 있다고 볼 수 있다. 또한 평균값이 높은 연구자가 제안한 시 작품을 선호한다고 할 수 있다. 따라서 문학적 측면, 교육적 측면, 편성적 측면이라는 작품 선정 의 기준과 원리가 시 교육 현장에서 활용될 작품을 선정하는 의미 있는 잣대가 될 수 있으며, 이러한 원리에 의해 마련해 본 작품 역시 교육적 활용도 측면에서 기존의 수록 작품보다 학생들에게 효과적일 것으로 판단 된다.

4. 시 작품 선정을 위한 관점의 선회旋回

현행 고등학교 국어교과서에 수록된 시 작품의 선정기준을 비판적으로 고찰하고, 이에 대한 대안으로서 바람직한 시 작품 선정 기준에 대한 원리 를 제안하고 그러한 원리에 부합되는 구체적인 작품을 살펴보았다. 시 교 육을 위해 선정되는 작품은 문학적 측면, 교육적 측면, 편성적 측면을 균형 잡힌 시각으로 대등한 입장에서 고려해야 할 것이다. 세 측면 중 어느 한 쪽을 일방적으로 강조한다든지, 혹은 어느 한 측면을 폄하하는 편향된 시각을 고수해서는 바람직한 선정 태도가 될 수 없을 것이다. 이상적 견지에서 본다면, 문학적, 교육적, 편성적 측면들을 모두 충족시키는 작품을 교육 제재로 선정하는 것이 가장 바람직한 것일 수 있으나, 적어도 세 측면들 중에서 어느 하나 혹은 둘 이상을 만족시킬 수 있어야 한다. 다만 국어교과서에 수록된 작품들의 면면을 살펴보았을 때, 문학적, 교육적, 편성적 측면에 부합하는 작품들이 고루 분포되어 있어야 할 것이다.

문학적 측면에서는 형식과 내용의 차원에서 시 고유의 독자성을 드러내고 있는 작품을 선정해야 함은 물론 문학에서 다루는 미적 범주를 고루 반영한 작품을 교과서에 수록할 필요가 있다. 하지만 문학적 측면의 원리에 부합되는 작품들 모두를 교육 현장에서 수용할 수 없기에 문학적 원리에 적합한 작품들 중에서 교육적 측면의 원리에 해당하는 '목표', '내용', '방법'의 준거를 동시에 충족시키는 작품을 선택해야 한다. 즉, '가치'와 '수준', '흥미'를 고려해야 한다. 교육적 가치성을 전제로 한 작품이되 학생의 수준을 고려하고 흥미를 유발시킬 수 있는 작품이어야만 시 교육의 본질적 목표에 도달할 수 있기 때문이다. 원론적 차원에 해당하는 문학적 측면과 교육적 측면의 원리를 고려한 이후에, 실질적이고 구체적인 차원에서 '시기'와 '이념'적 측면의 요소를 살필 필요가 있다. 편성적 측면의 원리에 해당하는 '시기'는 시기적 편향성과 폐쇄성에서 벗어날 것을 강조한 개념이다. 시문학사와 비평적 연구를 토대로 다양한 시기의 작품을 포괄할 수 있는 개방성을 견지하되 시대를 대표할 수 있는 작가와 작품이 선정되어야 한다. 또한, '이념'과 관련해서는, 시교육의 본질적 목표를 추구하는 거시적 이념의 틀 속에서 특정 이념과 가치에 편중된 작품 선정 태도는 지양되어야 한다. 특정 이념에 대한 편중성은 온전한 시교육의 목표 성취에 걸림돌이 될 뿐만 아니라 다양한 경험과 가치관의 형성이라는 측면에서도 한계를 가질 수밖에 없기 때문이다.

문학교육방법론

자기 점검 전략을 활용한 시 읽기

●
○

1. 읽기 과정으로서의 시 감상

읽기는 텍스트 중심의 단선적인 해독decoding을 넘어서는 것이다. 낱말의 의미 이해와 그것들의 조합이 텍스트의 전체적 의미를 일관되게 보장해 주지는 않는다. 필자와 텍스트에 절대적 권위를 부여하고, 객관화된 도식적 의미 파악에 주안점을 두던 읽기 방식은 '독자'에게 자리를 넘겨준 지 오래다. 인지심리학의 관점을 도입함으로써 읽기를 독자의 인지과정으로 보고, 읽기를 독자의 능동적인 지각, 기억, 그리고 문제해결(김건수 외, 1991)을 위한 과정으로 파악하게 되었다. 또한 구성주의의 도움을 받아 읽기를 독자와 텍스트 상호간의 작용(최지현 외, 2008)으로 인식하고, 개인의 인지 처리는 물론 사회 공동체의 의미 구성 과정으로 보고자 하는 확대된 견해가 지배적이다.

읽기를 텍스트에 전제된 절대적 의미를 파악하기 위한 고정되고 획일화된 작업으로 보지를 않고, 개별 독자의 인지 처리 과정에 중심을 두고 진행되는 담화공동체 상호간의 의미 구성 과정으로 파악하는 태도는, 시 읽기에서도 많은 시사점을 준다. 구성주의 읽기 원리에 따르면, 시 읽기를 통해 도달하고자 하는 작품의 의미는 개인의 의미 구성 행위를 통해 구현되는 것이며, 학습자 개인의 경험이나 지식, 세계관(이경화, 2010)에 의해 다양하게 접근 가능하다. 결국 시 읽기를 통해 터득되는 의미와 정서는 독자의 자기 인식의 흐름과 조절 작용을 통해 형성되는 것이며, 더 크게는 담화공동체와의 협의를 통해 자기 인식을 수정하고 통합해 가는 과정인 것이다.

언어 처리 과정을 효율적으로 설명하고 있는 Lichtheim의 모형에 따르면, 시 읽기는 여러 두뇌 영역들의 결합적 처리 과정에 해당한다. 감각기관으로 들어온 시청각 정보가 베르니케라는 두뇌의 일정 부분으로 송부되면, 거기에서 적절한 음운 표현을 찾아내고, 이 표현이 두뇌의 개념중심부에 보내지게 되어 의미해석(김진우, 2011)이 이루어진다는 것이다. 이러한 논의는 시 읽기가 두뇌의 신체 활동과 밀접한 관련성이 있음을 보여주는 것 외에도, 시 읽기가 다양한 두뇌 영역의 활성화를 기반으로 수행되는 복합적인 사고 과정임을 보여준다는 데 의의가 있다.

언어 처리가 두뇌의 일정한 영역에서 이루어지는 총체적인 사고 과정이라 할지라도, 읽기 과정에서의 의미 파악이 단선적 형태로 이루어지는 기계적이며 일률적인 처리 과정은 아니다. Stemberg는 지적 사고를 위한 정보처리의 구성요소를 상위성분, 수행성분, 지식획득 성분으로 항목화하고, 이들의 개별적 특징을 상세화함으로써 정보 처리를 위한 독자의 의식적인 작업 조절과정을 강조하였다. 그에 따르면 상위성분metacomponents은 정보 처리를 위한 문제의 인식과 범주화, 계획, 평가를 위한 활동과 관련성을 가지며, 수행성분performance components은 문제해결을 위한 실질적 차원의 실천에 관여하는 것이며, 지식획득 성분은 정보를 약호화하고 개별 요소들을 전체로 통합시키는 기능(Robertson, 2003)을 하는 것이다.

즉, 읽기를 통해 이루어지는 사고는 독자적인 역할을 담당하는 두뇌의 개별 영역들이 상호 관련성을 맺는 가운데 이루어지는 것이기는 하나, 기능의 수행은 독자의 자발적인 의지에 의해 이루진다는 것이다. 이와 유사한 맥락에서 인간 의식의 자발적 조절 능력을 강조한 Ornstein의 견해(이봉건, 2009)를 통해서도 이를 입증할 수 있다. 그는 인간의 정보 습득은 일방적이고도 수동적으로 이루어지는 것이 아니라고 본다. 이는 인간의 의도화된 감각, 지각, 기억, 그리고 사고에 의해 정보를 단순화하고 선택하며, 그러한 행위를 유도하고 감독하는 자기 조절 능력을 활용함으로써 행위의 우선순위를 결정하고, 독자가 가진 기존 인식과의 불일치를 탐지함은 물론 이를 해소해 나가는 자발성에 주목한 것이다.

이처럼 시 읽기에서 독자의 자발적인 사고 과정과 의미 구성 역량을 강조할 경우, '상위인지'에 대한 관심은 효율적인 시 읽기 방법을 모색해 나가는 데 도움을 줄 수 있다. 시의 경우, 상징적 의미의 발견과 근거의 확충 그리고 다양한 정서의 유발과 공감의 가능성을 염두에 둔다면, 상위인지에 관한 논의는 무엇보다 중요한 요소에 해당하는 것이다. 상위인지 metacognition는 자신이 수행하고 있는 인지과정을 의도적이고 의식적으로 통제하는 것으로 규정된다. 시 읽기 과정을 상위인지 개념으로 파악할 경우, 시 읽기에서의 핵심은 자기 점검 전략이 되는 것이다. 상위인지의 본질이 자기 사고과정에 대한 인식과 그것의 조절능력을 의미하는 것이기에, 시 읽기에서 상위인지를 강조한다면 읽기 과정에 대한 독자 자신의 점검과 조정이 무엇보다 우선시되어야 한다.

Whitney의 언어처리 모형을 통해 이를 확인할 수 있다. 그는 언어 이해의 과정을 설명하기 위해 외부의 시청각적 감각자극을 기억하고 저장하는 감각 기억부, 언어와 관련된 지적 작업이 처리되는 단기 저장부, 필요한 정보를 인출할 수 있도록 소멸되지 않게 기억하는 장기 저장부를 가정한다. 하지만 무엇보다 그는 이러한 모든 처리 장치들의 기능과 역할을 가능하게 하는 '통제 처리 절차'(김진우, 2004)를 강조한다. 감각 자극에 대한 반응을 계획하고 수행하도록 하거나, 감각 통로의 오류나 정보의 흐름을 수정하기도 하고, 단서를 바탕으로 장기 저장부의 검색을 명령하기도 하고, 저장된 정보를 발견해서 조작하는 등의 매개적 조절 기능이 핵심적이라고 본다.

2. 시 읽기에서의 자기 점검 전략

일반적인 텍스트 읽기와 시 읽기는 차별화되어야 한다. 텍스트 자체의 속성과 향유하는 방식, 그리고 독자의 기대나 반응양상의 차이에 따라 시 작품은 일반 텍스트와는 다른 읽기 방식을 요구하게 된다. 의미 중심의 일반 텍스트는 텍스트의 내적 정보를 기반으로 한 수렴적 읽기가 요구되며, 텍스트 정보와 밀접한 관련성을 가진 독자의 배경지식을 즉자적으로 연결하고 재인, 인출, 확인함으로써 독자 나름의 정보로 재구성해 나가게 된다. 이런 점에서 일반 텍스트는 텍스트의 연결성과 통일성을 토대로 한 추론적이고도 축자적인 의미 구성력과 독자의 자발적인 해석력이 강조된다.

이와 달리 시는 함축적 의미뿐만 아니라 음악성과 회화성, 그리고 심미적 서정성을 텍스트의 근본 자질로 삼고 있기 때문에 일반 텍스트의 의미

지향적 읽기와는 차별화될 수밖에 없는 것이다. 시 텍스트 자체가 다층적 영역을 포괄하고 있기에 이 모두를 통제하고 조절하면서 읽어 가지 않으면 시 본연의 감상에서 벗어나게 되는 것이다. 또한 해석의 다양성과 개방성, 그리고 개인의 경험과 읽기 태도에 따른 심미적 서정성의 차별화, 음악성과 이미지 연상의 다변화 등을 독자 스스로 인식하고 이를 제어해 나가는 것이 무엇보다 중요하다. 보편적 문학 담론 형성자들이 향유하는 방식으로 시를 읽어 나가되 다층적이고 중층적인 읽기 변수를 독자 나름대로의 개성에 따라 파악하고, 이를 바탕으로 읽기 목표를 수립하며 이에 도달하기 위한 과정을 점검, 조절해 나가는 것이 필요할 수밖에 없는 것이다.

시 감상의 본질은 논리적 비판적 사고에 있다고 하기보다는, 직관적 사고는 물론 정서나 감각과 같은 정의적 측면에 더욱 초점화되어 있다. 하지만 시상 전개를 통해 일정한 주제를 파악하고 작가의 가치관에 공감하는 행위는 사고의 속성에 관한 것이기에 자기 전략을 통한 사고는 시에서 도외시 될 수는 없다. 한편 시 감상에서 중요한 요소로 자리매김하고 있는, 다양한 감수성의 활성화와 정서의 확장, 상상력의 심화는 독자의 개별적이고도 자기중심적 반응 태도와 관련된 것이기에, 시 감상에서의 자기 점검 전략의 활용은 일반적 읽기보다 중요한 위치에 있다고 할 수 있다. 상징어의 의미를 파악한다든지, 자신의 경험을 통해 시어와 관련된 상상을 이끌어 낸다든지, 특정 상황이나 시의 여백에서 독자 자신만의 독특한 정서와 감수성을 활성화시킨다든지, 시어의 연쇄 속에서 독특한 음색이나 이미지 등을 연상하는 활동은 철저히 개별 독자의 몫이며 감상자에 따라 다변화되는 것이기 때문이다.

그러므로 시 읽기의 효율성을 높이기 위해서는 자기 점검 전략을 활용하는 상위인지에 대한 관심이 절실하다. 시 작품을 감상할 때 개인적 장단점을 파악하고(노명완 외, 2012) 이를 조절해 나가는 능력으로서의 상위인지에 주목하고 이를 교육함으로써 시 이해와 감상 능력을 학생 스스로가 향상시켜 나갈 수 있는 자생력을 키워 줄 수 있다는 점에서 의의를 갖는다. '주제와 연관된 사전지식이 무엇인지를 파악하며 그것을 활용하는 것이 작품 감상에 도움이 된다는 사실을 알고 이를 통제할 수 있는가, 작품 이해에 가장 효과적인 방법이 무엇인지를 아는가, 난해한 부분을 이해하기 위해 어떠한 노력을 해야 하는가, 작품의 함축성과 음악성, 회화성, 그리고 심미적 서정성을 다층적으로 파악하기 위해 적절한 읽기 방식을 수립하고 적용해 나가는가, 읽기 목표를 성취하기 위한 제반 과정이 효율적인지를 파악하고 이를 조절할 수 있는가, 담화 공동체의 일반적인 감상과 자신의 감상이 보여주는 차이를 인식하고 이를 해결하기 위해 수정된 읽기 방식을 고안하고 적용해 나가는가' 등의 자기 점검 전략은 작품에 대한 능동적인 감상력 증진에 상당한 기여를 할 것이기 때문이다.

　'전략'은 구체적인 상황에 적용 가능한 방법과 원리를 의미하는 것이다. 그러므로 시 읽기에서 자기 점검 전략을 모색하는 것은 개별 작품에 적용할 수 있는 일반적 수준의 읽기 전략을 탐색해 보고자 하는 것이다. 교사를 비롯한 작품 분석 전문가들의 해설에 절대적인 권위를 부여하고 이를 맹목적으로 수용하는 시 감상의 국면에서 벗어나, 학생들의 자발적인 감상력을 점진적으로 개선시켜 나가기 위해서는 '자기 점검 전략self-monitoring strategy'에 대한 일반화된 원리의 마련과 교육적 실행이 필요하다. 현행 교육과정에서도 상위인지를 이용한 읽기의 중요성을 강조하고, '읽기 과정의 점검과 조정'을 부각시키고자 함으로써 자기 점검 전략에 대한 관심을 보이고는 있으나 이에 대한 실질적이고 진면적인 교육적 방안의 제시에 있어서는 미흡하다고 할 수 있다. 따라서 이 글에서는 자기 점검 전략의 교육 요소와 이를 활용한 구체적인 교육 방법을 구안하는 데 초점을 두고 논의를 전개하고자 한다.

자기 점검 전략이 상위인지의 실체를 보여주며 상위인지의 작동 과정을 드러내는 실현 기제이자 방법이라는 점에 대해서는 연구자들의 일치된 합의가 존재한다. 하지만 전략의 내용에 대해서는 다양한 견해를 보이고 있는 것이 사실이다. Schumm과 Mangrum은 '작품 내용에 대한 자신의 친숙도 확인, 새 어휘 수 점검, 주제와 관련된 사전지식 떠올리기, 의미지도 그리기와 수정'을 자기 점검 전략으로 설정하고 있으며, Newell과 Simon은 '읽는 중에 형성된 개념을 이미지화하기, 새로운 정보를 사전지식과 결합하여 해석하기, 이해 정도를 확인하고 문제가 되는 부분 파악하기, 이해 과정에서 발생한 문제에 대한 다른 전략 찾기'를 제안하고 있다.

Vaughn과 Estes는 '이해되지 않는 부분 다시 읽기, 어려움의 출처 진단하기, 전체 내용을 다시 읽으며 정리하기, 책을 덮고 이해하고 있는 부분 정리하기'를, Davey는 '예측하기, 영상그리기, 문제찾기, 전략수정' 등을 제시하고, 특히 읽기 과정 중에 떠오르는 생각과 처리 과정들을 스스로 말해보게 하는 '사고구술Think-aloud'(윤웅진, 2001)에 주목한 바 있다. 또한, Devine은 '읽기에 장애가 되는 것이 무엇인지 설명하기, 글을 읽는 목적 분명히하기, 자기 질문 기법 활용하기, 글과 관련해서 가설을 설정하고 예측하기, 알고 있는 것과 새로운 것 연결하기, 다른 식으로 표현하거나 요약하기'(허재영, 2001) 기법의 활용을 강조하기도 한다.

O'Mally와 Chamot는 '선행구성, 방향화된 집중, 선별적 검증, 기능적 계

획, 지연적 발화, 자기관리, 자기평가, 자기강화'(신규철, 2006)를, Oxford는 '집중화, 계획과 조정, 평가'를 자기 점검 전략으로 보았다. 이러한 논의들은 단순한 전략의 제시에서 벗어나 읽기의 진행과정 전체를 염두에 두고서 일반화된 내용을 마련하고자 한 시도라 할만하다. Weinstein과 Mayer도 '시연 전략, 정교화 전략, 조직화 전략, 이해 점검 전략, 정의적 전략'(신재한, 2005)을 통해 읽기 과정 전반에 적용 가능한 일반화된 자기 점검 전략을 마련하고자 하였으며, 특히 이해의 측면뿐만 아니라 심리 정서적인 측면에서의 상위인지의 활용 가능성을 모색했다는 점에서 의의가 있다고 할 수 있다.

이러한 논의들은 비록 연구자들에 따라 강조하고자 하는 자기 점검 전략의 세부 내용은 다를지라도, 작품 읽기 과정에서 독자 스스로 자신의 사고 과정을 확인하고 점검하며 나아가 수정해 나가는 것의 중요성에 대해 공통된 인식을 하고 있다는 것을 보여준다. 아울러 내재화되어 있는 상위인지와 자기 점검 전략의 수행과정을 구체적인 형태로 가시화可視化하고자 한다는 데 초점을 둘 필요가 있다. 이러한 자기 점검 전략이 결과적으로 읽기의 효율성을 높이는 데 기여할 수 있음을 입증하고자 하는 논의들이다. 그러므로 자기 점검 전략을 시 읽기 교육에 적용하고자 할 때에는 개별적인 전략의 파상적인 나열보다는 읽기 과정 전반을 아우를 수 있는 원리의 마련이 선행되어야 한다.

3. 자기 점검 전략의 교육적 요소

앞의 논의를 토대로 이 글에서는 '사고와 정서에 대한 이질적 초점화,

사고와 정서의 외재화와 분석수행'의 과정을 통해 자기 점검 전략에 접근해 보고자 한다. 상위인지는 독자 스스로 작품을 읽어 나감으로써 자신의 사고와 정서 형성 과정을 계획, 점검, 수정해 나가는 능력이다. 따라서 몇몇 전략을 마련하고 이를 작품 감상의 과정에 적용해 보고자 하는 시도보다는, 자신의 사고와 정서 흐름이 어떻게 전개되고 있는지를 명확히 인식하고 이를 점검하고 보완해 나가는 자발적 과정에 초점을 두는 것이 좀더 본질적이라 본다.

1) 이질적 요소에 대한 '초점화' 전략

읽기 중에 유발되는 사고와 정서의 흐름에서 발견되는 이질적 요소에 대한 '초점화'를 자기 점검 전략의 교육 요소로 설정한 이유는, 상위인지의 존재를 인정하고 그것이 작품 읽기에 영향력을 행사한다는 것에 합의를 한다면 자신의 사고와 정서 진행과정을 의식하고 확인하는 작업이 무엇보다 중요하기 때문이다. 작품을 읽고 내용을 파악하기에만 급급한 것이 아니라, '작품'은 물론 '나'라는 독자의 존재를 스스로 자각하며, 작가의 견해와 불일치하는 내용들이나 공감할 수 없는 요소들, 혹은 의미 파악에 어려움을 겪는 항목, 생경한 심미적 정서나 이미지, 낯선 운율적 요소 등에 대해 주목하는 '이질적 요소에 대한 초점화'는 상위인지를 활성화하는 전략에 해당한다고 볼 수 있다. 작품을 읽으면서 떠오르는 생각이나 작품을 이해하고 분석하며 감상하기 위해, 나 자신이 수행하는 제반 정신활동의 문제점과 예상하지 못한 생경함과 부조화, 혹은 비공감적 요소들을 명확하게 인지하는 것은 매우 유의미하기 때문이다. 이는 자신의 읽기 방식이나 내용으로 파악할 수 없는 요소들에 대한 주목뿐만 아니라, 읽기 진행

과정 중에 발견되는 읽기 방식과 사고 및 정서 진행과정의 모순성이나 불협화음까지를 포괄하는 것이다.

Chafe의 주장에 따르면, 인간은 담화의 결속 관계를 토대로 주제를 도출하고 이를 자신의 의식과 관련지어 중심과 주변으로 가름할 수 있을 뿐만 아니라, 의식의 흐름 속에서 초점이 되는 사항들에 주목할 수 있는 능력을 가지고 있다고 보고, 이를 의식의 영속성(이기동, 2000)이라 명명한다. 또한 유식학唯識學의 관점에 의하면, 인간은 인식을 일으키는 원인 인자因子를 집적하고 있으며, 그 인자는 조건이 주어지면 자연스럽게 발현(김도남, 2007)된다. Van Dijk은 담화의 내용 영역에 대해 독자가 가지고 있는 배경 지식의 구조를 내용 스키마로 규정하는 것과는 별개로, 작가가 어떻게 자신의 생각을 구성해 나가는지에 대해 독자가 가지고 있는 지식을 '상위 구조에 대한 지식', 즉 구조 스키마로 정의함으로써 사고와 정서 형성 과정에 대한 자발적 인식의 성향에 주목하였다.

이러한 논의들은 모두 인간이 가진 자기 사고와 정서 과정에 대한 인식의 자발성에 주목하고 있다. 자기 사고와 정서 흐름에 대해 인식을 한다는 것은 글을 읽어 가는 과정 중에 이루어지는 자신의 생각의 흐름을 안다는 의미뿐만 아니라, 사고와 정서의 흐름을 조절하고 수정, 보완할 수 있는 능력을 동시에 가지고 있음을 뜻한다. 시 읽기 과정에서의 자기 사고와 정서에 대한 인식은, 단순히 글을 읽고 있는 자신의 행위와 사고 및 정서의 진행 과정을 스스로 느끼고 인식하는 차원만이 아니라, 글을 읽어 가는 과정 중에 필요한 적절한 사고와 정서의 조절과 통제까지를 포함하는 것이다. 상위인지는 단순한 자기 사고와 정서의 흐름과 작용 양상에 대한 지각과 이해뿐만 아니라 판단(이성영, 2009)의 차원까지를 아우르는 것이기 때문이다.

그러므로 사실상 자기 사고와 정서 과정에 대한 인식 능력이라는 것은 텍스트와 관련된 제반 요인과, 사회 문화적인 맥락 요인, 그리고 독자 요인으로서의 인지적이고 정의적인 요소(김봉순, 2002)들을 이해하고 활용하고 평가하며 스스로의 사고와 정서를 조절, 통제하는 것까지를 포괄하는 것이다. 상위인지를 활성화함으로써 작품의 읽기 능력을 향상시키고자 할 경우에 무엇보다 중요한 것은, 자신의 사고와 정서 과정을 단순히 지각하는 것에서 벗어나 다양한 읽기의 국면에서 자신의 사고와 정서가 어떻게 작용하고 조절되어 나가는지를 파악하고 이를 개선해 나가는 것이다. 그러므로 사고와 정서 과정에 대한 인식은 정확히 말하면, 읽기 상황이나 조건의 변화에 따라 자신의 사고와 정서가 어떻게 다양하고도 적극적으로 대응하면서 읽기의 목표 성취를 위해 진행해 나가는지를 감지하는 것이라 할 수 있다.

이처럼 다양한 읽기 자극에 따른 사고와 정서 반응 과정의 차등화를 탐지하고 조절해 나갈 수 있는 것이 자기 사고와 정서 과정에 대한 인식으로 본다면, 시 읽기에서 효율성을 담보할 수 있는 전략에 대한 살핌도 필수적이라 할 수 있다. 시 읽기에서 사고와 정서 과정에 주목하는 것도 결국은 시 읽기의 효과를 극대화하기 위한 것이며, 이러한 목표에 도달하기 위해서는 효과적인 사고와 정서의 전개를 가능하게 하는 요인에 대한 고찰이 필요하다. 시 작품을 읽기 위해 어떤 바람직한 사고와 정서의 과정을 따라야 하는가. 이러한 물음에 답을 줄 수 있는 것은 '전략'이라는 개념이다.

획일화되고 고정된 사고와 정서가 아니라 다양한 읽기 상황에서 효과적으로 대처할 수 있는 사고와 정서를 가능하게 하는 근본적인 단서는 어떤 전략을 활용하는가에 달려 있는 것이다. 전략은 기능과 구별된다. 기능이 구체적인 국면에 관여하는 실천적 활용성(천경록, 2013; 김명순, 2011)에 해당한다면, 전략은 기능을 조절하고 통제하며 수행 가능하게 하는 원리라고 할 수 있다. 그러므로 전략은 기능을 작동하게 하는 상위 개념(천경록, 2011)에 해당하는 것이다. 낯선 작품에 접근해서 내용을 탐색하고 확인하며, 작품 내적요소와 사회 문화적 맥락을 통합하고, 뿐만 아니라 작품과 독자의 사전지식을 통합해서 해석(옥현진, 2013)하는 등의 활동은 기능과 전략의 상호작용으로 이루어지게 된다. 하지만 자신의 읽기 과정을 성찰하고 효율성을 평가하는 등의 작업은 전략이라는 고차원적 원리의 지배를 받게 된다.

전략은 구체적이고 개별적인 활용 능력으로서의 기능을 포괄하면서 다소 추상적이고 원론적인 차원의 작용 원리를 의미하는 것이기에 실제성과 일반성에 걸쳐서 작용한다. 이처럼 전략은 일반적인 차원의 속성을 가지는 것이기에 읽기에서의 전략을 '요약하기, 예측하기, 명료화하기, 추론하기'(이상구, 2004)로 설정하든, '이해 형성하기, 해석 개발하기, 독자-텍스트 관련짓기, 내용과 구조파악하기'(김국태, 2005)로 제시하든, '계획하기, 점검하기, 평가하기'(최숙기, 2011)로 하든, 작품 읽기에 적용 가능한 실질적인 방법들이 사고와 정서 형성 과정의 인식과 조절이라는 보편적 범주에 귀속될 수밖에 없다.

시 읽기에서 상위인지에 주목하고 이를 활성화하기 위한 교육적 시도에서는 자기 자신의 사고와 정서가 어떻게 흘러가고 어떻게 작동하며 기능하는지에 대해 학생들이 '인지'할 수 있도록 지도되어야 하며, 또한 사고와 정서 과정의 효율성을 보장하고 실제적인 사고와 정서의 진행과정을 조절하고 통제하는 방법으로서의 '전략'에 대한 안내도 병행될 필요가 있다. 자기 점검 전략은 예상하지 못했던 문제 상황이나 이질적 요소에 직면했을 때 적극적으로 수행되는 것으로, 자기의식의 점검과 문제 해결을 위한 방안 마련과 재구성을 지향하는 과정이다. 이러한 점에 주목한다면 '이질적 요소에 대한 초점화 전략'은 '이질적 요소 감지→회상 및 재평가→반성적 재조직화→확인 및 점검'의 과정을 따르는 것이 바람직하다. 이러한 과정은 읽기 과정 중에 잠시 읽기를 멈추고 자신의 사고와 정서가 어떻게 흘러왔으며 사고와 정서의 실체가 어떤 것인지를 의도적이고도 의식적으로 감지하고 이를 평가하고 재구성하는 작업에 해당한다.

읽기는 독자의 개별적 과정에 해당하며, 의미나 정서의 파악, 이미지 형성, 리듬적 요소의 체감 역시 독자 자신이 스스로 납득할 수 있는 연결고리(김명순 외, 2012)를 만들어 가는 과정에 해당한다. 또한 읽기의 대상은 형식적 측면의 작품 텍스트에 제한되지 않는다. 작품의 내면에 감추어진 내용적 측면의 텍스트(권순희, 2003)는 물론, 외재적 작품과 독자와의 교섭을 통해 독자의 내면에 형성된 독자 내면의 텍스트로 확장될 필요가 있다. 뿐만 아니라 사회 문화적 맥락과 함께 독자와 관련된 측면도 중요한 대상으로 고려되어야 한다. 독자의 배경지식, 독자의 사고와 정서 형성 과정, 사고와 정서 유발 과정을 활성화시키는 기본적인 전략, 읽기 과정을 지배하고 조율해 나가는 사고와 정서의 조정력 등을 주되게 고려할 수 있어야 한다.

그러므로 '이질적 요소 감지'는 말 그대로 감상 과정에서 택한 읽기 방법과 전략으로 해소하지 못한 인지적 정의적 측면에 문제에 직면하게 되었을 때, 물리적 시간의 흐름에 따라 진행되는 읽기 행위를 잠시 중단하고,

낯선 요소에 대해 다시 한 번 주목하는 것이다. 읽기에서 의미와 정서의 처리는 문자를 읽어 가면서 동시적이고 즉자적으로 이루어지기도 하지만, 시 작품과 같이 상징적이고 함축적인 의미를 내재한 텍스트인 경우에는, 다른 읽기 자료와는 달리 독자의 사고 과정과 심미적 정서의 활성화 태도에 더욱 무게가 실리게 된다. 이때 독자 자신의 사고와 정서 자체에 주목하기 위해서 읽기 행위를 멈추고 자신의 사고와 정서에 눈을 돌림으로써 사고와 정서의 실체와 내용에 주목하게 하는 것이 필요하다. 이질적 요소 파악은 지금까지의 읽기 과정을 되돌아봄으로써 자신의 사고와 정서의 진행 과정을 살피고 조절하기 위한 준비단계에 해당한다. 사실상 '되짚어 보기'와 '차별성과 문제점 의식하기'를 수행할 때 의미를 갖는다고 볼 수 있다.

　하지만 매 순간 아무 곳에서나 읽기를 멈추고 이질적 요소 파악하기를 감행할 수는 없다. '기능'과 '전략'적인 측면에서 유의미하거나 중요하다고 판단되는 부분에 한해서 멈춤은 이루어져야 한다. 즉 되짚어 볼만한 이유와 가치가 있는 부분에서, 그리고 의식하기를 시도해야 할 필요가 있는 곳에서 이루어지는 것이 마땅하다. 읽기를 멈추는 이유는 흘러간 읽기의 과정 중에 작용되었던 다양한 사고와 정서들을 되살펴 보되, 좀더 의도적이고 의식적으로 사고와 정서의 내용과 전개 과정을 분석하고 점검, 조정해 나가면서 읽기의 효율성을 증대시키고자 함이다. 다만 수행의 차원에서는 동시적으로 처리될지라도, 인식적 차원과 절차상에 있어서는 분명히 구분되는 것이기에 단계를 나누고자 한다.

　이질적 요소에 대한 인식을 통해 전략을 활성화하였다면 이어서 기존의 정서나 이해 관습과 차별성을 가지거나 문제적 요소로 등극한 사안에 대해 기존의 배경지식을 회상하고 읽기 방식을 점검하며 이를 재평가하는 과정을 거치면서, 반성적 사고 활동을 통해 새로운 해석과 감상 결과를 재조직하는 작업을 이루어 나갈 수 있어야 한다. 읽기를 멈추고 지난 사고와 정서 과정을 되짚어 자신의 사고와 정서를 의식적으로 살피기 위해서는 기능과 전략의 차원을 모두 고려하되, 작품과 맥락뿐만 아니라 독자적 요소까지도 의식의 대상이 됨을 놓치지 말아야 한다. 읽기 작업에 있어서 읽기 방법들의 구체적인 실현 양상에 초점이 맞추어져 있는 기능적 측면과 관련해서는, 텍스트에서 '의미가 모호하거나 난해한 부분, 재해석의 여지가 있거나 새로운 의미나 정서를 발견한 부분, 통사구조나 문맥에 있어서 재탐색의 여지가 있는 부분, 독자의 기본 이해방식에서 벗어난 비유나 상징이 있는 부분, 이미지 형성에 있어 어려움을 느끼는 부분, 운율이나 여타의 시적 구성 요소와 관련해서 새로움이나 난해함을 발견한 부분' 등에 한정시킬 필요가 있다.

텍스트를 대상으로 한 영역뿐만 아니라, 사회 역사적 상황 맥락이나 독자와 관련해서도 되살핌을 시행해야 할 부분은 존재한다. '텍스트의 요소중 맥락과의 관련성이 있다고 판단되는 부분, 텍스트와 맥락의 연결에 어려움을 느끼는 부분, 상황 맥락과 관련해서 재고찰해야 할 필요가 있다고 생각하는 부분, 상황 맥락과 관련된 독자의 배경지식을 인출하거나 활성화해야 할 필요가 있는 경우, 작품과 관련된 독자의 경험을 환기하거나 내면화를 시도하고자 할 경우, 작품에 대한 새로운 해석적 시도가 유의미하다고 판단되는 경우, 작가적 견해에 대해 비판적 시도가 이루어지는 경우'가 그에 해당한다.

전략과 관련해서는 보다 고차원적 수준에서 일반적인 원리를 점검하고 조정하는 작업이 필요하며, 이를 위해 이질적 요소에 대한 되살핌은 필수적이다. 전략은 작품 읽기를 효율적으로 수행할 수 있는 실질적인 방법의 제시와 그것을 보완하고 조절하는 상위 인지적 요소이다. 그러므로 글의 이해를 위해 자신의 인식 체계가 어떤 전략을 활용하고 있는지를 점검하며 그것의 효용성을 평가하고 새로운 전략을 탐색하고 제시해서 적용해 나가기 위해 이질적 요소에 대한 초점화가 필요하다. '읽기 과정에서 자신이 활용한 전략에 대한 인지와 점검, 활용 전략의 구체적인 실현 양상에 대한 재고찰과 평가, 전략의 수정 가능성과 여부에 대한 판단, 새로운 전략의 세부 내용에 대한 고찰, 새로운 전략의 장단점 파악, 새로운 전략의 적용에 대한 기대와 예측' 등을 텍스트와 맥락, 독자와의 관련성 속에서 모색할 필요가 있다.

2) 자기 사고와 정서에 대한 다층적 '집중화' 전략

머릿속에서 이루어지는 사고와 정서의 형성 과정은 정리되지 않은 비순차성과 복합적 형태를 띠기 마련이다. 뿐만 아니라 자신의 생각을 명확하게 파악하고 그 전개 과정과 세부 내용을 평가하고 판단하기 위해서는 언어의 도움을 받아 외재적인 형태로 가시화할 필요가 있다. 글 읽기 과정 중에 어떤 지식이 동원되고 있는지, 어떤 관점들이 얽혀 있는지, 생각이 어떤 순차성으로 진행(정종진, 2013)되는지를 살피기 위해서는 명료화 작업이 필요한 것이다. 실제 읽기에서의 사고와 정서는 파상적이거나 비약적인 형태로 작용하기도 하며, 복합적(이기동, 1992)이고도 직관적(김정주, 2001; 송영진, 2005)으로 이루어지기도 한다. 뿐만 아니라 단기 기억 용량의 제한이나 주의 분산, 실수(석봉래, 2003) 등의 원인으로 인해 이상적인 사고와 정서를 전개해 나가지 못하기도 한다.

따라서 전체적인 구조 안에서 사고와 정서의 내용과 흐름을 파악하기 위해서는 비가시적인 속성을 지닌 사고와 정서를 외재화하는 것이 무엇보다 필요하다. 사고와 정서 과정을 구술 언어나 문자 언어의 형태로 표현하고 이를 대상화해서 분석해 나가는 것이 자기 사고와 정서의 흐름은 물론 기능과 의미(김진우, 2008)를 제대로 파악하는 방법일 수 있다. 독자 자신의 사고와 정서 과정을 머릿속으로 인지하는 차원에서 벗어나 이를 언어적 구조물로 객관화하는 것은 자신의 여러 가지 사고와 정서를 재음미하고 자신에 대해 반성적(이성영, 2001)으로 돌아볼 수 있음은 물론, 자신의 사고와 정서에 대해 분석하고 비판함으로써 체계적(박진용, 2013)으로 다루는 계기가 될 것이다.

읽기 과정 중에 자신의 생각을 확인하고 점검하기 위한 방법의 일환으로, 사고와 정서 과정에 대한 초점화 이후에 언어를 매개로 자신의 사고와 정서를 표현하는 작업이 필수적이다. 작품을 읽어 가는 과정 중에 발생한 다양한 사고와 정서를 입말이나 글말(천경록, 2002; 이영철, 1991)로 표현할 수 있어야 한다. 이때는 '자기 사고와 정서에 다층적으로 집중하기→매체 선택과 표면화하기→재분석하기'의 과정을 따르는 것이 바람직하다. 사실상 읽기 과정 중에 발생하는 사고와 정서는 독자가 인지할 겨를도 없이 진행되기도 하며, 자기 사고와 정서를 의식하더라도 모든 사고와 정서의 과정이 유의미한 가치를 지닌다고 보기는 어렵다. 그러므로 표현하기에서는 선택적으로 자신의 사고와 정서에 집중하는 것이 효과적이다.

'자기 사고와 정서에 다층적 집중하기'는 머릿속에서 진행되는 사고와 정서에 다시 한 번 주목하고 표현의 가치가 있는 사고와 정서의 실체를 선택하는 단계라고 할 수 있다. 읽기 과정 중에 발생하는 모든 생각을 언어로 표현하는 것은 무의미한 일이기에, 단편적이거나 반복적으로 재현되는 사고와 정서보다는 작품 이해에 도움이 되고 확장적이고 추론적인 사고와 정서로 발전할 수 있는 요소들에 대해 주목하는 것이 유용할 것이다. 작품이나 상황맥락, 독자 및 필자와 관련해서 환기되는 단순한 내용 확인이나 정서 유발 차원의 사실적 사고와 정의적 사고보다는, 비판적 사고나 추론적 사고 혹은 전략적 사고와 같은 본질적이고 고차원적인 요소들에 주목할 필요가 있다.

작품의 내용이나 구조, 구성 요소, 혹은 작품과 관련된 사회 문화적인 상황맥락의 세세한 항목들, 그리고 작품과 맥락을 통해 환기되는 독자의 사전지식이나 경험 내용, 정서와 같은 사실적이고 정의적 측면의 사고도 '집중'의 대상이 될 수도 있다. 하지만 그러한 것들이 독자의 읽기 과정에서 문제를 유발하거나 목표 성취와 관련해 특별한 어려움을 드러내지 않는다면, 좀더 핵심적인 사고와 정서 내용으로 관심을 돌릴 필요가 있다는 것이다. 읽기 과정에서 무의식적이고 자동적으로 처리되는 사고와 정서 내용에 대해서는 특별한 주목이 불필요할 수도 있다. 재고의 여지없이 자연스럽게 처리되는 사고와 정서는 읽기 과정에서 특별한 문제를 야기하지 않기 때문이다.

집중의 대상이 되는 자기 사고와 정서는 일차적으로 텍스트를 기반으로 해서 유발되는 모든 사고와 정서가 될 수 있다. 이를 '기반적 사고와 정서'로 명명할 수 있다. 작품 텍스트의 구조나 형식, 그리고 내용적 요소라는 자극에 의해 유발되는 다양한 사고와 정서가 집중의 대상이 될 수 있다. 텍스트의 형식과 내용으로 인해 독자가 떠올리게 되는 이해의 측면과 지식의 차원, 뿐만 아니라 정서적인 요소들까지도 포함될 수 있다. 나아가 텍스트 자체 외에도 텍스트와 관련된 상황맥락도 텍스트를 기반으로 해서 유도되는 사고와 정서이기에 '기반적 사고와 정서'의 범주에 넣을 수 있다. 다만, 이해에 있어 어려움을 유발하지 않거나 특별히 주목할 이유가 없는 사고와 정서는 집중의 대상에서 제외하고, 독자가 판단했을 때 읽기 이해를 위해 유의미하거나, 곤란을 겪는 항목들에 대해서는 의도적인 집중이 필요하다. 특히 기반적 사고와 정서는 텍스트와 관련된 단편적인 내용에 제한되기보다, 텍스트에 관한 다양한 사고와 정서를 활성화하는 과정이나 방법에 주목하고 이를 바람직하게 평가하고 조절해 나가는 사고와 정서에 관한 것이다.

텍스트를 기반으로 한 형식과 내용에 관한 사고와 정서뿐만 아니라, 독자 자신의 내적 요소에 기반한 사고와 정서에도 주목할 필요가 있다. 독자의 내면이나 성향, 배경지식, 공감대, 가치관, 경험 등을 토대로 유발되는 사고와 정서에 해당하는 것으로, 독자의 자율적 속성이 강하게 드러나는 것이기에 '자율적 사고와 정서'로 명명하고자 한다. 독자의 성향에 의해 활성화되는 자율적 사고와 정서도 작품에 기반한 것이기는 하지만, 작품 자체에 대한 분석과 이해보다는 작품을 토대로 확산적으로 형성되는 독자의 다양한 자발적 사고와 정서 반응에 주목하고자 하는 것이다. 작품에 반응하기 위해 독자의 성향이나 가치관을 충분히 인출하고 활용하고 있는지, 작품과 관련된 독자의 경험을 환기하고 이를 작품 감상에 적용하는 과정이 효율적인지, 독자의 가치관, 정서, 혹은 공감 능력을 작가의 그것과 결부시키기 위한 노력과 과정이 바람직한지의 여부를 살피는 활동이다. 작품의 이해는 작품이 유도하는 고정적 테두리에 구속되기보다는 독자의 개성에 의해 발산적으로 사고와 정서를 확장해 나가는 것이 중요하기에, 자기 사고와 정서에 집중하기 위한 대상으로서 독자의 자율적 사고와 정서 과정에 주의를 기울이는 것은 무엇보다 의미가 있다.

<표1> 사고에 대한 다층적 집중화 전략의 세부 항목

다층적 자기 사고와 정서	세부 내용과 대상
기반적 사고와 정서	텍스트의 구조, 형식, 구성 요소, 내용 항목 관련 사고
자율적 사고와 정서	독자의 내면, 성향, 정서, 배경지식, 공감대, 가치관, 경험 관련 사고
조정적 사고와 정서	읽기 과정의 기획, 사고 진행 과정의 오류 진단, 평가 대안 마련, 수정 및 조절 능력 관련 사고

텍스트 요소에 주목하는 기반적 사고 및 정서와 독자의 성향이나 내면적 요소에 집중하고자 하는 자율적 사고 및 정서 외에, 조정적 사고와 정서에도 초점을 둘 필요가 있다. 읽기 과정을 계획하고 점검, 수정해 나가는 조정적 사고와 정서는 자기 조절 능력을 스스로 점검하고 평가하고자 하는 데 의의가 있다. 상위인지에 주안점을 둘 경우에는, 텍스트를 분석하고 내용을 파악하는 사고 및 정서와, 텍스트를 토대로 유발되는 독자의 반응 양상에 주목하는 사고 및 정서보다는 조절과 통제의 측면에 무게를 두게 마련이다. 자신의 사고와 정서를 어떻게 기획하고 진행해 나가며, 진행 과정 중의 오류나 개선점을 어떻게 효율적으로 진단하고 평가하며, 적절한 대안을 마련하고 이를 유효적절하게 적용해 나가는 조절 능력을 향상시키기 위해, 조정적 사고와 정서에 집중하는 것은 매우 중요한 일이라

할 수 있다.

자기 사고와 정서에 대한 다층적 집중화 이후에는 표현 매체를 선택해서 언어적 결과물로 표현하는 작업이 이루어져야 한다. 사고와 정서의 차원에서 머릿속으로 다층적 집중화가 이루어진 이후에 자기 사고와 정서를 표면화시켜 이를 좀더 명확히 할 필요가 있기 때문이다. 따라서 음성 매체를 선택하든 문자 매체를 선택하든 궁극적으로는 사고와 정서 과정을 청각적 시각적으로 집적해서 객관화된 결과물로 남길 수 있어야 한다. 읽기 과정 중에 떠오르는 유의미한 사고와 정서 내용을 음성 매체를 활용해 표현할 수도 있으나, 음성 매체의 제약으로 인해 순간적인 외적 표현이라는 한계가 따를 수밖에 없다. 그러므로 음성 매체를 활용한 경우라도 발화를 녹음하고 이를 최종적으로는 문자 매체로 시각화하는 작업이 필요하다.

사고와 정서 과정을 표면화해서 기록으로 남겼다면 이제는 분석하는 단계로 이행할 때이다. 사고와 정서 과정 기록물은 작품 내용 이해나 기억과 관련된 항목, 작품과 관련된 다양한 상상과 반응, 활성화된 사전지식의 내용, 환기된 경험 및 심리와 관련된 연상(김창원, 2009), 확장된 다양한 사고와 정서뿐만 아니라 의문제기, 예견, 이해 조정(박순경, 1996)을 위한 전략들이 포함되어 있다. 결국 텍스트의 특정한 요소에 선택적으로 주목하고 이를 독자 내면의 개별 요소를 기반으로 또 다른 텍스트로 전치되고 융합(김도남, 2007)되는 과정을 표현해 놓은 것이다.

사고와 정서 과정은 주관성의 개입(손예희, 2012)이 절대적이다. 그러므로 사고와 정서 과정 분석에 있어서는 읽기 목표의 성취를 위한 사고와 정서의 전개 과정과 내용이 얼마나 논리적(김미란, 2012)인지, 정서 형성이 적절한지에 초점을 맞출 필요가 있다. 읽기는 개별 독자에 따라 다양한 읽기가 가능하며, 그 의미 해석에 있어서도 뒷받침하는 근거에 따라 유일성에서 벗어날 수 있다. 또한 좋은 읽기란 기존의 이해방식을 넘어 새로운 근거와 해석, 그리고 감상을 내놓는 것이기에 논리성은 분석을 위한 핵심 기준이 될 수 있는 것이다.

'내용을 충분히 이해하였는가, 그 근거는 무엇인가', '창의력과 상상력을 발휘하면서 읽었는가', '뒷받침할만한 근거가 있는가', '글을 이해하기 위해 무엇을 더 알아야 하는가', '그 내용은 무엇이며 근거는 어디에 있는가', '독자와 관련하여 읽었는가'(정기철, 2000), '반응 내용과 형성된 심미적 정서는 어떠하며 근거는 무엇인가', '읽기의 계획, 조절, 수정의 과정은 적절한가', '그 근거는 어디에 있는가'라는 질문들을 마련하고 이를 통해 언어 결과물을 분석할 수 있어야 한다. 읽기에서 독자가 어떤 과정과 이해 방식, 근거를 통해 의미구성과 감상, 또한 정서 형성에 도달했는지를 파악하는 것이 분석의 핵심 사항이기에, 사고와 정서 내용에 대한 단편적인 확인 차원에서 벗어나, 작품 분석을 위해 독자가 동원한 분류, 추론(이승희, 2010; 최숙기, 2011), 분석, 종합, 판단과 같은 '생각하는 방법과 과정' 전반에 대한 점검과 수정 차원의 분석이 되어야 마땅하다.

4. 자기 점검 전략을 활용한 시 읽기의 실제

이 글에서는 시 읽기 교육에 적용할 수 있는 자기 사고와 정서 점검 전략으로 '이질적 요소에 대한 초점화'와 '사고와 정서의 다층적 집중화'를 강조하였다. 읽기 과정 순간순간 자신의 읽기 전략이 어떻게 적용되고 있는지 확인하고, 읽는 동안 자신의 내면에 떠오르는 다양한 사고와 정서의 내용들을 확인하고 점검하며 이를 수정하고 보완해 나가는 전반적인 과정을 의도적으로 '인식'함은 물론, 심리적 현상으로만 진행되는 이러한 사고와 정서 과정을 표면화시켜 그 과정을 좀더 객관적으로 분석하는 것을 강조하고자 하였다. 이제 시 읽기의 실제에서 이러한 자기 점검 전략을 구현해 나가는 절차와 방법을 보이고자 한다.

1) '이질적 요소의 초점화'를 통한 자기 사고와 정서의 재구성

시 작품 읽기에서 자기 점검 전략을 활용한다는 것의 의미는 자기 스스로 자기 사고와 정서를 조절하고 점검해 나간다는 것이다. 실제 읽기 과정 중에 고안되고 적용되는 읽기 방법으로서의 기능과 전략은 독자의 성향에 따라 다양할 수밖에 없다. 그러므로 사실상 읽기 목표를 성취하기 위해서는 개별 기능과 전략의 개발보다 더 중요한 것이 자기 사고와 정서 자체를 되짚어 보고, 그 중에서 의미 있는 사항들을 선택해서 집중적으로 의식의 중심부로 표면화시키는 작업이다. 작품 자체의 의미 파악에만 집중됨으로써 자칫 글을 읽고 있는 '자신'에 대한 인식은 망각되기 쉽다. 텍스트에 몰입하되 절대적인 텍스트 몰입에서 물러나 글을 읽고 있는 자기에게로 시선을 돌리는 것이 급선무이다.

글을 읽어나가는 중에도 다양한 사고와 정서가 진행되기 마련이다. 하지만 읽어 가는 중에 자기 사고와 정서에 집중하게 되면 자칫 텍스트에 중심을 둔 읽기의 초점이 방해를 받을 수도 있으며, 다양한 맥락과 과정이 동시에 개입됨으로써 오히려 혼선을 초래할 수도 있다. 따라서 본격적인 자기 사고와 정서에 대한 인식은 멈춤과 되짚기를 통해 시도되는 것이 마땅하다. '이질적 요소 파악→회상과 재평가→반성적 재조직화'의 과정을 통해 자기 사고와 정서의 점검은 이루어질 수 있다. 실제 작품 읽기에서 이러한 과정이 진행되는 양상을 백석의 「흰 바람벽이 있어」를 바탕으로 구체화해 나가고자 한다.

오늘 저녁 이 좁다란 방의 흰 바람벽에
어쩐지 쓸쓸한 것만이 오고 간다
이 흰 바람벽에
희미한 십오촉 전등이 지치운 불빛을 내어던지고
때글은 다 낡은 무명샤쯔가 어두운 그림자를 쉬이고
그리고 또 달디단 따끈한 감주나 한잔 먹고 싶다고 생각하는 내 가지가지 외로운 생각이 헤매인다.
그런데 이것은 또 어인 일인가
이 흰 바람벽에
내 가난한 늙은 어머니가 있다
내 가난한 늙은 어머니가
이렇게 시퍼러둥둥하니 추운 날인데 차디찬 물에 손은 담그고 무이며 배추를 씻고 있다
또 내 사랑하는 사람이 있다
내 사랑하는 어여쁜 사람이
어늬 먼 앞대 조용한 개포가의 나즈막한 집에서
그의 지아비와 마주앉아 대구국을 끓여 놓고 저녁을 먹는다
벌써 어린것도 생겨서 옆에 끼고 저녁을 먹는다
그런데 또 이즈막하야 어늬 사이엔가

이 흰 바람벽엔

내 쓸쓸한 얼굴을 쳐다보며 / 이러한 글자들이 지나간다

- 나는 이 세상에서 가난하고 외롭고 높고 쓸쓸하니 살어가도록 태어났다

그리고 이 세상을 살어가는데

내 가슴은 너무도 많이 뜨거운 것으로 호젓한 것으로 사랑으로 슬픔으로 가득 찬다

그리고 이번에는 나를 위로하는 듯이 나를 울력하는 듯이

눈질을 하며 주먹질을 하며 이런 글자들이 지나간다

- 하늘이 이 세상을 내일 적에 그가 가장 귀해하고 사랑하는 것들은 모두 가난하고 외롭고 높고 쓸쓸하니 그리고 언제나 넘치는 사랑과 슬픔 속에 살도록 만드신 것이다

초생달과 바구지꽃과 짝새와 당나귀가 그러하듯이

그리고 또 프랑시쓰 쨈과 도연명과 라이넬 마리아 릴케가 그러하듯이

　　　　　　　　　　　　　　　　　　　 - 백석, 「흰 바람벽이 있어」, 전문.

시 읽기는 학생 자신의 사전지식과 경험을 작품과 연결지으면서 상상력을 활성화시키고 다양한 정서와 감흥을 느끼며, 자신의 이해방식대로 시적 의미를 재해석하는 활동이 핵심적이기에, 읽기 과정에서는 학생들의 자기 사고와 정서를 존중하면서 읽을 수 있는 충분한 시간을 허용하는 것이 무엇보다 중요하다. 자기 사고와 정서에 충실한 허용적 읽기가 일정 부분 수행된 이후에, 교사는 학생들로 하여금 작품과 관련해서 유발된 학생 자신의 사고와 정서에 주목하게 할 필요가 있다. 읽기를 멈추고 지나온 자신의 읽기 과정과 사고 및 정서 흐름을 되짚어 볼 수 있는 기회를 부여해

야 한다.

'이질적 요소 파악' 단계에서 중요한 것은 언제 읽기를 멈추고 왜 멈추어야 하며 무엇을 할 것인가에 대한 분명한 이해이다. 시 작품에 대한 완전한 이해와 감상에 도달하기 위해서는 한 번의 읽기에 그쳐서는 곤란하다. 거듭 읽어 가면서 독자의 읽기 과정과 사고 및 정서 흐름을 탐색하고 조정해 가면서 완성도를 다듬어 갈 수 있어야 한다. 따라서 1차 읽기와 2차 읽기 그리고 읽기를 거듭해 나갈 때, 멈추고 주목해야 할 부분은 달라질 수밖에 없으며, 독자는 이를 스스로 조절하고 통제할 수 있어야 한다.

1차 읽기 단계에서는 텍스트의 구조와 형식, 그리고 내용에 초점을 두어야 하며, 텍스트가 환기하는 정서와 의미를 파악하기 위해 독자의 사전지식과 경험을 인출하고 텍스트와의 적극적인 관련성을 유지할 수 있어야 한다. 독자의 자연스러운 호흡에 따라 시를 읽어 가되 낯선 비유어나 상징어, 특별한 의미와 정서가 함축되어 있다고 판단되는 시어들이 멈춤의 대상이 된다. 2차와 3차의 읽기를 거듭해 나갈수록 시어에서 행, 행에서 연, 연에서 작품의 전체적 구조와 관련해서 세세한 측면의 멈춤과 통찰이 요구된다.

〈표2〉 읽기 단계별 멈춤의 대상과 표지

읽기 단계별	멈춤의 대상	멈춤의 표지
1차 읽기 단계	텍스트의 형식, 구조, 내용, 독자의 사전지식, 경험	시어, 행
2차 및 3차 읽기 단계	텍스트와 독자 내면의 교섭 심화, 텍스트와 맥락의 교섭 심화	행, 연, 작품의 전체 구조

구체적으로 지적하면, 시어의 의미가 생소한 부분, 연결성이 예상에서 벗어난 부분, 의미나 정서의 흐름이 변화하거나 주의를 환기시키는 부분, 시적 화자나 시적 대상, 어조, 운율, 이미지 등과 같은 시적 구성 요소에 있어서 주목할 만한 부분, 장면이나 분위기가 전환되는 부분 등은 텍스트 자체의 요소와 관련해서 멈춤이 필요하다. 그리고 텍스트를 기반으로 환기되는 독자의 독특한 사전지식이나 경험이 있다면 이 또한 멈춤의 대상이 되는 것이다. 나아가 제시된 시 작품의 범위를 넘어, 작품과 관련된 사회 문화적 맥락과 상호 교섭하는 사고와 정서에 대한 멈춤도 필요하다.

위 작품의 경우는 1차 읽기에서 시어나 행 표지와 관련해서 '좁다란 방, 흰 바람벽, 십오 촉 전등, 낡은 무명샤쯔, 외로운 생각'이 초점화의 대상이 될 수 있다. 또한 장면의 전환을 통해 새로운 의미나 정서를 드러내고 있는 또 다른 행의 표지에 해당하는 '가난한 늙은 어머니, 차디찬 물, 배추를 씻고 있다' 등의 시어들도 멈춤의 대상이다. 이와 유사한 흐름에서 '내 사랑하는 사람, 개포가의 나즈막한 집, 지아비와 저녁을 먹는다, 어린것'이라는 시어들도 멈춤을 가능하게 하는 요소가 될 수 있다.

2차와 3차 읽기를 진행해 나가면서 '흰 바람벽에 지나가는 글자들'에 대한 초점화가 본격화될 필요가 있다. '세상에서 가난하고 높고 쓸쓸하니 살아가도록 태어났'지만 그것이 '하늘이' 나를 '가장 귀해하고 사랑하는' 이유임을 스스로 터득해 나가는 화자의 심리적 변화 과정을 이해하고 공감할 수 있는, 개별 시행들의 단서가 멈춤의 대상이 될 수 있어야 한다. 1차 읽기가 텍스트 내용 이해가 중심이라면 2차와 3차 읽기에서는 텍스트에 대한 내면화 및 상황 맥락과의 관련성으로 읽기의 영역이 확장될 필요가 있는 것이기에, 독자의 취향이나 개성에 따라 멈춤의 대상이나 표지를 가변적으로 설정할 수 있어야 한다.

　'이질적 요소 파악' 이후에 진행되는 '회상과 재평가'는 멈춘 이유를 스스로 찾아보고, 읽기 과정 중에 진행되어 온 자신의 사고 및 정서 흐름과 내용을 반추하는 단계이다. 멈추기 이전의 시어나 행, 연과 작품의 구조를 다시금 살피고 지금까지 감상을 진행해 오면서 독자의 의식 속에 남아 있는 사고와 정서의 흔적을 탐색해 나가고자 하는 것이다. '이해나 분석을 위해 어떤 사고방식을 활용하였는지, 의미 파악이나 정서 유발의 어려움이 있었던 부분을 어떻게 극복해 나갔는지, 읽기 과정에서 어떤 방법과 기능을 활용하였으며 이를 수정하고 보완하기 위한 전략은 어떤 것이었는지, 텍스트와 관련된 사회 문화적 맥락의 인출과 활성화 과정은 어떠했으며 문제점과 보완의 가능성은 없는지, 텍스트와 연계된 독자의 사전지식과 경험 인출의 적절성 그리고 내면화의 과정이 효율적이었는지, 읽기의 진행 과정에서 사고와 정서의 흐름이 원활했으며 사고와 정서의 조절과 통제가 바람직했는지' 등에 대한 점검이 필요하다.

　읽기 과정에 대한 되짚기를 통해 자기 사고와 정서의 진행 양상을 살폈다면 이제는 '반성적 재조직화' 단계에 접어들 수 있다. 이 단계는 재평가를 통해 파악한 자기 사고와 정서 내용이나 과정에서 꼼꼼한 살핌이 필요하다고 판단되는 사안에 대해 주목하고, 이를 점진적이고 지속적인 사고와 정서 활동을 통해 내용을 재구성하기 위한 부분에 해당한다. '선택'과 '의식' 역시 독자의 자기 판단에 의해 이루어지는 것이다. 하지만 여기서는 자기 읽기 과정과 사고 및 정서 과정을 점검함으로써 읽기의 효율성을 제고하기 위해 최우선적으로 성찰하고 보완해야 할 필요가 있다고 판단되는 사고와 정서에 대해 주목하는 것이 무엇보다 중요하다.

'흰 바람벽, 앞대, 개포, 울력 등과 같은 낯선 시어의 의미를 어떤 방법으로 파악하며 그 발견한 의미와 과정이 타당한가', '좁다란 방, 흰 바람벽이라는 공간과 사물이 환기하는 정서와 의미를 파악하기 위해 어떤 방법을 활용하였으며, 시어와 장면의 연결, 그리고 배경이 유발하는 정서적 의미를 어떻게 결합시켜 의미를 파악하는가', '나, 어머니, 어여쁜 사람이 환기하는 정서와 의미의 유사성과 차이점을 어떻게 파악했으며 그 과정이 올바른가, 또한 이와 관련해 독자에게 환기되는 정서와 의미는 어떠하며 그것의 조절 과정이 적절한가', '작품의 배경, 상황, 시적 대상, 시적 화자와 관련된 독자의 사전지식과 경험의 환기는 적절하며, 작품의 이해와 감상을 위해 유용한 것들인가', '고독하고 외로운 처지의 화자와 관련해 환기된 독자의 사전지식과 경험이 잘못되었거나 부족하다면 이를 보완하기 위해 활용한 전략은 무엇이며 보완한 전략을 적용한 결과 어떤 효과를 거두었는가', '바람벽의 글자를 통해 독자는 어떤 의미와 정서적 체험을 하였으며, 그러한 체험이 가능하게 된 사고와 정서의 형성 과정이 타당하며 적절한 조정의 과정을 거쳤는가' 등의 내적 질문과 독자 자신의 대답을 통해 재구성하기를 시도해 볼 수 있다.

물론 위에 제시된 모든 질문들을 독자가 활용하기에는 무리가 따른다. 시간의 제약뿐만 아니라 독자의 읽기 능력에 따라 굳이 의도적으로 자기 사고와 정서에 선택적으로 주목하지 않더라도 자동적으로 처리되는 경우에는 주목할 필요가 없기 때문이다. 텍스트, 맥락, 독자의 내면, 그리고 사고와 정서 처리 과정의 차원에서, 읽기 과정 중에 읽기 목적의 성취를 위해 독자가 다시 한 번 살펴볼 필요가 있다고 생각하는 항목들에 대해 선택적으로 집중하고 이를 의식화하는 것이 효율적이다. 읽기의 횟수를 거듭해 나갈수록 멈추기와 되짚어보기, 그리고 선택적으로 의식하기의 내용과 수준은 달라질 것이며, 질문의 형태와 대답의 방법과 양상도 변화되어 나타날 것으로 기대한다.

2) '다층적 집중화'를 통한 자기 사고와 정서의 분석

이질적 요소에 대한 초점화를 통한 사고와 정서 내용의 반성적 재구성은 독자의 내면에서 이루어지는 활동이다. 독자의 자기 사고와 정서를 중시하고 자기 스스로 사고와 정서를 의식하고 조절하기 위해 철저히 개인적 수준에서 이루어지는 행위이다. 이와는 달리 '사고와 정서의 다층적 집중화를 통한 분석'은 개인적인 차원에서 행해졌던 사고와 정서의 조절 과정을 좀더 객관화시키기 위해 자신의 사고와 정서를 겉으로 표면화하고, 타인과의 소통을 통해 점검하고 보완함으로써 타당성을 증대시키고자 하는 단계에 해당한다. 선택을 통한 자기 사고와 정서의 인식을 다시금 언어화해서 분석하고자 하는 시도가 동일한 사항의 단순 반복으로 인식될 수도 있으나, 언어화를 통한 자기 사고와 정서의 분석은 시각화된 객관적 언어자료를 논리적으로 분석함으로써 사고와 정서의 다양한 측면을 좀더 체계화하고 합리화하고자 하는 시도이다.

사고와 정서를 언어화해서 분석하기 위해서는 먼저 자기 사고와 정서 과정 중에서 어떤 내용에 집중할 것인지를 선택하는 것이 선행되어야 할 필요가 있다. 내재적이고도 모호한 형태로 존재하는 사고와 정서들 중에서 표면화할 필요가 있다고 판단되는 사고와 정서들을 가려내는 작업이 여기에 해당한다. 그런 이후에는 언어매체를 활용해 다양한 방법으로 사고와 정서를 외재화하고 이로써 시각화된 언어 결과물을 일정한 기준과 논리에 의해 분석하는 과정을 거치게 되는 것이다. 즉 다층적 집중화를 통한 분석은 '자기 사고와 정서 다층적 집중→표현 매체 선택→결과물로 표현→분석'의 과정을 거쳐 진행될 수 있다. 이러한 과정을 이 글에서는 백석의 「남신의주 유동 박시봉방」을 통해 보이고자 한다. 다만, 이질적 요소에 대한 초점화 전략에서 다른 작품을 대상으로 다층적 집중화의 방법을 보일 수도 있으나, 다양한 작품을 대상으로 전략을 수행하는 방법을 제시하고 그를 통해 일반화를 도모하기 위해 새로운 작품을 선정해 보았다.

> 어느 사이에 나는 아내도 없고, 또, / 아내와 같이 살던 집도 없어지고,
> 그리고 살뜰한 부모며 동생들과도 멀리 떨어져서,
> 그 어느 바람 세인 쓸쓸한 거리끝에 헤메이었다.
> 바로 날도 저물어서, / 바람은 더욱 세게 불고, 추위는 점점 더해 오는데,
> 나는 어느 목수木手네 집 헌 샷을 깐, / 한 방에 들어서 쥔을 붙이었다.
> 이리하여 나는 이 습내 나는 춥고, 누긋한 방에서,
> 낮이나 밤이나 나는 나 혼자도 너무 많은 것같이 생각하며,
> 딜옹배기에 북덕불이라도 담겨오면,
> 이것을 안고 손을 쬐며 재 우에 뜻 없이 글자를 쓰기도 하며,
> 또 문 밖에 나가지두 않고 자리에 누워서,
> 머리에 손깍지베개를 하고 굴기도 하면서,
> 나는 내 슬픔이며 어리석음이며를 소처럼 연하여 쌔김질하는 것이었다.
> 내 가슴이 꽉 메어 올 적이며, / 내 눈에 뜨거운 것이 핑 괴일 적이며,
> 또 내 스스로 화끈 낯이 붉도록 부끄러울 적이며,
> 나는 내 슬픔과 어리석음에 눌리어 죽을 수밖에 없는 것을 느끼는 것이

었다.

　　그러나 잠시 뒤에 나는 고개를 들어,

　　허연 문창을 바라보든가 또 눈을 떠서 높은 천정을 쳐다보는 것인데,

　　이때 나는 내 뜻이며 힘으로, 나를 이끌어 가는 것이 힘든 일인 것을 생각하고,

　　이것들보다 더 크고, 높은 것이 있어서, 나를 마음대로 굴려가는 것을 생각하는 것인데,

　　이렇게 하여 여러 날이 지나는 동안에,

　　내 어지러운 마음에는 슬픔이며, 한탄이며, 가라앉을 것은 차츰 앙금이 되어 가라앉고,

　　외로운 생각만이 드는 때쯤 해서는,

　　더러 나줏손에 쌀랑쌀랑 싸락눈이 와서 문창을 치기도 하는 때도 있는데,

　　나는 이런 저녁에는 화로를 더욱 다가 끼며, 무릎을 꿇어보며,

　　어느 먼 산 뒷옆에 바우섶에 따로 외로이 서서,

　　어두워 오는데 하이야니 눈을 맞을, 그 마른 잎새에는,

　　쌀랑쌀랑 소리도 나며 눈을 맞을,

　　그 드물다는 굳고 정한 갈매나무라는 나무를 생각하는 것이었다.

　　　　　　- 백석, 「남신의주 유동 박시봉방南新義州 柳洞 朴時逢方」, 전문.

　사고와 정서의 언어화와 분석을 전제로 위의 작품을 읽어 가면서 독자의 의식 속에 강한 여운이나 의문을 남기는 사고와 정서에 대해 주목하는 것이 '자기 사고와 정서의 다층적 집중'에 해당한다. 읽기를 위한 사고는 텍스트 중심의 기반적 사고와 정서, 독자 내면 중심의 자율적 사고와 정서,

그리고 읽기 방법의 선택과 적용에 관한 조정적 사고와 정서 등 다양하다. 이처럼 사고와 정서의 다양한 측면을 재고찰하고 이 중에서 재고의 여지가 있다고 판단되는 사고와 정서에 대해 선택적으로 집중하고자 하는 것이 다층적 집중화 전략인 것이다. 언어화를 위한 자기 사고와 정서의 다층적 측면에 대한 선택적 집중은 읽기의 초반부에 시도될 수도 있고 독자의 자기 전략을 활용한 읽기가 최종적으로 마무리된 후에 이루어질 수도 있다. 읽기 독자의 읽기 능력이 미숙할 경우에는 읽기가 시작되는 무렵부터 자기 사고와 정서에 주목하고 이를 언어화함으로써 사고와 정서의 과정을 객관화하는 작업이 필요하다. 또한, 완숙한 독자의 경우에는 읽기 과정에서 자기 사고와 정서의 조절에 특별한 어려움이 없는 경우이므로, 읽기 과정을 끝낸 후 전체적으로 읽기 과정을 재점검하면서 특별히 주목할 만한 부분에 대해 언어화하는 시도가 필요하다.

　미숙한 독자의 경우는 '시어의 의미 이해, 시상의 전개 방식 분석, 시적 구성 요소의 파악, 단순한 차원의 의미와 정서 파악, 단조로운 수준의 기능과 전략의 모색, 단편적인 사고와 정서 과정에 대한 점검과 조절'에 초점을 두기가 쉽다. 그러므로 미숙한 독자라면 읽기가 시작되는 1차 읽기와 읽기의 초입부터 자기 사고와 정서에 주목하는 것이 바람직하다. 반면 완숙한 독자는 '심화된 의미 분석, 작가의 의도에 대한 비판적 고찰, 작품과 관련된 사회 문화적 맥락의 상세화, 작품과 관련된 다양하고 심도 깊은 사전지식과 경험의 환기와 분석, 작품의 내면화와 자기 삶과의 관련성 제고, 작품 읽기에 작용하는 사고와 정서의 전반적 흐름 파악과 조정 능력에 대한 성찰'과 같이 총체적이고도 심화된 관점에서 자기 사고와 정서에 주목하는 것이 요구된다.

위 작품과 관련해서 미숙한 독자라면 아내도 없고, 집도 없고, 부모 동생과 떨어져 있는 화자의 상황에 주목하고, 이를 통해 화자의 이미지를 상상하고 시적 정서를 환기해 나가는 사고 과정에 주목할 수 있다. 아울러 '어느 목수네 집 헌 삿을 깐 방'을 묘사하고 상세화한 시어와, 그곳에서의 화자의 생활과 정서를 통해 화자의 상황과 심리를 파악해 나가는 자기 사고의 활성화 과정에도 주목하게 된다. 결국 떠돌이 신세로 전락한 화자의 상황을 '방'이라는 공간을 통해 인식하게 되고, 화자에 대한 연민을 느낌으로써 화자의 처지와 당대의 시대상황에 대해 파악하게 되는 것이다.

완숙한 독자는 미숙한 독자가 사고와 정서의 전개 과정을 통해 파악한 화자의 상황과 심리적 정서, 그리고 당대의 실상 등을 동일하게 감지할 뿐만 아니라, 좀더 적극적이고 심도 깊은 사고와 정서를 통해 방이 갖는 이원적 의미와 정서, 분위기의 전환, 상황 개선의 가능성과 화자의 의지 등을 발견해 나갈 것으로 본다. '그러나'라는 시상 전환의 표지에 주목하고 '더 크고 높은 것이 나를 굴려가는 것을 생각'하는 화자의 심리 변화를 통해 '방'이라는 공간이 작품 전체를 통해 하나의 일관된 정서적 의미만을 드러내지 않는다는 것을 읽어 내게 된다.

또한, 완숙한 독자는 시상의 전개 과정과, 의미나 정서 구조의 변화, 시어의 차별성과 전환을 감지하고 이를 자기 사고와 정서 속에서 재해석해 나가면서, '여러 날이 지나는 동안' '슬픔'과 '한탄'은 '앙금이 되어 가라앉음으로써 화자의 내면은 '굳고 정한 갈매나무'에 대한 생각, 즉 새로운 정서로 충만하게 됨을 터득해 나가게 된다. 미숙한 독자와는 달리 새롭고도 깊은 의미와 정서를 파악해 내는 완숙한 독자의 읽기 과정에 어떤 이해 방식과 전략적 사고와 정서가 개입되었는지 주목하는 것은 유의미한 작업이 될 것이다.

자기 사고와 정서에 집중하기 위해서는 내적 질문을 통한 수행이 유용한 방법이 될 수 있다. 텍스트에 기반한 사고와 정서를 활성화하고 이에 주목하기 위해 '내가 파악한 시적 의미는 무엇이며 사고 방법과 과정은 올바른가, 의미와 정서 이해를 위해 행과 연의 정보를 충분히 활용하고 있는가, 작품 감상을 위해 형식적 구조와 구성 요소를 제대로 파악하고 있으며 이해의 과정은 어떠한가, 작품 이해의 걸림돌은 없으며 그것을 해소할 수 있는 방법은 무엇인가'라는 질문은 유용할 수 있다. 독자의 내면에서 일어나는 다양한 반응 양상에 주목한 자율적 사고와 정서를 탐색하기 위해서는 '이 작품은 나에게 어떤 영향을 미치는가, 작품과 관련해서 환기되는 배경지식은 타당하며 그 정보는 심화된 것인가, 작품의 세부 요소가 나의 가치관과 어떤 유사성과 차이점을 보이며 그에 대한 나의 판단은 어떠한가, 나의 경험과 성향이 작품을 토대로 구체적으로 환기되는가, 나의 경험과 사전지식이 인출되고 상세화되며 조절되어 가는 과정이 효율적인가'라는 질문을 활용하는 것이 바람직하다.

또한, 자기 사고와 정서의 내용과 진행 양상을 스스로 점검하고 조절해 나가는 조정적 사고와 정서를 위해서는 '나는 읽기 과정을 어떻게 계획하며 그 구체적인 내용은 어떠한가, 작품 이해를 수행하는 과정에서 발견되는 오류는 무엇이며 그것을 해소하기 위한 전략과 적용의 과정이 올바른가, 맥락 파악은 어떻게 이루어지며 그 진행 과정을 상세화해서 제시할 수 있는가, 나의 배경지식과 경험의 환기 과정은 타당하며 내면화는 어떤 식으로 이루어지고 있는가, 오류를 진단하고 평가하며 해결 방식을 모색하는 과정은 합리적인가, 나는 스스로 사고와 정서 형성 과정을 인식하고 조절하는 방법을 알고 적용해 가고 있는가'라는 질문들을 제시하고 구체적이고 실질적인 수준에서 대답을 모색해 볼 필요가 있다.

표면화할 대상으로서의 사고와 정서가 선택이 되었으면 이제는 언어 매체를 활용해 사고와 정서 내용을 표현하는 단계로 접어들 수 있다. '표현 매체 선택하기'와 '결과물로 표현하기' 과정이 그것이다. 음성 매체를 활용해 사고와 정서 과정을 드러내고자 할 경우에는 주목한 사고와 정서의 구체적 내용이 떠오를 때마다 입을 통해 음성으로 표현하는 것이다. 다만 음성 언어는 순간적 속성을 지니는 것이기에 기록을 해두지 않으면 분석의 단계에서 심도 있는 살핌이 어려울 수밖에 없다. 따라서 녹음기를 사용해서 녹음을 하고 이를 나중에 기록해서 정리하는 방법을 택하거나, 모둠별 활동을 통해 다른 구성원이 자신의 구술 내용을 듣고 기록하게 하는 방법을 택할 수도 있다.

한 사람의 읽기 과정 전반에 주목하고 진행되어 가는 사고와 정서 과정 전체를 단계별로 기록하게 하거나, 일정한 단계나 과정을 설정해 여러 사람들의 사고와 정서 과정을 기록함으로써 이를 비교하는 방법을 택하는 것도 유용하다. 문자 언어를 선택해 자신의 생각을 자기가 직접 기록물을 남기고자 할 경우에는, 읽기와 사고를 진행해 나가는 순간순간 떠오르는 생각과 느낌을 기록으로 남길 수도 있으며, 읽기 과정을 마친 후 전반적인 과정을 회상하면서 기록할 수도 있다. 이처럼 음성이나 문자 기록을 남기는 것뿐만 아니라, 영상이나 이미지 촬영을 위한 다양한 기기를 활용함으로써 읽기 과정의 태도나 움직임, 외적인 반응 양상도 기록물로 남겨 분석을 위한 자료로 활용할 수 있다.

'분석'은 자기 사고와 정서를 좀더 객관적으로 살피기 위한 시도로서 개인적 차원과 집단적 차원에서 이루어질 수 있다. 자기 사고와 정서에 대한 집중을 통해 개인의 내면에서 자기 점검이 이루어졌으나, 머릿속 활동은 다소 모호하고 명확한 과정과 절차를 확인할 수 없는 한계가 있기에 언어자료의 분석을 통해 자기 사고와 정서를 다시 한 번 점검해 보자는 것이다. 그리고 상대방의 사고와 정서 과정을 모둠별 활동을 통해 분석하고자 하는 시도는, 사고와 정서에 대한 다양한 분석과 견해를 제시할 수 있는 허용적 분위기를 마련할 수 있으며 이를 통해 개별적인 자기 사고와 정서의 점검과 수정은 물론 공동체가 합의하는 바람직한 사고와 정서 형성 과정을 모색해 나가는 계기가 될 수 있다.

분석은 내용 이해를 위한 사고 작용의 적절성이나 정서 환기와 내면화를 위한 사고의 효율성과 같은 수렴적 차원의 인지적 정의적 사고 작용은 1차적인 점검의 대상으로 삼아야 하며, 좀더 고차원적인 분석을 위해서는 추론, 예측, 비판, 상상과 같은 확산적 사고를 2차적 분석 대상으로 설정해야 할 필요가 있다. 특히 기획, 점검, 평가, 수정, 조절 작용과 관련된 사고 작용은 가장 중요한 분석의 대상이 되어야 하며, 이를 분석할 때는 결과에 초점을 둔 점검보다는 사고와 정서의 진행 과정과 절차에 대한 확인을 통해 합리적이고 효율적인 사고 과정을 돕는 쪽으로 분석이 이루어질 필요가 있다.

5. 시 감상의 효율성

이 글에서는 시 읽기에서 자기 점검 전략의 중요성에 주목하고 이를 활용할 수 있는 방안들에 대해 모색해 보았다. 읽기의 자발성을 강조하기 위해 상위인지를 활성화할 수 있는 직접적인 시 읽기 방법들이 강구되어야 함을 역설하기 위해, 그 일환으로 독자의 자발적인 자기 점검 전략이 시 감상에서 효과적일 수 있음을 강조하고자 하였다. 시 읽기에서 활용될 수 있는 자기 점검 전략의 요소들에 대한 단편적 나열보다는 보다 본질적인 차원에서, 읽기 과정에서 유발될 수 있는 다양한 사고 및 정서와 그러한 사고를 조절하고 이끌어 갈 수 있는 자발적 역량으로서의 자기 점검 전략이 매우 유의미함에 초점을 두었다.

자기 점검 전략을 강조함으로써 시 읽기의 효율성을 높이기 위한 교육 요소로 '이질적 요소에 대한 초점화'와 '사고와 정서의 다층적 집중화'를 설정하고, 이들 개별 요소들이 각각 '이질적 요소 감지→회상 및 재평가→반성적 재조직화'와 '자기 사고와 정서 다층적 집중하기→매체 선택해서 표현하기→재분석하기'의 세부 과정을 통해 실질적 국면에서 수행될 수 있는 가능성을 제시하였다. 시 감상의 궁극적인 목적은 독자의 적극적인 읽기를 통해 독자의 입장에서 작품과 소통하면서 의미와 정서를 형성해 나가는 것이라고 할 수 있다. 그러기에 '이질적 요소에 대한 초점화'는 보다 상위 수준에서의 자기 점검 전략에 해당하는 것으로, 이를 통해 자기의식의 구체적인 내용과 읽기 과정, 그리고 세세한 사고와 정서의 흐름을 인지하고 통제할 수 있으리라 본다.

또한, '사고와 정서의 다층적 집중화'라는 전략을 통해서는 내재화된 사고와 정서를 구체적 실체로 표면화시키고 이를 분석하는 작업을 통해, 심리적 차원에서 진행되어 왔던 자기의식과 정서의 면모를 살핌으로써 시 읽기의 효율성에 기여하고자 하는 것이다. 이러한 교육 요소들은 실질적 교육의 단계에서는 '이질적 요소의 초점화를 통한 자기 사고와 정서의 재구성', '사고와 정서의 다층적 집중화를 통한 자기 사고와 정서의 분석'이라는 보다 구체적인 활동으로 수행됨으로써 그 효과를 얻게 되리라 기대한다. 요컨대 시 읽기에서의 자기 점검 전략의 활용은 외적 정보로서의 단서를 활용해 단선적이고 일방적으로 작품의 정서나 의미를 파악하는 차원이 아니라, 자신의 내면에서 즉, 자기 사고와 사고의 전개 과정에 대한 인식과 조절을 통제함으로써 자발적으로 감상의 해법을 찾아가고자 한다는 점에서 유용한 시 읽기의 방법이 될 수 있으리라 본다.

문학교육방법론

비판적 사고 함양을 위한 시 감상

1. 비판적 사고의 교육 가능성

시 교육에서 비판적 사고는 가능한가. 시 작품의 수용은 작가와 독자의 정신적 교감을 형성하는 과정이며, 작품의 생산 역시 세상에 대한 글쓴이의 사고 과정이 개입된 흔적이다. 문학으로서의 시는 단순한 느낌이나 감수성만을 체험하게 하는 매개 역할에만 머무르지는 않는다. 따라서 시 감상과 창작에서 정서적 측면뿐만 아니라 인지적 측면을 강조함으로써 시 교육에서 사고력을 문제삼고자 하는 논의는, 시 교육의 영역을 확대하고 감상과 창작의 효율성을 높이자는 측면에서 의의가 있다고 본다.

시적 체험을 정신적 행위로 규정해 놓고 보면, 입증해야 할 많은 과제들이 남게 된다. 사고의 개념이 무엇인지, 사고의 층위는 어떠한지, 그 층위들을 어떻게 변별할 것인지, 특정한 사고의 하위 부류를 어떻게 시 교육에 적용할 것인지, 시 교육에서 사고력을 증진시킬 구체적인 방안은 무엇인지 등의 다양한 논의거리에 주목하게 한다. 특히 필자는 사고력의 하위 유형[1] 중, 비판적 사고가 시 교육에 어떤 함의를 가지고 이것의 교육적 가능성이 있는지를 살피고 구체적인 방법을 제시해 보고자 한다.

사고와 관련된 논의는 철학 분야의 오랜 화두이기에, 일차적으로 비판적 사고와 관련된 제반 논의를 펼쳐나가기 위해서는 철학에서 일구어 온 성과를 검토하는 것이 바람직하리라 본다. 사실상 철학적 입장에서의 비판적 사고는 논리적 규칙과 관련된 '논증argument'의 문제로서, 논증을 구성할 수 있는 사고능력2)으로 규정되는 것이 일반적이다. 이러한 입장은 서양철학에서 말하는 '비판'의 의미 영역을 따른 것으로, 개념이나 판단, 혹은 논증의 근거와 타당성을 따지는 작업3)에 한정하고 있는 것이다. 또한, 비판적 사고는 논증을 다룬다는 점에서 합리적 사고와 동일시 되기에, 비판적 사고는 이치에 부합하는 생각4)으로 받아들여지기도 한다.

이러한 입장을 여과없이 받아들인다면, 시 작품의 감상과 창작의 국면에서는 비판적 사고가 개입될 여지가 없어 보인다. 시는 삶으로부터 유도된 다양한 생각과 정서를 미적 언어로 풀어낸 형상물形象物이기 때문이다. 일반적으로는 비문학류의 글들, 특히 논설문과 같이 자신의 주장과 그에 대한 근거를 풀어내는 글쓰기만이 비판적 사고가 개입될 수 있는 글 형식으로 보인다. 하지만 비판적 사고가 갖는 외연外延을 확장해서 보고자 하는 적극적 태도를 갖고, 이를 뒷받침하는 철학적 논의를 찾아 이를 재해석해 나간다면 결과는 달라지리라 본다.

비판적 사고를 수동적이고 맹목적인 사고와 대립되는 개념으로 이해하

1) 윤여탁(2003), 『리얼리즘의 시정신과 시교육』, ㈜소명출판, p.238.
2) 박유정(2012), 「비판적 사고의 개발에 대한 논의」, 『교양교육연구』 제6권 제3호, 한국교양교육학회, pp.407.
3) 정병훈 외(2012), 『비판적 사고』, ㈜경상대학교출판부, p.12.
4) 이창후(2011), 『나를 성장시키는 생각의 기술』, ㈜원앤원북스, p.32-33.

고, 의도를 제대로 파악하기 위한 능동적이고 성찰적인 사고5)로 본다면, 시 교육에서 비판적 사고의 논의 가능성은 충분하다고 본다. 대상에서 비롯된 감각적이고도 다양한 정서 표출에 주력하는 시 작품을 제외한, 삶의 현장을 냉철한 이성으로 바라보고 작가 자신만의 관점을 토로함으로써 문제의식을 드러내고자 하는 작품의 경우에는, 비판적 사고라는 요소가 시 교육에서 중요한 고려 대상이 될 수 있다. 세계의 문제를 파악하고 인간 가치를 구현하기 위해, 시인은 자신을 둘러싼 사회 현실을 관찰하고 묘사하는 차원을 넘어 현실을 간파하는 의식6)을 가져야 한다. 작가는 사회적 상황과 맥락에 주목하고 그 속에서 현안 문제를 발견하며, 이를 자신의 관점에서 재해석하고 바람직한 대안으로서의 미래상을 제시하게 된다. 곧 '현안 문제, 관점, 맥락, 대안'이 철학적 논의에서 비판적 사고의 주요한 구성 요소7)로 인식되고 있음을 받아들인다면, 시 작품의 이해와 감상, 그리고 창작의 국면에서도 비판적 사고는 유효하다.

사유의 흐름을 추리라고 정의하고 이러한 생각의 과정을 언어화한 것을 논증8)이라고 한다면, 현실 사태에 대해 작가의 견해를 피력한 시 작품의 경우는 작가의 비판적 사고를 함축한 텍스트로 인정할 만하다. 또한, 작가는 사태에 대한 관찰을 토대로 자신만의 가치관을 시적 언어로 형상화할 때, 단순히 이미지나 비유 등과 같은 시적 요소들을 선택하기 이전에 '일련의 사고' 과정을 거친다는 측면에서 '논리적'9)인 판단을 하게 마련이다.

---

5) 박은진 외(2008), 『비판적 사고』, ㈜아카넷, p.21.
6) 오세영 외(2010), 『현대시론』, ㈜서정시학, p.232.
7) 박은진 외(2005), 『비판적 사고를 위한 논리』, ㈜아카넷, p.43-45.
8) 성홍기(2010), 『논리와 비판적 사유』, ㈜계명대학교출판부, p.35.
9) 송하석(2011), 『리더를 위한 논리훈련』, ㈜사피엔스21, p.15.

즉, 문학적 감수성이나 창조적 상상력 이외에도, 현상 속에 내재된 사태들 간의 관계나, 대상과 사물들과의 관계[10]를 파악하고자 하는 사고력을 발동하게 되는 것이다.

작가의 시선으로 포착된 세상 속의 다양한 현상과 견해들은 독자의 사고 과정 속에서 연결되고, 그러한 연결 과정 속에서 작가의 문제의식이 개입됨으로써 사실에 대한 새로운 인식[11]으로 발전하게 된다. 이러한 비판적이고 논리적인 과정 속에서 하나의 완성된 시 작품이 탄생되며, 이러한 비판적 인식을 거친 후에야 비로소 작가 자신만의 관점인 정체성[12]이 마련될 수 있는 것이다. 따라서 이 글에서는 비판적 사고의 본질을, 대상의 실체를 정확히 이해하고 이를 토대로 주체의 인식 과정에 따라 대상을 평가하고 의미를 부여하는 과정[13]으로 정의하고, 시 작품의 감상 과정에서 비판적 사고가 어떤 기능을 하며, 비판적 사고를 활용한 시 감상 방법의 구체적인 일면을 보이고자 한다. 이를 위하여 시 작품 중에서 정서 쪽으로 기울어진 시는 배제하고, 작가의 현실에 대한 분석과 판단, 그리고 평가가 우세한 시를 중심으로 살피고자 한다.

2. 비판적 사고 교육의 요소

'비판批判'은 기존의 인식에 대한 도전과 반항을 의미하지는 않는다. 옳

---

10) 소흥열(1992), 『논리와 사고』, ㈜이화여자대학교출판부, p.54.
11) 윤병태(2000), 『개념 논리학』, ㈜철학과현실사, p.191.
12) 송영진(2010), 『철학과 논리』, ㈜충남대학교출판부, p.242.
13) 박길자(2006), 「사회과교육에서 IPSO기법을 활용한 비판적 사고력 함양 방안」, 『사회과교육연구』 제13권 2호, 한국사회과교육학회, p.191.

고 그름과 잘잘못을 따져 평가하고 판단하는 일종의 사고 과정에 해당한
다. 이러한 개념에 충실할 때 비판적 사고 교육은 시 교육에도 적용가능하
며, 텍스트에 대한 이해와 평가 능력[14]을 기르는 것으로 수렴될 수 있다.
Newman과 Woolever & Scott[15]의 지적처럼 비판적 사고는 수동적이고 단
순 반응적 태도와는 달리 질문, 설명, 조직, 해석과 같은 주도적 참여를
강조하는 과정인 것이다. 따라서 이 글에서는 비판적 사고 교육의 요소로
'분석, 평가, 해결'[16]을 설정하고 이에 관한 세부 내용을 살펴고자 한다.
비판적 사고는 다른 사람의 생각을 검토하고 이를 토대로 이치에 도달하
려는 수정적[17]이고 개선적 행위로 이해할 수 있기 때문이다. 따라서 시
작품에서 작가의 의도를 분석하고 이를 독자의 가치관에 따라 평가하며,
나아가 궁극적으로 문제 상황을 극복하기 위한 대안으로서의 해결 전략을
모색하는 것은 비판적 사고 교육의 핵심 축에 해당하는 것으로 볼 수 있다.

1) 사유과정 이해를 위한 작품 '분석'

비판적 시 읽기를 위한 출발은 작품에 드러난 작가의 사고 과정을 따라
가는 것이다. 작가가 주목하고자 하는 현실의 사태는 무엇인지, 현실을
형상화하는 방법과 절차는 어떠한지, 현실에서 작가가 발견한 문제의식은
무엇인지, 현실 속에 존재하는 다양한 가치관들 중에서 작가가 선택한 가
치관은 무엇이며 가치 갈등은 없는지, 가치 갈등의 표출을 통해 작가가

---

14) 김광수(2012), 『비판적 사고론』, ㈜철학과현실사, p.43.
15) 이운발(2004), 「사회과에서 고등 사고력 함양과 관련한 단원 재구성의 방략」, 『현장연
　구』 제25호, 경북대학교 사범대학부속국민학교, p.92.
16) 이좌용 외(2009), 『비판적 사고』, ㈜성균관대학교출판부, p.16.
17) 윤영진(2004), 「툴민의 정당근거론이 비판적 사고 교육에 주는 도덕적 함의」, 『윤리교
　육연구』 제25집, 한국윤리교육학회, p.45.

의도하는 바는 무엇인지 등을 분석적으로 살필 필요가 있다. 시 텍스트를 읽으면서 시어를 통해 발견할 수 있는 내용 요소들의 비교와 대조 그리고 종합[18]을 통해 표면화된 의도뿐만 아니라 행간에 숨어 있거나 누락된 작가 의식들까지도 파악해야 하는 것이다.

작품을 작가의 사유가 반영된 증거물로 보고, 이를 읽어 가는 과정 중에 작가 의식을 이해하고자 하는 활동은, 수동적인 작품 감상과는 구별되는 것이다. 시적 구성 요소의 분석을 통해 이루어지는 내재적 작품 탐색이, 결국에는 작가의 관점을 따져 묻기 위한 외재적[19] 읽기의 선행 요인이 되기 때문이다. 작가의 현실 인식과 사유의 과정이 어떻게 작품 속에 반영되고 형상화되었는지를 파악하기 위해서는 일정한 과정을 거쳐 작품을 분석적으로 보아야 한다.

그림1. 작가의 비판적 사유를 파악하기 위한 작품 분석 흐름

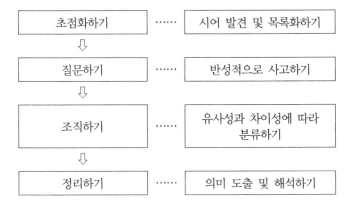

초점화하기	……	시어 발견 및 목록화하기
질문하기	……	반성적으로 사고하기
조직하기	……	유사성과 차이성에 따라 분류하기
정리하기	……	의미 도출 및 해석하기

---

18) 원자경(2011), 「문학적 사고의 특성 연구」, 『비평문학』 제40집, 한국비평문학회, p.163.
19) 김윤정(2013), 「국어교육에서의 비판적 사고 프로그램의 활용성 연구」, 『한민족어문학』 제63집, 한민족어문학회, p.106.

작품 분석의 흐름은 그림1과 같이 '초점화하기→질문하기→조직하기→
정리하기'를 따르는 것이 효율적이라 본다. 이 때 왼쪽 항은 비판적 사고과
정의 흐름을 보여주는 것이며, 오른쪽 항은 시 교육의 상황에 적용하기
위해 활동의 측면에서 구체화한 술어이다. 작품의 내용 분석은 작가의 현
실에 대한 비판적 인식을 파악하기 위한 것으로, 그 사유의 과정을 추적하
기 위해서는 의도가 반영된 대상에 대한 초점화에서 시작된다. 비유어와
상징어는 세계에 대한 작가의 체험과 이해 방식[20]이 함축되어 있음은 물
론, 기존의 인식 틀에서 벗어난 작가만의 독자적인 개성적 안목이 담겨
있기 마련이다. 따라서 비유어와 상징어는 표현의 참신성이라는 형식적
측면을 넘어, 작가의 사고방식을 탐색하기 위한 초점화의 대상과 근거가
되는 셈이다. 일차적으로 작가의 인식이 반영되었다고 판단되는 비유어와
상징어들을 작품에서 찾아보고 이를 기록하면서 목록화하는 작업이 선행
되어야 할 것이다.

그런 후에는 목록으로 작성한 시어들을 놓고, 시어들의 상관성이나 시
적 맥락을 고려해 그 의미들에 대해 학생들이 스스로에게 질문하는 단계
를 거치는 것이 바람직하다. '이 시어의 의미는 무엇일까, 시어들과의 관련
성을 고려해 보면 이러한 의미로 추정될 수 있지 않을까, 만약 특정 시어가
그러한 의미라면 다른 시어들의 의미는 어떻게 규정하는 것이 바람직할
까, 추정한 시어의 의미가 잘못된 것이라면 특정 부분의 시적 맥락을 고려
한다면 어떻게 의미 수정이 가능할까' 등의 질문을 통해 학생들은 내적
사유의 과정을 거침으로써 학생 자신만의 독자적 의미에 접근해 나갈 수

---

20) 김학동 외(2005), 『현대시론』, ㈜새문사, p.129.

있다. 즉, 끊임없이 의미 규정을 위한 질문을 던지고, 그 질문에 답해 가는 수정과 재탐색의 반성적 사고 과정을 수행함으로써 학생들은 작가의 비판적 사고의 전모를 알아 가게 되는 것이다. 사실상 이와 같은 판단과 평가, 그리고 수정의 과정은 그 자체로 독자에게 비판적 사고를 경험하게 하는 것이 된다.

작품에서 주목한 개별적인 시어에 대한 질문과 대답을 통해 이들을, 정서와 의미의 차원에서 유사성과 차이성에 따라 분류하는 조직하기의 과정을 거칠 수 있어야 한다. 작품 속에 산발적으로 흩어져 존재하는 사유의 흔적들을 일목요연하게 정리하고 이를 체계화하기 위한 전단계로서, 시어의 의미에서 도출될 수 있는 작가적 인식들을 각각의 특징이나 성격에 따라 나누어 보는 것이다. 작품에 따라서는 작가의 사유 체계가 단선적으로 드러나기도 하지만, 작가 자신의 고유한 인식을 드러내기 위한 전 단계로 다양한 가치관과 인식 체계들이 혼재하는 경우들도 흔하기 때문이다.

이후에 정리하기를 통해 작가의 핵심적 사유 내용을 최종적으로 도출해 내게 된다. 이 부분은 작가의 사유 내용을 명확히 하는 단계로, 질문하기와 조직하기에서 어느 정도 파악된 근거를 토대로 구체적이고 심화된 의미 도출과 해석으로 발전시켜 갈 수 있어야 한다. '작가는 어떤 흐름으로 사유의 과정을 밟아 나갔는가, 그 과정에서 발견되는 오류는 없는가, 작가의 궁극적 사유 내용은 무엇인가, 그러한 사유 방식과 체계가 주는 의의는 무엇인가' 등을 따져 볼 필요가 있다. 곧 사유과정 이해를 위한 작품 분석 단계는, 작품의 개별 요소에 주목하고 이를 분석적으로 파악함으로써 그 속에 전제된 작가의 인식 내용과 그러한 인식의 결과에 도달하게 된 사유의 전개 과정을 면밀히 파악하고자 하는 활동에 해당한다.

2) 재구성을 통한 비판적 '평가'

비판적 사고를 시 교육에 적용시켜 그 교육적 효율성[21]을 높이기 위해서는 '평가'와 관련된 부분도 고려할 필요가 있다. 이 때의 평가는 작가의 생각에 대한 평가일 것이다. 작품을 통해 작가가 드러낸 의식의 내용에 대해 어떠한 평가가 가능할 수 있을 것인가를 따져 묻는 활동이다. 비판적으로 사고한다는 것은 수동적이거나 맹목적인 수용에서 벗어나는 것으로, 독자가 자신의 체계와 논리에 의해 작가적 인식의 타당성을 검증하고 평가하는 활동이 되어야하기 때문이다.

사실상 비판적 사고의 핵심은 평가에 있다고 해도 과언은 아니다. 작가의 사유 방식에 의문을 제기하고 독자 나름대로의 사유 체계에 따라 판단을 해 볼 수 있어야 한다. 이러한 활동을 위해 고려해야 할 항목이 '문제의식 갖기'와 '근거를 토대로 한 재해석하기'이다. 비판적 평가가 타당성을 갖고 용인되기 위해서는 작가의 사유 과정 속에서 적극적으로 문제를 발견하려고 함은 물론, 그러한 작가적 인식을 문제삼는 이유에 대해 고찰하고 설명할 수 있어야 한다.

---

[21] 김진숙(2011), 「중학교 도덕수업을 통한 고차적 사고력 함양 방안」, 『윤리철학교육』 제16집, 윤리철학교육학회, p.59-61; 김영희(2002), 「비판적 사고력 함양을 위한 실과 교수학습 방안」, 『한국실과교육학회 학술대회논문집』 제2002권 제2호, 한국실과교육학회, p.201.

그림2. 작가적 사유의 재구성을 통한 비판적 평가의 흐름

재구성하기	......	독자의 논리에 따라 질서화하기

⇩

문제 발견하기	......	인식 한계 및 내적 모순 발견하기

⇩

독자 개입하기	......	독자의 사유방식 적용하기

⇩

재해석하기	......	공감 및 평가하기

따라서 비판적 평가는 위의 그림과 같이 '재구성하기→문제 발견하기→독자 개입하기→재해석하기'의 흐름을 따르는 것이 바람직하다. 재구성하기는 독자의 논리와 사유 체계를 새로운 시각에서 보고자 하는 시도이다. 작가의 인식 방식에 따라 작품을 읽고 그 내용을 파악했다면, 그 후에는 작가의 생각에서 한 발 물러나서 작가의 사유 과정이나 방식, 내용들이 수용할 만한지 따져보기 위해 독자의 방식에 따라 재편집해 보는 것이다. 작가의 생각을 따져나가기 위해서는 독자의 논리에 따라 생각을 펼쳐 나갈 필요가 있으며, 그를 위해 독자의 사유 과정에 맞추어 작품 분석 단계에서 정리한 항목이나 내용들을 재질서화해 볼 필요가 있다. 작가의 생각들 중에서 독자의 입장에서 재론의 여지가 있다고 판단되는 내용을 가려 뽑고, 이들을 다시 경중에 따라 우선순위를 정함으로써, 본격적으로 독자의 생각을 드러내기 이전에 준비 과정으로서 항목 요소들을 재설정해 보는 단계이다. 재구성하기를 시행하기 위해서는 독자 나름대로 일정한 기준이

서 있어야 한다. '작가의 사유 내용 중에서 무엇에 관해 먼저 살펴 볼 것인지, 사유의 절차나 전개 과정에 대해 먼저 따져 볼 것인지, 가치관의 효용성에 대해서 먼저 고찰해 볼 것인지, 대상에 대한 인식 중에서 작가가 놓친 부분에 대해 먼저 되물을 것인지' 등을 고려해 가면서, 작가의 생각과 입장들을 다시 한 번 정리하고 재편再編할 필요가 있다.

독자가 전개해 나갈 생각의 과정에 따라, 작가의 사유 방식과 내용을 일정한 기준에 따라 다시 정리한 이후에는, 작가의 생각들 중에서 문제점을 발견하는 차원으로 발전해 나갈 수 있다. '사물이나 현상에 대한 작가의 인식적 한계가 무엇인지, 사유의 과정에서 내적 모순에 해당하는 사항은 없는지, 있다면 그것의 구체적인 실체와 내용은 무엇인지, 독자가 수용할 수 없는 가치 태도에는 어떤 것들이 있는지' 등을 발견하는 단계에 해당한다. 문제 발견하기에서 소중하게 여겨야 하는 것은 작가의 생각에 전적으로 기대고 그의 입장을 오로지 수용하려는 태도에서 벗어나는 것이다. 수용적 태도에서 벗어나 작가의 견해를 다른 관점으로 보려하고 의구심을 제기하는 적극적인 자세가 무엇보다 중요하다고 할 수 있다.

작품 속에 드러난 작가적 인식의 허점을 발견하거나 작가와는 다른 독자 자신의 관점[22]으로 바라봄으로써 새롭게 알게 된 사항이 있다면, 이제는 적극적으로 독자가 개입할 단계로 접어들어야 한다. 사실상 독자 개입하기는 독자 자신의 사유 방식과 내용을 드러내는 부분이다. 문제 발견하기 단계에서 지적한 작가의 인식이 왜 문제적인지를 밝히기 위해, 독자

---

22) 우정규(2011),「형식논리와 기출예제 학습을 통한 비판적 사고력 함양」,『교양논총』 제5집, 중앙대학교 교양교육연구소, p.51-52; 김원희(2012),「대학생의 비판적 읽기와 창의적 쓰기를 위한 지도방안」,『한국문학이론과 비평』제55집, 한국문학이론과 비평학회, p.380.

자신의 가치관을 대입시키고 펼쳐 냄으로써 작가적 인식의 한계를 부각시키자는 것이다. 독자의 자기 점검을 통해 사안이나 현상에 대한 자신의 입장을 분명히 진단하고 드러낼 수 있는 쪽으로 가닥을 잡아야 한다. '독자의 위치에 있는 나는 현상을 어떻게 바라보고 있는가, 내가 그러한 방식으로 대상을 인식하고 해석하는 근거나 이유는 무엇인가, 그러한 나의 사유 방식이 갖는 효용성은 무엇인가, 내 사유 과정에서 범하고 있는 오류는 없는가' 등을 묻고 이에 대한 답을 확보할 수 있어야 할 것이다. 즉, 작가의 사유 내용을 다시 살펴 정리해 보고 그 과정 중에 발견되는 문제점들을, 독자가 자신의 입장과 견해 쪽으로 끌어 들이려는 과정이 독자 개입에 해당한다고 볼 수 있다.

독자 개입을 통해 독자의 자기 생각에 대한 명확한 입장이 정리되었다면, 작가의 생각에 대해 재해석함으로써 일부 공감하기도 하고 비판적으로 평가하는 단계로 발전해 나갈 수 있다. 재해석하기는 작가의 사유에 대해 옳고 그름을 지적해 나가면서 그에 대해 판단하고 평가하는 과정으로서, 독자와 작가의 생각이 결합되어 새로운 가치 체계를 창출해 나가는 단계에 해당한다. '작가의 생각 중에서 긍정적으로 평가되는 부분은 어디인지, 부정적으로 평가되어야 할 부분은 무엇이며 그 이유는 무엇인지, 작가의 생각이 비판받아야 할 근거는 무엇인지, 작가의 생각은 어떻게 조정 가능한지, 어떤 부분에 대한 보완이 작가의 사유를 완전하게 할 수 있는지' 등을 질문하고 그에 대한 답을 찾아 감으로써 작가의 사유에 대해 재해석의 기회를 갖게 될 수 있을 것으로 본다.

3) 대안 모색으로서의 문제 '해결'

판단과 평가, 즉 비판의 목적은 어디에 있는가? 조정과 통합에 있다고 보는 것이 일반적이다. 비판의 과정 중에 상호 간의 가치 대립을 확인하고 이를 조절해 나감으로써 새로운 대안적 사고[23]를 경험하게 되며, 이는 독창적 사고의 산출[24]로 귀결된다. 결국, 비판적 사고의 수렴지收斂地는 우리 모두가 공통으로 추구하는 진실[25]이라 할 수 있을 것이다. 사안에 대한 다양한 비판적 사고를 허용하고 문제적 상황에 대한 해결 방안에 접근하고자 하는 이러한 시도와 노력을, Habermas는 '해방적 자기 형성'[26]이라 명명한다. 이러한 견해는 비판적 사고가 현실의 문제를 극복함으로써 현실적 구속으로부터의 해방과 자기완성을 도모하는 중요한 토대가 됨을 역설한 것으로 해석된다. 따라서 이 글에서도 비판적 사고가 귀착해야 할 도달점으로 '문제 해결'로 보고 이를 수행하는 교육적 방안에 대해 논의를 전개해 나가고자 한다. 이를 위해 비판적 사고를 통해 합의점을 도출하는 과정에서, 근거 제시를 통한 방안의 모색과 그의 조정과 통합에 방점을 두는 것이 바람직하리라 본다.

---

23) 강현석 외(2004), 「고등 사고력 함양을 위한 통합 교육과정의 구성 전략 탐구」, 『교육학논총』 제25권 제2호, 대경교육학회, p.35.
24) 노희정(2012), 「창의적 사고기술 함양을 위한 초등도덕교육」, 『윤리교육연구』 제29집, 한국윤리교육학회, p.101.
25) 이효범(2011), 『논리적 사고, 비판적 사고, 창의적 사고』, ㈜공주대학교출판부, p.111.
26) 박세원(2011), 「비판적 사고교육을 위한 도덕수업 재구성」, 『한국초등교육』 제22권 1호, 서울교육대학교 초등교육연구소, p.121-124.

그림3. 대안 마련을 위한 문제 해결 과정의 흐름

방안 제시하기	......	독자의 견해 표명하기
⇩		
근거 모색하기	......	타당한 이유 해명하기
⇩		
조정 및 대안 재탐색하기	......	반박과 조절을 통한 사유 전개하기
⇩		
합의점 도출하기	......	사유 점검 및 정리하기

　　비판적 사고가 추구해야 하는 대안 모색으로서의 문제 해결을 위해 '방안 제시하기→근거 모색하기→조정 및 대안 재탐색하기→합의점 도출하기'의 과정을 밟아 가고자 한다. 작품 분석을 통해 작가의 사유를 명확히 하고 이를 바탕으로 독자의 입장에서 작가적 사유의 문제점을 지적하고 재해석하는 일이 마무리되었다면, 문제를 해결하기 위한 독자의 방안 제시가 적극적으로 수행될 필요가 있다. 방안 제시하기 단계는 독자가 자신의 견해를 드러내는 부분으로서 현실 문제를 해결하기 위한 독자 자신의 생각을 구체적으로 제시하는 과정에 해당한다. 비판을 위한 비판에 그치지 않기 위해 독자가 현상에 대해 어떻게 사유하고, 현실 상황을 개선하기 위한 대안으로 어떤 것을 갖고 있는지를 드러내어 보여주는 단계인 것이다. 이때 유의할 점은, 최대한 확산적으로 사고[27]하고 다양한 견해 제시가

---

27) 김지일(2011), 「스토리텔링 학습을 통한 경제적 사고력 증진 방안」, 교양종합연구 제9권 제3호, 교육종합연구소, p.37-38; 노희정(2012), 「창의적 사고기술 함양을 위한 초등 도덕교육」, 윤리교육연구 제29집, 한국윤리교육학회, p.99.

허용이 되어야 하지만 논의의 초점을 흐리거나 주제의 범위를 이탈해서는 안 된다는 것이다. 작가가 제시한 사유 방식과 내용을 염두에 두면서 독자의 생각을 제시할 필요가 있는 것이다. 작품 분석과 비판적 평가, 그리고 문제 해결의 과정이 일관된 흐름으로 긴장성과 통일성을 유지할 수 있어야 함을 놓치지 말아야 한다.

방안제시가 주장이라면 근거 모색하기는 독자적 견해를 뒷받침하기 위한 이유 해명의 과정에 해당한다. 작가의 생각을 보충하거나 개선하기 위해서는 독자가 제시하는 의견에 대한 합당한 근거가 뒤따르지 않으면 대안으로서의 자격을 상실하게 된다. 따라서 '방안을 제시하는 이유가 무엇인지, 그를 뒷받침하는 구체적인 근거는 무엇인지, 명확한 자료는 어떤 것들인지, 왜 받아들여져야 하고, 방안의 효용성은 무엇인지' 등을 입증할 수 있어야 한다. 작가의 생각을 대신할 만한 다른 경쟁적 원인[28]이 있음을 밝히고 이를 수용할 수 있도록 해명할 필요가 있다.

방안을 제시하고 그것이 받아들여질 수 있는 이유를 제시했다고 대안이 채택되는 것은 아니기에, 작가와 독자 상호 간의 사유에 대한 조정과 대안의 재탐색 과정이 필요하다. 반박과 조정의 과정을 지속해 나감으로써 대안을 수정하고 보완해 나가는 것이다. 물론 이때 작가는 가상의 세계에 존재하는 인물이다. 독자는 심리적으로 작가를 상정하고 작품 속에 깔려 있는 작가적 인식을 토대로 끊임없이 독자 자신의 생각을 작가에게 되물음으로써 의견을 조정해 나갈 수 있어야 한다. 이처럼 작품을 매개로 독자의 내면에서 이루어지는 작가와의 적극적인 내적 대화[29]를 통해 대안에

---

28) 박형준(2003),「비판적 사고력 함양을 위한 경제교육의 교수 전략 개발」,『경제교육연구』제10집 2호, 한국경제교육학회, p.4-5.

대한 재조정의 과정이 수행될 수 있어야 한다. '독자의 의견에 대한 작가의 예상 반론은 무엇인가, 작가의 그러한 의견 개진이 가능한 이유와 근거는 무엇인가, 그것을 입증할 수 있는 작품 속 표현은 어떤 것들인가, 작가의 반론에 대한 독자의 조정된 생각은 무엇인가, 그러한 독자의 조정된 의견은 작가에게 수용될 만한가' 등을 고려하면서 최종적인 대안에 도달할 수 있는 인식의 조절 과정을 거쳐야 할 것이다.

재탐색의 과정을 충실히 수행한 이후에는 합의점 도출의 단계로 진입할 수 있다. 그간의 사유의 과정과 내용을 충분히 검토하고 작가와의 심리적 대화를 통해 조정된 대안을 정리하는 부분이라 할 수 있다. 이때 중요한 것은 작품에 반영된 작가의 생각을 분석하고 문제를 도출해 내며 그것을 해결하기 위한 방안으로, 독자 자신의 생각을 제시하는 과정 중에 발생할 수 있는 일방적 사고의 경직성을 점검해 보아야 한다는 것이다. 작가의 사유 방식에 대한 비판에만 급급해서 오히려 고정적인 자기 사고[30]에 대한 살핌이나 수정의 기회를 놓치지는 않았는지를 성찰해 볼 수 있어야 할 것이다.

3. 비판적 사고 교육의 방법

사실상 비판적 사고는 작가의 생각에 대한 평가와 대안 마련이라는 특징을 갖는 것이기에, 시 교육에서 비판적 사고를 활성화하거나 함양하기 위해서는 정서 유발에 주안점을 두는 순수 서정시보다는 리얼리즘시 계열

---

29) 구인환 외(1998), 『문학 교수 학습 방법론』, ㈜삼지원, p.172.
30) 노철(2010), 『시 교육의 방법』, ㈜태학사, p.42.

의 작품이 더욱 적합하리라 본다. 비판적 사고 함양을 위한 시 교육의 요소로 '작품 분석, 비판적 평가, 문제 해결'을 거론하였기에, 이러한 사항들을 구체적인 시 작품을 대상으로 교육하기 위해 '반성적 질문을 통한 작가의 사유 파악하기, 문제의식을 활용한 작가의 사유 재해석하기, 조정과 재탐색을 통한 방안 마련하기' 등을 방법으로 제시하고자 한다. 이러한 교육 방법은 하나의 작품을 대상으로 순차적으로 진행할 수도 있겠으나, 적용의 다양성을 보이기 위해 개별 방법마다 작품을 달리할 것이다.

1) 반성적 질문을 통한 작가의 사유 파악하기

현실 세계를 색다른 시각으로 바라보고자 하는 리얼리즘시[31] 계열의 작품은 작가의 고유한 사유 방식을 담고 있게 마련이다. 따라서 비판적으로 작가의 생각을 평가하기 이전에, 작품 속에 마련된 시어들을 살피고 이들의 의미에 대해 반성적으로 질문하고 그 해답을 찾아 감으로써 작가의 고유한 인식들의 정체를 명확히 규정할 수 있게 된다.

> 가을 연기 자욱한 저녁 들판으로
> 상행 열차를 타고 평택을 지나갈 때
> 흔들리는 차창에서 너는
> 문득 낯선 얼굴을 발견할지도 모른다.
> 그것이 너의 모습이라고 생각지 말아 다오.

---

31) 하상일(2008), 「참여시의 현재와 그 기원」, 『서정시학』 제18집 1호, 서정시학, p.85; 유성호(2005), 「한국 리얼리즘시의 범주와 미학」, 『현대문학이론연구』 제24집, 현대문학이론학회, p.183-184.

오징어를 씹으며 화투판을 벌이는

낯익은 얼굴들이 네 곁에 있지 않으냐.

황혼 속에 고함치는 원색의 지붕들과

잠자리처럼 파들거리는 TV 안테나들

흥미 있는 주간지를 보며 / 고개를 끄덕여 다오.

농악으로 질식한 풀벌레의 울음 같은

심야 방송이 잠든 뒤의 전파 소리 같은

듣기 힘든 소리에 귀 기울이지 말아 다오.

확성기마다 울려 나오는 힘찬 노래와

고속도로를 달려가는 자동차 소리는 얼마나 경쾌하냐.

예부터 인생은 여행에 비유되었으니

맥주나 콜라를 마시며 / 즐거운 여행을 해 다오.

되도록 생각을 하지 말아 다오.

놀라울 때는 다만 / '아!'라고 말해 다오.

보다 긴 말을 하고 싶으면 침묵해 다오.

침묵이 어색할 때는 / 오랫동안 가문 날씨에 관하여

아르헨티나의 축구 경기에 관하여

성장하는 GNP와 증권 시세에 관하여 / 이야기해 다오.

너를 위하여 / 그리고 나를 위하여. ― 김광규, 「상행上行」, 전문.

시 교육 현장에서 위 작품을 대상으로 학생들이 작가의 사유 내용을
파악하기 위해서는 비유어와 상징어에 주목할 필요가 있다. 학생들 스스
로 작품을 읽어 가면서 시적 상황을 파악하고 이를 토대로 다양한 이미지

를 상상하며, 비유적 의미에 대해 곰곰이 따져 볼 수 있는 충분한 시간을 부여한 후, 작가의 현실에 대한 인식이 반영되었다고 추정이 되는 시어들을 뽑아 목록을 작성하게 할 필요가 있다. 이러한 활동을 통해, 시상의 전개 과정에 따라 학생들이 선택한 비유어와 상징어들은 일차적으로, 산만한 가운데 지면에 자리잡게 된다. 교사는 이 과정에서 '비유어와 상징어에 주목해서 작품을 감상해 볼까요, 작가 의식이 반영되었다거나 시상의 전개 과정에 중요한 의의를 갖는다고 판단되는 시어들을 찾아볼까요, 일차적으로 그러한 시어들을 옮겨 적어 볼까요, 자기가 선택한 시어들을 발표하고 그 시어들의 느낌과 의미에 대해 이야기 해 볼까요' 등의 질문을 제시하고 이를 토대로 학생활동을 유도할 수 있다.

선입견 없이 학생들이 선택한 시어가 목록화되었다면, 이제는 그 시어들을 대상으로 학생들의 자발적인 반성적 질문을 유도할 필요가 있다. '원색지붕, TV 안테나가 갖는 의미는 무엇일까, 이들과 유사한 시어들에는 어떤 것들이 있을까, 맥락을 고려했을 때 원색지붕과 농약으로 질식한 풀벌레 그리고 TV 안테나와 심야방송 뒤의 전파소리는 일정한 관련성이 있을까, 확성기와 고속도로는 앞에서 제시한 시어들과 어떤 유사성과 차이성을 가질까' 등의 질문을 학생 스스로 자신에게 물을 수 있도록 유도할 수 있어야 하며, 만약 이러한 질문들을 놓칠 경우 교사는 학생들이 반성적 사고를 할 수 있도록 돕기 위해, 이러한 질문들을 학생들의 수준에 따라 차별적으로 제시할 필요가 있다.

위와 같이 개별 시어들에 주목하고 그 속에 투영된 작가의 의식을 파악하기 위한 질문[32]뿐만 아니라, 전체 시상의 전개 과정에서 지속적으로 반복되면서 변용되는 시어나 구절들, 즉 작가 의식의 골격을 형성하는 표현들을 찾아내고 이에 대해 질문을 던질 수 있도록 배려할 수 있어야 한다. '고개를 끄덕여 다오, 귀 기울이지 말아다오, 생각을 하지 말아 다오, '아'라고 말해다오, 이야기 해 다오 라는 표현이 시상의 전개 과정을 통해 변용되어 나타나는 이유가 무엇이며, 이들 상호 간의 관련성은 무엇일까, 그 의미는 어떻게 추정할 수 있을까'라는 질문이 이에 해당한다. 또한, '듣기 힘든 소리와 보다 긴말은 다른 시어들과 어떤 차이를 가질까, 낯익은 얼굴과 낯선 얼굴의 차이는 무엇일까, 침묵과 긴말의 차이는 어디에 있는가' 등의 질문을 통해 시어들 간의 유사성과 차이성을 살피고 그들의 상호 관련성 속에서 작가의 의도를 추론해 낼 수 있는 질문을 생성하도록 유도할 수 있어야 한다. 이처럼 작품 속 시어를 놓고 다양한 각도에서 이루어지는, 학생 자신의 생각과 판단을 스스로 조절하고 개선시켜 나갈 수 있는 반성적 질문을 통해 시어의 의미를 좀더 구체화시켜 낼 수 있다.

---

32) M. 닐 브라운 외, 이명순 옮김(2011), 『비판적 사고력 연습』, ㈜돈키호테, p.331.

그림4. 반성적 질문을 통한 작가의 사유 내용 조직

현실상황	대립적 주체	
근대화에 대한 부정	낯익은 얼굴	낯선 얼굴
▪황혼 -원색지붕 ▪잠자리-안테나 ▪농약-질식-풀벌레 ▪심야방송-뒤-전파소리 ▪확성기-힘찬 노래 ▪고속도로-자동차	순응적 주체	비판적 주체
	▪오징어-화투판	▪듣기 힘든 소리 ▪보다 긴 말
화자의 요구	관심 대상	
현실 순응적 인식	비판적 인식과 무관한 무가치한 현실적 대상	
▪고개를 끄덕여 다오 ▪귀 기울이지 말아다오 ▪생각을 하지 말아다오 ▪'아'라고 말해다오 ▪침묵해다오	▪흥미 있는 주간지 ▪맥주, 콜라, 즐거운 여행 ▪가문 날씨 ▪아르헨티나 축구경기 ▪GNP, 증권시세	

반성적 질문을 통해 어느 정도 작가의 생각을 파악했다면, 이를 명확히 하기 위해 시적 의미의 유사성과 차이성을 토대로 시어들을 분류하는 조직화 작업이 필요하다. 작가가 현실을 나름대로 파악하고 비판적 인식을 드러내기 위해 차용한 시어들을 일정한 의미 영역에 따라 다시 한 번 나누어 봄으로써 작가의 사유 내용을 명확히 할 수 있기 때문이다. '작가가 주목한 현실과 그를 반영한 시어를 찾아보자, 현실 반영의 시어 속에 내재된 작가의 의도를 짐작해 보자, 현실에 대한 인식이 긍정적인가 부정적인가, 부정적이라면 그 이유를 따져보자, 낯익은 얼굴과 낯선 얼굴의 차이를 알겠는가, 낯익은 얼굴과 관련성을 갖는 시어들을 묶어 보자, 낯선 얼굴의 의미를 추리할 수 있는 관련 시어들을 찾아 나열해 보자'라는 질문을 중심

으로 학생들이 나름대로의 기준과 표현방식으로 시어들을 조직할 수 있다.

조직하기는 일정한 틀로 학생들에게 강요되어서는 안 되며, 학생들의 방식에 따라 다양한 형태로 진행될 수 있어야 한다. 반성적 질문과 그를 통해 학생 스스로 인식하는 작가의 사유 내용이 다를 수 있기에, 그것을 조직화하는 방법과 이를 지면에 정리하는 양상은 다양화되어야 한다. 시어의 성격이나 의미에 따라 각자의 방식으로 조직화하고 정리하되, 학생 상호 간의 토의를 통해 시적 의미와 작가의 의도를 탐색하고 수정해 나갈 수 있는 허용적 기회를 부여할 필요가 있다.

2) 문제의식을 활용한 작가의 사유 재해석하기

작가의 인식에 대한 비판적 평가를 위해서는 문제점 발견과 작가의 사유에 대한 재해석이 중요한 비중을 차지할 수밖에 없을 것이다. 독자의 내적 논리[33]에 따라 작품을 재해석하고 작가의 인식에 대해 평가[34]적 견해를 드러내기 위해서는, 독자의 생각에 따라 작품의 구조를 재편성해 보는 일이 선행되어야 한다.

저녁 현관문이 열리고

결혼이 들어온다

기다리던 남편이 퇴근했다

무더위 속에서도 굳건한 고려와 조선과

---

33) 마르틴 하이데거, 권순홍 옮김(1993), 『사유란 무엇인가』, ㈜고려원, p.12.
34) 이상태(2006), 「사고력 함양의 모국어 교육」, 『국어교육연구』 제39집, 국어교육학회, p.65.

일렬횡대의 전주 이씨 족보가

우리의 든든한 서방님이 돌아오셨다

신사임당이 어우동에게

시詩를 숨기고 잠깐 나가 있으라 눈짓한다

신사임당이 소매를 걷고 부엌으로 들어간다

풋고추 도마 위에 난도질하여 찌개를 끓인다

오, 우리의 하늘이 전쟁터에서

오늘도 무사히 돌아오셨다

몇 가지 전리품을 챙겨 넣었는지

그의 어깨가 유난히 무거워 보인다

종요로운 가화만사성 속에

찌개가 요동을 치며 끓어 넘친다

신사임당의 행복이 진된장처럼

보글보글 끓어넘친다

어우동이 저만치 코를 막고 서 있다   - 문정희, 「퇴근 시간」, 전문.

　독자의 문제의식을 적극적으로 표출하기 위해서는, 작품 분석을 통해 작가의 현실 인식 태도와 방법에 대한 이해가 선행되어야 하며, 이후에 독자의 논리에 따라 비판 가능한 부분을 선택적으로 주목한다든지 시상의 흐름을 뒤바꾸어 재질서화할 필요가 있다. 위 작품은 가부장적 사회에서의 여성의 역할에 대한 작가의 생각이 드러나 있다. 가정에서 남성이 어떻게 대우받는지, 여성의 자리는 어떠한지를 반어적인 구조를 통해 풍자적으로 보여주고 있다.

그림5. 작가의 사유 재해석하기 과정

가부장적 권위	여성의 양면성	
존경하는 남편	신사임당	어우동
	순응적 여성상	여성의 본성
▪굳건한 고려, 조선 ▪이씨 족보 ▪든든한 서방님 ▪우리의 하늘	▪소매를 걷음 ▪부엌으로 감 ▪찌개 끓임 ▪행복-끓어 넘침	▪나가 있으라 ▪저만치-코막고 섬

⇐ 비판

⇧

인식의 근거
▪전쟁터-무사히 돌아옴 ▪종요로운 가화만사성

인물의 행위 양상	
신사임당	어우동
▪시를 숨김 ▪잠깐 나가 있으라 눈짓 ▪부엌으로 들어간다	▪저만치 코를 막고 서있다
▪순수와 이상에 대한 외면 ▪여성의 본성에 대한 묵인 ▪부정적 현실에 대한 적응 ▪문제의식의 상실과 회피	▪모순된 현실에 대한 인식 ▪적극적 현실 개선의지 결핍 ▪순응적 여성성에 의한 소외 ▪현실에서 배제된 존재의 위상

➡ 일방적 강요

하지만 비판적 사고를 함양하기 위한 시 교육에서는 확장적인 읽기가 요구된다. 일차적으로 작가에 의해 시도되는 가부장적 현실에 대한 비판을 독자적 관점에서 평가하고 판단하는 것 외에, 작품에 드러난 작가의 사유를 적극적으로 평가해 볼 필요가 있는 것이다. 그림5와 같이 먼저, 작품 속 시어를 통해 작가가 드러내고 있는 가부장적 권위와 이를 비판하고자 하는 여성의 양면성을 학생들이 조직화해서 정리하게 한 후, 그림5의 두 번째 그림처럼 문제가 될 만한 부분에 주목해서 다시금 재구성하는 시간을 가져 볼 필요가 있다.

여성이 갖는 인물의 행위 양상에 대해 살피는 작업은 작가 인식의 한계를 지적하고, 학생들의 비판적 사고를 자극하기에 충분해 보인다. 학생들이 짐작하기에 문제거리로 부각시킬 만한 사항에 대해 생각해 보게 하고, 이를 그림5의 두 번째 그림과 같이 자기 나름대로 정리해서 표현하고 토의를 통해 문제점을 발견해 보게 할 수 있어야 한다. 현실 순응적 여성상과 본성적 여성상이 현실 속에서 어떤 모습으로 존재하는지를 파악하고, 이러한 분열적 상황에서 각각의 여성상이 어떤 인식을 바탕으로 처신해 나가는지에 대한 살핌이 있어야 한다. 이는 곧 작가의 사유 내용에 대한 문제 발견하기 단계에 해당하는 것이다.

이렇게 문제점을 인식한 이후에는 그러한 사항에 대해 문제적이라고 판단한 근거로서의 학생 자신의 견해를 적극적으로 밝힐 필요가 있다. 이것이 독자 개입의 단계인 것이다. '신사임당'이라는 순응적 여성상이 보인, 순수와 이상에 대한 의도적 외면, 여성의 본성에 대해 묵인하는 태도, 부정적 현실에 대한 비판적 인식 없이 적응해 나가는 모순적 태도, 그리고 그러한 문제의식을 상실하고 현실 문제를 회피하는 모습이 갖는 부정적인 측면들에 대해 학생들이 개입할 수 있도록 해야 한다는 것이다. 또한, '본성적 여성성'을 내재한 '어우동'이 보인, 모순된 현실을 적극적으로 개선하려는 의지의 결핍, 순응적 여성성의 지시에 의해 좌우되는 피동적 태도, 현실속에 존재하면서도 현실 속에 중심으로 자리하지 못하는 이방인으로서의 태도에 대해 학생들이 생각을 드러낼 수 있는 기회를 주어야 한다.

이처럼 문제점에 대해 학생들이 자신의 의견을 이유를 들어 제시할 수 있다면, 이것이 바로 재해석하기에 해당하는 것이다. 학생들이 자신의 생각을 자신있게 드러내고 그것이 학생들 상호 간의 토의를 통해 합의와 공감대를 형성해 나갈 때, 비로소 문제의식을 통해 작가의 사유를 비판적으로 재해석한 것이 된다.

3) 조정과 재탐색을 통한 방안 마련하기

반성적 질문을 통해 작가의 사유를 파악하고, 문제의식을 통해 작가의 사유를 재해석한 이후에는, 대안마련의 단계로 넘어설 수 있어야 한다. 비판적 사고가 단순히 작가의 생각에 대해 평가하고 독자 자신의 생각을 강화시켜 나가는 사고의 과정과 방법[35]을 훈련시키는 차원을 넘어설 필요가 있다. 비판적 사고는 독자의 생각을 일방적으로 수용하지 않고 자발적 상상[36]을 가능하게 한다는 측면에서 의의를 갖고 있으나, 이러한 자발성과 상상력은 현실과의 관련성 속에 논의될 때 더 큰 의미를 가진다고 할 수 있다. 그러므로 비판적 사고의 궁극적 도달점은 인지적 사고의 활성화를 통해 문제를 해결[37]하고, 이를 사회적 실천[38]을 위한 계기의 단계로까지 나아가야 할 필요가 있다고 판단된다. 조정과 재탐색을 통한 방안 마련

---

35) 고춘화(2008), 「사고력 함양을 위한 읽기 쓰기의 통합적 접근 모색」, 『국어교육학연구』 제31집, 국어교육학회, p.222.
36) 남연(2011), 「인성 함양 및 창의적 사고력 신장을 위한 한국 문학 교육 연구」, 『문학교육학』 제35집, 한국문학교육학회, p.268.
37) 원자경(2009), 「사고력 증진을 위한 문학교육 방안 연구」, 『문학교육학』 제30호, 한국문학교육학회, p.187.
38) 심영택(2013), 「비판적 언어인식 교육 방법 연구」, 『국어교육학연구』 제46집, 국어교육학회, p.62-63.

하기도 그와 같은 맥락에서 독자의 비판적 사고의 흐름 속에서 작가의 의견을 수용, 조정, 통합함으로써 새로운 대안으로서의 방안을 모색해 나가고자 하는 활동에 해당한다.

제 손으로 만들지 않고
한꺼번에 싸게 사서
마구 쓰다가
망가지면 내다 버리는
플라스틱 물건처럼 느껴질 때
나는 당장 버스에서 뛰어내리고 싶다
현대 아파트가 들어서며
홍은동 사거리에서 사라진
털보네 대장간을 찾아가고 싶다
풀무질로 이글거리는 불 속에
시우쇠처럼 나를 달구고
모루 위에서 벼리고
숫돌에 갈아
시퍼런 무쇠 낫으로 바꾸고 싶다
땀 흘리며 두들겨 하나씩 만들어 낸
꼬부랑 호미가 되어
소나무 자루에서 송진을 흘리면서
대장간 벽에 걸리고 싶다
지금까지 살아온 인생이

온통 부끄러워지고

직지사 해우소

아득한 나락으로 떨어져 내리는

똥덩이처럼 느껴질 때

나는 가던 길을 멈추고 문득

어딘가 걸려 있고 싶다   - 김광규, 「대장간의 유혹」, 전문.

  위 작품을 토대로 비판적 사고 함양을 위한 시 교육을 수행한다면, 학생
들은 먼저 작품 분석을 통해 물질문명의 획일성과 일회성을 비판하고, 문
명 속에 동화되어 가는 화자의 현실 상황을 부정적으로 파악할 수 있어야
한다. 아울러 현실적 문제 상황을 극복하기 위한 방식으로 과정을 중시하
는 생산방식, 우회성과 휴식성의 가치를 지향하고 있음을 주목해야 한다.
이러한 작가의 사유에 대한 인식 이후에는 물질문명에 대한 비판과 그
극복으로서의 탈현대성과 과거 지향성이라는 견해에 대한 독자의 문제제
기와 평가로서의 재해석이 이루어져야 한다. 즉, 과거로의 단순 회귀가
현대 문명의 부정성을 해결하기에 충분한 것인가, 문명과 전통의 공존 지
향성은 실효성이 없는 것인가 등, 독자의 입장에서 재해석의 여지가 충분
히 개입될 수 있는 것이다.
  이후에 방안39) 마련하기라는 단계에 접어들어서는 독자의 견해제시와
그에 합당한 이유를 마련하는 것이 선행되어야 한다. 비판적으로 살핀 작
가의 입장을 보완할 만한 독자 자신의 독특한 방안을 마련하기 위한 절차

---

39) 김영채(2000), 『바른 질문하기』, ㈜중앙적성출판사, p.35.

를 거칠 필요가 있다. 다양한 방안 제시가 가능하겠으나 독자의 입장에서는 작가의 사유에 대한 비판적 대안의 일례로 '현대 문명의 점진적 지향'이라는 입장을 밝힐 수도 있으리라 본다. 물질문명에 대한 일방적 거부는 공허한 논리 표명으로만 그칠 수 있는 것이기에, 현실적 측면을 고려해 지금과는 달리 문명에 대한 일방적이고 급진적인 지향성을 늦추어 인간 스스로 조절할 수 있는 쪽으로의 선회가 필요하다는 주장이 가능하다는 것이다. 그 근거로 '편이성을 추구하는 인간의 보편적 성향, 도시적 삶의 불가피성, 진보와 발전이 갖는 긍정적 현실적 기능, 시대적 흐름에 대한 고려' 등을 제시할 수 있다. 이러한 방안은 작가의 사유에 대해 문제의식을 갖고, 일차적인 수준에서 독자 나름대로 제시할 수 있는 대안의 성격을 갖기에 충분하다고 본다.

하지만 이러한 방안 제시와 독자의 근거 마련이 설득력을 얻기 위해서는 다시 한 번 작가와의 심리적 차원에서의 조정 과정이 필요해 보인다. 앞에서의 대안 제시가 순수하게 독자 자신의 입장에서 제기된 것이라면, 이제는 독자 자신이 표명한 대안에 대해 다소 객관적인 거리를 유지하면서, 작가와 가상의 대화를 통해 의견을 조정하고 재탐색하는 절차가 반드시 마련되어야 한다. '나의 의견에 대해 작가는 어떤 반응을 보일까, 작가라면 나의 어떤 부분에 대해 비판할까, 비판에 대한 작가의 근거는 무엇일까, 그러한 견해를 받아들여 나의 입장을 정리하면 어떻게 조정 가능할까' 등의 반성적 질문을 스스로에게 던지면서 독자 자신의 생각을 개선해 나갈 수 있어야 한다.

그림6. 조정과 재탐색을 통한 방안 마련 과정

일차 방안제시 및 근거모색		재탐색을 통한 합의 도출
근대성의 점진적 지향	조정과 재탐색 ➡	전체성을 고려한 인식 지향
⇧		⇧
이유		이유
▪도시적 삶의 불가피성 ▪시대적 흐름에 대한 고려 ▪진보와 발전의 순기능 ▪편이성 지향의 인간 성향		▪문명 배제의 실현가능성 ▪과거 회귀적 삶의 현실성 ▪문명과 전통의 공존성 ▪현실적 실천 방안 모색

반성적 질문
▪물질의 혜택과 문제점 ▪자연과 인간의 관계성 ▪인간의 본질적 속성 ▪역사의 발전 과정

이러한 과정을 통해 독자는 재조정되고 합의된 대안으로서 현대 물질문명과 자연적 가치 지향성과의 조화라는 관점에서, '전체성[40]과 통일성을 고려한 인식과 태도의 지향'을 재탐색된 대안으로 제시할 수 있을 것이다. 또한 그 이유로는 '현대 물질문명의 완전한 배제가 가능한가, 과거로의 회귀 지향적 삶이 현실성이 있는가, 문명과 전통의 공존 가능성은 전혀 불가능한가, 그것을 뒷받침할 근거와 실천 방안에는 무엇이 있는가' 등을 설정 가능하다. 이러한 방안의 조정과 합의는 반성적 질문을 반복해 나감으로써 좀더 실현 가능한 쪽으로 가닥을 잡아 갈 수 있으리라 본다.

---

40) 윤영천 외(2011), 『문학의 교육, 문학을 통한 교육』, ㈜문학과지성사, p.66.

4. 비판을 넘어서는 시 감상

이 글에서는 비판적 사고 과정이 시 교육에 적용될 수 있는 가능성과 그 방안에 대해 살펴보았다. 비판적 사고는 논리적인 사고로서 문학과 일정한 거리를 두고 있는 영역으로 인식되기 쉽다. 하지만 비판적 사고가 갖는 '분석, 평가, 해결'이라는 속성에 주목하고, 시대와 현실에 대해 작가의 독자적인 인식과 사유의 과정이 녹아 있는 리얼리즘 계열의 시 경우에는, 이러한 비판적 사고 요소가 적용 가능함을 보였다.

비판적 사고의 요소에 주목하고 이를 시 교육에 적용하기 위한 구체적인 교육 요소로 '사유 과정 이해를 위한 작품 분석, 재구성을 위한 비판적 평가, 대안 모색으로서의 문제 해결'을 제시하였다. 그리고 이를 구체적인 작품을 대상으로 실질적인 차원에서 비판적 사고 함양을 위한 시 교육 방법 마련이 가능한지에 대해서도 논의를 해 보았다. 이러한 과정을 통해 심리적 현상으로만 존재하는 비판적 사고로, 가상의 작가와 현실적 독자가 독자의 내면에서 대화적 소통이 가능하다는 가능성을 발견하였다. 또한 작가의 사유 방식과 내용에 대해 일방적으로 수용하는 수동적인 작품 감상에서 벗어나, 심리적 과정으로 전개되는 학생 독자의 자발적이고 적극적인 '분석, 평가, 해결'을 위한 모색의 과정에서 실질적인 비판적 사고 함양의 가능성을 엿볼 수 있었다고 판단한다.

실제 학생들에게 적용하고 학생들의 생생한 반응을 통해 이 글에서 제시한 교육 방법의 실효성을 검증하지 못한 아쉬움은 남지만, 비판적 사고에 대한 인식의 전환과 시 교육의 적용 가능성을 밝혔다는 점에서는 소박하나마 의의가 있다고 본다. 비판적 사고가 일정한 단계와 절차를 거쳐 구체적인 작품을 대상으로 이루어질 때, 독자의 작품에 대한 분석적 이해와 작가적 사유를 재구성하는 능력, 대안을 모색해 나가는 확장적 인식 능력 등이 길러질 수 있음도 보았다. 이는 비판적 사고와 관련된 중요한 능력들일 뿐만 아니라, 아울러 독자의 반성적 질문이 비판적 사고를 강화시켜 줄 수 있는 자질이라는 사실을 추론해 낼 수 있었다는 데 의의를 두고자 한다.

스토리텔링의 원리를 활용한 시 교육

●

○

1. 스토리텔링과 시 감상 교육

갈래의 기본 법칙을 적용하자면, 시는 서사와 엄연히 구별되는 것이 사실이다. 하지만 서사만의 독자적인 특징을 이루게 하는 기본적인 원리와 구성요소들도 문학이라는 거대한 담론 구조에 포섭될 수밖에 없다. 또한 인간의 삶과 가치를 미적 언어로 형상화하고, 이를 향유함으로써 감동과 사고를 확장해 나간다는 기능과 수행의 측면에서 보면 서사와 시의 경계는 무의미해진다. 최근 들어 스토리텔링에 대한 관심이 고조되는 것도 이 점을 방증하는 것으로 해석 가능하다.

'이야기하기'가 인간의 본성이라는 점에 합의를 하고, 인류 최초의 문학 형태와 문학 발생의 기원(김수업, 1992: 57; 김수업, 2002: 65)에 주목을 한다면, 스토리텔링의 근본 원리에 해당하는 서사의 법칙들을 시 교육에 접목시키는 것은 생경한 작업이 될 수 없다. 오히려 시어와 시적 구조 속에 갇혀 있는 다양하고도 무궁무진한 이야기들에 주목하고 이를 펼쳐내는 일은, 인간의 문학에 대한 향수를 자극하는 것이며 난해한 것으로 받아들였던 시에 대한 거리감을 좁힐 수 있는 대안이 될 수 있다.

일반적으로 스토리텔링Storytelling은 '스토리Story'와 '텔링telling'의 합성어로 이해된다. 우리말로는 '이야기하기'에 해당한다. 하지만 스토리텔링은 단순히 스토리와 텔링의 합성어로만 규정될 수 없다. 스토리텔링에서의 스토리는 일반적인 서사 개념과는 차별화된다. 서사narrative가 갖는 특징인 인물의 설정, 시간성과 공간성, 사건, 갈등 구조 등을 스토리텔링에서도 찾아볼 수 있지만, 스토리텔링에서의 스토리가 보편적인 서사와 동일시될 수 없다. 스토리텔링은 이야기하기에서 '(말)하기telling'에 초점이 놓여 있기 때문이다.

'(말)하기'가 중심이 되기에 스토리텔링에서는 화자의 전달력(박명숙, 2012: 381)을 강조하는 현장성과 즉시성이 강조될 수밖에 없으며, '(말)하기'는 일방적 전달력을 강조하는 문자 텍스트와는 달리 상호작용적인 창조적 소통성이 우위에 서게 된다. 따라서 스토리텔링의 스토리는 일반적인 서사 개념을 포함하면서도 대상과의 소통방식에 있어서 현재성과 타자성을 지향하는 이야기라고 할 수 있다. 대화 상황을 인간의 가장 근본적인 모델로 인식하는 바흐친의 언급처럼, 인간은 스토리텔링을 통한 대화하기의 동참을 통해 인간의 정체성(이인화, 2014: 44-45) 구현이 가능하게 된다.

스토리텔링을 '(말)하기'에 비중을 두고 살필 경우 발견되는 현장성, 구술성, 상호작용성은, 스토리텔링을 단편적 서사 구조물이라는 결과 중심의 인식에서 벗어나게 한다. 일정한 공간을 점유하고 있는 지금이라는 현재적 상황에서 청자와의 상호 소통을 통해 이야기를 구성하고, 화자의 이야기가 청자에 의해 새로운 스토리텔링을 구성하게 되는 지속 가능한 재생산성(김영순, 2011: 25)과 양방향성(김기국, 2009: 297)은, 비선형성을 창출함으로써 스토리 자체에도 일반 서사와는 다른 특성을 갖게 한다.

문학의 전형적 양식으로서의 일반적 서사narrative는 화자의 일방적인 이야기 전달과 선형적 완결구조라는 특징으로 인해, 이야기 형식으로 서술하는 담화 양식(류은영, 2009: 244-247)으로 정의됨에도 불구하고 스토리텔링과는 차이점을 갖는다. 스토리텔링에서의 스토리는 일반 서사와는 달리 작가 중심의 닫힌 구조로 귀결되지 않기에, 텍스트와 같은 정태성에서 벗어나 비선형적인 동태적(김광욱, 2008: 262) 구조를 지향하게 된다. 현장성과 청자의 다양한 반응 양상과 맞물려 스토리텔링의 스토리 구조와 내용은 확장적으로 팽창해 나가게 되는 것이다.

따라서 스토리텔링은 작가 일방의 이야기 전개 방식을 고집하지 않기에, 청자와의 교섭을 통해 끊임없이 공간 구조를 확대해 나가며 아울러 복합적인 플롯(최병우, 2013: 364)을 양산할 수 있게 된다. 화자와 청자가 상호 소통함으로써 확보되는 주체적 스토리 구성의 가능성과 스토리의 가변성(이영태, 2011: 462)으로 말미암아, 스토리텔링에서의 이야기 소재와 주제의 다양화는 물론, 구성과 가치 형상화, 표현의 유연성을 이룰 수 있다. 다양한 내용과 형태의 이야기가 가능하고, 청자에 의해 변용된 새로운 이야기의 시도로 인해 이야기는 끊임없이 재생산되고 재창조되어 가게 된다.

이와 같은 스토리텔링의 현장성, 상호작용성과 창조성은 시 교육의 효율성을 높이는 데 기여할 것으로 본다. 텍스트 차원에서 시 작품 속에 전제된 이야기를 학생들이 발견하고, 이를 스토리텔링의 형식으로 재구성하게 하는 교육활동은 작품 이해와 감상력을 향상시키는 방안이 될 수 있다. 운율, 이미지, 어조, 화자, 비유와 상징 등과 같은 시적 구성 요소를 교육대상으로 선정하고 이에 대한 이해에 주력했던 교육활동과, 시 작품을 통해 시어의 의미 파악과 주제 발견에 한정된 기능주의적이고 형식적인 관행을 개선할 수 있는 계기가 되리라 본다.

긴장성과 압축성을 특징으로 하는 시 작품에 서사적 기법을 적용함으로써, 독자이면서 아울러 스토리텔링의 주체로 자리매김하는 화자와 청자가 그들이 처한 상황과 개별적 취향에 따라 다양하게 이야기를 생성하고 소통하며 이를 변용해 나가는 과정은 시 작품의 의미를 다채롭게 읽어가게 할 수 있다. 스토리텔링 기법을 활용한 시 교육은, 학생들을 시 작품을 이해하고 감상하는 능동적인 의미 생성자로 변화시킬 수 있을 것이며, 자기 삶의 경험 속에서 새로운 이야기를 구성해 나가는 창조적인 문학 향유자가 되게 할 수 있을 것이다. 다만, 시의 특징에 따라 서사적 요소가 전무한 경우도 있기에 이 글에서는 서술시를 포함해 서정 속에서 서사를 발견할 수 있는 시 작품에 한정하고자 한다.

2. 시 감상 교육을 위한 스토리텔링 원리

스토리텔링은 이야기로서의 '스토리'와 (말)하기로서의 '텔링'이 결합된 담화 방식이다. 그러므로 스토리텔링을 활용한 시 교육의 마당에서도 '스토리'와 '텔링'의 요소에 주안점을 두는 것이 바람직해 보인다. '스토리'는 이야기 구성과 관련을 맺는 것이다. 시 작품과 관련지어 어떤 내용과 요소들에 주목하고 이를 이야기로 변용할 것인가에 관한 것이 초점이 될 수밖에 없는 것이다. 화자와 청자가 소통할 수 있는 구술의 현장에서 어떤 '이야기'를 마련할 것인지를 고심하고, 이야기를 구성하는 제반 요소와 내용은 물론 그것을 조직하는 방법과 과정까지도 고려해야 마땅하다.

'텔링'은 마련된 이야기를 바탕으로 실제로 구현하는 구술행위와 관련된 것이다. 실제 교실 현장에서 화자의 스토리가 어떻게 표출되고 청자와의 소통 속에서 어떠한 형태로 변모되어가며, 어떠한 스토리로 재창조되어 가는지를 주목할 필요가 있다. 스토리텔링의 본질적 특성인 현장성과 소통성, 그리고 창조성이라는 장점들을 극대화하기 위해서는, 화자와 청자의 작용과 반작용이 어떤 형태를 취해야 하며 그러한 과정 중에 주의해야 할 원리가 어떠한 것들인지를 명확히 할 필요가 있다. 따라서 이 글에서는 '스토리 구성의 원리'와 '텔링을 위한 소통과 창조의 원리'를 시 교육에 적용할 수 있는 스토리텔링의 요소로 설정하고 이를 고찰해 나가고자 한다.

1) '스토리' 구성의 원리

스토리텔링을 시연하기 위해 '스토리'를 구성하는 작업은 매우 방대하면서도 일률적으로 규정할 수 없는 복잡성을 가진다. 이야기의 소재와 주제는 물론, 이야기를 구성하는 제반 구성 요소들과 표현 방식을 염두에 둔 조건들이 너무나도 다양하기에 구성의 원리를 단선화하기에 어려움이 따를 수밖에 없다. 그렇다 하더라도 이야기를 구성하는 최소한의 전제 조건은 상정해 볼 수 있을 것이다.

G. Prince는 일련의 시간 흐름 속에서 변화를 견인하는 사건을 행동적 사건으로, 그리고 행동적 사건의 영향으로 변하게 되는 전후 사건을 상태적 사건으로 명명하면서, 상태적 사건과 행동적 사건으로 구성된 일련의 사건 연쇄를 최소 스토리(최예정 외, 2005: 63)라 규정한다. G. Prince의

이러한 견해는 스토리가 구성되기 위해 필요한 최소한의 요건이 시간에 따른 사건의 전개와 사건의 변화임을 암시해 주는 것이다. 그러므로 스토리 구성을 위해서는 학생들로 하여금 시 작품 속에서 변화 가능성을 지닌 동태적 성향의 사건에 주목하게 하는 것이 우선시 될 필요가 있는 것이다.

이야기시詩 혹은 서술시의 범주에 드는 다양한 형태의 시 작품뿐만 아니라, 지극히 서정적 성향의 작품이라 할지라도 그 속에는 정서 유발의 사건이 내재되어 있기 마련이다. 그러므로 시 작품 속에서 사건을 발견하고 이들의 변화 과정을 살피는 것은 스토리 구성의 토대가 된다고 할 수 있다. 스토리 구성을 위해서는 일차적으로 '사건에 주목하기'가 선행되어야 하며, 이는 '사건의 단서 발견하기→사건의 진행과정 살피기→사건의 결과 해석하기'의 과정을 거침으로써 정교화할 필요가 있다.

시상의 전개 양상도 일종의 구성의 과정을 거쳐 형상화된 것이기에 시어의 연결성을 염두에 둔, 행과 연의 살핌을 통해 최소 단위로서의 사건을 형성하고 유지하는 '단서'를 발견하는 것이 무엇보다 중요하다고 할 수 있다. 그리고 이러한 사건의 단위가 시간의 흐름 속에서 어떠한 플롯의 패턴(한혜원, 2014: 71)으로 전개되고 변화해 나가는지를 관찰해 볼 수 있어야 한다. 시를 읽어 나가면서 시어 속에 함축적으로 내재된 사건과 그 진행 과정을 이미지로 머릿속에 형상화하면서 사건 흐름의 궤적을 상상하고 해석해 보는 것이다.

사건 단서의 발견, 사건의 흐름과 변화에 주목한 이후에 작품 속에 제시된 사건의 결말 부분을 확인하고 이를 학생 나름대로의 이해방식에 따라 해석함으로써 의미와 가치를 부여하는 작업도 빼놓을 수는 없다. 결말로서의 사건을 최초의 단서나 진행 과정상의 사건과 견주어 사건의 실체와 전모全貌를 확인하는 것도 중요하며, 아울러 놓치지 말아야 할 것이 작품 속 사건에 대한 학생 개인의 반응이다. 스토리텔링은 화자를 단순한 수용자에만 머물 것을 거부하고, 새로운 담화의 생산자로 이끌 것을 기대하기 때문이다.

Branigan과 Ohler는 중심이 되는 사건의 발생과 갈등 구조로 인한 사건의 변화와 전말顚末을 이야기의 구성요소이자 구조(이지연, 2011: 127-128)를 이루는 필수 요건으로 언급한 바 있다. 사건의 변화가 이야기를 이루는 중요한 요건임을 입증하는 견해로 볼 수 있으며, 여기에서 특히 유의할 점은 사건의 변화를 이루는 계기에 대한 것이다. 단순히 사건의 진행 과정을 시 작품 속에서 발견하는 차원에서 벗어나, 사건의 흐름과 변화를 이루는 근원적 속성에 대해 고찰하는 것은 사건에 대한 해석에도 유의미할 뿐만 아니라 기존 텍스트를 기반으로 시도되는 학생 자신만의 스토리텔링을 구성하는 데에도 긍정적으로 기여할 수 있다.

'분위기의 변화와 그것을 이루는 제반 여건, 인물의 심리나 태도를 변화하게 하는 내적 외적 요소, 대상이나 사물의 속성 변화와 그 원인, 공간 요소의 특징과 공간의 변화가 사건에 미치는 영향, 새로운 인물의 등장이나 여건의 형성 등으로 인한 변화의 가능성' 등에 학생들이 주목하게 할 필요가 있다. 스토리를 형성 가능하게 하는 사건은 다른 구성 요소들과는 별개로 독립성과 개별성을 갖는 것이 아니다. 사건은 인물이나 공간양상, 시간의 흐름, 심리나 태도 등 다양한 내외적 요인들에 영향을 받을 수밖에 없는 것이다.

'사건과 사건 변화를 가능하게 한 제반 요소'에 대한 살핌 이후에는 학생 자신의 스토리텔링을 위해 자신의 경험을 활성화하는 과정이 필요하다.

이를 Ricoeur는 '전형상화前形象化 작업'(곽경숙, 2011: 381)이라 명명한다. 시간의 흐름 속에 파편화된 개인적 경험을 통합하여 새로운 줄거리로 형상화하기 이전에, 자신의 경험에 질서를 부여하는 과정인 것이다. 시 작품을 읽고 학생 자신의 스토리텔링을 감행하기 위해서는, 작품 사건과 학생의 개인적 경험 사건의 결합과 융합이 필요하다.

작품 사건과 관련된 학생의 경험을 환기하고 자신의 경험을 통해 작품 사건을 재구성함은 물론, 작품에 전제된 사건의 내막이나 전후 사정을 추론해 내는 작업은 스토리텔링 창조를 위한 필수적 활동이다. 학생 경험을 통해 재구성된 작품 사건은 내용의 측면에서 다양화되고 심화될 뿐만 아니라, 경험에 기반한 재해석의 과정을 거치게 됨으로써 새로운 스토리로 재창조될 수 있기 때문이다. 작품 사건의 핵심 요소는 훼손하지 않으면서, 작품 사건과 관련된 내용을 지연시키거나 촉진, 혹은 압축, 재구성하기 위해 학생의 개별적 경험을 환기시키고 조직화하는 과정이 필수적이다.

〈표1〉 스토리텔링을 위한 스토리보드의 구성 방법

스토리보드 구성과 내용 항목			
작품 사건 스토리보드		경험 사건 스토리보드	
단위unit 사건		독자의 경험 사건	
사건소事件素		관련 경험 내용	
사건 유발의 원인		경험의 의미	
사건의 전개 과정		확장적 경험 사건	
처음		경험 사건 확장	
중간		확장의 근거	
끝		확장 사건의 의미	
사건 변화의 요인		독자 경험의 스토리화-구성개요	
인물 요소		인물 선정	
공간 요소		사건 배열	
갈등 요소		갈등 요소	
심리,태도,상황 요소		공간 배치	
기타 내외적 요소		관점의 적절성	
사건의 결과		스토리 작성	
결과적 사건의 내용			
사건의 이해와 해석			

작품 사건을 학생 경험과의 관련성 속에서 새로운 스토리로 바꾸는 작업은 '서사적 전이'(박인기, 2011: 428)에 해당하는 것으로, '관련 경험 찾기→경험 확장하기→경험 스토리화하기'의 절차를 통해 구체화할 수 있다.

작품 사건과 관련된 경험만을 떠올리고 이러한 경험들의 작품 사건과의 관련성을 꼼꼼히 따져 본 후, 관련 경험을 가능한 한 최대한의 범위로 확장시켜 나가는 것이 바람직하다. 관련 경험을 기본 '사건소事件素'로 설정한 이후에는 범위를 좀더 확장시키면서 변용해 나감으로써 이야기를 풍성하게 마련할 필요가 있기 때문이다.

기본적인 '사건소'와 이에서 발전된 '확장적 경험 사건'만으로는 스토리텔링을 이룰 수 없기에, 서사의 일반적 구성 원리에 따라 서사화하는 작업이 요구된다. 사건들의 인과적 관련성이나 시간성과 공간적 긴밀성을 고려하면서, 인물과 갈등적 요소, 구성의 묘미 등을 통해 실질적인 이야기를 마련해 보는 것이다. 이러한 과정 이후에는 실제 스토리텔링의 사전 준비 작업으로, 스토리 구성을 위한 개요적 성격에 해당하는 스토리보드를 직접 작성해 볼 수 있어야 한다.

요컨대 스토리텔링 기법을 활용한 시 교육에서는 그 진행 과정을 '스토리 구성→텔링하기'의 순서로 하되, 스토리 구성 단계에서는 '작품 사건 파악하기→독자 경험 사건 파악하기→스토리보드 작성하기'를 따르는 것이 바람직하다. 그 세부적인 순서는 '사건에 주목하기→변화요인 탐색하기→경험 활성화하기→스토리보드 구성'으로 나아가는 것이 효율적이라고 판단된다.

2) '텔링'을 위한 소통과 창조의 원리

시 작품에 대한 이해와 감상을 통해 작품 사건을 파악한 이후에 관련된 학생들의 경험을 회상하고 이를 확장해 나감으로써, 스토리텔링을 위한 스토리보드를 작성한 이후에는 실제 '텔링'의 단계로 진입 가능하다. 스토리텔링의 기법과 원리를 시 교육에 적용하고자 하는 궁극적 이유는, 관련 경험의 확장을 스토리화함으로써 학생 독자의 시 작품에 대한 감상력을 고취시키고자 하는 것에만 있지 않다. 좀더 본질적인 것은 독자로서의 학생들이 스토리를 구성하고 이를 나눔으로써 이야기의 상호 소통성을 체험해 보게 하는 데 있는 것이다.

스토리텔링을 일반 서사와 차별화시키는 가장 본질적 속성이 '텔링'에 있으며, 청자와의 대면성 속에서 실질적으로 구현되는 텔링의 상호소통적 현장성으로 인해 스토리는 가변적이며 창조적으로 재구성될 수 있다. Jessie W. Wiik는, 의미와 감성, 상상력을 유발시키기 위해 경험을 통해 구성되는 줄거리는, 화자와 청자 양자(Salmon, 2008: 75)에 의해 쌍방향적으로 시도될 때 영향력을 갖는다고 주장한다. 이러한 견해 역시 상호소통을 전제한 스토리 구성이 문학의 기본 자질임을 입증하는 것이라 볼 수 있다.

Gerard Genette는 '텍스트' 그 자체로서의 내러티브와 '내용'으로서의 스토리, 서사 생산을 위한 '행위'으로서의 내레이팅으로 서사의 구성 요소를 분류한 바 있다. Chatman 역시 이와 유사한 입장에서 서사는, 스토리는 물론 이야기가 전달되는 문제인 담론(정형철, 2007: 24)으로 이루어짐에 주목하였다. 이렇게 보면 서사의 본질은 내용으로서의 이야기 구성 자체에 있다기보다는, 구체적인 상황 속에서 화자와 청자의 상호작용에 의해 스토리를 구성하고 소통하는 '(말)하기'로서의 작용양상인 '텔링'에 있다고 보는 것이 타당하다.

그러므로 시 교육의 효율성을 높이기 위해 스토리텔링의 기본 원리를 적용하고자 할 때에는, '소통성'과 '창조성'에 주목하는 것이 우선적이다.

소통성은 화자와 청자의 긍정적인 관계 양상에 초점을 두고자 하는 것이며, 창조성은 상호작용을 토대로 한 스토리의 재구성을 다루고자 하는 시도이다. 시 교육에서의 스토리텔링은 시 작품을 읽고 독자 나름대로의 스토리보드를 짜서 스토리를 구성해 보는 것으로 마무리되는 것이 아니다. 스토리텔링의 본질은 이야기의 생성과 공유(김성종 외, 2012: 34)에 있기에, 실질적인 '텔링'이 현장 속에서 구현되지 않으면 그 목적을 달성한 것이 아니다.

〈그림1〉 서사와 공간 맥락적 상황 공유로서의 텔링

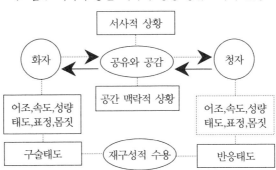

텔링을 위해서는 일차적으로 화자의 구술양상과 방법적 특성에 대한 교육이 절실히 요구된다. 텔링의 과정은 '화자의 구술→청자의 수용→재구성적 반응'의 순서로 이루어진다고 볼 수 있다. 그렇기에 화자의 구술 단계에서 어떠한 요소에 주목해서 어떤 방법으로 스토리를 말해야 하는지를 교육하는 것은 상호소통을 위한 기본적 배려라고 할 수 있다. 화자는 자신이 마련한 서사적 상황에 맞는 '어조, 속도, 성량, 태도, 몸짓'을 선택해서 이를 구현할 수 있어야 한다. 스토리의 분위기와 인물의 심리 변화,

갈등의 전개 과정에 따라 다채로운 서사적 상황이 초래되기에, 이러한 가변적 상황에서 화자는 적절히 구술에 관여하는 제반 요소들에 대한 변화를 줄 수 있어야 한다.

스토리텔링은 구조화된 이야기를 사실적 정보로 인식하고 이를 단순히 전달하는 형태에서 벗어나야 한다. 내용적 요소뿐만 아니라 감성적 요소도 이야기 구성에 기여하는 바가 크기에, 몰입(김정자, 2013: 533)을 위해서는 화자의 비언어적이고 반어적인 요인들이 청자의 이야기 호응에 영향을 미칠 수밖에 없는 것이다. 그러므로 이야기의 감성력을 풍부하게 하고 전달력을 강화하기 위해서는, 서사적 상황의 변화에 부합하는 적절한 음성, 속도감, 극적 긴장감(나은영 외, 2014: 239)을 유발하는 요소들의 선택과 효과적 표현에 주의할 필요가 있다.

이야기 내용에 부합되는 효과적인 음성적 행위적 기제들의 선택과 표현은, 청자의 반응에 의해 완전한 서사성을 확보하게 된다. 청자는 이야기의 사실적 정보 파악에만 관심을 기울이는 것이 아니라, 화자의 어조나 성량, 태도, 표정을 통해 이야기를 수용하고 재구성함으로써 청자 나름대로의 반응 양상을 보이게 된다. 전달된 이야기는 청자의 마음속에서 자신의 경험을 기반으로 스토리의 내용은 물론 어조와 태도, 몸짓에 있어서도 새로운 해석적 시도를 감행해 나가게 된다.

스토리텔링의 관점에서 보면 이야기의 완성은 화자와 청자 사이에서 이루어지는 공감과 전이(강문숙 외, 2012: 89)에 의해 이루어지는 것이기에, 청자의 이야기 듣기는 단순한 수용의 차원이 아니라 자신의 말하기를 위한 전제 조건에 해당한다. 청자는 화자와 공간과 맥락적 상황을 공유하고, 화자의 이야기에 의해 청자 자신만의 독자적인 이야기를 선택하고 결정(남궁정, 2011: 221)하는 특권을 가지게 되는 것이다. 그러므로 시 교육에서도 화자의 이야기를 단순히 요약하거나 재발화하게 하는 주문을 넘어 이야기를 청자 입장에서 해석하고 구성해서 구술할 수 있도록 지도하는 것이 무엇보다 중요하다.

화자와 청자의 주고받는 이야기가 실현되기 위해서는 서사적 상황에 대한 공유뿐만 아니라, 공간과 맥락 상황(이윤호 외, 2013: 108)에 대한 공감이 절실히 필요하다. 화자와 청자는 물리적 공간을 함께 하고는 있으나 공감의 차원으로 발전하기 위해서는 공간이 형성하는 정서적 분위기에 대한 공유가 중요하다. 또한 청자와 화자 상호 간에 느끼는 인간적 교감, 가치관에 대한 수용적 태도, 발화 진행을 위한 상호 간의 배려 등과 같이, 서사 공간이 진행되어 가는 과정 중에 발생하는 다양한 맥락에 대한 공감적 태도가 우선시되어야 할 것이다.

따라서 스토리텔링 기법을 시 교육 현장에 적용해 나가기 위해서는 '텔링'을 통한 상호소통성이 무엇보다 중요하게 고려되어야 한다. 이를 위해서는 서사적 상황과 공간 맥락적 상황의 공유와 공감을 기반으로 화자의 구술 태도와 청자의 반응 태도에 대한 사항들이 주된 교육 요소로 다루어져야 할 것이다. 화자의 측면에서는 현장성을 염두에 둔 실질적 차원의 구술 방법에 대한 교육이 필요하며, 청자의 입장에서는 수용과 반응, 그리고 적극적인 재구성과 표현의 차원에 주목해서 교육할 수 있어야 한다.

텔링을 위해 염두에 두어야 할 두 번째 원리는 '창조성'이다. 창조성은 청자의 구술성을 강조하기 위한 개념으로 볼 수 있다. 화자의 스토리 구성이 일차적 창조 과정에 해당한다면, '텔링'이라는 화자의 실질적 구술 활동으로 인해 창조를 위한 모티프가 제공되고, 이로써 청자 나름대로의 새로운 이야기를 구성하는 단계가 이차적 창조에 해당한다. 청자에 의해 시도되는 재창조 과정으로서의 이야기 구성은 '스토리 분석→반성적 사유와 감수성 유발→발상의 촉진과 표현'의 순서로 진행해 볼 수 있다.

사실상 이는 시 작품을 읽은 독자로서의 청자가 스토리를 구성하는 과정인 '사건 파악하기→경험 사건 파악하기→스토리보드 작성하기→스토리텔링하기'와 유사한 것이다. 다만 청자의 이야기에 대한 화자의 반응을 극대화시키기 위해 인식과 정서적 측면을 강화시켜 보고자 하는 의도와 청자 자신의 독자적인 이야기 요소를 부각시키기 위해 '사유와 감수성', 그리고 '발상'(이용욱, 2013: 297)이라는 요소를 교육 요소로 설정하고자 한다.

'사유'의 측면에서 학생들을 교육하고자 할 때에는 화자에 대한 비판적 태도를 포함해서 화자와는 다른 관점에서 이야기를 파악하고 해석하고자 하는 태도에 강조점을 둘 필요가 있으며, '감수성'의 차원과 관련해서는 이야기에 대한 청자의 직관적 반응 양상, 정서적 태도와 공감 요소 등을 교육 요소로 활용할 수 있어야 할 것이다. '사유와 감수성' 유발을 통해 이야기를 재해석하고 청자 나름대로의 인식과 정서 체계가 확립되었다면, 화자와는 다른 새로운 국면에서의 '발상'적 시도를 통해 청자 자신의 이야기를 표현할 수 있도록 지도해야 하리라 본다.

3. 스토리텔링 원리를 활용한 시 감상 교육의 방법

시 교육에서 차용 가능한 스토리텔링의 원리는 말 그대로 '스토리'와 '텔링'임을 확인하였다. '스토리' 구성은, 시 작품을 읽고 작품의 이면에 감추어진 이야기를 풀어내는 독자 입장에서의 역할과, 수용한 이야기를 자신의 경험에 비추어 재해석해서 구성하는 화자로서의 기능을 통해 이루어지는 것이다. 아울러 '텔링'은 실질적인 발화 상황을 염두에 둔 화자와 청자의 상호작용을 염두에 둔 구술 행위에 해당하는 것으로서, 화자의 구술 태도와 청자의 반응 태도가 어우러져 이야기의 재창조성을 구현해나가는 과정이라 여겨진다. 이 글에서는 '스토리 구성'을 위해서는 '작품 사건의 경험적 재구성하기'의 방법을 시도해 볼 것이며, '텔링'에 있어서는 '구술태도와 반응태도의 효율성 극대화하기'의 교육 방법을 구체적으로 드러내 보이고자 한다. 아울러 교육대상은 작품과 관련된 자신의 경험을 적극적으로 환기하고 현장성과 구술성을 기반으로 서사를 진행해 나갈 역량이 있는 학생에 한정하고자 한다.

1) 작품 사건의 경험적 재구성

시 작품을 대상으로 스토리텔링을 시도하기 위해서는 일차적으로 작품 속에 내재된 사건을 파악하며, 나아가 작품 사건을 독자의 시각과 경험의 자장磁場 내에서 재구성함으로써 이를 스토리화하는 일련의 과정을 거치는 것이 바람직하다. 따라서 이 글에서 제안하는 '작품 사건의 경험적 재구성'은 이러한 흐름을 염두에 둔 교육 방법으로, '작품 사건 구성→경험적 재구성→스토리보드 작성'의 순서로 진행해 보고자 한다.

외할머니네 집 뒤안에는 장판지 두 장만큼한 먹오딧빛 툇마루가 깔려 있습니다. 이 툇마루는 외할머니의 손때와 그네 딸들의 손때로 날이날마다 칠해져 온 곳이라 하니 내 어머니의 처녀 때의 손때도 꽤나 많이는 묻어 있을 것입니다마는, 그러나 그것은 하도나 많이 문질러서 인제는 이미 때가 아니라, 한 개의 거울로 번질번질 닦이어져 어린 내 얼굴을 들이비칩니다.

그래, 나는 어머니한테 꾸지람을 되게 들어 따로 어디 갈 곳이 없이 된 날은, 이 외할머니네 때거울 툇마루를 찾아와, 외할머니가 장독대 옆 뽕나무에서 따다 주는 오디 열매를 약으로 먹어 숨을 바로 합니다. 외할머니의 얼굴과 내 얼굴이 나란히 비치어 있는 이 툇마루까지는 어머니도 그네 꾸지람을 가지고 올 수 없기 때문입니다.

- 서정주, 「외할머니의 뒤안 툇마루」, 전문.

학생들은 제시된 시를 꼼꼼히 읽으면서 작품 속에 전제된 사건 전개(류철균 외, 2008: 8)로서의 단서에 해당하는 사건소를 파악하는 것이 급선무이다. 위 작품의 경우는 '외할머니네 집 뒤안 먹오딧빛 툇마루'가 그에 해당하며, '툇마루'를 중심으로 '외할머니'와 '딸들', 그리고 화자로서의 '나'에 관한 사건들이 진행되기 때문이다. 하지만 여기서 중요한 것은, 사건소를 툇마루에만 한정하는 것은 작품 감상의 폭을 제한하는 것이기에 다양한 사건소 설정을 허용하는 것이 오히려 사건 전개 과정(서유경, 2005: 70-73)을 다층적으로 파악하게 하는 요인이 될 수 있다.

'외할머니'와 '나'라는 인물 요소에 초점을 두고, 외할머니의 보호와 사랑을 상징하는 '오디열매'와 그로 인해 '숨을 바로'하는 긴장 해소의 과정을 사건 전개의 중요한 축으로 인식한다면, '외할머니'를 사건소로 설정할 수 있다. 뿐만 아니라, 어머니의 꾸지람과 그로 인해 툇마루를 찾게 되는 나의 행동, 외할머니의 배려로 인한 나의 갈등 해소를 염두에 둔다면, 사건소는 '어머니의 꾸지람'으로 규정 가능하다. 사건소를 툇마루로 설정하느냐 아니면, 외할머니 혹은 어머니로 정하느냐에 따라 사건의 전개 과정과 변용의 가능성, 혹은 정서 환기의 측면에서 차별적일 수 있으나, 어느 쪽으로 설정하든 회상적 공간으로서의 툇마루와 직간접적 연관을 갖는다는 점에서는 동일하다고 볼 수 있다.

사건소를 설정하는 학생 활동 이후에는 사건소를 토대로 어떠한 사건 진행의 과정이 작품 속에서 펼쳐지는지를 학생들이 주목할 수 있도록 지도할 필요가 있다. 사건의 진행은 어느 인물(허희옥, 2006: 205)에 초점을 맞추느냐에 따라 내용은 물론 정서에 미치는 영향이 다르기에, 사건의 진행 과정을 파악하는 단계에서는 인물에 방점을 두고 살피게 하는 것이 마땅하다. '초점 인물'을 설정하고 이와 관련된 '주변 인물' 상호 간에 어떤 매개에 의해 갈등 요소가 유발되며, 시간의 흐름에 따라 어떻게 사건이 진행 발전되어 가는지를 상상하는 것이 주안점이 될 수 있다.

'외할머니'를 초점 인물로 설정하고 '손때→날이날마다 칠해짐→거울로 닦여져 얼굴 비침'이라는 시어의 연결성을 고려해, 외할머니의 삶의 애환과 인고의 세월이라는 사건의 진행을 추출해 낼 수 있다. 아울러, '어머니'를 또 다른 초점 인물로 설정한다면, '외할머니의 딸→어머니의 처녀때→손때 묻은 툇마루'와 같은 시어의 연쇄는 순수했던 한 여인의 성장 과정 내지는 여성의 일생을 떠올리게 한다. '나'를 중심으로 사건 흐름을 살필 때는, '어머니의 꾸지람→때거울 툇마루 찾음→외할머니 오디열매 먹음→숨을 바로함'이라는 시상의 흐름을 조합함으로써, 유년시절에 대한 그리움, 외할머니에 대한 향수, 혈육의 사랑에 대한 애절함 등으로 사건을 구성하게 되기도 한다.

여기서 중요한 것은 사건의 흐름에 대한 다양한 상상과 구성(한혜원, 2007: 4)을 학생들이 시도할 수 있도록 배려하는 것이다. 스토리텔링의 핵심은 작품 속 사건과 정서에 대한 정보를 단편적으로 수용하고 이를 단순히 전달하는 데 있지 않고, 자신의 고유한 색깔이 배어 있는 이야기와 독자적 정서를 구성하고 이를 작가와 독자, 혹은 화자와 청자가 소통하는 것이기 때문이다. 그러므로 작품 속 시어와 그들의 연쇄(양미경, 2013: 13)를 기반으로 학생들이 개성적 안목이 서려 있는 사건 구성을 시도했다면, 최대한 허용하는 것이 바람직하다.

사건소를 찾고 그것을 바탕으로 인물 중심의 사건 진행 과정을 학생 독자들 나름대로 이야기로 구성해 보았다면, 이제는 사건이 지닌 의미를 자신의 정서와 논리에 따라 해석하는 작업을 수행해 볼만하다. '툇마루, 손때, 거울 등과 같이 특정 소재가 갖는 의미, 개별 인물들의 작품 속에서의 기능과 의의, 인물과 관련된 일련의 사건 흐름이 갖는 의미와 가치, 학생들이 작품을 통해 새롭게 주목하게 된 정서나 사실, 초점 인물의 변화로 인한 시점 변화와 그것이 초래하는 사건과 정서 차별화의 의의' 등을 학생들 상호 간에 발표하고 토의하는 것은 의미 있는 작업이라 본다.

<표2> 작품 사건 구성을 위한 교육 요소

사건소(단서)			외할머니네 집 뒤안 먹오딧빛 툇마루, 외할머니, 어머니의 꾸지람
사 건 진 행 과 정	인물	외할머니	손때→날이날마다 칠해짐→거울로 닦여져 얼굴 비침
		딸/어머니	외할머니의 딸→어머니의 처녀때→손때 묻은 툇마루
		나	어머니꾸지람→툇마루 찾음→오디열매→숨을 바로함
독 자 의 미 해 석	소재 공간		정화, 안온함과 배려의 공간, 유년의 순수한 시절, 그리움과 사랑에 대한 회상
	사건		• 할머니의 삶의 애환과 인고의 세월 • 순수했던 한 여인의 성장 과정, 여성의 일생 • 유년 시절에 대한 그리움, 외할머니에 대한 향수, 혈육의 사랑에 대한 애절함

　　작품 속에 전제된 사건에 대한 파악이 일단락 된 후라면, 학생 자신의
시점으로 작품 사건을 재해석해서 구성하는 작업이 필요하다. 이 부분이
본격적인 스토리텔링의 과정에 해당한다. 이전의 작업이 작품에 충실한
사건 구성이었다면, '경험적 재구성'의 단계는 작품과 직간접적으로 관련
된 학생 독자들의 '경험'에 초점을 두고자 하는 교육 활동이다. '작품 사건
구성'의 과정이 최대한 작품에 충실해서 작품 사건의 유발 요인을 총체적
으로 살피고자 했다면, 이제는 독자의 개성이나 취향에 따라 사건의 개별
구성 요소를 토대로 학생 자신만의 고유한 이야기를 형성해 보는 활동이다.
　　작품 속 사건을 파악하기 위해 주목했던 사건소, 소재, 인물, 배경, 사건
의 흐름 등의 구성 요소를 학생들이 개인적인 삶과 경험으로 확장적으로
연결시키고 그 속에서 고유한 독창성을 만들어가는 과정이 경험의 재구성

단계에서는 무엇보다 중요하다. 즉, 작품 사건과 개인 경험 상호 간의 '연결성'(김민하, 2014: 24)을 토대로 학생들 삶의 이야기가 '확장성'과 '고유성'을 확보할 수 있는 기회가 되어야 할 것이다.

관심 인물을 선정하고 학생들이 선택한 인물을 다시금 재해석함으로써 인물의 특성을 재확인하면서 '캐릭터를 구상'하는 것에서부터 '경험적 재구성'은 시작될 수 있다. 인물에 대해 재해석한 결과를 바탕으로 새로운 인물을 설정하기 위해 학생 자신의 직간접적인 개인 경험을 자발적으로 연상함으로써 인물의 성격과 태도, 인식에 관한 사항들을 구체화시켜 나갈 필요가 있다. 개별 인물들의 성격을 설정한 이후에는 이들 상호 간의 관계와 교류 양상에 관한 사항도 살필 수 있어야 한다.

인물의 성격과 그들의 상호 관계성을 마련한 이후에는 이야기의 생동감을 고조시키기 위해 배경과 소재에 관한 요소들도 구체화시켜나갈 필요가 있다. 사건 발생의 전제가 되는 배경이 갖는 물리적 특징과 분위기, 사건 전개를 위한 기능 등을 따져 보아야 하며, 소재의 의의와 그것이 환기하는 정서(강숙희, 2007: 311)에 관한 사항들도 놓쳐서는 안 될 것이다. 인물, 배경, 소재에 관한 사항을 기획하고 정리함으로써 이야기에 관한 기본틀이 형성되었다면, 이제는 본격적인 사건 구성(김창현, 2013: 26-27)으로 나아갈 수 있다.

〈그림2〉 경험적 재구성을 위한 교육 요소

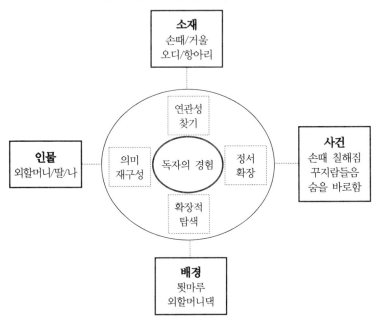

경험 재구성에서 사건을 먼저 꾸려 볼 수도 있으나, 본격적인 사건의 마련에 앞서 학생 경험과 관련된 단서를 찾고 점진적으로 사건의 형태를 갖추어 가기 위해서는, 인물과 소재 그리고 배경에 대한 살핌을 기반으로 사건의 상세화를 도모하는 것이 이야기 구성에 초보적인 학생들에게 효율적일 수 있다. 또한 작품 사건과 관련을 맺는다고 할지라도 학생 독자의 경험에 의해 사건을 재구성하게 되면 학생수만큼 다양한 이야기를 생성할 수 있기에, 사건을 일정한 절차에 따라 마련해 나갈 수 있도록 지도할 필요가 있다.

즉, 사건 구성의 방법을 염두에 두도록 강조해야만 한다. 시간의 흐름

혹은 역전적 방식, 인과관계나 병렬적인 방법 등 자신의 이야기에 부합되는 구성 방식을 모색하고 이에 따라 이야기를 전개해 나가도록 하는 것이 중요하다. 이러한 사건의 재구성(박진, 2013: 529)은 작품 사건과 관련된 학생들의 경험을 단순히 재구성하는 차원을 넘어서, 재구성된 사건의 의미에 대해서도 학생 스스로 인지하고 사건 마련의 이유를 다른 학생들과 공유할 수 있도록 안내되어야 한다. 그래야만 작품과의 긴장 관계를 유지할 수 있기 때문이다.

작품 사건을 구성하고 이와 관련된 독자의 경험을 재구성하였다면, 이제는 마지막으로 스토리보드를 작성하는 단계에 직면하게 된다. '스토리보드 작성'의 의도는 학생들이 머릿속으로 구상한 이야기를 실제 발화를 위해 구체적인 글말로 서술하는 것에 있다고 할 수 있다. 핵심적으로 고려해야 할 단위 사건과 사건의 전개과정, 그리고 사건의 변화 과정이나 결과를 구체화시켜 '작품 사건 스토리보드'를 작성하고, 이를 토대로 독자의 경험 사건과 여기에서 발전된 확장적 경험 사건을 마련해서 구성개요를 작성해 본 후, 실질적인 스토리 작성의 과정까지 수행하도록 지도하는 것이 바람직하다.

2) 구술태도와 반응태도의 효율성

스토리보드 작성을 통해 실질적인 화자만의 이야기가 구성되었다면 이제는 '구술'(최혜실, 2008: 692)과 '반응'의 단계로 나아갈 수 있다. 스토리텔링의 본질은 이야기 구성과 발화에 있으며, 굳이 그 무게를 따지자면 '발화'(류수열 외, 2007: 172-174)에 중심이 있다고 해도 과언은 아니다. 화자의 발화와 그에 대한 청자의 반응이 적극적인 양상으로 소통할 때에 비로소 스토리텔링은 구현된다고 볼 수 있는 것이다. 그러므로 '텔링'을 염두에 둔 상호작용 단계에 있어서는, 화자 입장에서의 이야기 '구현'과 청자 차원에서의 이야기 '되돌려주기'를 실질적 차원에서 수행할 수 있는 방법들을 교육할 수 있어야 한다.

-MENU-

샤를르 보들레르	800원
칼 샌드버그	800원
프란츠 카프카	800원
이브 본느프와	1000원
예리카 종	1000원
가스통 바슐라르	1200원
이하브 핫산	1200원
제레미 리프킨	1200원
위르겐 하버마스	1200원

시를 공부하겠다는

미친 제자와 앉아

커피를 마신다

제일 값싼 / 프란츠 카프카   - 오규원, 「프란츠 카프카」, 전문.

화자가 이야기를 구술하기 위해서는 일정한 태도와 몸짓, 목소리의 색깔을 선택하고 이를 적당한 속도와 성량의 변화를 통해 구현해 낼 수 있어야 한다. 스토리텔링의 매력은 단순한 이야기 전달이 아니라, 화자의 개성적 목소리가 담긴 발화의 수행에 있다는 것을 기억할 필요가 있다. 따라서 위 작품을 토대로 스토리보드를 작성하고 이를 구술해 내기 위해서는 그에 걸맞는 '목소리와 태도'를 결정하는 것이 급선무이다. 시를 공부하려는 제자를 미친 제자로 인식하게 하는 현실에 대해 개탄과 비판적 이야기를 꾸려 이를 청자에게 전달하려고 한다면 격앙된 어조와 성량을 선택할 수 있을 것이다. 또한, 인문학의 위기와 물신화된 현실을 주된 이야기의 내용으로 설정하고 이를 구현해 내기 위해 사태에 대한 관조적인 태도를 유지하려 한다면, 말하는 속도는 느리면서도 무거운 쪽을 고집할 수 있을 것이다.

  이처럼 목소리는 이야기의 정서 및 내용적 측면의 전달력을 극대화할 수 있도록, '어조와 성량, 그리고 속도'의 측면을 고려해 변화를 줄 수 있어야 한다. 이야기가 내포하고 있는 서사적 상황과 공간 맥락적 상황(오은엽, 2013: 547)의 흐름에서 벗어나지 않도록 큰 틀에서 일관된 목소리를 선택하고, 나아가 세세한 부분은 물론 이야기의 진행 과정 중에 변화를 시도해 가면서 다변화를 꾀하는 것도 효과적일 수 있다. 그러므로 목소리 선택, 발화 수행과 관련해서는 학생들에게 내용 및 정서와의 일관성과 지속성, 그리고 변화의 가능성과 유동성을 적절히 활용할 수 있도록 지도할 필요가 있다.

〈표3〉 발화 구현을 위한 교육 요소

서사 상황	인물학 위기와 물신화된 현실 관조	느리고 무거운 속도
	시인을 미친 제자로 인식하는 현실 개탄	격양된 어조, 성량
	카프카가 커피와 동일시되는 현실	안타까운 표정
	인문학을 고수하려는 미친제자	대견, 뿌듯한 어조

공간 맥락 상황	현대사회 ···	공간상황
	인문학적 가치의 상실과 위기	
	인문학에 대한 미련과 연민 ···	맥락상황
	현실의 한계에 대한 인식과 개탄	⋮

| ⋮ | ⋮ | ⋮ |
| 화자 · | 공감과 공유 ·· | 청자 |

'태도'는 표정이나 몸짓에 관한 것으로, 목소리뿐만 아니라 발화(김만수, 2012: 347)를 보조할 수 있는 동작에 대해서도 전달력을 높일 수 있는 요소들을 선택해 구현할 수 있도록 지도하는 것이 중요하다. 카프카나 보들레르와 같은 인문학자들이 현대사회의 기호식품, 즉 물질로서의 커피와 단순히 동일시되는 현실을 드러내기 위해 안타까운 표정과 몸짓을 취할 수 있을 것이다. 반면, 인문학적 가치가 추락하고 값싼 재화로 전락하는 현대사회에 반해, 인문학적 가치를 고수하려는 제자의 인식과 행동에 초점을 두고자 하는 이야기를 전달하려 한다면, 대견함과 뿌듯함의 목소리와 태도가 선택될 수도 있을 것이다.

하나의 작품에서 재구성되는 경험 사건이 독자에 따라 다양화될 수밖에 없듯이, 독자가 경험을 토대로 재구성한 스토리를 구현하는 실질적 차원의 '텔링' 단계에서도 다양한 목소리와 태도의 표출이 인정될 수 있어야 한다. 사실상 이러한 목소리와 태도의 선택은 화자가 구성한 이야기와 그에서 파생하는 서사적 상황, 그리고 공간 맥락적 상황(백승국 외, 2010: 33)과 결부되어 있는 것이기에, '서사', '공간'(정경운, 2006: 288), '맥락'의 요소들을 지속적으로 점검할 수 있도록 안내되어야 한다. '서사'적 요소는 이야기의 흐름이 유발하는 의미나 정서에 관한 것이며, '공간'은 사건이 유발되는 공간이면서 화자와 청자가 함께 공유하고 있는 물리적 공간을 함께 고려하는 것을 의미한다. 뿐만 아니라, '맥락'의 차원은 화자와 청자의 발화 흐름에서 벗어나지 않는 사항을 일컫는 것이라 할 수 있다.

스토리텔링은 의미 전달(박숙자, 2010: 121)을 위한 화자의 일방적인 구술 행위만으로 이루어지지는 않는다. 반드시 청자와의 교감과 반응(이상민, 2013: 270)이 전제되어야만 그 효과를 이룰 수 있게 된다. 청자의 적극적인 이야기 듣기와 되돌려주기가 동반될 때 비로소 스토리텔링은 구현되는 것이다. 시 교육에서도 청자의 반응태도와 양상은 무엇보다 중요하다고 볼 수 있다. 청자의 반응을 유도하기 위해서는 '청자의 주관적인 듣기와 반응'에 초점을 둘 수 있어야 한다. 화자가 시 작품을 개성적 경험을 토대로 재구성하고 이를 자신의 독특한 발화 구성체로 실현했듯이, 상상(이명숙, 2011: 239)을 통한 화자의 개성적 이야기 변용과 발화가 적극 지도될 필요가 있다.

청자에게 요구되는 것은 화자의 이야기에 대해 귀 기울이는 태도와 어떤 형태로든 자신의 이야기를 재구성(조은하 외, 2008: 238)해서 반응을 적절히 보이는 것이다. 스토리텔링의 성립 요건이 화자와 청자의 쌍방간 상호작용(차봉희, 2007: 284)이기에 청자의 반응은 매우 중요한 사항이라

할 수 있다. 그렇더라도 화자의 이야기에 무조건적인 동조는 지양하는 것이 바람직하다. 화자의 이야기에 대해 기본적으로 공감과 공유의 태도를 보이는 것은 바람직하지만, 무조건적인 수용이나 절대적인 신뢰는 금물이다.

공감과 공유는 화자의 이야기를 청자 입장에서 주관적으로 수용하고 이를 내면화하기 위한 전제 조건이며, 이야기의 상호 소통이라는 점에서 의의를 가질 뿐, 화자의 발화에 대한 맹목적 수용을 의미하지는 않기 때문이다. 사실상 효율적이면서도 풍성한 이야기 마당을 펼쳐지려면 공감과 함께 '어긋놓기와 나아가기'가 절실히 요구된다. 즉, 화자의 이야기에 대해 적절히 평가하고(강문숙, 2013: 124) 비판한다거나 화자가 발견하지 못한 사항을 이야기로 구성해 드러내 놓음으로써 이야기를 한 발 진전시킬 수 있기 때문이다.

화자가 인문학을 도외시하는 현실 상황을 비판적 어조로 이야기를 전달했다면, 청자는 이에 대해 제자의 인문학에 대한 관심과 애착에 주목하고 이를 대견한 어조로 이야기할 수도 있을 것이다. 또한 청자는 카프카가 값싸게 된 이유에 대한 자신의 생각을 이야기로 구성할 수도 있으며, 값싸고 비싼 것을 구분짓는 기준에 대한 것을 이야기로 시도해 나갈 수 있다. 중요한 것은 화자의 발화가 전제한 맥락과 사건 상황에 크게 벗어나지만 않는다면 매우 허용적인 자세로 화자의 발화를 자극하고 격려할 수 있어야 한다는 점이다.

또한, 청자는 내용 구성에서뿐만 아니라 목소리나 태도의 선정에 있어서도, 화자의 분위기나 성향을 답습할 필요가 없음을 숙지시킬 필요가 있다. 이는 이야기를 청자의 개성적 안목에서 전달할 수 있도록 하는 최선의 배려가 될 수 있다. 목소리나 태도는 정서적 측면과 결부되어 있는 것이기에, 다양한 목소리나 태도의 설정과 표현은 이야기에 대한 정서적 자장磁場의 폭을 확대시킴으로써 스토리텔링에 생기(권우진, 2011: 14)를 불어 넣을 수 있을 것으로 기대한다. 청자의 적극적이고 다변화된 반응은 또 다시화자에게로 전이되어, 화자로 하여금 새로운 이야기를 생성하게 되는 자양분이 될 것이다. 따라서 '구술 태도'와 '반응 태도'는 스토리텔링의 핵심적인 존립 요건이 됨을 잊지 말아야 할 것으로 본다.

4. 이야기로 풀어내는 시 교육

이 글에서는 시 교육에서 스토리텔링의 방법을 활용할 수 있는 구체적 요소와 대안들을 탐색해 보았다. 함축적 시 속에 마련된 제반 요소들을 바탕으로 이야기를 재구성해 나감으로써 텍스트와 적극적으로 소통해 나가는 과정 자체에 주안점을 두고자 하였다. 정서 중심의 작품이든 서사적 상황이 구체화된 작품이든 한 편의 텍스트 속에는 학생 독자들이 자신의 인식과 정서, 그리고 경험의 진폭에 따라 다양한 이야기로 풀어 낼 수 있는 요인들이 잠재해 있음을 부인할 수 없다. 이는 작품과 학생이 소통하고 작품을 자기 해법으로 이해하고 감상하는 중요한 요인이 될 수 있을 것으로 판단한다.

일차적으로 작품 자체에 주목해 작품 사건에 초점을 두고 이를 학생들의 인식과 정서에 기반을 두고 재구성하는 작업이 허용될 필요가 있을 것이다. 이는 작품이 학생에게 전해주는 담화에 대한 청자로서의 독자가 적극적으로 반응하기 위한 시도에 해당하는 것이다. 작품 사건을 구성하고, 창의성을 활성화해 작품 사건을 학생들의 경험과의 관련성 속에서 재구성하고 이를 토대로 스토리보드를 작성하는 일련의 과정은 작품과 독자가 교섭함으로써 실제 스토리텔링으로 나아가기 이전의 서사 구성 단계에 해당하는 것이다. 이러한 활동은 작품에 대한 반응의 적극성이라는 점 외에 스토리텔링을 위한 다양한 담화의 생성과 소통을 위한 준비 과정으로서 의의를 갖는다 하겠다.

스토리텔링의 목적은 소통에 방점이 놓인다. 결국 작품 사건의 재구성은 '구술'과 '반응'에 주목한 실제적인 활동의 차원으로 나아가야 명실상부한 스토리텔링의 목적과 효과를 거두게 되는 것이다. 어조나 성량은 물론 태도와 관련된 반언어적 비언어적 제반 사항을 고려하고, 나아가 공간 맥락적 상황에 따라 실제적인 발화와 상호소통이 이루어질 수 있어야 함을 강조하고자 하였다. 이러한 국면에서 학생 독자는 청자와 화자의 지위를 넘나들면서 작품과 진정한 스토리텔링을 감행할 수 있게 되는 것이다. 물론 학생 상호간의 의견 나눔을 수행해 봄으로써 생동감 있는 스토리텔링의 상황으로 발전해 나갈 수 있게 된다.

Ⅱ. 철학과의 소통 교육

문학 교육 방법론

성리학적 관점을 활용한 시 교육

●

●

1. 성리학적 인식의 시 교육적 수용

성리학적 인식은 유효한가. 인간관계 양상의 다변화와 물질 지향적 가치관이 팽배한 현대사회는 '개성'과 '세계화'라는 화두를 토대로, 세계와 나 사이의 적극적인 소통을 지향해 나가고 있다. 이러한 시대에 예禮와 전통傳統을 중시하는 관념체계로 인식되는 성리학은 이미 퇴물退物로 치부되기 일쑤다. 하지만 성리학이 표방하고자 했던 많은 인식들 중에서도 인간의 '마음'에 천착하고자 했던 경향성만큼은 다시금 되돌아 볼 필요가 있어 보인다. 성리학을 풀어보자면, 이는 성즉리性卽理로 치환될 수 있다. 이때의 성은 우주의 본질을 포함하고 있는 인간의 마음이라는 의미로 풀이된다. 즉, 성리학은 궁극적으로 인간의 마음속에서 삶과 우주의 근본적 이치를 궁구해 보고자 하는 시도였던 것이다.

이점이 성리학에 주목해야하는 이유가 되는 것이다. 외물에 집착하는 삶, 마음의 고귀함이 상실된 시대현실이 초래한 무수한 소외와 문제적 상황을 치유할 수 있는 유일한 대안이 '마음' 그 자체에 있으며, 성리학이 인간의 마음을 화두로 삼고 있기 때문이다. 한편 시는 사회현상을 리얼리즘적 태도로만 조망하지는 않는다. 객관적 현실 속에 내재된 모순들을 형상화함으로써 비판적 인식만을 조장하지 않으며, 문명의 말단末端에서 현대인이 발견하고 누려야 할 무수한 정서에도 주목하게 한다. 시가 미적 정서의 형상물이라는 점에 주목하고, 리얼리티를 구현하고 있는 시 작품 속에서 부정적 정서를 바람직한 정서로 환원시키기 위해서는 인간의 마음에 대한 근본적인 살핌이 필수적이라 할 수 있다.

공자는 '자기를 드러내려 하지 않고 억제하며, 모든 일의 원인을 자신에게서 찾아야君子求諸己 小人求諸人]'(조긍호, 2008:414)함을 강조함으로써 자신의 마음에 대한 인식과 실천을 강조하였으며, 이러한 태도는 '마음의 생각하는 기능은 태어날 때부터 하늘이 사람에게 부여해 준 것[心之官則思 思則得之 不思則不得也 此天之所與我者]'(이가원, 1989:430)이라는 맹자의 견해로 발전하게 된다. 순자 역시 '사람이 마음을 비우면 도를 받아들일 수 있고, 도를 일삼아 행하려는 사람이 마음을 전일하게 하면 도를 행할 수 있음[將須道者之虛則入 將事道者之壹則盡]'(정장철, 1992:475)을 통해 '마음'에 관한 문제를 자기 수양의 핵심과제로 삼고자 하였다.

이처럼 성리학에서는 인간이 만들어 가야 할 길(신정근, 2011:25), 즉 도道에 초점을 두고자 했으며, 그러한 본질적이고 초월적 근원(한형조, 2009:67)으로서의 진리가 인간의 마음에 있음을 명확히 하였다. 성리학에서 마음을 화두로 삼는 핵심 이유는 세상을 움직이는 이치가 인간 바깥에 존재하는 것이 아니라 인간의 마음속에 존재하며, 극단적으로 인간의 마음이 진리임을 긍정하기 때문이다. '그 마음을 다 하는 자는 그 본성을 알고 본성을 알면 하늘을 안다[盡其心者 知其性 知其性 則知天矣]'는 맹자

152 문학교육방법론

의 역설이나, '어진 자는 리理가 곧 마음이요, 마음이 곧 리理이다[心卽是理]'(최영진 외, 2009:259-263)고 주장하는 주자의 언술이 이를 대변한다.

여기에서 하나의 아이러니를 발견하게 된다. 마음이 본래적으로 진리를 가지고 있다면 왜 굳이 마음을 화두로 삼고자 하며 마음에 관한 수양을 거론하는 것인가. 주희는 이를 천명지성天命之性과 기질지성氣質之性으로 설명한다. 즉, 인간의 마음은 타고난 진리로서의 본성인 천명지성을 가지고 태어났으나, 차별적으로 부여 받고 태어난 기질지성으로 말미암아 어둡고 밝으며 흐리고 맑음의 차이(주칠성 외, 1999:222)가 있다는 것이다. 비록 '개별 인간의 마음 속에 진리[萬物各具一太極]'(이애희, 2002:108)가 들어 있을지라도, 마음의 흐리고 탁함을 조절하고 억제하지 못한다면 본성으로서의 진리가 발현될 수 없음을 강조하고 있다.

성리학적 인식을 토대로 시와 시 교육을 바라보고자 하는 의도가 여기에 있다. 시가 인간의 정서와 마음을 형상화한 결과물이기 때문이며, 마음은 그 자체로 진리를 함축한 것일 뿐만 아니라 일정한 의도와 방법을 통해 의식적으로 탐구해야 하는 대상이기에 그러하다. 성리학에서는 인간의 마음을 쟁점으로 삼고 있으며, 마음의 본성이 훼손되지 않고 그 참모습이 드러날 수 있는 수행의 방법을 강조하고 있다. 의도적인 수양법을 통해서만이 외물에 제약을 받지 않고 온전한 마음의 본성을 발현할 수 있다고 보는 것이다. 성리학에서 마음을 천착하는 방향성이 마음의 실존에 대한 인식적 규명과 그것의 본질을 지키고 그 근원에 도달하고자 하는 실천적 모색에 있다면, 시 교육에서 성리학적 인식을 차용하고자 시도하는 이 글에서도 마음에 대한 인식과 실천적 측면에 대한 탐색이 주를 이루어야 한다고 본다.

시 교육에서 작품 자체에 제시된 마음 자체의 속성을 주목함으로써 작가가 마음의 본성을 규정하는 가치 인식에 대한 체험은 물론, 학생 독자 스스로도 자신의 마음을 들여다보고 이를 반성적으로 인식하는 기회를 마련해 보고자 하는 것이 이 글의 목적이라 할 수 있다. 아울러 이럴 때 마음이 외물의 부정적 속성에 의해 훼손되기 쉽다는 실존적 한계를 발견하고 이를 인간의 자성과 의지로 개선해 나가고자 하는 실천적 노력 또한 가치롭다는 것을 학생들이 깨닫고 삶 속에 구현해 나갈 수 있는 방안까지도 모색해 보고자 하는 것이 또 다른 의도라 하겠다. 마음의 수양이라는 실천적 모색이 다소 모호하고 추상적일 수 있으나 이 글에서는 '타자화와 이질화'라는 객관성 확보를 통해 마음의 본성에 다가갈 수 있는 실질적 방안을 고찰해 보고자 하는 데도 방점을 두고자 한다.

2. 성리학에서의 마음에 대한 태도와 수양방법

성리학에서는 마음을 일원론적으로 인식하지 않는다. '하늘에 있으면 명命이 되고 사물에 있으면 리理가 되고 사람에게 있으면 성性이 되고 몸을 주재하면 심心'(유권종, 2008:239)이 되는 것으로 본다. 이는 '세상 만물은 근원적으로 볼 때 하나[總體一太極]'라는 주희의 견해와, 사람의 마음을 인仁으로 보고 그것을 천지지심天地之心(연재흠, 2013:242)이라 한 맹자의 주장과 상통하는 것이다. 이는 하늘, 천지만물, 자연 속에 전제된 보편적 진리가 인간의 마음에도 동일하게 존재한다는 의미이며, 개별 존재가 지니는 마음이 결코 소홀히 인식되어서는 안 된다는 입장이다. 왕양명은 특히 인간의 마음에 대한 절대적 가치를 옹호한다. 그는 '마음이 순수한 천리의 상태[心純乎天理]'에 있으며, '생각이 성스러움을 만든다[思曰睿 睿作 聖]'(금영건, 2011:234)고 함으로써 마음이 갖는 고귀한 가치와 그것의 발현 을 위한 수양의 중요성을 강조한다.

특히 왕양명은 인간의 마음에는 활발하고도 완전한 주체로서의 '양지良 知'가 존재한다고 보고, 인간은 이 양지로 인해 '이미 완성되어있다'(최재 목, 2007:54-69)는 입장에 서 있다. '내 심의 양지가 바로 천리天理'(한동균, 2009b:75)라고 함으로써 마음의 완전성을 역설하고 있는 것이다. 이러한 견해는 진리를 외부에서 찾고자 하는 인식에서 벗어나 인간의 마음에 대 한 탐색을 통해 진리를 자득할 수 있음을 강조한 것이며, 마음이 모든 변화 와 발전의 시작이라는 점을 지적한 것이다. 결국 '내 마음의 양지를 사물에 이르게 하는 것을 치지致知'(김정곤, 2002:59)로 명명함으로써, 왕양명은 마 음에 대한 천착을 토대로 외부 사물로 인식이 확장될 필요성도 강조하고 있다.

이렇듯 성리학자들은 공통적으로 마음이 '모든 이치를 품부받아 갖추고 있음은 물론 온갖 일에 대응[具衆理 應萬事]'(김근호, 2014:102)해 나간다 는 것에 동의한다. 이러한 인식은 단순히 인간의 존엄성에 대한 편향된 가치로 볼 수만은 없다. 역설적이게도 인간의 마음은 고귀한 진리를 내포 한 궁구의 대상으로 보기는 하지만, 그러한 생각에서 나아가 마음의 참모 습을 찾는 의도적 노력에 방점이 놓여 있는 것이다. 인간의 마음이 선천적 으로 선한 진리를 배태하고 있듯이, 인간은 스스로의 수양을 통해 바람직 한 가치를 제어하고 가꾸어 갈 수 있다는 의미를 내포하고 있다.

한편 성리학에서는 마음을 진리를 내포한 궁구의 대상으로 보기는 하지 만, 단순히 고정적이고 객관화된 대상으로 인식하지는 않는다. '마음 안에는 또 마음이 있다'고 함으로써 마음의 내부에서 이루어지는 작용에 주목하고자 한다. 마음은 고정된 대상이 아니라 그 마음은 '의식[意]→형상[形]→사고[思]→인지[知]'의 단계를 거치면서 도道와 덕德을 형성하는 주재적主宰的 위치(이은호, 2009:157)를 점유한다는 것이다. 이는 마음의 진리 추구를 위한 자발성을 강조한 것이며, 마음이 인간의 몸은 물론 나아가 실천과 제반 삶을 관장하는 초석이 됨을 부연한 것이다. 생래적 진리를 갖추고 있다는 점에서 마음은 '리理'가 되며, 정체되어 머물지 않고 다양한 작용을 한다는 측면에서는 '기氣'가 되는 것이다.

이에 대해 주자는 마음의 작용성에 주목하여 '인간의 생은 생각이 끊임없이 움직이는 세계, 즉 의식의 부단한 작용의 세계'(이동희, 2012:321-323)라고 보았다. 아울러 '사단은 리가 발한 것에 기가 따른 것이고, 칠정은 기가 발한 것에 리가 탄 것이다[四端 理發而氣隨之 七情 氣發而李乘之]'라는 퇴계의 언급과, '사단과 칠정이 모두 기가 발한 것에 리가 탄 것이다[氣發而理乘之]'(장승구 외, 2003:319-320)라는 율곡의 지적은 모두, 리理로서의 마음과 기氣로서의 마음에 대한 입장을 표명한 것이다. 성리학에서 마음 공부에 집중하는 이유가 여기에 있다고 할 수 있다. 마음이 본래 선하고 우주의 진리를 함묵한 것이기는 하나, 마음이 스스로 움직이는 유동적이고 가변적인 대상이기에, 외부 사물과 접촉하는 인간에게 있어 그 마음은 올바른 기운만을 가질 수 없다는 것이다.

비록 마음이 진리로서의 리理를 가지고 있으나 자유분방한 기氣의 작용으로 흐려지기 쉽다는 것이 성리학자들의 생각이다. 맹자는 '제선왕이 끌려가던 소를 보고 측은한 마음이 갑자기 생겼다[牛山之木]'는 비유를 들어 '마음의 출입은 예측할 수 없음'(천영미, 2010:37)을 지적한 바 있으며, 이러한 견해를 받아들인 유학자들은 요동치는 인간의 보이지 않는 마음을 조절하고 통제(김경호, 2014:45)하고자 하였다. 퇴계 역시 기氣의 병통을 강조하고 성리학을 심학心學으로 규정하면서 인욕人慾을 막고 천리天理를 보존(권오영, 2011:183)하는 것을 핵심으로 보았다. 율곡 역시 이와 다르지 않다. 그는 맑고 순수한 기를 가진 사람에게는 정리正理가 갖추어져 있지만 혼탁한 사람은 정리를 갖출 수 없음(이희재, 2014:144-145)을 강조하였다.

이처럼 성리학에서는 마음이 본성을 내재한 것이기도 하지만 외물에 집착하는 인간의 성향으로 인해 본성이 흐려질 수 있음에 주목하고 이를 다스리는 수양을 핵심 화두로 제시한다. 공자는 이점에 주목해서 마음 수양의 완성을 인仁으로 보고, 인의 실현은 '자기로부터' 비롯된다고 주장함으로써 마음을 닦는 수신修身의 노력이 내면의 주체 의식(이경무, 2010: 467-468)에 근거하고 있음을 역설한다. 특히 '표적훈련Targeting Training'(천영미, 2014:308)을 통해 자신의 부족함을 생활 속에서 점검하고 교정하는 것을 강조하였다. 이는 마음의 수양이, 단순히 관념적이고 정적 차원에서 자신의 마음을 되돌아보는 수동적인 자기반성에 있지 않고, 실천적 매진邁進(Beck, 2013:334-335)을 통해 자기 변화를 이루는 적극적인 노력과 실천에 있음을 언급한 것으로 해석된다.

순자는 마음 수양을 좀더 적극으로 해석하여, '인간의 의식 작용에 앞서 경험'(Ames, 2005:208)에 의해 인성人性으로서의 마음이 존재할 수 있다고 보았다. 마음이 본성으로서의 진리를 내포한 것이기는 하지만, 외적인 경험에 의해 형성되는 것이기에 인간의 의도적인 행위에 의해 마음을 다스릴 수 있어야 함을 부연한 것이라 할 수 있다. 주자 역시 이와 유사한 관점에서, '마음 밖의 사물 세계에서 사물의 이치를 자각卽物而窮其理'(홍용희, 2005:388)한 후, 이를 토대로 마음의 이치에 도달할 수 있다고 보았다. 사물과 마음을 이분법적으로 인식하고자 했던 주자의 견해에서 나아가, 마음이 구별되지 않는 하나이며 마음을 진리의 요체로 인식했던 왕양명도 '불신의 생각을 흉중에 두지 않으려하는 것'(한동균, 2009a:285)을 중시했으며, '분별지分別知[良志]'와 '실천지實踐知[良能]'(박철홍, 2008:250)를 겸비하는 것을 마음공부의 목적으로 보았다.

그러므로 성리학자들은 마음을 직접적으로 파악할 수 없기에 본성이 감정으로 드러나는 과정[性發爲情](김경호, 2007:116)을 통해 본성을 파악하고자 하였다. 즉, 마음이 수양의 대상이 되고 이를 통해 마음의 본성을 찾고자 하지만, 마음은 그 실체가 모호하기에 자신의 감정과 정서에 주목하여 마음을 다스리고자 한 것이다. 이를 위해 먼저, 인욕에 길들여진 마음을 다스리기 위한 전제 조건으로 몸가짐을 바르게 하고자 하였으며, 나아가 감정의 실체를 직시함으로써 허황된 욕망을 불식시키고자 하였다. 육구연은 이를 위해 구체적인 수행 방법으로 '정좌正坐와 좌립坐立', '자반自反과 자발自發'(이상호, 2008:341; 고재석, 2011:272-274)을 제시하였다. 이는 몸가짐을 단정히 함으로써 자신의 마음을 가라앉히고 스스로를 되돌아보고 긍정적인 마음을 일으키는 것이 마음공부의 근본이 됨을 역설한 것이다.

한편, 퇴계의 경우는 '마음을 한결같이 하여 변화를 살피고, 온전히 정성을 다하는 지경[惟心惟一萬變是監 從事於斯 是曰持敬]'(편집부 역, 1997)을 마음공부의 핵심 요체로 보았다. 경敬을 위한 구체적인 수양방법으로 '일체의 잡념을 배제하고[收斂常惺惺], 생각을 하나로 모으며[主一無適], 마음을 가다듬고 혈기를 통제하는 것[整齊嚴肅]'(유권종, 2009:71-72; 정도원, 2010:325)을 제안하였다. 율곡은 마음을 항상 각성된 상태로 유지함으로써 사욕(김경호, 2008:297)을 막을 것을 무엇보다 강조한다. 이를 위해 기氣를 통솔하고 주재(이홍군, 2014:118)할 수 있어야 함을 주장하고, 그 구체적인 방법으로 '넓게 펼쳐진 기운을 안으로 모음으로써 정신을 집중하는 수렴收斂'(이영자, 2013:182)을 언급하였다.

요컨대 우주적 진리를 내포하고 있는 마음을 다스리고자 하는 성리학적 방법은 학자들마다 편차가 있어 보이지만 크게 보면, 외물로 인해 일어난 사욕을 잠재우고 이를 위해 자기를 되돌아봄으로써 참된 것을 궁구하려는 진실된 노력의 과정으로 인식되고 있음을 알 수 있다. 즉, '마음을 바라보는 태도'와 '마음을 다스리는 방법'이 성리학의 마음에 대한 핵심 쟁점인 것이다. 따라서 이 글에서는, 이 두 가지 사항이 인식론과 실천론적 측면에서 유의미하다고 보고 이를 시 교육에 활용하고자 한다. 시 작품에 마음과 관련된 소재가 어떻게 문학적으로 형상화되고 있으며, 이때 마음에 대한 시인의 철학은 무엇인지, 그리고 마음과 시대적 상황과의 관련성을 어떻게 바라보고 있는지에 대한 천착은, '마음을 바라보는 태도'와 관련된 것으로서 인식론적 지평을 확장시켜 줄 수 있을 것이다. 아울러 사물과 마음과의 관련성 속에서 어떠한 마음 수양의 방법을 자구自救해 나가는 것이 바람직한지 모색하고, 그러한 방법이 갖는 의의에 대해 탐색하는 것은 시 작품과 연관지어 유의미한 활동이 될 수 있으며, 실천론적 측면에서 학생 삶의 외연을 넓혀 줄 것이라 기대한다.

3. 성리학적 관점을 활용한 시 교육의 가능성

성리학의 마음에 대한 인식론적 측면을 시 교육에 적용하기 위해서는 마음 자체에 대한 관점의 차원과, 마음과 외물과의 상관성을 고려한 입장을 살필 필요가 있다. 마음이 고유한 가치를 내재한 '독자성'을 전제하고 있다는 것과, 외적 조건의 침해나 영향으로 인해 '가변성'이라는 속성을 동시에 가진다는 것에 주목하는 것이 바람직하다. 다양한 시적 소재들 가운데 '마음'을 직접적으로 형상화한 작품을 대상으로 시를 감상하고 교육하고자 할 때, 마음 자체의 속성에 주목함은 물론 외적 상황과의 관련성 속에서 마음이 어떠한 성향과 변화의 가능성을 갖는지에 주목하고자 하는 것이다. 마음이 갖는 속성으로서의 독자성과 외적 상황과의 관련성에 대한 고찰은, 인간의 마음을 형상화한 작품에서 마음을 소재적 측면에서 파악하고자 하는 태도에서 나아가, 마음의 중요성과 가치에 대해 탐구함은 물론 현실과의 관계 속에서 마음의 본질적 위상을 정립시켜 줄 수 있기 때문이다.

실천론적 차원에 대해서는 외물 의존적 성향을 어떻게 극복할 것인가와 관련해 비판적 인식을 전제로 한 마음에 대한 '인식의 고찰과 변용'이라는 측면과, 물리적 현실 환경 속에서 실질적으로 마음을 어떻게 다스려 갈 것인가에 관한 항목으로 마음의 '타자화하기와 이질화하기'를 설정할 수 있다. 마음 다스리기를 위한 실천은 현실 속에 실제로 구현되는 물리적 행동을 위한 전제로서, 외부 현실을 비판적으로 고찰하고 이를 토대로 화자나 독자의 기존 인식을 점검하며 나아가 가치인식의 변용을 도모해 보고자 하는 것이다. 이러한 방법이 외적 현실의 부정적 속성에 주안점을 둔 것이라면, '타자화하기와 이질화하기'는 적극적으로 마음을 다스리고자 하는 보다 본질적인 사항에 해당한다. 현실을 비판적으로 인식하고 기존 인식의 틀에서 벗어나고자 하더라도 마음 다스리기를 통한 근원적 치유

없이는 마음의 본성을 유지할 수 없기 때문이다.

이 글에서 '독자성'과 '가변성'을 교육 요소로 설정한 이유는 마음의 중요성과 근원적 가치를 인정하되, 외적 유혹에 의해 쉽게 왜곡되거나 훼손될 수 있는 마음의 이중성에 주목하기 위함이다. 마음은 마음자체로 의미를 갖는 것이 아니라 현실적 존재로서의 인간이 외적 현실과의 관련성 속에서 참다운 마음의 속성과 가치가 무엇인지를 시 작품을 통해 살펴가고자 하는 의도와 과정 속에서 의의를 갖는다고 할 수 있기 때문이다. 아울러 '인식의 고찰과 변용', '타자화하기와 이질화하기'는 마음 다스리기를 단계적으로 접근하기 위해 이원화한 것이다. 마음 다스리기는 마음의 혼란을 야기하는 외부 현실에 대한 인식과 그에 대한 비판적 인식의 실천이 전제되지 않으면 추상적 관념에 머무를 수 있기 때문이며, 학생 교육에서 구체성과 실질성을 상실할 우려가 있기 때문이다. 이처럼 현실을 비판하고 자기 가치를 재형성한 이후에는, 자신의 마음을 객관적으로 타자화하고 외적 유혹을 차단시키기 위한 의도적 노력으로서의 이질화에 대한 시도를 통해 마음의 참모습을 찾아 갈 수 있을 것으로 기대한다.

이 글에서는 마음을 다룬 시 작품의 교육을 인식론과 실천론적 차원에서 접근하고자 하며, 인식론과 관련해서는 독자성과 가변성에 초점을 두며, 실천론은 인식의 고찰과 변용 그리고 타자화하기와 이질화하기를 중심으로 시도해 보고자 한다. 이에 따라 세분화되어 제시되는 교육방법을 단위학교에 적용할 때에는 학생들의 문학 감상력의 정도에 따라 차별화하는 것이 바람직할 것으로 보인다. 마음의 본질적 속성을 규명하고자 하는 인식적 측면이 마음을 다스려가는 실천적 방법보다 다소 관념적으로 느껴질 수 있기에 상급 학년이나 고급 독자를 대상으로 진행해야 할 것으로 본다. 교육의 진행과정은 구체성에서 추상성 쪽으로 옮아가는 것을 전제로 이루어지는 것이 바람직할 것이다. 뿐만 아니라 실체가 모호한 마음을 제재로 교육활동을 전개해 나가고자 하는 것이기에 교육활동의 위계화도 염두에 두어야 할 것이다.

1) '독자성'과 '가변성'에 주목한 마음에 대한 인식

마음의 문제를 다룬 시를 감상하는 경우에 무엇보다 중요한 것이 마음 자체가 지니는 가치에 대한 탐색이다. 시 작품에서 마음을 다루는 경우, 그것은 단순히 소재 차원의 의미를 넘어서는 것이며 물리적 대상, 혹은 시적 대상 이상의 가치를 갖는다. 따라서 마음이 갖는 본질적 속성에 주목함은 물론 마음이 고립된 상태로 존재하지 않고 외부 상황과의 교섭 속에서 다변화한다는 사실에 주의를 기울일 필요가 있다. 시는 서정 갈래에 속하는 것으로서 운율, 이미지, 비유와 상징, 화자, 어조 등의 내적 구성요소가 결합되어 삶 속에 내재된 주제 의식을 형상화하기 마련이다. 마음을 문제삼은 시 작품의 경우도 이러한 내적 외적 요소들에 초점을 맞추어 감상하고 교육해야 할 것이다. 하지만 이러한 방식을 그대로 답습한다면 '마음'을 다룬 작품과 그와는 차별화되는 소재나 주제를 천착하고자 하는 작품과 차별화되기는 어렵다. 마음을 형상화한 시는 '마음'에 방점을 두어야 독자적인 감상이 가능하기 때문이다.

'독자성'과 '가변성'은 마음의 존재 양상을 파악하고자 하는 시도이다. 추상적이고 관념적인 대상일 뿐 그 실체가 모호하다는 인식에서 벗어나, 마음을 뚜렷한 속성과 가치를 지닌 존재적 실체로 보고자 하는 철학이 전제된 것이다. 마음이란 무엇이며 인간의 구성 요소로서 우리에게 어떤 역할을 하는지, 마음은 어떻게 존재하며 그것의 가치와 의의는 무엇인지를 인식해 나가는 작업에 해당한다. 마음은 외적 자극에 의해 발동된다는 측면에서는 수동적이지만 동일한 자극에 대해서도 다양한 마음이 일어날 수 있으며, 마음이 또 다른 마음으로 발전해 나가는 것이기에 자발성을 동시에 지니는 것이다. 이러한 자발성으로 인해 마음은 인간의 내면을 조절하고 통제하며 올바른 삶을 위한 인식과 진리를 지향해 나가는 가치성을 지니는 것이다. 마음의 속성이 자발성과 가치 지향성이며, 그러기에 명확한 존립 근거를 가지고 자족할 수 있는 것이다. 이는 마음의 독자성으로 명명命名 가능하다.

하지만 역설적이게도 마음은 자발적으로 활성화되어 자기 조정성調整性을 발현할 수 있는 가치 구현체임에도 불구하고, 언제나 외부 현실에 의해 본래의 가치를 상실하기도 하는 이중적 존재인 것이다. 인간의 욕망은 물질에 현혹되기 쉬우며 이를 자극하는 것이 바로 현대문명이다. 물질문명이 끊임없이 인간의 마음과 닿아 있는 윤리와 도덕, 양심과 진실을 위축시키거나 왜곡시키며, 심지어 인욕에 물든 마음은 마음이 천부적으로 가지고 있던 진리까지도 말살시켜 버리고 만다. 따라서 마음의 '독자성'을 시 작품을 통해 파악하는 활동과 함께, 외부 현실로 인해 마음이 어떤 '가변성'을 가지게 되는지를 파악해 나가는 것은 시 감상의 폭을 확장시킨다는 점에서 의의를 갖는다고 볼 수 있다.

> 언제부턴가 갈대는 속으로 / 조용히 울고 있었다.
> 그런 어느 밤이었을 것이다. 갈대는
> 그의 온몸이 흔들리고 있는 것을 알았다.

바람도 달빛도 아닌 것

갈대는 저를 흔드는 것이 제 조용한 울음인 것을

까맣게 몰랐다.

一산다는 것은 속으로 이렇게

조용히 울고 있는 것이란 것을

그는 몰랐다.   - 신경림, 「갈대」, 전문.

위 작품은 마음의 독자적 가치를 살피는 데 유용하다. 위 시에서 주목받는 시적대상은 '갈대'이며, 유독 갈대의 '흔들'림에 초점이 놓여 있다. 갈대는 자연 대상물이지만 사고를 확장시킨다면 '인간'으로 해석 가능하다. 갈대가 '바람'과 '달빛'이라는 외적 시련이나 상황에 의해 흔들리듯이 인간 역시 외부의 다양한 원인으로 인해 흔들리며 살고 있다. 이것이 우리가 흔히 인식하는 인간이 '산다는 것'의 의미이다. 또한 그러한 '온몸'의 흔들림으로 인해 우리는 '조용히 울'면서, 아파하면서 살 수밖에 없는 존재인 것이다.

하지만 작품은 온몸의 흔들림과 울음의 근원에 대해 의문을 제기한다. 우리가 '까맣게 몰랐'던 사실은, 존재의 울음과 흔들림이 외부에서 기인하는 것이 아니라, 자신의 '속'에서 비롯된다는 사실이다. 이점을 작품은 지적하고 있는 것이다. 이때의 '속'은 의식의 작용(전병욱, 2010:185)이 끊임없이 일어나는 근원에 해당하며, '마음'으로 파악할 수 있다. 마음이 운다는 것은 마음을 정적인 대상으로만 파악하는 관점이 아니라, 마음이 일정한 지각능력을 지니고 지각활동(금장태, 2002:52)을 수행한다는 의미이다.

관념적 대상으로 머물 수 있는 마음을 운다고 함으로써 마음의 실체를 명확히 하고자 하며, 마음이 운다는 표현을 통해 마음이 인식의 요체임을 강조한 것이다. 마음이 인식의 주체이며 자발적 행위의 중심이라는 점에서 마음은 분명 독자적 가치를 가지게 되고, 이러한 마음의 독자성으로 인해 '온몸이 흔들리'는 물리적 실존으로서의 자격을 부여받게 된다는 것이다. 위 시에서 외물로서의 바람과 달빛은 부차적인 대상일 뿐이다. '산다는 것'은 온몸을 흔들고 온몸이 흔들리는 것이며, 그 모든 출발이 마음의 작용인 '속으로' '울고 있는 것'임을 암시하고 있다.

이러한 인식을 토대로 마음의 '독자성'을 학생들이 탐색하도록 하기 위해서는 '마음에 해당하는 동의어 찾기→맥락을 고려해 마음의 특징찾기→마음의 속성 확정짓기→인식 확장하기'의 과정을 따를 수 있다. '동의어 찾기'는 작품 속에서 마음과 동일시되는 시어나 구절을 찾아보는 활동이다. 마음의 독자적 가치를 파악하는 것이 감상의 목적이라면 무엇보다 시 속에서 마음으로 읽을 수 있는 중심 시어를 찾는 것이 급선무이기 때문이다. 이어서 작가가 주목한 마음의 특징을 대변하는 시어들을 찾아 연결지어 보는 '마음의 특징찾기'를 시도해 봄으로써 마음이 어떤 특징을 지니는지, 표면적이거나 1차적인 시어의 의미 해석 차원에서 활동을 진행해 보는 것이 바람직하다.

이러한 활동 이후에는 마음과 관련된 시어의 연결성을 고려해 좀더 추상적이고 일반적인 마음의 속성에 대해 파악해 보는 '속성 확정짓기' 단계로 진행해 나갈 수 있다. 이 단계는 학생들이 사고력과 상상력을 발휘해 작품 속 시어의 상징성을 탐색해 나가면서 마음의 근본 자질을 궁구해 보는 과정에 해당한다. 이러한 작업 이후에는 작가의 마음에 대한 인식에 공감하거나 비판하는 활동 혹은, 학생 자신만의 독자적인 마음에 대한 인식을 정립해 보는 단계인 '인식 확장하기'를 시도해 보는 것이 바람직하다.

　이러한 활동을 통해 학생들은 '속'이 마음을 대변하는 시어로 활용되고 있다는 사실을 파악하게 될 것이며, 마음의 특징을 드러내기 위해 도입된 시어에는 '조용', '울음', '온몸', '흔드는 것', '흔들리고 있는 것', '바람', '달빛', '산다는 것' 등이 있음을 확정짓게 된다. 나아가 이들 시어의 유사성과 차별성을 고려함으로써 마음의 속성이 그 자체로서 실체적이며 자기 인식적이고 실천적 원동력을 지니고 있음은 물론, 인간 존재의 실존적 삶을 영위하게 하는 토대가 된다는 것을 깨달을 수 있다. 이러한 과정을 통해 작가의 마음에 대한 관점을 파악했다면, 학생들은 이러한 작가의 태도에 대해 어떤 입장을 표명하는지 그리고 자신의 인식 태도가 있다면 그것을 개진하는 기회를 부여하고 아울러 그 근거까지도 드러낼 수 있도록 함으로써 자신만의 마음에 대한 인식을 명료히 해 나갈 수 있게 되는 것이다.

　마음에 관한 인식론적 고찰의 두 번째 요소는 '가변성'에 관한 것이다. 본질적 가치를 지닌 마음의 독자성이 마음 그 자체의 특징에 해당하는 것이라면, 가변성은 외물과의 상관성 속에서 마음이 갖게 되는 이차적 성향이다. 따라서 마음을 다룬 시를 대상으로 가변성의 요소를 교육하기 위해서는 외적 상황이라는 측면과 이에 따른 마음의 변화성에 주목하는 것이 필요하다. 이를 위해 이 글에서는 「갈대」를 중심으로 교육 방법을 제시할 수도 있겠으나, 다양한 작품을 대상으로 교육 방법을 폭넓게 적용해보고자 하는 의도로 「마음」을 선정하고자 한다.

　　　　찔레꽃 향기에 / 고요가 스며
　　　　청대닢 그늘에 / 바람이 일어

그래서 이 밤이 / 외로운가요

까닭도 영문도 / 천만 없는데

바람에 불리고 / 물 우에 떠가는

마음이 어쩌면 / 잠자나요.

서늘한 모습이 / 달빛에 어려

또렷한 슬기가 / 별빛에 숨어

그래서 이 밤이 / 서러운가요

영문도 까닭도 / 천만 없는데

별 보면 그립고 / 달 보면 외로운

마음이 어쩌면 / 잊히나요.   - 조지훈, 「마음」, 전문.

　위 작품은 자연으로 인해 환기되는 화자의 애상적 정서 외에도 마음에
주목한다면 또 다른 감상의 맛을 느낄 수 있다. 화자의 마음 상태가 어떠
한지, 그리고 그러한 마음 상태를 갖게 한 원인이 무엇인지, 그리고 현재의
마음 상태에 대한 화자의 입장이나 태도는 어떠한지 등을 따져 물을 수
있으며, 이러한 질문들로 인해 '마음'의 속성에 주목할 수 있는 계기를 마
련할 수 있다. 화자는 외로움, 서러움, 그리움 등 다양한 정서를 느끼고
있다. 이때의 정서는 '마음'과 관련된 것으로, 다양한 감상으로 인해 '잠자'
지 않고 외적 대상이 '잊히'지도 않아 끊임없이 불러일으켜지는 마음을 의

미한다.

인간은 외물을 인지하고 접촉하는 가운데 물욕에 빠지게 되며 이로 인해 본심(성호준, 2010:80)을 잃게 되기 마련이다. 비록 사악한 욕망을 일으키는 물질과는 다르다하더라도 '찔레꽃, 청대닢, 달빛, 별빛' 등과 같은 자연도 마음을 동요하게 하는 원인이 되기에, 율곡의 언급처럼 '선악의 기미를 살펴 선하면 그 의리義理를 궁구'(황의동, 1998:322)함으로써 마음이 치우치거나 뜬 생각을 일으키지 않도록 할 필요가 있다. 마음은 외부의 긍정적 혹은 부정적 외물에 의해 다양한 형태로 변화되어 가는 것이기에 외적 영향력으로 인해 마음이 어떤 모습을 띠는지에 관심을 갖는 것은 그 자체로서 의의를 갖는다고 할 수 있다.

'찔레꽃 향기'와 '청대닢 그늘'로 인한 '외로운' 마음은 외적 상황에 의해 변화된 마음으로, 고요하게 미동하지 않는 일관된 마음과는 달리 '바람'에 나부끼고 '물' 위에 떠가는 유동적인 상태를 지칭하는 것이다. 또한 자연이라는 외물의 영향으로 형성된 마음은, 물질에 대한 집착이나 탐욕 혹은 여타의 부정적 상황으로 인해 유도되는 마음과 구별되는 것이기에 화자에게 '까닭도 영문도' 모르는 마음인 것이다. 이 대목에서 작가의 마음에 대한 인식 태도를 짐작하게 된다. 마음은 '외부 사물과 단절되지 않고 상호 영향 관계에 있다는 것, 외물의 속성이나 성향에 따라 마음의 변화 양상은 동일하지 않다는 것, 마음의 본성은 고요함이나 외물에 의해 변화될 수 있다는 것' 등이 그것이다.

한편 '찔레꽃', '청대닢', '달빛', '별빛'은 자연물로 포괄될 수 있으나, 이로 인해 빚어지는 마음은 '외로움, 서러움, 그리움'으로 다양하게 변주된다는 것도 주목할 필요가 있다. 유사한 외적 대상으로 인해 유발되는 마음이라 하더라도 하나의 통일되고 보편적인 정서만을 일으키지 않고, 마음은 그 미묘한 차이를 감지함은 물론 이를 토대로 다채롭도 풍성하게 활성화되어 감을 알 수 있다. 이는 외물에 영향을 받는 마음이지만 외물에 일방적으로 이끌려가지 않고 마음이 스스로를 조절하고 통제함으로써 다양한 정서를 유발하는 적극성과 자발성을 가지고 있음을 짐작하게 하는 것이라 할 만하다.

외적 자극에 의한 반응의 차원에서 마음을 다룬 작품의 경우에는, '관계'와 '변화 양상'에 주목하는 것이 바람직하기에, '외적 자극 찾기→외물의 특성 규정하기→마음의 변화양상 파악하기→마음의 속성 고찰하기'의 순서로 감상 활동을 진행해 나갈 수 있다. 화자에게 '까닭도 영문도 없이' 일어난 마음의 원인이 어디에 있는지에 주목하게 하는 활동이 '외적 자극 찾기'에 해당한다. 마음이 발동하기 이전과는 달리, 마음이 '잠자'지 않고 '잊히'지 않는 마음의 근원은 어디에 닿아 있는지를 학생들이 탐색하고 그와 관련된 구체적인 시어를 발견하게 하는 것이다. '찔레꽃 향기에 스미는 고요', '청대닢 그늘에 부는 바람', '달빛의 서늘한 모습', '별빛의 또렷이 빛나는 모습'이, 화자로 하여금 마치 '바람'에 마음이 '불리'는 것처럼, 혹은 마음이 '물 우에 떠가는' 것처럼 요동치게 만드는 요인에 해당됨을 발견하게 하는 것이 우선시 되어야 한다.

이후 학생들이 주목한 '외물의 특성'이 무엇인지에 관심을 갖게 하는 과정이 진행될 필요가 있다. 외적 요인에 의해 마음이 동했다면 자극으로서의 외물은 어떤 성격을 가진 것이기에 마음을 움직이게 하는지를 규명할 필요가 있기 때문이다. '찔레꽃, 청대닢, 달빛, 별빛'이 단순히 서정적이고 애상적 정서를 유발시키는 '자연물'이라는 것 외에도, 이러한 대상들이 인간 삶에 전제된 여타의 것들과 차별화된다는 것에도 주목할 수 있어야 한다. 권력, 물질, 시련, 좌절, 고뇌 등과 같은 부정적 정서와 관련된 요인들이 아니라 긍정적 속성을 내포한 자연물이라는 대상으로 인해 마음의 정서가 유발된다는 사실에 관심을 갖게 하기 위함이다. 인간의 마음은 긍정과 부정적 요소 등 다양한 요인에 의해 활성화될 수 있으며, 특히 각박한 현대사회에서 자연을 통해 정서를 환기시킬 수 있다는 것 자체가 학생들의 정서 순화와 심미성을 고취시키는 데 유용할 것이기에 그러하다.

이러한 작업 이후에 시도되는 '마음의 변화양상 파악하기'에서는, 자극 전과 후로 나누어 마음이 어떻게 달라졌는지를 탐색하는 활동이 진행될 수 있어야 한다. 자연물이라는 자극이 주어지기 전, 마음은 '까닭도 영문'도 없기에, 즉 마음이 발동할 아무런 이유가 없기에 평정심으로서의 '잠자'는 마음, 무엇에 집착하지 않는 '잊'힌 마음일 뿐이었다. 하지만 자극 이후의 마음은 '외로움, 서러움, 그리움'으로 변화를 거듭하고 있으며, '바람에 불리고' '물 우에 떠가는' 유동적인 마음으로 제어하기 힘겨울 정도로 변화무쌍한 움직임을 보이게 된다. 이와 같이 마음의 변화양상에 주목하게 하는 이유는, 마음이 고정적이지 않으며 외적 자극에 의해 끊임없이 변화되어 가며, 또한 그 변화의 양상이 매우 다채롭고도 풍성하다는 사실을 알게 하기 위해서이다.

끝으로 '마음의 속성 고찰하기' 단계는 지금까지의 활동 과정을 토대로 마음의 속성을 학생 스스로 규정해 보는 데 의의가 있다. 결국 마음이 고유한 가치로서 독자적 본질을 가지는 것이기는 하지만, 외적 대상과 단절된 채로 존재하는 것이 아니며 지속적인 외물과의 연관성 속에서 변해 간다는 사실을 깨닫도록 하는 것이 중요하다. 이러한 인식에 도달할 때,

마음은 마음 그 자체로 가치로운 것이지만 인간 자신의 의도적 노력으로 인해 조절하고 통제해 나감으로써 부정적인 외물로 인해 유발되는 부정적 마음을 다스릴 줄 알아야 한다는 인식을 심어 줄 수 있다고 본다. 그러므로 마음의 '독자성'과 '가변성'은 마음의 본질을 바람직하게 규정하게 하는 인식론적 요소이면서도, 마음은 인간의 자발적 의지로 단련시켜 나가야 된다는 실천론적 당위성을 주장할 수 있는 이유가 되기도 하는 것이다.

2) '고찰과 변용', '타자화와 이질화'를 통한 마음의 실천

마음의 가치와 속성을 파악한 인식론적 토대가 마련되었다면, 그 다음은 마음을 다스리는 실천론적 노력으로 나아가야 할 것이다. 굳이 이 글에서 '고찰과 변용', '타자화와 이질화'라는 표현을 사용한 이유는, 마음을 다스리기 위해 선행되어야 할 조건이 마음 자체에 대한 관심과 실천적 노력에만 있지 않고 마음 외부와 내부 모두에 있음을 강조하기 위함이다. 즉, '고찰과 변용'은, 마음의 '가변성'을 초래하는 외적 요인에 관심을 가지는 것을 시작으로 외물을 어떻게 파악하고 인식해야 하며, 외물 의존적 사고를 어떻게 극복해 나감으로써 마음의 안정을 찾아 갈 수 있을 것인가와 관련된 화두이다. 한편 '타자화와 이질화'는 마음 자체에 좀더 초점을 두고자 하는 시도이다. 마음을 철저히 객관화시키면서 부정적인 외물과의 관련성을 차단시키고 고요히 자기 내면으로 침잠해 들어가면서 마음의 본성을 찾고자 하는 작업에 해당한다.

'고찰과 변용'은 외물에 대한 비판적 고찰 기존의 가치 인식의 변용을 의미하는 것이다. 여기서 핵심적인 사항은 인식에 대한 '비판'과 '변화'이다. 외물에 어떤 성향이 내재되어 있는지 분석하고 그러한 원인으로 인해 외물은 비판의 대상이 됨을 명확히 할 필요가 있으며, 나아가 기존의 외물 지향적 태도를 철회하고 평정심을 유지하기 위한 인식의 변화를 도모해 나가는 것이 교육적 의의를 가질 것으로 본다. '타자화와 이질화'는 일차적으로 마음을 객관적으로 대상화해서 인식함으로써 자신의 마음을 타자화하는 작업에서 시작하고자 하는 방법적 모색에 해당한다. 자기 편향적인 주관적 합리화에서 벗어나기 위해서는 객관성의 유지가 중요하듯이 자신의 마음을 객관적으로 바라보는 기회를 가지도록 하는 것이며, 나아가 본질적 가치를 지닌 마음의 탐색을 통해 자신의 마음을 부정적 외물과 차별화시킴으로써 이질화하는 수행 활동을 도모해 보고자 한다.

> 아득한 명상의 작은 배는 가이없이 출렁이는 달빛의 물결에 표류되어 멀고 먼 별나라를 넘고 또 넘어서, 이름도 모르는 나라에 이르렀습니다.
> 이 나라에는 어린 아기의 미소와 봄 아침과 바다 소리가 합하여 사람이 되었습니다.
> 이 나라 사람은 옥새의 귀한 줄도 모르고, 황금을 밟고 다니고, 미인의 청춘을 사랑할 줄도 모릅니다.
> 이 나라 사람은 웃음을 좋아하고, 푸른 하늘을 좋아합니다.
> 명상의 배를 이 나라의 궁전에 매었더니, 이 나라 사람들은 나의 손을 잡고 같이 살자고 합니다.
> 그러나 나는 임이 오시면 그의 가슴에 천국을 꾸미려고 돌아왔습니다.
> 달빛의 물결은 흰구름을 모리에 이고 춤추는 어린 풀의 장단을 맞추어 우쭐거립니다.　　　　　　　　　　　　　　　　　- 한용운, 「명상」, 전문.

'명상'은 마음 다스림을 위한 구체적인 행위이다. 따라서 위 작품을 굳이 본보기 시로 선정한 이유는 실천적 측면에서의 마음 수양에서 어떤 점들을 고려해야 할지를 보이기 위해서이다. 불교적 사유를 근저에 함유하고 있음에도 마음에 대한 본질적 인식에 있어 성리학적 관점과 유사(정혜정, 2003:192; 장세호, 2012:160; 백원기, 2013:68; 정은해, 2014:62)하다고 판단되어 이 작품을 다루고자 한다. 먼저 '고찰과 변용'에서는 마음을 움직이는 외적 자극에 주목하고 외물의 특성을 명확히 인식함으로써 간접적으로 마음을 다스리는 효과를 도모하고자 하는 것이다. '고찰'은 인간 주변에 놓여 있는 제반 '환경에 대해 고찰하고 이를 비판'적으로 살피고자 하는 것이며, '변용'은 외물의 부정적 속성을 명확히 진단하고 이에 왜곡되어 가는 마음의 병폐를 인식함으로써 궁극적으로는 '가치 인식의 전환'을 꾀하기 위한 활동에 해당한다.

작품에서 화자는 '가이없이 출렁이'고 '넘고 또 넘어'야만 하는 고행의 과정인 '명상' 즉, 마음 수양을 통해 '이름도 모르는 나라'라는 일정한 지향적 성취를 이루게 된다. '이 나라'와 '이 나라 사람'은 '어린 아기의 미소, 봄 아침, 바다 소리'와 같은 순수하고 무한한 정신적 속성만으로 잉태된 자들로서 그들이 꿈꾸고 선호하는 것은 오로지 '웃음'과 '푸른 하늘'에 한정되어 있다. 반면 '이 나라 사람'들이 경계하고 외면하는 것은 '옥새, 황금, 미인의 청춘'과 같은 권력욕, 부귀욕, 색욕 등이다. 세속적 인간 세상에서와는 달리 그들은 그러한 외물들을 '귀한 줄 모'르고 '밟고 다'니며 '사랑할 줄 모'르는 태도를 보일 뿐이다.

결국 작가는 마음 수양을 위한 실천적 행위의 근본은 외물의 부정적 속성에 대해 주목하고 이들과 상반된 순수한 가치의 지향에 있음을 초점화하고 있는 것이다. 권력과 부귀, 그리고 색과 같은 외적 조건에 대한 집착이, '아기의 미소, 봄 아침, 바다 소리'가 불러일으키는 순수한 마음을 불식시키며, 외물에 대한 집착이 인간으로 하여금 '웃음', '푸른 하늘'과 같은 즐거움과 고귀한 마음에 대한 체험을 불가능하게 할 것임을 암시하고 있음을 볼 수 있다. 따라서 마음 수양을 통해 순수하고 고귀한 본질을 내재한 평정심을 얻기 위해서는 철저히 외물의 속성을 명확히 규정하고 이를 비판적으로 고찰할 수 있어야 함을 역설하고 있는 것이다.

한편 작가는 외물의 부정적 속성을 인식하고 이를 거부함으로써 순수한 본성을 지향하는 '이 나라 궁전'에 '명상의 배'를 맴으로써 그 공간에 고착되는 것을 거부하고 있다. 화자는 외물에서 벗어나고자 하는 태도가 부여하는 일상적 평정심에서 나아가 '그의 가슴'에 '천국'을 '꾸미'고자 한다. 외물에 대해 부정하고 이를 통해 안정감을 누리고자 하는 일상적 태도를, 마음의 차원에서 다시 한 번 시도해 보고자 하는 것이다. 마음 수양의 귀결점은 마음속에 천국을 꾸리는 일이며, 이는 외부 사물에 대한 비판적 인식을 통해 가능함을 보여주는 것이다. 이처럼 작가는 명상을 통해 외물의 부정성을 인식하고 여기에서 얻은 순수한 본성으로서의 마음을, 자신의 마음속에서 더욱 공고히 하고 확장시켜 나가고자 하는 태도를 보여주고 있다. 이와 같이 외부 현실을 비판하고 자기 마음을 변화시켜 나가는 과정은, 작가에게 '달빛의 물결'도 '우쭐거'리게 하며 '어린 풀'도 '춤추'게 함으로써 마음의 안정과 즐거움이 대자연으로 확산되고 교감하게 하는 축복이 됨을 암시하고 있다.

이처럼 마음을 다룬 시를 상대로 '고찰과 변용'이라는 요소를 교육하고자 할 때는, '외물 요소의 속성 비판하기→비판의 근거 제시하기→자기 마음 점검과 변용하기'의 순서를 따르는 것이 바람직하다. 마음을 다스리고 고유의 본성을 유지하기 위해서는 마음의 순수성을 저해하는 부정적 외물에 대한 인식과 그 근원을 차단하는 것이 무엇보다 중요하다. 따라서 '고찰'은 외적 요소에 대한 비판과 그에 합당한 근거를 학생 스스로 발견하고 인식하게 하는 것에 초점이 맞추어져야 할 것이며, '변용'의 단계에서는 자신의 마음에 주목해서 외적 요소에 의해 학생들의 마음은 어떤 변모의 양상을 보이는지를 점검하게 하며, 나아가 외물에 대한 집착을 근절시킴으로써 인식의 변화를 통해 마음을 정화시키고자 하는 실천적 노력을 도모할 수 있어야 하리라 본다.

'외물 요소의 속성 비판하기'에서는 '명상의 작은 배'로 도달한 '멀고 먼 별나라'인 '이름도 모르는 나라'의 '사람'들이 보여주는 대상이나 사물에 대한 상반된 태도에 주목하게 할 필요가 있다. '명상을 통해 도달한 공간은 어디인가, 그 나라는 어떤 나라이며 그 나라 사람들의 성향은 어떠한가, 그것을 입증할 수 있는 시어나 구절은 무엇인가, 상징적 의미를 구체화 내지는 일반화할 수 있는가' 등의 질문을 통해, '웃음, 푸른하늘'과 '옥새, 황금, 미인의 청춘'이 '명상'이라는 내적 자질과 대비되는 외적 요소로서의 대상임에도 그들의 의미역이 변별됨을 자각하게 할 필요가 있다. 또한 '배를 궁전에 맨다는 것의 의미는 무엇일까, 이와 달리 그의 가슴에 천국을 꾸미려는 화자의 의도와 의미는 무엇일까, 그리고 화자의 이러한 행위로 인해 달빛의 물결이 흰 구름 및 어린 풀과 더불어 춤추고 우쭐거리게 되는 이유는 무엇일까'라는 질문과 학생 상호 간의 토의를 통해 외물에 집착하는 태도에서 벗어나 마음의 고유한 본성에 주목하고 이를 다스리고자 하는 태도가 결국 자연의 본질을 추구하는 것이며 그것이 기쁨이고 보람이라는 사실을 깨닫게 할 필요가 있다.

　한편 외물의 부정적 속성에 대한 비판은 감정적이거나 편향된 인식에서 벗어나야 하는 것이기에 비판과 아울러 '비판의 근거 제시하기'도 동시에 수행될 수 있어야 한다. 현실적인 관점에서 외물에 대한 전면적 부정은 쉽지 않은 일이기 때문이다. 물질문명의 발달과 괘를 같이 하는 현대사회에서 맹목적인 외적 요소에 대한 부정은 비현실적인 관념에 머무를 수밖에 없기 때문이다. 그렇기에 최소한 생활인으로서의 일상적 삶을 유지하면서 학생들이 추구해 나갈 수 있는 바람직한 태도에 대해 생각하게 하고 이를 토대로 외적 요소에 집착하는 자세를 비판적으로 인식해야 하는 자신만의 근거를 들게 함으로써 학생 자신의 가치 인식을 확립해 나갈 수 있어야 할 것이다. '외적 요소를 비판하는 자기만의 근거는 무엇인가, 현실 상황에서 외물에서 벗어난다는 것이 가능할까, 그럼에도 외물의 집착에서 벗어나야 한다면 그 당위성은 무엇이며 또한 그 근거는 어디에 있는가, 현실적 삶과 외물의 극복 사이에서 우리가 추구해야 할 접점은 어디인가'라는 질문은 외물에 대한 비판은 물론 현실적인 사고를 이끌어내는 데 유용하리라 본다.

　'자기 마음 점검과 변용하기'는 좀더 명확하게 학생 자신의 마음을 반성적으로 고찰해 보고 자신만의 마음 자세를 다잡아 보고자 하는 단계이다. '자신의 마음은 외물과 어느 정도 관련성을 가지며 외물에 어느 정도 영향을 받고 있는가, 외물에 영향을 받는 자신의 마음에 대해 어떤 생각이 드는가, 외물의 집착에서 벗어나는 자신의 삶이 가능한가. 그것의 의의는 무엇인가, 마음의 변화를 위해 어떠한 노력이 가능한가, 구체적인 실천 방안이 있는가'라는 질문들은 현실과 이상의 분기점에서 합리적인 학생 자신만의 마음잡기에 유용한 토대를 제공할 수 있다. '옥새, 황금, 미인의 청춘'이라는 부정적 외적 가치보다 '웃음, 푸른 하늘'을 지향하는 것의 가치를 깨닫고, '명상의 배'를 '궁전에 매'기보다 끊임없이 '가슴에 천국을 꾸미'기 위해 노력하는 자기 마음에 대한 성찰과 다스림이 가치 있음을 깨닫고 이를 실천하게 하는 쪽으로 교육의 방향을 설정해야 함이 마땅하다.

외물과 마음의 관계를 살핀 이후에는 '타자화와 이질화'를 통해 마음 자체에 집중할 필요가 있다. '타자화'는 자신의 마음을 객관화시켜 인식의 대상으로 삼는 태도에 해당하며, '이질화'는 평정심을 유지할 수 있도록 하나의 생각이나 정서에 집중해서 자신의 마음을 일관되게 하고자 하는 시도이다. 「장수산長壽山」은 시상의 초점이 현실적 외물보다 인간의 마음과 마음의 수양에 놓여 있는 것으로 읽을 수 있기에 '타자화와 이질화'를 위한 본보기 시로 다루고자 한다.

伐木丁丁 이랬거니 아람도리 큰 솔이 베어짐직도 하이 골이 울어 멩아리 소리 쩌르렁 돌아옴직도 하이 다람쥐도 좇지 않고 묏새도 울지 않어 깊은 산 고요가 차라리 뼈를 저리우는데 눈과 밤이 종이보담 희고녀! 달도 보름을 기다려 흰 뜻은 한밤 이골을 걸음이란다? 웃절 중이 여섯 판에 여섯 번 지고 웃고 올라 간 뒤 조찰히 늙은 사나이의 남긴 내음새를 줏는다? 시름은 바람도 일지 않는 고요에 심히 흔들리우노니 오오 견디란다 차고 兀然히 슬픔도 꿈도 없이 장수산 속 겨울 한밤 내ㅡ

　　　　　　　　　　　　　　　　　　- 정지용, 「장수산長壽山」, 전문.

마음 수양에서 우선시 되어야 할 것은 자신의 마음을 객관화(류승국,

2009:327; 유권종, 2011:145)시키는 '타자화'의 시도이다. 그런 점에서 위 작품의 장수산이라는 자연 공간에 대한 묘사는 단순한 자연 경치 이상의 의미를 갖는다. 자연에서 인간 그리고 화자로 이어지는 마음 수양의 과정으로 이해할 수도 있으나, 장수산의 '고요'는 화자가 도달해야 할 마음의 본모습이면서 마음의 구체적 외현外現으로 읽을 수 있다. 아름드리 '큰 솔'이 '베어'져 쓰러지면서 '쩌르렁' 거리는 소리가 온 '골'을 울어 그야말로 '벌목정정'이 구현될 수 있을 것 같은 깊고 심원한 산속은 그 자체로서 평정심을 유지한 마음에 해당한다. 또한 '다람쥐'도 '좇지않'고 '묏새'도 '울지 않'는 '뼈를' '저리'는 듯한 '고요'는 일체의 미동도 번잡함도 집착도 허락하지 않고, 외적 대상과 단절된 채 오로지 그 자체로 존재할 뿐이다.

절대 고독과 고요를 지향하는 '산' 속에 찾아드는 '밤'은 칠흑漆黑같이 어두울 것 같으나, 때맞춰 내린 '눈'과 이를 더욱 선명한 백색의 이미지로 채우는 '달'의 존재로 인해 암울하지도 두렵지도 않다. 오히려 '고요'와 '밝음'이 조화를 이루어 순수하면서도 황홀한 정경을 연출하고 있으며, 범인凡人은 근접할 수 없는 경외감과 신성함이 서려 있는 공간인 것이다. 이것은 화자가 바라본 자연의 시각적 공간 이상의 의미를 갖는다. 그것은 그자체로 화자가 지향하고자 하는 마음의 실체이기 때문이다. 적막하면서도고요하고, 고독하면서도 집착에서 벗어난, 어두우면서도 밝음을 유지하며, 신성하면서도 경외로운 마음을 객관적 실체로 '타자화'한 것으로 볼 수 있다.

장수산이 드려내고 있는 고요와 지고지순至高至順함에 동화된 '웃절 중' 역시 인간으로서의 욕망을 잊고 외물에 대한 집착에서 벗어나 오로지 '웃'음과 '조찰'함만을 드러낼 뿐이다. '늙은 사나이'는 장수산이 보여주는 사무치는 고요를 자기 마음의 본성으로 간직함은 물론 이를 행동으로 보여줌으로써 외적으로 발산하고 있음을 볼 수 있다. 이렇듯 깊은 산 속의 적막한 어둠처럼 철저히 외물을 차단한 채 한없이 깊고 그윽한 평정의 공간으로 자리하면서도, 스스로 밝고 순결함을 유지하면서 오히려 그것이 경외로움과 신비로움을 자아내는 실체가 객관화되고 타자화된 마음의 모습인 것이다. 또한 이러한 마음을 지닌 웃절 중이기에 승부에 집착하지 않고 웃음과 깨끗함을 보여줄 수 있는 것이다.

객관화된 마음을 통해 외물과 단절된 마음의 순수한 본성을 찾게 된다면 이것이 곧 '이질화'에 해당하는 것이다. 웃절 중은 화자와는 분명 이질적이다. 또한 이러한 웃절 중의 태도는 화자로 하여금 '바람도 일지 않는 고요'라는 상황 속에서도 '심히 흔들'리는 자신의 마음을 성찰하게 하는 계기가 되며, 나아가 외적 현실로 인해 유발되는 '슬픔'과 '꿈'에 집착하거나 예속되지 않고, 이러한 외물과 차별적이고 상반되는 화자의 마음을 수양하기 위한 의지를 다진다는 점에서 또한 이질화라고 할 수 있다. 결국 화자는 웃절 중의 초탈한 모습에서 자신과 이질화된 모습을 발견하게 되고, 이러한 모습에 동화되기 위해 화자의 마음 수양에 대한 의지를 다짐으로써 '올연히' '견디'려는 '차'가운 이성적 인식을 감행하게 되는 것이다. 이로써 화자는 웃절 중과 이질화된 자신을 성찰하기도 하며, 나아가 이전의 마음 상태와 이질화된 마음의 본성을 궁구하려는 시도를 이루고자 한다.

따라서 마음 수양의 측면에서 보면 장수산의 깊은 고요는 곧, 수양의 결과 얻게 되는 외물에 흔들리지 않는 깊고 그윽하면서도 밝은 마음의 객관적 실체에 해당하는 것이며, 이는 웃절 중의 사사로운 승부에 집착하지 않는 초탈한 마음과의 동일시이자 외적 형상화라할 수 있다. 이처럼 객관적으로 외재화하고 있다는 점에서 마음의 '타자화'에 해당하는 것이다. 아울러 '고요'와는 달리 화자는 외물에 대한 집착의 또 다른 이름인 '꿈'과 그것의 좌절로 인한 '슬픔'으로 '심히 흔들리'는 존재라는 점에서 장수산이나 웃절 중과는 '이질적'이다. 반면 화자는 이처럼 어지러운 마음을 다잡고 수양정진修養精進에 대한 '올연'한 의지로 외물에 대한 집착과 흔들림을 '견디'고자 한다는 점에서 이전의 자기 마음과는 '이질화'된 새로운 마음을 추구하고자 하는 것이다.

　제시된 작품을 대상으로 '타자화와 이질화'를 통해 실천적 차원에서의 마음의 문제를 다루기 위해서는 '마음의 객관적 타자화→마음의 현재적 상황 고찰→이질화를 위한 수양정진 시도'의 순서를 따르는 것이 바람직하다. 사실상 마음 수양의 실천은 자신의 마음을 객관화시켜 현재적 상태를 점검하고 이를 토대로 올바른 수양방법을 선택해 이전과 달리 이질적이면서 차별적으로 개선된 마음의 성취를 위해 단련해 나가는 과정을 거쳐야 하기 때문이다.

　'마음의 객관적 타자화'는 작품을 마음에 초점을 두고 감상할 경우, 마음의 객관화를 통해 타자화를 어느 정도 시도하고 그것의 형상화 정도가 어떠한지를 가늠해 보는 단계이다. 시인이나 화자는 마음을 어떤 표현 장치와 의도, 효과를 통해 마음을 객관화하고 있는지를 파악함과 동시에, 이러한 객관화의 시선을 학생 자신의 마음으로 옮겨 올 수 있어야 한다. '묘사의 대상인 장수산의 공간적 상황과 그 구성요소의 특징은 어떠한가, 시간적 공간적 배경이 주는 분위기와 정서는 어떠한가, 산의 공간적 속성을 마음과 관련을 짓는다면 마음은 어떤 상태인가, 웃절 중 혹은 늙은 사나이의 성향을 설명할 수 있는가, 장수산과 웃절 중은 마음의 측면에서 속성의 유사성이 있다고 할 수 있는가 있다면 어떤 점에서 그러한가'라는 질문을 통해 장수산이라는 공간을 마음의 객관적 실체로 이해하는 단서로 삼을 수 있으며, 아울러 사나이의 심적 상태를 장수산의 공간적 속성과 동일시할 수 있는 근거로 활용할 수 있다.

조찰한 사나이는 맑고 깨끗한 마음의 소유자로서 장수산이 보여주었던 '깊은 산 고요'와 '종이'보다 흰 속성을 그대로 보유한 인물인 것이다. 이는 산의 정적靜寂과 순수성純粹性이 발산하는 신령스러움과 고결한 가치가, 인간의 마음이 도달해야 할 궁극적인 실체이며 객관화된 이미지 자체라 할 수 있다. 뿐만 아니라 이러한 마음 상태를 그대로 가진 존재가 웃절 중으로 그의 행동을 통해 입증할 수 있게 된다. 반면 화자의 마음은 깊고 고요하며 순수한 이미지로서의 산이나 웃절 중과는 상반된 것이다. '바람도 일지 않는 고요'한 속성으로 절대적 평정심을 유지한 마음과는 달리, 화자의 마음은 세속적 가치 지향으로서의 '꿈'에 대한 기대와, 절망으로서의 '슬픔'과 '시름'으로 인해 '심히 흔들'리고 있는 것이다. 외물에 대한 집착으로 인해 마음의 참모습을 상실한 상태인 것이다. 절대 고요의 산으로 객관화된 평정심과 대비시켜 화자 자신의 마음을 객관화하고 있는 것이다.

객관화를 통한 타자화는 이처럼 자신의 마음이 지금 어떤 모습인지를 깨닫게 해 주는 계기가 될 수 있다. 그러므로 '마음의 현재적 상황 고찰'은 마음을 객관화시킨 이후에 도달할 수 있는 단계로서, 최대한 자신의 마음을 객관적으로 묘사한 이후에 자기 마음에 대해 냉정하게 고찰하고 평가할 수 있어야 한다. '화자의 자신의 마음에 대한 평가는 어떠한가, 그러한 결론에 도달한 이유는 무엇인가, 평정심을 상실한 마음의 근원적 이유는 무엇인가, 마음 상태의 개선의 여지는 있는가' 등을 통해 학생들은 작품 속 화자의 마음 상태에 대해 평가할 수 있을 뿐만 아니라 자기 자신의 마음에 대해서도 살피고 따져 볼 수 있는 기회를 제공할 필요가 있다.

마음 수양의 필요성을 느꼈다면 이제는 '이질화를 위한 수양정진 시도' 쪽에 주의를 기울일 수 있어야 한다. 이 부분이 무엇보다 중요하다고 할 수 있다. 어지러운 마음을 바로 잡을 수 있는 구체적인 방법을 제시하고 그것을 실천해 봄으로써 조금씩이나마 마음을 수련해 나가는 과정이기 때문이다. '화자는 자기 마음의 수양을 위해 어떤 방법을 선택했는가, 방법을 실천하기 위한 구체적인 노력과 과정을 상상할 수 있는가, 자기 자신에게 적용할 수 있는 좀더 효과적인 방법을 선정해 이를 실천해 볼 수 있는가'라는 질문은 이전의 마음과는 달리, 이질화된 마음을 형성하는 데 도움을 줄 수 있다. 화자가 선택한 마음 수양 방법은 '올연'한 태도로 '견디'고 '차'갑고 냉정한 마음을 유지해 나가는 것이다. 또한 외물에 대한 집착을 제거함으로써 '슬픔'이라는 부정적 마음도, 그리고 기대를 부추기는 '꿈'이라는 긍정적 신뢰도 초월한, 철저한 외물의 단절과 이질화를 통해 마음 수양을 시도해 보고자 함을 알 수 있다.

학생들도 자신의 마음을 다스리기 위해 다양한 방법들을 모색해 보고 이를 실질적 차원에서 수행해 보는 것도 의미 있으리라 본다. 욕망을 비우기(신정근, 2009:242)와 자신을 되돌아보는 성찰省察(편집부 역, 1992)이나, 마음의 흐트러짐이 없이 한 가지 일에만 집중하는 존양存養(한덕웅, 1994:193), 혹은 화두話頭에 대해 구체적으로 헤아리고 분별하고자 하는 심사명변審思明辨(강희복, 2011:46), 궁구窮究하는 열정에 따라 사물의 이치에 도달(김기현, 2005:24)할 수 있다는 신념을 토대로 이치가 무엇인지를 곰곰이 따져보는 거경궁리居敬窮理(홍용희, 2001:394; 손인수, 1996:139) 등과 같이 전통적인 마음 수양에서 시행해 오던 방법을 활용해 볼 수 있다.

4. 마음을 다스리는 시 교육

이 글에서는 성리학에서 마음을 바라보는 관점과 마음을 수양하는 태도에 입각해, 마음의 문제를 형상화한 시 작품에 접근해 보고자 했다. 인간의 인식이나 마음을 다룬 작품을, 인간 존재에 대한 근원적 고찰이라는 주제나 소재적 측면에서 탐색하고 마는 기존의 시 교육 방식에서 벗어나, 성리학에서 다루고 있는 마음에 대한 화두를 현대시에 적용해서 시적 의미를 좀더 심화시킬 수 있는 가능성에 주목하였다. 이러한 관점에 입각해 성리학적 관점에서 주목한 마음에 대한 인식과 수양하는 태도를 중심으로 인식론과 실천론적 차원에서 시 교육적 방법을 모색해 보고자 하는 것이 그 의도였다. 인간의 마음이 고귀한 진리를 함축하고는 있으나, 이에 대한 궁구의 태도와 마음의 본성을 지키고 다스려 가고자 하는 노력 없이는 고유한 속성을 지키기 어려운 것이 사실이다. 마음을 다룬 시 작품의 경우에도 이를 감상하고 교육하기 위한 시도에서는 이러한 인식론적이고 실천론적인 측면에 대한 고려가 강화되어야 하리라 본다.

인식론적 측면에서의 마음에 대한 시를 교육하기 위해서는, 마음 자체의 속성에 주목하는 것과 아울러 외적 상황과의 관련성 속에서 마음의 변화 가능성에 대한 고찰도 이루어질 필요가 있다. 따라서 이러한 점에 주목해서 이 글에서는 '독자성'과 '가변성'에 주안점을 둔 마음에 대한 인식을 교육 요소로 설정하고 이에 대한 구체적인 방법으로 각각 '동의어 찾기→마음의 특징 찾기→속성 확정짓기→인식 확장하기'와 '외적 자극 찾기

→외물의 특성 규정하기→변화양상 파악하기→속성 고찰하기'를 작품을 대상으로 적용해 보았다.

실천론적 차원에서는 마음의 가변성을 초래하는 근원으로서의 외적 요인에 주목하고, 이를 파악하고 인식하는 방법은 물론 외물 의존적 사고를 극복해 나가는 수행 과정을 중심으로 '고찰과 변용', '타자화와 이질화'를 통한 마음의 실천에 방점을 두었다. 고찰과 변용은 외물에 대한 비판적 고찰과 기존의 가치 인식의 변화를 시도하고자 하는 의도로서, '외물 요소의 속성 비판하기→비판의 근거 제시하기→마음 점검과 변용하기'의 방법을 실제 작품에 적용해 보았다. 또한, 자신의 마음을 객관화시켜 인식의 대상으로 삼고 평정심을 유지하기 위해 일관된 태도를 견지해 나가는 행위 양상을 '타자화와 이질화'로 규정하고 이를 위해, '마음의 객관적 타자화→마음의 현재적 상황 고찰→수양정진의 시도'의 방법을 고안하고 작품에 적용해 보았다. 이러한 시도가 마음을 다룬 시를 감상하고 교육함에 있어, 그 고유한 속성을 살리려는 방안이라는 차원에서 의의를 두고자 한다.

성리학에서 인간의 마음에 고심하는 이유는 마음을 통해 사물과 세상의 진리를 읽어내기 위함이다. '마음' 그 자체로도 일정한 목적성을 가진다고 할 수 있으나 근본적으로는 마음을 통해 우주적 질서와 진리를 인식하고자 하는 것이다. 특히 이 글에서는 마음속에 전제된 이치를 체감하기 위해 감행할 수 있는 실천적 방법에 주목해 보고자 했다. 마음이 진리를 내포하고 있다면 진실된 마음을 얻고 그것을 체득하기 위한 구체적인 절차와 방법도 진지하게 추구되어야 하기 때문이다. 요컨대 성리학에서는 마음에 관한 가치관의 문제와 마음 수양의 방법에 대해 깊은 성찰을 시도하고자 한다. 이와 같은 성리학적 틀로 현대시 작품을 조망해 본다면, 지금의 시인들은 마음에 대해 어떠한 가치관을 가지고 있으며, 현대사회에 전제된 인간의 마음은 어떠한 존재 양상을 가지고 있는지, 급기야 바람직한 인간의 마음이란 어떤 모습이어야 하는지와 관련된 당위성의 문제까지도 언급할 수 있게 될 것으로 본다. 아울러 현대사회에서 '마음'의 문제가 주요한 관심사라면, 현대문명의 상처를 치유할 수 있는 근원으로서의 마음은 어떤 방법을 통해 본모습을 찾아 갈 수 있을 것인지도 함께 논의될 수 있을 것으로 기대한다.

문학교육방법론

모더니즘의 특징에 주목한 시 교육

●
●

1. 한국적 모더니즘의 '흐름'과 '인식'

모더니즘은 유효하다. 포스터모더니즘이나 해체주의가 지향하는 과도한 일탈 지향성의 영향 아래 모더니즘은 구시대의 낡은 경향으로 치부되기 일쑤다. 하지만 우리의 시문학사에서 근대적 성향의 시가 잉태되던 1920년대 말부터 30년대와 50년대 그리고, 60년대를 거쳐 지금까지도[1] 모더니즘의 자장磁場은 예사롭지 않다. 모더니즘의 범위와 개념에 대해서는 다양한 견해가 난무하며, 그러한 입장들만큼이나 작품의 경향이나 유형도 일정한 기준으로 가름하기 어려울 정도로 다채롭다.

1차 대전을 전후해 대두한 이미지즘, 다다이즘, 쉬르레알리즘, 미래파, 입체파, 표현주의[2] 등은 발흥의 시기나 표방하는 가치에 있어 약간의 차이를 보이기는 하나, 르네상스 이후 과도하게 집착했던 인간 중심 사상과 예술적 전통을 거부하고 새로운 정신의 추구나 예술적 지향을 감행하는

---

1) 김준오, 『문학사와 장르』, 문학과지성사, 2000, 439~495면.
2) 박인기, 『한국현대문학론』, 국학자료원, 2004, 64~70면.

일련의 경향들이다. 과도한 물질주의와 전쟁으로 인해 확인하게 된 인간 이성의 추구가 빚어낸 기현상에 대한 반성과 대안의 마련을 위해 시도된 일련의 예술적 사조가, 상황의 유사성으로 인해 우리 문학에도 영향을 미치게 되었던 것이다.

일제 강점기라는 정치적 상황과 이식 자본에 의한 근대화의 추구와 그로 인해 조장된 불평등 구조의 심화, 그리고 다양한 이념과 가치체계의 난립 등이 문학에서 새로운 것에 대한 지향성으로 표출된 것으로 볼 수 있다. 문학양식의 혁신과 실험을3) 통해 근대적 문학성을 표방했던 작가와 비평가들에 의해 부정과 혁신을 시도했던 서양의 모더니즘은 한국적 모더니즘으로 성장해 나가게 된다. 낭만적 감상성을 극복하고 이념에 편중된 시적 경향에서 벗어나기 위해 최재서와 김기림에 의해 시도되었던 모더니즘은, '신시론新詩論'과 '후반기後半期'를4) 거치면서, '형식'과 '내용'에 대한 지속적인 탐색과 비판의 노정을 거치면서 순항해 왔다.

김기림에 의해 시도되었던 이미지즘적 모더니즘이 비판정신보다 감각적 기교에5) 그쳤으며, 이미지에 주목함으로써 이론으로서의 모더니즘을 구체적인 문학 작품으로 형상화시켰다는 평가를 받는 김광균 역시 감정의 과잉을 극복하지 못했다는 지적을 받기도 한다. 하지만 새로운 시적 형식에 대한 모색이 선행하고 그 속에 시대성이 반영되어야 한다는 김기림의 '형태의 사상성'6) 개념과 김광균의 현대문명에 대한 비판이 전제된 즉물적

3) 김윤식 외, 『한국문학의 리얼리즘과 모더니즘』, 민음사, 1989, 32~33면.
4) 김훈 외, 『한국현대문학의 이해』, 청문각, 1996, 18면; 엄동섭, 「신시론을 전후한 모더니즘 시운동의 흐름과 맥」, 『어문논집』 28, 중앙어문학회, 2000, 303~304면.
5) 서준섭, 「모더니즘과 1930년대의 서울」, 『한국학보』 12(4), 일지사, 1986, 91면.
6) 박현수, 『한국 모더니즘 시학』, 신구문화사, 2007, 55면.

시적 성향은 주관 중심의 시적 경향에 대한 비판과 부정을 통해 새로운 문학적 지표를 설정하고자 했다는 점에서 의의를 갖는다.

김기림이 추구하고자 했던 시적 객관성과 김광균의 시적 조형성은, 시 속에 현실에 대한 깊이 있는 천착이 구현되었는가에 대한 문제와는 별도로, 복잡한 내적 경험을 직접적으로 대상에 투사시키지 않고[7] 이미지를 통해 간접화시키려 했다는 점에서 당시로서는 분명 신선한 문학적 시도라 평가할 만하다. 김기림과 김광균이 이미지즘 계열의 온건한 모더니즘에 주목함으로써 형식상의 부정과 새로움을 추구하였다면, 고한승, 이상, 조향 등은 이와 대등한 위치에서 다다이즘과 초현실주의의 극단적 지향성을 수용하고자 했다. 이상과 삼사문학 동인들은, 시어를 통해 의도를 전달하고자 했던 전통적인 시작법에 대한 파괴와 의미의 부정, 그리고 인간 이면에 존재하는 무의식의 세계에[8] 대한 탐색과 형상화를 감행함으로써 더욱 새로운 부정과 지향을 이루고자 하였다.

이처럼 초기의 한국적 모더니즘은 전대의 문학에 대한 거부와 지양에서[9] 출발하고자 하였으며, 정치적 모순이나 민족적 이념을 직접적으로 표방하지 않은 점을 한계로 지적하기도 하지만 나름대로 근대화가 초래했던 비정성과 모순성을 그들만의 언어 형식으로 승화시키고자 하였다. 1930년대 모더니즘을 계승한 '신시론'은 이전 모더니즘의 한계로 지적되었던 현실 참여를 적극 모색하고자 하는 방향으로 전개되었다. '신시론' 동인들 중에는 다소 간의 차이는 보일지라도 시가 정치 이데올로기에 안주하

---

7) 한영옥, 『한국 현대 이미지스트 시인 연구』, 푸른사상사, 2011, 57면.
8) 김윤정, 『한국 모더니즘 문학의 지형도』, 푸른사상사, 2005, 15~21면.
9) 이진영, 「전후 현실의 조응으로서의 모더니즘 문학론」, 『한국문예비평연구』 33, 한국 현대문예비평학회, 2010, 322~334면.

는 것을 경계하면서도 민족 이념을[10] 담아내고자 하였다. 1940년대 '신시론' 내부에서 전개되었던 '내용'과 '형식'에 대한 논쟁은 회화적 이미지즘이냐 저항적 모더니즘이냐는[11] 이분법적 틀 속에 진행된 상호배척적인 논쟁이라기보다는, 현실을 어떤 관점으로 바라보고 어떻게[12] 문학적으로 형상화할 것인지에 대한 총체적인 시도로 보는 것이 바람직하리라 본다.

이러한 태도는 1950년대 모더니즘을 주도했던 '후반기' 동인들에 의해 가혹한 현실 그 자체에 주목한 비판적 지성에[13] 대한 강조로 거듭 나게 된다. '몸의 시학'을 통해 현실에 밀착된 시를[14] 추구하고자 했던 김수영에 이르러서는 일상의 구어체를 통해 현실을 담아내고자 함으로써 '형식'과 '내용'의 양자에서 진전된 성취를 이루게 되었다. 이렇게 보면 한국의 모더니즘은 단순히 '형식'과 '내용'의 선택 문제를 놓고 이루어진 소모성 논쟁이나 편향적 성격을 지닌 불필요한 문학적 지향은 아니라고 단정지을 수 있다.

요컨대 한국적 모더니즘은 일제 강점기와 한국전쟁, 그리고 분단의 시기를 겪어 오면서 민족적 이념이나 정치 이데올로기를 직접적으로 시에 표면화시켰느냐 그렇지 않느냐라는 단순한 논리로 접근할 수 없는, 격동

---

10) 맹문재, 「신시론의 작품들에 나타난 모더니즘 성격 연구」, 『우리문학연구』 35, 우리문학회, 2012, 225~228면.
11) 박민규, 「신시론과 후반기 동인의 모더니즘 시 이념 형성 과정과 성격」, 『어문학』 124, 한국어문학회, 2014, 322~330면.
12) 조영미, 「1950년대 모더니즘 시의 이중언어 사용과 내면화 과정」, 『한민족문화연구』 42, 한민족문화학회, 2013, 502~510면.
13) 이소영, 「1950년대 모더니즘의 이념지향성 연구」, 『국제한국학연구』 4, 명지대국제한국학연구소, 2010, 130~136면.
14) 이혜원, 「한국 모더니즘 시의 전통 인식 양상」, 『한국학연구』 50, 고려대한국학연구 2014, 101~107면.

기로 풀이되는 근대적 역사 현실에 대해 관심을 갖고 이를 새로운 문학의 틀 속에 담아내고자 했던 형식적 내용적 고심기라고 해도 과언은 아닐 것이다. 이념 지향성 쪽으로 좀더 기울었는지 아니면 형식적 지향성 쪽에 무게를 두었는지의 차이는 있을지언정, 거시적 관점에서 보면 분명 우리의 모더니즘은 분명히 비판과 부정의 정신을 모태로 형식과 내용적 측면에서의 문학적 개선을 지속적으로 추구해 왔다는 것을 부정할 수는 없을 것이다.

따라서 이 글에서는 우리의 모더니즘이 추구해 왔던 새로운 방향 설정을 위해 형식과, 내용적 측면에서 궁구한 비판과 부정의 정신에 초점을 두고자 한다. 서구 중심의 합리적 근대성과 그로 인해 파생된 물질주의적 가치관에 대한 비판과 제국주의의 식민지 논리를 부정하고, 나아가 근대성 속에 내재된 인간 소외에 대한 전면 부정을 시도하고자 했던 모더니즘적 인식을 '비판과 부정의 정신'으로 규정하고 이를 '어긋놓기'로 명명하고자 한다. 한편 새로운 시대정신을 새로운 문학적 양식 속에 담아내기 위해 시도되었던 다양한 문학에 있어서의 형식적 시도를 '재현 미학의 거부'로 단정짓고 이를 '짜임 꾸리기'로 이름짓고자 한다.

2. 모더니즘 시 교육의 주안점

이 글의 목적은 모더니즘 시 교육을 위한 핵심 요소와 구체적인 교육 방법을 제시하고자 하는 것이다. 학생들은 교과서를 통해 다양한 양식과 주제를 담은 시 작품을 접하게 된다. 하지만 어떤 경향의 시이냐에 따라 작품 감상의 주안점과 교육 방법은 달라질 수밖에 없다. 시적 경향이 다른 작품일 경우 단순히 구성요소의 분석이나 상징적 의미의 파악, 작품과 관련된 사회 문화적 맥락의 추적만으로 그 작품을 온전히 감상했다고 보기는 어렵다. 그러기에 모더니즘 시는 모더니즘 시가 갖고 있는 본질적 속성에 주목한 감상이어야만 할 것이다.

그 첫 번째 주안점이 '어긋놓기'이며, 두 번째가 '짜임 꾸리기'이다. 물론 모더니즘이라는 용어의 함의와 범위가 연구자마다 다양하고 우리의 모더니즘을 이미지즘이나 주지주의 시에 한정하는 논의도 있으며, 이와 별개로 다다이즘이나 초현실주의를 모더니즘과는 별개의 것으로 규정하기도 한다. 하지만 이미지즘이나 주지주의를 비롯해 다다이즘과 초현실주의, 그리고 전위주의를 표방하는 심리주의나 신감각파 등이 자본주의와 근대성의 모순에 대해 비판하고 이를 부정하고자[15] 하는 유사한 경향의 소산물들이기에 많은 논의들에서 이들을 모더니즘으로 규정하기도 한다. 따라서 이 글은 이러한 논의를 수용해서 부정과 비판의 문학적 지향성을 '어긋놓기'로 보고, 이러한 가치적 성향을 표출하기 위해 시도하는 다양한 문학적 양식의 변화와 실험적 경향을 '짜임 꾸리기'로 이해하고자 한다. 특히 어긋놓기는 내용적 측면의 비판적 태도와 관련짓고자 하며, 짜임 꾸리기는 형식적 측면의 미적 장치와 형상성에 초점을 두고자 한다.

1) '비동일성非同一性과 다성성多聲性'로서의 어긋놓기

모더니즘 시에서의 '어긋놓기'는 형식과 내용의 양장에 걸쳐 진행된다. 하지만 모더니즘 시에서 감행되는 전통적 시작법에 대한 형식상의 일탈도

---

15) 한만수, 『모더니즘문학의 병리성 연구』, 박이정, 2002, 35면.

그 근저에는 내용적 측면의 어긋놓기에서부터 출발하는 것이다. 모더니즘이 바라보는 근대는 사회적 해체를[16] 야기하는 불온한 주체일 뿐이다. 벤야민의 언급처럼 '현상' 세계 속에 '이념'은[17] 주어져 있지 않다. 하지만 인간성을 절대적으로 옹호하고 인간에게 있어 본질적 가치를 이성으로 규정한 자본가 권력과 제국주의 세력들은 자신들이 건설해 나가고자 하는 근대적 현상 속에서 단일하고도 총체적인 이념을 표방하고 나선다. 물질적 자본을 전제하고 있는 근대는 유기적 총체성을 지향한다. 사람도 이념도 하나의 틀 속에서 일정한 원리에 따라 일정한 구성 요소로 작용하며 이는 전체를 유기해 나가는 토대가 된다는 입장에 서 있는 것이다. 하지만 흄은 불연속적 세계관을[18] 통해 절대적 가치 기준이 적용되는 세계와 상대적 가치 기준이 적용되는 세계를 동일시함으로써 근대 사회의 혼란이 초래되었음을 주장한다.

1930년대의 모더니즘이 기교 우위의 실험의식에 편향되어 시대인식에 실패했다는[19] 비판이 있기도 하나, 당시 모더니즘을 표방했던 시인들의 개별 작품들을 살펴보면 미미하나마 현대문명의 부정성을 절제된 언어로 담아내고자 했던 것은 부인할 수 없다. 아울러 '후반기' 동인 중심의 전후 모더니즘 세대들은 비극적 현실 상황을 직시하고 이를 통해 자기 정체성을[20] 모색해 나가고자 함으로써 시대 인식에 보다 적극적인 태도를 보였던 것도 사실이다. 우리의 모더니즘은 출발부터 철저히 '비동일성의 원리'

---

16) 마이크 새비지, 얼랜 와드, 김왕배, 박세훈 옮김, 『자본주의 도시와 근대성』, 한울, 1996, 193면.
17) 김창환, 『1950년대 모더니즘시의 알레고리적 미의식 연구』, 소명출판, 2014, 453면.
18) 김유중, 『한국 모더니즘 문학과 그 주변』, 푸른사상사, 2006, 19면.
19) 이영섭, 『한국 현대시 형성 연구』, 국학자료원, 2000, 125~135면.
20) 박은희, 『김종삼, 김춘수 시의 모더니티 연구』, 한국학술정보, 2006, 10면.

에 기반한 것이다. 동양과 서양을 동일시하고 자본 중심의 물질적 논리에 귀속되기를 바라는 제국주의의 동일성에 대한 부정이다. 동양의 고유한 특징을 무화시킴은 물론 자연과 전통을 숭상하고자 하는 정신적 가치를 자본 중심의 세계로 대체시키고자 했던 근대성에 대한 비판이라 볼 수 있다.

모더니즘 시편들에 등장하는 화자는 벤야민이 제기한 '거리의 산책자'에[21] 해당하는 존재들로 규정된다. 근대성이라는 공간 속에 객체화된 존재로 서성이는 무수한 군중들을 지각하고 비판적으로 바라보는 존재이면서도, 그 속에서 화자 자신 또한 민중으로서의 타자화된 삶을 지속할 수밖에 없는 모순성을 안고 있는 존재이기 때문이다. 이는 곧 아도르노가 말하는 '매개에 대한 자각'의 부재에 대응한다. 사고와 존재, 주체와 객체는 분리될 수 없는 것이기에 상호 연결되어[22] 있다는 매개 개념에 대한 인식이 필요하다는 것이다. 즉, 현대사회의 단절성을 극복하고 진정한 인간의 유대를 이룰 수 있는 길은 나와 남이 매개적으로 연결되어 있다는 인식의 확립에서 비롯됨을 역설한 것으로 풀이된다. 하지만 근대 사회는 대상의 독자성을 인정하지 않은 채 정치적이고 자본 지향적이라는 목적을 위해 모든 것을 일정한 체계 속에 포섭시키고자 하는 동일성의 논리를 강요하고 있다고 해도 과언은 아니다.

한국적 모더니즘이 표방했던 비동일성의 논리에는 서구의 근대화에 대한 맹목적 추종을 비판하고자 하는 인식이 도사리고 있다. 굳이 전통적 소재나 가치관을 작품의 전면에 드러내 놓지 않더라도, 이국적 정취나 소

---

21) 이승훈, 『한국 모더니즘 시사』, 문예출판사, 2000, 75~77면.
22) 김유동, 『아도르노 사상』, 문예출판사, 1993, 112~114면.

재의 생경함을 독특한 표현 기법을 통해 형상화시킴으로써 근대성 속에서의 우리의 현실을 되돌아보고자 했던 것만은 분명해 보인다. 모더니즘 시에서 보여준 음울하면서도 이질적인 요소들이 모두 이를 대변하는 것으로 보는 것도 무리는 아니다. 결국 근대적 동일성 속에 소멸되어가는 우리의 비동일적 면모들에 대한 강한 자의식과 향수가 선명한 이미지를 통해 독자를 자극함으로써 모더니스트들의 준엄한 현실 인식을 보여주는 것이다.

또한 모더니즘에서 근대적 가치관에 대한 어긋놓기로 시도되고 있는 것이 '다성성'이라 할 수 있다. 동일 유파와 경향의 동인지 활동을 하는 작가들이라 하더라도 모더니스트들은 다양한 목소리를 내고자 한다. 김광균이 주창한 '조형적 산문 표현'이나 시의 형식 속에 그 시대성이 담겨야 한다는 '형태의 사상성', 그리고 경험의 질서화를 강조하기 위해 김경린이 표방한 '이데오프라스티ideoplasty'는[23] '형식'과 '내용' 중 어느 일단一端만을 추구하고자 하는 편협한 관점일 수 없다. 모더니즘이 경향파 계열의 시편들이 지향했던 극단적 이념을 답습하지 않았을 뿐 그들 나름대로의 시선과 기법으로 당시의 현실을 고찰하고 시의 문맥 속에 담아내고자 했기 때문이다.

모더니즘 시가 다성적임은 그들 내부에서 형식과 내용 중 어느 면을 주되게 부각시킬 것인가에 대한 논의가 시대를 관류해 지속되었던 것에서 알 수 있으며, 동일 작가가 할지라도 형식과 내용에 대한 관심의 기울기가 변화되어 간다는 사실에서도 추론 가능하다. 문학에 대한 서로 다른 입장을 견지하면서도 모더니스트라는 동일한 울타리 내에서 시작詩作 활동을

---

23) 허윤회, 『한국의 현대시와 시론』, 소명출판, 2007, 363면.

지속해 나갈 수 있었던 것은 다양한 관점과 목소리를 탐색하고자 했던 노력의 결과라 할 수 있다. 이는 바흐찐이 시 쓰기를 "외부의 담론과 내적 언어 사이의 충돌과 긴장"으로[24] 규정하면서, 하나의 흐름에만 치우치지 않고 다양한 입장과 표현이 양립할 수 있는 것으로 본 것과 유사한 맥락이다.

사실상 한국적 모더니즘은 연구자의 연구 태도에 의해 이미지즘과 주지주의, 그리고 다다와 초현실주의가 동일한 범주로 묶여지기도 하지만, 실재 동일 작가의 작품에서도 이들 경향들이 혼재하거나 다양하게 변주되어 나타나기도 한다. 즉, 연구자들의 편의성에 의해 이미지즘과 초현실주의가 동일한 틀 속에서 연구가 진행되기도 하듯, 당대의 모더니스트들은 다성성이라는 대전제 하에 혼재성을 의도적으로 허용한 것이 아닌가 추정해 볼 수 있을 것이다. 이처럼 형식과 내용에 대한 논쟁을 내부에 허용하고, 서구의 다양한 예술 경향을 기존의 인식과 예술 태도에 대한 거부라는 대원칙 하에 통합적으로 수용하면서 한국적 모더니즘이라는 새로운 물꼬를 터나갈 수 있었던 것은 분명 다성성을 용인한 결과라 할 수 있다.

자본 중심의 발전 지향적 서구의 이념에 대한 어긋놓기로서의 '비동일성'과 현실을 인식하고 표현하는 방법상의 다양성을 추구하고자 하는 '다성성'은 한국적 모더니즘에서 추출할 수 있는 본질적 속성이다. 차별성을 지향하고 그를 통해 독자성을 확립하고자 했던 모더니즘은 소외된 타자로서의 당시 한국 현실과 위상을 회복하기 위한 몸부림으로 해석된다. 이와 같은 '어긋놓기'를 시 교육의 현장에 도입하게 되면 모더니즘 시와 여타의 시들을 변별력 없이 가르치는 무책임함에서 벗어날 수 있으리라 기대한

---

24) 이기성, 『모더니즘의 심연을 건너는 시적 여정』, 소명출판, 2006, 45면.

다. 시 작품은 시만의 고유한 갈래적 자질로서 존재한다. 하지만 좀더 신중하고 깊이 있는 시 교육을 위해서는 서로 다른 경향의 작품들을 차별화하려는 전략들이 필요해 보인다.

주제에 대한 탐색, 작가의 전기적 사실에 대한 파악, 작품과 관련된 사회 문화적 맥락의 고찰 등을 통해 작품 감상에 접근할 수도 있겠으나, 모더니즘 시가 갖고 있는 '어긋놓기'라는 독자적 특징들을 염두에 둔다면 시의 의미와 가치를 더욱 깊게 새겨 볼 수 있을 것이다. 동일한 가치 속에 파묻혀 사장死藏되어 가는 우리의 독자성과 주체성에 대해 다시 한 번 되살필 수 있는 계기가 될 것이며, 자연스럽고도 맹목적으로 받아들였던 가치관이나 사회 문화적 현상들에 대해 비동일성의 논지를 대입시켜 보는 것은 분명 인식의 확장과 새로운 안목으로의 전환에 도움이 될 수 있다. 뿐만 아니라, 동일한 시대와 가치관을 향유하면서 살아가되 다양한 견해와 목소리를 수용하고 그 속에서 자신만의 독자적인 입장을 확립해 나간다는 점에서 다성성에 대한 관심은 학생들의 포용력과 이해력을 확장시키는 데도 이로울 것으로 판단된다.

2) '공간성 창조'와 '무기적 구성'으로서의 짜임 꾸리기

'짜임 꾸리기'는 미학적 자의식이다.[25] 모더니스트들은 그들만의 시작詩作 기법을 창조하고 이를 적극적으로 작품 속에 형상화함으로써 독자적인 문학적 '짜임'을 꾸려나간다. 모더니즘이 추구하고자 했던 문학적 구성 방식은 전통적 방식을 거부하고 시 작품의 미美를 새롭게 규정하고 이를 창

---

25) 권성우, 『모더니티와 타자의 현상학』, 솔출판사, 1999, 208~242면.; 백낙청, 『리얼리즘과 모더니즘』, 창작과비평사, 1983, 247면.

조해 내고자 하는 그들만의 독특한 의식에서 출발한 것이기에 주목해 볼 만하다. 모더니즘이 새로운 형식을 창조하기 위해 관심을 가진 현대의 시간성에 대한 재고찰은 철저히 철학적 인식에 기반한 것으로 이해할 수 있다. 근대 자본주의가 표방하는 시간 개념은 지속성과 발전성을 기반으로 한다. 인간의 역사는 지속적인 발전이 가능하며 자본을 집약한 산업의 발전이 그러한 미래를 보장한다는 논리인 것이다.

하지만 서양 일방이 주장한 그러한 시간성에 대한 막연한 기대감은 제국주의의 약소국에 대한 침탈과 지배, 전쟁이라는 극한 상황 속에서 파괴되어 가는 인간성으로 인해 거짓임이 밝혀지게 되었다. 이에 대해 후설은 객관적 시간보다 근원적인 것으로 주관적 시간성을[26] 강조한다. 힘의 논리에 의해 일방적으로 강요되는 객관적 시간성에 비해 순수하게 주체의 의식 속에서 체험되는 주관적 시간성으로 눈을 돌려야 함을 역설하고 있는 것이다. 버먼의 지적처럼 문화적 이상의 실현이 경제 발전이라는[27] 근대적 시간 개념으로 성취될 것이라는 기대는 허구에 불과할 뿐이다.

지속 가능한 성장과 그를 뒷받침하는 경제 논리는 당시 모더니스트들에게 자본을 선점한 제국주의들만을 위한 모순적 주장으로 인식되었던 것이다. 따라서 당대의 모더니스트들은 근대적 시간과 친연성을 가진 플롯 중심의 개념을 문학 작품 속에서 해체하고자[28] 했으며, 시간이 더 이상 현실적 공간과 대응하지 않음을 드러내고자 했다. 이로써 시간 개념의 주관화에[29] 과도하게 집착할 수밖에 없었으며, 논리적 일관성이 배제된 공간성

---

26) 김형효, 『메를로 퐁티의 애매성의 철학』, 철학과현실사, 1995, 248~249면.
27) M. 버먼, 윤호병 외 옮김, 『현대성의 경험』, 현대미학사, 1994, 81~91면.
28) 권영민, 『한국현대문학사1』, 민음사, 2008, 460면.
29) 배경렬, 「최재서의 모더니즘 규정에 대한 비판적 고찰」, 『한국사상과 문화』 67, 한국

창출을 그들의 문학적 구성 방식으로 채택하게 된 것으로 보인다. 근대가 지향하는 이성 중심의 경제 논리 속에는 베르그송의 언급처럼 '시간을 기계적으로 분절화'함으로써[30] 창조적 시간 의식을 차단시킨 채 철저히 자본의 논리로 근대성을 포장하고자 하는 의도가 있음에 주목할 필요가 있다.

모더니즘이 근대적 시간성을 비판하고 그들만의 짜임 꾸리기를 위해 고심한 것이 '공간성 창조'인 것이다. 근대 문명의 허상을 지적하기 위해 이국적 정취의 소재들을 무미건조한 이미지로 구성해 내거나, 시간의 계기성이 철저히 파괴된 인간의 무의식 세계를 비순차적 구성을 통해 난만하게 흩어놓는 것, 또한 이질적인 소재나 공간 요소들을 비논리적으로 결합시킴으로써 새로운 공간을 형상화하고자 하였다. 이는 모더니즘이 '공간적 형식이며 이를 통해 시간적 속성을 극복할'[31] 수 있음을 피력한 프랭크의 논의와 맥이 닿아 있다.

'공간'을 중심으로 짜임을 꾸려나가고자 하는 모더니스트들의 시도는 단순히 시어의 우연적 배치나 논리와 체계의 허구성을[32] 지적하기 위한 의도에 제한되지 않는다. 그것은 근대적 논리의 지배를 받는 시간과 공간에서 벗어나 새로운 공간을 형성하고자 하는 노력이며, 아울러 모순적 지배 구조를 거부하는 개성적 공간의 창출로서 의미가 있는 것이다. 공간성이 강조될 때 자연스럽게 시각성이[33] 부각될 수밖에 없으며, 기존의 선입견을 배제한 신선한 이미지의 창조를 통해 작품 속에 형상화된 근대 문명

사상문화학회, 2013, 70~76면.
30) 황수영, 『베르그송』, 이룸, 2003, 30~45면.
31) 오세영, 『문학연구방법론』, 시와시학사, 1993, 130면.
32) 트리스탕 쟈라, 앙드레 브르통, 송재영 옮김, 『다다 쉬르레알리슴 선언』, 문학과지성사, 1987, 102~132면.
33) 김윤식, 『한국현대문학사』, 서울대학교출판부, 1993, 293면.

은 모더니즘의 공간성 속에서 새로운 의미로 읽히게 된다. 이미지즘적 경향을 선호했던 모더니스트들이 이미지의 부각과 창출을 통해 근대적 시간성을 공간성으로 치환시키고자 했다면, 초혈실주의 계열의 작가들은 근대적 현실을 직접적으로 다루기보다 인간의 무의식적 공간 속에서 근대적 시간의 계기성이 갖는 허구성을 부각시키고자 한 것이다. 이는 이데올로기에 대한 거부라기보다[34] 오히려 근대적 이념에 대한 부정으로 파악하는 것이 타당할 것이다.

'무기적 구성'은 또 다른 짜임 꾸리기로서 주목할 만하다. 이 글에서 언급하고자 하는 무기적 구성은 모더니즘이 표방하는 '비재현주의'를[35] 의미하는 용어로 사용하고자 한다. 전통적 시작법이 현실이나 인간의 삶, 그리고 인간의 정서를 재구성하는 데 초점을 두었다면 모더니즘은 이를 거부하고 예술의 실험성을 도모해 나간다는 것에 기반을 둔 것이다. 또한, 무의식 세계를 다루는 작가들의 시적 경향과 다소 간의 상관성이 있으나 직접적으로 인간의 무의식 세계를 다루는 것과는 별도로, 작품 구성을 위한 소재의 나열이 작품 전체의 유기적 관계에서 이탈한 구성 방식을 의미하는 개념에 해당한다. 이는 대상을 작가의 주관적 관점에서 과도하게 왜곡시키고[36] 변형시키려는 시도로서, 근대 문명이 강조하는 합리성을 거부함으로써 시 창작에 있어서 자율성과 초월적 기법을[37] 도입하고자 하는

---

34) 진순애,『한국 현대시와 모더니티』, 태학사, 1994, 90~91면.; 조향,『조향전집2』, 열음사, 1994, 42면.
35) 박몽구,「박인환의 도시시와 1950년대 모더니즘」,『한중인문학연구』22, 중한인문과학연구회, 2007, 145~150면.
36) 구상, 정한모,『30년대의 모더니즘』, 범양사, 1978, 109~110면.
37) 박몽구,「모더니즘 기법과 비판 정신의 결합」,『동아시아문화연구』40, 한양대한국학연구소, 2006, 225~228면.

것이다.

모더니즘은 파괴적이고 부정적인 허무의식에[38] 편중되었다는 오해를 받기도 한다. 이는 시대적 감각에도 투철하지[39] 못하고 이를 적극 반영하지도 못한 이념 회피성에 대한 지적일 수도 있으며, 전통적 시작법을 따르지 않고 주관적 독자성을[40] 지나치게 추구한 데 대한 반감일 수도 있다. 모더니즘이 이처럼 기존 문단의 경향성을 부정하고 새로운 모색을 감행한 것은 근대로 수렴되는 중심성으로부터[41] 이탈하고자 하는 강한 열망 때문인 것으로 보인다. 근대적 가치에 대한 부정이 '자기변혁의 의욕'으로[42] 치환되고 이로써 객관적 현실을 충실히 반영하고자 했던 기존 예술 경향에 대한 거부와 실험적 시작詩作 태도가 그들만의 '무기적 구성'을 잉태하였다고 보는 것이 타당하다.

사실 기존의 시적 형상화 방식은 현실의 소재들을 유기적으로 구성해 나가는 틀을 벗어나기 어려웠다. 순수시가 그러했었고 경향시 역시 사정은 마찬가지다. 하지만 모더니즘은 철저히 현실을 문제삼기 위한 방식을 택했다. 이를 위해 일상의 대화체를 작품 속으로 영입하되 건조한 이미지 창조를 기획하거나, 이와는 차별적으로 현실이 배제된 인공어를 통해 미적 자율성을 극대화하기도 한다. 한편 데페이즈망이나 꼴라쥬 기법에 대

---

38) 김예리, 『이미지의 정치학과 모더니즘』, 소명출판, 2014, 256면.
39) 임병권, 「탈식민주의와 모더니즘」, 『민족문학사연구』 23, 민족문학사학회, 2003, 81~85면.
40) 김경화, 「모더니즘의 역사 속에서 쇤베르크 다시 읽기」, 『음악논단』 28, 한양대음악연구소, 2012, 105~109면.
41) 권영희, 「새로운 모더니즘 연구들」, 『안과밖』 27, 영미문학연구회, 2009, 215~220면.
42) 오문석, 「1950년대 모더니즘 시론 연구」, 『현대문학의연구』 7, 한국문학연구학회, 1995, 46~50면.

한 몰입, 회화적 활자의 배열, 음성시, 영화기법의 차용, 내적 독백의 이미지에 대한 집착 등을 다각도로 모색해 나감으로써 그들만의 무기적 구성을 시도하고자 하였다.

얼핏보기에 단편적 소재나 이미지, 혹은 논리적 인과성을 결여한 무의식의 편린들을 무미건조하게 나열하는 무기적 구성은 통일성이라는 고전적 시작법을 거부함으로써 복수성複數性과 그들만의 문학 창작의 내재성을[43] 시도하고자 하는 몸부림으로 보인다. 다니엘 벨이 역설 것처럼 '거리의 소멸'을 통해 '질서에의 본능'을[44] 추구하고자 하는 몸부림인 것이다. 즉, 미美 자체를 특별한 것으로 보고 기존의 창작 틀 속에 고정시키려는 의도에서 벗어나 철저하게 문학에 대한 거리를 소멸시키고자 하는 것이며, 이러한 노력이 새로운 문학적 질서를 창조해 낼 수 있다는 열망의 표현인 것이다.

짜임 꾸리기에 대한 관심은 학생들로 하여금 전통에 대한 부정과 새로운 형식 창조의 열망이 어떤 형태로 구체화될 수 있는지를 보여줄 수 있는 기회가 될 수 있다. 비판과 부정의 정신이 내면에만 머물거나 실체가 없는 공허한 메아리로 남지 않고 공간성 창조와 무기적 구성을 통해 재형상화됨으로써 새로운 문학의 지평을 확장시켜 나갈 수 있음을 경험하게 되는 것이다. 이러한 기본 원리에 대한 이해는 난해하기만 했던 모더니즘 시편들을 학생들의 눈높이에서 이해하고 감상할 수 있는 단초가 될 수 있으며,

---

43) 김시태, 이승훈, 박상천, 「1930년대 한국 모더니즘 연구」, 『동아시아문화연구』 26, 한양대한국학연구소, 1995, 317~320면.
44) 이경하, 「1920-30년대 한중 현대시의 모더니즘 수용 양상 비교」, 『중국어문학지』 33, 중국어문학회, 2010, 227~228면.; 류순태, 「모더니즘 시에서의 이미지와 서정의 상관성 연구」, 『한중인문학연구』 11, 중한인문과학연구회, 2003, 160~164면.

나아가 학생들의 감수성을 새로운 창작의 형식에 담아 표현할 수 있도록 하는 창작 방법의 빌미가 될 수 있을 것으로 기대한다.

3. 모더니즘 시 교육의 실제

모더니즘 시 교육을 위해 한국적 모더니즘 속에 면면히 흐르고 있는 본질적 자질에 주목할 필요가 있음을 지적하였다. 그리고 모더니즘이 표방했던 인식과 표현 양식으로서의 '어긋놓기'와 '짜임 꾸리기'에 대한 관심과 교육은 학생들로 하여금 모더니즘 시를 좀더 가깝게 이해하고 모더니스트들의 문학 정신과 표현의 묘미들을 심도 깊게 체험하게 해 줄 것이다. 따라서 이 글에서는 모더니즘이 시도했던 부정의 정신과 실험적 양식에 초점을 두고 이를 교육하기 위한 방편으로 '어긋놓기, 살피고 공감하기', '짜임 꾸리기, 따지고 수용하기'를 설정하고 이에 대한 구체적인 교육 방법과 과정을 보이고자 한다. 모더니즘의 모든 시편들을 대상으로 할 수 없기에 이 글에서 제기하는 의도에 부합하는 작품들에 한정하며 이 글의 방법적 시도가 다소간의 변용을 통해 여타의 작품에도 적용 가능할 것으로 본다.

1) 어긋놓기, 살피고 공감하기

부정과 비판 정신을 기반으로 하는 모더니즘 시는 '어긋놓기'에 초점을 두고 교육을 진행하는 것이 바람직하다. 작품 분석을 통해 어긋놓기의 실태가 어떻게 형상화되고 있는지를 '살피고' 나아가 그러한 비판 의식에 내재된 작가 의식과 시대 상황에 대해 학생들이 '공감'할 수 있는 기회를 제공하는 것이 무엇보다 중요하다. 실제 모더니즘 작품들에서는 문명 비판 의식을 근저에 깔고 비동일성을 지향하는 시편들은 다수 찾아 볼 수 있으며, 비판적 인식 그 자체가 기존의 목소리에 대한 또 다른 목소리를 내는 것이기에 다성성으로 규정 가능하다. 하지만 이 글에서는 학생들의 이해를 돕기 위해 작품 속에 다중 인물이 등장하고 그들의 다양한 목소리를 체감할 수 있는 작품을 선정하였다.

東·北─
─萬八千 ‘킬로’ 米突의 지점─
폭풍이다.
사나운 먼지와 불길을 차 일으키며
폭풍을 뚫고 나가는 散兵線.

살과 살의 부딪침 번쩍이는 불꽃─
群衆의 꿈틀거림─외침
투닥 탁 탁
"저 병정 정신 차려라.
총알이 너의 귀밑 3‘인치’의 공간을 날지 않니?"
아세아의 지도는 전율한다.

툭닥 탁 탁
으아─ ㅇ 앙
ㄹ ㄹ ㄹ ㄹ ㄹ ㄹ ㄹ ㄹ

타당.

탕—

"평화 올시다 평화올시다"

엑, '라우드 스피—커'를 부는 자식은 누구냐?

미친 소리,

'제네바'의 신사는 거짓말쟁이다.

너는 '발칸'의 옛날을 잊어버렸느냐?

'홀름바이트'의 上空에서

피에 젖은 구름장이 떠돈다. 또 저기—

사막을 짓밟는 大蒙古의 進軍을 보아라.

東北—

—萬八千 '킬로' 米突의 지점—

또 폭풍이다. 폭풍이다.

툭탁 탁 탁

이 兵丁 정신 차려라.

用意—突擊   - 김기림, 〈暴風警報〉 전문

위 작품에 전제된 '비동일성'은 전쟁에 대한 거부이다. 전쟁 자체가 비동
일성을 지향하는 개별 민족이나 나라를 강제적으로 병합하려는 물리적

충돌에 해당하는 것이기에 전쟁에 대한 비판은 극명한 비동일성의 표명이다. 아울러 '불길', '불꽃', '총알'과 결부된 전쟁은 단순히 과거의 원시적 형태의 전쟁만을 의미하지 않는다. 그것은 곧 문명을 상징한다는 점이다. 따라서 전쟁에 대한 반감은 개별 민족이나 나라의 주체성을 지향하고자 하는 것이면서 근대 문명에 대한 부정으로 읽을 수 있다. 분명 작품에서의 전쟁은 특정한 한 지역에 한정되어 있지 않다. '동북, 아세아, 사막, 대몽고, 발칸, 홀름바이트'로 확산되어 간다. '일만팔천 킬로 미돌의 지점'으로 한정하는 듯하지만 사실은 전지적 관점에서 특정한 지점을 언급하면서 전쟁의 실상을 전지구를 대상으로 살피고 있음을 엿볼 수 있다. 그러면서 전쟁 이미지를 '사나운 먼지, 불길, 불꽃, 피에 젖은 구름장, 군중의 꿈틀거림, 외침' 등의 시각적이고 청각적 형상으로 그려 냄으로써 전쟁이 '너의 귀밑 3인치'의 공간'을 위협하고 있음을 경고하고 있다. 작가의 시상 전개 방식으로 보았을 때 결코 '너'는 '병정'에만 한정될 수 없으며 '군중'으로 확산되어 결국 우리 모두를 위협할 수 있음을 각인시키고자 함을 알 수 있다.

위 작품에서 비동일성은 전쟁과 문명에 대한 거부만으로 한정되지 않는다. 전쟁과 문명의 일방적 강요를 통해 동일성을 지향하려는 제국주의에 대한 비동일화의 시도로도 볼 수 있다. "평화 올시다 평화올시다"를 외치는 '제네바의 신사'를 '거짓말쟁이'로 단정하는 화자의 태도에서 짐작 가능하다. 전쟁을 통한 전지구적 통일, 그리고 그를 통해 보장되는 평화의 도래를 '라우드 스피ー커'인 확성기를 사용해 공공연하게 주창하는 대상에 대해 강한 비동일적 태도를 드러내고 있다. 화자에게 있어 전쟁의 비극성 속에서 평화의 단꿈을 이야기하는 것은 '발칸'의 수난과 그로 인한 그들

민족의 참혹성을 망각한 것이며, '대몽고'의 헛된 야욕을 정당화하는 동일 지향성의 헛된 욕망에 불과한 것이다.

'비동일성'에 주목하고 이를 통해 어긋놓기를 학생들이 체험하기 위해서는 작품의 시상 전개 방식과 내적 구조, 그리고 시어의 연결성에 유의하게 할 필요가 있다. 작품을 거듭 읽게 하면서 일정한 흐름을 가질 수 있도록 재구성해 보게 하거나 학생 자신만의 논리나 관점에 따라 재배열하도록 하는 것은 유의미하다. 유사한 시어나 상반된 시어를 연결짓고 일정하게 분류된 시어군詩語群을 토대로 설명이나 이야기를 구성해 보는 것은 좋은 방법일 수 있다. 장면이나 상황을 상상하고 이를 그림으로 그려보게 하거나 토의의 방식으로 서로의 감상 내용을 말하기 형식으로 소통하도록 유도하는 것도 바람직하다.

"폭풍경보에서 연상되는 것들을 상상해 봅시다. 폭풍은 작품에서 어떤 의미 혹은 상황과 유사한가요. 전쟁과 관련된 시어를 찾아 묶어봅시다. 시어에서 느껴지는 인상이나 생각들을 이야기해 봅시다. 전쟁에 대한 작가의 생각은 어떠한가요. 전쟁의 범위나 양상에 대해 살펴봅시다. 전쟁에 대해 화자와 상반된 태도를 가진 대상을 발견할 수 있나요. 대비적 시어에 대해 상상하고 그 의미를 추론해 봅시다. 동일성과 비동일성이 제시된 작품과 관련성을 갖고 있다면 어떤 점에서 그러한지 토의해 봅시다. 작가가 의도한 비동일성에 대해 당대의 시대 상황과 결부지어 논의해 봅시다." 등의 질문은 학생의 감상 활동을 유도하고 논의를 활성화시킬 수 있다는 점에서 단계를 거쳐 제시하는 것이 효과적이라 본다.

비동일성에 대한 일정한 살핌 이후에는 '다성성'에 대한 교육이 필요해 보인다. 제시된 작품에 등장하는 실제 목소리는 화자에만 한정되어 있지 않다. 화자뿐만 아니라 "병정 정신 차려라"라고 주의를 주는 상관이 등장하는 듯하고, 확성기로 "평화 올시다 평화올시다"라고 언급하는 인물도 노출되어 있다. 한편 화자와 상관, 그리고 확성기를 사용하고 있는 인물과 함께, 실질적인 전쟁을 대면하게 하는 여러 의성어들도 나타나고 있다. 인물의 비명 소리, 여러 병장기 소리 등도 구체적으로 재현되어 있다. 이 모든 것이 다성성多聲性을 지향하기 위한 시적 장치들인 것이다. 물론 이러한 다양한 물리적 소리의 실체를 파악하는 것만으로 모더니즘 시에서의 다성성을 온전히 살폈다고 보기는 어렵다.

다양한 목소리들이 어떤 가치를 내포하고 있는지를 다양한 관점에서 감상하는 것이 무엇보다 중요하다. 다성성은 물리적 목소리의 다양성만을 의미하는 것이 아니라 그 속에 전제된 인식의 다층성까지도 포괄하기 때문이다. "평화 올시다 평화올시다"는 전후 문맥의 흐름으로 비추어 볼 때, 일시적이나마 전쟁 상황이 종료된 이후에 '병정'의 입을 통해 발화된 상황에 대한 오판誤判으로 이해할 수 있다. 그리고 병정의 그러한 발화에 대해 상관이 핀잔하는 장면으로 이어지고 있음을 확인할 수 있다. 이렇게 본다면 상황에 대한 미흡한 인식이든 어떻든 전쟁의 참혹한 상황을 경험한 병정이 평화를 간절하게 원하는 희망의 목소리를 전달한 것으로 받아들일 수 있을 것이다.

한편 평화의 메시지를 언급하고 있는 대상을 '거짓말쟁이'로 그리고 그러한 목소리를 '미친 소리'로 치부해 버리는 상관 혹은 화자의 지향점이 '제네바의 신사'를 향해 있다고 본다면, 이는 또 다른 목소리로 이해할 수 있다. 평화를 공언하고 보장할 것을 약속하지만 결국은 제국주의의 실속을 차리기 위해 전쟁이라는 수단을 동원해 약소국의 인권을 유린하려 하는 강대국에 대한 반감어린 목소리로 감상할 수 있는 것이다. 이렇게 본다면 "평화 올시다 평화올시다"라는 발화는 '병정'의 목소리인 동시에 '제네바의 신사'의 목소리이기에 다성적이며, 아울러 '제네바의 신사'의 목소리 속에는 평화에 대한 약속과 이를 어기는 전쟁 선동의 목소리가 동시적으로 존재하기에 또 한 번의 다성성이 존재하게 되는 것이다.

'저 병정 정신 차려라 / 총알이 너의 귀밑 3'인치'의 공간을 날지않니'라는 발화도 다성성으로 감상 가능하다. 일차적으로 병정의 안위를 걱정하는 상관이나 화자 혹은 다른 동료 병정의 주의나 경고의 목소리로 이해할 수 있다. 하지만 전쟁을 승리로 이끌기 위해, 정확히 말하면 제국주의의 논리를 약소국에 이식시키고 전쟁 자체를 또 다른 목적을 이루기 위한 수단으로 인식하는 강대국의 목소리로 이해한다면, 이는 전쟁에 대한 독려와 집중을 권유하는 것으로 읽을 수 있다. 이와는 다르게 문명의 허상과 그것을 강요하는 제국주의의 실체를 고발하기 위한 모더니스트로서의 작가를 대신한 화자가 '병정 정신 차려라'라고 발화를 했다면, 이는 병정 역시 전쟁을 일으킨 주범으로서 병정 스스로 전쟁의 허상을 인식하고 그만둘 것을 질책하는 목소리로 볼 수 있게 된다.

모더니즘 시에 나타난 이러한 다성성을 학생들에게 직접 지식으로 주입할 수는 없다. 학생들의 자발성을 유도하고 사고를 자극할 수 있는 질문과 활동을 통해 능동적으로 접근하게 하는 것이 무엇보다 중요하다. 작품 속의 목소리가 단일한지 아니면 다양한 목소리가 혼재되어 있는지에 주의를 기울이게 하고, 다양한 목소리를 인지했다면 그것을 입증할 수 있는 근거를 찾게 하며, 학생들이 발견한 특정 구절을 공론화시켜 그 속에 전제된 다양한 목소리의 양태를 목소리의 주체와 대상 그리고 함축적 의미의 차원에서 분석하고 이를 토의할 수 있도록 유도하는 것이 바람직하다. 또한 목소리의 다양성을 탐색할 때에는 시적 맥락이나 당대적 상황, 인식 과정의 논리성 등을 토대로 입증할 수 있는 이유를 충분히 모색하도록 하는 것이 중요하다.

2) 짜임 꾸리기, 따지고 수용하기

'짜임 꾸리기'는 모더니즘 시에 나타나 있는 표현상의 특징을 따져보고 표현 속에 내재된 모더니스트들의 가치 인식에 공감하고 이를 수용하고자 하는 의도로 시행해 볼만하다. 모더니즘 시는 기존의 시 쓰기 방식을 벗어나 다양한 실험적 기법을 시도한 만큼 창작방법은 다채롭다. 특히 공간성의 창조와 무기적 구성을 통해 기존의 시작법에 대응함은 물론, 근대성 추구에 반영된 맹목적이고 모순적인 인식태도를 비판하고자 한다. 이미지 생산에 초점을 둔 주지적 경향의 작품에서 나아가 다다이즘과 초현실주의를 표방했던 이상은, 급격한 모더니즘을 통해 공간성과 무기적 구성 방식을 형상화하고자 했던 작가로 주목할 필요가 있다.

> 때무든빨내조각이한뭉탱이空中으로날너떠러진다.그것은흰비닭이의떼다.이손바닥만한한조각하늘저편에戰爭이끗나고平和가왓다는宣傳이다.한무덕이비닭이의떼가깃에무든때를씻는다.이손바닥만한하늘이편에방맹이로흰비닭이의떼를따려죽이는不潔한戰爭이始作된다.空氣에숫검정이가지저분하게무드면흰비닭이의떼는또한번이손바닥만한하늘저편으로날아간다.　　　　　　　　　　- 이상, 〈烏瞰圖 詩第十二號〉 전문

제시된 작품에서는 순차적으로 진행되어가는 시간의 흐름을 발견할 수 없다. 우리의 경험과 의식 속에 자리 잡고 있는 기존의 일상적인 시간관념으로는 접근할 수 없는 특이함이 존재한다. 과거에서 미래로 흘러가는 시간, 혹은 현재에서 과거를 회상하거나 미래를 예견하는 시간의 지속성과, 그 속에 존재하기 마련인 인물과 갈등, 그리고 그러한 것들이 유발시키는 정서나 인식을 찾기 어렵다. 시간의 흐름이 차단되고 뒤엉켜진 상태이기에 의미나 정서를 도출하기 위한 논리적 추론의 과정 역시 곤혹스러움을 느끼게 되는 것이다. 사고의 흐름이 일정한 시간의 흐름을 전제로 해서 이루어지듯이, 작가에 의해 의도적으로 시간성이 파괴된 작품에서 기존의 감상 태도나 방법으로 작품을 이해하고자 하는 것은 불가능해 보인다.

아마도 이것이 제시된 작품을 통해 이상이 노리고자 하는 효과인지도 모른다. 하지만 작품을 자세히 살펴보면 시간성이 사라진 곳에 '공간'이 자리하고 있음을 발견하게 된다. '빨래터'와 '하늘'이 그것이다. 일상적인 선후관계와 인과성에 의해 파악될 수 없는, 이들 공간 간의 상호 겹침이 발생하고 있는 것이다. '때무든빨내조각'을 '방맹이'로 '따려'빠는 빨래터와, '하늘저편'에서 '날너떠러'져 '깃에무든때를씻'는 '흰비닭이의떼'가, 이곳 빨래터라는 공간을 공유하고 있다. 즉, 아낙네들이 빨래를 하는 동네 우물가에 흰 비둘기 떼가 날아들고, 방망이로 빨래를 두들기는 소리에 놀란 비둘기 떼들이 다시 하늘 저편으로 날아가는 장면을 무질서하게 겹쳐 새로운 공간성을 창조하고 있는 것이다.

이로써 '빨래터'와 '하늘 저편'은 이질적인 공간일 수 없게 된다. 빨래터와 하늘 저편이 동일한 속성을 지닌 공간이기에 작품에서는 이들 공간을 '손바닥만한한조각하늘'로 집약시켜 놓고 있는 것이다. 또한 빨래터를 하늘 저편과 무관한 별개의 공간이 아니라 '하늘이편'으로 비둘기 떼가 존재하는 '하늘'과 동일함을 강조하고 있다. 이것이 작가가 작품을 통해 새롭게 창조한 공간성에 해당되는 것이다. 인간의 영역으로서의 빨래터가 자연의 영역과 차단된 것이 아니라, 하나의 동질적 공간 속에 유사한 속성의 존재로 자리하고 있다는 인식이 형상화된 것으로 볼 수 있다.

　빨래터와 하늘 저편을 동일 공간에 편입시키는 근거가 무엇인가. 그 근거는 '때'와 '떼', 그리고 '때려(따려씻다)~'에 있다. 때문은 빨래조각과 날개깃에 때가 묻은 흰 비둘기 떼는 유사성을 갖게 되며, 한 뭉치의 빨래와 비둘기 떼는 덩어리나 전체를 의미한다는 차원에서 '떼'와 동일성을 이룬다. 아울러 빨래를 방망이로 때려서 씻는 동작과 비둘기 떼가 깃의 때를 씻는 모습은 씻는다는 점에서 공통성을 보인다. 때가 묻은 일군一群의 빨래와 비둘기는 정화의 대상이 된다. 하지만 이미 때가 묻은 비둘기는 더 이상 '평화가 왔다는 소식을 선전宣傳'하는 전령사로서의 역할을 상실하고 있을 뿐이며, 때가 묻었다는 사실에서 '불결한 전쟁'과 동일한 상징성을 갖게 되는 것이다. 한편 아낙네들이 빨래를 방망이로 때려서 빨고자 하는 행위는 정화의 몸짓으로 읽히기 보다는, 오히려 '따려죽이는' 폭력성을 연상시킴으로써 '불결한 전쟁'의 '시작'과 동의어로 기능하게 된다.

　방망이로 빨래를 때려 씻는 행위와 비둘기가 깃을 씻는 행위를 연결시키면서, 씻는 행위가 정화가 아닌 폭력성이나 전쟁과 유사한 행위로 오인되고 있다. 하지만 이는 오해가 아니라 현실에 대한 작가의 근원적 인식에서 기인한 것이다. 빨래와 비둘기에 때가 묻었다는 불온한 사실 이외에 작가의 시선으로 볼 때, 하늘 저편과 하늘 이편이 '한 조각 하늘'로서 동일한 공유적共有的 공간이며, 그 공간에 존재하는 '공기'는 '숯검정'으로 오염

된 곳일 뿐이다. 곧 자연과 인간의 공간을 이원적으로 분별할 수 없음에도 차별화하는 인간의 왜곡된 인식과 근대적 현실 공간 속에 존재하는 근원적 한계가 자연에 대한 폭력성과 인간 상호 간의 전쟁으로 발전하는 토대가 됨을 지적하고 있음을 볼 수 있다.

[그림1] 시간성 파괴와 이질성 결합을 통한 공간성 창조

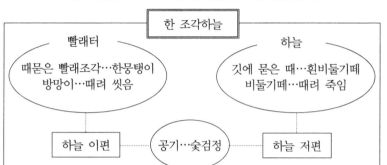

모더니즘 시에서 짜임이 어떻게 꾸려지는가에 대한 따짐에 있어 중요한 것은 작가의 발상과 근거를 따라가는 것이다. 그러므로 모더니즘 시의 구성 방식을 교육 요소로 설정하고 이를 교육하고자 할 때에 형식상의 특징에만 주목하는 것은 곤란하다. 제시된 작품의 경우도 겉으로 드러난 구성상의 특징에만 관심을 두게 되면, '띄어쓰기의 파괴, 행과 연 구분의 무시, 이질적인 사건과 장면의 결합, 논리적 연관성의 파괴를 통한 무의미성의 창출, 작가의 의도 감추기를 통한 독자의 의미 생성 가능성 확대' 등과 같이 막연한 결론 도출에 그칠 우려가 있다. 따라서 학생들이 짜임 구성의 특별함을 발견하는 것도 중요하지만 교사의 적극적인 질문 제시를 통해

사고를 자극하는 것도 좋은 방법이라 본다. "작품의 짜임 꾸리기를 위해 작가가 시도한 발상은 어떤 것일까요. 작품에서 일정한 시간의 흐름이나 논리적 지속성이 느껴지나요. 비슷하거나 대비적인 시어들을 연결지어 가면서 작품 속의 공간을 구체화해 볼까요. 작품에서 부각되는 시어는 어떤 것들이 있나요. 작품에서 부각되는 공간에는 어떤 것이 있나요. 아낙네들의 빨래터와 비둘기가 나는 하늘이라는 공간이 이질적인가요 유사한가요. 작가가 두 대상과 공간을 연결시키는 근거에는 어떤 것들이 있나요. 작품 속 공간 재구성을 통해 작가가 의도하고자 하는 바가 무엇인가요."라는 질문을 단계적으로 제시하고 이를 학생들이 밝혀 나가는 과정은 유의미하다고 본다.

모더니즘 시의 짜임에서는 인과적이고 순차적인 시간 구성이 파괴되고 있다는 것, 새로운 의미 구성과 시도로서의 공간성 창조가 작가의 독특한 발상에 기인한다는 것, 독자로서의 학생들이 시어 탐색과 장면 연상을 통해 적극적으로 사고하고 상상적 추론을 하며 공간을 심적으로 재구성해 가야 한다는 것, 기발한 짜임 구성은 형식적 구성 이면에 작가의 근거가 존재하며 이는 작가의 현실 인식이나 가치관과 연계되어 있다는 것, 학생들의 공간 구성과 의미 해석이 타당한지를 근거로써 입증할 수 있어야 한다는 것 등을 주지시키고 이를 교육 활동의 주요 요소로 삼을 필요가 있다.

일상적이고 평범한 글쓰기에서의 문장 구성은 유기적이다. 하지만 모더니즘 시에서는 철저히 무기적 구성을 표방하기 마련이다. 이러한 시도는 시행의 나열에서 드러나며 이를 통해 일상적인 사고 구성 방식에서 벗어나고자 하는 것이다. 그것이 곧 새로운 사고로의 전환을 위한 출발이며 목적이기 때문이다. 제시된 작품은 모두 여섯 개의 문장으로 구성되어 있다. 무엇보다 개별 문장과 문장의 연결이 자연스럽지 못하다. 뿐만 아니라 하나의 문장을 대상으로 살펴보아도 이질적인 시어의 연쇄로 구성되어 있어 의미 파악이 용이하지 않다.

인과성이 결여된 것처럼 보이는 문장의 연쇄를 대상이 갖는 속성과 행위, 의도와 원인 측면의 상관성을 고려한다면[표1]과 같이 재구성해 낼 수 있다. 첫 번째와 두 번째 문장은 빨래와 비둘기가 속성과 행위에 있어 상호 관련성을 가지며, 네 번째와 다섯 번째 문장은 공간에 대한 공유와 의도의 동질성으로 묶여질 수 있고, 세 번째와 여섯 번째 문장은 하늘이라는 공간이 전쟁과 숯검정이라는 동질적 속성을 내포하는 것이기에 관련성을 갖는다. 사실상 모더니즘 시에서의 무기적 구성은 이질적이고 생소한 이미지의 결합을 일방적으로 생산해 냄으로써 기존의 의미를 단순히 재현하는 현상을 거부하는 것으로 받아들이기 쉽다. 물론 이러한 해석도 타당한 측면이 있기는 하나, 모더니즘에서의 무기적 구성은 실험적 성향의 짜임꾸리기를 통해 기존의 시작법과 감상 태도에서 이탈하고 이를 통해 인식의 평범함에서 벗어나고자 하는 것이 보다 본질적이 할 수 있다.

[표1] 문장 재구성을 통한 내용적 상관성

문장순서	재구성 문장	상관성
①	때무든빨내조각-한뭉텡이-날너떠러짐	속성과 행위
②	흰비닭이의떼-(한무더기)-(날아떨어짐)	
⑤	하늘이편-방맹이-(때무든빨내조각)-따려(씻음)	공간과 의도
④	한무덕이비닭이의떼-깃에무든때를씻음	
③	손바닥만한한조각하늘저편-전쟁이끗나고평화	속성의 원인
⑥	손바닥만한하늘저편-공기에숫검정이묻음	

　　이질적 대상과 장면의 상호 충돌을 통해 생경하고 낯선 의미 불통의 단절성을 지향하는 것처럼 보이는 무기적 구성이라할지라도, 작가의 의식 구조 속에는 철저한 상관성을 바탕으로 새로운 작품 창작의 질서를 새롭게 창조하고자 하는 발상의 전환이 숨어 있는 것이다. 시 교육의 상황에서도 학생들의 사고력과 창조적 분석력을 자극시키는 것이 무엇보다 중요하며, 학생 스스로 무기적 구성의 이면에 자리하고 있는 상관성의 고리를 발견하고 그에 대한 근거를 탐색해 나가도록 배려할 필요가 있다. "개별 문장과 시상의 전개 방식에 논리적 연관성이나 상호 긴밀성이 발견되나요. 문장의 연쇄가 사고의 흐름을 방해한다면 그 이유는 무엇일까요. 개별 문장을 재배열하거나 재구성함으로써 시어나 대상들의 상호 관련성을 발견해 볼 수 있나요. 유사성이 발견되는 시어나 문장을 연결하고 상관성의 세부 내용을 찾아볼까요. 무기적 구성 속에 전제된 작가의 유기적 인식은 무엇인가요. 작가가 이러한 짜임 꾸리기를 택한 이유가 무엇인지 토의하

고 공감 가능한지 논의해 볼까요."라는 질문을 통해 무기적 구성의 특징과 논리, 그리고 그에 대한 공감적 감상을 유도해 나갈 수 있다.

4. 모더니즘의 적용 가능성

한국적 모더니즘은 특정한 사조思潮에 편중되기 보다는 비판과 실험정신의 지향이라는 큰 틀을 전제로 포괄적으로 전개된 측면이 있다. 특정 계파의 문학 정신이나 창작기법을 답습하거나 옹호하기보다는 한국의 현실적 상황에 부합되는 가치 인식의 발현과 그것의 형상화에 고심한 것으로 볼 수 있다. 유사하거나 이질적 성향의 기법이나 문학 정신이 동일 모더니즘 동인들 사이에서 수용되기도 하고 부정당하기도 하면서 우리 문학의 자장을 확대해 나간 것이 사실이다. 이 글에서는 이점에 주목하여 비판과 부정의 정신으로서의 '어긋놓기'가 한국적 모더니즘의 인식적 측면임을 강조하고자 하였으며, 한편 그러한 가치관을 드러내기 위한 형식상의 특징으로 기존의 미학을 재현하는 움직임에서 벗어나고자 했던 실험적 '짜임 꾸리기'를 모더니즘 시 교육의 내용 요소로 설정하고자 하였다.

발전 지향의 근대적 인식에 전제된 동일성의 논리를 거부하고자 하는 '비동일성'과, 다양한 목소리를 옹호함으로써 근대성이 일방적으로 강요했던 주체 중심의 목소리를 거부하는 '다성성'을 모더니즘이 표방했던 어긋놓기의 핵심 전략임을 강조하였다. 아울러 모더니즘의 실험적 짜임 꾸리기가 시간적 질서의 파괴를 통해 공간성을 창조하고, 인과적이고 논리적인 문장 구성에서 벗어나 무기적 구성을 통해 발상의 전환을 도모하고 그 속에서 새로운 인식을 창조하고자 하였음에 주목하였다. 이러한 모더니즘의 특징을 시 교육의 상황에 적용시키게 되면, 이질적 성향의 작품들을 고유의 속성에 주목해서 교육할 수 있을 뿐만 아니라, 학생들로 하여금 특정 문학 사조에 반영된 내용과 형식에 관심을 갖게 함으로써 작품에 대한 이해와 감상의 폭을 확대시킬 수 있을 것으로 본다.

시적 공간 읽기를 통한 시 감상

●

●

1. 시적 공간 교육의 필요성

이 글에서는 '시적 공간'을 작품 속에 형상화된 공간과 관련된 제반 속성을 통칭하는 개념으로 보고자 한다. 시 작품 속에 전제된 공간적 속성을 기반으로, 작품 이전의 '현실 공간'을 추론하고 작품 속에 형상화된 공간을 통해 독자의 내면에 재구성되는 '인식 공간'을 시적 공간의 범주에 포함하고자 한다. 공간이 갖는 물리적 실재성을 파악하고 이를 기반으로 공간 상호 간의 관계성을 고찰하고 공간 내부에 존재하는 제반 구성 요소 상호 간의 관계를 살피고자 하는 것도, 이러한 공간 개념에 기인한 것이다. 뿐만 아니라 구체적 공간에서 유도되는 공간 인식은, 공간이 갖는 물리적 속성을 넘어서 공간에 대한 가치와 태도의 차원을 규명하고자 하는 것으로 시적 공간 교육의 핵심에 해당하는 것이다.

시의 언어는 사물들의 현실과 관계(모리스, 1998:41)를 하며, 작품 속에서 실현되는 것이다. 따라서 시 언어는 총체적인 현실, 즉 공간을 작품 속으로 끌어 오는 매개인 것이다. 문학으로서의 시는 다양한 삶의 모습이 존재하는 실제적 장소로서의 공간1)을 대상으로 하며, 이를 작가의 인식력과 가치관, 창조적 상상력에 따라 재구성한 결과를 작품 속에 재편한 공간구조물인 것이다. 현실 세계가 작가의 관점에 의해 변용된 결과가 시적 공간이기에, 작품 외부의 현실적 공간과 체험된 공간(박태일, 1999:28)으로서의 시적 공간 사이에는 틈새가 존재할 수밖에 없다.

이 글에서 시적 공간에 주목하는 이유는 여기에 있다. 시를 구성하는 요소는 다양하다. 운율, 이미지, 의미, 어조, 비유와 상징 등 다양한 자질들이 어우러져 시라는 하나의 완성된 미적 구조를 완성해 내는 것이다. 하지만 대상으로서의 시 작품 하나하나는 시적 구성요소 이전에, 현실적 공간과 그것이 작품 속으로 들어오면서 재창조된 구조로서의 공간을 갖는다는 것이다. 시적 공간에 주목할 경우, 개별 구성요소에 초점을 두고 작품을 감상할 때보다 총체적으로 접근할 수 있다. 삶의 다양한 국면을 관찰하고 그 속에서 작가가 발견한 정서와 문제의식을 작품 속 공간 속에 함축적으로 녹여 놓기 때문에, 시적 공간에 대한 살핌은 현실적 공간에 대한 이해를 확장시킴과 동시에 작품의 감상 폭을 심화시킬 수 있을 것이기 때문이다.

문학에서의 공간에 대한 관심은 이질적인 체험들을 새로운 전체로 통합시킬 수 있다는 장점과 함께, 포괄적인 뜻을 지닌 공간성을 구축(유지현, 1999:19)하고 이를 음미한다는 점에서 이점을 갖게 된다. 시 속에 형상화된 공간은 일상적 공간의 단편에 불과할 수도 있으나, 일단 작품으로 완성된 경우, 그 공간은 일회적 공간으로의 속성에 그치지 않고 확장적이고

---

1) 문학의 소재가 되는 현실, 그리고 그 속에 포함된 다양한 사물이나 대상을 총체적으로 포괄하는 용어로 '공간'을 채택하고, 삶으로서의 현실이 형상화된 시적 배경도 이 글에서는 '공간'이라 지칭하고자 한다.

포괄적인 의미를 갖는다. 즉 평범한 현실적 공간의 맥락 속에서 대표성을 드러내게 되며, 독자에게 새로운 경험의 공간으로 다가섬으로써 다양한 이해와 감상의 가능성을 제공하게 되는 것이다.

시적 공간을 시 교육의 대상으로 설정하게 되면, 작품을 삶과의 연관성 속에서 고찰할 수 있게 되며, 삶에 대한 총체적 인식의 결과물로 작품을 대할 수 있게 된다. 또한, 시적 공간을 구성하는 제반 요소들에 주목하고 이들 상호 간의 관련성을 규명하고자 하는 소통적 사고를 가능하게 하며, 시적 공간에 대한 다양한 분석과 가치관에 주목하게 됨으로써 공간에 대한 개성적 인식의 확보는 물론 그 범위를 확장해 나갈 수 있게 된다. 현실적 공간이 작품 속에서 어떤 변화된 공간으로 자리매김하는지를 살피게 되고 이는 현실 언어와 문학 언어의 차이를 살피게 되는 계기가 될 것이며, 문학적 형상화 방식에 대한 이해를 증진시켜 주는 요인이 될 것으로 본다.

시적 공간에 대한 논의는 문학이 사실적 공간에 대한 모방이라는 사실주의 문학관(이상섭, 2001:3)에만 국한되지 않는다. 개인의 순수 서정을 다루는 시의 경우라도, 작품 속에는 일정한 물리적 공간을 마련하고 그 공간 속에 자리잡고 있는 사물과 대상에 대한 화자의 정서 표출이 이루어질 수밖에 없는 것이다. 아울러 개인의 무의식을 다룬 작품이나 극단적 실험 정신으로 시도된 작품들의 경우에도, 작품의 이면에 일정한 공간을 전제할 수밖에 없는 것이기에, 시에서의 공간에 대한 논의는 가능성을 넘어 필수적인 것이다.

시적 공간은 미학적으로 왜곡된 실재이면서 새롭게 해석되는 역동적 공간(김수복, 2005:14)이다. 따라서 시적 공간에 주목할 경우, 현실적 공간을 객관적이고 고정 불변의 실체로서만 인식하는 차원에서 벗어나, 사실적 공간의 의미에 대해 탐색하고 그 가치를 재해석하고 비판할 수 있는 여지를 남겨 주게 되는 것이다. 구체적 사물이나 물리적 공간을 통해 완성되는 시적 공간은 그 이면에, 대상에 대한 의식과 대상에 대한 주관적 지향성(박용찬, 2005:260)을 담고 있기에 감상의 국면에서 독자의 위치를 격상시켜 주는 순기능도 담당하게 된다.

시적 공간은, 작가 입장에서는 체험의 내면화와 미적 재구성을 시도하는 매개(한원균, 2004:33)이면서, 독자 입장에서는 해석과 재해석이 가능한 경험의 대상이다. 그러므로 시적 공간을 공유함으로써 작가와 독자는 소통하게 된다. 작가와 독자의 교섭은 결국 자아와 세계, 존재와 세계(김도희, 1997:248)라는 차원으로 확대됨으로써 문학교육이 궁극적으로 지향하는 문학적 문화의식의 고양과 자아실현을 성취할 수 있게 되는 것이다. 이러한 시적 공간 교육의 의의에 합의를 한다면, 공간이 본질적으로 갖는 속성을 살핌으로써 시 교육에서 활용 가능한 요소들을 차용할 수 있을 것으로 본다.

인간은 미리 주어지는 삶의 영역으로서의 공간 속에서 살아갈 수밖에 없는 존재이다. 공간에 대해 인식을 하든 그렇지 않든 물리적 조건으로서의 공간은 실체적인 것이다. 하지만 무질서하게 보이는 공간과 그 속에 존재하는 요소로서의 사물이나 대상들은 '관계성'을 갖고 유기적 통일체(김우창, 2008:179)로 위치하게 된다. 칸트의 지적처럼, 우리는 선천적으로 주어지고 직관에 의해 그 모습이 드러나는, 공간에 대한 의식적인 형상, 즉 선험적 공간표상(손미영, 2005:408)을 통하여 외적 현상의 관계를 지각한다. 이미 인간의 의식과 기억 속에 선험적으로 주어진 공간에 대한 일정한 표상에 따라 현실에 존재하는 공간의 상호 관계성을 파악한다는 것이다. 하이데거 역시 공간의 관계성에 주목하고, 공간은 사물적으로 눈앞에 존재하지만 인간과의 교섭 속에서 주변세계와의 의미연관(강학순, 2006:31)에 놓이게 됨을 역설한다.

그러므로 시 교육에서 시적 공간을 논하고자 할 때는 일차적으로 공간의 관계성에 주목할 필요가 있다. 공간은 관계 속에서 그 존재 가치를 드러내며, 관계의 정도와 성격에 따라 공간의 특징도 결정되는 것이기 때문이다. 또한, 공간 상호 간의 관계성은 공간 자체의 속성에 의해 객관적으로 확정되는 것이 아니라, 공간과 관계를 맺는 인간의 태도와도 관계되는 것이다. 공간과 공간의 관계성은 사실 인간과 공간의 관계성 속에서 그 성향이 결정된다고 볼 수 있다.

칸트에 의하면, 공간은 인간 심성의 주관적 성질을 표상한 것으로, 인간의 주관(곽윤향, 1998:93)과 밀접한 관련을 갖는다는 것이다. 인간의 인식이 공간을 주목하게 하고 공간의 가치를 규정하게 된다. 이와 유사한 맥락에서 화이트헤드는, 자연 내의 다양한 사실과 공간을 총체적으로 인식하는 것에서부터 경험이 시작되며, 그러한 전체적인 인식을 바탕으로 해서 사건이나 공간에 대한 분석(임진아, 2007:137)이 이루어진다고 말한다. 공간에 대한 인식이 경험을 토대로 하든 선험적으로 주어지든, 중요한 것은 인간의 의식 속에서 심리적인 과정을 거쳐 이루어지는 정신적 과정이라는 것이다. 그러므로 시 교육에서도 공간과 관련해서 '인식성'에 논의는 의의가 있을 것으로 본다.

2. 시적 공간 교육의 요소

1) 공간의 '실재성'과 '관계성'

한 편의 시 작품 속에는 물리적 공간으로서의 배경이 자리하기 마련이다. 화자가 느끼게 되는 정서는 시적 공간 속에서 인물과 사물, 즉 대상 상호간의 관계성을 통해 표출되는 것이다. 시에서 형상화되는 공간은 언어에 의해 이루어지고, 언어의 유기적 배열과 상호 기능성(김창호, 1999:204)을 통해 공간의 상호 연관성을 추론하게 된다. 언어의 구조물로 일정한 형상성을 표출하는 시 작품은, 시어의 연결성과 통일성 속에서 작가의 정서와 의식을 전달하듯이, 언어의 표현형식을 빌어 구체화되는 시적 공간도 일정한 관련성 속에서 긴장 관계를 형성할 수밖에 없는 것이다.

르페브르는 인간이 일상생활에서 겪게 되는 다양한 체험과 이를 통해 이루어지는 상징과 이미지의 형성 과정을 공간 재현(류지석, 2010:42)이라 명명한다. 이는 인간이 일상생활의 공간 속에서 공간과 일정한 관계성을 유지하고 있음을 강조한 것이며, 인간에 의해 의미 부여된 상징과 이미지 역시 공간과의 직간접적인 관련성이 있음을 역설한 것으로 해석 가능하다. 뿐만 아니라, 그는 사회적 공간을 인간 상호작용의 공간으로 설명함으로써, 공간을 객관적이고 분절된 공간으로 인식하지 않고 상호 관련성 속에서 파악하고자 한다.

하이데거 역시 공간의 성격을 관계성을 지향하는 속성으로 파악하고자 한다. 그는 가까움을 지향하는 현존재의 본질적 경향을 '거리제거'로, 세상과 친밀해지기 위한 교섭 행위를 '방향열기'(강학순, 2007:392)로 명명하면서, 공간의 속성을 열린 구조로 인식하고자 한다. 그의 표현을 빌리자면,

'도구전체의 공간성은 도구 존재자의 세계 부합적 적소전체를 통해 자신의 고유한 통일성'(정은해, 2001:211)을 얻는다는 것이다. 이는 결국 사물이든 대상이든 사람이든 모든 존재는 공간 속에서 연관성을 가지면서 긴밀한 상호작용을 이룰 때 자신의 적합한 존재 가치를 얻는다는 것으로 이해 가능하다. 공간 속에서 단절된 거리를 제거해 가면서, 공간과 공간의 관계성 확보를 위해 다른 공간으로 방향을 열어 나갈 때, 비로소 세계라는 거대 공간에 부합해 가는 것이며 개별 존재의 역할을 수행할 수 있는 정체성을 확립하게 되는 것이다.

또한, 하이데거는 이러한 관계성으로서의 공간화를 이루기 위해 '거주 Wohnen'라는 개념을 제안한다. 인간이 사물들 옆에 머무르는 거주(서도식, 2010:237)를 통해 인간과 공간의 관계성이 실현될 수 있음을 강조한다. 그러므로 공간의 관계성은 단순히 관념적인 차원의 것이 아니라 실질적인 공간 내부에서의 친밀성을 의미하는 것으로 규정할 수 있다. 거리제거는 세계 내부 존재자와 인간 현존재 간의 거리없애기(김동훈, 2011:22)에 해당하며, 이때는 항상 세계로서의 공간이 고려될 수밖에 없는 것이다. 공간의 본질적 속성이 관계성에 있고, 그 관계성은 인식적이고 관념적인 성격 이상의 구체성에 있는 것이기에, 공간에 대한 탐색을 수행하기 위해서는 실질적 차원의 접근이 필요하다.

시 교육에서 시적 공간을 언급하고자 할 때에도 '실재성'과 '관계성'이라는 두 가지 특성을 고려해야 할 것으로 본다. 작품 속에 물리적 배경으로서의 공간에 대한 주목과 분석, 이러한 시적 공간에 대한 분석을 통해 공간 자체가 갖는 관계성을 탐색하는 것이 시 교육에서 다루어야 할, 공간에 관한 교육 요소라 할 수 있다. 공간 내부의 사물들은 산발적으로 존재하는 것처럼 보이지만, 일련의 관계를 맺고 배려적 교섭 속에서 귀속성(이유택, 2013:246)을 가지는 것이다. 그러므로 시 교육의 차원에서도, 다소 무질서하게 나열된 것처럼 보이는 공간과 관련된 제반 시어들을 찾아내고 이를 재구성함으로써 공간의 속성을 탐색하고 복원해 내는 작업부터 시도될 필요가 있다. 이러한 과정을 통해 학생들은 공간 속에 존재하는 요소들 상호 간의 긴장관계와 친밀성을 파악해 낼 수 있으며, 공간과 인간의 소통 양상에 대해서도 이해할 수 있을 것이기 때문이다.

시적 공간을 교육하기 위해 '실재성'에 주목할 경우, '대상 요소의 파악, 사건의 추이와 상황에 대한 분석'을 그 구체적인 교육 요소로 설정 가능하다. 작품 속 공간이 가상의 공간이든 현실적 공간이든, 시어를 통해 일정한 형상력을 가진다는 것은, 실재성을 가지고 독자에게 전달됨을 보여주는 것이다. 그렇다면 독자의 입장에서 시적 공간의 실체를 이해하고 감상하기 위해서는 공간을 채우고 있는 대상 요소들 하나하나에 주목하고, 이를 독자의 인지 체계 속에 선택하고 집중해 나가는 것이 선행되어야 한다.

퐁티의 표현대로, 세계는 내가 할 수 있는 모든 분석에 앞서 거기에 있으며, 공간의 여러 국면들을 연결하고 종합함으로써 세계를 도출하는 것은 작위적(퐁티, 2008:17)인 행위일 수 있다. 그러므로 공간 속성에 대한 독자 나름대로의 분석과 해석 이전에 이루어져야 할 작업은, 공간을 공간으로 받아들이는 것이다. 시 교육에서도 이 작업이 이루어질 수 있어야 된다는 것이다. 공간은 선험적 관념성(로비기, 2005:259)을 지니는 것이기도 하지만, 그보다 앞서 공간은 우리가 감각적으로 인지할 수 있는 나타난 그대로의 사물이기 때문이다.

제거스 역시 이러한 맥락에서, 실재에 대한 신선하고 직접적인 인상을 받아들이는 체험의 단계와 사물의 여러 가지 연관을 자각하고자 하는 과정(최유찬 외, 1994:51)의 중요성을 강조한 바 있다. 공간은 분명히 인간의 의식 속에서 의미를 갖고 인간의 의도에 의해 재구성되는 성질을 갖는다. 하지만 의식 속에 투영된 공간 이전에, 외부에 실재하고 있는 대상(문학과 사회연구회, 1994:13)으로서의 공간이 선행될 필요가 있다. 본래의 실재적 세계로서의 공간이 우리에게 어떻게 주어지는지에 관심을 가지고 이를 서술하는 가운데, '삶의 연관'(손동현, 2013:82), 즉 인간과 공간의 연관성이 규명되고 이는 공간에 대한 가치 해명으로 이어질 수 있는 것이다.

곰브리취는 공간 안에 있는 모든 대상들에 초점을 맞출 수 없음을 인정하고, 전체를 보기 위해 대상을 '구분'을 하고 '선택'(존홀, 1999:67)해야 함을 강조한다. 이러한 견해를 받아들인다면 시 교육에서 실재성에 초점을 맞추어 시적 공간에 대한 교육을 하고자 할 때에는, 실재적 공간 요소에 대해 주목하고 작품 속에 드러난 다양한 공간 표현 시어들을 선택하고 배열해 보는 작업이 시도될 필요가 있을 것이다. 공간은 복잡하며 다양한 요소들의 결합 속에서 경험되는 것이지만, 식별 가능한 요소를 구분(렐프, 2005:110)해 낼 수 있는 것이기에 공간을 이루는 기초 재료로의 복원이 필요하다.

공간의 대상에 주목할 경우 자칫 공간을 물리적이고 객관적인 사물로 인식할 우려가 있기에, 공간의 유기체적 속성을 깨닫게 하기 위해 사건과 상황에 관한 사항도 함께 고려될 필요가 있다. 가시적으로 형상화된 공간과 공간을 구성하는 요소로서의 대상들이라 하더라도, 공간은 주체와 분리된 대상(볼노, 2011:22)으로만 존재하지 않는다. 따라서 공간을 구성하는 대상 요소에 대한 파악과 함께 공간 속에서 발견 가능한 사건과 상황에 대한 살핌도 **빼놓지** 말아야 한다. 표면화되어 있든 추론을 통해 검증할 수 있는 것이든 공간과 관련해서 파생된 사건과 상황에 대한 실체적 이해는 공간의 외연을 확장시켜 줄 수 있을 것으로 기대한다. 따라서 실재성과 관련된 시적 공간에 대한 교육은 '대상 요소, 사건, 상황 선택하기→재구성하기→공간 상상하기'의 흐름으로 진행될 수 있음을 제안하다.

공간의 실재성에 대한 파악과 아울러 '관계성'에 대한 관심도 시적 공간 교육에서는 주목할 필요가 있다. 현존재의 현상들을 근본적으로 규정하는 역동성은 공간 요소의 연관성(롬바흐, 2004:36)을 통해 규명될 수 있기에 그러하다. 공간은 공간 그 자체만으로 존립할 수 없으며 인간을 비롯한 다양한 존재들의 참여(강학순, 2011:59)와 역동적 관계성을 통해 의의를 가질 수밖에 없다. 하이데거가 주장하는 현존재의 존재방식 중, 세인世人, das Man은 일상적 공간 속에 살고 있는 세계-내-존재인 나와 남들이다. 이때의 세인은 세계로서의 공간으로부터 이해된 나와 남(소광희, 2004:81)을 의미한다. 이러한 태도는 공간을 구성하는 요소들의 상호 관련성을 강조한 것이며, 공간의 관계성에 대한 인식이 공간의 본질적 속성을 파악하는 핵심 사안이 됨을 암시한 것으로 받아들일 수 있다.

하지만 컨의 지적처럼 현상적으로 존재하는 모든 공간이 균질적일 수만은 없다. 오히려 공간의 이질성(서도식, 2008:341)이 현대 사회에 존재하는 공간의 참모습일 수도 있다. 그러므로 관계성을 중심으로 시적 공간을 살피고자 할 때에는, '관계성의 양상'에 대해 주목할 필요가 있다. 공간과 공간, 공간 요소와 요소들 상호 간의 관계 양상이 동태적인지 정태적인지를 규명할 수 있어야 한다. '공간과 요소들의 소통 가능성은 어떠한지, 상호 소통성을 보인다면 그 이유는 무엇인지, 단절적 공간성을 보인다면 그 이유는 무엇에서 기인하는지, 소통과 단절의 실태는 어떠한지' 등을 따져 볼 수 있어야 한다.

바슐라르의 표현처럼 공간과 그 구성요소들은 하나의 질서 속에 제 자리를 차지하며, 질서의 공동체를 형성(바슐라르, 1993:193)하는 것이기에, 내적 질서의 파악은 공간의 본질적 속성 파악을 위한 핵심적 시도인 것이다. 공간을 대상으로 이루어지는 내외적 질서에 대한 탐색은, 렐프의 언급처럼 인간이 세계와 맺고 있는 관계에 대한 이해를 증진시킬 뿐만 아니라, 새로운 공간 창조(심재휘, 2011:441)의 기반이 될 수 있다. 공간과 공간, 공간과 대상, 그리고 공간을 구성하는 요소로서의 대상들 상호 간의 질서 흐름에 주목하고, 그들의 관계가 어떤 양상으로 구현되는지를 살펴볼 수 있어야 할 것이다.

시 교육 현장에서 시적 공간의 관계성을 파악하기 위해서는 무엇보다도 개별 요소들의 '존재 양상에 대한 탐색, 작용 양상에 대한 규명, 상호 영향 관계 파악' 등을 공간 내외부에서 살펴보아야 할 필요가 있다. 이와 같이 공간과 요소들의 존립 위상과 작용태를, 관련 시어들을 중심으로 면밀히 살펴가면서 공간이 '개방적'인지 '폐쇄적'인지를 따지는 작업은, 시적 공간에 대한 이해에 도움을 줄 것으로 기대한다. 시적 공간 분석이 작위적인 주관성에 의해 시도됨으로써 공간에 대한 자의적 해석(윤의섭, 2011:127)으로 귀결되지 않기 위해서는, 공간의 실재성과 관계성이 강조되어야 할 것이다.

2) 공간의 '인식성'

공간의 실재성과 그의 관계성에 대한 살핌 이후에는 '인식성'의 측면이 부각될 필요가 있다. 실재와 관계성이 공간과 대상들 상호 간의 국면을 탐색하기 위한 것이라면, 인식성은 화자와 독자의 측면이 강조되는 부분이다. 장소에 대한 인지와 그 관계성을 파악함으로써 궁극적으로는 주체(유지로, 2012:145)를 명확히 인식하기 위한 것이다. 공간은 물리적인 대상의 지위로 남을 수 없으며, 공간의 배열은 인간 주체의 의도성과 목적성이 개입된 행위로 이해 가능하다. 그러므로 실재성과 관계성을 통해 분석된 내용을 토대로, 공간의 의미를 재구성해 내고자 하는 작업은 공간의 '인식성'을 강조하는 기본 취지라 할 수 있다.

현실적 공간은 인간의 의식 속에 자리하고 있는 추상적이고 심미적인 공간(남진숙, 2013:193)의 재현일 수도 있으며, 현실적 공간은 인간의 인식 체계 속에서 재해석되고 의미를 부여 받음으로써 재창조되기도 한다. 결국 현실 공간은 인간 의식 속에 마련된 공간이 투사되어 나타난 결과물일 수 있기에, 현실 공간은 인간의 인식적 측면과 밀접한 관련성을 맺고 있는 것이다. 실험적 경향의 시편들이든 순수성을 지향하는 서정시든, 그 밑바탕에 깔려 있는 시적 태도는 자아와 세계 사이의 동질성 회복(금동철, 2003:347)을 궁극적으로 지향하는 것이다. 이는 인간 주체의 인식으로 공간을 보고자 하는 시도이며, 공간 역시 인간의 시각과 관점에서 그 의의를 가짐을 역설한 것으로 볼 수 있다.

하이데거는 현존재가 자신의 존재를 이해하는 수준의 질에 의해 세계적 공간에 대한 의미(박은정, 2010:369)가 달라질 수 있음을 역설한다. 이는 공간에 대한 인식 주체의 견해에 따라 공간에 대한 해석과 의미 규정이 달라질 수 있음을 표현한 것이며, 작가와 독자의 가치관에 따라 공간의 가치를 다양화시킬 수 있음을 강조한 것으로 읽을 수 있다. 현존재로서의 인간은 상호주관적 세계에서 다른 현존재를 불신하기도 하고, 결속(하제원, 2007:680)하기도 하면서 일정한 공간성을 형성해 나감을 부인할 수 없다. 이러한 존재의 형성 방식은 공간에 대한 이해에 있어, '가치'와 '태도'의 측면이 강조되어야 함을 보여주는 단초라 할 수 있다.

장소의 정체성(송명희, 2008:222)은 인간의 정체성에서 기인한다. 공간은 그 자체로서 물리적인 대상에 불과할 수 있지만, 인간의 주관적 인식에 의해 구성적으로 배열되고 의미가 부여됨으로써 실질적인 기능을 하게 되는 것이다. 물론 인간의 관점이 개입되지 않은 순수 공간이 존재할 수도 있으나, 이러한 순수 공간을 인식하고자 하는 인간의 의도성이 개입되는 순간 공간의 순수성은 이미 상실하고 말기 때문이다. 공간의 객관성은 인간 존재의 인식론적 분석이 가져온 결과(라이헨바하, 1990:327)에 의해 주관적이고 인식적인 공간으로 재구성될 뿐이라는 것이다.

그러므로 시 교육에서 시적 공간을 지도할 때에는, 작품 속에 형상화된 시어를 통해 작가의 현실 공간에 대한 가치관에 주목할 필요가 있다. 객관적이고 물리적으로 존재하는 현실 공간들 중에서 작가는 어떤 공간에 주목하고 있는지를 분석함으로써 작가의 가치 인식에 대해 추론해 볼 수 있어야 한다. 또한 작가 나름대로 재해석한 공간적 인식이 작품 속에서는 어떻게 재구성되어 나타나고 있는지를 살펴, 현실 공간이 문학 공간으로 변용됨으로써 어떤 변화와 효과가 발생하는지에 대한 논의도 필요해 보인다. 인간 삶이 진행되는 현실의 구체적 공간은 체험 공간(Bollnow, 2011:23)으로서의 의의에만 한정되지 않고, 칸트의 지적처럼 진정한 공간은 후천적 경험을 넘어서서 '주관의 감성적 형식'(오영목, 1999:274)의 차원으로 나아갈 때 확보될 수 있다.

이처럼 객관적 실재물로 공간을 규정하는 절대주의적 공간이론을 부정하고, 공간이 인간 마음의 주관적 구성에 귀속(김영필, 1994:299)된다는 논리를 편 칸트의 공간론은, 시적 공간을 '인식성'과 관련해 살펴야 함을 뒷받침하는 근거라 할 수 있다. 그의 지적처럼 현실 공간은 인간의 의식 속에서 재구성되고 의미를 부여받을 때, 비로소 공간으로서의 의의를 갖는다는 것이다. 공간을 발견하고 이를 재인식(선미라, 2003:199)하고자 하는 과정 자체에 의미를 부여하고자 한 언급으로 해석 가능하다. 이러한 입장을 다른 관점에서 보면, 시 작품에서의 시적 공간에 대한 가치 인식은 작가의 가치관에 갇혀서는 안 된다는 논리로 발전할 수 있다. 즉, 독자의 입장에서 작품 속 시적 공간에 대한 재해석과 의미 부여가 가능하다는 것이다.

시적 공간에 대한 독자의 가치 판단을 드러낼 수 있는 기회가 주어지고, 작가의 공간에 대한 해석에 대해 어떤 평가와 판단이 가능할 것인지 독자적 가치 인식의 표출이 허용될 수 있어야 하리라 본다. 공간 안에 있는 사물에 대한 지각(정대현, 1965:24)에서 출발해, 공간의 가치를 새롭게 해명함으로써 시적 공간의 정서적 의미를 찾아내려는 움직임이 이루어질 수 있도록 배려할 필요가 있다. 이와 유사한 맥락에서 르페브르는 공간이 어떻게 창조되고 어떻게 물질적 대상으로서 경험되는지, 그리고 이들이 담론 속에서 어떤 상징적 재현물로 창조되는지에 주목한 바 있다. 이러한 과정을 통해 그는 경험과 지각, 상상 사이의 변증법적 상호작용(박영민, 1995:46)에 의해 공간의 형성이 가능하다는 결론에 도달한다. 결국 공간의 의미와 가치는 인간 주체의 의식 속에서 인식 과정을 거침으로써 구현될 수 있음을 강조한 것이라 볼 수 있다.

최근의 공간에 대한 논의는, 의미의 재생산 과정에서 도출되는 공간적 상징에 관심을 두는 것은 물론, 공간 질서 체계를 새로운 관점(김영룡, 2014:84)으로 보고자 하는 시도에 초점이 맞추어지고 있다. 이는 공간에 대한 해석과 의미 부여를 획일적인 시각에서 보지 않고 다양한 관점을 수용하고자 하는 움직임으로 볼 수 있다. 현실 공간을 단순한 물리적 공간으로만 보지 않고 다양한 의미와 가치를 지닌 상징적 실체로 인식하며, 새로운 관점으로 공간 해석을 꾀하려는 인식적 개방성이 주목받고 있음을 보여 준다. 그러므로 시적 공간도 어떠한 절대적인 의미를 갖지 않으면서, 주변 대상과의 상호작용 관계에 의해 의미 변용이 가능하며 해석자의 가치 기준에 따라 다양성을 갖는다는 의미에서 '관성계의 운동 상태에 의존적'(이종관, 2010:96)일 수밖에 없는 것이다.

　〈그림1〉과 같이 공간의 인식성을 토대로 작품 속의 시적 공간에 대한 교육을 할 때에는, 현실 공간과 문학 공간 그리고 인식 공간에 대한 살핌이 필수적이다. 현실 공간이 문학 공간으로 형상화될 때 작가적 공간 인식이 어떻게 개입되었는지에 주목하고, 작가의 공간에 대한 인식을 규명하고자 하는 교육활동이 진행되어 마땅하다. 아울러, 문학 공간을 바탕으로 독자의 가치 인식에 따라 시적 공간을 재구성하고 의미를 부여하는 행위로서의 독자적 공간 인식에 초점을 두어, 학생 독자의 다양한 공간에 대한 인식 형성이 자발적이고 적극적으로 감행될 수 있는 활동의 전개가 필요해 보인다.

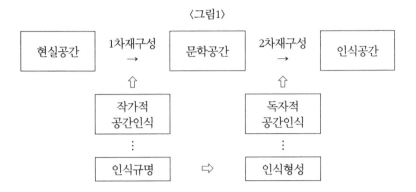

〈그림1〉

| 현실공간 | 1차재구성
→ | 문학공간 | 2차재구성
→ | 인식공간 |

⇧   ⇧

작가적 공간인식   독자적 공간인식

⋮   ⋮

인식규명   ⇨   인식형성

　　공간의 인식성에 주목한 시적 공간 교육은, 물리적 공간으로서의 현실 공간과 시적 공간인 문학 공간이 독자의 인식 공간으로 수렴할 수 있는 계기가 될 것으로 기대한다. 독자의 입장에 볼 때, 외적 공간으로 남을 수 있는 현실 공간과 문학 공간이, 독자의 공간에 대한 인식 형성 과정이 개입됨으로써 유의미한 내적 공간(철학아카데미, 2004:16)인 인식 공간을 형성해 나갈 수 있게 된다. 이렇게 독자의 내면 속에 자리잡게 된 내적 공간은 피드백된 공간으로서의 성격을 가지는 것으로 인간 주체가 공간 사이에 침투함으로써 공간이 인간화(하지무, 1999:139)되는 결과를 낳게 된다.

　　인간과 공간의 공존은 볼노우의 표현을 빌리면, 인간이 공간 안에서의 '거주'가 실현된 것이며, 그것은 곧 그 공간 속에서 인간 자신의 참된 본질을 충족(강학순, 2007:15)시키는 것이 된다. 인간과 공간의 관계는 '거주함'에 근거하는 것으로, '사유된 거주함'(김재철, 2010:19)이 공간의 본질과 인간의 본성을 깨닫게 하는 주요한 요인이 되는 것이다. 공간의 의미를 독자의 입장에서 재해석함으로써 얻게 되는 이러한 인식적 차원에서의 거주는, 인간과 사물로서의 공간이 갖는 외면적 윤곽을 소멸시킴으로써 서로 본질로서 연결(이영남, 2012:216)된다는 의의를 갖게 된다. 이로써 학생들은 자신에 대한 인식과 깨달음, 삶에 대한 성찰의 차원으로 발전해 나갈 수 있게 되는 것이다.

3. 시적 공간 교육의 실제

1) 정태와 동태로서의 공간 관계 파악하기

'공간'은 객관적 실체만이 아니라 그것에서 유도된 추상적 이상적 공간까지도 아우르게 된다. 하지만 작품 속에 형상화된 시적 공간은 현실적 기반이라는 범위를 뛰어넘을 수는 없는 것이다. 상상과 창조의 원천은 현실에 대한 모방과 재구성이기에 그러하다. 따라서 시 작품을 통해 시도되는 공간 교육의 출발은 작품 속에 구현된 현실적 공간에서 출발하는 것이 바람직하다. 공간의 실재성과 관계성을 토대로 구체적인 작품을 대상으로 교육을 수행할 경우에는, 시적 공간의 개방성과 폐쇄성에 일단 주목할 필요가 있다.

교육의 진행은 '대상 요소, 사건, 상황 선택하기→재구성하기→공간 상상하기'의 순서로 이루어지되, 이러한 과정을 통해 파악된 시적 공간의 특징을 명료히 하기 위해 '요소들의 존재 양상과 상호 영향 관계'를 면밀히 살필 수 있어야 한다. 결국 시 작품 속에 실재적 국면으로 존재하는 시적 공간의 물리적 형태를 확인함은 물론, 이러한 구체적 배경이 어떤 영향 관계를 갖고 그 작용 양상이 어떠한지를 규명하는 차원으로 이행해 나갈 필요가 있다는 것이다. 시적 공간의 실재성에 대한 확인에서 관계성에 대한 파악으로 옮아 갈 때, 비로소 학생들은 시적 공간의 내재적 특성에 주목할 수 있게 되며, 결국 시적 공간에 대한 이해가 전체 작품의 감상에 긍정적인 영향을 미칠 수 있을 것이기 때문이다.

아래의 작품을 대상으로 시적 공간에 대한 교육을 진행하고자 할 경우, 우선 작품 속의 배경이 되는 시적 공간의 물리적 실체를 파악하게 하는 것으로 시작할 수 있다. '머릿속에 그려지는 구체적인 장면을 글이나 그림으로 명료히 하고 그 시적 공간에서 느껴지는 분위기나 정서에 대해 이야기해 봅시다. 시적 공간을 이루는 개별 요소에는 어떠한 것들이 있나요. 그 개별 요소들을 일정한 기준이나 성질에 따라 분류할 수 있을까요. 시적 공간 속에서 펼쳐지는 구체적인 사건을 상상하고 연상을 통해 재구성해 봅시다. 시적 공간의 분위기나 상황은 어떠한가요. 시적 공간의 상황을 명확하게 살펴보고, 그러한 상황이 초래된 원인은 무엇인지 생각하고 이야기해 봅시다.'라는 질문을 통해 작품의 기반이 되는 시적 공간의 장면들에 대해 상상하고 이해하는 시간을 가질 필요가 있다.

시적 공간의 실재성은 물리적 실체로서의 속성으로 인해 유발되는 것이기에 시적 공간을 구성하는 개별 구성 요소들에 주목할 수 있도록 지도되어야 하며, 시적 공간에서 이루어지는 사건이나 상황적 요소들에 대해서도 세세한 탐색이 필요하다. 시적 공간 내부에서 이루어지는 움직임으로서의 사건이나 그 사건의 이면에 전제된 분위기나 상황의 속성들이 시적 공간에 대한 이해에 도움을 주기 때문이다.

네 집에서 그 샘으로 가는 길은 한 길이었습니다. 그래서 새벽이면 물길러 가는 인기척을 들을 수 있었지요. 서로 짠 일도 아닌데 새벽 제일

맑게 고인 물은 네 집이 돌아가며 길어 먹었지요. 순번이 된 집에서 물 길어간 후에야 똬리 끈 입에 물고 삽짝 들어서시는 어머니나 물지게 진 아버지 모습을 볼 수 있었지요. 집안에 일이 있으면 그 순번이 자연스럽게 양보되기도 했었구요. 넉넉하지 못한 물로 사람들 마음을 넉넉하게 만들던 그 샘가 미나리꽝에서는 미나리가 푸르고 앙금 내리는 감자는 잘도 썩어 구린내 훅 풍겼지요.   - 함민복, 「그 샘」

시적 공간의 개별 요소와 그 요소들이 발생시키는 사건이나 상황을 학생들 나름대로 선택해서 시 작품을 감상하는 과정을 마쳤다면, 이제는 시적 공간에 대한 재구성과 공간 상상으로 진행해 갈 수 있도록 지도되어야 한다. 시적 공간의 재구성은 작품 속에 산만하게 흩어져 있는 공간 관련 시어들의 파편들을 통합시킴으로써, 작품의 시적 공간이 어떠한 관계성을 갖는지를 따져보기 위한 활동에 해당한다. 이를 위해 시적 공간을 구성하는 개별 요소들이 어떤 존재 형태를 띠는지 살피게 하고, 존재들의 상호 영향관계와 소통의 정도가 어떠한지 주목하게 하며, 요소 상호 간의 긴밀한 관련성이 어떠한 매개를 통해 이루어지는지에 초점을 맞추어 탐색하게 할 수 있어야 한다.

〈그림2〉

시적 공간 실재성 파악		시적 공간 관계성 파악	시적 공간 재구성하기
인간공간	자연공간	소통 매개	동태적 개방
▪네 집 ▪똬리 ▪삽작 ▪물지게	▪샘 ▪미나리꽝 ▪감자·썩어 구린내 ▪맑게 고인 물 ▪넉넉하지 못한 물	▪한 길 ▪순번·양보	▪맑게 고인 물 ▪사람들 마음·넉넉함

'작품의 시적 공간을 이루는 개별 구성 요소를 유사한 속성을 가진 것끼리 묶어봅시다. 제시된 작품의 경우에는 어떤 시적 공간으로 대분류가 가능할까요. 이들 하위 공간들의 특징이나 성격에 대해 이야기해 봅시다. 이들의 상호 관련성은 어떠합니까. 관련성을 맺고 있다면 그 매개가 무엇인가요. 이들 하위 공간은 정태적인가요 동태적인가요. 왜 그렇다고 말할 수 있나요.' 등의 질문을 통해 공간의 실재적 측면을 관계성 파악의 국면으로 재구성해 나갈 수 있을 것이다. 관계성 측면에서의 공간 재구성을 시도한 이후에는, 학생들이 머릿속으로 인간과 자연이라는 하위 공간이 하나의 시적 공간으로 통합되는 장면을 떠올려 볼 수 있는 공간 상상하기의 체험을 수행하도록 배려할 필요가 있다.

한편, 모든 작품이 「그 샘」과 같이 공간적 관계성이 동태적 개방성을 지향하는 것은 아니다. 시적 공간의 내부 요소들이 단절적 성향을 지닌 채 상호 독립적이고 개별적으로 기능하기도 한다. 심지어는 공간과 공간, 공간 구성 요소들끼리 거부와 배척의 관계성만을 고집하기도 한다. 이와 같은 유형의 시적 공간에 대한 탐색도 학생들에게는 다양한 시적 공간의

238 문학교육방법론

속성을 탐색하게 한다는 측면에서 의미있는 작업이라 생각된다. 이와 같이 폐쇄적 공간성을 보이는 작품의 경우에는 그 초점이 공간적 단절의 실태와 그 이유, 그리고 관계성 변화의 가능성에 맞추어져야 하리라 본다.

> 어머니는 그륵이라 쓰고 읽으신다
> 그륵이 아니라 그릇이 바른 말이지만
> 어머니에게 그릇은 그륵이다
> 물을 담아 오신 어머니의 그륵을 앞에 두고
> 그륵, 그륵 중얼거려 보면
> 그륵에 담긴 물이 편안한 수평을 찾고
> 어머니의 그륵에 담겨졌던 모든 것들이
> 사람의 체온처럼 따뜻했다는 것을 깨닫는다
> 나는 학교에서 그릇이라 배웠지만
> 어머니는 인생을 통해 그륵이라 배웠다
> 그래서 내가 담는 한 그릇의 물과
> 어머니가 담는 한 그륵의 물은 다르다
> 말 하나가 살아남아 빛나기 위해서는
> 말과 하나가 되는 사랑이 있어야 하는데
> 어머니는 어머니의 삶을 통해 말을 만드셨고
> 나는 사전을 통해 쉽게 말을 찾았다
> 무릇 시인이라면 하찮은 것들의 이름이라도
> 뜨겁게 살아 있도록 불러주어야 하는데
> 두툼한 개정판 국어사전을 자랑처럼 옆에 두고

서정시를 쓰는 내가 부끄러워진다　　　- 정일근, 「어머니의 그륵」

　위 작품의 경우는 실질적 차원의 물리적 배경이 표면화되어 있다고 보기가 어렵다. 그렇다면 위 작품은 시적 공간이 부재하는 시로 분류되어야 하는가. 그렇지 않다. 한 편의 작품은 현실이라는 구체적인 공간을 바탕으로 형상화되기에, 작품 속 시적 공간이 구체적 배경을 갖든 심리적 차원에 한정되든, 물리적 공간과 심리적 공간으로 나누어질 뿐 공간과 무관할 수는 없다. 언어의 질서는 가시태의 질서와 밀접하게 관련되며, 언어로 표현되는 관념적 공간은 지각적(콜로, 2003:269) 현실 공간과 결부되어 있기 때문이다. 따라서 위의 시는 학생들로 하여금 화자와 어머니의 인식이 각각 어떤 시적 공간을 창출해 내는지를 상상하게 하고 이를 구체화해서 재구성해 내는 일에 주력하게 할 필요가 있다.

　화자와 어머니의 인식 공간이 갖는 속성을 드러내 줄 수 있다고 판단되는 개별 시어에 주목하고 이를 항목화해서 분류함으로써 두 시적 공간이 갖는 특징과 단절적 양상을 살필 수 있어야 한다. 이러한 고찰을 통해 화자와 어머니의 인식 공간의 차별과 단절적 현상이, 삶의 공간과 관련된 것임을 학생들이 발견할 수 있도록 지도할 필요가 있다. 어머니의 인식 공간이 삶에 기반한 실질적 체험 공간에 기반하고 있음에 반해, 화자의 인식 공간은 삶과 무관한 형식적 공간에만 예속되어 있음을 깨닫는 것이 관건이다. 이처럼 공간의 관계성에 주목하고, 정태적 폐쇄성이 초래하는 결과로서의 현상을 통해 시적 공간에 함축되어 있는 속성에 관심을 갖게 하는 것은 그 자체로 의의를 갖는다고 할 수 있다.

〈그림3〉

공간의 실재성	공간의 관계성	공간의 실재성	관계성의 변화
화자 인식공간	정태적 단절성	어머니 인식공간	단절과 관계 회복가능성
▪그릇-바른말 ▪학교에서 배움 ▪사전에서 말 찾음		▪그륵-틀린말 ▪어머니 인생에서 배움 ▪삶에서 말 만듦	▪그륵-틀린말 → 자랑 ▪그릇-바른말 → 부끄러움
공간에 대한 정서	↔	공간에 대한 정서	
▪부끄러움	다름	▪편안한 수평 ▪체온-따뜻함-깨달음 ▪살아남아 빛남 ▪말과 하나되는 사랑 ▪뜨겁게 살아 있음 ▪자랑	

그리고 이러한 시적 공간의 단절성이 어떤 모습을 취하는지에 대한 실태를 살핀 후에는, 관계성 변화의 가능성에 대해 진단해 보는 것도 의미 있는 작업이라 생각된다. 변화의 가능성이 작품 속에 암시되어 있든 그렇지 않든, 현실적 삶의 공간과 직간접적으로 관련을 맺고 있는 시적 공간의 단절성이 극복 가능한 것인지에 대한 성찰은 현실 개선의 가능성뿐만 아니라, 시적 공간에 대한 인식의 확장이라는 측면에서도 의미를 갖는 것이기 때문이다. 이러한 측면에서 개별 시어를 통해 단절성 극복을 위한 가능성을 발견하게 하고, 구체적으로 어떤 양상으로 작품 속에 표면화되어 드러나 있는지를 살피고 논의하게 할 수 있어야 할 것이다.

2) 재구성과 변용으로서의 공간 인식하기

시적 공간의 실재성과 관계성에 대한 교육적 처방 이후에는 인식성의 측면이 강조되어야 한다. 공간 인식은 가치와 태도에 관한 문제이기에 시적 공간의 교육에서도 '가치관'에 방점을 두어야 할 것이다. 작품 속 시적 공간의 제반 특성과 자질에 대한 탐색을 통해 작가의 인식이 어떻게 반영되어 있는지를 규명하는 '인식 규명'이 선행되어야 하며, 이후에 시적 공간에 대한 학생 독자의 '인식 형성'을 위한 지도가 뒤따르도록 해야 한다. 먼저 시적 공간을 형상화하고 있는 개별적이고 구체적인 시어에 주목하고, 시어들의 연결과 조합을 통해 작품 속 시적 공간이 어떤 모습을 띠고 있는지를 살펴야 한다. 시적 공간이 문학 작품 속에 어떤 구체적인 모습으로 자리 잡고 있으며 그 공간의 구성 요소와 특징들이 어떠한지가 파악되었다면, 현실 공간과의 관련성을 살피는 차원으로 확대될 수 있어야 한다.

일찍부터 우리는 믿어 왔다
우리가 하느님과 비슷하거나
하느님이 우리를 닮았으리라고

말하고 싶은 입과 가리고 싶은 성기의
왼쪽과 오른쪽 또는 오른쪽과 왼쪽에
눈과 귀와 팔과 다리를 하나씩 나누어 가진
우리는 언제나 왼쪽과 오른쪽을 견주어
저울과 바퀴를 만들고 벽을 쌓았다

나누지 않고는 견딜 수 없어
자유롭게 널려진 산과 들과 바다를
오른쪽과 왼쪽으로 나누고

우리의 몸과 똑같은 모양으로
인형과 훈장과 무기를 만들고
우리의 머리를 흉내내어/ 교회와 관청과 학교를 세웠다
마침내는 소리와 빛과 별까지도/ 왼쪽과 오른쪽으로 나누고

이제는 우리의 머리와 몸을 나누는 수밖에 없어
생선회를 안주 삼아 술을 마신다
우리의 모습이 너무나 낯설어/ 온몸을 푸들푸들 떨고 있는
도다리의 몸뚱이를 산 채로 뜯어먹으며
묘하게도 두 눈이 오른쪽에 몰려 붙었다고 웃지만

아직도 우리는 모르고 있다
오른쪽과 왼쪽 또는 왼쪽과 오른쪽으로
결코 나눌 수 없는/ 도다리가 도대체 무엇을 닮았는지를

- 김광규, 「도다리를 먹으며」

시적 공간은 실재 현실 공간의 어떤 측면을 부각시킨 것인지, 시적 공간
과 직간접적으로 관련성을 맺고 있는 현실 공간의 세세한 국면들은 어떤
실상을 취하고 있는지, 그리고 그러한 현실 공간이 우리의 일상적 삶의

모습과 가치 형성에 어떤 영향을 미치는지를 학생들이 살피도록 배려할 필요가 있다. 학생들은 개별적으로나 모둠활동을 통해 자신의 경험이나 타인의 경험을 환기시키면서 현실 공간의 다양한 국면들과 시적 공간을 연결시키는 시도를 다각도로 해 볼 필요가 있다. 이러한 과정 중에, 작가가 주목한 현실 공간은 어떠하며, 시적 공간에 전제된 작가의 인식과 가치관의 구체적인 내용은 무엇이며, 왜 작가는 시적 공간에 그러한 의미를 부여하고 있는지 등을 학생들이 논의하고 발견할 수 있도록 안내할 수 있어야 한다.

'작품 속 시적 공간은 어떤 요소로 구성되는가, 인간적 공간과 자연적 공간의 분류 기준은 무엇인가, 인간적 공간의 특징을 함축한 시어들을 살펴보고 시어에서 유발되는 느낌이나 의미를 추론해 보자, 인간 공간의 독자적 특성이 형성된 원인이 무엇인가, 자연적 공간을 구성하는 개별 요소들에는 어떤 것이 있는가, 자연 공간의 속성을 개별 시어를 통해 추론하고 그 특징을 밝혀보자, 인간적 공간과 자연 공간의 차별점은 무엇인가, 인간의 자연 공간에 대한 태도는 어떠하며 자연의 인간 공간에 대한 태도는 어떠한가, 공간들 상호간의 관련성은 어떠한가' 등의 질문을 통해 자세하게 시적 공간의 면면들을 고찰할 필요가 있다. 이때 주의할 것은, 시적 공간의 중심 축을 형성하는 인간 공간과 자연 공간의 차이점과 그러한 대비적 성향을 초래하게 된 원인에 대해, 학생 스스로 생각하고 깨달을 수 있는 여유를 주어야 한다는 것이다.

작품을 구성하는 시적 구성 장치와 개별 시어, 전후 맥락을 통해 작품 공간의 속성에 대한 파악이 어느 정도 이루어졌다면, 이제는 현실 공간을 왜 그러한 시적 공간으로 형상화했는지를 따져 묻는 작업을 본격적으로 시도할 필요가 있다. '시적 공간과 유사한 현실 공간의 모습을 떠올려 보고 논의를 해 봅시다, '나눔'과 '견줌'의 장점과 단점은 무엇인가, '오른쪽과 왼쪽'으로 나누는 것과 '몸과 마음'을 나눈 것의 차이는 무엇인가, 현실적 인간 공간에서 발견할 수 있는 나눔과 견줌의 실례를 찾아보자, 그것들이 주는 효과와 기능은 무엇인가, 현실적 자연 공간에서 나눔과 견줌이 존재 하는가, 나눔과 견줌에 대한 작가의 태도와 입장은 어떠한가' 등의 질문을 제시하고 이에 대한 답을 찾아 가는 중에, 학생들은 시적 공간의 범위를 확장해 현실 공간으로 인식의 범위를 넓힐 수 있게 된다.

〈그림4〉

공간	시적공간의 구성요소	작가적 공간 인식	독자적 공간 인식
인간	▪왼쪽-오른쪽:견줌, 나눔 ▪머리-몸:나눔 ▪인형, 훈장, 무기, 교회, 관청, 학교, 소리, 빛, 별:나눔	▪이분법적 사고 ▪현대인의 편향성 ▪인식의 단절성 ▪인식의 획일성 ▪현대인의 분열성	▪시적공간을 통해 현실적 공간 이해, 분석, 규명 ▪작가적 공간에 대한 이해와 공감 ▪독자 나름의 인식공간 형성
자연	▪산, 들, 바다-자유 ▪도다리-몰림 ▪무엇(하느님)을 닮음	▪통합적 전체적 존재성 ▪절대자의 전체적 존재성을 지닌 자유로운 대상 ▪합일적, 유기체적 존재	

아울러 위의 질문에 순차적으로 반응하게 함으로써, 현실 공간이 시적 공간으로 변용됨으로써 어떤 차이와 효과를 드러내는지를 학생들은 발견

해 나가게 될 것이며, 현실 공간을 바라보고 인식하는 작가의 독자적(獨自的)인 가치관에 대해서도 규명해 나갈 수 있는 기회를 갖게 되리라 본다. '인간 공간에 대한 작가의 태도와 인식은 어떠한가, 그것을 뒷받침하는 시어들을 지적해 보자, 자연적 공간에 대한 작가의 가치관은 어떠한가, 작가가 염두에 두고 있는 이상적인 공간의 모습은 어떠할까, 그것의 실현을 위해 작가가 바라는 실천적 행위는 무엇이라고 짐작되는가' 등의 질문은 작가의 공간에 대한 인식 태도를 명확하게 하는 데 도움을 줄 수 있다.

현실 공간과 시적 공간의 관련성 속에서 작가적 공간 인식을 파악한 이후에는 독자의 공간에 대한 인식 형성이 시도될 필요가 있다. 독자적 공간 인식은, 작가의 인식이 형상화된 시적 공간을 바탕으로 학생 스스로 자신의 공간에 대한 인식을 형성해 나가는 과정에 초점이 맞추어져야 한다. 시적 공간에 반영된 작가의 가치관을 참고하되, 현실 공간에 대한 해석과 의미 부여를 자발적으로 수행할 수 있도록 배려해야 한다. '현실 공간을 어떻게 볼것인가, 현실 공간의 어떤 요소들과 속성들에 주목하는가, 현실 공간에 자신만의 의미 부여 방식은 무엇인가, 현실 공간을 어떻게 해석하며 자신이 부여한 의미는 무엇인가, 그렇게 의미를 부여한 까닭은 무엇인가'라는 질문들을 통해 끊임없이 현실 공간과 학생 독자의 소통(조현수, 2007:202)과 메타 인지적 측면에서의 성찰적 사고가 이루어질 수 있어야 한다. 이러한 과정을 통해 학생들은 현실 공간에 관심을 가지게 될 것이며, 자신의 가치관을 정립해 나감으로써 재구성된 인식 공간을 내면에 마련해 나가게 될 것이다.

현실 공간에 대해 관심을 가지고 자기 논리에 대한 점검과 확신이 생긴 이후에는, 다시 한 번 작가의 공간 인식에 대한 이해와 공감이 필요하리라 본다. 물론 작가의 공간 인식에 대해 전적으로 공감하는 차원에서 벗어나 다소 비판적인 관점에서 작가적 공간을 재해석하려는 시도도 동반되어야 할 것이다. '작가의 현실 공간에 대한 인식과 그것이 재구성된 시적 공간에 대한 학생의 견해는 어떠한가, 작가의 공간 인식에 공감하는가, 공감한다면 구체적인 내용과 이유는 무엇인가, 작가의 공간 인식에 대한 반론이나 추가 의견은 없는가, 있다면 무엇이며 내용은 어떠한지 근거를 밝힐 수 있는가'라는 질문을 토대로 작가와 학생 자신의 인식 공간의 차이와 공통점을 탐색하게 하고 현실 공간에 대한 이해를 심화시킴으로써, 시적 공간에 대한 내연과 외연의 폭을 확장해 나갈 수 있게 된다.

공간 인식하기의 마지막 단계는 학생 자신의 인식 공간을 형성하는 것이다. '학생 자신은 현실 공간을 어떻게 바라보는가, 최종적으로 학생들의 가치 판단을 통해 내면에 형성한 인식 공간은 어떤 모습인가, 내면적 인식 공간의 특징은 어떠한가, 왜 그러한 공간의 형상화가 가능하며 그 이유는 무엇인가, 학생들의 인식 공간이 갖는 의의와 한계는 무엇인가, 또 다른 공간 형성의 가능성은 없는가, 있다면 그 모습은 어떠하며 그 이유는 무엇인가' 등의 질문을 통해 학생 상호 간에 토의하고 논쟁을 수행해 나가면서, 자신만의 공간 인식을 명확히 형성해 나갈 수 있을 것으로 기대한다. 이러한 과정을 통해 내면에 자리잡은 공간은 작품 속 시적 공간에 대한 이해의 차원에서 벗어나, 학생 자신의 삶에 영향을 미치는 공간이기에 더 큰 의의를 갖는다고 볼 수 있다.

4. 공간 철학의 시 교육 가능성

이 글에서는 현실적 공간과 이를 재구성한 시적 공간에 주목하고, 작품 속에 형상화된 시적 공간에 대한 이해와 감상의 효율성을 높이기 위해, 공간의 '실재성, 관계성, 인식성' 교육의 과정과 그 효과에 대해 살펴보았다. 시적 공간은 작가에 의해 선택되고 재구성된 현실 공간의 재현체再現體이다. 하지만 그 속에는 작가의 일정한 의식이 표명되어 있으며, 독자에 의해 재해석되고 내면화되는 과정을 거치면서 새로운 인식 공간으로 거듭나게 된다. 그러므로 이 글에서 기획한 시적 공간 교육은 현실 공간에 대한 인식과 비판, 다양한 관점과 가치 태도에 대한 탐색과 조정이라는 측면에서 교육적 의의를 갖는다고 본다.

작품 속의 공간은 단순한 물리적 배경으로 존재하지 않으며, 공간은 내부의 다양한 요소들의 관계 속에서 존립하는 것이며, 공간과 공간의 소통을 통해 고유한 속성을 배태胚胎하는 것이기에 단절과 소외를 특징으로 하는 현대사회에서 공간에 대한 주목은 그 의의가 남다르다고 판단한다. 특히 현실적 공간이 작품 속에서 재구성되어 나타난 현상의 관찰을 통해, 시적 공간의 실질적 특징과 관계적 속성을 밝히는 작업은 작품과 현실에 대한 안목을 키워 줄 수 있음을 보았다. 아울러 물리적 공간은 작가와 독자의 인식 구조 속에서 새로운 가치와 의미를 가진 구조물로 재구성되며, 여기에 인간의 가치 문제가 깊이 개입되어 있음도 확인하였다. 따라서 시적 공간에 대한 교육은 삶과 작품에 대한 인식의 외연을 확장시켜 줄 뿐만 아니라, 가치의 문제에 대해 관심을 갖고 학생 나름대로의 인식 체계를 확립하는 데 기여할 것으로 본다.

실질적인 시 교육의 국면에서 시적 공간의 실재성과 관계성을 살피기 위한 교육 방법으로 '대상 요소, 사건, 상황 선택하기→재구성하기→공간 상상하기'의 절차를 제안하고 이에 대한 교육적 효과를 고찰해 보았다. 이러한 과정을 통해 공간에 대한 파악이 단순한 물리적 대상이나 실체의 발견과 단편적 이해에만 그쳐서는 안 되며, 작품 속 내적 질서에 대한 발견을 토대로 학생 독자의 재구성과 재해석이 필요함을 보이고자 하였다. 한편 인식성과 관련해서는 '가치와 태도'의 문제에 초점을 두고자 하였다.

　'작가의 인식 규명→학생 독자의 인식형성'을 주된 흐름으로 교육 방안을 마련해 보았으며, 작가의 시적 공간 인식에 대한 공감과 비판적 고찰을 바탕으로, 학생 스스로의 바람직한 공간에 대한 모습을 상상해 보게 하며 학생 상호간의 토의를 통해 자기 점검과 수정 활동을 통해 바람직한 공간 인식을 함양해 나가고자 하였다. 시적 공간은 사실상 학생들이 발딛고 살아가는 구체적이고 실질적인 공간과 관련된 것이기에, 학생들로 하여금 시적 공간과 현실 공간의 상호 관련성을 살피게 하고, 이상적인 공간 인식을 다잡아 나가는 것은 그들의 삶에 기여하는 바가 크리라 짐작된다.

문학교육방법론

민중의식 함양을 위한 민중시 교육

●

●

1. 민중시에 대한 초점화와 교육 가능성

특정한 삶은 특정한 권력구조를 파생(이수영, 2009)시킨다. 자본을 권력의 원천으로 맹신하는 현대사회에서의 삶은, 개인이 소유한 자본의 양에 의해 엄격한 위계질서를 갖기 마련이다. 현대인들은 종교나 정치적 권위로부터 해방된 채 철저한 자유를 구가한다고 생각하고 있으나, 사실상은 익명匿名의 권위에 의해 지배를 당함으로써, '생명 지향적인 힘'을 상실한 채 인간마저도 지배의 대상(박찬국, 2002)으로 전락해 버리고 말았다. 자본을 가치의 척도로 삼는 현대사회에서는 노동과 인간에 대한 존중과 신뢰가 사라지고 그 자리를 이해타산이 대신하고 있다. 하이데거 식으로 표현하면, '존재자들이 자신을 열어 보이면서 우리에게 다가오는 임재臨在, Anwesen'(박찬국, 2013), 즉 인간과 인간의 진정한 만남과 사귐의 현존 가능성은 사라져버리고, 인간은 계산 가능한 노동력의 공급원으로 전락하고 말았다.

그러므로 현대사회는 인간의 생각이나 심지어 사상체계까지도, 그 사람의 경제적 지위에 의해 결정된다고 해도 과언은 아니다. 인간의 사고가 이미 자본주의 이데올로기(이명재 외, 2001)에 종속되어버린 것이다. 맑스는 자본축적이 진행되는 현대사회에 주목하고, 이러한 과정을 프롤레타리아화라 명명한다. 그에 따르면 이러한 프롤레타리아화는 사회의 더 많은 구성원들을 자본-임노동관계 속에 포섭함으로써 노동계급의 양적 확산(조희연, 1993)을 초래하게 되었다고 지적한다. 이처럼 자본에 의해 재설정된 자본가와 노동자 사이의 주종관계는, 모순적 '계층 구조'의 양상을 고착화시키며, 자본가의 '권력'을 정당화하고 있는 것이다. 근대화의 물결로 인한 사회현실의 변화, 그리고 그 흐름의 중심부를 차지하고 있는 자본주의와 그를 옹호하기 위한 정치 이데올로기의 공모에 주목하는 것은, 현대사회를 냉철하게 바라보는 안목의 확대라는 측면에서 의의를 갖는다고 본다.

이러한 맥락에서 억압받고 착취당하는 민중들의 삶에 주목함으로써 '시의 현실화'(이성혁, 2013)를 도모하고자 하는 민중시에 대한 살핌은, 자본과 정치권력의 부당함을 비판적으로 성찰할 수 있는 계기가 될 수 있다. '민중문학'(오세영, 2001)은 노동자와 농민 등 다양한 민중을 시적 대상으로 설정하고, 정치적 목적을 실현하고자 하는 목적문학으로서의 성격을 가졌던 것은 분명하다. 연구자들에 따라 시적 대상을 세분화해서 노동시와 농민시(황규관, 2013; 홍성식, 2011)로 나누기도 하며, 기존의 권력구조나 정치 이데올로기에 대한 비판과 저항이라는 속성이나 주제의식에 주목해 시사시나 정치시로 명명(조재룡, 2012; 이강은, 2002)하기도 하지만, 이 글에서는 민중이라는 대상이 현대 자본주의 사회의 흐름 속에 잉태된 저항의 주체이며, 피지배층과 소외계층으로서의 노동자와 농민이 민중이라는 개념에 포획될 수 있기에 '민중시'라는 용어로 통일해서 사용하고자 한다.

사르트르의 언급처럼 민중은 객관적 존재인 '즉자 존재'에서 벗어나 주체적 존재로서의 '대자 존재'(서범석, 2012)를 본성적으로 지향한다. 근대화라는 이름으로 자행되는 농촌의 도시화와 이러한 경향 속에 초래되는 농민의 노동자화는, 민중의 하층 계층으로의 몰락과 소외를 고착화시켰다. 이러한 자본과 권력 중심의 정치 이데올로기 속에 자발적 의지와 무관하게 편입된 민중의 처지와 현실의 모순성을 인식하고, 객관적이고 수동적인 즉자적 존재성에서 이탈해 비판과 저항의 적극적 주체로서의 대자적 존재를 지향하고자 하는 것이 민중시가 추구하고자 하는 본질이라 할 수 있다. 그러므로 민중시에는 노동자와 농민으로 살아갈 수밖에 없는 민중으로서의 비애(양광준, 2010)는 물론, 자본주의 현실의 근본적 속성에 주목하고 현실사회의 모순을 양산하는 정치 이데올로기(김종훈, 2010)의 문제를 비판하며, 나아가 명확한 민중의식을 바탕으로 '각성된 노동자의 눈'(이성혁, 2006)으로 현실을 개선하려는 적극적인 의지까지 담겨 있음을 볼 수 있다.

부당한 권력에 대한 인식은 인간의 존엄성 구현이라는 이상적인 정치질서를 도외시한 채 인간의 인간에 대한 지배를 정당화하며, 나아가 권력을 자본화하고 자본을 권력화하는 기계적 사회조직(Bichler & Nitzan, 2004)을 재생산할 뿐이다. 상호작용을 매개로 사람들이 생각하고 행동하는 방식을 결정하는 구조화된 힘으로 이해하지 않고, 특정 개인이나 집단에 의해 행사되는 억압과 착취의 수단으로만 권력을 인식할 때, 권력은 부당한 계층구조를 고착화시키는 토대가 되는 것이다. 결국 권력이 원활한 사회형성과 유지를 위해 기능하는 조직화되고 수용 가능한 힘으로 작용하지 않을 때, 권력에 의해 양산되는 계층 개념은 단순히 부르디외의 언급처럼 사회적 분열과 갈등의 재생산(신행철 외, 2000)에만 국한될 수밖에 없다.

그러므로 민중시에 주목하고 이를 교육하고자 하는 시도는, 엔첸스베르거와 아도르노의 지적처럼 '현존하는 것에 대한 반대'와 '꿈을 이루기 위한 저항'(이영석, 1998)이 문학의 본질적 특성이기에 민중시를 통해 사회의 진면목을 고찰해 보고자 하는 것이다. 학생들로 하여금 민중시에 형상화된 현실에 주목하게 하고, 현대사회를 구성하는 주요한 구성원인 민중의 삶에 관심을 갖게 하는 것은 현실에 대한 균형잡힌 시각의 확보와 비판적 인식의 심화라는 측면에서 의의를 가질 것으로 본다. 민중의 구체적인 현실을 간접 체험하고, 현실의 기득권 세력과 민중 사이에 빚어지는 긴장과 갈등관계를 조망함으로써 세계에 대한 인식은 물론 역사 사회적인 맥락(고명철, 2009; 노철, 2006)에 대한 이해와 공감의 폭을 심화시켜 줄 것으로 본다.

하지만 민중시 교육은 비판적 자각과 아울러 또 다른 중심축으로 민중과 권력을 아우르는 계층 통합의 의지를 함께 고려할 수 있어야 한다. 진정한 의미에서의 계급 재편과 권력의 재구성을 위해서는, 현실에 대한 모순성을 인식하는 차원에 머물러서는 곤란하다. 현실을 극복하고 뛰어넘을 수 있는 통합지향성이 반드시 필요하다고 할 수 있다. 민중시 교육에서 '소통 지향적 공동체를 향한 통합의지'를 강조하는 것은 모순의 개선 가능성을 실질적 차원에서 궁리해 보자는 의도이다. 영Young은 사르트르의 계열성seriality 개념에 의존해서 '계열조직'을 설명한다. 그에 따르면 계열조직은 연대감이나 공동의 목적의식이 형성되지 않은 사회적 집단(임의영, 2011)을 의미한다. 다양성과 이질성이 공존하는 사회 공동체 형성을 기반으로 해서 이루어지는, 민중 계급의 소통 지향적 공동체 구성은 모순된 현실을 극복할 수 있는 가장 기본적이면서도 본질적인 '통합의지'에 해당한다고 볼 수 있다.

　민중시는 현실을 총체적으로 바라보고 평가할 수 있는 냉철한 인식 태도의 견지와, 민중의 삶에 대한 공감과 연민을 체감하는 차원에서 벗어나 '자각'과 '통합의지'라는 차원에서 교육적으로 조망해 볼 가치가 있는 것이다. 민중시가 이상적으로 형상화하고자 하는 것은 '자각된 공동체로서의 민중'이라는 이념의 구축에 있다고 할 수 있다. 민중시가 비판의 대상으로 삼는 것은 모순적 지배구조에 기반한 경제적 약진(허혜정, 2008/2005)과 그로 인해 순환적으로 재창출되는 불평등한 계층구조를 미화하고자 하는 권력 이데올로기의 모순성이다. 이러한 부정적 현실을 민중 스스로의 각성된 인식에 의해 자각하고, 역사 발전의 주체로서의 역량(오수연, 2008; 윤여탁, 2008)을 강화시켜 나가고자 하는 것이 민중시의 전제된 가치라고 할 수 있다. 그러므로 민중시 교육의 의도는 현실 정치나 사회에 대해 이루어지는 맹목적이고도 단순한 부정이 아니라, 분명한 인식적 자각에 근거를 둔 비판 의식을 함양함과 동시에 현실 개선을 위한 통합적 행위로서의 의지적 측면에 비중을 두는 데 있다.

　민중시에 드러난 민중의 모습은 단순히 현실 속에서 좌절하고 절망하는 소외된 타자로 형상화되지는 않는다. 민중의 타자성이 부각된 작품이라 할지라도 그 이면에는 민중의 현실에 대한 비판과 극복의지(서범석, 2008/2006; 변경섭, 1993)가 존재함을 부인할 수는 없다. 민중의 자발적 시도와 그들의 관점에서 바라본 현실에 대한 조망은 그 자체로 민중의식의 성장을 의미하는 것이며, 그러한 자각은 통합적 의지를 배태胚胎시키는 자양분이 됨을 간과해서는 안 될 것이다. 그러므로 민중시를 통해 민중의 삶에 공감하고 현실에 대한 비판적 식견을 확보하는 제한적 관점에서 벗어나, 민중시의 본질적 속성에 해당하는 민중의 '자각'과 '의지'에 주목하고 이를 시 교육의 장으로 끌어오는 시도는 유의미한 것으로 판단한다.

민중의식은 현실의 한계와 모순을 발견할 줄 아는 안목, 그리고 그러한 현실을 비판하고 그 원인을 설득력 있게 설명하며 현실을 극복하기 위한 방안을 모색하기 위한 의지를 다져보는 과정을 통해 확립될 수 있는 것이다. 그러므로 민중의식에 초점을 둔 민중시 교육을 통해 학생들은 작품 속 민중들의 민중의식을 진단하는 안목을 가지게 될 뿐만 아니라, 학생 스스로도 바람직한 민중의식을 함양할 수 있는 기회를 얻게 된다고 할 수 있다. 하지만 이러한 민중의식이 타인을 배제하고 인간관계의 근원을 말살하기 위한 시도가 아니라는 것을 주지시킬 필요가 있으며, 올바른 민중의식은 사회 전체의 통합을 지향하기 위해 새로운 방식으로 권력을 재구성함으로써 사회적 불평등(Negri, 2010; Elias & Scotson, 1993; 신광영, 2004)을 근원적으로 해소할 수 있는 자양분임을 깨닫게 하는 것이 중요하다.

2. 민중의식과 소통적 통합의지 중심 민중시 교육

근대사회의 진행 과정 속에 자발적인 의사와는 무관하게 하위 계층으로서의 자격을 부여받게 된 민중의 모습을 조망하고, 자본의 경제적 지배와 지배적 권력 담론에 대한 비판을 통해 주체로서의 정체성(백창재, 2012; 홍성식, 2010)을 확립하고자 하는 민중의 모습을 담은 민중시 교육을 위해서는 '자각'과 '의지'라는 코드에 방점을 맞출 필요가 있다. 민중이라는 대상과 개념의 형성 과정을 보면, 민중이라는 자격과 위치는 지배층과 상대되는 계층으로 차별적 소외를 겪는 비주체非主體에 불과하다. 또한 이를 정당화하기 위해 민중의 가치 인식과 생활 태도는 지식인으로 자부하는 자본가, 권력층에 의해 철저히 개량과 계몽(서범석, 2004; 박대현, 2002)의 대상으로 폄하되어 온 것이 사실이다.

민중의 자각은 자기 현실에 대한 냉정한 파악임과 동시에 모순적 위계화를 강요하는 계층적 불평등에 대한 비판적 인식과 결부되어 있다고 볼 수 있다. 자본과 정치권력의 공모로 인해 자행되는 불평등한 계층구조와 그러한 종속관계를 정당화시키는 체제에 대한 인식적 자각은 현실을 객관적으로 파악할 수 있는 안목을 확장시켜 줌은 물론, 민중이 주체가 되는 삶으로의 전환을 가능하게 해 줄 수 있을 것이다. 그러므로 현실을 정확히 진단하기 위해 선행되어야 하는 '민중의식'은 민중시 교육에서 다루어야 할 핵심적 요소라고 할 수 있다. 아울러, 민중의식을 통해 확보된 현실 인식은 비판적 현실 인식의 차원에 그쳐서는 안 될 것이다. 궁극적으로 삶의 개선(김용락, 2002; 류찬열, 1999; 서범석, 1991)이라는 실질적 차원으로의 전향적 진전이 없이는 한계에 봉착할 수밖에 없을 것이다. 따라서 '민중의식'뿐만 아니라 이를 바탕으로 시도되는 민중의 '통합의지'를 민중시 교육에서 살필 수 있어야 민중시의 형상화 의도에 다가서는 것이라 할 수 있다.

1) 현실비판과 자기점검으로서의 민중의식

권력의 속성은 자기 권력의 강화를 목적으로 삼는다. 권력은 오로지 자기 권력을 자기를 위해 봉사하게 하며, 자기 안에서 강화되기를 원할 뿐이라는 것이 '동일자의 영원회귀' 사상이다. 그러므로 사실상 현대사회에서 감행되고 있는 지배계층의 권력화 양상은 오로지 자기 이익과 권력을 위한 창출 과정에 불과할 뿐, 민중에 대한 배려도 구제도 있을 수 없다는 것이다. 하지만 니체는 '과도한 순진성의 권력의지'(김형효, 2004)를 주장함으로써 부당한 권력에 의해 초래되는 계급적 모순에 대결하고, 민중 스스로 권력 투쟁에 동참할 수 있는 본성적 자질을 강조한 바 있다. 즉 지배계층에 대한 맹목적 복종으로 드러나는 민중의 권력에 대한 포기 행위가, 사실상은 민중의 권력에 대한 의지를 역설적으로 표명하고 있다는 것이다.

권력은 관계(Grabb, 1999)로 규정된다. 권력에 대한 지향성이 인간의 보편적 속성이며, 권력은 지배계층 일방에 의해 행사되는 것이 아니라 민중과의 상호작용을 통해 그 정당성을 승인받을 수 있는 것이다. 이러한 점에 주목하여 푸코는, '권력은 개인에 의해 행사되는 것이 아니라, 규율권력을 내면화'(홍태영, 2011)함으로써 권력이 주체를 만들어 낼 수 있어야 함을 강조한 바 있다. 이러한 견해는 현대자본주의 사회에서의 권력이 특권 계층으로서의 지배계층에 집중되어 있으며, 그들에 의해 강제되는 권력의 부당성을 지적한 것이다. 아울러 민중과 지배계층 사이에 형성된 바람직한 계층구조를 바탕으로, 권력이 상호작용의 방식으로 내면화됨으로써 삶 전체를 효율적으로 조정해 나갈 수 있어야 함에 주목할 필요가 있다.

루카치는 자본주의의 모순을 총체적으로 인지하는 수준에 도달한 것만을 계급의식으로 보고, 계급에 대한 막연하고도 모호한 인식을 계급심리라 규정함으로써 둘을 차별화하였다. 그에 따르면 계급의식은 경제적으로 소외되고 사회적 지위에서 차별받는 민중의 부정적 현실을 단순히 인식하는 것에 머무는 것이 아니라, 계급의 불평등 구조가 자본주의에 의해 필연적으로 초래된 산출물이라는 것을 인식하고, 나아가 자본의 이면에 내재된 모순성을 파악할 때 형성되는 것으로 보았다. 기든스는 이를 좀더 상세화해서 '자신의 처지나 상황을 스스로 파악하고자 하는 계급인식'과, 타 계급과의 이해관계의 대립을 인지하는 '갈등의식으로서의 계급인식'(김왕배, 2010)으로 나누어 고찰하였다.

그러므로 계급의식은 단순히 민중 자신의 현재적 입장을 객관적으로 파악하고자 하는 인식 태도가 아니라, 사태를 면밀히 분석함으로써 현실의 모순적 상황이 초래된 근본적 원인과 그로 인한 결과를 총체적으로 규명하고자 하는 것이라고 할 수 있다. 근대사회의 전개 양상과 그와 맞물려 전면화된 자본에 대한 맹신적 태도, 또한 자본과 정치 이데올로기의 공조로 인해 차별적 계층구조를 고착화시키며, 이러한 악순환이 권력의 창출과 부조화의 근원이 된다는 사실을 논리적이고도 체계적으로 파악할 줄 아는 것이 민중의식인 것이다. 맑스의 논지처럼, 지배계급은 민중계급이 생산한 잉여노동과 이익을 불합리한 방법을 통해 전유專有(Wright, 1998)함으로써, 착취 계층으로 전락할 수도 있다는 사실을 명확히 인식하는 것이 무엇보다 중요하다. 그러므로 '민중의식'은 부당한 계층인식으로 고착화된 모순된 사회구조를 비판하고, 이분화된 계층구조를 청산함으로써 상호작용적 사회의 형성과 유지를 조직하게 하는 온당한 권력에 대한 인식으로 규정할 수 있다.

현대사회에서 계급은 숙명적이고도 객관적으로 존재할 수 없는 것이다. 그럼에도 자본가와 권력자들에 의해 왜곡된 계층인식이, 정치 이데올로기의 교묘한 술책에 의해 기만적으로 보편화됨으로써, 민중이라는 계급이 구조적으로 결정된 '즉자卽自 계급'이라는 사실이 강요되고 있는 것이다.

사실상 현실의 불합리한 상황 속에서 민중이 부여받은 계급은 수동적이고 고착화된 즉자계급일 수밖에 없다. 그러한 즉자계급이라는 위치 속에서 민중들에게 허락되는 것은 소외와 착취뿐이다. 따라서 진정한 계급의식을 성취하기 위해 선행되어야 할 것은, 민중 스스로가 즉자계급의 위치에 있음을 인지하고 즉자계급이라는 모순성과 원인을 명확히 규명해 내는 것이다.

민중에게 강요된 즉자계급의 속성을 인지한 이후에는, 민중이 '대자對自계급'으로서의 역할을 수행해야 함을 인식하는 것이 필요하다. 계급이익을 보장받기 위해 단결된 결집력을 행사할 수 있는 의식을 가진 계급인 대자계급으로 나아갈 수 있어야 한다는 것이다. 즉자계급에 대한 인식이 현실의 모순에 대한 비판적 인식을 확보한 단계라면, 대자계급으로서의 역할 인식을 갖는 것은 계급적 모순을 극복하기 위한 자기점검과 한계의 극복에 관한 것이기 때문이다. 수동적이고 억압적 굴레에 해당하는 즉자계급의 틀 속에 갇혀 주체로서의 자격과 지위를 갖지 못했던 민중이, 자본주의의 모순적 이데올로기에 의해 조장된 '잘못 설정된 틀misframing'(Fraser, 2008)에 저항하고 현실을 개선하기 위해서는 계급에 대한 명확한 인식이 필요함을 놓치지 말아야 할 것이다.

[그림1] 현실비판과 자기점검을 위한 민중의식

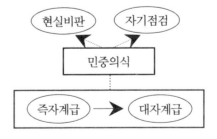

민중시 교육에서도 이러한 민중의식에 주목하면서 작품에 대한 감상이 이루어져야 할 것이다. 민중시에서 민중의식을 주요한 교육 요소로 설정한 것은, 민중의식의 개념이나 의의를 직접적으로 학생들에게 가르치고자 하는 것은 물론 아니다. 민중의식에 반영된 가치 인식의 성향을 작품과 관련지어 학생들이 발견해 내도록 하는 데 의의를 두고자 하는 것이다. 민중의식은 '현실의 모순성에 대한 인식과 비판, 민중의 자기 위치에 대한 점검과 파악, 현실적 모순을 초래한 배경에 대한 원인 규명, 현실상황과 민중 사이에서 빚어지는 괴리와 소외 현상'에 대한 이해를 전제로 한다. 그리고 그러한 민중의식의 성숙을 통해 현실의 한계를 치유하고 바람직한 이상을 도모할 수 있게 되는 것이다.

해일처럼 굽이치는 백색의 산들, / 제설차 한 대 올 리 없는
깊은 백색의 골짜기를 메우며 / 굵은 눈발은 휘몰아치고,
쪼그마한 숯덩이만한 게 짧은 날개를 파닥이며……
굴뚝새가 눈보라 속으로 날아간다.

길 잃은 등산객들 있을 듯 / 외딴 두메 마을 길 끊어 놓을 듯
은하수가 펑펑 쏟아져 날아오듯 덤벼드는 눈,
다투어 몰려오는 힘찬 눈보라의 군단, / 눈보라가 내리는 백색의 계엄령.

쪼그마한 숯덩이만 한 게 짧은 날개를 파닥이며……
날아온다 꺼칠한 굴뚝새가 / 서둘러 뒷간에 몸을 감춘다.
그 어디에 부리부리한 솔개라도 도사리고 있다는 것일까.

길 잃고 굶주리는 산짐승들 있을 듯 / 눈더미의 무게로 소나무 가지들이 부러질 듯 다투어 몰려오는 힘찬 눈보라의 군단, / 때죽나무와 때 끓이는 외딴집 굴뚝에 해일처럼 굽이치는 백색의 산과 골짜기에 / 눈보라가 내리는 / 백색의 계엄령.　　　　　- 최승호, 「대설 주의보」, 전문.

위 작품은 '굴뚝새, 등산객, 두메 마을, 산짐승, 소나무, 산, 골짜기, 외딴집' 등으로 형상화되어 있는 민중이 권력의 주체임을 자임自任하는 '해일, 눈발, 눈보라, 군단, 계엄령, 솔개' 등으로 인해, '날개를 파닥이며' 혹은 '길'이 '끊'겨 '길'을 '잃'기도 함으로써 '굶주리'게 되는 현실의 형상화하고 있다. 비록 부정적 현실을 초래하는 외압으로서의 권력의 모순적 실체를 강하게 부각시킴으로써 민중의 나약함을 드러내고자 했으나, 이 작품을 통해서도 현실비판과 자기점검으로서의 민중의식에 대한 탐구는 가능하다. '작품에 등장하는 시적대상으로서의 민중이 갖는 내적 외적 상황, 민중과 현실과의 관계 양상, 현실에 대한 민중의 심리 태도, 민중들 상호간의 관계, 그리고 민중과 자본가 권력 상호간의 대립' 등에 대해서 학생들이 파악할 수 있도록 해야 할 필요가 있다. 이러한 작업은 표면적으로 부각된 계층갈등을 살피기 위한 것이다. 현대사회에 존재하는 외현적 갈등의 측면을 파악하기 위해, 현실과 민중 그리고 권력의 세 요소들을 상호 관련성 속에서 고찰해 보고자 하는 것이다. 이러한 과정은 학생들로 하여금 현실 속에 동화되지 못하고 현대사회의 바깥에서 타자로서의 삶을 고되게 살아가는 소외된 민중들에 대한 이해를 가능하게 할 것이며, 막연하게나마 그러한 현실에 대한 문제의식과 비판적 견해를 갖게 할 것이며 그것을 탐색하고자 하는 의욕을 고취시켜 줄 것으로 기대한다.

외적으로 감지할 수 있는 계층적 한계를 파악한 후에는 민중들의 민중의식을 좀더 면밀히 따져볼 수 있어야 한다. '민중은 그들이 겪는 소외적 현실의 원인을 명확히 인식하고 있는가, 인식하지 못하고 있다면 그 원인은 어디에 있는가, 권력층의 민중에 대한 대응 방식은 어떠한가, 민중과 권력층 양자의 상호관계 속에서 발견할 수 있는 한계나 모순성은 무엇인가, 권력과의 연관성 속에서 현대사회의 변화과정을 어떻게 해석할 수 있는가, 민중의 의식 속에 비판적 인식이 자리하고 있는가, 민중의 현실에 대한 비판 인식이 갖는 의의는 무엇인가'라는 질문에 대한 답을 작품을 통해 학생들이 발견하게 하는 것은, 민중의식의 본질을 이해하는 데 도움을 줄 수 있다.

2) 극복과 성취로서의 소통 지향적 공동체의 통합의지

현대사회에 내재된 근원적 모순을 인식하는 민중의식이 성숙했음에도 불구하고, 민중의 이익과 목적을 현실 속에서 구현해 내기 위한 실천적인 차원의 공동체 구성 의지가 결여되어 있다면, 부당한 계층 구조의 전향轉向은 불가능할 수밖에 없다. 현대사회를 뒷받침하는 사회조직의 원리가, 개인의 단편적인 계급의식의 함양으로 형성될 수는 없기에, 사회구조의 개선을 위해서는 무엇보다 민중 내부의 결속력 강화를 통해 집단 구성체를 이루는 것이 중요할 수밖에 없다. 바람직한 사회를 구성하고 운영하는 단초가 되는 제반 정치적 행위는 평등과 유대를 바탕으로 한 집단적 심의나 정책결정으로 이루어지며, 정치적 활동에 명분을 부여하는 권력 역시 공동으로 활동하는 능력으로 규정(홍원표, 2013)되는 것이다.

따라서 민중이 자발적으로 구성하는 공동체 형성은 두 가지 의의를 갖는다. 첫째는 민중이 현실 구성의 주체가 되어 민중 내부의 합의와 고민을 통해 분명한 목적의식과 통합의지를 다지자는 것이며, 둘째는 자본가나 권력계층을 사회구성의 반려자로 인식하고, 그들과의 협의를 위한 대등한 자격의 민중 공동체를 형성하자는 것이다. 계급은 '구조적 결정'의 결과물이어야 한다. 특정 개인이나 계층의 이해관계에 영합해서는 평등한 계급 구성을 이룰 수가 없다. 민중 상호간의 합의에 의해 구성된 공동의 구성체여야만 한다. 그러므로 민중계급이 긍정적 역량을 발휘하는 권력 주체로 부상하기 위해서는, 그들 내부의 의사결정과 집행과정이 자본가들의 이데올로기를 답습해서는 곤란하다.

랑시에르의 표현처럼 '몫이 없는 자가 자신의 몫을 요구하고, 권리 없는 자가 권리를 요구'(이진경, 2012)하는 것이 정당한 정치적 행위이며, 그러한 행위가 체제의 외부로만 남게 했던 민중을 역사와 사회의 중심부로 이동시킬 수 있는 것이다. 민중이 사회 구성의 중요한 요소가 된다는 인식을 토대로, 민중의 권리를 대변하고 모순된 사회현실을 개선해 나가기 위해 민중 중심의 합의체 구성은 절실하다고 볼 수 있다. 따라서 민중시 교육에서는 '민중이 자발적으로 공통된 인식과 의지를 집결해 나가는 과정, 민중 공동체 내에서의 의견 차이를 조율해 나가는 절차, 민중이 공동으로 추구하고자 하는 목표와 이상안의 도출 단계, 그리고 그것의 구체적인 내용의 타당성, 기존의 사회구성 원리와 차별화되는 민중 공동체의 특징'에 관한 사항들을 신중히 다룰 필요가 있는 것이다.

비판적 인식의 현실적 구현을 위해 민중의 협의체를 구성해 나가고자 할 때, 잊지 말아야 할 것은 민중의 자본가나 지배층에 대한 인식 태도이다. 자본가를 배척의 대상으로 바라보거나 맹목적 비난의 대상으로만 인식해서는 안 된다는 것이다. 현대 자본주의 사회가 보여주는 부당한 계급 구조를 종식시키기 위해서는, 자본 권력층에 대한 합리적 비판과 아울러 포용의 심리 태도가 동반되어야 한다. 야스퍼스의 지적처럼 이상적인 공동체 구성을 위해서는, 권력이나 명예, 그리고 자본에 대한 욕구 충족을 위해 이합집산離合集散하는 '원초적 공동성'의 차원을 벗어나, 진정한 인간적 사귐이 가능한 '실존적 사귐'을 이루기 위해서는, '자기가 자기에 대해 열어젖힘'과 '자기가 타자에게 자신의 내면을 열어젖혀 보임'(한국야스퍼스학회, 2008)을 실질적 차원에서 행할 수 있어야 한다.

사실상 현대 자본주의 사회는 이익을 충족시키고자 하는 원초적 욕망에 의해 구성되는 공동체임을 부인할 수 없다. 그러한 사회 원리가 민중의 소외와 부당한 계급구조를 양산했으며, 자본 권력의 폭력성을 심화시켰을 뿐이다. 이러한 악습을 탈피하기 위해서는, 민중시 교육을 통해 이해타산을 벗어나기 위한 인간적 사귐의 전제 조건이 무엇인지를 깨우치고, 폐쇄적 계급구조를 열어젖힘으로써 상호 개방하는 것의 의의에 대해 주목할 필요가 있다. 민중은 억압적 현실로 인해 닫혔던 마음을 민중 스스로에게 개방함은 물론, 억압적 주체로서 비난의 대상이 되었던 자본가 권력에 대해서도 민중은 허용적 태도를 취할 필요가 있는 것이다.

애덤 스미스는 '타인을 더 많이 생각하는 마음'이 인간의 본성임을 지적한 바 있으며, 데이비드 흄은 '동정심'(Chomsky & Bricmont, 2008)을 인간이 가진 속성임을 강조하였다. 자본가 계급의 민중에 대한 동정과 연민이 절실한 것이 지금의 사회 현실일 수 있다. 하지만 현대사회의 모순을 양산한 주체가 자본가 계급이기에 사실상 그들에게서 해결방안을 요구하는 것은 무리일 수밖에 없다. 따라서 역설적으로 절실한 의지로 사회개혁의 주체로 성장할 수밖에 없는 것이 민중이기에 오히려, 민중의 자본가 계층에 대한 포용과 비판적 인식의 함양 및 개선을 위한 실천적 행위가 지금의 사회에 더욱 절실해지는 것이다.

[그림2] 현실극복과 이상성취를 위한 통합의지

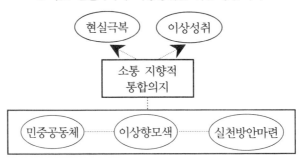

　민중 중심의 협의체를 구성하고 자본가 계급과 대등한 관계 형성을 유지하고자 하는 것은, 현실극복과 이상 성취를 위한 통합의지 고양의 준비에 해당한다고 할 수 있다. 이러한 바탕 위에, 민중이 주체가 되어 이상향의 모습을 구체적으로 그려보고 이를 현실 속에 실현시킬 수 있는 실천방안을 모색해 보는 작업으로 나아갈 수 있어야 할 것이다. 하이데거가 이미 '사이 관계'(김동규, 2009)에 대한 개념 규정을 통해 강조하였듯이, 개별 대상은 어디에도 종속될 수 없는 독자적 존재 영역을 가지는 것이며, 그럼에도 각각의 대상들은 자신의 정체성을 보유한 채 일정한 사이와 간격을 유지하면서 서로 밀접한 친밀성을 유지해 나가는 것이 본질이라고 한다.

　이처럼 각자의 독자성과 정체성을 마음껏 구가하면서도 상호 간의 관련성을 보유한 사회적 관계 형성이 민중이 지향하고자 하는 이상향의 모습이라고 할 수 있다. 이미 현대사회의 모순을 통해 '물질'에 대한 지향성은 폐기될 수밖에 없는 것이다. 과도한 물질에 대한 맹신과 그러한 현상을 옹호해 왔던 극단적 이성의 추구가 단절과 파국을 가져왔기에, 이제는 '관계'와 '정서'를 민중이 지향해야 할 이상향으로 설정할 수 있어야 하리라 본다. 타고남의 차이를 고착화시키는 인식태도에서 벗어나, 타고난 차이를 동등한 가치로 인정하고 존중하는 타인에 대한 희생적 신뢰감(이봉철, 2006; Merriam, 1987)의 회복이 절실하다고 볼 수 있다.

전쟁 같은 밤일을 마치고 난
새벽 쓰린 가슴 위로 / 차거운 소주를 붓는다
아 / 이러다간 오래 못 가지 / 이러다간 끝내 못 가지

설은 세 그릇 짬밥으로 / 기름투성이 체력전을
전력을 다 짜내어 바둥치는 / 이 전쟁 같은 노동일을
오래 못 가도 / 끝내 못 가도 / 어쩔 수 없지

탈출할 수만 있다면, / 진이 빠져, 허깨비같은
스물아홉의 내 운명을 날아 빠질 수만 있다면
아 그러나 / 어쩔 수 없지 어떨 수 없지

죽음이 아니라면 어쩔 수 없지
이 질긴 목숨을, / 가난의 멍에를, / 이 운명을 어쩔 수 없지

늘어쳐진 육신에 / 또다시 다가올 내일의 노동을 위하여

새벽 쓰린 가슴 위로 / 차거운 소주를 붓는다

소주보다 독한 깡다구를 오기를 / 분노와 슬픔을 붓는다

어쩔 수 없는 이 절망의 벽을 / 기어코 깨뜨려 솟구칠

거치른 땀방울, 피눈물 속에 / 새근새근 숨쉬며 자라는

우리들의 사랑 / 우리들의 분노

우리들의 희망과 단결을 위해

새벽 쓰린 가슴 위로

차거운 소주잔을 / 돌리며 돌리며 붓는다

노동자의 햇새벽이 / 솟아오를 때까지

- 박노해, 「노동의 새벽」, 전문.

위 작품에서의 시적화자는 민중이 처한 현실을 '절망의 벽'으로 인식함으로써 현실에 대한 명확한 인식을 확보하고 있으며, 나아가 '소주를 붓는' 행위를 통해 극복의 가능성을 지향하고자 한다. '우리들의 사랑'과 '우리들의 희망', '노동자의 햇새벽'을 위해 '차거운 소주잔'을 '돌리'는 행위를 통해 민중적 '단결'을 도모하고자 한다. 이러한 화자의 행위는 현실극복과 이상 성취를 위한 인식과 의지를 드러내고 있기에, 민중시 교육의 차원에서도 이러한 요소들을 주되게 다룰 필요가 있어 보인다.

'통합의지'에 주안점을 두고 민중시 교육을 수행할 때에는 '소통적 관계 구성, 대안적 방안, 구현 가능성'의 요소에 주목할 필요가 있다. '소통적 관계 구성'은 민중의 자발적 참여에 의해 집단적 구성체 형성을 이루고자 하는 의지가 있는지, 자본가와의 관계 설정은 어떠한지에 관한 사항이다.

작품을 대상으로 학생들로 하여금 '개별 민중은 비판적 태도를 현실 속에 구현할 의지를 가지는가, 개인적 차원을 넘어 소통 지향적 공동체 구성을 통해 실천적 기반을 마련하려 하는가, 민중 단결이 가능하며 그것이 갖는 의의는 무엇인가, 민중이 형성한 협력체는 자본가를 어떠한 태도로 인식하는가, 민중 협력체와 자본가 계층 사이의 바람직한 관계는 무엇인가, 그러한 인식과 설정이 가능한 이유는 무엇인가' 등의 질문에 답하게 함으로써, 대등한 자격을 갖는 주체적 민중 세력의 형성이 갖는 의의를 깨닫게 할 수 있다고 본다.

'대안적 방안'은 민중협의체가 이루고자 하는 목표의식에 관한 것이다. 물론 이것은 실현 가능한 현실성을 동반해야 함은 물론이다. 현대 자본주의 사회가 갖는 한계를 비판하고 이를 극복하기 위한 대안으로서의 실질적인 책략들을 민중 스스로가 모색해 보고자 하는 것이다. '작품 속 민중은 현실 극복의 구체적인 방안을 제시하고 있는가, 그 대안의 내용은 무엇이며 그것을 암시하는 시어를 찾아 제시할 수 있는가, 대안의 도출 과정이 합리적이며 수용 가능한가, 민중이 제시한 대안은 실질적 차원에서 현실적인 모순을 극복할 수 있는 것인가' 등의 질문은 이 단계에서 유용할 것으로 본다. 작품 속에 제시된 대안과 관련된 사항들을 적극적으로 찾아보는 단계와 함께, 학생 자신이 생각하는 현실적 대안을 제시하게 하고 이를 토대로 토의하는 것도, 학생들의 감상력 향상에 도움을 줄 것이라 기대한다.

'구현 가능성'과 관련해서는 현실성과 민중의 구현 의지에 초점을 두고자 하는 의도를 갖는다. '작품 속 대안들의 현실적 구현 가능성은 있는가, 대안의 실천을 위한 전제 조건에는 무엇이 있겠는가, 대안의 실천을 위한 민중의 의지가 명확한가, 대안을 실천하는 과정에서의 타당성은 충분한가'

라는 질문을 따지고 살펴봄으로써 학생들은 작품 안에서뿐만 아니라, 작품 밖 현실과의 연관성 속에서 모순적 현실의 극복을 위한 대안적 실천의 문제에 대해 고민해 보는 시간을 가질 수 있을 것이다. 물론 모든 민중시에서 구체적인 대안이 제시되지는 않지만, 민중시가 궁극적으로 추구하고자 하는 지향점이 현실비판과 극복의지를 담고 있기에, 간접적인 차원에서라도 '통합의지'와 관련된 부분은 교육적 가능성이 충분하다고 본다.

3. 민중시 교육을 위한 방법적 제안

1) 민중시에 형상화된 민중의식 살피기

민중시 교육의 요소로 이 글에서 주목하고자 하는 민중의식에 대한 살핌은, 현실에 대한 비판을 단순한 감정이나 맹목적 인식에 의존하는 것에서 벗어나, 현실 속에 내재된 근원적인 이유와 원리를 인식함으로써 민중 중심의 자발적인 인식 능력을 함양하기 위해서이다. 민중시에서 형상화의 대상으로 삼는 것은 민중과 그들의 현실이다. 또한 현실 속에서 고통받고 소외당하는 민중의 모습을 주되게 묘사하고 있기에, 대부분의 민중시에는 계급의식의 경중이 다를 뿐, 기본적으로 계급의식을 전제하고 있다. 이 글은 민중시가 갖는 대표적 속성을 겨냥해서 교육방법을 제시하고자 하는 것이기에, 다양한 작품이 선정될 수도 있으나 논의의 편의와 지면의 제약으로 인해 몇 편의 작품만을 대상으로 하기로 한다. 아울러 민중시 교육이 이분법적 사고나 편향된 인식을 조절할 수 있는 인식능력이 없을 때 불러올 수 있는 맹목적 비판의 한계를 벗어나기 위해, 객관적이고 합리적 인식능력에 유의하면서 교육방법을 제시할 필요가 있어 보인다.

차고 누진 네 방에 낡은 옷가지들 / 라면 봉지와 쭈그러진 냄비
나는 부끄러웠다 어린 누이야 / 너희들의 힘으로 살쪄 가는 거리
너희들의 땀으로 기름져가는 도시 / 오히려 그것들이 너희들을 조롱하고
오직 가난만이 죄악이라 협박할 때 / 나는 부끄러웠다 어린 누이야
벚꽃이 활짝 핀 공장 담벽 안 / 후지레한 초록색 작업복에 감겨
꿈 대신 분노의 눈물을 삼킬 때 / 나는 부끄러웠다 어린 누이야
투박한 손마디에 얼룩진 기름때 / 빛바랜 네 얼굴에 생활의 흠집
야윈 어깨에 밴 삶의 어려움 / 나는 부끄러웠다 어린 누이야

나는 부끄러웠다 어린 누이야 / 우리들 두려워 얼굴 숙이고
시골 장바닥 뒷골목에 처박혀 / 그 한 겨우내 술놀음 허송 속에
네 울부짖음만이 온 마을을 덮었을 때 / 들을 메우고 산과 하늘에 넘칠 때
쓰러지고 짓밟히고 다시 일어설 때 / 네 투박한 손에 힘을 보았을 때
네 빛바랜 얼굴에 참삶을 보았을 때 / 네 야윈 어깨에 꿈을 보았을 때
나는 부끄러웠다 어린 누이야
네 울부짖음 속에 내일을 보았을 때 / 네 노래 속에 빛을 보았을 때
                              - 신경림, 「나는 부끄러웠다 어린 누이야」, 전문.

　민중시에 내재된 민중의식의 전모를 학생들이 감상하도록 하기 위해서
는, 민중으로서의 화자나 시적대상이 민중의식을 명료화한 상태로 인식하
고 있는지를 작품을 통해 살펴보는 일이 선행되어야 할 것이며, 만약 민중
의식이 분명하지 않다면 그 이유는 무엇이고 그러한 현상이 초래된 원인
에 대해서도 따져볼 필요가 있다. 한편 개별 작품에서 민중이 민중의식을

자각해 나가는 과정을 추론해 낼 수 있는 단서들이 있다면 이를 통해 의식의 형성 과정에 초점을 두고 교육을 전개해 나갈 수 있어야 한다. 즉 민중의식에 초점을 둔 민중시 교육에서는 '현실'과 '인식'의 차원에 주목하고 이들의 관련성을 통해 교육활동을 전개해 나갈 필요성이 있기에, '현실에 주목하기→현실의 내재적 원리 발견하기→현실 재해석과 자기 점검하기'의 과정으로 교육활동을 전개해 나갈 것을 제안하고자 한다.

'현실에 주목하기'에서는 비판적 안목 없이 무심히 지나쳤던 현실을 조명함으로써 인식의 확장을 시도해 보고자 하는 단계에 해당한다. 이러한 시도를 통해 현실의 고통과 한계를 숙명적으로만 받아들였던 자신의 처지와 인식 태도에 합리적이고 긍정적인 변화의 가능성을 이룰 수 있을 것으로 기대한다. 현실에 주목하는 작업은 좀더 생생하고도 냉정하게 민중의 현실을 발견하는 작업이며, 그러한 모순적 현실을 외면해 온 민중 자신의 인식적 한계를 자각하는 과정이기도 하다. 그러므로 민중의 현실에 주목하기 위해서는 먼저 시적 배경에 대한 살핌에서 교육활동이 시작되어야 한다.

'작품의 공간적 배경은 어디인가요, 대비되는 공간이 있다면 분류가 가능한가요, 분류한 개별 공간의 특성을 규명해 줄 시어를 찾아보고 공간의 특징을 설명해 볼까요, 대비되는 공간을 구성하는 주체들은 누구인가요, 개별 주체들의 특징은 어떻게 차별화되고 있나요'라는 질문을 순서에 따라 제시하고 학생 상호간의 활동과 토의를 통해 답을 찾아가게 함으로써, 현실을 구성하는 '공간'과 '주체'에 대한 새로운 이해를 이룰 수 있을 것이다. 현실에 대한 주목은 기존의 일상적 인식에서 벗어나 현실을 새로운 관점과 안목에서 보고자 하는 것이다. 그러므로 공간과 주체의 차원에서 분석적으로 현실을 바라보되, 현실 속에 존재하는 대비적 공간성과 주체적 속성에 주목하는 것이 무엇보다 중요하다.

'방'과 '공장'이라는 공간과, 그러한 공간을 규정하고 있는 '차고 누진, 낡은 옷가지, 라면 봉지, 쭈그러진 냄비', 그리고 '후지레한 작업복, 투박한 손마디, 얼룩진 기름때'라는 시어들을 통해, 민중의 현실적 삶이 '생활의 흠집'과 '삶의 어려움'으로 고착화되어 있음을 학생들은 분명히 파악할 수 있게 된다. 또한 이와는 대비되는 공간으로 설정된 '거리'와 '도시'는 '너희'나 '누이'로 설정된 민중의 노력과 헌신으로 인해 '살쪄가는, 기름져 가는' 곳일 뿐, 이들 공간과 민중들의 공간 사이에는 어떠한 소통과 동정이 존재하지 않음을 알 수 있다. 이러한 분석을 통해 학생들은 자연스럽게 현실을 구성하는 공간과 주체의 성향이 이원화되어 있으며, 소통 불가능한 단절적 상황이 민중의 소외와 고통을 양산하는 근원임을 어렴풋하게나마 인식하게 되는 계기를 제공하게 되는 것이다.

현실의 모순성을 면밀히 따져보는 현실 주목하기 이후에는 '현실의 내재적 원리 발견하기' 단계로 진행해 나갈 수 있다. 이 부분이 민중시 교육에서 가장 중요하며 그러기에 교육적 의의도 크다고 할 수 있다. 민중시를 통해 현실에 주목함으로써 현실 속에 내재된 모순을 막연하게나마 인식하게 되었다면, 이제는 그러한 모순이 초래된 근본적인 원인에 대해 규명해 보는 단계로 접어들 필요가 있다. 사회 공동체의 일원으로서 일정한 역할을 분담함으로써 사회 발전에 상당한 기여를 해 왔음에도 민중의 현실이 부정적일 수밖에 없는 이유에 대해 천착해 볼 필요가 있다는 것이다. 현실 상황 속에 근원적으로 도사리고 있는 일정한 원리의 모순성을 간파해 내는 것이 민중들과 학생들로 하여금 명확한 민중의식을 확립하게 해 줄 수 있을 것이다.

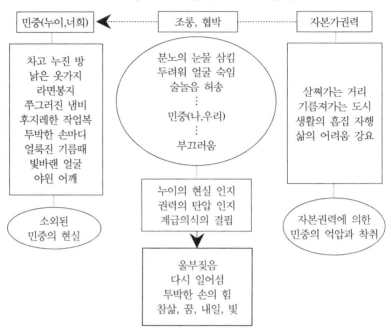

[그림3] 민중의식 확립을 위한 시적 현실 분석

민중(누이,너희) ◄·········· 조롱, 협박 ·········· 자본가권력

차고 누진 방
낡은 옷가지
라면봉지
쭈그러진 냄비
후지레한 작업복
투박한 손마디
얼룩진 기름때
빛바랜 얼굴
야윈 어깨

분노의 눈물 삼킴
두려워 얼굴 숙임
술놀음 허송
⋮
민중(나,우리)
⋮
부끄러움

살쪄가는 거리
기름져가는 도시
생활의 흠집 자행
삶의 어려움 강요

소외된
민중의 현실

누이의 현실 인지
권력의 탄압 인지
계급의식의 결핍

자본권력에 의한
민중의 억압과 착취

울부짖음
다시 일어섬
투박한 손의 힘
참삶, 꿈, 내일, 빛

'작품 속 배경인 방과 거리, 공장과 도시의 대립을 확장해서 볼 수 있을
까요, 나를 포함한 너희나 누이는 현실 속의 어떤 인물들과 유사한 면모를
보이나요, 거리나 도시가 상징하는 사회계층은 어떤 부류들일까요, 작품
속 시적 대상을 민중과 자본가 권력으로 이분화해서 이해할 수 있을까요,
민중과 지배계층으로 이원화해 작품을 바라볼 근거가 있나요, 지배계층의
민중에 대한 태도와 인식은 어떠한가요, 지배계층의 민중에 대한 인식태
도가 갖는 한계를 비판적으로 살펴볼 수 있을까요, 민중의 고통과 소외는
근본적으로 어디에서 기인한 것일까요'라는 질문들을 통해, 학생들로 하
여금 부당한 계층형성의 원인에 대해 고찰하게 하고, 비판적인 민중의식

의 참모습이 무엇인지를 스스로 깨닫게 할 수 있을 것이다.

　이러한 질문에 대해 고심하고 논의를 전개하는 과정 속에서, 거리와 도시를 구성하는 핵심 계층인 자본가 권력층에 의해 민중들은 '조롱'을 받으며, 심지어 '가난'하기 때문에 민중의 존재 자체를 '죄악'시하는 지배층의 부당한 계층의식이 사회 전체에 내재되어 있음을 알아가게 되는 것이다. 편향된 권력층의 이데올로기는 자본에서부터 출발하는 것으로, 자본의 소유여부에 따라 계층은 숙명적으로 결정되며 그에 따라 삶의 질적 수준은 물론 인간의 존엄성과 인격마저도 평가 절하되는 '협박'이 공공연하게 자행될 수 있는 것이 민중이 직면하고 있는 현실이다. 민중의 '힘으로', 민중의 '땀으로' 거리와 도시의 풍요로움이 성취되었음에도 불구하고, 신성하고 거룩한 민중의 노동력은 자본중심의 현대사회에서는 가치의 척도가 될 수 없음을 학생들이 명확히 인식할 필요가 있다.

　현실 주목하기와 내적 원리 파악에 이어 살필 것이 '현실 재해석과 자기 점검하기'이다. 이 과정은 새롭게 발견하게 된 민중의식을 토대로 인식의 전환을 경험하고 있는 자기 자신에 대한 발견과 현실에 대한 새로운 해석의 시도에 해당하는 부분이다. 비판적 민중의식의 참모습에 대한 인식이 의미있는 것이 되기 위해서는, 그러한 인식이 어디에서 유래되었으며 그러한 인식이 화자 자신에게 어떠한 가치가 있는지를 명확히 살피는 것이 중요하다.

　여기에서는 '누이와 나의 인식 태도와 행동에 있어서의 차이점을 찾아볼 수 있나요, 나의 인식 변화의 과정을 자세히 따져 볼까요, 나의 의식의 변화는 누구로 인한 것인가요, 나의 현실 인식 태도가 갖는 한계는 무엇인가요, 누이의 미래에 대한 태도는 어떠한가요, 그러한 누이의 태도가 나에게 미치는 영향은 무엇인가요'라는 질문이 유용하다. 이러한 질문들을 통해 명확한 현실 인식과 현실에 대한 대응 양상은, 단순히 현실에 대한 개탄과 순응적 태도로 얻어지는 것이 아니라 사회 속에 내재된 모순적 원리를 발견하고 긍정적 미래를 꿈꾸는 실천적 행위에 있음을 발견하게 할 것이다. '쓰러지고 짓밟히고 다시 일어서려는 의지와 구체적인 노력이 '꿈'을 꾸게 하고 현실을 '참삶'으로 변화시키게 하며, '내일'의 '빛'을 감지해 내는 심미안을 생성시키게 하는 것이다.

2) 민중시에 형상화된 소통 공동체 지향적 통합의지 살피기

민중시 교육을 통해 현실을 제대로 인식할 수 있는 민중의식을 함양하였다면, 이제는 소통 공동체 지향적 '통합의지'에 관한 사항을 따져볼 필요가 있다. 민중시를 매개로 한 비판적 인식은 계층 통합을 지향할 때 비로소 온전한 가치를 확보할 수 있기 때문이다. 통합적 행위를 수반하지 않는 한 모순적 계층구조의 재생산은 영원히 순환적으로 양산될 뿐이다. 그러므로 통합의지에 관한 교육내용에서 주목해야 할 요소는 '행위'와 '이상'에 관한 사항들이다. 비판적 인식이 실천 가능한 것인지, 그러한 실천이 현실 속에 구현되기 위한 전제 조건은 무엇인지, 이상 구현을 위한 소통 지향적 공동체의 실체는 무엇이어야 하며 그 기능과 의의는 무엇인지, 그리고 이상으로서의 현실이 추구하고자 하는 목표가 무엇인지에 대한 뚜렷한 준거와 방향이 제시될 필요가 있는 것이다. 따라서 이 글에서는 민중시 교육에서 살펴야 할 '통합의지'와 관련한 교육내용으로 '개혁의 전제조건 살피기→소통 지향적 공동체 재구성하기→구현 가능성 따지기'의 과정을 제시하고, 「사소한 물음들에 답함」이라는 작품에 적용해 보고자 한다.

'개혁의 전제조건 살피기'는 민중시에서 형상화되고 있는 개선과 혁명의 가능성이 현실적 측면에서 가능하기 위해서는 어떠한 선행 요건들이 필요한지를 살펴보자는 것이다. 현실적 측면에서 민중이 경험하고 있는 부정적 현실을 개선할 주체로 자본가 권력층을 지목할 수는 없다. 그들 스스로의 자각으로 민중의 삶에 대해 진정으로 동정하고, 모순적 현실을 개선해 나갈 실질적 차원의 방안을 수행해 나갈 것이라는 기대는 어려울 수밖에 없다. 그러므로 최근의 시대적 흐름이 그러하듯이 현실적으로 모순을 개선하기 위한 방법은 개별 민중의 각성과 그를 바탕으로 이루어지는 결집력이 해결책이라는 것을 부인할 수는 없다. 민중이 중심이 된 공동체 구성을 통해 민중의 고통과 요구 사항들을 설득력 있게 자본가 권력층에 전달하고 협의를 해 나가는 것이 중요하다고 할 수 있다.

> 어느 날 / 한 자칭 맑스주의자가
> 새로운 조직 결성에 함께하지 않겠느냐고 찾아왔다
> 얘기 끝에 그가 물었다 / 그런데 송동지는 어느 대학 출신이요? 웃으며
> 나는 고졸이며, 소년원 출신에 / 노동자 출신이라고 이야기해주었다
> 순간 열정적이던 그의 두 눈동자 위로 /
> 싸늘하고 비릿한 막 하나가 쳐지는 것을 보았다
> 허둥대며 그가 말했다 / 조국해방전선에 함께하게 된 것을
> 영광으로 생각하라고 / 미안하지만 난 그 영광과 함께하지 않았다
> 십수년이 지난 요즈음 / 다시 또 한 부류의 사람들이 자꾸
> 어느 조직에 가입되어 있느냐고 묻는다 / 나는 다시 숨김없이 대답한다
> 나는 저 들에 가입되어 있다고 / 저 바다물결에 밀리고 있고

저 꽃잎 앞에서 날마다 흔들리고

이 푸르른 나무에 물들어 있으며

저 바람에 선동당하고 있다고

가진 것 없는 이들의 무너진 담벼락

걷어차인 좌판과 목 잘린 구두,

아직 태어나지 못해 아메바처럼 기고 있는

비천한 모든 이들의 말 속에 소속되어 있다고

대답한다 수많은 파문을 자신 안에 새기고도

말없는 저 강물에게 지도받고 있다고

- 송경동, 「사소한 물음들에 답함」, 전문.

그러므로 민중의 입장에서 개선의 방안을 내놓기 이전에 민중 스스로에게 필요한 사항이 무엇인지를 자문하는 것이 선행될 필요가 있다. '작품 속에 드러난 민중이 현실 개선을 위해 준비하고자 하는 것은 무엇인가, 민중이 중심이 된 공동체 결성이 갖는 의의는 무엇일까, 민중은 왜 개별 노동자나 농민의 결집을 필요로 하고 요구하는 것일까, 민중 조직이 자본가 권력층과 협상하고 소통하기 위해 갖추어야 할 조건이나 속성에는 무엇이 있을까'라는 질문을 제시하고 이를 통해 조직 구성의 의의와 가치에 대해 학생들이 살필 수 있는 기회를 제공할 수 있어야 한다.

이러한 질문들을 통해 위 작품에서도 민중은 '새로운 공동체 결성'에 대한 인식을 공유하고 있음을 학생들은 자각하게 되리라 본다. '한' 시적 대상은 '자칭' '맑스주의자'임을 공언하면서, 스스로의 인식과 의지에 의해 조직 결성의 필요성을 느끼고 있으며, 이를 현실 속에서 구체화하기 위해

'나'와의 연대를 도모하고 있는 것이다. 또한 '맑스주의자'에 의해 '송동지'로 불려지는 '나'는 이미, '동지'라는 호명을 통해 연대의 그물망 속에 포섭되어 있다. 뿐만 아니라 조직 결성의 의의와 목표가 '조국해방전선에 함께하'는 것에 있음을 명확히 밝힘으로써, 현실 개선을 위한 실질적 차원의 준비를 감행하고 있음을 알 수 있다. 나 역시 '어느 조직'에 '가입'되어야 함을 인식하고 있는 존재로서, '비천한 모든 이들' 속에 '소속되어 있'음을 명확히 함으로써 고통받는 민중과의 연대가 반드시 필요함을 스스로 체감하고 있음을 학생들이 깨달아 갈 필요가 있다.

전제 조건 살피기에 이어 시도되어야 할 것이 '소통 지향적 공동체 재구성하기'이다. 이는 민중이 연대한 조직체가 바람직한 가치 인식을 바탕으로 형성된 것이며, 조직을 뒷받침하는 근본이념이 타당한 것인지를 따져보기 위한 단계이다. 아무런 여과없이 민중의 공동체를 인정할 경우, 개혁의 정당성을 보장받을 수 없기 때문이다. '작품에서 공동체 구성에 있어 인식의 차이를 발견할 수 있는가, 그 차이는 어디에서 기인되는가, 각각의 개인이 지향하는 공동체의 성격과 특징을 구체적으로 언급할 수 있겠는가, 시적 화자와 시적 대상이 갖는 공동체 결성에 있어서의 공통점과 차이점을 구분지어 설명할 수 있겠는가, 화자가 궁극적으로 지향하고자 하는 공동체의 속성은 무엇인가'라는 질문은 학생들로 하여금 민중 공동체의 성격을 규정짓고, 바람직한 공동체를 형성하기 위한 필요조건들이 무엇인지를 탐색하는 계기가 되리라 본다. 나와 맑스주의자가 가지고 있는 민중 공동체 구성에 대한 인식과 요건을 살피고 대비해 나감으로써 공동체의 속성들을 학생 나름대로 재구성할 수 있는 것이다.

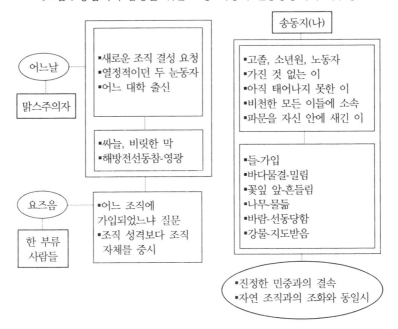

[그림4] 통합의지 함양을 위한 소통 지향적 민중공동체의 재구성

'맑스주의자'와 '한 부류의 사람들'과 동일하게 '나' 역시 공동체 결성과 가입의 필요성을 자각하고 있으며, 공동체를 구성하는 구성원이 '수많은 파문'이라는 시련을 '자신 안'에 새기고 살아가는 '민중'이어야 함에는 동의하고 있다. 하지만 '나'는 그들과는 공동체의 속성이나 요건에 대해서는 다른 견해를 가지고 있음을 학생들이 발견할 수 있도록 하는 것이 무엇보다 중요하다. '나'가 주목한 민중은 '가진 것 없는 이'들로서 그들의 유일한 생계수단인 '좌판'마저도 '걷어차'여야만 하는 존재로서, 이 세상에 태어났음도 '아직 태어나지 못'하고 철저히 현실 속에서 '기고 있는' 무리들일 뿐이다.

맑스주의자처럼 '대학 출신'의 지식인들에 의해 주도되는 고상하고 관념적인 차원의 개혁적 실천이 아니며, 민중의 처절한 현실은 외면한 채 지식인 일변도로 진행되는 '조국해방전선'에 참여하고 그것을 '영광으로 생각'해야만 하는 추상적인 민중과는 다르다는 것을 학생들이 깨우칠 필요가 있다. 결국 맑스주의자처럼 대결양상을 공고히 하는 이분법적 계층의식과 공동체는 지양되어야 하며, 단절을 넘어 민중의 현실에 절대적으로 공감함으로써 진정한 소통의 공동체를 구현할 수 있어야 함을 보여주는 것이다. '나'가 꾸려가고자 하는 조직의 구성원은 '들, 바다, 꽃잎, 나무, 바람'과 하나되는, '수많은 파문을 자신 안에 새기고도' '말없'이 이상과 미래를 향해 흘러가는 '강물'과 동일시되는 존재들이다. 자본의 논리에 의해 운영되는 사회현실을 거부하고 자연의 순리와 자연의 포용력을 그대로 받아들이면서, 계층적 대립을 거부하고 모든 것이 하나의 온전한 구성체를 이루는 자연을 닮은 소통 지향적 민중 공동체를 지향하고자 하는 것이 '나'의 공동체에 대한 가치 인식임을 학생들이 살필 수 있어야 할 것이다.

통합의지 살피기와 관련된 또 다른 교육내용은 '구현 가능성 따지기'이다. 이 단계에서는 민중 공동체가 수행하고자 하는 목표가 현실적 안목에서 구현 가능한 것인지를 따져 묻고자 하는 것이다. 관료주의를 개혁하고 중앙 집중 없는 힘의 결집을 이루기 위해서는 철저히 사회 현실(Sennett, 2000; 공광규, 2005)에 기반한 인식과 행위여야만 하기 때문이다. 민중 공동체의 목표의식과 행위양상이 현실 속에 구현 가능하며, 사회 속에서 용납될 수 있는 것인지를 살펴볼 필요가 있다. 자본가 계층에 대한 비판이 오히려 민중의 독자적 이익에만 편향됨으로써 사회 전체의 통합을 간과한 것은 아닌지를 되짚어 보아야 한다. 민중 공동체가 또 하나의 부당한 사회

권력으로 성장함으로써 자본가 계급과의 포용과 화합 없는 극단적인 투쟁과 마찰만을 일삼는다든지, 민중 공동체가 민중 위에 군림하면서 새로운 민중 착취 세력으로 변모되어서는 안 되기 때문이다.

한편 구현 가능성을 점검하는 것은 공동체의 화합을 토대로 한 민중의 인권과 삶의 개선이라는 목표 달성을 위해 민중 공동체의 가치 태도를 점검하고 강화하는 것임과 동시에, 민중의 자발적인 통합의지를 더욱 담금질 하자는 시도이기도 하다. 민중 공동체는 실천에 대한 확고한 의지와 명확한 행동 지침을 설정하고 있는지, 행위의 구현 과정에서 예상되는 모순이나 허점은 없는지, 공동체의 행위가 정당하고 합리적인지 등을 작품을 통해 따져 볼 필요가 있는 것이다. 개별 민중시 속에 명확한 공동체의 행동 지침이 표면화되어 있지는 않다. 하지만 민중시가 현실의 개선을 궁극적인 목표로 상정하고 있는 이상, 현실과의 관련성 속에서 작품의 이면에 전제된 실천의 가능성은 반드시 고찰되어야 할 항목이라 할 수 있다.

'작품 속에 구체적인 공동체 지향을 위한 행위 방침이 드러나 있는가, 그것을 짐작할 만한 시어들을 발견할 수 있는가, 만약 가시적인 구현 행위가 없다면 그것을 작품의 흐름을 토대로 추론할 수 있는 시어들을 발견할 수 있는가, 짐작 가능한 구현 행위가 현실 속에서 수용 가능하며 실천 가능한 것들인가' 등을 따져 물을 수 있어야 한다. 위 작품의 경우, '바다물결에 밀리고' '꽃잎 앞에서 날마다 흔들리'며 '나무에 물'드는 자연성을 추구함으로써 계층 간의 화해와 통합이 구현 가능함을 암시하고 있다. 자연의 통합성을 지향하며 그 속에서 차별과 갈등을 무화시키고자 하는 화자의 바람은 모든 계층이 '비천한 모든 이들의 말 속에 소속'되는 공감적 성취를 통해 구현될 수 있을 것으로 기대한다. '파문을 자신 안에 새기고도' '말없는'

'강물'에게 '지도받'고자 하는 통합적 의지는, 소외 계층에 대한 관심과 배려는 물론 상처와 시련 그리고 모순이 낳은 대립과 갈등이 포용과 융화로 치환될 수 있다는 열망을 형상화하고 있다. 비록 실질적 차원의 행위 양상이 전면화되어 있지는 않지만, '자연'의 속성을 차용하고 그것을 토대로 현실화 할 수 있는 행위 지침을 마련해 나가고자 하는 화자의 의도가 분명하기에, 학생들이 실현 가능성의 측면에서 논의할 사항은 다분하다고 본다.

4. 민중에 대한 공감으로서의 시 교육

이 글은 현실적 제반 사실에 관여하고 그러한 현실에 대한 가치 인식이 형상화된 민중시에 주목하고, 민중시 교육의 핵심 요소가 '자각'과 '의지'에 있음을 살펴보았다. 아울러 민중의 현실에 대한 자각이 민중의식의 확립으로 나아가야 함을 역설하였고 의지의 측면은 통합의지로 발전함으로써, 민중이 실제 현실을 삶의 보금자리로 받아들일 수 있는 인식과 실천적 차원에 대한 관심이 민중시 교육을 통해 확산될 수 있어야 함을 강조하였다. 민중의식은 민중이 현실을 명확히 진단하고 비판할 수 있는 주체적 인식의 함양을 통해 형성되는 것으로, 적극적인 현실비판과 자기점검을 위한 내적 성찰에 관한 사항이다. 또한 통합의지는 현실적이고 구체적인 차원에서 이상 성취를 위한 방안을 모색해 나가는 민중의 자발적이고 소통 가능한 실천력을 강조하기 위한 것이다.

민중시를 통해 학생들이 단순히 작품의 의미를 분석하고 현실 속에서 소외된 채로 살아가는 민중의 현재적 모습을 객관적으로 파악하는 차원에서 벗어나, 학생 스스로 민중과 공감하고 그들의 삶 속에서 민중이 되어봄으로써 민중으로서 가져야 할 바람직한 민중의식과 통합의지를 교육활동을 통해 체감해 나가는 과정을 중요하게 부각시키고자 하였다. 이를 위해 '민중의식 살피기'와 관련해서는 '현실에 주목하기→현실의 내재적 원리 발견하기→현실 재해석과 자기 점검하기'의 방법을 통해 자본주의적 현실에 내재된 계층관계의 허상을 비판하고 올바른 민중의식을 타진해 나가고자 하였다. 또한, 소통 공동체 지향적 '통합의지 살피기' 단계에서는 '개혁의 전제조건 살피기→소통 지향적 공동체 재구성하기→구현 가능성 따지기'를 교육 방법으로 내세움으로써 민중이 주체가 되면서도 자본가 권력과 화합해 나가는 실질적인 차원의 대안들을 학생들이 모색해 나가는 숙고의 시간들을 가지고자 하였다.

요컨대 이 글에서 주목한 민중시 교육 방법은 민중 주체의 자각과 통합의지에 주목하게 함으로써, 이를 통해 확보하게 된 민중의식을 통해 현실을 다시 한 번 조망함으로써 현실에 대한 객관적 거리를 유지하게 할 뿐만 아니라, 현실을 이전과는 다른 태도로 수용하고 개선해 나갈 의지를 마련해 나가는 계기가 될 수 있으리라 본다. 아울러 실현 가능하고 현실을 변화시킬 가능성을 가진 소통 지향적 공동체를 위한 연대인지를 되묻고, 그러한 과정을 통해 얻어지는 답을 통해 조직의 내적 관계를 공고히 하는 데도 일조할 것으로 기대한다.

Ⅲ. 수필과 다문화 문학 교육

문학교육방법론

'주체비움'과 '타자세움'을 통한
다문화 시 교육

1. 다문화적 인식의 교육적 수용

　니체는 현대사회의 특징을 '주체의 허구'(강영안, 2005)로 규정하고 논리적이고 보편적인 주체의 해체를 역설한다. 하지만 자본의 논리에 의해 강화되는 주체는 여전히 살아 있고, 과학 기술과 산업화의 가속화는 주체의 주체다움을 퇴색시키지 못하고 있다. 이에 주체에 의해 철저히 소외된 타자의 자리와 문제적 상황에 눈길을 돌리는 논의는 우리를 돌아보게 하는 계기가 되고 있다. 한국은 1870년 무렵 개화의 강력한 물결로 인해 서양의 문화와 정치적 영향력을 수용하게 됨으로써 문화적 혼종성을 겪어야만했다. 낯선 문화에 대한 이질감, 수용과 동화를 경험하면서 주체와 타자의 양자 구도에서 갈등해야만 했던 역사적 흔적을 안고 있다. 이러한 다문화적 상황은 한국전쟁이나 베트남전의 결과로 잉태된 혼혈 현상(유성호, 2011)으로 이어졌으며, 노동시장의 개방으로 인한 1980년대 후반의 외국인 노동자의 이주와 그 이후 국제결혼의 증가(윤인진, 2010), 새터민 유입으로 인해 전면화되었다. 개화 초기에는 타자로서의 상실감을 강요당하기도 했으며, 반면 지금은 오히려 우리 스스로가 주체로서 타민족과 문화를 타자화시키는 묘한 이중성을 경험하고 있다.

이러한 사회 문화적 상황에서 교육의 영역에까지 다문화에 대한 논의가 이루어지고, 이를 실천하고자 하는 움직임은 바람직해 보인다. 하지만 현재 시행되고 있는 다문화교육이 철저히 소수자의 한국문화에 대한 적응교육과, 소수자의 정체성 함양교육에만 편중되어 있으며, 다수자의 위치에 있는 한국인과 한국문화의 소수자에 대한 이해 증진교육은 미흡(오경석 외, 2007)한 실정이다. 다문화 정체성은 지배문화의 내부에서 일방적인 동화(임경순, 2011)에 의해서가 아니라, 다양한 문화에 대한 인정과 공유에 의해 형성되는 것이다. 배척주의nativism와 동화주의assimilation같이 소수집단이 자신의 전통과 문화를 포기하고 주류 사회나 문화에 흡수(최충옥 외, 2009)되는 것은, 오늘날의 다문화주의multiculturalism에서 벗어난 것이다. Berry의 지적처럼 문화적 통합integration은 소수자의 개별 문화를 유지하는 동시에 주류 문화와 상호작용(Gordon, 2012)을 통해 이루어질 수 있는 것이다. 또한 정체성은 개인이 자라온 사회 문화적 환경을 전제로 한 '문화적 자기'(Alan, 2012)를 다수자가 인정하고 동등한 자격으로 배려할 때 이루어질 수 있다고 본다.

결국 현행 다문화교육의 문제점을 보완하고 다문화주의의 진정성을 실현하기 위해서는 소수자 적응 중심의 교육에서 벗어나, 다수자의 가치 인식에 대한 정립과 실천적 태도 함양을 무엇보다 우선시해야 하리라 본다. 이주노동자, 해외결혼자, 새터민 그리고 그들의 2세가 한국 사회와 문화 내에서 타자화된 소수자로서의 상실감을 극복하고 정체성을 확보하며 삶의 행복을 누리기 위해서는, 주체로서의 다수자인 한국인들의 가치 태도에 대한 반성적 성찰이 우선시될 필요가 있다. 이를 위해 학교 현장에서의 다문화교육은 다수자의 위치를 점하고 있는 학생들의 허용적이고 동등한 자격으로서의 배려심을 길러주는 방향으로 교육활동이 선회되어야 할 것이다. 교육을 통해 길러진 타자에 대한 관용적 태도는, 이주자들의 내부적 통합을 강화시킴은 물론 다수 집단의 특정 문화권 내에 그들의 이종異種 문화권을 형성하게 함으로써 사회 전체의 통합이라는 대전제 하에 소규모의 평행사회parallel societies(혀영식, 2010)를 구성 가능케 한다.

  테일러는 이와 같이 문화에 내재한 본래적 가치와 특수한 성격을 그대로 인정해 주는 '진정성의 이념'(권금상 외, 2012)을, 차이와 다름을 인정하는 철학의 근본 원리로 명명한 바 있다. 다문화교육을 다양성을 허용하고 문화적 차이를 존중하는 사회적 인식의 차원(윤여탁, 2010)으로 접근할 경우 그 효과는 점층적으로 강화될 수 있을 것이다. 다문화주의가 소수자들의 차별받지 않는 삶의 보장과 한국 사회에서의 적응이라는 차원을 넘어, 인간적 삶의 전제 조건으로서 정체성(김남국, 2010)을 용인하는 차원에 관한 것이기에, 다문화교육에서 주안점을 두어야 할 것은 주체의 인식에 관한 것이다. 다문화주의를 현실 상황 속에 구현하기 위해 바람직한 주체 인식을 논의할 경우 레비나스의 견해는 주목할 만하다. 레비나스는 '인간은 자신과 전혀 다른 자, 내가 어떤 방식으로도 규정할 수 없는 무한자'(다문화콘텐츠연구사업단, 2010)로 타자를 명명하고 무한자에 대한 지향성을 인간의 본성이라 본다.

  따라서 주체로서의 '나'가 가지는 적극적인 성향이 아니라 타자에게 사로잡히는 '주체의 수동성'(김연숙, 2002)을 선행되어야 하는 가치로 본다.

그는 타자와 주체 사이에 존재했었던 기존의 지배와 종속 관계를 부정하고, 주체는 타자의 요구와 부름에 응답함으로써 주체의 '자기 비움'을 통해 타자를 위한 책임적 존재로서 '대속'(강영안, 2005)할 수 있어야 타자의 '세움'이 가능하다고 역설한다. 레비나스가 제안한 타자에 대한 책임과 희생으로서의 '대속la substitution' 개념은 더 이상 타자를 단순한 대상으로서의 존재가 아니라 주체의 본성을 형성하는 기원(윤대선, 2009)으로 인식하게 하며, 이러한 대속을 통해 타자 이해와 주체의 진정한 자리매김을 이룰 수 있게 된다. 들뢰즈 역시 타자의 효과를, '완전하게 통일되고 조직된 지각 형성을 가능케 해 주는 선험적 타자'(서동욱, 2000)로 기술함으로써 레비나스의 견해에 동조하고 있다. 이처럼 주체 중심의 사고와 태도에서 벗어나 타자에 의해 주체의 속성이 완성되고, 주체의 완전한 '비움'을 위해 타자의 부름에 순응하고, 타자를 위해 희생하는 주체의 적극적 행위를 강조하는 논의는 다문화교육에 많은 시사점을 준다.

다문화교육에서 시도되는 주체 인식에 대한 교육도, '주체 비움'에서부터 시작해서 주체가 타자의 자리에서 타자를 대신해 그 입장에 세워지는 '대속'을 통해, 타자에 대한 책임을 이행할 수 있는 가치 태도에 초점을 두어야 할 것이다. 이러한 행위는 타자에 대한 단순한 허용과 배려의 차원을 넘어, 주체와 타자 사이를 객관화된 관계 이상으로 발전시켜 베르그송과 포퍼가 구현하고자 하는 '열린사회'(신중섭, 1999), 즉 모든 인류를 포괄하는 사회를 이루는 디딤돌이 될 것이다. 뿐만 아니라 이러한 관계 형성은, '전제된 언어를 통한 문화보기'에서 자행되었던 타자를 소외시키는 기존의 차별적 고정관념에서 벗어나 진정한 '문화 소통'(김휘택, 2008)을 이룰 수 있는 것이다. 바르트의 표현처럼 전제된 언어나 문화적 관점이 아니라,

새로운 언어나 문화적 틀을 활용할 때 비로소, 새로운 의미를 채울 수 있을 것이다. 결국 '주체 비움'은 '타자 세움'으로 기능할 뿐만 아니라, 주체의 진정한 자리매김을 가능하게 함으로써 주체의 '주체다움'을 이루는 관건이 된다.

여기에서 나아가 '주체 비움'과 '타자 세움'의 인식은 '연대관계'로 발전 가능하다. 하버마스는 주체와 타자가 대등한 자격에서 이루는 상호작용을 '공통된 삶이 서로 연관되어 있다는 데 대한 확신에서 생겨나는, 이상적 의사소통 공동체에 대한 소속 의식'(호네트, 2009)으로 표현한 바 있다. 주체 중심의 사고에서 벗어나 타자를 중심에 놓고 사유하는 태도는 타자의 소외 현상을 불식시킴과 동시에, 타자의 타자다움을 확립함으로써 주체와 타자를 소통 가능한 공동체적 연대관계로 발전시켜 나갈 수 있는 것이다. 이것이 다문화주의가 지향하고자 하는 참된 타자성에 해당하는 것이다. 따라서 이 글에서는 다문화교육에서 '주체 비움'과 '타자 세움'이라는 가치 인식의 확립에 주안점을 두고 이를 문학교육을 통해 실현하는 구체적인 방안을 제시하고자 한다. 다문화교육을 문학교육을 통해 수행할 수 있는 가능성은, 문학작품은 다양한 삶의 모습과 가치인식을 형상화하고 있기 때문이다. 다양한 사람들의 삶의 국면과 갈등 상황을 담고 있는 문학작품을 제 각각의 생각과 느낌으로 다채롭게 학생들이 향유하면서, 삶과 문화 그리고 가치 인식에 대한 포용력을 길러가게 할 필요가 있는 것이다.

이처럼 다문화주의를 문학교육에 적극 수용하고자 하는 시도는 문학교육을 문화교육과 결합시키고자 하는 것이며, 학생 스스로 문학적 문화(윤영옥, 2013)를 형성해 나갈 수 있는 역량을 강화시켜나가는 데 기여할 것으로 기대한다. 슈프랑거의 지적처럼 '이미 획득한 문화내용은 고정된 규범으로 고착화됨으로써 자기 혁신의 역동성을 상실'(우한용, 1997)하게 되는 것이기에, 문학작품을 통해 기획되는 다양한 삶에 대한 공감과 이해는 자기 문화에 안주하고자 하는 주체의 성향을 타자에게로 개방시켜 줄 수 있는 것이다. 이미 국어교육이 사회통합을 위한 도구로서의 역할을 부여받고 있는 시점에서, 국어교육의 하위영역인 문학교육 그리고 시교육에서도 다문화적 인식과 태도를 반영해야 한다는 것은 자명하다. 궁극적으로 다문화주의를 실현하고자 하는 시교육이 '미래 지향적인 공동체 의식 함양'(원진숙, 2013)의 토대가 될 수 있음을 놓치지 말아야 하리라 본다.

2. 다문화시 교육의 주안점

이 글에서는 다문화주의적 가치 인식을 담고 있는 시를 '다문화시'라 명명하고, 다문화시를 교육하기 위한 구체적인 방법들을 모색해 보고자 한다. 최근의 다문화주의는, 소수자의 주류문화로의 동화, 또한 포섭적인 다문화주의를 거부하고 소수 집단의 공동체를 지향하고자 하는 경향을 넘어, 이제는 소수 문화의 다양성을 존중하고 이를 보장(전은주, 2012)하려는 흐름으로 나아가고 있는 것이 사실이다. 따라서 다문화시교육에서도 Bank의 논의처럼 '다른 문화의 관점을 통한 자기 문화 바라보기, 다문화사회에서 요구되는 지식과 기능의 학습, 소수민족의 고통과 차별에 대한 공감'(Banks, 2008)을 목표로 설정 가능하다고 본다. 이는 Bennett가 주장한 '평등교육, 다문화능력'(노은희, 2012)과 일맥상통하는 것으로서 이 글에서는 이러한 목표에 대한 인식을 토대로, 개별 시작품을 통해 다문화의 실상에 대해 파악하고 이로써 타자의 처지에 공감하고 주체의 인식 태도를 비판적으로 성찰하게 하며 궁극적으로 다문화적 가치 태도를 함양해 나가는 과정을 보일 것이다. 이를 위해 이 글에서는 '주체 비움'과 '타자 세움'을 핵심적인 다문화시교육의 주안점으로 설정하고 이를 교육활동을 위한 원리적 차원에서 상세화해 나가고자 한다.

1) '주체 비움'으로서의 시학

'주체 비움'은 그동안 자행되었던 소수자에 대한 다수자 주체의 억압과 착취를 반성하고 무화시키기 위한 시도이다. 이를 위해 현재의 다문화적 상황을 냉철하게 파악할 수 있는 '객관적 시선의 회복'이 주체에게 시도되어야 할 필요가 있어 보인다. 주체에 의해 자발적이고 적극적으로 시도되는 타자와 그들의 문화에 대한 객관적 시선의 유지는, 그동안 감행되었던 주체 중심의 주관적 관점에서 벗어나 다문화사회의 실체를 온전히 살피고 그 속에서 지속되어온 문제점을 인식하기 위함이다. 주체의 자기 비움은 타자에 대해 우월적인 지위를 유지해 왔던, 주체의 비민주적이고 비인도적非人道的인 실태를 되돌아봄으로써 타자와의 '거리 조정'을 새롭게 추진하는 데서 이루어질 수 있다. 이때의 거리 조정은 주체의 차원과 타자의 차원에서 각기 수행되는 작업으로 규정할 수 있다. 주체와 관련해서는 주체가 자기 스스로에 대해 지금껏 고집해 왔던 긴밀한 거리 관계를 청산하고, 주체를 객관화시킴으로써 일정한 거리를 통해 자신을 고찰하는 태도를 의미한다. 반면, 타자와 그들의 문화에 대해 다수자가 취해 왔던 소원疎遠한 거리를 좁힘으로써, 타자와의 거리 좁히기를 통해 긍정적인 긴장감을 조성해 나가자는 것이다.

결국 '주체 비움'은 기존의 가치 인식에서 벗어나기 위한 시도로서 '객관적 시선 유지'를 기본 틀로 하고, 이를 구체화하기 방안으로 주체의 자신에 대한 '거리 늘이기'를 통해 수행되는 '자기 살피기'와, 주체의 타자에 대한 '거리 좁히기'를 이룸으로써 성취할 수 있는 '타자와의 동일시'를 설정할 수 있을 것이다. 주체는 주체 자신의 인식과 가치 태도, 행위 양상, 현재적 상황 등과 관련된 것들에 대해 거리를 늘여 감으로써 객관적 시선을 유지하게 되며, 이렇게 확보된 탈주체적 상황 속에서 주체와 그들의 문화에 대한 살피기를 도모할 필요가 있는 것이다. 아울러 주체의 위선과 기만적 시선으로 왜곡되었던 타자와의 거리를 재조정하고 공감적 공동체 형성을 위한 일환으로 거리 좁히기에 적극 나서야 할 것이다. 그동안 다문화사회 속에 존속되어 왔던 타자와 그들의 문화에 대한 주체의 거부감과 냉소적 거리를 좁히기 위한 노력이 시교육의 마당에도 적극 수용되어야 하리라 본다. 객관적 시선을 유지할 때 주체는 더 이상 절대적 권위를 가진 우월 자적 지위를 점유할 수 없으며, 타자는 더 이상 소외된 대상으로 남을 수 없는 것이다. 주체 비움은 주체의 권위를 비우는 것이며 그 비워진 자리에 타자에 대한 공감을 담아내는 것이라 할 수 있다.

시교육의 과정에서 학생들이 타문화에 대한 객관적 시선을 확보하기 위해서는 무엇보다 자신의 세계관이 보편적이지 않다(장영미, 2013)는 것을 개별 작품을 통해 보여줄 수 있어야 한다. 작품을 이해하고 감상하는 관점이 다양(김경희, 2010)하듯 삶의 현장에 전제된 가치 인식 역시 다양하다는 것을 체감할 수 있도록 안내할 필요가 있다. 자신의 관점을 객관적이고 개방적인 태도로 표현하게 하고, 자신의 생각은 존중받는 다양한 인식들 중의 하나라는 사실을 깨닫도록 지도되어야 할 것이다. 자기 입장을 맹신하는 주관적 태도에서 벗어나 다양한 관점을 용인하는 감상의 틀을 전제한 시교육은 다문화주에 대한 긍정적 태도를 기르는 데 기여할 것으로 보이며, 아울러 작품에 대한 적극적인 반응을 양산한다는 측면에서도 장점을 가질 것이다. 이처럼 학생들의 심미적 반응에 대한 허용적 태도에 더해, 다양한 관점에서 이루어지는 비판적 해석이나 평가(김정원, 2010) 역시 다문화적 인식의 확산에 도움을 줄 것으로 본다. 합리적이고 논리적인 근거 마련을 통한 비판은 타자의 문화에 대한 잘못된 기존 주체들의 인식에 경종을 울릴 것이며, 타자에 대한 인정과 긍정이라는 결론을 도출할 수도 있기 때문이다.

[그림1] 주체 비움의 방법과 절차

객관적 시선 유지	
거리 늘이기	거리 좁히기
주체의 자기 살피기	타자와의 동일시

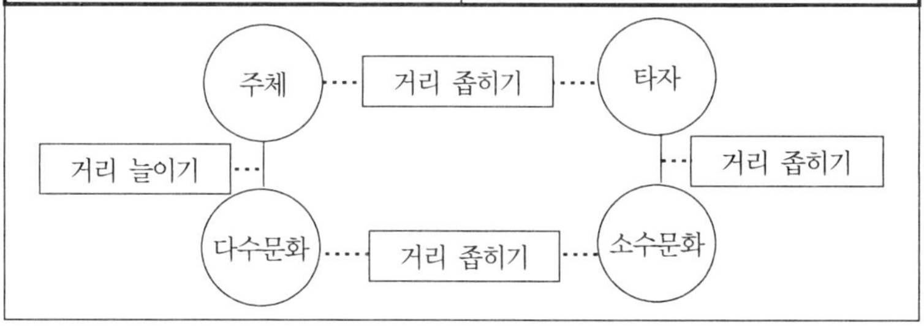

객관적 시각에서 이루어지는 주체나 다수문화에 대한 '거리 늘이기'는 다문화시에 등장하는 주체에 대한 비판적 살피기를 통해 수행 가능하다. '주체의 자기 인식이 합리적이고도 정당한지, 작품의 내적 상황 속에 전제된 주체의 권위적이거나 우월한 태도는 없는지, 주체의 사고방식이과 행

위양상이 어떤 점에서 모순을 내포하는지' 등을 살필 필요가 있다. 주체의 자기 인식이나 행동뿐만 아니라 자기 문화에 대한 특권적 인식이 갖는 불합리성이 어떤 근거에서 유도되는 것인지를 학생 스스로 사고하고 발견하도록 유도할 수 있어야 한다. 주체와 문화에 대한 자기 인식이 자본 중심적 사고나 과학 제일주의에 기반한 것은 아닌지를 따져 물을 수 있는 기회를 마련해야 할 것이다. 가능한 한 주체와의 거리를 최대한 벌임으로써 주체에 대해 비판적이고 반성적으로 성찰할 수 있는 객관적인 거리를 유지하고, 이를 통해 다문화사회에서 주체에 의해 자행되고 있는 주체 중심의 권위적 사고와 행위가 갖는 모순을 깨닫게 하는 것이 바람직하다.

학생들은 아직 성인 사회의 구성원으로서 역할을 한다기보다는 방관자적 입장에 처한 측면이 강하기에, 오히려 이러한 주체의 거리 늘이기 작업은 객관성의 확보라는 측면에서 긍정적 이점을 갖는다고 볼 수 있다. 그럼으로써 학생들은 다문화시를 통해 주체의 모순을 적극적으로 직시하고, 나름대로 그러한 문제점을 해결하기 위한 방안을 모색해 나감으로써 바람직한 다문화주의를 체득할 수 있을 것이다. 주체의 자기 살피기에서 무엇보다 중요한 것은, 자기 옹호나 자기 합리화에 빠져서는 안 될 것이며, 딕 헵디지의 지적처럼 주체의 소수문화에 대한 착취는 자본주의 체제와 맞물려 전개되는 권력의 재편성 과정에서 야기된 산물(김수이, 2009)이라는 점을 놓쳐서는 안 될 것이다. 다문화사회에 대한 주체의 객관적 시선 확보를 통해 이루어지는 '거리 조정하기'의 일환으로, 주체 자신에 대한 '거리 늘이기'를 통해 명확한 현실 인식과 비판적 성찰, 그리고 자기 비우기가 성취되었다면, 그 다음은 타자에 대한 '거리 좁히기'가 시도될 차례이다.

완전한 '주체 비움'은 주체의 권위를 내려놓기 위한 기획이며, 나아가

라캉의 언급처럼 절대적 수동성에 의해 탈중심화(佐藤嘉幸, 2012)의 위치에 서기 위해서는 타자에 대한 '거리 좁히기'를 동반해야 한다. 주체와 타자가 동등한 자격에서 자신의 행복을 추구하는 삶이 다문화주의의 궁극적목표이기에, 주체를 비우고 타자로 주체의 빈 공간을 채우기 위해서는 주체와 타자 사이의 거리 파악이 중요한 것이다. 결국 주체에 의해 폭력적으로 자행되었던 타자와의 격원隔遠한 거리에 대한 냉정한 인식과, 이를 해소하기 위한 주체적 입장의 '거리 좁히기'가 감행되어야 한다는 것이다. 타자성을 명확하게 인식(김종태, 2014)하고 이를 용인하는 태도가, 타자와 그들 문화 사이의 거리를 좁힘으로써 그들 스스로 정체성(엄성원, 2013)을 확립하는 토대가 될 것이며, 또한 주체와 타자의 거리 좁힘이 다문화사회속에서 타자의 정체성을 지속시킬 수 있을 것으로 기대한다.

2) '타자 세움'으로서의 시학

'주체 비움'을 통해 주체의 자기 성찰과 타자에 대한 허용적 태도가 확립되었다면, 타자에 대한 존중감을 바탕으로 공동체 구성을 위한 '타자 세움'이 추진되어야 한다. 기존의 사회구조가 주체 세움의 틀 속에서 움직였다면, 이제는 주체를 비운 뒤 이루어지는 타자 세움으로 전향할 때이다. 사실상 현대사회에서 타자를 타자로 전락시킨 것은 경제적 관점에 대한 과도한 맹신에서 기인된 것이다. 경제적 능력이 타자의 가치를 평가 절하시키는 유일한 기준이 될 수 없음에도 불구하고, 다양성(조성훈, 2010)의 잣대를 거세해 버림으로써 타자의 가치를 무화시킨 것이다. 주체 비움의 단계에서 강조된 타자에 대한 거리 좁히기가 타자에 대한 긍정과 가치 인정의 차원이었다면, 타자 세움은 단순한 호감의 차원을 넘어 타자의 고유성을 확대시켜 보자는 것이다. 타자에 대한 존중감을 바탕으로, 타자를 이상적인 공동체 형성을 위한 대등한 구성원으로 인정함으로써 '역사적 운명 공동체의 특수주의'를 넘어, 타자를 '평등한 권리 주체'(Habermas, 2000)로 인식하자는 것이다. 이는 삶의 터전으로서의 공동체가, 역사적 운명에 의해 결정되는 민족과 국가에 기반한다는 제한적 인식과, 공동체는 민족국가에 의해 구성되는 특수한 영역이라는 사고를 넘어, 존엄성을 인정받는 다양한 권리 주체들의 연대를 바탕으로 운영될 수 있음을 받아들이는 것이다.

[그림2] 타자 세움의 방법과 절차

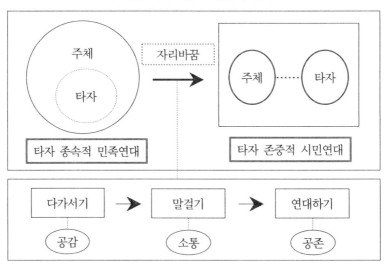

폐쇄적 민족주의에 갇혀 민족 내부의 소통성만을 강조하는 민족적 연대의 틀을 깸으로써, 주체와 타자를 쌍방향적 소통이 가능한 대등한 자격의 공동체 구성원으로 인식하는 시민적 연대(김석수, 2011)로 자리바꿈할 필

요성이 있다. Walzer의 표현처럼 자유주의 국가 체제 내부에서 자행되었던 타인종과 타민족에 대한 '분명한 절연絶緣'(Kymlicka, 2008)을 폐기하고, 대화에 나설 필요가 있다. 이때의 대화란 상대방의 가치를 존중하고 이를 함께 누림으로써 공동창조의 새로운 삶을 구성해 나가는 과정(杜維明, 2006)인 것이다. 다문화시 교육에서도 이러한 점에 주목해, 작품 속에 존재하는 타자에 대한 '존중감'을 인식하고 이를 구현하기 위한 방안으로, '공감, 소통, 공존'의 항목들에 초점을 맞출 필요가 있다.

다가서기로서의 공감은, 타자와 타자의 문화에 대해 좁혀진 거리 인식을 더욱 확장시키기 위한 것으로, 문화에 대한 이질감과 차별화를 허물고자 하는 시도이다. 타자의 위치와 그들의 문화 속에 주체를 대입시킴으로써 그들의 문화와 사상, 태도를 공유함으로써 공감대를 형성해 보자는 것이다. 타자에 대한 존중감은 객관적 입장에 위치한 주체의 자리에서 성취될 수 있는 것이 아니다. 타자의 영역 내에서 그들의 생활방식과 사유체계에 주체를 대입시키고 함께 살아 낼 때 가능하기 때문이다. 주체가 지금껏 누려왔던 습관, 가치관, 행동양상들을 온전히 버리고서, 오로지 타자의 삶과 호흡 속으로 주체를 내맡김으로써 그들의 문화를 살아 보려는 시도를 행해 보는 것이다. '주체와 타자의 역할 바꾸기, 타자의 문화와 생활방식이 갖는 장점 찾기, 주체의 문화에 존재하지 않는 타자만의 독자성 발견하기, 타자의 가치인식과 문화가 형성된 근원적 상황 살피기, 타자의 문화 속으로 주체의 삶을 온전히 대입해 보기, 타자의 문화 체험에 대한 경험 소개하기' 등의 방법들을 통해, 문화체험의 관점에서 타자의 속성과 문화에 대해 공감할 수 있는 활동을 마련할 수 있어야 하리라 본다.

타자와 그들의 문화에 다가섬으로써 얻게 되는 공감이 주체의 의도적 행위에 초점이 맞추어 진 것이라면, 소통을 위한 '말걸기'는 쌍방향적 활동에 해당한다. 즉 타자의 목소리를 통해 제시되는 그들의 생생한 삶의 모습과 느낌, 생각들을 주체와 서로 나누어 보는 것이다. Meyer가 '다문화 역량 개발'의 중요성을 역설하고 그것을 실현하기 위한 요소로 '상황에 맞는 적용방식의 터득'(김석수, 2011)을 강조했듯이, 지금의 다문화교육은 타자의 적응교육에 초점을 맞추기보다, 그에 선행해 주체의 다문화사회라는 새로운 상황에 대한 적응 양상에 주의를 기울여야 할 때이다. 타자의 입장에서 주체 스스로 다문화 이해 교육(황규호 외, 2008)의 실태를 점검하고 이를 바람직한 방향으로 개선해 나가기 위해서는 타자의 말에 귀를 기울일 줄 알고, 타자의 문화를 읽고 이해하고 공감할 줄 아는 능력을 길러갈 필요가 있는 것이다. 이처럼 이야기(박진환 외, 2008) 주고받기를 통해 풀어가는 바람직한 '다문화 문식력'(김용재, 2011; 윤여탁, 2013)은, 주체 중심의 문화 읽기에서 벗어나 타자 중심의 문화읽기를 수행할 때 배양될 수 있다.

다문화시에 등장하는 타자의 모습과 삶을 통해 '그들의 이야기를 상상하기, 타자가 생각하고 느끼는 그들의 문화에 대한 장점 상상하기, 타자가 갖는 꿈과 희망에 대해 상상하기, 다문화사회를 바라보는 타자의 입장 추론하기, 타자의 삶, 생각, 느낌에 대해 주체의 입장에서 대답하기, 주체로서 타자에 대한 위로, 미안함을 표현하기' 등의 활동을 수행함으로써 경계를 뛰어넘는(최원오, 2009) 내적 소통을 시도할 수 있어야 한다. 물론 다문화시에 타자로 등장하는 인물과의 가상의 말 건넴과 소통이기에 실제성은 결여되어 있으나, 다문화시에 등장하는 상황이나 타자의 삶 등을 통해 오롯이 타자가 되어 그들의 감성과 육성으로, 주체인 우리 사회에 냉정한 물음을 제기하고 하소연을 해 보는 것이다. 주체로서의 입장을 버리고 다문화시에 드러나 있는 시어들을 근거로 해서, 철저히 타자의 입장에서 가상의 타자가 되어 학생들의 내면에 타자와 주체의 대화 양상을 전개시켜 보는 상상을 펼쳐 볼 수 있을 것이며, 이를 구체화하기 위해 역할극을 통해 재구성해 보는 활동도 바람직하다고 볼 수 있다.

공존을 위한 '연대하기'는 다문화주의의 궁극적 도달점이라고 할 수 있다. 실질적 차원의 문화정체성을 구현하기 위해서는 타자에 대한 승인뿐만 아니라 존중과 연대(최혜진, 2008)가 필수적이다. 타자의 한국문화에 대한 체험이 '외래체험'과 '사대주의 체험'(이석호, 2011)으로 고착화되지 않고, 다양한 문화와 인종을 존중하고 그것이 한 데 어우러져 동등한 값어치로 이상적인 공동체로서의 세계시민사회를 실현하기 위해서는 타자와의 '연대'가 무엇보다 중요하다. '연대'는 동등한 자격을 전제로 한 것이기에, 동정이나 연민과 같이 타자를 결핍적 요소를 지닌 대상으로 보는 시각에서 벗어난 개념이다. 또한 공동체를 위해 대등하고도 비중 있는 역할을 수행할 수 있는 동반자로서 타자를 규정하고자 하는 인식 태도이기도 하다. 그러므로 공존의 가치를 이루기 위한 '연대하기'에서는 공동체가 지향해야 할 '이상'과 그를 위한 개별 주체와 타자의 '역할'에 대한 논의가 필요하다고 본다.

'타자와 주체가 함께 지향해야 할 공동체의 모습은 무엇인지, 이상적인 공동체의 본질과 속성은 어떻게 설정할 것인지, 이상적인 공동체 모습을 실현하기 위한 방안은 무엇이고 어떻게 모색 가능한지, 타자와 주체의 역할은 어떠한지' 등을 다문화시를 통해 구체화해 나갈 수 있어야 한다. 다문화시에서 연대를 교육적 요소로 설정하고 이를 교육해 나가는 실질적인 활동을 통해 타자의 속성과 가치는 다시 한 번 규명될 수 있을 것이다.

3. 주체비움과 타자세움을 통한 다문화시 교육의 실제

다문화시 교육을 위해 주되게 고려해야 할 요소로서 '주체 비움'과 '타자 세움'을 강조하였다. 타자에 대한 일방적 억압과 착취, 그리고 타자를 소외시키는 주체의 폭력성을 바람직한 방향으로 선회시키고 다문화주의적 가치관을 구현하기 위한 최우선적 과제로 주체의 권위를 비우는 것에 주목하고자 하였다. 이를 실현하기 위한 직접적인 방법으로 주체의 자신에 대한 거리 늘이기를 위해 수행되는 주체의 자기 점검과, 동일시를 이루기 위한 타자에 대한 거리 좁히기가 유용한 시도임을 제시하였다. 아울러 주체 비움 이후에 진행되는 타자 존중을 이루어 내기 위한 '타자 세움'이, '연대'라는 대전제 속에서 '공감, 소통, 공존'의 절차를 거쳐 추진될 수 있음을 역설하였다. 공존을 바탕으로 이상적인 공동체 구성을 위한 대등한 자격으로서의 연대를 이루는 것이 다문화의 지향점이며, 다양한 가치와 문화, 행동양식을 일상적인 삶을 통해 형상화하고 있는 것이 문학이기에 다문화시를 통한 다문화교육은 교육적 효과가 클 것으로 기대한다. 다문화시 교육을 교실 현장에서 구체적으로 적용해 나가는 과정과 방법을 보이기 위해 '주체 비움'과 관련해서는 '성찰을 통한 주체 비우기'를, '타자 세움'에 대해 '존중을 통한 타자 세우기'를 교육 방법으로 설정하고자 한다.

1) 성찰을 통한 주체 비우기

다문화시를 통해 '성찰을 통한 주체 비우기'를 수행하기 위해 '주체의 자기 점검→거리에 대한 인식→거리 재조정하기'의 과정을 따르는 것이 바람직하다. 다른 문화권으로부터 이주해 온 타자와 주류문화 사이의 갈등(김혜영, 2012), 타자가 경험하게 되는 정서와 사고를 형상화하거나, 혹은 갈등을 넘어서기 위해 시도되는 상호 이해의 과정을 담은 시를 '다문화시'로 규정하고, 「아프리카픽션」을 통해 '주체 비우기' 교육 방법의 일반화 가능성을 타진해 보고자 한다.

양가죽타악기처럼 툭 튀어나온 저 엉덩이를 보게, 놀랍지 않은가, 콜린스가 말했다. 이곳에 툭툭거리지 않는 곳이 어디란 말인가, 올리비에가 빈정거렸다. 논점에서 벗어난 지적이군, 콜린스가 헛웃음으로 대화의 주도권을 차지하려 하였다. 고대중국의 현자가 되어 돌연 진지해지는 사나이들.

저 젖가슴이야말로 빅토리아호수 같지 않은가 말일세, 올리비에가 경탄조로 말했다. 파리 뒷골목의 유곽과는 차원이 다른 폭포랄까, 콜린스가 한마디 덧붙인다. 그렇겠지, 자네처럼 아무 곳에나 싸는 물건은 아니겠지, 올리비에의 미간이 구부러진다. 복수의 후궁처럼 날카로워지는 두 남자.

그만하지, 닥쳐 애송이, 두 친구는 오랜만에 겉과 속이 일치한다. 콜린스와 올리비에는 엉덩이와 젖가슴을 주물러본다. 암흑의 주술에 걸리까 내심 두렵다. 혹은 까만색이 더럽다고 느낀다. 아니면 시커먼 그것들을 달고 있는 동물의 눈빛이 어쩐지 몸 같다고 느낀다. 여기는 터무니없이 덥군, 올리비에가 먼저 딴 청을 피운다. 콜린스가 헛기침을 한다.

콜린스가 운을 띄운다. 친구여, 고향으로 가세! 순회공연을 하세! 가짜

불기둥을 뛰어넘는 벵골호랑이보다는 흥미로울 거야! 올리비에가 화답한다. 그거 불티가 나겠구먼! 엉덩이와 젖가슴이 표범의 무늬가 된다면! 번갈아 말한다. 짭짤하겠지! 부자가 될 거야! 표범무늬? 콜린스는 궁금했지만 나일악어처럼 사소한 문제였다. 벵골호랑이? 올리비에는 상상했지만 톰슨가젤처럼 귀찮은 일이었다. 여왕폐하와 공화제를 위하여 건배!

그들은 북아일랜드에서 낭트지방까지 돌고 돌았다. 만년설과 대초원의 미래가 친구들을 기다렸다. 툭 튀어나온 엉덩이, 마운틴고릴라, 제거된 음순, 하마의 어금니, 풍부하고 깊은 젖가슴, 수코끼리의 상아, 손톱 다이아, 새로 유행하는 성병, 향긋한 커피콩, 터무니없는 무더위, 밀랍이 되었다. 교회 옆 '콜린-올리브' 자연사박물관에 각기 따로 전시되었다. 자세히 보면 어쩐지 몸 같고 멀리서 보면 꼭 주술 같다.

훗날 북해도에서 사람들이 찾아와 남겨진 기록을 되짚었다. 옷맵시와 머리가 단정했고, 누구보다 진지하며 날카로웠다고 한다. 아무나 지어낼 수 있는 이야기에는 관심이 없다고 했다.

- 서효인, 「아프리카픽션」, 전문.

위 작품은 서구중심, 자본중심의 가치관에 함몰된 주체의 타자에 대한 시선과 거리 인식의 근원적 한계를 비판하기에 주체의 자기 점검 교육을 위한 유용한 제재이다. 아프리카를 구성하는 인종, 민족, 문화가, '밀랍'된 채 '자연사박물관'이라는 주체 중심의 왜곡된 공간에 갇혀 생명력을 거세당함으로써, '아무나 지어낼 수 있는 이야기', 즉 '픽션'으로 타자화됨을 형상화하고 있다. 주체에 의해 아프리카인의 고유한 삶과 문화는 사라져버리고, 오직 '엉덩이'와 '젖가슴', '음순', '성병' 등의 파편화된 대상으로 존재할 뿐이다. 아프리카가 '짭짤'한 볼거리를 제공하는 '순회공연'의 대상이될 수 있고, 자본축적의 가능성이 있다는 일방적 기대 때문이다.

학생들에게 먼저 '주체의 자기 점검'을 수행하게 함으로써 주체의 과도한 자기 중심적 시선에 대해 비판할 수 있도록 할 필요가 있다. 주체의 자기 시선과 논리를 무한으로 긍정하던 태도에서 벗어나 자기 인식의 한계를 자각하기 위한 방편으로 주체를 타자화하는 시선의 확립이 무엇보다중요하다. 이러한 입장을 바탕으로, '주체의 가치 인식과 행동양상은 과연합리적인가, 편향되고 왜곡된 시선으로 타자를 평가절하하지는 않았는가, 만약 주체의 시선이 굴절되었다면 그것을 입증할 수 있는 내적 근거를시어를 통해 제시할 수 있는가, 타자의 시선으로 주체를 바라보고 그 때의정서와 인식에 대해 기술해 볼 수 있는가, 주체의 잘못된 시선은 어디에기인하는가'라는 질문에 답하게 함으로써, 합리성과 객관성을 갖지 못한주체의 시선에 문제를 제기할 수 있어야 한다. 이러한 질문들은, 주체의인식 태도가 '논점, 현자, 진지함, 날카로움, 단정함'과 같은 이성적 기반속에서 도출된 것임을 스스로 자인自認하는 주관적 시선에서 유도된 것임을 학생들이 깨닫게 할 수 있다.

다문화시를 통해 다양한 문화적 요소의 용인 가능성이 주체의 어떤 시선을 통해 차단되고, 불평등(우혜경, 2011) 구조를 양산하게 되는지를 학생들이 깨닫도록 하는 것이 급선무이다. 이를 위해서는 주체의 '주관화된시선, 근접한 자기 거리의 고집, 타자에 대한 밀어내기식 거리 유지' 등을점검하고 이를 개선해 나가기 위한 주체의 각성과, 자기반성을 위한 '권위

비움'을 적극적으로 교육하는 것이 중요하다. 자기 점검은 작품 속 시적 주체에 대한 비판적 견해의 유지가 초점이며, 비판적 고찰을 위한 인식의 근거를 학생들이 발견하고 그에 대해 논의를 전개해 나가는 과정에 주목할 필요가 있다. 결국 자기 점검은 '주체의 타자화'와, '타자적 시선으로 주체 재인식하기'를, 학생들이 엄정하게 시적 주체와 자기 삶에 대입시켜 보는 활동인 것이다.

[그림3] 주체 비움을 위한 주체의 시선과 거리두기의 실상 파악

대상적 주체	주체의 정서	대상적 타자		
콜린스, 올리비에, 여왕 공화제, 파리 북아일랜드, 낭트, 북해도	놀람, 빈정거림, 경탄, 두려움, 더러움, 터무니없음, 흥미, 불티남, 짭짤함, 부자, 귀찮음	만년설, 대초원, 아프리카, 이곳		
		엉덩이 젖가슴 더위 음순 성병 커피콩	강요된 동일시	고릴라 하마 수코끼리 표범 악어 톰슨가젤

⬇
주체 중심의 주관적 시선

➡

타자에 의한 암시적 비판	주체의 타자 거리두기	주체에 의한 타자 실체 왜곡
미간구부러짐, 복수, 닥쳐, 파리 뒷골목 유곽, 싸는 물건		양가죽타악기, 까만색, 툭툭거리는 곳, 동물, 호수, 폭포, 암흑의 주술

⬆

주체가 인식한 타자성	주체의 인식
밀랍된 자연사박물관, 남겨진 기록, 아무나 지어내는 이야기, 순회공연을 위한 대상	논점, 현자, 진지, 날카로움, 단정
	반어적 비판

아울러 주체가 견지하고자 하는 것이 이성에 대한 맹신이라는 것을 학생들이 깨닫고, 주체들의 오만함에 반어적 의문을 제기하게 함으로써, 타자에 대한 자의적 평가가 주체 스스로를 반이성적 존재로 전락시키는 행위임을 학생들이 확인해 가는 과정이 요구된다. 작품 속 주체들의 주관적 인식 태도가 갖는 한계와 문제를 학생들이 살핌으로써, 주류문화에 속하는 주체로서의 위치에 있는 학생들은, 타자에 대한 객관적 시선 유지의 중요성을 인식할 수 있다. 편향되지 않은 객관적 시선을 통해, 주체와 타자에 대한 정당한 인식적 거리를 견지하고자 하는 태도가 자생할 수 있으며, 이는 이상적 다문화주의를 잉태하는 초석이 될 수 있는 것이다. 주체의 객관적 시선의 확보는, 위 시에서 드러난 소수자의 다수문화로의 포섭(김미혜, 2009)이나 소외 현상을 무화시키며, 타자문화가 갖는 긍정적 의미를 해석(이윤정, 2013)해 내고자 하는 움직임으로 전향될 수 있다.

자기 점검과 비판적 고찰 이후에 진행되는 교육의 단계는 '거리에 대한 인식'이다. 주체의 자기반성을 위해 자신에 대해 지나치게 관대했던 인식의 거리를 학생들이 점검하고 비판해 보는 활동에 해당한다. 가까운 거리에서 자신을 바라보고, 그러한 사유의 틀에 갇혀서 보지 못했던 주체의 세세한 일면들을 일정한 거리를 최대한 유지함으로써 냉철하게 성찰해 보고자 하는 시도이다. 학생 활동에 있어서도, 맹목적 자기 신뢰에서 비롯되는 주체의 자신에 대한 무화된 인식 거리를 극복하고, 주체가 자신을 타자의 관점에서 용납할 수 있는 인식의 거리를 확보하기 위해 시도하는 자기반성에 초점을 둘 필요가 있다.

'주체의 내적 모순은 무엇이며 모순이 유발하는 근본적 이유는 어디에 있는가, 주체는 자신에 대한 인식에 있어서 어느 정도의 거리를 유지하고 있는가, 주체는 스스로에게 얼마만큼의 맹신적 거리를 유지하는가, 주체의 자신에 대한 근접한 거리 유지가 갖는 문제점은 무엇인가, 주체 스스로에 대해 일정한 거리를 유지하는 것의 효과는 무엇인가, 거리 유지를 통해 바라본 주체의 참모습은 어떠한가' 등의 발문은 주체의 자기성찰에 유용하다. 활동의 효율성을 얻기 위해 '교사의 발문 제시→작품 분석을 통한 대답 모색→학생 의견 개진과 토의→자신의 의견 점검과 수정'의 단계를 거침으로써 문제해결과 상호소통의 과정을 중요시하는 것이 바람직하다. 거리 인식은 가치관의 문제이기에 교사 일방의 의견 제시나 강요는 학생들의 자발적 견해를 차단시킬 수 있기에 그러하다.

이러한 질문에 답하는 과정을 통해, '파리 뒷골목의 유곽'을 전전하며 '아무 곳에나 싸는 물건'을 소유한 주체는 더 이상, 타자의 삶을 '남겨진 기록'으로 무화시킬 특권을 부여받지 못한 존재라는 사실을 학생들은 체득할 수 있다. 타자를 우월적 지위에서 평가할 만한 권위를 부여받지 못한 주체는, 주체가 그랬듯이 타자에 의해 '빈정'거림을 받을 수도 '복수'를 당할 수도, '애송이' 취급을 받을 수도 있는 대상일 뿐이다. 그러므로 주체의 자신에 대한 일정한 거리 유지와 그를 통해 시도되는 객관적 자기 성찰을 통해 주체는 '현자'도, '논점'을 일관되게 유지한 존재도, '진지'함을 견지한 대상도 될 수 없이, 타자와 대등한 자격의 개체일 뿐이라는 것을 학생들은 발견하게 된다.

'거리 재조정하기'는 주체의 자기점검과 거리에 대한 비판적 인식 이후에 시도될 수 있는 단계로서, 타자와 그 문화에 대한 인식을 주체의 입장에서 재고再考해 보고자 하는 작업이다. 주체의 권위를 일방적으로 남용하고 그러한 태도로 자기 문화를 과대평가하며 타자의 문화를 도외시해 왔던 주체의 관행에서 벗어나, 학생들로 하여금 타자의 타자다움을 발견하게 하고 타자문화의 가치를 재발견하기 위한 전단계로서 주체의 타자에 대한 열린 시각을 확립해 보자는 활동이 중심이 되는 과정이다. 이는 실천적 차원(전철웅 외, 2011)의 문화 수용과 교류 이전에, 인식적 차원에서 타자와의 거리를 좁혀가는 활동에 해당한다. 주체의 입장에서 타자와의 관계를 점검하고 재조정함으로써 타자에 대해 친밀감을 갖고 수용의 가능성을 타진해 보기 위함이다.

'주체의 타자에 대한 인식과 타자에 대해 느끼는 정서는 어떠한 것이었는가, 그러한 인식과 정서가 바람직한 것인가, 주체적 시선에 의한 타자의 평가는 정당한 것인가, 부당하다면 그 이유는 무엇인가, 타자와 타자문화의 실체는 어떠한 것인가, 타자에 대한 바람직한 평가와 인정은 가능한 것인가, 타자에 대한 긍정적 허용과 정당한 평가가 갖는 의미는 무엇인가, 주체의 타자에 대한 수용은 가능하며 그를 위한 전제 조건과 노력에는 어떠한 것이 있는가' 등의 질문을 통해 학생들이 타자에 대한 거리 좁히기를 인식적 차원에서 수행하는 것이 핵심이다. 이러한 질문들은 원론적인 차원의 문제제기로서, 타자에 대한 잘못된 시선의 틀을 걷어냄으로써 제대로 된 타자에 대한 평가를 진행해 나가자는 선언적 언급에 해당한다.

결국, 학생들로 하여금 주체와 타자 사이의 인식적 거리의 재조정이 필요한 이유를 생각해 보게 하고, 그러한 작업이 필요한 이유와 가능성은 물론 전제되어야 할 제반 요건들에 대해 탐색하게 하는 활동 위주로 진행하는 것이 바람직하다. 과연 타인이 '엉덩이, 젖가슴, 음순' 등과 같이 실체가 상실된 파편적 대상으로 평가받아야만 하는 것인지, '고릴라, 하마, 수코끼리'와 같은 '동물'과 동일시되는 존재인지에 대한 의문 제기는 필수적이다. 이를 통해 타인은 전일적全一的 존재로서 '암흑의 주술'이라는 장막을 드리운 채, 주체와 소통 불가능한 '터무니없'는 대상이 아님을 학생들은 자각할 수 있다. 이러한 결론에 도달할 때, 타자는 주체와 긴밀한 거리를 유지하면서 대등한 자격을 가진 존재로 대접받을 수 있는 가능성을 갖게 되는 것이다.

2) 존중을 통한 타자 세우기

'타자 세움'의 목적은 타자에 대한 존중을 토대로 그들과 대등한 연대를 맺는 데 있다. 타자의 삶에 적극적으로 다가서고 그들의 문화에 공감하며, 쌍방향적 소통을 통해 더불어 사는 삶(김형중 외, 2011)으로서의 연대를 이루는 것이야 말로 다문화주의의 참된 의의라 할 수 있다. 타자와의 소통을 통해 구성되는 연대감은 궁극적으로 타자의 자존감을 회복시키고 정체성(최태호, 2013)을 형성하게 함으로써 다문화적 문화를 명실상부하게 구현해 낼 수 있게 된다. 따라서 이 글에서는 「한 아시안」이라는 작품을 통해 '존중을 위한 타자 세우기'를 구현해 나가는 실질적인 교육의 방법을 보이고자 한다. 또한 그 흐름은 '공감 형성하기→상호소통 시도하기→연대 가능성 짐작하기'를 따르고자 한다.

> 면목동 한갓진 골목길 걸어갈 때
> 거무스름한 한 아시안 다가와 말을 걸었다
> 파키스탄이나 스리랑카나 네팔 말로 들려서
> 나는 손 내젓고 내처 갔다

일요일 낮에 이따금 국제공중전화 부스에
줄 서서 통화하던 외국인 노동자들이
평일날 밤에는 목재공장 일 마치고 거리에 나와
서로 알아듣지 못하는지 손짓발짓하며
내가 더욱 알아들을 수 없는 말들을 했었다
그 앞을 지나며 나는 엉뚱한 목수를 생각했었다
같은 말을 하는데도 달리 듣는 이방인 때문에
평생 슬퍼한 사나이 지저스 크라이스트
젊은 한 때 집을 떠나 다른 나라 떠돌며
나무를 다듬다 지치면 저렇게 떠들었을 거라고

오래전 내가 워싱턴 디시 번화가에 갔었을 때
백인에게 말을 걸자 두 손 펴 보이고 가버렸었다
발음 틀리게 주절거렸던 영어 단어가
한국이나 일본이나 중국 말로 들렸었겠나 싶으니
거무스름한 한 아시안 너무 서툴게 우리말을 해서
내게 파키스탄이나 스리랑카나 네팔 말로 들렸다는 걸
큰 길에 나와서야 알았다
다시 돌아가니 한 아시안 이미 없었다

                      - 하종오, 「한 아시안」, 전문.

'공감 형성하기'는 타자에 대한 선입견을 허물고 실천적 차원에서 타자의 삶과 문화에 다가서고자 하는 의도를 갖는 단계이다. 학생들로 하여금

'작품에 드러난 비공감적 현실을 파악하게 함은 물론, 공감 단절의 상황이 초래될 수밖에 없는 이유에 대해 규명해 보기, 비공감적 상황에서 타자의 입장이 되어보기, 타자의 심정과 생각을 추론해 보기, 공감의 가능성 발견하기, 가능성의 근거를 시어로 제시하기, 공감이 갖는 의미 생각해서 발표하기, 현실적 상황에서 타자와 공감하기 위한 학생의 몫 찾아보기' 등의 활동을 통해 비공감적 현실을 넘어 타자에 대한 공감의 가능성과 시도를 수행하는 데 의의가 있다.

이와 같은 맥락에서 학생들은 위 작품의 앞부분에서, 주체는 '거무스름한 한 아시안'과 '외국인 노동자들'에 대한 공감대를 형성하지 못하고 있음을 주목할 수 있어야 한다. 한편, '면목동 한갓진 골목길'과 '일요일 낮'이라는 동일한 공유적 시공간을 점유하고 있음에도 '나'로 등장하는 주체와 타자들 사이의 공감대는 이루어질 가능성은 전혀 없으며, 주체는 타자의 실체를 정확히 파악하지 못하고, 그들의 본질을 '파키스탄이나 스리랑카나 네팔 말'로 오독하고 왜곡시키고 있음을 발견할 수 있도록 안내하는 것이 교사의 몫이다. 급기야 주체는 타자에 대해 '손 내젓고 내쳐' 가버리는 매정한 태도를 보임으로써, 소외를 강요하고 철저히 공감과 공유를 차단하고 있음을 간파할 필요가 있다.

[그림4] 타자 세움을 위한 주체의 양가성과 연대의 가능성 파악

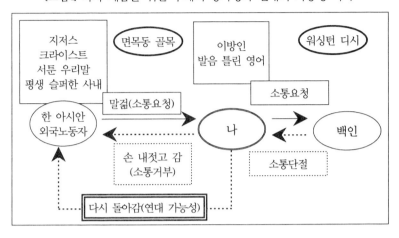

주류적 문화 공간에서의 타자적 삶이 어떤 모습이며, 주체가 타자에게 어떤 고통을 안겨다 주는지를 살피고, 타자의 자리에 주체를 대입함으로써 타자적 시련에 절실한 공감을 이룰 수 있어야 할 필요가 있다. 이러한 과정을 통해 비로소 타자적 삶의 소중함을 주체가 깨닫게 될 것이며, 이는 진정한 소통(한용택, 2010)으로 발전할 가능성을 가지게 되는 것이다. 타자와의 공감을 이루기 위해 진행되는 활동에서 공감의 '이유, 필요, 결과'에 해당하는 요소들을 놓치지 않고 학생들이 발견하도록 하는 것이 무엇보다 중요하다. 또한, 공감은 정의적 차원과 밀접한 관련성을 갖는 것이기에 심리 정서적인 측면에 주목을 하고, 학생들의 느낌을 적극적으로 표출하게 하고 이를 긍정적으로 옹호하는 쪽으로 교육의 과정이 진행되는 것이 바람직하다.

공감의 가능성과 필요성에 대한 학생들의 탐색은 '공감 형성하기' 단계에서 핵심에 해당한다. 그러므로 '국제공중전화부스'에 '줄 서서 통화'한다

는 단순한 경험의 공유로 인해, '외국인 노동자들'은 '서로 알아듣지 못하는' 언어적 비공감이라는 장애 요소가 존재함에도 불구하고 '손짓발짓'이라는 비언어적인 육체적 교감을 통해 서로 간의 타자성을 극복하고 있다는 사실에 주목하게 할 필요가 있다. 단순한 경험의 공유와 그에 대한 정서적 교감이 타자로 존재하던 외국인 노동자들 사이의 장벽을 허물고, 언어적 장벽을 뛰어 넘어 '알아들을 수 없는 말들'로 서로가 서로에게 다가서고 있음을 주목하는 것이 바람직하다. 이러한 과정을 통해 학생 스스로, 공감의 가능성은 표면적이고 현상적인 소통에 있는 것이 아니라, 진정한 배려와 관심에서 유도되는 정서적 교감에 있음을 자각하게 할 수 있도록 지도하는 것이 바람직하다.

한편, 주체로서의 화자가 목격한 이러한 공감의 가능성이, 화자 스스로를 '이방인'으로 규정하며, 급기야 '외국인 노동자'와 '한 아시안'을 '지저스 크라이스트'와 동일시하고, 타자의 마음속에 내재된 은밀한 심정에 주목함으로써 그들을 '평생 슬퍼한 사나이'로 인식하는 차원으로 나아가고 있다는 사실에 주목할 수 있어야 한다. 공감은 변화를 위한 전제이며 긍정적인 결과로 발전하는 것이 바람직하기에, 학생들은 공감 형성을 통해 '주체의 위치, 타자의 존엄성 발견, 타자에 대한 심리적 공감'을 파악하는 것이 무엇보다 중요하다.

나아가 화자는 '오래 전' '워싱턴 디시 번화가'에서의 경험을 환기시킴으로써 '한 아시안'의 심정에 대해 절대적 공감을 이루게 된다. '나'의 '발음 틀린 영어 단어'는 '한 아시안'의 '서툰 우리말'과 동일한 무게를 가지는 것이며, '백인'의 '두 손 펴 보이고 가버'리는 행위는 '나'가 보여주었던 '손 내젓고 내쳐' 가 버리는 비공감적 속성과 일치하는 것임을 발견하게 된다.

결국 '백인'의 '나'에 대한 비공감적 행위와 그로 인해 유발되었던 부정적 심정이, 그대로 '면목동 한갓진 골목길'에서 재현됨으로써 '나'는 '한 아시안'에게 비공감적 주체이면서 '백인'에 대해서는 비공감적 타자가 되는 양가적 경험을 하기에 이르는 것이다. 사실상 타자적 삶에 공감하기를 교육하기 위해서는 이러한 점들에 대해 각별히 관심을 갖도록 유도할 필요가 있다. 결국 공감은 주체와 타자의 동일시에서 출발하는 것이며 공감 형성의 결과 역시 동일시에 있다는 사실을 학생들이 깨닫는 것이 중요하다.

공감 형성하기 교육은 작품을 대상으로 시작하지만 최종적으로는 텍스트의 테두리를 넘어 현실적 차원과의 교감이 적극적으로 이루어지는 쪽으로 활동이 확대되는 것이 바람직하다. 공감은 인식적 차원과 무관하지는 않지만, 상당 부분 심리 정서적인 측면과 관련된 것이기에, 정서적 차원에서 합일감을 느낄 수 있는 주체와 타자의 관계성에 주목하게 할 필요가 있다. 작품 속에서 타자의 삶에 공감하게 되는 요소를 단순히 발견하는 수동적 자세보다, 작품의 틀을 넘어 실제 현실 속에서 주류문화의 구성원으로 자리하고 있는 주체로서의 학생들이 타자에 대해 가질 수 있는 공감적 실천, 그에 대한 이유, 원인들로 확장시켜 볼 필요가 있다. 작품 안에서 시도되는 공감의 요소 찾기와 작품 바깥에서 수행되는 공감에 대한 적극적인 체험은, 공감을 단순한 차원이 아니라 진실하고 절실한 감정으로 이끌 수 있다.

주체를 타자에 대입시킴으로써 진행되는 실질적이고 현실적 차원의 '공감하기'가 이루어진 후라면, 이제는 '상호소통 시도하기'를 시도해 볼 때이다. 하지만 다문화시는, 다문화사회의 부정적 모습을 지적하고 이를 개선하기 위한 비판적 시도로서, 타자가 경험하게 되는 시련과 주체와의 갈등 양상에 주목하고 이를 드러내는 데 초점을 맞추는 경향이 주를 이루고 있다. 그러므로 주체와 타자와의 대등한 상호 소통을 작품 속에서 발견해 내기란 어려운 점이 있다. 하지만 다문화시가 다문화사회의 단절적 상황을 부각시키면 시킬수록, 그 이면에는 그만큼의 반작용으로 쌍방향적 소통에 대한 열망이 도사리고 있음을 부인할 수는 없다.

이런 점에서 다문화시를 대상으로 하는 상호소통의 시도는 의의를 갖는 것이며, 학생들로 하여금 현실과 관련된 문제에 관심을 갖게 하고 이를 해결하기 위한 대안적 사고와 창의성을 함양하도록 하기 위해 시도되는 '상호소통 시도하기'는 무엇보다 중요한 교육 활동에 해당한다. '작품의 이면에 전제된 쌍방향적 소통에 대한 열망 발견하기, 주체에 의한 소통단절과 타자에 의한 소통시도의 양상 파악하기, 쌍방향적 소통을 위한 전제조건 짐작하기, 쌍방향적 소통을 위한 주체의 역할 생각해 보기, 쌍방향적 소통의 가능성 타진해 보기, 쌍방향적 소통의 의의와 가치에 대해 평가하기' 등의 활동을 통해, 주체와 타자의 소통 가능성과 현실적인 구현 방안에 대해 학생 나름대로의 답을 찾아 갈 수 있도록 안내할 필요가 있다.

'알아들을 수 없는 말들'이 소통 단절의 이유가 될 수 없으며, 진정한 소통을 위해 절실한 것은 '손짓발짓'으로나마 소통을 하고자 하는 의지이며, '내게 파키스탄이나 스리랑카나 네팔 말로 잘못 '들렸다는 것'을 뒤늦게나마 '큰길에 나와서야 알고 깨닫고자 하는 적극적인 자세가 중요함을 학생들이 자각할 필요가 있다. 뿐만 아니라 주체가 잊지 말아야 할 것은, 언제나 타자는 '다가와 말을 걸'고 있으며, 다만 주체의 매정한 소통 단절의 태도가 타자를 '평생 슬퍼한 사나이'로 소외시킨다는 사실에 주목해야 하며, 이러한 단절 현상이 지속될 경우에 타자와 타자의 문화는 더 이상

주류문화 속에 존재할 수 없는, 그야말로 '이미 없'어져 버릴 존재의 위기에 직면하게 됨을 발견하도록 지도할 필요가 있다. 공감이 인식적 차원이었다면 소통은 실질적 차원에서 시도되는 '행위적 성향'이 강하기에, 학생 활동에 있어서도 적극적인 대안을 마련하고 이를 일정한 근거와 함께 학생 상호간에 논의할 수 있는 기회를 허용하는 것이 중요하다. 그러므로 학생들에게 소통의 중요성을 깨닫게 하고, 그것의 실천을 위해 주체가 행해야 할 적극적인 방안들에 대해 탐색하게 하는 작업은 필수적이다.

타자 세움을 궁극적으로 성취하기 위해서는 무엇보다도 '연대 가능성 짐작하기'에 비중을 둘 수 있다. 공감과 소통을 전제로 한 '연대'는 타자를 공동체 형성의 대등한 구성원으로 인식하게 하며, 다문화문화를 우리 사회에서 실질적으로 향유하게 하는 토대가 될 수 있다. 연대의 가치 속에는 주체의 권위를 스스로 비우게 하는 효과는 물론, 주체의 자기모순과 무능력을 인정하는 토대 위에 타자를 삶의 동반자로 인정하고, 타자를 통해 주체의 빈 공간을 채워가게 하는 긍정적 기능을 포함하고 있음에 주목할 필요가 있다.

그러므로 학생들에게 '이상적 공동체 형성과 유지를 위해 필요한 요소를 찾아보고 그 이유 발견하기, 연대의 속성에 대해 알아보기, 작품 속에서 연대의 가능성 찾아보기, 그것을 입증할 수 있는 개별 시어 찾아보기, 연대가 가능한 조건 살피기, 연대가 불가능했던 이유 생각해 보기, 연대를 위한 주체의 노력 찾아보기, 연대의 가치와 실현 방안에 대해 토의해 보기' 등의 활동을 수행하도록 하는 것이 필요하다. 이때 중요한 것은 현실을 비판적으로 인식하고 개선적 안목에서 제시하는 학생 의견에 대한 교사의 수용적 태도이다. 학생의 개인적 사고 과정을 통해 도출된 의견이든 토의를 통해 제시된 연대에 관한 대안이든 실천적 차원에서 나름대로 타당한 이유를 들어 제시하는 것들이라면 인정하는 자세가 필요하다. 상대방의 가치 인식을 존중하는 허용적 분위기가 결국에는 논의를 진전시키고 문제를 해결해 나갈 뿐만 아니라, 다문화주의가 지향하고자 하는 가치도 그와 동일한 맥락이기 때문이다. '연대의 가치발견→실천적 방안 마련하기→논의를 통한 수정과 실현 가능성 짐작하기'의 순서로 학생 활동을 설계하고 진행하는 것이 효율적이다.

아직은 주체의 적극적인 시도로 이루어지는 '연대'가 전면화되기 어려운 상황이지만, 작품의 화자처럼 타자를 위해 '다시 돌아가'는 주체의 행위적 노력이 연대의 가능성을 증폭시킬 수 있다는 기대에 주목하고 이를 수용하는 태도를 학생들이 함양할 수 있어야 한다. 진정한 연대는, 주체를 '이방인'으로 타자화시키려는 과감한 시도, 그리고 타자를 '지저스 크라이스트'로 주체화하려는 '타자 세움'의 노력이 있을 때라야 현실 속에 확산될 수 있음을 학생들이 깨달을 수 있도록 지도하는 것이 필수적이다. 주체의 자기 비움과 타자에 대한 진실한 세움으로 수립되는 연대하기를 통해, 명목상으로만 존재하는 '면목동'과 이미 퇴색되어버린 '번화가'인 '워싱턴 디시'는 '한갓진 골목길', 즉 한가롭고 조용한 영역으로 전환될 수 있다. 또한 그러한 내밀한 공간에서 주체와 타자가 공유의식을 가지고 연대하는 것의 가치에 대해 학생들이 주목할 수 있도록 배려해야 한다.

4. 주체와 타자 공생의 시 교육

이 글에서는 시 작품이 문학의 하위 갈래로서 삶을 총체적으로 형상화한다는 점에 주목하고, 이로써 다양한 삶과 문화에 대한 용인과 대등한 삶을 지향하는 다문화교육의 방법을 다문화시를 통해 구체화해 보고자 하였다. 특히 현대 사회에서 자행되고 있는 타자에 대한 억압과 착취의 모순을 제거하기 위한 인식적 근거로 '주체 비움'과 '타자 세움'의 가치를 제시하고, 이러한 태도가 다문화시 교육에 적용될 수 있는 가능성을 보이고자 하였다. 다문화주의의 파행이, 주체의 자기 권위에 대한 맹신과 이를 무기로 시도되는 타자에 대한 소외 현상에서 초래되는 것에 주목하고 이를 불식시키기 위해, 먼저 주체의 자기 비움에 주목하였다. 주체의 자기 비움을 실천함으로써 타자에 대해 객관적인 시선을 유지하고 이를 통해 이루어지는, 주체의 자신에 대한 거리 늘이기의 일환인 자기 살피기와, 타자와의 동일시를 통한 거리 좁히기는 실질적 차원에서 다문화주의를 구현해 낼 수 있음을 강조하였다. 아울러, 타자에 대한 존중을 토대로 수행되는 타자 세움은 공감, 소통, 연대를 통해 가능함을 역설하였다. 주체의 자기반성과 타자성에 대한 인정, 나아가 거리적 친밀감을 유지하더라도, 실천적 차원에서 이루어지는 '다가 섬, 말 걸기, 연대하기'가 이루어지지 않으면, 진정한 의미에서의 다문화주의는 구현되기 어렵기 때문이다.

'성찰을 통한 주체 비우기'에서는 구체적인 교육 절차로 '주체의 자기 점검→거리에 대한 인식→거리 재조정하기'를 제시하고, 이를 구체적인 작품을 통해 교육하는 과정을 적시摘示하였다. 특히 이 과정에서는 학생들로 하여금 작품 속에 형상화된 주체 중심의 주관적 시선과 주체의 타자에 대한 거리두기의 실체의 주목하게 하고, 비판적 문제의식을 통해 이를 해결하기 위한 인식적 확장을 도모해 보고자 하였다. 한편 '존중을 통한 타자 세우기'의 하위 교육 요소로 '공감 형성하기→상호소통 시도하기→연대 가능성 짐작하기'를 설정하고, 이의 적용 가능성을 타진해 보았다. 타자에 의해 제기되는 소통의 요구가 묵살되는 현대사회의 모순점을 학생들이 감지하게 하고, 이를 바탕으로 정서적 차원의 절실한 공감대 형성과, 타자의 입장과 처지에 주체를 대입하려는 의도적이고 실질적인 노력의 차원에서 이루어지는 쌍방향적 소통을 통해, 대등한 자격으로 타자와 연대 가능한 공동체 형성 추진될 수 있음을 학생들이 깨닫도록 의도하였다. 주체와 타자의 명확한 경계 설정이 무화되고, 주체의 타자됨과 타자의 주체됨이 자연스럽게 넘나들 수 있는 다문화주의의 구현을 위해, '주체 비움'과 '타자 세움'의 인식적 준거는 분명 다문화시 교육에서 의의를 가질 것으로 기대한다.

서사구조 겹쳐읽기를 통한
다문화 문학 교육

1. 다문화 시대의 문학 교육

　　다문화 현상은 거부할 수 없는 시대적 현실이며 넘어서야 할 과제이다. 다문화적 인식은 주체의 가치관에 따라 선택적으로 받아들여 질 수 있는 철학적 이념의 문제가 아니라, 당면한 문제 상황으로서 적극적으로 수용해야 할 실천적 태도에 관한 것이다. 따라서 지금 우리 사회는 지금의 현재 상황을 다문화적 현실로 규정하고 원하든 원하지 않든 그 속에서 발생하는 문제를 진단하고 이를 해소하기 위한 정책적 대안을 마련하고 이를 적극적으로 실천하고자 한다. 이것이 사회통합을 이루는 길이며 국가 발전의 원동력(송명희, 2012: 65)임을 부인하기란 쉽지 않다.

　　최근에는 소수 민족, 인종, 종파에 의한 다문화적 현상을 명확한 현실로 규정하는 차원에서 벗어나, 주류 문화 속으로 소수자를 동화적으로 포섭하려는 태도를 비판하고, 주류 사회의 반성과 자각을 통해 이루어지는 비판적 다문화주의(나장함, 2010: 116)를 다문화주의의 궁극적 성취로 보는 쪽으로 가닥을 잡아가고 있는 실정이다. 뿐만 아니라 교육적 차원에서도 다문화에 대한 화두를 중요한 핵심 과제로 설정하고 다양한 교육 방법과 실천을 통해 다문화에 대한 혜안을 제시하고자 하고 있다. 다문화적 현실을 교육적 차원에서 다루고자 할 때는, 이미 다문화 현상은 단순히 사회 인문학적 현상으로 존재하며 이를 분석하고 그 실체를 규명해 내는 객관적 연구론의 관점을 벗어난 것이다. 다문화 현상을 실천적 과제로 인식하고 이에 대한 실질적이고 구체적인 차원에서의 해결 전략들을 단계적으로 모색하고 이를 구현해 내고자 하는 적극적인 행위 양상으로 발전한 것임을 놓쳐서는 곤란하다.

　다문화 교육에 관한 논의를 검토하기 위해서는 크게 인식과 방법이라는 두 가지 차원에서의 접근이 가능하다. 인식의 차원은 다문화 교육을 통해 도달할 수 있는 목표 내지는 교육 철학에 관한 것이다. 이러한 논의들은 크게 다수자를 적응의 대상으로 보고 이들을 동화하고 흡수하고자 하는 태도와 관련된 것이며, 또 다른 관점은 소수자를 주류 문화와 대등한 주체로 인정하고 소수자의 정체성을 주류 사회 속에 구현할 수 있는 기회를 부여하자는 입장이다. 좀더 진보된 다문화에 대한 철학적 인식은 후자 쪽으로, 문화의 순수성에 대한 경계 지움은 불가능하며 '지금 여기에' 살고 있는 사람들의 삶의 방식을 있는 그대로 받아들이자는 문화의 혼종성 hybridity(박승규 외, 2012: 160)의 입장이 득세하고 있다고 보는 것이 타당하다.

　다문화 교육 방법에 관한 논의도 매우 다양하게 시도되고 있으나 이들의 주된 흐름은 행정적 지원과 교육 현장에서의 방법적 처치(이민경, 2008: 98-99; 김선미, 2011: 187)라는 방향에서, 주로 의사소통 중심의 한국어 교육과 문화 교육, 그리고 정서 교육의 차원에서 이루어지고 있는 실정이다.

다문화와 관련된 교육 과정의 편성과 운영에 있어서도 '차이의 간격'을 줄이려는 시도보다는 '차이 그 자체를 인정'(정석환, 2012: 41)하려는 관점에서, 이중 언어와 이중 문화에 대한 교육(민용성, 2009: 249; 방기혁, 2013: 51)을 대전제로 놓고 소수자들의 한국 사회에서의 적응 문제를 해소해 나가고자 한다. 이처럼 학교 교육 현장에서 시도되고 있는 다문화 교육은 소수자에 대한 편견의 불식과 단편적인 차원의 문화 상대성에 대한 이해와 수용을 넘어, 교육 평등과 민주주의적 이상의 실현이라는 거시적 안목을 토대로 통합적(안병환, 2009: 167)이고도 실질적인 차원에서 모색되고 있다.

다문화 교육 속에서의 문학교육은 교육 자료의 개발과 교육 내용의 마련이라는 측면에서 다양한 논의와 실천이 이루어지고 있다. 특히 의사소통 기능에 초점이 맞춰져 있는 기존의 언어 문식성 개념을 확장해 '다문화 문식성'이라는 확장된 관점을 도입함으로써 문학 작품을 통해 한국어에 대한 소통 능력 증진이라는 차원뿐만 아니라 문화와 가치 인식(심상민, 2009: 349-351; 김혜영, 2012: 270-280; 주재환 외, 2015: 27-29)에 대한 상호 존중과 이해라는 차원까지 포괄하려는 움직임이 매우 활발하다. 문학교육에서의 다문화 문식성 교육에서는 문학 작품을 단순히 다문화 현상이 반영된 실제 사회 모습의 재현이라는, 객관화된 자료 이상의 의미로 보고자 한다. 다문화 사회의 실태, 그 속에서 빚어지는 다양한 갈등 양상, 갈등을 바라보는 입장과 관점의 차이, 이러한 현상을 문제로 인식하고 이를 해소하려는 인지적 실천적 차원의 노력을 읽어 내고자 한다.

하지만 다문화 문식성 교육에서 소수 문화와 주류 문화의 이질성과 공유적 속성의 발견과 그에 대한 공감대 형성, 상황의 유사성을 바탕으로

한 확장적 문화 체험, 문화에 대한 정서 태도와 가치관의 이해와 공유의 차원으로 나아가려는 적극적인 시도는 미흡한 실정이다. 소수자의 적응 교육을 넘어 다수자의 소수자에 대한 편견을 넘어서고자 하는 교육적 처방을 위해, 다문화 사회의 갈등 양상에 주목하고 이를 교육하고자 하는 시도는 쉽게 관찰할 수 있으나, 소수자 문화를 소개하고 그들의 문화 속에 담겨 있는 정서와 가치 인식에 공감(윤여탁, 2013: 68-69)하고 이를 토대로 문화적 개방성과 총체성을 이끌어 내고자 하는 시도가 좀더 적극적으로 이루어질 필요가 있다고 본다.

다문화 시대의 문학교육은 이식과 동화의 대상으로서의 가치를 지닌 주류 문화에 대한 소개와 일방적 강요, 주류 문화 공간 내에서 자행되고 있는 편견과 결핍으로서의 갈등 요소에 대한 부각, 혹은 상대적 문화 공간 내에서 발생할 수 있는 주류 문화의 소수자로의 전락 가능성 부각과 이를 통한 소수자에 대한 허용적 태도 유도 등의 범위에서 벗어날 수 있어야 한다. 기존의 다문화 교육을 통해 소수자의 적응과 다수자의 관용적 태도를 지향하고자 했으며, 이를 위해 이중 언어 교육과 국어 문화 교육(이관희, 2010: 51-57)의 일환으로 주류 문화 중심의 문학 작품에 과도한 편향성을 지녔던 것이 사실이다. 그러므로 이제는 소수자의 정서와 정체성(허정, 2012: 117)을 온전히 인정하는 쪽으로 다문화 문학교육이 선회해야 할 때라고 본다.

제3세계 문학으로서의 소수자 문학에 대한 초점화가 본격화될 필요가 있다. 소수자의 문화와 삶의 양상을 담은 문학을 다문화 교육에 끌어들일 경우, 소수 문화는 주류 문화와 동등한 가치로 인정받게 되는 효과를 낳는다. 주류 문화에 적응하고 동화되는 것을 목적으로 하는 소수자에게 그들의 문화와 문학은 그 자체로서 소수자의 존재를 인정하는 준엄한 객관적 기준이 될 수 있기 때문이다. 뿐만 아니라 고향에 대한 향수에 젖어 있는 결혼 이주 여성이나 외국인 노동자들에게 있어 그들이 향수를 환기시키게 함으로써 추억과 정서에 젖어들어 주류 문화 속에서의 갈등과 고뇌를 해소하게 되는 내적 자양분이 될 수 있을 것이다. 소수 문화에 대한 자긍심과 당당함을 견지할 수 있게 될 것이며 주류 문화와의 비교를 통해 문화적 보편성과 개별성을 체감하게 되는 효과도 얻을 수 있으리라 본다.

따라서 소수자 문학에 대한 관심은 그들의 문화적 맥락(김미혜, 2013: 19) 속에서 그들의 정서를 읽고 인정하고자 하는 움직임이 될 것이며, 다수자에게는 소수자 문화의 가치를 재조망하게 함은 물론 문화적 편견에서 벗어나 문화적 동등성을 깨닫게 하는 삶의 자료로 활용될 수 있다. 소수자의 삶과 문화, 정서를 온전히 반영한 그들의 문학 작품을 문학교육의 대상으로 하되, 소수자의 한국어 역량에 따라 적절한 난이도의 한국어 어휘로 풀이한 작품을 싣고, 유사한 정서와 가치, 문학적 형상성을 보인 한국의 문학 작품을 동시에 감상하게 하는 것이 바람직하리라 본다. 이러한 시도가 소수자에게는 그들의 문화적 정체성을 확립시키는 계기가 되며 그들의 정서를 보유한 채, 소수자 문학을 중심으로 주류 문화를 이해하고 공감하는 토대가 될 수 있다. 아울러 다수자에게는 소수자를 주류 문화와 동등한 입장에서 인식하게 함으로써 문화적 상대성을 체험하고 소수자를 한국 사회의 대등한 구성원이나 협력자로 느끼게 하는 시발점이 될 수 있을 것이다. 이러한 견해를 바탕으로 이 글에서는 베트남 문학과 한국 문학의 겹쳐 읽기를 통해 다문화 문학교육의 가능성과 방법을 제시해 보고자 한다.

2. '취교전'과 '채봉감별곡'의 사건 구조

'취교전翠翹傳'은 19세기 초엽에 베트남의 완유阮攸(Nguyễn Du, 응웬·주, 1766-1802)가, 한자를 활용해 베트남 입말을 문자화한 차자식借字式 표기인 쯔놈을 이용해 지은 운문소설이다. 완유가 1814년 청나라에 사신으로 갔다 오는 길에, 명말청초明末淸初에 창작되었을 것으로 추정되는 청심재인淸心才人이 지은 김운교전金雲翹傳을 축약 번역한 것으로 알려지며, 우리나라와 일본에도 번역되어 전해지고 있다. 취교전은 취교라는 여인의 파란만장한 삶을 서사 구조를 통해 보여주고 있는 소설이지만, 우리나라 소설에서는 보기 어려운 68체의 율문적 형식(완유, 2004: 278-286)을 취하고 있다. 일반적인 소설처럼 줄글 형태로 되어 있지 않고, 여섯 음절과 여덟 음절의 통사 배열이 규칙적으로 반복 되면서 문장이 구성되는 것으로, 마치 시에서 행 단위로 시상이 전개되는 서사시 형태를 고수하고 있는 것이 특징이라고 할 수 있다.

취교전은 베트남 고전의 걸작(쩐 티 빅 프엉, 2013: 126)으로 평가되며, 베트남의 중학교와 고등학교에서 중요한 문학 제재로 선정되어 인물의 심리 상태, 표현의 예술성, 작가의 창작 의도, 어휘의 의미와 용법, 인물이나 사건의 묘사적 특징(최귀묵, 2013: 194-196) 등을 중심으로 교육되고 있다. 베트남인이라면 누구나 그 줄거리를 알고 있을 뿐만 아니라 최소한 몇 줄 정도는 암송(전혜경, 1993: 11-12)할 수 있다고 한다. 19세기 봉건사회 말기의 시대상과 문화적 현상을 반영한 취교전은, 사회와 정치적 모순으로 인해 야기되는 부정적 현실상을 고발하고 이러한 외적 상황에 운명적으로 순응해 나가고자 하는 한 여인의 삶에 대한 베트남 국민들의 연민과 공감이 짙게 드리워져 있다. 이처럼 취교전은 거시적인 베트남 문학사에서 민요라는 형식적 모티브를 차용하고, 물질 중심의 근대적 문명의 도입과 이로 인해 자행되는 민중에 대한 억압을 19세기의 특정한 공간 속에서 서사적 구조로 풀어내고자 하는 문학적 취향을 동시적으로 추구한 결과물이라 할 수 있다. 또한, 전통과 현실을 총체적으로 형상화하며, 그리고 그 속에 내재된 정서와 가치인식이 베트남 민중에게 영향력을 행사하고 공감대를 형성하면서 오랫동안 베트남 문학의 정수로서 자리매김하게 된 것으로 보인다.

한편 우리의 고전소설인 '채봉감별곡彩鳳感別曲'은 '평양정파平壤情波의 결정結晶으로 남원南原의 춘향가와 남북상대南北相對ᄒ야 실實로 석년미래연정사昔年未來戀情史의 대표적 소설'(황윤실, 1994: 173-187)로 평가받을 만큼, 1910년대 이후 널리 민중들의 사랑을 받아 온 작품이다. 이 작품은 채봉이라는 여성의 고단한 인생 여정을 통해, 여성을 신분제적으로 또한 경제적으로 수단화(김창현, 1997: 203-204)하는 왜곡된 봉건 말기의 사회 현실을 반영하고 있다. 이 작품에서 주목할 만한 것은 채봉감별곡이 봉건 말기의 시대 상황 속에서, 기득권자들의 모순적 가치 인식과 행태에 의해 기생으로 전락해 가는 여인의 인생을 일정한 서사 구조로 펼쳐 보이기는 하지만, 가사라는 이질적 갈래의 통합을 통해 서사적 문체의 제약성을 극복하고 서사 전개에 힘을 싣고자 한다는 점이다.

192행이나 되는 장편 가사의 삽입을 통해 인물은 자신의 목소리를 일방적으로 분출하는 방식을 통해 감정의 발산과 정화를 기획하고 있다. 운문의 개입을 통해 문체의 다변화를 추구함과 아울러 한의 정서와 고전적 율격을 부각시킴으로써 형식과 정서적 측면에서 전통적인 문학의 형상화 방식을 차용하고자 한다. 이러한 시도는 서사와 서정의 결합이라는 소설 문체의 확장이라는 점 외에도, 그간의 고전소설이 보여주었던 서술자 중심의 기술 태도에서 벗어나 서술자와 인물의 목소리를 분리하고, 인물의 목소리에 객관적 사실성을 강화함으로써 근대 지향적 기술 방식을 모색한 결과라 할 만하다. 일제의 침략과 외국소설이 범람하던 때에 우리 고전소설의 문화적 전통을 잇고 주체적 인간상(조윤형, 2005: 422)을 통해 근대적 전환기의 변화된 가치관과 사회상(문한별, 2004: 97)을 보여주고자 했던 것이 채봉감별곡의 의의라 할 수 있다. 춘향전과 유사한 인물 유형이나 사건 전개 방식을 취하고 있으면서도 시대적 상황에 대한 민중의 비판적 인식을 적극적으로 담아내고자 했다는 점에서 한층 진일보한 문학적 성취를 보여준 작품으로 평가된다.

베트남과 한국의 고유한 문학 세계와 정서를 형상화한 '취교전'과 '채봉감별곡'은 형식과 내용, 인물 유형과 서사 구조, 시대상의 반영, 정서나 가치 인식에 있어 유사한 점들이 발견되기에, 이 두 작품을 겹쳐 읽음으로써 다문화 문학교육을 수행해 나가는 것은 상당한 의의를 갖는다고 할 수 있다. 다문화적 인식의 근본 지향이 두 문화에 대한 동등한 가치의 부여와 상호 소통에 있다면, 주류 문화로 자부하는 한국 문화에 대한 편협한 인식에서 벗어나 소수자로 폄하되었던 베트남 문학이 한국의 문학과 대등한 위치에서 논의될 수 있다는 것은 다문화 시대의 문학교육이 지향해야할 이정표를 제시해 줄 것으로 기대한다.

두 작품은 율문적 요소를 내포한 서사 구조라는 점에서 유사한 형상화 방식을 취하고 있으며, 봉건적 가치 인식 하에서 억압의 대상으로 치부되었던 여성을 중심인물로 다룸으로써 시대의 한계에 대한 준엄한 문제제기와 반성을 촉구하고 있다는 점에서도 유사성을 보이고 있다. 또한 '결연 → 고난 → 재회'라는 일정한 구성적 형식을 공유한 채, 권력 구조의 재편과 물질 중심의 가치관에 대한 재고, 전통적 윤리 인식에 대한 비판을 도모함으로써 편협한 가치 인식의 전복을 노리고 있다는 점에서 두 소설 모두 다문화적 인식의 근원과 맥이 닿아 있다고 할 수 있다. 특히 두 작품이 유사한 '서사 구조'와 '율문적 특징'을 견지한 채, '정서'나 '가치 인식'의 측면에서 공유할 만한 속성을 보여주고 있기에 이러한 사항들을 중심으로 다문화 문학교육의 방법적 가능성을 제시해 보고자 한다.

1) 취교전의 '예언 구속적 현실 사건' 구조

'취교전'은 취교라는 여인을 중심인물로 설정하고, 시간의 흐름과 일정한 공간적 배경에 따라 진행되는 갈등의 양상과 해소의 과정을 서사화한 작품이다. 그 줄거리는 아래와 같이 정리할 수 있다.

① 취교는 청명절 답청 길에 명기名妓 담선의 무덤을 지나게 되며, 꿈에 담선으로부터 장차 닥칠 일에 대해 듣고, 김중을 만나 서로 사랑을 맹세한다.

② 김중이 숙부의 상을 당해 멀리 떠나게 되며 취교의 아버지가 누명을 쓰고 감옥에 갇힌다.

③ 취교는 아버지와 남동생을 구하기 위해 자기 몸을 팔아 마감생馬監生의 첩이 되고 동생 취운에게 김중과의 혼약을 대신하도록 한다.

④ 취교는 마감생에 의해 청루靑樓에 팔리자 자살하려 하나 뜻을 이루지 못하고 수마秀媽와 초경楚卿의 함정에 빠져 결국 청루에서 몸을

팔게 된다.

⑤ 취교는 속생束生을 만나 첩이 되어 청루에서 **빠져나오나** 속생의 본
처인 환저宦姐에게 잡혀가 노비가 된다.

⑥ 불경을 베끼는 일을 맡아 끝내고는 밤에 도망쳐 비구니 각연覺緣에
게 의탁한다.

⑦ 박파薄婆와 박행薄倖의 계략에 걸려 또 다시 청루에 팔리는 신세가
된다.

⑧ 청루에서 봉기군蜂起軍의 우두머리인 서해를 만나 부부가 되고 서해
의 힘을 빌려 은혜와 원수를 갚는다.

⑨ 서해를 설득해서 진압군의 우두머리인 호종헌에게 귀순하게 하나,
호종헌의 배신으로 서해가 죽게 된다.

⑩ 호종헌은 취교를 추장酋長과 결혼시키려 한다. 이에 취교는 전당강錢
塘江에 몸을 던져 자결하려 하지만, 예언에 따라 전당강에서 기다리
고 있던 각연에게 구조된다.

⑪ 가족과 김중을 다시 만난다. 취운은 김중과 결혼하기를 청하고 김중
도 아내가 되기를 청하지만 정신적 동반자로 지내기로 한다.

물론 소설의 진행 양상 중에서 어느 장면, 어떤 인물, 어떤 사건에 주목
하느냐에 따라 다양한 줄거리 재구성이 가능할 것이지만 이 글에서는 취
교라는 인물의 삶의 양상에 초점을 두고 그녀로 하여금 새로운 갈등을
강요하는 인물의 등장과 새로운 상황의 설정, 그리고 그러한 국면의 변화
에 따라 초래되는 갈등 조장과 해소의 과정에 주목하고 위에 제시한 줄거
리를 토대로 논의를 전개하고자 한다. 줄거리를 바탕으로 사건의 전개 과

정을 구조화하면, '담선의 예언과 예언에 따른 각연의 구출'이라는 전지적인 사건 구조의 개입을 대전제로, 현실적 사건은 '①김중과의 언약 → ②아버지의 누명 → ③마감생의 첩이 됨 → ④수마와 초경의 함정 → ⑤속생에 의한 구제 → ⑥환저의 노비가 됨 → ⑦각연에 의탁함 → ⑧박파와 박행의 계략 → ⑨서해에 의한 구제 → ⑩호종헌의 배신 → ⑪전당강에 투신 → ⑫각연에 의한 구출 → ⑬김중과의 재회'로 정리될 수 있다.

결국 취교전은 '예언 사실-현실 사건'이라는 이원적 구조가 작품을 지배하는 서사 구조를 취하고 있으며, 현실적 사건의 진행 과정을 철저히 예언적 담화가 지배하는 형태인 것이다. 19세기 봉건 사회 말기의 부패상(최귀묵, 2010: 497)을 우회적으로 비판함으로써 현실 문제에 대한 강한 호기심을 전면화하고는 있으나, 서사 구조 속에 전제된 갈등의 유발과 해결이 초현실적인 요소에 의해 유도되기에 근대적 소설 형상화 기법과는 다소간의 거리를 발견하게 된다. 현실을 배경으로 진행되는 줄거리는 '만남-이별과 고난-재회'라는 서사 구조로 수렴됨을 알 수 있다. ①과 ⑬은 각각 '만남'과 '재회'에 해당하는 부분이며, ②에서 ⑫는 '이별과 고난'의 구조 속에 포함된다. 이별과 고난에 해당하는 부분을 좀더 자세히 살펴보면, '이별의 요인 발생[②]-위기 극복을 위한 선택[③, ⑪]-새로운 갈등의 발생[④, ⑥, ⑧, ⑩]-갈등의 일시적 해소[⑤, ⑦, ⑨]-갈등 해소의 전제[⑫]'의 서사 구조로 되어 있음을 엿볼 수 있다.

소설의 대부분을 차지하는 현실 속 사건은 '갈등 유발-일시적 해소'라는 서사 구조 속에서 다양한 변주를 거듭하고 있다. '이별 요인의 발생'은 인물들의 자발적 의지와 무관한 외적 원인에 의해 유도되고, 이를 해결하고자 하는 인물의 해결방안인 '위기 극복을 위한 선택'은 소설을 지배하는 거대한 서사 담론을 해소할 묘안이 되지를 못한다. 이로써 주인공 취교를 비롯한 모든 등장인물은 '갈등 유발-일시적 해소'라는 서사적 형식의 지배를 받은 채, '예언적 사실'에 의한 사건의 완전한 해결에만 의존할 수밖에 없는 것이다. 따라서 취교전의 전체 서사를 요약하면 '예언적 사실-만남-이별과 고난-재회'로 재구성할 수 있으며, '이별과 고난' 부분의 구체적 서사 전개 양상은 '이별의 요인 발생-위기 극복을 위한 선택-새로운 갈등의 발생-갈등의 일시적 해소'로 상세화할 수 있다.

[그림1] 취교전의 서사 진행 구조

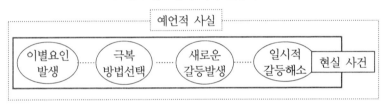

예언적 사실의 지배를 받는 현실 사건의 구조는 고전소설이 보여주는 전형적 특징으로서 베트남뿐만 아니라 중국과 한국의 고전소설에서도 공통적으로 나타나는 현상이다. 여기서 주목할 사항은 취교전이 단순히 고전적 취향의 서사 전개 구조를 답습하고 있다는 사실에서 벗어나, 현실 문제에 대한 집착과 그에 대한 비판적 인식의 일환으로 '갈등 유발-일시적 해소'라는 서사 구조항을 거듭해서 반복한다는 점이다. 남성과 경제적 강자에 의해 철저히 유린당하는 취교의 삶을 통해 19세기 당시 베트남의 사회 경제적 상황은 물론, 전통적인 유교적 가치관(크리스티, 2005: 62-63)의 허상과 모순에 대해 주목할 것을 고집스럽게 강요하고 있는 것이다.

다양한 상황과 인물로 인해 고난을 거듭하면서 삶의 좌절과 고통을 체험하는 취교에게 작가는 단순히 한 여인의 파란만장한 삶에 대한 동정만을 요구한다고 볼 수는 없다. 취교가 직면할 수밖에 없고 자발적 의지로 그러한 위기적 국면을 모면할 수 없는, 그리고 취교를 위험에서 구제하는 인물들의 도움 또한 일시적인 것으로서 항구적인 문제 해결의 방책이 될 수 없음을 지적함으로써, 모순적 현실에 대한 직시적直視的 태도와 원인에 대한 모색, 그리고 문제를 해결할 방도에 대한 것들을 독자에게 화두로 제시하고 있음을 읽어 낼 수 있는 것이다.

사실, 19세기 베트남은 응우옌 왕조(Nguyễn, 阮, 1802-1945)가 통치하던 시기로, 불안한 국내외 정세와 더불어 과중한 세금의 부과, 발달된 기술과 막대한 자본을 동원한 서구인들의 진출은 낙후한 베트남의 경제를 더욱 어렵게 만들었다. 강력한 중앙집권제의 확립에도 불구하고 방대해진 영토와 그에 따른 통치력의 한계 때문에 내분으로 더욱 피폐해져 갔으며, 농민의 반란뿐만 아니라 소수 종족의 반란, 군관의 반란 등이 끊이지를 않았다. 설상가상 격으로 천진조약(1858년) 이후 프랑스의 베트남 진출은 가속화되어 청국을 대신하는 새로운 베트남의 종주국으로 부상(유인선, 2002: 275-281; 송정남, 2010: 299-321)함으로써 오랜 세월의 식민지배가 본격화되는 시기이기도 하다. 이렇게 볼 때, 취교전의 '예언 사실-현실 사건'이라는 서사 구조는 베트남이 직면한 당시의 현실적 고난들이 베트남 국민들의 자발적 의지에 의해 자초한 것이 아니듯, 그들 스스로 해결할 묘책이 전무하다는 것을 상징적 구조를 통해 보여주는 것이라 할 수 있다. 즉, 취교가 겪을 수밖에 없는 현실적 사건들은 취교의 자발적 역량의 범위를 넘어선 비현실적 예언에 의한 고난들로, 갈등 해소의 열쇠는 현실을 넘어선 운명에 주어져 있을 뿐인 것이다.

취교전의 서사 구조를 이렇게 보았을 때, 인물의 삶은 더욱 비극적으로 느껴질 수밖에 없으며 그녀에 대한 동정은 배가될 수밖에 없다. 또한 그녀에게 그러한 시련을 강요하는 운명이라는 비현실적 예언은 현실과 무관한 현실 외부에서 기인하는 것이며, 현실 속에서 취교를 억압하는 세력(김균태 외, 2012: 419)들의 모순 역시 내적 현실을 기반으로 했다기보다, 이 또한 현실의 범위를 넘어선 곳에서 기인했음을 암시하는 것으로 볼 수 있다. 결국 '예언'은 갈등적 사건을 지배하는 원인으로 기능하는 서사적 단초이며, 주인공 취교를 비롯한 모든 인물들은 이러한 지배소의 자장磁場 속에서 현실적 인물로 역할을 할 뿐이다. 아울러 예언은 현실 밖에서 현실의 소소한 일상을 관장하는 것이기에, 당시의 시대 상황을 고려한다면 베트남의 모순적 상황이 현실을 주재主宰하는 외세들의 영향력으로 인한 것임을 강하게 비판하고자 하는 작가 의식의 결과물로 읽을 수 있다.

아버지를 구하기 위해 경제력이 필요했으며 이를 위해 자신을 첩으로 전락시키면서까지 돈을 얻고자 했던 취교의 행동과, 돈을 위해 취교를 청루에 매매하는 등장인물들의 행태를 통해 당시 베트남 사회를 유지하면서도 모순의 원천으로 작용했던 것이 경제력이었음을 명확히 볼 수 있다. 뿐만 아니라 반란군의 수장인 서해로 인해 원한을 해소함으로써 일시적으로나마 갈등을 완화하지만 결국 봉건 지배 권력의 하수인인 호종헌에 의해 또 다른 갈등으로 심화된다는 사실을 통해, 당시 사회의 갈등이 내적인 방책만으로는 근원적으로 해결될 수 없음을 보이고 있다. 갈등 유발 요인인 '돈'을 부각시킴으로써 근대 자본 권력에 대해 초점화하는 것은, 근대화를 지향하는 서구의 경제 논리가 아버지에 대한 효와 김중에 대한 열을 중시하는 취교의 전통적 윤리관을 핍박하는 모순으로 작용하고 있음을 보이는 것이다. 또한, 민중의 자발적 결집력으로 시대적 모순을 해소하려는 내적 반란의 한계를 강조한 것은, 이 역시 민중의 자발적인 갈등 해소 의지가 중앙집권적 봉건 권력이라는 외적 요인에 의해 좌절될 수밖에 없음을 강조한 것이다.

경제적 능력을 우선시하는 외세의 금권주의金權主義와 시대적 모순을 해소하기 위한 민중의 자생적 권력을 부정하는 봉건 권력의 외압은, 모두 취교전을 구성하는 기본 틀인 '예언 사실-현실 사건' 구조를 형상화하기 위한 작가의 가치 인식이다. 베트남 사회의 모순은 외세의 비합리적인 논리에서 기인하는 것이며, 개인 차원에서 시도되는 문제 해결 의지는 개인의 자발적 의사와 무관한 봉건 권력의 억압이라는 외적 요인의 지배를 받을 수밖에 없는 것이 베트남의 19세기 현실임을 취교전의 서사 구조는 의미하고 있는 것이다. 이렇게 본다면 예언은 곧 권력인 셈이다. 현실 속의 갈등은 현실 외부의 예언으로부터 기인하는 것이며, 현실 속 인물은 그 속에 존재하는 갈등 해소를 위해 어떠한 기여도 할 수 없다는 점에서, 권력과 무관한 취교와 당대의 베트남 민중은 예언의 피구속자인 것이다.

하지만 취교전의 서사 구조에서 눈여겨 볼만한 것이 있다. 현실적 갈등의 유발 요인이자 현실적 인물들의 억압 기제로 작용하는 권력 성향의 예언이 철저히 현실을 지배하지만, 예언의 구체적인 내용에 대해 언질을 주고, 예언에 따라 현실적 갈등이 모두 해소될 시점임을 알고 취교를 위기 국면에서 구해주는 인물들이 모두 여성이다. 명기 담선과 비구니 각연이 각각 그 인물들에 해당한다. 취교의 고난을 조장하거나 방조하는 무능한 존재로 일관하는 아버지와 김중을 비롯해, 취교에게 적극적인 시련을 제공하는 비인간적인 남성 인물들과는 달리, 담선과 각연은 취교에게 닥칠 고난을 미리 암시하거나 시련의 종식을 선언하고 그녀를 위기 상황에서 구출하고 가족과의 재회라는 완전한 갈등 해소로 안내한다. 비록 권력의 사각지대에서 예언을 생성하고 변화시킬 힘은 없으나, 인물의 인간적 고뇌에 대해 동정하고 따사로운 손길로 보듬어 주는 존재가 소외의 중심에 있는 기생 담선과 비구니 각연이라는 사실은 주목할 만하다.

여인에게 강요되는 효孝나 열烈과 같은 유교적 가치관, 남성적 권위에 의해 유희적 노리개로 전락한 여성의 성性, 지배층의 봉건 권력에 의해 소외되고 묵살 당하는 민중 권력, 근대화 논리로 옹호되는 서구의 경제 중심의 가치관, 금권 지향적 경제 논리에 의한 전통적 유교 가치관의 침탈 등은 취교전의 서사 구조 속에 전제된 작가의 가치 인식이다. 성 대결, 가치관의 대결, 외세外勢와의 대결, 권력 간의 대결 등 복잡한 갈등 양상으로 점철된 현실 속에서 취교는 가녀린 여인으로 모든 대결의 국면에서 약자와 타자로만 존재할 뿐이다. 그녀를 갈등으로 내모는 성 대결에서의 '남성', 가치관 대결에서의 '금권적 지향성', 외세와의 대결에서의 '근대 지향주의', 권력 간의 대결에서의 '봉건 지배 권력'은, 그녀가 거부할 수 없는 그리고 넘어설 수 없는 예언이자 권력으로 존재할 뿐이다. 하지만 취교와 같이 타자로 존재할 수밖에 없는 담선과 각연에 의해 사건의 전모가 예견되고 그녀의 목숨이 구제되며 갈등이 해소된다는 것은 이 소설이 다문화 지향적 소설이자 인간 중심적 소설이라는 것을 강하게 방증하는 것이다.

2) 채봉감별곡의 '상충적 인식의 현실 사건' 구조
한편, 우리나라 '채봉감별곡'(허문섭 외, 1991: 269-355)의 서사 구조와 그 속에 전제된 가치 인식은 어떠한가. 작품의 줄거리는 아래와 같이 요약할 수 있다. 이를 토대로 서사 구조를 밝혀보면, '결연 → 고난 →재회'라는 큰 틀 속에 제반 사건이 진행되어 감을 볼 수 있다. 채봉감별곡 서사 구성상의 특징은 예언과 같은 비현실적 요소가 배제된 채 현실 상황 속에서의 사건이 리얼리티를 확보하면서 전개되어 간다는 것이다. 또한 갈등의 유발과 해소의 과정이 개연성과 진실성을 확보함으로써 시대적 상황 속에서 발견할 수 있는 전형성을 강하게 부각시키고 있다는 점이다. 일련의 서사 전개 과정을 좀더 상세화하면 '①만남과 결연 → ②김진사의 매관매직 → ③화적 떼로 인한 갈등 심화 → ④채봉의 도피 → ⑤김진사의 감금 → ⑥아버지를 위해 기생이 됨 → ⑦허판서의 탐욕 본격화 → ⑧답시로 필성과 일시적 재회 → ⑨이보국으로 인해 신분 회복 → ⑩필성이 이방이 됨 → ⑪추풍감별곡으로 재결합'과 같이 나타낼 수 있다.

① 김진사 내외의 극진한 사랑을 받으면서 요조숙녀로 성장한 채봉은, 취향과 후원에 단풍구경 갔다가 손수건을 떨어뜨리고, 그 광경을 지켜보던 장필성이 채봉의 손수건을 줍는다.

② 잃어버린 수건을 찾으러 후원으로 나온 취향과 장필성이 만나게 되고, 장필성과 채봉은 서로 시를 교환하고 장필성은 채봉의 글솜씨에 감동한다.

③ 전 선천부사의 아들인 장필성은 취향의 도움으로 후원에 달구경 나온 채봉과 백년가약의 언약을 주고받고, 이를 알게 된 이씨부인도 매파를 통해 혼인을 약속한다.

④ 서울로 올라간 김진사가 김양주를 통해 허판서에게 돈을 주고 벼슬

을 사는 과정에서 딸 이야기를 꺼내게 되고, 이를 듣게 된 허판서는 딸을 자신의 첩으로 주면 김진사에게 높은 벼슬을 주겠다고 한다.

⑤ 김진사 일행은 서울로 상경 중에 화적떼를 만나 돈이 든 행장은 잃어버리고 채봉은 미리 **빠져나와** 평양으로 돌아간다. 부부가 걸어서 서울로 상경 후 허판서에게 과천 현감 첩지를 받는 순간, 그간의 일을 말하니 허판서는 돈 오천 냥을 갚으라며 옥에 가둔다.

⑥ 이씨부인이 취향의 집에 와서 모녀가 만난다. 채봉은 기생이 되는 조건으로 몸을 판 돈 육천 냥을 어머니에게 주면서 서울로 올라가서 아버지를 구하라고 한다.

⑦ 이씨부인은 서울로 올라와 허판서에게 오천 냥을 주면서 김진사를 풀어달라고 하나 허판서는 딸을 데려오지 않으면 풀어 줄 수 없다고 한다.

⑧ 채봉은 이름을 송이로 고치고 기생이 된다. 필성에게 보낸 답시를 문제로 내어 그 해당 편지의 시문을 알아내면 몸을 허락한다는 방을 낸다. 필성도 이 소문을 알게 되고, 송이를 찾아가 눈물의 재회를 한다.

⑨ 평양감사 이보국은 송이의 글 솜씨를 보고 기생어미에게 돈을 주고 송이를 별당에 거처하면서 공사公事 문서를 맡긴다. 장필성은 이 소문을 듣고 송이를 만나려하지만 별당에 외인출입이 어렵게 되자 이방으로 들어가나 지척에서 만나지 못한 지 반 년이 흐르고 상사병이 된다.

⑩ 눈물로 세월을 보내던 송이는 달빛을 보며 탄식하다가 붓을 꺼내 '추풍감별곡'이라는 가사를 짓는다.

⑪ 감사가 송이의 추풍감별곡을 본 후 사연을 듣고 한을 풀어 주어 부친
도 구하고 필성과도 재결합하게 된다.

상세화된 서사 구조를 통해 알 수 있듯이 채봉감별곡에서의 사건 전개
는 현실 속 인물의 가치 인식에 의해 갈등이 발생하고 해소되는 형태를
취하고 있다. 양반 신분의 채봉이 기생으로 전락하고 필성과 이별을 하게
된 원인은 김진사의 가치관에 기인한 것이기 때문이다. 집안의 재산뿐만
아니라 자신의 유일한 혈육인 채봉마저 권력 쟁취를 위한 희생양으로 삼
으려는 모순된 인식이 파행의 단초가 된 것이다. 허판서는 실질적인 권력
을 가진 자로서 모순된 권력에 대한 인식을 가지고 있으며 김양주라는
하수인을 통해 실질적으로 권력에 대한 거래를 일삼는 존재이다. 이들을
통해 소설은 당시 조선 후기의 와해되어 가는 신분 질서와 지배 구조의
모순, 비정상적인 권력에 대한 집착, 권력의 허상에 대한 폭로, 배금拜金주
의적 사회 현실, 정치 권력을 대신하는 경제 권력의 부상, 인권을 경시하는
현실을 조망하고 문제삼고자 하는 것이다.

반면 돈보다 인간성을 옹호하고 인간에 대한 근원적인 신뢰와 연민 의
식을 가진 평양감사 이보국에 의해 작품을 지배하던 갈등은 해소되기에
이른다. 정치 권력에 집착하고 돈의 가치를 맹신하는 김진사, 허판서, 김
양주와 이들의 가치관에 줏대없이 이끌려 가는 이씨부인을 통해 근대화의
이면에 전제된 허상을 폭로하고자 한다면, 이보국은 갈등 유발자들에 해
당하는 인물들과 동일한 시대를 공유하는 현실적 인물이기는 하나, 그들
이 가진 가치 인식을 비판하고 시대가 구현해 나가야 할 올바른 인식의
참모습을 보여주고자 한다. 결국 삶의 모순을 구제할 수 있는 이상적 가치

는 초월적 힘이나 비현실적인 요인에 의해 실현되는 것이 아니라, 현실 속에서 탐색되어야 하며 그러한 가치의 실천에 있음을 보여주는 것이다.

채봉감별곡은 '만남-이별과 고난-재회'의 서사 구조를 가지되, 이별과 고난 부분은, '갈등 유발(②)-갈등 심화(③, ④, ⑤, ⑦)-갈등 해결 방법 모색(⑥, ⑩)-일시적 갈등 해소(⑧, ⑨)'의 방식을 취한다. 갈등의 유발과 심화 요인은 철저히 외부에서 주어진 것이며, 갈등 유발 요인으로서의 외적 요인은 철저히 당대의 모순된 사회 현실에서 기인하는 것이다. 사회 현실로 인한 갈등의 심화라는 서사 구조의 틀 유지는, 등장인물이 겪게 되는 고난이 개인적 차원 이상의 것이며, 그것이 근원적으로 해결되기 어려움을 암시하는 기능을 동시에 수행하고 있다. 아울러 개인적 차원에서 시도되는 갈등 전환을 위한 방법적 선택도 사회 현실의 벽에 부딪쳐 궁여지책이 될 수밖에 없으며, 그러한 노력이 제한적인 방법일 수밖에 없음을 보여주고 있다. 갈등이 사회 현실과 관련된다는 점에서 개인으로서의 해결 방도가 요원하다는 점에서는 갈등이 절대적일 수 있으나, 서사의 진행을 가능하게 하는 갈등의 원인이 현실적 원인에서 말미암은 것이라는 점은 해결의 가능성을 기대하게 한다.

[그림2] 채봉감별곡의 서사 진행 구조

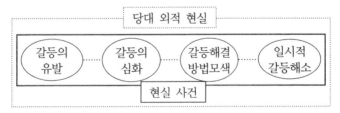

갈등의 요인이 외부로부터 주어지고 조력자의 도움에 의해 갈등이 해소되어 가는 채봉감별곡의 사건 전개 방식은 고전소설이 고집해 온 전근대적인 구성화 방식을 답습한 것이기는 하지만, 적어도 현실의 모순성을 전면화하고 갈등 해소의 단초를 현실적 인물을 통해 모색하고자 한 점은 분명 새로운 소설적 시도인 것이다. 또한 주인공을 여성으로 설정한 것과 현실 상황 속에서 여성의 위치를 점검하고자 한 의도나, 전통적 권위를 가진 채 일방적 희생을 강요해 온 효가 근대로 이행되는 사회에서 갖는 의의를 여성으로서의 딸에 초점화해서 재조망하고자 한 점은 진일보한 것이다. 특히 남성과 전통적 관습에 의해 억압받아 온 여성을 대변하는 채봉이라는 인물은 현실에 대한 인식과 의지에 있어 고전소설의 범주를 이탈하는 쪽에 가깝다.

채봉은 효와 열을 실천하는 인물로서 유교적 가치관을 따르는 전통 지향성을 보이는 인물이기는 하다. 하지만 전통적 가치 인식인 열烈을 따르기는 해도, 자신의 자발적 의지에 의해 선택한 남성에 대한 것이기에 기존의 열과는 사뭇 다르다. 비록 기생으로 신분이 전락하였으나 자신의 성에 대한 결정권을 갖고 답시를 매개로 자신의 배필을 찾고자 하는 결연한 의지 역시 수동적인 열과는 이질적이다. 아울러 아버지를 위험에서 구하기 위해 기생의 신분으로 전락하는 모습에서 효의 인습에서 벗어나지 못하고는 있지만, 허판서의 별실로 들어갈 것을 청하는 아버지에 대해 단호하게 거절하거나 상경하는 중 몸을 피하는 행위를 통해 맹목적인 효의 추종에서 벗어나 전통적 인식에 균열을 가하고자 하는 자발적 의지와 실천력을 가진 인물로 볼 수 있다.

비록 여성을 억압하고 자본의 권위로 여성의 자율권을 침해하는 거대한 사회적 관습의 틀 속에서 갈등을 겪고 그러한 고난을 전면적으로 해소할 만한 역량을 가지지는 못했으나, 현실 상황의 문제를 자발적으로 결정하며 자신의 선택에 대한 신념을 토대로 적극적인 행동을 일관되게 보여준다는 점에서 기존의 고전소설에서 보여주었던 여성상과는 차별화된다. 아울러 이보국의 감영監營 내에서 행정적 사무를 도맡아 하는 채봉의 모습은 순종적이고 수동적이며 가정이라는 울타리의 한계를 벗어나지 못한 여성의 제한적 역할 수행에서 벗어나, 공식적이고도 비중 있는 대사회적 역할 활동으로 여성의 역량이 확산되어 가는 당대의 현실을 반영한 것으로 이해된다. 몰락한 양반인 필성, 권력을 축재蓄財의 수단으로 인식하는 허판서, 권력의 효용성과 가치를 인식하지 못한 김진사, 노쇠老衰함으로 인해 국정을 돌볼 여력이 쇠잔衰殘한 이보국과는 달리, 문서 수발을 감당해 냄으로써 민생을 위한 행정적 노력에 일익一翼을 감당해 내고 있다.

이상의 논의처럼 채봉감별곡에서는 신분 질서의 와해, 권력의 유명무실화와 폐단의 심화, 경제 논리의 전면화, 여성에 대한 억압과 여성의 인권에 대한 재조망 등을 작품 속에 표면화시킴으로써 조선후기의 시대상황을 강하게 대변하고 있음을 볼 수 있다. 이러한 모순적 현실 상황 속에서 주인공 채봉은 여성으로서 전통적 관습에서 벗어나고자 하는 몸부림을 온몸으로 보여줌으로써 비판적 메시지를 표출하고자 한다. 시대의 전형인 한 여인의 삶을 통해 시대를 문제시하고 여성을 통해 해결의 방안을 모색하고자 하는 시도는 소설의 근대 지향성을 보여주는 것이라 하겠다. 하지만 서사 구조의 진행상 채봉감별곡은 행복한 결말이라는 고전소설의 결말을 답습하고 있음을 부인할 수는 없다. 하지만 갈등의 해소가 현실적 인물에 의해 시도됨으로써 비현실적 속성을 이탈했다는 점에서 결말의 천편일률적인 도식성은 다소 완화된다고 볼 수 있다.

특히 갈등 해소의 단서가 되는 '추풍감별곡'이라는 노래의 제시는 서사적 문체의 단조로움을 극복하고 서정성을 강화함으로써 문체상의 다양화를 노렸다는 점에서 진일보한 측면이 있다. 뿐만 아니라 노래를 매개로 이보국에게 채봉의 사연을 자연스럽게 토로하게 하는 구성적 장치는, 사건 해결을 위한 필연적 실마리의 제공이라는 점에서 의의를 갖는 것이다. 하지만 이 작품이 갈등의 원인, 해결의 실마리, 현실의 반영성 등으로 인해 고전소설의 고정적인 문학적 형상화 틀을 벗어나고자 한다는 측면에서는 신소설에 근접해 있다고 할 수는 있으나, 몇몇 한계는 여전히 남아 있다. 필성이 채봉과의 재회를 위해 시도하는 노력의 일환인 하급 관리로서의 '이방'되기는 미관말직이라는 권력으로는 현실적인 갈등의 해소가 어렵다는 것을 보이는 것이며, 이보국이 돈으로 채봉의 기생 신분을 해소시키는 것은 여전히 돈의 절대적 가치를 인정하는 것으로 더 막대한 자본이 갖는 절대적인 권력의 실체를 인정하고 강화하는 것이다. 뿐만 아니라 평양감사 이보국이 허판서로 인해 빚어진 모든 갈등을 해소시킴으로써 채봉이 부친을 구하고 필성과 재결합한다는 것은 더 큰 정치 권력의 존재감을 부각시키는 것으로 읽힌다.

고난을 감내하고 자신의 선택에 당당한 채봉의 모습을 통해, 김진사와 허판서의 권력에 대한 야욕과 권력의 물신화를 비판하며, 남성 중심의 권력 구조와 사회적 배경 속에서 여성의 역할을 긍정하는 쪽으로의 인식 전환을 도모하고자 하지만, 작가적 인식의 한계로 인해 여전히 돈과 권력의 절대적 가치는 유효한 것이 되고 만다. 돈으로 신분과 권력을 사고 팔 수 있으며, 권력으로 문제 상황에 봉착할 수도 문제를 해결할 수도 있다는 작가의 가치 인식은, 채봉감별곡의 서사 구조 속에 감추어진 인식의 한계일 수 있다. 하지만 인식의 한계로 보이는 모순이 오히려 고전소설의 형상화 방식을 벗어나고자 하는 작가의 의도로 파악될 수 있다. 명확히 이분화될 수 없는 인식, 돈과 권력의 절대성이 공공연하게 인정되는 근대 이행기적 사회 현실 속에서 일방적 논리로 돈과 권력을 부정하는 것은, 그것 자체로 고전소설의 권선징악적 인식의 한계에 갇히는 것이기 때문이다. 오히려 돈과 권력으로 인한 갈등의 유발과 해소라는 상충적 인식이 현실을 현실로 받아들이는 근대 지향성이라 할 만하다.

3. '취교전'과 '채봉감별곡'의 서사 구조 겹쳐 읽기

'취교전'과 '채봉감별곡'은 각각의 독자적인 서사 구조를 가지고 있다. 이야기 진행 방식으로서의 서사 구조는 당대의 사회 문화를 인식하는 독자적인 작가의 가치 태도와 그것을 형상화하고자 하는 그만의 창작 기법으로 인해, 다양한 사건 전개와 인물 유형을 창조하기 마련이다. 취교전과 채봉감별곡은 19세기와 20세기라는 시간상의 차이와, 베트남과 한국이라는 사회 문화적 배경의 이질성으로 인해 그 접점을 발견하기가 쉽지는 않다. 하지만 다문화 문학교육을 지향하고자 하는 목표를 설정하고 이를 구체화하고자 하는 교육적 시도 하에서는, 문화적 이질성 속에 존재하는 공통점과 차이점을 적극적으로 견줌으로써 개별 문화의 고유한 자질을 인정하고 포용하는 태도는 무엇보다 중요하리라 본다. 차이 속에서 유사점을 발견하고 유사성 속에서 문화의 다양성을 엿보는 것만으로도 다문화 시대의 문학교육은, 자기 문화와 문학에 대한 자부심과 상대방 문화에 대한 존중감의 확립이라는 다문화적 가치 구현에 기여 할 수 있기 때문이다.

다문화 문학교육을 위해서는 대상에 대한 고려, 내용 선정과 방법의 구체화라는 단계를 거치면서 세목화할 필요가 있다. 다문화 문학교육은 교육 대상이 소수자이냐 다수자이냐에 따라 달라질 수 있다. 소수자가 교육 대상이면 취교전이 기본 작품이 되어야 할 것이며 채봉감별곡은 기본 작품 학습 이후에 제시되는 확장적 텍스트로 제공되어야 할 것이다. 교육 대상이 친숙하게 느끼는 작품에 대한 선행 학습이 이루어진 후에, 낯선 문화와 가치 인식이 반영된 작품을 감상하는 것이 효과적일 수 있기 때문이다. 이 글에서는 베트남 이주 여성이나 그들의 자녀가 교육대상이라고 가정하고 논의를 전개해 나가고자 한다. 교육 내용은 두 작품에 전제된 '서사 구조'에 대한 탐색으로 정하고자 한다. 소설은 서사 중심의 이야기 문학이다. 따라서 '서사' 자체에 초점이 맞추어져야 할 것이며, 서사 전개 양상(권순긍, 2007: 95)을 통해 작품의 전체 줄거리에 대해 파악하는 것은 물론, 그러한 서사 구조 속에 마련된 인물의 특징, 갈등 양상, 그리고 시대적 상황, 사회 문화적 맥락에 관한 사항도 교육이 되어야 한다고 본다. 서사는 인물과 그들의 빚어내는 갈등으로 형성되고 유지되며, 궁극적으로 갈등의 원인은 당대의 시대적 상황과 사회 문화적 배경, 그리고 그러한 것들이 유발시키는 가치 인식의 대립으로 초래되는 것이기 때문이다.

교육 방법은 '겹쳐 읽기'를 따르고자 한다. 겹쳐 읽기는 작품과 작품을 견주면서 읽어 가는 방법으로, 개별 작품을 비교하면서 공통점과 차이점에 주목하면서 작품 상호 간의 문화적 배경, 보편적 주제의식, 문화의 특수성(한국고소설학회, 2005: 105) 등에 주안점을 둔 읽기 방법이다. 다문화 문학교육에서는 유사한 작품을 관련(강은해, 2007: 150-152; 하은하, 2011:

338-339; 하은하, 2011: 255-256)지어 감상함으로써 상호 작품에 대한 분석과 이해의 폭을 심화시킴은 물론, 양국 문화의 범위로까지 확장해 나가고자 한다. 특히 이 글에서는 다문화 문학교육의 일환으로 유사한 서사 구조의 두 작품을 겹쳐 읽을 때, 어떠한 요소에 주안점을 두어야 하며, 이를 교육하기 위해 어떤 질문들이 제시되어야 하는지를 중심으로 기술해 나가고자 한다.

　베트남 이주민에게 취교전은 그들의 한국어 능력에 따라 차별적인 어휘와 문장 구조로 제시되어야만 한다. 부득이 어려운 한자말이나 복합어, 속담 등이 제시될 경우에는 각주로 처리하면서 자세한 풀이는 물론 예문을 통해 충분히 이해하고 익힐 수 있도록 할 필요가 있으며, 이중 언어 교육을 병행한다는 측면에서 여력이 있다면 베트남어도 함께 싣는 것도 유용하리라 본다. 소설은 원작의 분량이 많아 지면의 제약을 받을 수밖에 없다. 하지만 한정된 지면에 실어야 하기에 전체 줄거리를 요약적으로 제시하되, 갈등이 첨예하기 부각된 부분이나 가장 감동적인 부분, 시대적 상황이나 문화적 맥락을 단적으로 형상화한 부분, 작가의 가치 인식이 함축적으로 드러난 부분, 미적 가치가 뛰어나고 정서적 감수성이 충만한 부분 등을 선별해서 제시하는 것이 바람직하다.

　베트남 이주민 교육을 위해 취교전을 감상하게 한 후에는 우리나라의 채봉감별곡을 다음의 순서로 제시할 수 있다. 취교전과 견줄만한 서사 구조와 인물의 특성, 갈등 양상, 사회 문화적 배경 등을 전제한 소설이기에 교육 대상의 수준에 맞는 어휘나 통사 구조, 문맥으로 바꾸어 제시하는 것을 놓쳐서는 안 될 것이다. 특히 소설 속에 반영된 문화적 요소나 관용어, 생경한 어휘 등은 교육을 받는 학생들이 공감하기 어려운 부분이 있을 수 있기에, 쉽게 풀어 설명하는 데 초점을 둘 수 있어야 한다. 소설 속에 반영된 문화적 속성이나 어휘를 교육 내용으로 설정하고 이에 대한 교육 활동을 진행할 수 있으며, 학생들의 한국어 수준에 따라 어느 정도 난이도의 어휘를 제시해야 하는지에 대한 논의도 상세히 다룰 필요가 있으나, 이 글의 주제에서 벗어나 있으므로 따로 다루지는 않겠다. 학생의 눈높이에 맞는 작품 내용이 선정되었다는 가정 하에 논의를 진행하고자 한다.

다문화 문학교육의 진행 과정은 '작품 읽기 → 서사 구조 파악하기 → 서사 구조 유형화하고 견주기 → 서사 구조 형성 요소 견주기'의 순서로 이루어지는 것이 바람직하리라 본다. 개별 작품의 일정한 부분만을 대상으로 두 소설을 비교하게 되면 피상적이고 제한적인 차원의 분석에 그칠 수 있기에 개별 작품의 전체적인 줄거리나 내용 요약을 대상으로 교육활동을 전개하는 것이 바람직하다. 물리적 한계로 작품 전체를 읽게 할 수는 없기에 두 작품에서 형식과 내용적 측면에서 유사한 부분을 제시하되 전체 줄거리나 내용 요약을 함께 제시함으로써 겹쳐 읽기가 용이하도록 배려하는 것이 선행되어야 할 것이다.

두 작품의 겹쳐 읽기가 진행될 수 있도록 적절한 작품이 제시된 이후에는 취교전, 채봉감별곡의 순서로 학생들의 작품 읽기가 이루어질 수 있어야 한다. 이때 작품을 읽을 때 주목해야 할 요소를 미리 제시하는 것이 유용하다. '두 작품의 갈래상의 공통점이 무엇일까요, 소설이라는 갈래의 특징은 무엇인가요, 서사의 개념을 쉽게 풀어 설명할 수 있나요, 서사 구조라는 말을 들어 본 적이 있나요, 줄거리와 서사 구조의 차이는 무엇인가요, 이야기의 흐름을 중요한 사건이나 갈등을 중심으로 정리한 서사 구조에 주목할 때 어떤 장점이 있을 수 있나요, 서사 구조를 이루기 위해서는 어떤 요소나 장치들이 필요할까요.'라는 질문을 통해 소설이 가지는 일반적인 갈래적 성격과 서사 구조에 대한 개념에 대해 이해하고 정리하는 작업이 선행될 필요가 있다.

작품에 대한 관련 지식을 제시하지 않고 작품만을 대상으로 읽고 감상하게 할 수도 있으나, 학생이 이미 알고 있는 선행지식을 활성화시키고, 소설에 대한 일반적 지식(최운식 외, 2002: 482-483)을 학생들의 눈높이에 맞는 어휘로 풀어 주는 일이 선행되어야 할 것이다. 소설을 감상할 때 어떤 점들에 주목하고 무엇을 읽어야 하는지를 명확히 짚어주는 것이 학생 자신의 감상 방법을 고수하면서도 보편적인 문학 감상법을 동시에 고려하게 되어, 작품에 대한 이해를 폭넓게 할 수 있을 것이기 때문이다. 작품의 특징이나 성격에 대한 추측, 소설에 관한 개괄적인 특징의 파악, 소설을 읽어 나갈 때 주목해야 할 요소에 대한 안내와 이해가 이루어졌다면, 본격적인 소설 읽기를 학생들 스스로 진행해 나갈 수 있는 시간의 배려가 필요하다.

이때도 소설에서 학생들이 챙겨 읽어야 할 필수적인 항목에 대해서는 질문 형태로 제시하고, 교사가 제시한 읽기의 주안점 외에도 학생 나름대로 생각하는 감상의 주안점이 있다면, 실제 읽기에서 활용해 나갈 것을 당부할 수 있어야 한다. 소설을 읽기 전에, 소설의 제반 특징을 이해하고 읽기의 주안점을 파악하며 읽기 방법을 독자적으로 마련해 보는 것은 매우 중요하다. 배경지식을 활성화한다는 점 외에도 소설을 소설답게 읽을 수 있는 단초가 되며, 읽기 중에 놓칠 수 있는 요소들에 대해 주의를 환기시킴으로써 심도 있는 감상이 되도록 안내할 수 있기 때문이다.

'개별 작품을 여러분의 경험과 관련지어 감상하되 서사 구조가 어떻게 진행되어 가는지 정리하면서 읽어 보세요, 서사 구조 형성에 영향을 미치는 인물, 갈등, 사건, 작가의 가치 인식, 사회 문화적 맥락에 주목해서 읽어 보세요, 어떤 인물이 등장하며 그들의 특징은 무엇인지에 주목하세요, 갈등의 유발요인은 무엇이며 그것은 어떤 계기로 해소되는지 살펴보세요, 소설의 흐름에서 중요한 사건들을 찾아보세요, 작품의 제반 요소들을 통해 추론해 낼 수 있는 작가의 가치 인식이 무엇인지 생각하면서 읽어 보세요, 작품의 배경이 되는 사회 문화적 맥락을 상상하고 음미하면서 읽어 보세요, 가장 인상 깊은 장면과 감동적인 부분이 어디인지 염두에 두면서 읽어 보세요, 자기 나름대로 소설 읽기에 활용해야 할 필요가 있다는 요소나 방법이 있다면 이를 활용해서 읽어 보세요.'라는 질문을 제시하고 학생들의 문학 감상 능력에 따라 이러한 질문들을 활용할 수 있도록 하는 것이 바람직하다.

주안점을 두고 읽어야 할 방법적 요소를 바탕으로 취교전과 채봉감별곡을 읽은 후에는 본격적인 겹쳐 읽기 교육으로 진행해 갈 수 있다. '서사 구조 파악하기'는 작품 읽기를 통해 주목한 개별 작품의 서사 구조를 토대로 두 작품이 갖는 서사 구조상의 유사점과 차이점을 견주기 위한 과정이다. 개별 작품에서 주목할 만한 핵심 사건, 갈등의 유발과 해소, 장면이나 상황의 전환, 인식이나 가치 태도의 변화 등을 바탕으로 서사 구조를 추출하는 작업을 시행하는 것이 우선이다. 이 단계는 개별 작품의 사건 흐름에 주목하고 그러한 사건이 어떤 갈등 요인에 의해 형성되며, 어떤 과정을 거쳐 해소되어 가는지를 파악하게 하는 것이 주된 목적이다. 작품을 지배하는 사건 요소와 갈등 요소를 파악하고 그것을 정리하게 함으로써 개별 작품의 서사 전개 양상을 파악하게 하려는 의도인 것이다.

서사 구조의 파악은 사실상 작품을 어떤 관점으로 읽어 가는지, 혹은 어떤 사건에 주목하느냐에 따라 다양하게 정리될 수 있는 것이기에, 작품을 읽고 학생들이 파악하고 정리한 서사 구조를 최대한 존중하고 이러한 결과물을 발표하게 함으로써 학생들 상호 간에 조정하고 수정해 나갈 수 있는 기회를 부여하는 것이 바람직하리라 본다. 핵심 사건이나 갈등 양상이 빠져 있다면 교사는 이것을 지적하는 선에서 서사 구조 파악하기를 진행해 나갈 필요가 있다. '소설은 개별 사건의 흐름으로 진행되어 가므로 각각의 사건에 주목해서 이를 정리해 볼까요, 취교전과 채봉감별곡은 각각 몇 개의 큰 사건으로 구성되어 있는지 찾아보고 이를 정리해 봅시다, 중심 사건의 파악이 제대로 되었는지 살피기 위해 갈등 유발 요인이나 해소 원인, 상황의 변화에 주목해서 놓치거나 불필요한 사건이 없는지 점검해 볼까요, 인물이 심리 변화나 인식 태도의 변화에 주목해서 사건의 경중의 따져 보고 서사 구조를 재정리해 봅시다.'라는 질문은 핵심 사건을 중심으로 구성되는 서사 구조를 파악하는 데 도움을 줄 수 있을 것이다.

핵심 사건과 장면의 전환, 그리고 갈등 요소에 초점을 두고 개별 작품에 대한 서사 구조 파악하기 과정이 일단락되었다면, 이제는 '서사 구조 유형화하고 견주기'를 시행할 차례이다. 서사 구조 파악하기가 핵심 사건이나 갈등, 장면의 전환에 주목한 사건의 재구성과 재배열 작업이라면, 작품에 기반한 서사 구조를 유사한 항목끼리 묶고 분류함으로써 일반화하고자 하는 것이 '서사 구조의 유형화'에 해당한다. 그러므로 유형화 작업에서 중요한 것은 유사한 성향의 사건들을 묶고 분류하는 일이다. 이질적인 사건과 갈등으로 보이더라도 그 속에 전제된 모티브나 성격적 특징이 유사한 것이라면, 그것들을 하나의 단위로 묶어 좀더 포괄적이고 거시적인 구조로 추상화하고자 하는 것이다.

　'갈등의 유발 원인이나 전개 양상, 해결의 실마리에 있어 유사한 장면을 묶어 봅시다, 인물이 처한 상황이나 사건의 성격이 유사한 사건이 있다면 통합해 봅시다, 사건에 전제된 사회 문화적 맥락이 유사한 것도 묶어 봅시다, 사건이나 상황에 대한 인물의 반응 양상이나 사건에 내포된 작가의 의도나 발상이 유사하다면 이러한 사건들도 묶어 봅시다.'라는 질문을 통해 소설을 구성하는 요소를 기준으로 세부적인 사건을 상위의 구조로 항목화하고 유형화하는 작업은 서사 구조에 대한 확장된 식견을 제공해 줄 것으로 본다. 유형화 작업을 통해 세부 사건을 다시 한 번 고찰하게 하며, 소설의 사건 전개를 전체적으로 개관하는 힘을 길러 줄 수 있다. 뿐만 아니라 이런 유형화 작업이 전제가 되어야 작품의 겹쳐 읽기를 효율적으로 수행할 수 있는 것이다.

[그림3] 서사 구조 파악과 유형화의 방법

서사 구조 파악	➡	서사 구조 유형화
⇩		⇩

구조 파악의 조건과 기준	유형화의 조건과 기준
핵심 사건 갈등유발과 해소 요인 장면의 전환 인식과 가치태도 변화 인물의 심리변화	갈등 원인, 해결의 유사성 상황의 유사성 사건 성격의 유사성 사회 문화적 맥락의 유사성 인물 반응 및 작가 의도의 유사성

⇩	⇩

취교전의 서사 구조	취교전의 서사 구조 유형화
담선의 예언→김중과의 언약→아버지의 누명→마감생의 첩이 됨→수마와 초경의 함정→속생에 의한 구제→환저의 노비가 됨→각연에 의탁함→박파와 박행의 계략→서해에 의한 구제→호종헌의 배신→전당강에 투신→각연에 의한 구출→김중과의 재회	예언적 사실→만남→이별과 고난이별의 요인 발생→위기 극복을 위한 선택→새로운 갈등의 발생→갈등의 일시적 해소→재회

채봉감별곡 서사 구조	채봉감별곡의 서사 구조 유형화
만남과 결연→김진사의 매관매직→화적 떼로 인한 갈등 심화→채봉의 도피→김진사의 감금→아버지를 위해 기생이 됨→허판서의 탐욕 본격화→답시로 필성과 일시적 재회→이보국으로 인해 신분 회복→필성이 이방이 됨→추풍감별곡으로 재결합	만남→이별과 고난갈등 유발→갈등 심화→갈등 해결 방법 모색→일시적 갈등 해소→재회

세부적인 서사 구조를 기반으로 유사 사건을 결합시켜 일반화된 거시적인 서사 구조로 유형화하는 목적은 '견주기'를 위함이다. 작품의 유사성과 차이성을 견주는 것이 겹쳐 읽기의 핵심 사항이기 때문이다. 따라서 정리된 서사 구조에 관한 내용을 토대로 두 작품의 공통점과 차이점을 적극적으로 논의해 보는 것이 무엇보다 중요하다. 이러한 논의를 통해 두 작품은

'만남 → 이별과 고난 → 재회'라는 일정한 서사적 흐름을 공유하고 있음을 파악할 수 있도록 유도할 필요가 있으며, 서사 전개의 영향력이 철저히 인물 외부의 영향력에 의한 것임도 도출해 낼 수 있어야 한다. 반면, 취교전은 예언적 사실이 현실 사건을 지배하는 거시 구조를 가지고 있는 반면, 채봉감별곡은 비현실적 요소가 배제된 채 현실적 사건 중심으로 전개되고 있음을 발견할 수 있을 것이다.

이러한 특징으로 인해 갈등의 해소 역시 취교전은 운명이라는 비현실적 요소가 사건 해결의 중요한 실마리가 되지만, 채봉감별곡은 현실적 인물의 현실적 처분(구인환, 2004: 88)에 의해 사건이 종식된다는 내용으로까지 확장될 수 있어야 마땅하다. 비록 취교전이 예언이라는 비현실 요소의 영향을 입기는 하지만, 주인공의 현실적 고난을 생생하게 보여주기 위해 인물의 고난을 다양한 사건과 결부시켜 제시하고 있다는 사실에 주목하게 할 필요가 있다. 이러한 시도는 결국 서사 구조의 진행이 현실과 밀접한 관련성을 갖고 있음을 보여주기 위한 작가의 의도적 장치라는 것도 파악할 수 있어야 하리라 본다. 취교전에서는 인물의 고난과 관련된 갈등을 다양한 사건과 결부시켜 지속적으로 변주해 냄으로써 현실적 고난 그 자체에 초점을 두고자한다면, 그에 비해 채봉감별곡은 주인공의 거듭되는 고난이라는 사건소보다 현실적 상황에 대한 인물의 태도와 심리를 부각시키고자 한 점에서 차이가 있음을 직시할 필요도 있다.

'서사 구조 형성 요소 견주기' 단계는 거시 구조로 유형화한 틀을 토대로 한 작품의 겹쳐 읽기를 좀더 상세화해 보고자 하는 시도이다. 소설의 서사 구조는 인물, 갈등, 사건, 작가 의도, 사회 문화적 배경에 의해 유도되는 것이기에, 서사 구조의 틀 속에 배설되어 있는 소설의 구성 요소들을 자세히 살펴봄으로써 두 작품을 세부적인 차원에서 겹쳐 읽으려는 시도에 해당한다. 취교와 채봉, 김중과 장필성은 연인 관계라는 점, 이별이라는 고난을 극복하고 재결합한다는 점, 이별의 원인이 모순적 시대적 상황과 가치 인식으로 인한 외적 갈등 요소에 의해 초래되며 그 해결 역시 인물들의 주체적 역량이 아니라 외부의 도움으로 해소된다는 점, 문제 해결을 위해 여성 주인공인 취교와 채봉 스스로가 기생으로의 신분 전락을 선택한다는 점, 취교와 채봉 모두 어느 정도 전통적 윤리관을 추종함으로써 그에 편승한다는 점, 김중과 장필성은 갈등 해소를 위한 능력이 없는 나약하면서도 무능한 존재로 사건의 전개에 별다른 기능을 못한다는 점, 여성의 수난사를 통해 여성 억압적 현실을 비판하고 있다는 점, 인물의 가치 인식과 행동 양태가 당대의 상황적 특수성과의 연관성 속에서 형성된다는 점 등이 두 작품의 인물과 관련된 유사점임을 자각할 수 있도록 지도할 필요가 있다.

반면, 취교는 채봉에 비해 지극히 순종적이고 수동적인 삶의 태도를 보이지만 채봉은 자기 결정과 선택에 대한 확고한 신념을 바탕으로 적극적인 가치 인식과 행동적 특성을 보인다는 점이 차별성이라 할 만하다. 비록 취교도 힘겨운 현실을 꿋꿋이 견뎌내고자 하는 의지를 보이기는 하지만 그것이 채봉만큼 적극적인 형태로 표출되지 않고 있다는 것을 학생들이 발견할 수 있어야 한다. 또한 취교전에서 예언자적 기능과 갈등 해결자로서의 기능을 하는 담선과 각연이 예언이라는 비현실적 요소와 관련된 인물이라면, 채봉감별곡에서 채봉의 갈등을 해소시키는 이보국은 지극히 현실적 인물이라는 점에서 차별화됨도 인식할 필요가 있다.

사실 서사 구조를 유발시키는 구성 장치인 인물, 갈등과 해소의 양상, 사건의 특징, 작가의 가치 인식 태도, 사회 문화적 맥락 등을 개별적으로 항목으로 설정하고 이에 대한 작품 간 겹쳐 읽기를 시도할 수도 있다. 하지만 서사 유발 요소들이 단절된다기보다 밀접한 상호 관련성 속에서 영향을 주고받으면서 사건을 전개시켜 나가는 것이기에 통합적으로 묶어 살펴보게 할 수도 있다. 몇 가지 서사 구성 요소를 묶어 겹쳐 읽기를 시도해 본다면, 갈등과 사건, 작가의 인식과 사회 문화적 배경을 통합해서 교육을 진행할 수 있다. 취교전의 사건 전개는 비현실적 예언의 지배를 받고 있으며, 갈등의 해소가 예언적 사실을 파악한 인물에 의해 이루어진다. 취교전에서의 갈등은 대부분 청루라는 공간에서 이루어지며, 사건 전개 과정 중에 일어나는 속생과 서해에 의한 갈등의 해소는 일시적 성격을 띠는 것에 그치며, 이러한 일시적 갈등 해소가 오히려 주인공 취교의 내적 갈등과 상황적 어려움을 심화시키는 역할을 하게 된다는 점도 놓쳐서는 안 될 것이다.

한편 채봉감별곡에서의 사건 전개 역시 외적 요인에 의해 갈등이 진행되지만 최교전의 갈등이 타인의 모함에 의해 초래되는 반면, 채봉감별곡에서는 가족의 구성원 중의 한 사람인 아버지 김진사에 의해 촉발되고 있다는 점은 갈등의 속성에 있어 다소 간의 차이를 보이고 있다. 또한 채봉도 기생으로서의 삶을 선택함으로써 갈등의 해소를 시도하지만 그것이 또 다른 갈등 유발과 사건 전개의 빌미된다는 점에서는 취교전과 유사하다. 하지만 취교전에서의 청루라는 공간은 새로운 사건이 지속적으로 유발됨으로써 취교의 삶이 철저히 유린되는 갈등 심화의 공간으로 기능을 하는 한편, 채봉감별곡에서의 청루는 새로운 사건이 발생되지 않는 일회적 공간에 불과하다는 사실도 파악할 수 있어야 하리라 본다.

작가 인식과 사회 문화적 배경에 대한 겹쳐 읽기는 가장 중요한 부분이며 명실상부하게 다문화 문학교육의 본령이라 할 수 있다. 두 작품에 반영된 가치관과 문화적 특징을 비교해 봄으로써 다수자와 소수자를 구별하려는 태도가 무의미함을 깨달을 수 있기 때문이다. 애초에 문화는 공통성과 다양성을 근본 속성으로 하고 있음을 느낄 수 있는 중요한 계기가 될 수 있다. 취교전과 채봉감별곡은 공통적으로 봉건 말기의 사회상을 반영하고 있으며, 여성을 통해 모순된 시대를 비판하고자 하는 작가의 가치 인식이 전제되어 있다. 취교전에서는 인권을 사고파는 금권주의, 남성의 여성에 대한 억압, 남성의 무능력, 근대화에 편성한 상업과 경제 중심의 사회, 봉건 지배 질서의 허상를 문제삼고 나아가 성장하는 민중 의식을 부각시키고자 한다. 아울러 채봉감별곡에서는 신분 질서가 와해되어 가는 사회, 권력에 대한 모순적 인식과 행태, 자본 중시의 세태, 남성의 무능력, 정치 세력의 타락으로 인한 사회적 혼란을 비판하며, 이러한 상황 속에서도 점차적으로 성장해 가는 여성의 가치 인식과 태도에 대해 주목하고 있음을 살필 수 있어야 할 것이다.

4. 문화 소통으로서의 다문화 교육

이 글에서는 다문화 시대의 문학교육의 방안으로 고전소설에 해당하는 '취교전'과 '채봉감별곡'을 겹쳐 읽음으로써, 두 문화 간의 공통점과 차이점에 대한 인식을 통해 문화에 대한 근원적 편견을 해소하고 두 문화에 대한 이해의 폭을 넓히는 계기로 삼고자 하였다. 문화적 경험과 인식에 있어 친근성이 있는 취교전을 토대로, 낯선 문화적 요소를 담고 있는 또 다른 소설인 채봉감별곡을 접하게 함으로써 베트남 이주민들이 그들 문화에 대한 자부심을 갖고 한국 문화의 특성을 이해하는 데 이해를 심화시키고 자 하였다. 한편 한국인에게는 채봉감별곡과 함께 제시되는 취교전을 통해 채봉감별곡 유사한 내용적 문화적 요소를 확장해 나감으로써 문화의 동등성과 다양성을 실질적인 차원에서 깨닫는 계기가 될 수 토대가 됨을 의도하였다.

두 작품이 지니는 서사 구조의 유사성과 차이점, 그리고 서사 구조를 형성시키는 세부 항목으로서의 구성 장치인 인물, 갈등 양상, 사건의 특징, 사회 문화적 배경의 특징들을 비교하게 함으로써, 이질적인 공간, 멀기만 한 시간적 격차로 인해 도무지 공감대가 형성될 것 같지 않은 문학과 문화가 사실상은 유사점이 있음을 깨닫는 계기가 될 수 있을 것으로 본다. 또한, 시간과 공간의 격차를 뛰어 넘어 문화는 유사성을 바탕으로 공유의 가능성이 있는 것이기에, 문화에 있어서의 차별은 무의미하며 오히려 문화적 격차와 그로 인한 인종, 성별, 종교, 민족에 대한 차별은 종식되어야 함을 모색할 수 있었다고 본다.

다문화 교육이 수용과 적응 교육을 넘어 반성과 다양성에 대한 인정과 통합 교육을 지향해야 한다는 목소리가 높아지고 있다. 이러한 시점에서 우리 문학 교과서에 소수자의 문화와 가치 인식이 담긴 문학작품을 싣고 그것을 교육하고자 하는 시도는, 소수자에게 이국땅에서 느낄 수 있는 소외감을 해소하고 그들 문화에 대한 자부심을 안겨다 줄 수 있는 계기가 될 것이다. 아울러 주류문화로 자부하는 한국인들에게도 문화에 대한 근원적 인식 전환의 계기가 될 것이며 다수자가 소수자의 삶과 문화를 수용하고 적응해 가는 초석이 되리라 본다. 이를 위해 유사한 성격의 작품을 동시에 제시하고 이를 다양한 관점에서 겹쳐 읽게 하는 적극적인 문학교

육은 지금의 현장 교육에서 적극적으로 시행되어야 할 방법적 요소라 할
수 있을 것이다.

수필 교육을 위한 방법

●

○

1. '사이'로서의 수필 문학 교육

수필은 수필만의 고유한 특성을 가진다. 수필은 문학의 하위 갈래로 분류 가능하기에 문학이 갖는 일반적인 특성을 함유하고 있다. 수필은 작가의 현실적 삶을 기반으로 자신의 가치 인식을 형상화함으로써 삶의 총체성을 확보하게 된다. 인간 삶의 반경이 제한적이고 그에 따라 경험 역시 한정적일 수밖에 없지만, 작가가 주목한 특정한 삶의 방식 속에는 삶을 대표하는 속성과 가치가 전제되기 마련이다. 작품 속에 형상화된 삶은 개별적이고도 특수한 삶의 양상이면서도 일반적이면서 전형적인 특징으로 독자를 감동시키기에 그러하다. 따라서 문학은 삶의 진정한 가치가 무엇인지를 독자로 하여금 궁리하게 하고, 삶의 진실을 심미적 경험을 통해 내면화하게 한다. 상상의 묘미, 정서적 충만감, 가치의 발견이 문학이 추구하는 본질이라 해도 과언은 아닐 것이다. 이러한 다양한 속성들을 효율적으로 구현해 내기 위해, 문학은 시, 소설, 수필, 희곡 등의 다양한 갈래들로 분화되어 갔다고 볼 수 있다.

문학은 독자가 경험해 보지 못한 다양한 삶 속의 사건들을 형상화하고, 이러한 미적 구조물을 감상하는 과정에서 독자는 상상력을 넓혀 나가며, 정서적 측면에서의 감화를 얻게 되는 것이다. 이처럼 문학은 삶의 가치를 설명이나 논증의 방식으로 직접적이고도 객관적인 형태로 제시하기보다는, 비유나 상징, 플롯이나 시점, 대사나 지시문 등의 문학적 장치들을 통해 간접적으로 형상화한다. 시의 경우는 압축과 긴장이라는 방식으로 시인의 대리인 자격으로 등장하는 시적화자에 의해 관조적 거리를 유지하면서 절제된 정서와 미적 가치를 전달해 나간다. 소설은 서술자의 시각에 비춰진 인물 상호 간의 갈등을 다채로운 구성적 장치를 활용함으로써 삶을 구체적으로 재현해 나간다. 아울러 희곡은 서술자의 개입을 철저히 차단한 채, 오로지 등장인물들의 대화와 행동을 통해 삶의 국면을 생생하게 전달하고 그 속에 독자의 다양한 인지적 정서적 반응과 감동(구인환 외, 1989)을 유도해 낸다.

이렇게 보면 문학의 하위 부류에 예속된 시, 소설, 그리고 희곡은 삶의 형상화, 상상력의 유발, 심미적 정서의 확충, 가치의 간접화와 발견이라는 공통된 속성을 가지면서도, 제 각각의 차별화된 구성 방식으로 고유한 존재의 독자성을 가지게 된다. 하지만 수필은 이러한 갈래들과는 또 다른 차별성을 갖는다. 수필은 엄밀히 말하면 문학과 비문학적 속성(구인환 외, 1998)을 모두 갖기에 그러하다. 수필은 작가 자신이 화자가 되어 자신의 삶의 경험을 제재로, 그 삶 속에서 발견한 깨달음과 가치를 문학적 형상화의 방식을 통해 간접화해서 전달한다. 사실적이고 교훈적인 내용을 직접적인 설명의 방식으로 전달하지 않고, 일정한 구성력을 갖춘 이야기 방식이나 적절한 문학적 비유를 활용하게 된다. 장면의 묘사나 사건의 기술에 있어 시적 비유나 이미지, 서정성을 극대화하기도 하며, 때로는 생동감 있는 인물의 대사나 행동을 구체적으로 드러냄으로써 극적인 구성의 방식을 취하기도 한다.

이 외에도 작가의 문학적 소양이나 개성적인 문체로 인해 매우 다양한 문학적 표현 양상을 띠게 마련이다. 수필이 취하고 있는 이와 같은 문학적 형상력(국어국문학회, 1980)으로 인해, 독자는 다양한 미적 감수성과 상상력, 그리고 감동과 정서적 충만감을 얻게 되는 것이다. 이뿐만 아니라, 수필은 비문학적인 특징도 함께 내포하고 있다. 인식적 측면과 관련된 것이 그것이다. 수필이 갖는 문학적 특징으로 인해 독자는 정의적 측면의 감동을 느끼게 된다면, 수필이 갖는 비문학적 특징으로 인해 독자는 새로운 철학적 가치에 대해 주목하고 그로 인해 인식의 확장을 도모할 수 있게 되는 것이다. 수필 문학을 매개로 작가는 단순한 문학적 감상만을 전달하려 하지 않는다. 자신이 가치 있다고 생각하는 경험에 주목하고 그 경험을 통해 깨달음의 가치를 드러내고자 한다.

수필이 비문학적 자질을 가지고 있다고 함은, 설명문이나 논설문과 같이 다양한 주제의식을 표출하는 성향이 있음을 강조한 것이다. 비록 설명문이나 논설문과 같이 직접적이고 객관적 설명의 방식을 통해 표현되지는 않지만, 삶의 다양한 국면에서 접할 수 있는 철학적 가치에 대해, 다른 문학 갈래에서 보여주지 않는 매우 전면적이고 심도 깊은 논의를 구체적으로 보여주고 있기 때문이다. 물론 시나 소설, 그리고 희곡의 경우에도 일정한 주제의식을 드러내고 있기에, 삶의 가치 인식과 무관할 수는 없다. 하지만 여타의 하위 갈래와는 달리, 수필은 삶에 관한 가치 인식의 문제를 매우 직접적이면서도 본격적으로 다룬다는 점에서 구별된다. 시, 소설, 희곡은 가치를 다루는 방식이 우회적이지만 수필의 경우에는 그 태도가 구체적이면서도 전면적이라는 것이다. 따라서 독자의 입장에서 보면, 수필에서 다루고자 하는 삶의 가치가 무엇인지를 다소 명확하게 파악할 수 있으며, 작가의 인식 태도가 얼마나 신선하고 명확한지를 쉽게 간파해 낼 수 있게 된다.

대상 세계에서 발견해 낸 교훈적 가치를 객관적으로 묘사하고자 하는 수필의 특징에 주목하고, 수필을 '교술敎述' 문학으로 명명하기도 하며, 문학과 비문학 어디에도 포함시킬 수 없는 중간적 성격을 가지고 있다고 하여 '어름' 문학으로 규정하기도 한다. 하지만 '교술'이라는 용어는 수필의 교훈적 성격에 지나치게 집중한 느낌을 주며, '어름'은 그 의미가 모호하다는 사전적 의미로 인해 문학적 용어로 선택하기에는 주관적이라는 인상을 줄 수 있다. 따라서 이 글에서는 수필이 갖는 문학과 비문학의 중간적 성격에 주목하고 이를 일컫기 위해 '사이' 문학이라는 용어를 사용하고자 한다. 수필을 사이문학으로 규정하고 나면, 수필 문학의 고유한 특징이 좀더 명확해진다. 수필 문학은 문학과 비문학의 경계나 중간적 지점에 위치하기에 사이문학으로서의 성격을 갖는다. 하지만 이는 수필이 문학과 비문학의 성격을 단순히 교집합적으로 공유함을 의미하지는 않는다.

사이문학으로서의 수필은 세세한 삶의 국면을 미적으로 형상화함으로써, 삶에 대한 총체적 경험이 감동과 내면화(김영일, 2006)를 가능하게 한다. 아울러 구체적 삶의 경험 속에서 발견할 수 있는 철학적 가치들을 문제삼고 이를 심도 깊게 다룸으로써 인식의 확장을 통해 깨달음을 이루게 한다. 이렇게 본다면 수필은 문학과 비문학이라는 양자적 글쓰기 영역의 장점을 취함으로써 그 효율성을 극대화한 문학 갈래라고 할 수 있다. 시나 소설, 그리고 희곡은 나름의 문학적 장치와 비유적 언술을 전제로 성립되는 글 양식이기에, 이러한 갈래 양식을 이해하고 감상할 수 있는 문학적 성향을 갖지 못했거나 문학적 안목이 미숙한 독자라면 거리감을 가질 수도 있다. 하지만 수필은 문학적 표현 양식은 물론 비문학이 추구하는 직접적인 언술도 병행하는 문체적 특징(김태길, 1991)을 보이기에 좀더 가깝게 다가가게 되는 것이다. 일기나 편지 등의 글들이 손쉽게 창작되고 읽히는 이유도 여기에 있다고 할 수 있다.

사이문학으로서의 수필은 문학과 비문학의 접점에 위치하기에 문학적 형식으로부터 자유로울 수 있으며, 문학적 구성요소를 엄격하게 고집하지 않아도 되기에 창작과 감상에서 유연함을 가지게 되는 것이다. 문학적 감수성과 미학적 속성을 가지면서도 자유로운 형식과 내용을 지향하기에 수필은 학생들에게 친숙한 문학의 하위 갈래로 자리하게 된다. 시의 형식적 압축성과 의미 차원의 난해성은 시를 학생들로부터 일정한 거리를 유지하게 만들며, 소설 역시 구성의 복잡성이나 실험적 성향의 작품 경향, 분량이 버거움 등으로 친숙성(독서개발연구회, 1992)에서 멀어질 가능성을 가지게 된다. 뿐만 아니라 희곡은 시나 소설에 비해 상대적으로 학생들이 접할 작품들이 희소할뿐더러, 구체적이고도 직접적인 서술이 배제된 채 오로지 대사와 행동만으로 현실 삶을 형상화하기에 상상력이 부족한 학생들에게는 감상의 묘미를 누리기에는 다소간의 거리를 갖게 하는 것이 사실이다.

이와는 달리 수필의 경우, 학생들은 일기, 편지, 기행문, 전기문 등 다양한 수필의 하위 갈래들을 어려서부터 접해 본 경험이 있으며, 작품의 형상화 방식에 있어서도 작가의 개성에 의해 기존 문학의 형식적 틀을 답습해 나가지 않기에 친근감을 갖게 하는 글 형식이 되기에 충분하다. 또한, 수필은 형식적 자유로움과 함께 삶의 다양한 가치(성기조, 1994)를 담아내고 있기에 학생 자신의 삶에 대한 성찰과 가치의 내면화에도 유용한 문학 갈래가 될 수 있다. 학생들은 수필을 읽어가면서 작가의 삶의 경험에 대해 공감하고 작가가 깨달은 바에 대해 궁리하게 됨으로써 삶의 인식을 확장해 나가게 되는 것이다. 학생들이 쉽게 접할 수 있는 삶과 보편적인 가치에 대한 것뿐만 아니라, 삶의 심오한 철학적 인식까지도 다룸으로써 삶에 대한 깊은 통찰력을 키워나가게 된다. 이러한 가치 인식을 설명문이나 논설문과 같은 글처럼 정형화되고 객관적이고 구성이나 문체로써 표현하지 않고, 문학적 감수성을 함께 느낄 수 있는 구성과 미학적 표현들로 꾸려내기에 그 효과는 증폭되는 것이다.

학생들은 수필 감상을 통해 작가의 삶이 문학 작품으로 형상화되는 방식을 이해하게 되며, 단편적 삶이 문학 속에서 전형성을 획득하고 독자의 상상력를 자극함으로써 문학적 감수성을 누리게 되는 체험을 하게 된다. 아울러 문학적 표현의 아름다움을 통해 정서의 결을 곱고 부드럽게 심화시킴은 물론, 언어의 미학적 가치에 대해 인식(송명희, 2006)하게 되는 것이다. 또한 작가의 삶을 통해 관심을 갖게 된 가치에 주목하고 이를 자신의 삶의 경험으로 전이시킴으로써 자신의 삶에 대한 통찰력을 확장시켜 나감은 물론, 삶을 총체적으로 인식할 수 있는 토대를 마련하게 된다. 그러므로 수필에 대한 감상은 단순히 작가의 가치관과 문학적 아름다움을 단편적으로 독자가 수용하는 차원이 아니라, 학생 자신의 삶을 되돌아보고 자신의 이야기를 구성하게 하는 힘을 키워주게 되는 것이다. 이처럼 자기 삶에 주목한 자기 이야기의 생성은 그것 자체가 또 다른 문학 생산의 단초가 되며, 이를 통해 학생들은 문학 감상뿐만 아니라 문학 창작을 위한 계기를 마련해 갈 수 있게 된다.

이상적인 문학 활동과 그를 통한 문학적 문화의 고양은, 작품의 수용 활동만으로 이루어지는 것은 아니다. 작품 수용 활동으로 사실적, 추론적, 비판적, 감상적 읽기 이후에 독자 삶과의 관련성 속에서 작품을 재해석함(오차숙, 2007)으로써 독자의 이야기를 구성할 수 있는 차원으로 발전할 수 있어야 비로소 온전한 문학 활동이 이루어졌다고 볼 수 있는 것이다. 문학 작품에 대한 생산 활동을 경험하고 문학 창작이 어떤 과정과 방법에 의해 이루어지는지를 학생들이 경험하게 되면, 작품에 대한 감상의 폭이 확장될 수 있음은 물론이거니와 자신의 삶을 문학으로 형상화하는 과정에서 또 다른 기쁨을 맛 볼 수 있게 되는 것이다. 교육 현장에서 창작 활동이 감상보다 상대적으로 도외시되는 것은, 시간의 제약이라는 문제도 있겠으나 좀더 본질적인 것은 창작이 주는 부담감과 지도 방법의 미흡함에 있다고 보는 것이 옳을 것이다.

하지만 수필을 제재로 감상하는 과정 중에 학생들이 작품에 형상화된 작가의 삶과 가치관, 그리고 그것이 문학적으로 형상화되기 위해 작가가 선택한 표현방법이나 구성, 개성적 문체(윤모촌, 1989)에 관심을 갖고 본보기로 삼는다면, 창작에 도움을 얻게 되리라 기대한다. 수필은 작가의 삶을 소재로 작가의 고백적 어조로 전달되는 문학 형식을 취하고 있으며, 시나 소설, 그리고 희곡과 같이 엄격한 문학적 구성 장치에 얽매일 필요 없이 작가의 독특한 표현방식을 온전히 인정하는 양식이기에, 학생들이 창작에 대한 부담을 덜어 줄 수 있을 것으로 본다. 수필을 읽고 학생들의 머릿속에 혹은 마음속에 흔적으로 남아 있는 자국을 소재로 해서 학생 자신의 삶을 성찰하고, 진솔한 자신의 목소리를 담담하게 드러내기만 한다면 그것은 그대로 또 한편의 수필 창작물이 될 수 있을 것이다. 수필 감상이 작가의 삶에 초점을 두는 문학적 행위라면, 수필 창작은 문학 활동의 주인공이 학생 자신이 되는 것이다.

이 글에서 수필을 '사이문학'으로 규정하는 이유는, 수필이 문학과 비문학의 속성을 일정 부분 공유하고 있으며, 작품의 생산과 수용이라는 접점에 수필이 위치하고 있다는 점을 강조하고자 하는 데 있다. 따라서 수필 교육도 이러한 특징을 고려해 '문학적 속성'과 '가치 인식'에 대한 교육이 동시에 수행되어야 할 필요가 있으며, '감상'과 '창작'(윤재천, 2010)이 동시에 이루어질 수 있도록 활동이 전개될 수 있어야 하리라 본다. '문학적 속성'과 관련해서는 문학이 공통적으로 지향하고자 하는 특징은 물론이고, 다른 문학 갈래와 차별화되는 수필만의 고유한 자질에 대한 이해와 적용을 동시에 이룰 수 있는 방법이어야 할 필요가 있다. '가치 인식'(이대규, 1996)의 측면에서는 작가의 철학적 인식에 대한 파악과 수용은 물론, 나아가 독자의 입장에서 비판적으로 평가할 수 있는 기회를 마련할 수 있어야 하며 학생 자신의 삶에 대한 적용의 단계까지 발전할 수 있도록 지도할 수 있어야 한다. 이러한 감상 활동은 학생들의 창작 활동으로 이어져 학생 자신이 감상과 창작의 동시적 주체임을 자각할 수 있도록 기반을 마련하는 것이 바람직하다.

2. 수필 교육의 원리와 방법

수필은 외연이 확장된 문학이다. 규범화된 장치와 창작 원리에 구속되지 않고 자유로운 형식과 내용을 추구하면서 일정한 양식적 제약을 거부하고자 한다. 그러면서도 수필은 문학 일반의 보편적 속성을 내포하면서, 여타의 문학에서 다루지 못하는 심도 깊은 철학적 논의들도 수필의 영역 안으로 끌어들이고 있다. 그러므로 수필은 문학이면서도 가장 문학답지 못한 이단아로 규정되기에 충분하다. 수필 교육을 위해서는 이러한 특징들이 고려되어야 할 필요가 있다. 수필은 문학답게 가르쳐야 할 뿐만 아니라, 작가가 전달하고자 하는 삶의 가치, 즉 철학적 인식의 문제에 대한 학생들이 비판적 접근(이정림, 2007)을 수용하는 쪽으로 가닥을 잡을 필요가 있는 것이다. 이 글에서는 이에 수필 교육의 원리로 '삶의 형상화 방식 살피기', '삶의 가치 궁리하기', '자기의 삶 드러내기'를 설정하고, 이에 대한 세부 내용들을 면밀히 고찰해 보고자 한다.

1) 삶의 형상화 방식 살피기

수필은 작가가 가치 있다고 여기는 삶의 국면에 주목하고 이를 미적 언어로 형상화하되 고정된 틀에 얽매이지 않고 자유로운 표현 방식을 택하는 문학의 일종이다. 그러므로 '삶의 형상화 방식'을 살피기에서는 작가가 '어떤 삶'에 관심을 가지고 있으며, 그러한 삶을 표현하기 위해 어떤 다양한 '개성적 문체'와 '표현상의 특징'을 사용하고 있는지를 탐색하는 것이 무엇보다 중요하다. 문학 작품에 대한 감상은 작품 속에 등장하는 주요 인물과 대상, 그리고 사물에 관심을 가지고 이들의 성향과 특징을 파악하기 위해 대사나 행동, 그리고 그에 관한 묘사나 서술 등을 자세히 살피는 것에서부터 시작된다. 일차적으로 인물과 관련된 사건이나 행동을 통해 작가가 현실의 어떤 경험을 수필로 형상화했는지를 파악하는 것이 급선무이다. 문학을 가상의 이야기로만 파악하지 않고 현실과의 관련성을 염두에 두고 읽음으로써 현실에 대한 이해의 확장은 물론이고, 문학과 삶의 관계(이철호, 2005)에 대해 고찰할 수 있는 기회가 될 수 있기 때문이다.

수필을 통해 작가가 관심을 갖고 형상화하고자 하는 현실적 경험이 무엇인지에 대해 생각하고 그것이 문학으로 표현될 때 어떠한 변용의 과정을 거치며, 그로 인한 효과와 결과가 어떠한지를 상상하고 짐작하는 것만으로도 문학의 가치와 의의를 학생들이 짐작할 수 있게 된다. 수필을 읽는 궁극적인 목적은 단순히 작가가 깨달은 삶의 진리를 학생들이 수용하지 위해서는 아니다. 수필도 문학이기에 문학적 의사소통이 갖는 묘미와 의의를, 다소 유연한 글 형식을 통해 경험해 봄으로써 문학이 갖는 가치를 향유하기 위함이다. 따라서 수필 감상 활동으로서 시도되는 '삶의 형상화 방식 살피기'에서 고려해야 할 지도 원리는 '삶이 문학으로 변용될 때 나타나는 효과와 특징에 대해 주목하기'가 될 수 있다. 문학은 현실로서의 삶에 일정한 질서를 부여하는 행위라 해도 과언은 아니다. 복잡하고 뒤엉켜 있으며, 의미가 명료하게 표면화되지 않은 일련의 삶의 연속적인 과정을, 냉철하면서도 감수성 있는 자세로 주목하고, 그 속에서 의미를 발견해서 선형적이면서도 미학적인 언어로 재구성해 내는 작업이 수필의 창작 과정이라 할 수 있다.

그러므로 학생들은 감상의 국면에서 이러한 작가의 창작 과정을 역으로 추적해 나가면서 표현과 형식적 차원에서의 형상화 방식을 살피는 것은 문학의 소통방식에 공감하고 적응해 나간다는 측면에서 매우 중요한 작업이 되는 것이다. 인물이나 대상, 사물과 관련된 대사와 행동의 진술 방식과 태도, 묘사와 서술 등의 표현방식들이 어떤 식으로 전개되며 그것이 학생들에게 주는 정서적 느낌과 인식적 의미를 학생들 스스로 파악할 수 있도록 배려하는 것이 중요하다. 또한, 갈등이나 심리, 정서와 태도, 그리고 분위기는 어떠한 문체로 드러나며, 문맥의 구성과 조직 양상과 방법의 특징은 무엇인지를 면밀히 살펴보도록 한다. 그러면서 이러한 다양한 문학적 형상화 방식을 학생의 경험에 기대어 재구성하면서 상상해 볼 수 있도록 하고, 표현의 묘미와 미적 언어 구성이 유도하는 정서적 인식론적 차원의 효과와 가치에 대해 논의할 수 있는 기회를 부여할 수 있어야 하겠다.

이처럼 '삶이 문학으로 변용될 때 나타나는 효과와 특징에 대해 주목'하는 다양한 활동들은 수필이 갖는 문학으로서의 속성에 대해 학생들이 느끼고 이해하는 계기가 될 수 있을 것이며, 그 과정에서 자연스럽게 수필만의 구성력과 미적 가치를 깨닫게 될 것으로 본다. 이는 자연스럽게 학생들이 기존에 가지고 있던 시나 소설, 그리고 희곡과는 차별화되는 수필만의 고유한 문학성과 형식적 특징을 변별시켜 줄 것이며, 나아가 수필에 대한 문학적 특징에 대한 인식을 정립시켜 주는 단초로 작용할 것으로 본다. 뿐만 아니라 수필만의 고유한 형상화 방식에 주목을 하다보면 자연스럽게 다른 문학 갈래와는 구별되는 특징에 주목하게 될 것이며, 이것은 자연스럽게 수필의 비문학적 자질을 발견하는 계기가 될 수도 있다. 삶의 형상화 방식 살피기에서 놓쳐서는 안 될 또 다른 지도 원리는 '비문학적 자질 발견하기'가 될 수 있다. 학생들이 일상적으로 접하는 일기나 편지, 전기문, 기행문 등 사사로운 생활문들이 어떠한 자격과 특징들을 함유함으로써 문학의 반열로 등극하는지를 일깨워 줄 수 있으리라 본다.

'비문학적 자질 발견'은 학생들이 수필을 감상하면서 형식이나 구조, 표현상의 특징에 있어 문학의 일반적인 특징과는 다른 점들을 스스로 살피게 하는 것이다. 흔히들 교육 현장에서는 글의 갈래적 특징이나 형식적 특이점들을 교사가 일방적으로 설명하는 경우가 허다하다. 개별 작품의 감상 과정을 통해 학생들이 자발적으로 터득하게 되는 글 양식에 대한 특징이 아니고서는 학생들의 머릿속에 오래 머물 수 없을뿐더러 단편적인 이해의 차원에 그치기 십상이다. 그러므로 학생들이 스스로 다양한 수필 작품을 직접 읽고 감상해 보는 활동을 해 봄으로써 수필의 비문학적 특징을 찾아보게 하고 이를 토의를 통해 자신의 생각과 관점을 수정하고 보완하는 과정을 무겁게 생각하는 교육적 안목이 필요하리라 본다. 문학 갈래가 공통적으로 갖는 일정한 구성 방식, 즉 간접 표현으로서의 비유나 추상적이거나 관념적인 내용의 구체화, 상상이나 감동 유발을 위한 미학적 장치와 구성, 극적 전개 방식 등의 형상화 방식과 거리를 둔, 비문학적 표현 자질(정동환, 2014)들에 주목하게 할 수 있어야 할 것이다.

〈표1〉 '삶의 형상화 방식 살피기'의 교육 원리

삶의 형상화 방식 살피기	• 삶과 문학의 관련성과 변용성 살피기
	• 문학 갈래로서의 특징과 효과 살피기
	• 비문학적 자질 발견하기
문학으로서의 특징	비유의 묘미/구성력/변용/미적 가치
비문학으로서의 특징	기술태도/표현방식과 양식

삶	⇨ 변용 효과/특징	문학	인물/대상/사물	⋯▸	상상/언어묘미 감수성 체험
			대사/행동		
			묘사/서술		
			갈등/심리/정서		
			태도/분위기		
			구성/조직양상		

직접적인 설명이나 묘사 방식, 작가가 삶에서 깨달은 가치를 직접 화법으로 언급하는 방식, 관념적이거나 추상적인 가치 개념의 진술, 철학적이고 논리적인 언변, 설명문이나 논설문에서 보이는 정형화된 글 전개 방식과의 유사성과 차이점 등을 꼼꼼하게 살필 수 있도록 안내되어야 바람직하다. 수필이 갖는 비문학적 자질을 살피는 작업은 수필의 문학성을 희석시키기 위함은 아니다. 수필이 문학으로서의 형상화 방식 외에도 비문학적 특성을 가짐으로써 갖게 되는 의의를 학생들이 발견할 수 있도록 하기 위해서라고 할 수 있다. 수필은 시, 소설, 희곡과 같이 일정한 문학적 형상화 법칙을 따르지 않고, 자유로운 표현 방식과 내용을 담을 수 있는 글이기에 감상과 창작이 손쉬울 수 있는 갈래라는 사실을 깨우쳐 주기 위해서이다. 과도한 비유의 사용이나 난해한 형상화 방식을 취하는 문학 갈래들이 주는 권위와 위엄에서 벗어나, 학생이 문학 활동의 주체로서 감상자가 될 수도 있고 창작자도 될 수 있다는 자신감을 심어주기 위해서라고 보아야 할 것이다.

2) 삶의 가치 궁리하기

수필의 문학성을 살피고 수필 갈래가 갖는 형식적 표현적 특징을 이해하고 감상하기 위해 '삶의 형상화 방식 살피기' 활동을 수행하였다면, 이제는 '삶의 가치 궁리하기' 단계로 넘어갈 필요가 있다. 수필이 갖는 문학적 형상성은 어찌 보면 '표현'과 관련된 측면이기에 문학 감상의 본질이 아니기에 무시할 수도 있다는 견해를 보일 수도 있다. 하지만 본격적인 수필 문학에서의 '삶의 가치'를 살피기 이전에, 문학의 형상성을 파악하고자 하는 이유는, 수필에 제시된 다양한 표현을 통해 말맛과 구성의 묘미를 느껴

봄으로써 언어 예술이 빚어내는 예술성과 감수성을 만끽해 보자는 의도가 강하다. 수필을 단순히 '가치'에만 초점을 맞춘다면 이미 수필은 문학으로서의 자격을 상실했다고 보아도 될 것이기 때문이다. 수필 문학만의 언어 미학을 감상하고 느꼈다면 이제는 그 속살에 해당하는 내용의 국면으로 본격적으로 나아갈 수 있게 되는 것이다.

'삶의 가치 궁리'는 '작가의 삶과 가치 엿보기'와 '독자의 삶의 가치 발견하기'에 초점을 두고 진행될 필요가 있다. 여기에 굳이 하나를 더하자면 '작가와 독자의 가치 비교하기'를 추가할 수 있다. 수필은 문학적 표현 방식이 까다롭거나 다루는 주제의식이 심오해서 학생들이 접근하기에 부담스러운 글이 아니다. 오히려 여타의 문학 갈래보다 손쉽게 그리고 부담없이 접할 수 있으면서도 삶의 다양한 가치에 대해 새로운 인식의 지평을 확장해 볼 수 있는 문학 갈래라고 할 수 있다. 길이가 짧을뿐더러 작가가 드러내고자 하는 깨달음의 가치를 직접적이고도 구체적인 방법으로 전달하기에 순수히 학생 자신만의 힘으로 느끼고 감상할 수 있는 글 양식이다. 그러므로 수필을 거듭거듭 읽으면서 수필 속에 들어 있는 작가의 삶에 주목하는 것이 무엇보다 급선무이다. 작가는 어떤 삶의 경험(정목일, 2000)을 했으며, 그 경험에 어떤 의미를 부여하고, 경험을 토대로 작가가 깨달은 가치 인식이 무엇인지를 인지적이고 정의적인 차원에서 곰곰이 따지고 살피는 시간을 충분히 가질 필요가 있다.

그러기 위해서는 작품을 한 번만 읽어야 된다는 고정관념을 버릴 수 있어야 한다. 두 번이고 세 번이고 작가 경험의 세세한 장면과 작가의 감정, 의식 상태를 정확하고도 면밀히 상상하고 느끼고 이해할 수 있게 반복해서 읽는 것이 중요하다는 것이다. 작가의 경험 내용을 상상해 본다는 것은 작가의 위치에 학생 자신을 대입시키는 것이다. 오롯이 작가의 입장과 처지가 되어 작가의 경험을 대리체험하고 그러한 과정에서 작가의 생각과 행동에 대해 공감과 동일시하려는 자세가 필요하다. 단순히 작가의 경험을 파악해서 되뇌이거나 작가의 경험과 관련된 정보들을 인지하는 차원에 그쳐서는 곤란하다. 작가의 삶을 간접체험함으로써 학생들은 무엇을 느끼게 되었는지, 그 상화에서 학생 자신이라면 어떤 생각과 행동, 느낌이 가졌을지를 학생 자신의 목소리로 표현하게 하는 것이 매우 중요하다. 이러한 활동은 수필에서의 가치 파악이 단순히 인지적 차원에만 머물지 않고 정서적인 영역으로까지 확장될 수 있는 가능성을 갖게 하기 때문이다.

작가의 경험을 인지하고 그것을 대리경험하며 학생의 입장에서 작가의 심정을 대변하거나 상황 공유를 바탕으로 학생 자신의 감정에 대한 드러내기가 마무리되고 나면, 이제는 삶의 경험을 통해 작가가 파악한 가치 인식에 대한 본격적인 탐색으로 접어들 수 있어야 한다. 작가가 발견한 가치는 무엇인지, 왜 그러한 가치를 발견하게 되었는지, 그러한 가치 인식이 작가에게 주는 의미는 무엇인지 등을 작가의 편에서 생각하고 판단할 수 있어야 한다. 작가가 드러내고자하는 가치 인식을 발견하고 이에 대한 근거를 찾아 가면서 다양한 각도에서 작가의 인식을 옹호하고 그것을 뒷받침하는 사고 활동을 통해, 좀더 근원적이고 본질적인 차원에서 작가의 인식을 탐색(정주환, 2005)해 나갈 필요가 있다. 가치 인식은 다소 관념적이면서 철학적 사고와 관련되는 것이기에 충분한 생각과 논의를 통해 보완해 나가지 않으면 자칫 피상적인 사전적 의미 읽기에만 그칠 우려가 있는 것이다.

<표2> '삶의 가치 궁리하기'의 교육 원리

삶의 가치 궁리하기	• 작가의 삶과 가치 인식 엿보기
	• 독자의 삶의 가치 발견하기
	• 작가와 독자의 가치 비교하기

가치 발견		가치 인식		가치 확장
작가의 경험 고찰 경험의 대리 체험 공감대 형성 인지 정서적 경험 확충	⇨	작가의 가치 인식 탐색 인식의 근거 발견하기 인식의 의미 찾기 작가의 가치 옹호하기	⇨	독자의 경험 환기하기 독자의 가치 탐색하기 가치에 의미 부여하기 가치의 비교 조정하기 새로운 가치 발견하기

가치 궁리 살피기 단계에서는 학생 개별 활동과 모둠 활동, 그리고 토의 활동이 적극적이면서도 충분히 진행되어야 하는 이유가 여기에 있다고 할 수 있다. 작가의 가치를 발견하기 위해 학생 스스로도 자신의 사유 과정을 조절하고 점검하며 평가하는 활동을 적극적으로 수행할 수 있어야 하며, 개별적으로 파악한 작가의 가치를 모둠 토의를 통해 수정 보완하며, 모둠끼리의 상호작용을 통해 다시 한 번 보완하는 과정을 거침으로써 다양한 관점에서 사고를 이해하고 해석하는 작업이 시도될 수 있어야 할 것이다. 이때 교사는 최대한 학생들의 의견을 들어주며 학생 상호간, 그리고 모둠 상호간의 토의가 원활히 진행되도록 개방적 형태의 질문을 제시함으로써 학생들의 사고를 자극할 수 있어야 할 것이다. 내용 이해 차원의 사실적 질문보다는 가능하면 추론적 형태의 질문을 제시해야 하는 이유도 여기에 있다.

경험에 대한 공감과 반응 그리고 가치 발견과 작가 가치에 대한 인식이 이루어졌다면, 이제는 가치 확장의 차원으로 옮아가야 한다. 작가의 가치를 맹목적으로 수용하는 차원에서 한 발 나아가 학생 자신의 삶을 되돌아보고, 자신만의 가치를 정립해 보고자 하는 활동에 해당한다. 사실상 수필을 감상하고 교육하는 가장 본질적인 이유가 여기에 있다고 할 수 있다. 이른바 내면화 단계에 해당하는 과정이다. 타인의 삶에 대한 긍정과 공감을 토대로 자기 삶에 이로운 인식을 마련하고 이를 통해 자기 삶을 알차게 꾸려나가는 것이 문학 교육의 본질이기 때문이다. 그러므로 학생들은 작가의 경험이나 가치 인식과 관련성을 맺고 있는, 혹은 그러한 경험이나 인식을 초월할 수 있는 자신만의 경험과 가치(조지훈, 1996)를 탐색해 볼 필요가 있다. 자신의 인생을 반성적으로 성찰하고 그 과정에서 주목할 만한 경험을 선택하며 그 경험 속에서 자신만의 가치관이 반영된 인식을 이끌어 내는 작업을 수행하는 것이다.

사실상 인간은 자신만의 개성과 안목, 그리고 가치관을 토대로 생각하고 행동하면서 삶을 꾸려나가는 것이 현실이다. 하지만 그 누구도 자신의 가치관이 이것이다라고 명확하게 드러내는 데는 다소간의 망설임을 보이게 마련이다. 그만큼 가치 인식이 우리의 인생에 있어 매우 필요한 정신적 관념이자 삶의 지표이면서도, 그것을 체계화하거나 명료한 인식으로 내재화內在化하기란 어려운 것이다. 따라서 학생 자신의 경험에 대한 회상과 그 속에서 가치를 발견하고자 하는 진지한 고민과 활동은, 삶의 이정표를 다듬는다는 점에서 그 의의는 매우 크다고 할 만하다. 자기가 발견한 가치를 긍정하고 그에 대해 의미를 부여하는 작업을 꼼꼼히 수행해 나감으로써 가치 인식을 명료히 함은 물론, 나아가 작가의 가치와 비교함으로써 자신의 가치를 개선적인 방향으로 수정하고 보완해 나감으로써 자신만의 가치 인식을 다듬어 나가는 작업은 청소년기의 학생들에게 의미 있는 것이 되리라 확신한다.

3) 자기의 삶 드러내기

문학적 형상성 파악과 가치 인식에 대한 궁리가 문학의 형식과 내용에 대한 감상이라면, '자기의 삶 드러내기'는 창작에 관한 사항이다. 사실 학생들은 어찌 보면 감상에는 익숙하다고 할 수 있다. 문학 교과서가 사실은 감상을 위한 교재라고 해도 과언은 아니기 때문이다. 학습활동을 위해 간헐적이고도 파상적으로 창작을 시도하고 있을 뿐이며, 그것 역시 감상을 위한 보조적 역할을 수행하는 차원이라 교육 현장에서는 무시되는 사례가 적지 않음을 부인할 수는 없다. 그러기에 창작 교육에 대한 부족분을 채워 가고 창작에 대한 부감감을 녹이기 위해서라도 수필 교육에서의 창작 교육은 필수적이라 할 수 있다. 수필은 엄격한 문학적 형식에 얽매이지 않고 자유로운 글쓰기 방식을 택하면서 다양한 가치 인식을 펼쳐 내는 문학 갈래이기에, 학생 자신의 삶에 주목하고 여기에서 발견한 가치를 드러내는 수필 창작은 수필 교육의 본령이라 할 수 있다.

문학은 삶에 대한 이야기이다. 하지만 시, 소설, 희곡을 통해 학생들이 자신의 삶을 적극적으로 표현하기란 쉽지 않다. 시도할 수 없는 것은 아니지만, 또한 시도하는 것이 바람직하지만 수필에 비해 그 벽이 높은 것은 사실이다. 그러한 갈래들은 고유한 표현 방식과 기법들을 요구하기에 그러하다. 하지만 수필은 다르다. 형식과 표현에 제약을 두지 않는다. 시, 소설, 희곡에서 다루는 가치 인식과 유사하거나 동일한 관념을 다룬다고 하더라도 수필은 작가의 개성적 문체를 존중하는 까닭에 학생들도 또 다른 창작 주체로서 개성적 문체를 표현할 수 있는 자격을 가지기 때문이다. 수필 창작은 문학 창작에 대한 부담감을 줄여 주면서 글쓰기에 자신감을 높여 줄 수 있기에, 감상과 창작은 연계(최승범, 1980)되어 지도될 필요가 있다고 본다. 또한, 글쓰기는 의무가 아니라 인간의 본성이자 욕망에 해당하는 것이다. 학생들은 자신의 내면을 표현하는 과정에서 자신의 내적 욕구를 해소 또는 분출하게 될 것이며, 심리적 정화와 충일감充溢感을 맛보게 될 것으로 믿는다.

〈표3〉 '자기의 삶 드러내기'의 교육 원리

자기의 삶 드러내기	• 경험과 가치 인식 정리하기
	• 연상하기
	• 글 틀짜기
	• 표현하기
	• 발표와 토의하기

연상하기	틀짜기	표현하기
낱말과 구절 연상하기 핵심어와 문장 고르기 위계화하기 세부내용 점검과 조정하기	문맥의 흐름 살피기 큰 가닥 잡아가기 문장으로 개괄하기 처음, 중간, 끝으로 자리매김하기	쉬운 표현 쓰기 말하듯이 쓰기 짧게 끊어 쓰기 쓴 문장 읽으면서 쓰기

창작을 위해서는 쓸거리에 대한 점검이 우선이다. 따라서 수필을 감상하고 학생이 갖게 된 경험과 그 경험 속에서 발견한 가치를 다시금 정리하는 작업이 선행되어야 한다. 머릿속에 머물렀던 경험과 가치 인식을 메모하듯이 글로 써 봄으로써 자신의 생각과 느낌을 다소나마 정리하고 명료

하게 가시화할 수 있게 된다. 이후에는 '연상하기'를 통해 자신이 쓸 글에 대한 화제, 제목, 주제를 정하고 이와 관련된 다양한 낱말이나 구절들을 본격적으로 떠올려보는 활동을 해나갈 수 있어야 한다. 연상을 통해 마련한 낱말이나 구절들을 자신의 글쓰기 계획이나 목적에 따라 중요한 사항과 불필요한 것들을 구분짓고, 이후에 이것들을 위계화함으로써 글의 큰 흐름을 대강이나마 짜보는 것이다. 중요한 낱말을 가리고 위계화의 형식으로 구성을 한 뒤에는, 이것을 다시금 살피면서 전후관계를 살펴 세세한 내용을 점검하고 조정해 나가면서 다시금 조정의 과정을 거친다. 추가할 내용이 있으면 보완하고 흐름에 있어 어긋나는 것이 있다면 지워가는 것이다.

이러한 연상하기는 틀짜기로 발전하면서 더욱 다듬어질 수 있다. 연상하기가 생각을 활성화시켜 쓸거리를 마련하는 차원이라면, 틀짜기는 글을 직접적으로 쓰기 전에 연상한 내용을 조정해 가면서 문장의 형태로 내용을 덧붙이는 과정으로 볼 수 있겠다. 문맥의 흐름을 살피고, 큰 가닥의 그림을 그리면서 문장을 생성하고 이를 적절히 배치해 가면서 전체적인 글의 모습을 포괄적으로 개관해 가는 단계이다. 이때 처음과 중간, 끝의 흐름은 어떻게 써 나갈 것인지에 대한 얼개를 명확히 잡아 두는 것이 매우 중요하다고 할 수 있다. 학생들이 글쓰기를 어려워하는 것은 '연상'과 '틀'에 대한 감각이 없어서라고 해도 과언은 아니다. 어떻게 쓸 내용을 마련하고 글을 쓰기 전에 어떤 방법과 절차에 따라 흐름을 마련해 두는지에 대한 기능과 전략이 부족해서 글쓰기를 어려워하는 것이라고 보아도 좋다. 누구나 자신의 내면에 하고 싶은 이야기를 담고 산다고 할 수 있다. 그것이 하소연이든 바람이든 소망이든 간에 인간은 삶의 경험을 통해 생각하고 느끼는 동물이기에 그것을 표현하는 방법을 손쉽게 지도해 준다면 글쓰기는 오히려 자기 성장에 도움이 되는 작업일 수 있다.

　연상과 틀짜기가 완성되고 나면 이제는 그것을 참고하면서 '표현하기' 단계로 나아가게 된다. 학생들이 이미 마련한 글틀을 살펴가면서 글을 써 나가되 글틀에서 마련한 생각과 관련되는 것들을 풍성하게 생성하면서 직접적으로 쓰게 하면 도움이 될 수 있다. 뿐만 아니라 써 나가는 중에 글 틀짜기에서 미처 발견하거나 생각하지 못했던 좋은 생각이 있다면 틀을 수정하고 보완해 가면서 글쓰기 작업을 수행해 나갈 수 있다. 하지만 실질적인 표현하기 단계에서도 학생들이 고려해야 할 중요한 원리에 대해서는 언급할 필요가 있다. 쉬운 표현을 가려 쓰기, 말하듯이 쓰기, 짧게 끊어 쓰기, 쓴 문장은 반드시 읽어 가면서 써나가도록 하는 것이다. 이러한 주문은 지나치게 현학적인 표현이나 비문법적인 문장, 그리고 통일성과 응집성에서 벗어나는 문장 생성을 미연에 막기 위한 장치라고 할 수 있다. 그리고 학생 스스로도 글쓰기에 대한 자신만의 사고 계획과 과정을 수립하게 하고 그것을 지속적으로 점검, 평가, 조정해 나가면서 쓰도록 권고할 필요가 있다.

　수필 창작이 마무리되고 나면 자신의 글을 학생 상호간에 돌려 읽거나 발표를 하게 함으로써 다른 학생들의 생각과 표현방식을 점검하게 하고, 이를 통해 자신의 글쓰기 방법을 수정해 나갈 수 있는 기회를 마련할 필요가 있다. 내용과 관련된 것뿐만 아니라 표현이나 형식과 관련해서도 학생 상호간에 논의하게 하고 잘된 점은 어떤 이유로 잘되었다고 생각하며 보완의 여지가 있는 부분은 어떤 근거로 그렇게 생각하는지를 명확히 하게 함으로써 글쓰기의 표현과 방법, 그리고 내용의 차원에 대해 전면적으로 살피고 점검, 보완할 수 있도록 지도하는 것이 마땅하다. 창작에 대한 평가도 감상에서와 마찬가지로 학생의 자기 사고와 표현력에 대한 신뢰가 전제되지 않으면 안 된다. 잘못을 곧바로 지적하기 보다는 학생 스스로 발견하고 수정하며, 그 필요성이 무엇인지를 자각하고 체득할 수 있도록 질문을 제기하고 생각해 보는 과정을 필수적으로 거칠 필요가 있음을 잊지 말아야 할 것이다.

3. 수필 교육의 과정과 주안점

실제 수필 교육의 과정에서는 '수필 선택하기→수필 읽기→감상 나누기→창작하기→토의하기'의 순서로 진행할 수 있다. 왜 수필 선택하기인가. 문학 교과서에 수록된 작품을 대상으로 수필 교육을 하는 것은 너무나도 당연한 일이다. 하지만 문학 교재에 실린 수필 작품을 비판적 관점에서 살펴보면 학생 경험과의 관련성, 수용의 가능성, 반응과 감수성의 확충(최시한, 2003)이라는 점에서 부족한 작품들이 있는 것이 사실이다. 물리적 시간의 제약과 수업의 실효성을 위해 여러 출판사에서 발간되는 다양한 종류의 문학 교과서 중, 단 한 권의 교재만을 선택하는 것이 대부분이다. 그러므로 교재 선정의 과정에서 학교 선생님들의 고민이 충분히 반영되었겠지만 실제 지도 과정 중에서 선정 단계에서 발견하지 못한 미흡한 점들이 부각될 수도 있기에, 선택한 교과서의 작품을 모두 가르쳐야 한다는 고정관념을 버리고 교과서를 재구성하는 기지를 발휘할 필요가 있다고 본다.

다른 교재에 실린 좋은 수필 작품을 선택할 수도 있으며, 교사가 학생들에게 제시해도 된다고 판단되는 교육적 가치의 수필 작품을 다양하고도 풍성하게 선택하는 것이 바람직하다. 이는 선택 교재의 미흡함을 보완함과 동시에, 교사의 수필 선택에 대한 안목을 키울 수 있는 계기가 될 수도 있으며, 교재를 적극적으로 재구성한다는 점에서 매우 바람직한 시도라고 할 만하다. 교재를 선택할 때는 최우선적으로 문학적 가치를 따져야 하며, 뿐만 아니라 학생의 발달 정도나 관심사, 재미, 쉬움의 정도, 교육적 가치 등을 포괄적으로 점검한 것이어야 한다. '수필 선택하기'와 관련해서는 교과서에 실린 수필 작품에 대한 비판적 읽기도 가능하다. 수록된 수필이 어떤 점에서 미흡하며 그 이유는 무엇인지 이를 개선하기 위해 어떤 보완이 필요한지를 살피고, 이에 대한 대안으로서 학생들이 스스로 수필을 찾아 읽고 학생들이 좋고 유익하다고 판단되는 작품들을 토의를 거쳐 대표 작품을 선정하는 것도 바람직한 방법이 될 수 있다.

　수필이 선정되었다면 다음은 '수필 읽기'이다. 굳이 수필 읽기를 교육 단계에서 주목하고자 하는 이유는 그간의 읽기에 대해 반성하기 위함이다. 수필 교육의 핵심은 무엇일까. 작가의 의도를 파악하는 것, 문장의 구조를 분석하는 것, 갈래나 형식상의 특징을 파악하는 것, 그리고 그에 대한 교사의 설명 등은 핵심에서 조금 벗어나 있는 것들이다. 수필 교육은 감상과 창작을 위한 것이다. 학생의 감상이어야 하고, 학생 스스로가 하는 창작활동이어야 한다. '감상'에 방점을 둔다면 수필 교육의 핵심은 '읽기', 그것도 학생 스스로 읽는 활동 그 자체가 될 수밖에 없다. 하지만 실제 교육 현장에서는 어떠한가. 수필 읽기는 수단이나 과정에 불과하다. 핵심어를 파악하고 주제를 이해하고, 글의 구조를 분석해 내기 위한 전제로서의 기능만 담당할 뿐, '읽기' 그 자체의 의의에 주목하지는 않는다. 수필 교육을 위해 수업 시간에 수필을 몇 번 읽어야 하는가. 매우 어리석은 질문으로 치부되기 싫다.

하지만 수필 교육은 읽기에서 시작되는 것이다. 학생들이 수필을 온전한 감상의 대상으로 인식하고 학생 자신의 반응과 느낌을 최대한 존중받으면서, 읽어 가는 과정 중에 그리고 읽은 후 학생들의 머릿속과 마음속에 떠오른 다양한 이미지와 사고의 흔적들이 그대로 교육의 '결과'요 '목적'으로 받아들여 질 수 있어야 올바른 수필 교육이 이루어질 수 있을 것이다. 학생들이 반복적으로 수필을 읽을 수 있도록 충분한 시간을 마련해 주는 것은 무엇보다 중요하다. 두 번 세 번, 혹은 그 이상이라도 학생들이 수필을 읽어 가면서 수필이라는 문학이 취하고 있는 문학적 형상화 방식이 어떠한지, 여타의 다른 문학 갈래와는 다른 수필만의 고유한 문학적 특징이 무엇인지, 수필이 고집하는 독특한 표현방식과 형식적 측면에서의 요건은 무엇인지를 살피면서, 일상적 언어가 문학적 언어로 변용(황송문, 1999)됨으로써 얻게 되는 다양한 미적 가치를 향유할 수 있도록 해야만 하는 것이다.

눈길이 머무는 표현은 무엇인지, 오랫동안 기억에 남는 구절은 어떤 것인지, 말맛을 잘 살린 표현은 무엇인지, 인상 깊은 짜임과 그것이 주는 감동의 여운은 어떤 것인지, 수필을 읽으면서 어떤 상상을 했는지, 가슴속에 어떤 떨림과 울림이 있었는지, 지금까지 현실 속에서 느껴보지 못했던 정서가 있었다면 무엇인지, 작품의 감동은 어디에서 오는 것인지, 그 감동이 나에게 어떤 의미로 다가오는지 등을 자기 스스로 묻고 답할 수 있는 시간을 부여할 수 있어야 한다. 문학적 형상화와 그로 인한 상상과 감수성의 측면뿐만 아니라, 인지적 측면에 대해서도 궁리할 수 있어야 할 것이다.

작가의 경험, 그리고 경험을 통해 작가가 얻은 삶의 가치, 그리고 그 가치가 독자인 학생에게 주는 의미, 작품 속 경험과 관련된 독자의 경험 환기, 학생 자신의 경험에서 발견한 자신의 가치 인식, 그리고 작가의 가치 인식과 비교하고 그를 통해 학생의 가치를 다듬어 가는 내적 활동 등에 초점을 두게 하면서 진지하게 읽고 또 읽게 할 필요가 있는 것이다.

과도하게 이야기하면 수필을 문학답게 읽고 그 과정에서 작가와 공감하고 상상의 묘미를 맛보며 정서를 확충하고 감수성을 활성화함으로써 문학적 미의식을 경험했다면, 그리고 작가의 가치 인식을 비판적으로 살피고 자기 경험을 떠올려서 학생 자신의 분명하고도 확고한 가치 인식을 가슴에 새겼다면, 수필 교육은 그것으로 족하다고 할 수 있다. 그 외에 이루어지는 모든 활동은 사실 '읽기'를 제대로 하기 위한 보조 수단으로 보는 것이 마땅하다. 감상을 나누기 위해 토의를 하거나 모둠 활동을 하거나, 교사가 보조적인 설명을 추가하는 것도 읽기의 내실화를 꾀하기 위한 것일 뿐이다. '감상나누기' 단계는 자신의 수필 읽기의 과정과 방법을 소개하고, 그러한 단계를 밟아 파악한 내용을 발표하고 다른 학생들의 논의를 경험함으로써 자신의 읽기 과정을 다듬어 가는 것이다. 그러므로 감상나누기에서도 주체는 역시 '학생들' 이어야 한다. 교사는 안내하고 질문으로 생각과 발표를 유도하고, 다른 학생들의 의견을 상호 교환할 수 있고 논의에 집중할 수 있는 역할만으로 충분하다고 할 수 있다.

감상나누기의 핵심은 학생 상호간의 의견 나눔과 그로 인한 자기 성장에 있다. 따라서 감상나누기에서의 주인공은 읽기에서와 같이 '학생 자신'이 주체가 될 수 있어야 한다. 교사가 진행자가 되어 논의를 이끌어가기보다는 역할 분담을 통해 학생들이 진행자와 기록자, 패널이나 배심원을 정해 진행해 나가는 것이 가장 이상적이라고 본다. 또한 학생들이 논의를 한 데 모으고 결론을 도출하는 과정까지를 교사가 주문하고 이러한 활동 전반을 학생들이 주관해서 합리적으로 논의를 결집시킬 수 있도록 지도하는 데 역점을 두어야 한다. 물론 작품의 성격이나 논의의 주제에 따라 의견의 공통분모를 마련하지 못할 수도 있으나, 문학 작품의 해석이 다양성을 갖는다고 하더라도 문학 담론을 형성해 나가는 공동체의 합의된 범주 안에서만 그 의의를 갖는 것이기에, 해석의 오류나 과잉을 막기 위해 가능하면 논의를 모으는 쪽으로 가닥을 잡아가는 것이 바람직하다.

실제 모둠활동을 수행하는 국면에서 빠뜨릴 수 없는 것이 상대방의 의견에 대한 존중과 자기 견해나 입장에 대한 반성적 고찰이다. 논의를 위해서는 자신의 생각을 일정한 근거를 통해 최대한 뒷받침하는 것이 무엇보다 중요하다. 하지만 나아가 상대방의 의견에 귀 기울이고 그것이 자신의 생각과 정서의 변화와 긍정적 개선을 위해 도움이 되는 것이라면 적극적으로 수용하고자 하는 열린 태도를 갖는 것이 중요하다고 하겠다. 그러므로 상대 모둠의 핵심 쟁점을 기록하게 하고 그것을 자기 모둠이나 개인의 의견과 비교하는 활동을 적극적으로 수행함으로써 학생 자신들의 생각을 다듬어가는 과정의 중요성을 인식시킬 필요가 있다. 자신의 정서나 견해 제시, 그리고 상대방 의견에 대한 존중과 수용적 태도는 감상나누기의 목적이라할 수 있는 학생의 자기 성장에 큰 도움이 될 것으로 본다.

감상나누기 이후에는 창작하기가 이루어진다. 학생들이 자기 사고를 조절하고 점검하는 과정을 통해 읽기를 마치고, 그 과정이 적절했는지를 상호간 토의를 통해 감상의 효율성과 적절성을 스스로 평가했다면 이제는 그 결과로 수정된 자신의 새로운 생각을 토대로 자신의 이야기를 써 보는 것이다. 창작하기는 작가의 문학적 형상력과 가치 인식에 대한 학생 자신의 반응이면서 평가로서의 성격을 가질 수 있어야 한다. 제시된 작품에 반영된 작가의 인식을 단순히 학생들의 언어로 재구조화하거나, 작품에서 다룬 소재나 발상, 사건과 유사한 내용을 학생들이 단편적으로 기술하는 것이 아니라, 작품을 토대로 학생들의 내면에서 자발적으로 유발되는 감상과 작가적 인식에 대한 비판적 견해를 적극적인 언어로 표현할 수 있도록 안내되어야 할 것이다. 뿐만 아니라 작품과 관련된 학생들의 인지적이고 정의적인 차원의 심적 형상들이, 학생 자신의 실질적인 경험과 결부되어 표현될 수 있어야 한다.

'창작하기'는 특히 학생들의 수준과 흥미를 고려해서 지도될 필요가 있다. 창작의 방법을 안내하고 모범적인 학생글이나 교사의 안내글을 제시한 이후에 본격적인 창작 활동에 접근하는 것이 바람직하다. 학생들이 창작과 관련된 방법상의 특징을 충분히 이해하고, 창작의 일반적인 원리를 잘 적용한 좋은 글을 경험해 봄으로써, 이론과 실제 사이에서의 연관성을 파악한 뒤라야 학생 자신의 창작에 대한 방법을 마련하고 이를 실제 창작으로 구현해 낼 수 있기 때문이다. 하지만 창작 방법과 모범글을 제시하였으나, 창작에 대한 경험이 미약하거나 자기표현에 익숙하지 않은 학생의 경우에는 개인 창작보다는 모둠 창작의 방식을 따르는 것도 바람직하다. 모둠원끼리 역할 분담을 통해 쓸 수필의 소재와 주제를 정하고, 인물이나 사건, 배경과 구성 등의 요소들을 협의한 후, 모둠원이 합심해 동시에 집필하거나 일정한 부분이나 분량을 나누어 창작을 수행할 수도 있는 것이다.

사실상 창작은 지극히 개인적이며 정신적인 활동이다. 결과로서의 글은 객관적이며 외재적일 수 있으나, 그러한 결과물을 도출해 내기까지의 과정은 심리적인 활동에 해당한다. 그러므로 모둠 창작에서 이루어지는 의견 나누기와 제반 활동들이, 쓰기의 요령과 방법을 알려주며 쓰는 과정 중에 일어나는 사고의 진행 양상을 파악하게 해 주는 기능을 하기에, 쓰기에 익숙하지 않은 학생의 경우에는 모둠 창작을 시도하는 것이 바람직하다. 어느 정도 글쓰기에 익숙한 학생들이라면 개별 창작을 시도하며, 창작된 글을 돌려 읽고 그 글에 대한 다른 학생들의 평을 함께 공유해 나가면서 자신의 창작 과정을 점검할 수 있도록 지도하는 것이 마땅할 것이다. 뿐만 아니라 개별 창작이든 모둠 창작이든 글쓰기 과정을 어떻게 진행해 나갔는지, 글쓰기를 위한 자신의 방법이나 요령은 무엇인지, 글쓰기에서 걸림돌은 무엇인지, 어려움에 봉착했을 때 해결해 나가는 방법은 무엇인지 등을 글이나 말로 표현하게 함으로써, 완성된 글과 글 쓰는 과정을 동시에 비교하게 하는 것도 창작 능력 향상을 위한 좋은 방법이 될 수 있으리라 본다.

〈표4〉 수필 지도 과정 및 주안점

지도과정	수필선택하기	수필읽기	감상나누기	창작하기	토의하기
주안점	교재 재구성 학생특성고려 교재다양화 학생요구수용	거듭읽기 혼자읽기 주관적수용 비판적읽기	모둠별활동 자발적활동 역할분담 논의모으기	개인창작 모둠창작 원리지도 모범글 제시	변화살피기 타인과비교 조정과통합 내면화하기

창작이 끝난 이후에는 '토의하기'를 마지막으로 수행할 수 있다. 이는 창작한 글에 대한 의견 나누기일 수도 있으며, 제시된 작품에 대한 이해의 심화 정도를 논의하는 마당이 될 수도 있다. 한 편의 수필을 읽고 학생

자신의 내면에서 떠오른 다양한 정서와 사고들을 경험과 관련지어 자신만의 독자적인 글모습으로 완성하는 과정을 거치면서, 학생 개인의 생각이 어떻게 변화되었는지를 스스로 느끼게 될 수밖에 없을 것이다. 이에 토의하기를 통해 작품에 대한 학생 자신의 정서나 사고가 어떤 변화의 과정을 경험하게 되었는지, 다른 학생들의 작품에 대한 인식이 어떤 의미를 갖는 것인지, 작품이 학생 자신과 우리의 삶에 어떤 의미나 효과를 갖는 것인지, 작가의 경험과 가치 인식에 대한 나와 다른 학생의 견해차는 무엇이며 그 차이를 어떻게 조절하고 통합해 나갔는지 등을 주제로 삼아 이야기를 펼쳐 나갈 수 있을 것이다.

토의하기는 수필 작품에 대한 감상과 창작의 제반 과정을 다시 한 번 살펴봄으로써 작품을 실질적으로 자신의 것으로 내면화하는데 목적이 있다. 내면화는 가치와 관련된 것이다. 문학이 단순히 상상과 재미, 감동, 그리고 미학적 감수성의 체험을 뛰어넘어 학생 자신들의 삶에 가치로운 것으로 자리잡기 위해서는 내면화는 필수적이라고 할 수 있다. 내면화는 작품에서 작가가 이야기하고자 하는 주제의식과 관련된 것일 수도 있으며, 나아가 작품의 형식적 특징에 대한 것이 될 수도 있다. 작가가 표현하고자 하는 삶의 교훈에 공감하고 이를 학생 자신의 삶의 좌우명으로 삼아 세상을 새로운 인식과 안목으로 살고자 하는 의지를 다진다면 그것은 주제적 측면에서의 내면화라고 할 수 있을 것이다. 한편 작품의 구성 방식이나 표현의 묘미에 주안점을 두고, 작가가 구현한 독특한 문체에 주목하고 이를 자신의 것으로 체화하고자 한다면 이는 형식적 측면의 내면화라 일컬을 수 있으리라 본다.

가치는 형식과 내용 모두에 관련되는 것이기에 작품을 대상으로 학생들이 자기 삶에서 주제적 그리고 형식적 내면화를 진정으로 이룰 수 있다면 한 편의 작품이 학생들의 인생에 미치는 영향은 큰 것이 될 것이다. 그러므로 토의하기 단계에서는 특정한 주제나 관점에 구애받지 말고, 학생들이 지난 수필 수업을 통해 얻게 된 그리고 깨우치게 된, 또한 반성하게 된 사항들이라고 할지라도 허심탄회하게 논의함으로써 수필을 온전히 학생 자신의 삶으로 끌어당길 수 있는 기회가 되어야 할 것이다. 이때의 논의는 읽기와 감상, 그리고 창작 이후에 이루어지는 것이기에 최대한 허용적 태도로 학생들의 의견을 서로 경청하고 문학적 안목을 새롭게 가다듬을 수 있는 계기로 활용할 필요가 있다. 사실상 이전의 모든 활동은 눈에 보이지 않는 해석 공동체의 기준에 맞추어 가는 활동들이었다고 보아도 좋다. 그 어떤 독창적인 감상과 창작도 담론 형성자들의 합의를 비껴갈 수 없기 때문이다. 특히 문학을 교육의 대상으로 놓고 의도적인 활동을 시도하는 과정에서는 더욱 그러하다. 하지만 논의하기는 틀을 벗어나 창조적 사고로 확장되는 것을 용인할 필요가 있다. 문학의 틀을 따르면서도 그 틀을 넘어 창조적인 문학적 발상을 추구하기 위함이다.

4. 인지와 정의 영역 통합의 수필 교육

이 글에서는 수필 문학을 사이 문학으로 규정하였다. 수필을 문학과 비문학의 속성을 아울러 가지는 갈래로 규정함으로써 수필 교육에서도 그에 합당한 교육 방법이 마련되어야 함을 역설하였다. 수필을 문학으로만 규정했을 경우, 수필 교육이 상상, 감상, 언어적 표현의 묘미와 감수성의 체험 교육에 치우칠 수밖에 없을 것이다. 수필이 문학적 자질과 대등하게 비문학적 속성도 가진다는 사실을 인지한다면, 수필 교육에서 다룰 수 있는 요소로 비문학적 갈래의 형상화 방식, 철학적 인식, 주제에 대한 직접적인 언급 등을 설정할 수 있게 된다. 이러한 인식을 토대로 수필 교육을 위한 교육적 원리로서 '삶의 형상화 방식 살피기, 삶의 가치 궁리하기, 자기의 삶 드러내기'를 제안하였다. 삶의 형상화 방식은 수필이 문학으로서의 성향을 갖기에 시도될 수 있는 교육 활동이다. 수필 속에 반영된 삶의 상황이 실제 삶과 어떤 관련성이 있으며, 실제 삶이 작품 속에 반영되면서 거치게 된 변용의 과정과 문학적 효과 등에 주목하면서 수필의 문학적 자질들을 탐색하고, 수필의 문학성을 체험해 보자는 것이다.

삶의 가치 궁리하기는 가치 인식에 관한 사항이다. 수필이 미적 가치를 지닌 감수성의 발현체發現體라는 사실 이외에도, 삶의 경험에서 얻게 된 깨달음의 인식을 전달한다는 측면에 주목하고자 하는 것이다. 작가가 삶의 구체적인 경험을 통해 얻게 된 가치 인식이 어떤 것인지 살피고 그것을 바탕으로 학생 자신의 삶의 돌아보고 자기 삶의 가치를 발견해 내자는 시도인 것이다. 교훈적인 삶의 가치는 진부한 것일 수 있다. 하지만 삶과 결부되어 문학적으로 형상화될 때에는 직접적인 경구警句와는 다른 느낌과 의미로 다가오게 된다. 구체적인 삶의 상황에서 자연스럽게 우러나오는 진리이며 진실이기에 가슴에 더욱 절실하게 다가올 수밖에 없는 것이다. 따라서 수필 속에 포함된 가치를 학생들이 발견하고 작가의 생각을 학생 스스로 비판하거나 공감함으로써 재구성해 내는 작업은 매우 의미 있다고 본다.

자기의 삶 드러내기는 창작에 관한 사항이다. 이 글에서는 창작을 수필 교육의 완성으로 보았다. 수필은 남의 삶을 엿보는 차원을 넘어서 학생 자신의 삶을 성찰하고 학생 자신의 이야기를 풀어내는 차원으로 발전할 수 있어야 함에 주목한 것이다. 학생들이 쓴 글은 남의 이야기를 모방한 것이 아니라 학생 자신의 삶을 이야기화한 것이다. 그러므로 주인공은 학생 자신이 되는 것이다. 삶의 중심에 자신을 놓고 자신이 중심이 되는 이야기를 전개해 나감으로써, 학생들의 자존감은 높아질 것이며 그만큼 삶에 대한 진중함이나 책임감도 증가될 수밖에 없는 것이다. 아울러 창작을 통해 작가의 문학적 형상력을 이해하거나 공감하게 되고 학생 스스로도 문학적 감수성을 배양해 나갈 수 있을 것이다. 창작 활동에 대한 경험은 자기 삶과 가치를 형상화하는 능력을 키워주는 데도 의의가 있지만, 작가들의 작품 구성력과 표현력을 짐작하고 추측함으로써 감상의 국면에도 지대한 영향을 미치게 된다고 할 수 있다.

수필 쓰기 교육 방법

1. '자아성찰'을 위한 수필 쓰기

　문학의 하위 갈래로서의 수필은 시와 소설의 접점에 위치하면서도 독자적인 특성을 지니고 있다. 시처럼 압축적인 형태로 제시되어 상징성이나 이미지를 통한 상상력에 주안점을 두지 않는다. 시는 서정의 극단을 추구하는 것이 본질이기에 세상의 모든 가치와 질서를 자기화함으로써 화자 자신의 이해 방식이나 정서로 재구성해 내는 데 초점을 두고자 한다. 그렇기에 시의 본성은 세상의 질서에 화자나 작가의 사상이나 행위를 대입한다기보다는 세상을 자기 방식으로 재단裁斷해서 자기만의 세상을 구축하고자 하는 지극히 주관적인 문학 양식(구인환 외, 1998b)이라 할 수 있다. 반면 수필은 자기 인식의 확립 근거를 세상에 기대고자 하는 모습을 보여준다. 세상의 질서를 토대로 자기 삶을 돌아보고 세상에서 의미 있다 여기는 가치를 자기 쪽으로 편입시키려는 의도를 강하게 보이고 있는 것이다.

　수필은 자기를 세계화함으로써 세계의 질서에 자신을 대입시키면서 개인의 사회화에 비중을 두고자 한다. 하지만 인간이 자신의 삶을 세계의 질서를 토대로 살피고 따지는 사회화 이전에 자신에 대한 성찰이 선행하고 있음을 놓쳐서는 안 될 것이다. 수필에서의 성찰은 자기 삶에 대한 인식이 개인적 차원에서 벗어나 사회적 동화의 단계로까지 그 문제의식을 확장해 나가는 것을 본질로 삼고는 있으나. 그 출발은 자기 세계에 대한 점검과 확인이 선행된다는 것이다. 이렇게 본다면 수필은 시와 유사하면서도 다른 점을 가진다고 볼 수 있다. 수필은 시문학처럼 자기 삶과 자기 정서(신재기, 2009; 류수열 외, 2014)에 방점을 찍고자 한다. 하지만 시가 자기 세계를 구축하는 것이 목적이라면 수필은 자기를 넘어 타자이해와 사회성 확립이라는 좀더 거시적 안목으로 발전할 가능성을 전제하고 있는 것이다.

소설은 개인적 삶보다 사회적 삶 쪽에 한층 기울어 있다고 할 수 있다. 근대 소설의 탄생이 근대 시민의식의 성장, 자본주의의 보편화, 리얼리티의 구현과 밀접한 연관성을 가지고 있음은 말할 것도 없다. 현실과 이상의 합일을 극단으로 추구하고 이를 노래하던 서정시를 뒤로 하고, 갈등과 사건의 발생이 현존하는 구체적 현실에 주목함으로써 개인의 의식 세계에 안주하던 문학의 자장磁場을 사회적 현실의 차원으로 확대시킨 것이다. 이렇게 본다면 세상의 질서 속에서 인간 개인의 삶에 주목하고 자기를 성찰하고 완성해 나가고자 한다는 점에서 수필은 소설과도 많은 연관성을 가진다고 볼 수 있을 것이다. 다만 수필의 구성이 소설의 그것과 달라 치밀하고도 극적인 구성이나 극적 갈등과 사건의 전개가 다소 미미한 차원으로 묘사될 수도 있기에 근원적 동질성을 논하기는 무리가 있어 보인다.

비록 형식과 내용에 있어 차이를 보이기는 하지만, 수필은 소설처럼 현실 세상에 관심을 두고 문학적 형상화를 시도하며 현실 속에 인간 주체로 성장해 나갈 수 있는 자아의 실현을 염두에 두고자 하는 문학(구인환 외, 1998a)임에는 분명하다. 그렇기에 수필 속에는 소설처럼 극적 구성이나 다양한 사건의 전개가 생략되어 있기는 하지만, 자기 삶과 직간접적으로 관련된 다양한 삶의 모습을 토대로 자기 이야기를 풀어내고자 하는 강한 의도를 발견해 낼 수 있는 것이다. 이처럼 수필은 세상 속에서의 개인, 개인을 벗어나 세상으로 나아가고자 하는 인간 존재의 근원적 성숙을 도모하고 있는 문학 양식이기에 자기 성찰을 위한 교육에서 비중 있게 다루어져야 할 갈래라고 할 수 있다. 수필은 특히 자기 삶에 비중을 두기에 학생들이 이해하고 체험하기에 무리가 없으며, 시의 난해성이나 소설의 장황성을 극복하고 자기 성찰과 세상과의 소통을 수행하는 데 긍정적 효과를 거둘 수 있을 것으로 본다.

글쓰기는 자기표현이다. 글쓰기를 통해 인간은 자기 삶을 되돌아보고 삶의 과정을 재성찰함은 물론 의의를 부여하는 단계(Flower 1993; 허만욱, 2009)로 나아가게 된다. 이러한 과정 중에 적극적으로 자신의 상위인지를 활성화하고 세상의 가치와 질서를 의식하면서 바람직한 자신의 삶을 계획하고 이를 현실에 적용하려는 의지를 다잡게 되는 것이다. 글쓰기는 절실함에서 비롯되어야 한다. 현학적인 기교로서 자신의 삶과 무관한 상상이나 객관적 사실의 전달만을 고집하게 되면 그 글 속에는 감동은 사라지고 무미건조함만 남게 된다. 따라서 수필 창작은 글쓴이 자신의 삶을 소재로 자기 인식과 정서를 드러내는 것이기에 진실함과 감동을 본원적으로 내포하게 되는 것이다. 글쓴이의 입장에서 보면 수필 쓰기는 자기 삶을 주목한 성찰의 토대가 될 수 있으며, 읽는 이의 측면에서 보면 솔직담백한 이야기를 통해 자기 삶을 되돌아보고 내면화할 수 있는 계기가 된다고 할 수 있다.

2. 수필 쓰기의 주안점

수필 쓰기는 결과 중심보다 과정 중심 전략을 활용하는 것이 바람직해 보인다. 학생들에게 특정한 소재나 주제를 제시하고 완성된 학생글을 교사가 살피고 이에 대해 피드백을 하는 결과 중심적 방법으로는 수필 쓰기를 통해 성찰의 단계(정영길, 2002; 이재승, 2003)에 도달하기는 어렵다고 할 수 있다. 글쓰기 방법과 과정에 대한 전모를 교사가 시범보이고 설명하며, 구체적인 실행 양상까지도 드러내 보여야 할 필요가 있다. 하지만 현행 교육 과정이나 현장의 실태를 살펴보면 수필 쓰기를 교실 안에서 전면적이고도 실질적으로 수행하는 경우는 드물다고 할 수 있다. 비록 수필 쓰기가 이루어진고 하더라도 개요작성의 방법에 대한 안내 정도의 단편적인 교육적 처방에 머물 뿐 실질적인 효과를 거둘 정도의 방법적 제시는 전무하다고 보아도 좋을 듯하다. 교실 현장에서는 다양한 종류의 글들을 쓰는 것만으로 글쓰기 능력이 향상된다고 보는 입장이 강한 듯하다. 교과서 구성이 다양한 글을 실어 놓고 이와 유사한 형태의 글들을 써 보게 하는 것으로 일관하고 있는 것에서도 알 수 있다.

그렇다면 수필 쓰기에서 주된 요소로 주목하고 지도해야 할 사항은 무엇일까. 그것은 학생들에게 수필은 무엇을 어떻게 써 나가야 하는지 단계별로 보여주는 것이 되어야 하리라 본다. 그리고 수필 쓰기의 방법과 절차는 수필 문학이 갖는 특성을 통해 추출 가능하다고 할 수 있다. 일차적으로 '가치 있는 삶의 경험 발견' 단계를 상정해 볼 수 있다. 제재나 주제의 제시, 그리고 그것과 연관된 학생의 사고 활동, 창작 행위로 이어져 나간 것이 기존의 쓰기 방법이었다. 이러한 천편일률적인 과정에 익숙한 학생은 특정 제재가 주어지지 않은 상황에서도 제재나 주제를 먼저 염두에 두고 이를 통해 글쓰기로 나아가는 성향을 고집하게끔 했다고 볼 수 있다.

그렇기에 수필 쓰기를 할 때는 먼저 학생들에게 자신이 그동안 살아오면서 가장 기억에 남고 인상 깊었던 장면이나 삶의 경험(이오덕, 1996; 신재기, 2007)을 되짚어 보게 하는 것이 선행되어야 한다. 할머니 댁에 방문했던 경험도 좋고 부모와의 뜻깊은 추억, 혹은 가슴 아팠던 슬픈 사연, 좌절과 희망의 경험들을 다양하게 되새기는 것이 급선무인 것이다. 가정환경이나 성향의 차이에 따라 박진감 있는 삶의 경험을 다양하게 가진 학생도 있을 수 있고, 반면에 평범한 경험들만을 간직한 학생도 있을 것이다. 우여곡절을 가진 경험이든 평범한 일상이든 학생 자신의 지나온 삶을 회고하는 것만으로 상당한 의미를 갖는다고 할 수 있다. 자신의 과거를 살피고 경험 속에서 새로운 정서와 의미를 되새겨 가는 것만으로 학생은 자기 삶의 소중함을 느끼고 자기 효능감(김중신, 1997; 김승광, 2012)을 깨우쳐 갈 수 있기 때문이다. 뿐만 아니라 나 중심의 가치관에서 벗어나 타인과의 상호작용, 사회 속에서의 나의 모습을 발견하게 됨으로써 나와 남과의 관계를 재인식하고 새로운 관계 형성을 위한 인식 전환의 계기가 될 수 있을 것이다.

최대한 많고 다양한 자신의 경험을 떠올리고 이를 간단한 몇몇 구절 정도로 표현해 보게 하는 것이다. 이때 실제 있었던 사실을 적어 보게 함과 동시에 그 사건에 대한 느낌이나 생각을 간단하게 메모하게 하는 것이 바람직할 것이다. 경험이 머릿속에만 맴돌 때와 그것이 활자화될 때는 다른 차원의 것이 된다. 자신의 과거 경험을 사실과 느낌, 생각으로 구분해 적어 나가는 과정을 통해 경험의 모호함은 좀더 구체적인 모습으로 재구성될 것이기 때문이다. 일단 이렇게 경험과 사실과 생각이 다채롭게 정리되었다면, 그 중에서 가장 가치있다고 생각되는 경험을 고르게 하는 것이 그 다음이다. 한 편의 수필을 완성해 내기 위해서는 하나의 사건(강신재 외, 1993; 김진호, 2014)에 주안점을 두고 기술해 나가야 하기에 그러하다. 가치 있는 경험을 선택한다는 것은 학생의 삶에 좀더 새로운 의미를 부여해 나가는 직접적인 원동력이 될 수 있다. 가치 있고 특별한 경험은 지금의 삶에 영향을 미칠 것이며, 학생 자신의 가치 인식은 물론 행동 양상에도 커다란 힘이 되기 때문이다.

'가치 있는 삶의 경험 발견' 이후에는 '의미 부여와 구성' 단계로 나아갈 필요가 있다. 수필은 문학과 비문의 사이에 위치하는 문학으로 인식된다. 어름문학이니 교술문학이니 하는 용어들이 모두, 수필이 갖는 문학과 비문학적 성향을 동시에 포함하는 것이라 할 수 있다. 따라서 수필의 특성을 논할 때 수필은 철학적이고 심오한 가치를 직접적으로 다루고자 하는 갈래라는 언급을 자주하곤 한다. 이와 같이 수필이 갖는 사변적 특징은 시나 소설과 달리 허구적 형상성 속에서 삶의 진실을 이야기하는 것이 아니라, 실질적인 경험 속에서 화자의 가치를 직접적으로 문제삼고 전달하는 모습으로 나타나게 된다. 그러므로 학생들이 수필을 창작하는 단계에서도 자신의 가치 있는 경험을 다시 곰곰이 따져 보면서 새롭고도 다양한 의미를 부여하고 발견하는 데 주력하는 것이 타당해 보인다. 과거의 부정적인 경험도 인식의 접근 방법에 따라 긍정적인 사안으로 전환될 수 있듯 특정한 경험에 대해 또 다른 관점으로 해석하고 이해하려고 함으로써 자신만의 문제의식과 인식적 틀을 넓혀 나갈 수 있는 것이다. 이때도 자신의 특정 경험에 대한 다양한 생각들을 적어보게 하는 것이 필요하다. 경험을 새로운 관점에서 바라보고 새롭게 해석하고 의미 부여한 결과들을 간단한 몇 몇 구절로 정리하고 이를 지면에 표현해 봄으로써 과거의 경험은 현재적 차원에서 새로운 가치를 내포한 경험으로 재조명될 수 있기 때문이다.

이러한 작업이 마무리 되었다면, 이제는 글쓰기를 위한 본격적인 작업으로 들어갈 필요가 있다. 경험과 생각을 어떻게 지면에 배열할 것인가의 문제이다. 실제 글쓰기 이전에 수행되는 '구성'은 지면의 내용과 형식을 어떻게 마련할 것인가에 대한 학생의 다양한 고민이 이루어지는 단계이다. 가치 있는 경험 내용을 토대로 사실과 생각, 그리고 정서를 표현해 나가기 위해 어떤 전개 방식을 고집할 것인가에 대한 탐색에 해당한다. 문단은 몇 개로 구성할 것이며, 각 문단의 핵심 사항은 무엇으로 결정지을 것인지, 글의 흐름을 고려해 경험적 사실과 생각 및 정서를 어떤 순서로 배열할 것인지, 경험을 표현할 때도 독백으로 일관할 것인지, 경험과 관련된 사건에 주목하고 대화나 행동으로 묘사해 갈 것인지, 현재적 관점에서만 과거 경험을 바라보고 이를 표현할 것인지, 과거 경험 상황 속에서의 나의 생각과 지금의 입장의 차이를 부각시킬 것인지, 경험적 사실을 세세하게 묘사하는 데 주력할 것인지, 사실보다 의견과 정서를 좀더 심도 깊게 드러낼 것인지 등을 다각도로 살피고 이에 대한 생각을 정리해서 지면의 전개도를 개괄적인 형태로 간단히 적어보는 활동을 진행해 나가는 것이 필요하다.

즉, '구성' 과정에서는 단순히 글을 어떻게 전개해 나갈 것인지에 대한 막연한 구상에 그칠 것이 아니라, 글의 형식, 내용의 측면에서 표현 효과나 표현 방식은 물론 태도와 관점 그리고 가치 인식과 정서가 효과적으로 드러날 수 있도록 글의 밑그림을 세밀하게 짜나갈 수 있어야 하겠다. 사실이 구성이라는 것은 매우 다양하기에 몇 가지 방법적 안내만으로 설명하기는 어렵다. 단순히 내용의 전개에 주안점을 두고 배열하는 데 주력할 수도 있지만, 이를 좀더 세분화해 본다면 인과적 구성, 시간적 구성, 공간적 구성 등의 관점으로 접근할 수도 있는 것이다. 뿐만 아니라 회고적 방식으로 구성할 수도 있고 극적 방법을 도입해 사건이나 상황을 객관적으로 피력해 나갈 수 있으며, 과거와 현재를 넘나들 수도 있고 미래의 상황까지도 포괄해 구성해 나갈 수도 있는 것이다. 따라서 교사는 구성 방식의 다양성을 학생들에게 숙지시키고 학생의 표현 역량이나 취향에 따라 다각도로 글 모습을 배열하는 시간을 충분히 할애할 필요가 있어 보인다.

밑그림으로서의 구성도構成圖를 작성해 나갈 때 형식이나 방식 역시 다양하게 시도될 수 있어야 바람직하다. 낱말의 연쇄를 통해 글의 배열 순서를 드러낼 수도 있겠고, 낱말의 차원을 넘어 좀더 구체적인 수준의 구절로 표현될 수도 있는 것이다. 스케치 형식의 그림으로 구성해 나간다든지 만화나 간단한 이모티콘 형식으로도 표현할 수 있는 기회를 부여하는 것도 생각해 볼 일이다. 가능하면 다양한 매체를 활용해 시각화할 수 있게 함으로써 글쓰기 전 단계로서 수행되는 구성의 과정이 글쓰기와 좀더 밀접한 관련성을 지닐 수 있도록 배려하는 것이 중요하다. 글을 써 나가는 중에도 구성을 보완하고 수정할 수도 있으나 배열 방식을 정하는 구성의 과정이 막연하거나 불분명한 수준에 머문다면, 실제 글쓰기에서도 모호함을 극복하기 어려운 것이 사실이다. 그러므로 글감이나 제재의 차원에 머물러 있는 생각을 명료하게 부각시키기 위해서는 구성 단계의 작업이 좀더 면밀하게 이루어질 수 있도록 학생들을 독려할 필요가 있는 것이다.

<表1> 과정 중심의 글쓰기 주안점

가치 있는 경험 발견	의미부여와 구성	상위인지 전략의 활성화
다양한 경험 환기 사실적 경험의 나열 가치와 정서의 환기 경험의 가치 서열화	경험의 가치 재인식 새로운 의미와 정서 발견 현재와 미래적 삶 관련 형식과 내용적 배열	계획과 준비 과정 점검 쓰기 전 단계의 보완 쓰기 과정에서의 재고 피드백을 통한 수정

'가치 있는 삶의 경험 발견'과 '의미부여 및 구성'의 과정 이후에는 곧바로 글쓰기 단계로 나아갈 수 있다. 하지만 이 단계에서 다시 한 번 글쓰기를 위한 준비 과정의 전반을 다시 고찰해 보는 것이 바람직하다. 경험 발견, 의미부여, 구상의 단계까지 진행되는 동안 학생 자신의 글쓰기가 애초에 의도했던 목적이나 방향과 들어맞는지, 효율적인 글쓰기가 되기 위한 준비 과정에서 놓치거나 수정해야 할 부분은 없는지를 재점검하는 것은 신중한 글쓰기를 위해 필요하다고 본다. 따라서 '상위인지 전략의 활성화'를 통해 글쓰기의 계획과 준비 단계를 살피는 작업을 수행할 수 있어야 할 것이다. 물론 상위인지 전략의 활성화는 실제 글쓰기 과정 중에도 지속적으로 이루어져야 마땅하다. 지금 기술하고 있는 문장의 형식이나 내용이 선행 문장이나 문단과 연관성을 지니고 있는지, 글의 주제나 정서는 통일성과 일관성을 유지하고 있는지, 문장의 길이는 적절한지, 비문법적인 문장이나 표기법에 어긋난 부분은 없는지, 준비 단계에서 작성한 구상도에 따라 글을 써 나가고 있는지, 글을 쓰는 중에 생각이나 느낌이 바뀌었다면 효과적으로 내용이나 형식을 바꾸어 적절히 표현하고 있는지 등을 상위인지적 관점에서 점검하고 조절해 나가야 할 것이다.

글쓰기는 맹목적인 작업이 되어서는 곤란하다. 상위인지 전략(김유미, 1996)을 활용하고자 하는 의도가 여기에 있다. 자신의 글쓰기 전반을 지속적으로 되돌아보고 글쓰기와 관련된 인지적 지식을 파악함은 물론 이를 실제 글쓰기 상황에서 인출하고 상황에 따라 적용해 나가면서 자신의 글쓰기 과정을 수정하고 보완(가은아, 2011; 신윤경 외, 2015)해 나가는 작업이 필요하다. 수필 쓰기에서 필요한 인지적 지식은 수필 갈래의 특징은 물론 계획 단계에서 요구되는 내용 생성 방법과 개요 작성에 관한 지식이 요구된다. 뿐만 아니라 문단 구성과 내용 전개 방식 등 실제 글쓰기 작업 과정에서 적극 활용되어야 하는 형식과 내용 구성에 관한 지식을 아우른다고 할 수 있다. 이러한 글쓰기에 필요한 인지적 지식을 아는 것만으로는 온전한 수필을 완성해 낼 수 없다. 여기에 지식을 상황에 따라 활용하고 자신의 글쓰기의 선후를 살펴 과정의 전반을 세밀하게 점검하고 조절해 나가는 역량이 필요한 것이다. 이러한 모든 것이 상위인지 전략의 범주에 드는 것이라 할 수 있다.

상위인지 전략이 글쓰기의 준비와 실제 쓰는 과정 혹은 쓴 이후의 수정 단계(정덕현, 2015)에 거쳐 중요하다는 점을 인식하고 이를 적극 수행해 나가더라도 학생들에게 좀더 실질적인 방법으로 안내되는 것이 무엇보다 중요하다. 상위인지 전략의 요체는 글쓰기와 관련된 제반 지식에 대한 인식과 지식을 실제 쓰기 과정에 적용해 나가는 절차적 지식과 그것의 활용 및 조정이다. 그러므로 글쓰기에 필요한 지식이 무엇이고 그것을 어떻게 확인하고 적용하며 수정해 나가는가하는 방법적 안내가 실질적인 차원에서 이루어지지 않는다면, 학생 편에서 보면 매우 추상적이고 모호한 교육적 처방에 그칠 수 있는 것이다. 상위인지 전략은 계획과 준비 과정에 대한 점검, 쓰기 전 단계의 보완, 쓰기 과정에서의 지속적인 재고, 적극적인 피드백을 통한 자기 조절과 수정을 통해 이루어지게 되기에, 각 단계마다 학생들의 실천적인 수행 활동이 요구된다고 하겠다.

이를 위해 교사는 글쓰기 각 단계마다 필요한 방법과 전략에 대해 자세한 설명을 제공하는 것은 물론, 교사의 시범을 통해 전체적인 과정을 학생들에게 보여줄 수 있어야 한다. 계획과 쓰기, 그리고 수정 과정에서 어떤 사고 과정이 이루어지고 이를 토대로 어떤 활동이 구체적으로 이루어지는지를 사고구술이나 스토리텔링의 형태, 혹은 마인드맵이나 브레인스토밍의 양식을 빌려 심리적 진행 양상을 가시적으로 시각화하거나 자료화할 필요가 있다. 학생들은 자신의 사고의 결과를 '시각화'하고 '자료화'해 냄으로써 일련의 사고 과정을 표면적으로 드러내 보일 수 있어야 한다는 것이다. 낱말의 형태든 구절의 형태든 혹은 이미지나 영상 자료의 형태로든 쓸거리와 관련된 자신의 생각과 느낌을 표현하는 데 주의를 기울일 필요가 있는 것이다. 이것이 전제된 후, 일차적 시각화 자료를 대상으로 '조정과 제구성'을 시도하는 것이 추가될 필요가 있다.

상위인지 전략은 머릿속에서 이루어지는 것이기에 그 실체가 모호하고 주관적인 심리의 흐름에 그칠 수 있다. '어떤 경험을 떠올리고 그것을 어떤 주제로 통일시키는 것이 좋을까, 경험의 세부적인 내용으로 어떤 것들을 선택하고 이를 표현하기 위해 어떤 낱말을 활용하는 것이 좋을까, 경험과 관련된 항목들 중에서 주제의 형상화를 위해 추가되어야 할 것은 무엇이 있을까, 경험을 표현한 구절 중에서 불필요하거나 문법 질서에 어긋난 부분은 없는가, 글을 써 나가는 과정에서 앞뒤 흐름이나 글 전체의 구성을 놓치지 않고 있는가, 글을 써 나가는 중에 경험과 관련된 새로운 의미 부여의 여지는 없는가 그리고 그것을 실현시켜 줄 적절한 표현은 제대로 마련되고 표현되고 있는가, 글을 써 나가는 과정에서 필요한 글쓰기 지식은 무엇이고 이를 충분히 활용하고 적용시켜 나가고 있는가, 글을 일차적으로 완성시킨 후 계획 단계에서 설정한 의도와 표현에 맞추어 흐름이 자연스럽고 주제가 명확하게 드러났는지를 의식적으로 점검하고 이를 수정해 나가는가'와 같은 질문을 스스로에게 던지고 이에 답해 나가는 과정은 상위인지 전략을 활성화해 나간다는 측면에서 매우 유의미하다고 할 수 있다.

이럴 때 '조정과 재구성'은 반드시 그 근거가 요구되고 글쓰는 학생의 인지적 정의적 판단에 근거한 점검과 조정이 이루어지기 위해서는 사전 '시각화 자료'가 필요한 것이다. 사전 시각 자료를 점검하고 새로운 시각물로 변형시켜 나가는 작업을 지속적으로 수행해 나감으로써, 학생들은 조정의 과정을 직접적으로 체감할 수 있으며 이것은 자연스럽게 상위인지 전략의 활성화를 초래하게 되기 때문이다. 아울러 자신의 글에 대해 수용적이고 무비판적인 자세를 가지기 보다는 평가적이고 비판적인 태도를 취함으로써 상위인지 전략을 좀더 강화시켜 나갈 필요도 있다. 사실상 상위인지 전략은 '사고의 과정에 대한 사고'라는 의미와 평가적이고 비판적 사고의 전개 과정이라는 의미를 동시에 갖는다고 할 수 있다. 그러기에 초안으로 완성되어 가는 자신의 글을 일련의 과정으로 파악함으로써 지속적으로 비판하고 조정해 나가고자 하는 태도가 필요하다고 하겠다.

〈표2〉 상위인지 활성화를 위한 필수 요소

가시적 시각화와 자료화	⇨	근거에 기반한 조정과 재구성	⇨	과정으로서의 평가와 비판적 조정

3. 수필 쓰기의 사례와 분석

앞 장에서 기술한 내용 요소와 방법에 따라 학생들을 지도한 후 그 결과물을 받아 제시한 방법적 의의와 한계에 대해 검토해 보았다. 학생들을 지도하고 그 방법상의 유의미점과 개선점을 도출하고자 하는 의도로 시행되었으며, 일회적인 교수법의 고안과 적용, 그리고 결과 도출에 그치지 않고 2년이라는 연구 기간 동안 시행된 결과물을 분석하는 것이기에 그 연구 결과의 의의는 다소 높으리라 기대한다.

1) 가치 있는 경험 발견하기

수필 쓰기를 위해 시도되는 가치 있는 경험의 발견은 다양한 경험의 환기, 가치와 정서의 부여 및 재발견, 경험적 가치의 서열화가 주된 요체라 할 수 있다. 일차적으로 경험을 다양하게 떠올리게 하고 이러한 경험의 흔적들에 대해 학생들이 현재적 관점에서 새로운 인지적 정의적 측면의 가치를 발견하게 하고 이를 서열화해 봄으로써 쓸거리를 마련해 보는 단계인 것이다.

[학생글1]

①우리 엄마는 베이비시터, 즉 아기를 돌보는 일을 하신다. 내가 10살 때부터 일을 하셨으니 대략 12년 정도 일을 하신 것인데, 그 기간 동안 우리 집을 거쳐 간 아기들을 헤아려 보니 8명은 되는 것 같다. 보통 갓난 아기 때 와서 어린이집에 갈 정도의 나이가 되면 우리 집에 더 이상 오지 않고 어린이 집으로 간다. 한 달에 한두 번 집으로 놀러오다 학교에 입학하고

나면 학원가랴 바쁘기 때문에 간간히 전화통화를 하는 정도이다. (중략) ②일반적으로 부모가 자식을 사랑한다고 하여 '내리사랑'이라는 말을 많이 한다. 하지만 가까이서 아기를 지켜보니 아기와 부모, 즉 어른 사이의 사랑은 한 방향으로 흐르는 사랑이 아니었다. 아기는 배가 고프거나 잠이 오면 금방 짜증내고 칭얼거리고 너무 어리다보니 아기에게는 다른 사람을 사랑하는 것이 없는 줄 알았다. 아기가 생활을 하다 잘못된 행동을 하거나 위험한 행동을 하면 당연히 어른은 아기를 단호하게 제지하고 심하면 야단치기도 한다. 하지만 아기는 그 순간 짜증내거나 울고 나면 '무슨 일이 있어나?'하는 것처럼 우리를 안아주고 웃는다. 세상에서 가장 거짓없는 웃음으로. 누군가 아기의 옆에서 울거나, 아니 우는 척이라도 해본 사람은 알 것이다. 아기의 옆에서 울면 아기는 금새 따라 입을 삐죽거리다가 울어버린다.

③그러나 아기가 자랄수록 이런 순수한 사랑이 점점 옅어지는 것 같다. 지금도 우리는 아기였을 때는 저런 순수한 마음으로 다른 사람을 사랑했을 텐데, 우리는 누군가의 기쁨을 온전한 나의 기쁨으로, 누군가의 슬픔을 나의 슬픔으로 느낀다고 자신있게 말할 수 있을까? (하략)

위 학생글은 '아기를 돌보는 경험'에 주목하고 있다. 자신이 경험했던 과거의 삶 중에서 '아기'와 관련된 경험, 특히 사실적 경험을 집약적으로 기술하고 있음을 ①문단을 통해 발견하게 된다. 추론을 해 본다면, 학생은 매우 다양한 경험 중에서 유독 기억에 남고 정서적으로 큰 반향을 일으켰던 아기와 관련된 경험에 집중하고 있으나, 이는 다양한 경험에 대한 나열과 소재로서의 비중을 따지는 과정을 거쳐 선택된 경험일 것은 자명하다.

그리고 그러한 경험의 비중을 12년 동안의 육아에 대한 직간접적 경험을 요약적으로 기술해 나감으로써 사실적 경험을 전면에 부각시켜 나열하고 있다. 하지만 여기서 주목할 것은 학생이 자기 경험 중 육아와 관련된 인상적인 경험의 일반적 사실을 개관하는 데만 그치지 않고, 아기에 관한 특정한 경험적 사실을 추가적으로 도입함으로써 글에 새로운 정서와 의미를 부여하고자 한다는 점이다.

②문단을 보면, 학생은 아기와 관련된 경험을 토대로 '내리사랑'이라는 또 다른 경험적 인식을 환기하고 이러한 기존의 인식에 반하는 아기와 관련된 새로운 경험을 재차 도입하고 있음을 보게 된다. ①문단의 도입부분에서 자신의 경험 일반을 언급하는 차원을 넘어 ②문단에서는 좀더 구체적이면서도 ①문단과는 다소 색다른 경험을 글 속으로 끌어오고 있는 것이다. '야단 친 뒤 웃는 아기의 모습', '함께 우는 모습'을 통해 학생은 '아기의 사랑'이라는 자기만의 생각을 경험을 통해 보여주고자 하는 것이다. 아기가 보여주는 이러한 용서와 배려, 그리고 공감은 달리 해석할 여지가 있으나, ③문단을 통해 학생이 지적한 것처럼 아기의 순수함이 전제된 상대에 대한 사랑이 있기에 가능한 행동이라는 점에서 충분히 수용 가능하다고 볼 수 있다.

이렇게 본다면 위 글의 학생은 분명 수필 쓰기에서 중요한 요소로 언급될 수 있는 '가치 있는 경험의 발견'을 충실히 수행한 후 글쓰기에 임하였음을 확인하게 된다. 아울러 그 세부 항목에 해당하는 다양한 경험의 환기, 사실적 경험의 나열, 가치와 정서의 환기는 물론 경험의 가치 서열화까지도 충실히 수행하면서 글쓰기를 해 나가고 있었음을 볼 수 있다. 수필은 그 갈래의 특징상 사실적인 경험이 소재가 되며 그 속에서 글쓴이만의 독특한 정서와 의미를 발견해 나가는 작업에 해당한다. 따라서 다양한 경험을 환기하되 그 중에서 글의 일관성을 흩트리지 않는 범위 내에서 다양한 경험을 나열하고 얽어가면서 그 경험의 정서와 의미를 글쓴이의 목소리를 담아 기술해 내는 것이 무엇보다 중요하다고 하겠다.

[학생글2]

① 어느 날 신나게 골대에서 놀다가 떨어져 왼팔이 부러졌다. 그래서 나는 한참 깁스를 하고 다녔고, 즐겁게 축구를 즐기는 친구들을 구경하기만 했다. 그러나 천방지축이었던 나는 구경만 하고 있을 수 없었기에 팔에 깁스를 한 상태로 나도 뛰겠다며 함께 달려 나가 축구를 했다. 그런데 우연도 이런 우연이 어디에 있을까? 친구가 찬 공이 정확히 왼팔에 맞은 것이다. 뼈가 완전히 붙기 전이라 당연히 다시 부러졌고 다음 주면 깁스를 풀겠다는 기대감은 운동장의 먼지가 되어 날아갔다. (중략)

② 그러던 어느 날 학교에 팔씨름 열풍이 불기 시작했다. 나는 덩치만 컸지 뼈가 굵거나 타고난 힘이 많지는 않았기에 친구들과 팔씨름을 하면 지는 것이 일상이었는데 뼈가 붙고난 뒤에 왼팔로 팔씨름을 하면 이상하게도 쉽게 이기게 되었다. 그 이후에 안 사실이지만 한 번 부러진 팔은 다시 붙으면 전보다 더 강해진다고 들었다. 왼손으로는 이름 석 자도 제대로 못 쓰는 철저한 오른손잡이임에도 불구하고 두 번이나 부러트리고 나니 항상 쓰는 오른팔보다 왼팔이 더 강해진 것이다.

③ 아마 <u>살면서 겪게 되는 내적 외적 상처</u>도 이와 비슷할 것이다. 처음 상처가 났을 때에는 아프고 쓰라려도 낫게 되면 흉터가 남을지언정 만져도 아프지 않다. 그러니 <u>조금 부러져도 괜찮다.</u> (후략)

위 학생은 일차적으로 자신의 경험 중 '축구'와 관련된 것들에 주목하고 있다. '골대'에서 떨어져 외상을 입고 재차 '축구'로 인해 팔의 치료를 지속해야 했던 경험을 ①문단에서 기술하고 있다. 학생은 축구와 관련된 두 번의 상처를 경험했던 사실에 그치지 않고 이러한 경험을 또 다른 사실과 확장적으로 연결시킴으로써 글의 의미를 좀더 발전적으로 이끌어 가고 있음을 보게 된다. 왼팔 팔씨름에 대한 경험을 추가로 도입함으로써 앞서 언급한 경험에 새로운 의미와 정서를 덧붙이고 있는 것이다. 이를 통해 학생은 '축구'와 관련된 경험, 그리고 '팔씨름'과 관련된 경험을 '상처'와 '성숙'이라는 가치를 중심으로 서열화하고 각각의 경험에 새로운 가치와 정서를 부여하고자 했음을 알 수 있다. 따라서 위 글에서도 수필 쓰기에서 경험에 대한 주의 환기에 다양한 경험의 나열과 그것의 서열화, 그리고 그러한 경험에 대한 새로운 의미론적 정서적 재해석의 시도가 유의미함을 발견하게 된다.

①문단과 ②문단의 경험은 ③문단을 통해 일반화되고 좀더 직접적인 학생의 목소리에 의해 그 가치와 정서적 외연이 심화되어 드러나고 있다. ③문단에서는 실수와 상처에 대한 관대함을 역설하고자 한다. 이를 위해 학생은 '내적 외적 상처'라는 일반적 차원의 삶의 경험을 언급함으로써 ①문단과 ②문단에서 기술했던 개별적이고 구체적인 경험들을 포용하려함을 엿볼 수 있다. 여기서도 경험에 대한 되살피기와 다양한 경험을 마련하고 그들 간의 유사성과 차이, 그 속에 전제된 가치와 정서를 꼼꼼하게 따지는 것이 수필 쓰기에서 무엇보다 중요함을 깨닫게 되는 것이다. 상처가 성숙의 전제가 된다는 일반적 차원의 교훈적 문구의 전달은 수필이 될 수 없다. 그것이 문학이 되기 위해서는 형상화와 비유적 발상을 전제할

때 가능한 것이다. 구체적인 삶의 경험을 환기하고 이를 통합해 냄으로써 교훈적 메시지는 구체적 형상화로 거듭나게 되며 이는 수필이라는 문학으로 완성되어 간다고 할 수 있다.

2) 의미 부여와 구성

학생들의 경험을 환기시키게 하고 그것들의 서열화를 통해 우선적으로 선정되는 경험을 결합하고 재구성해 나감으로써 한 편의 수필을 완성할 수 있다. 여기에서 나아가 자신의 경험에 대해 재인식하고 새로운 의미를 부여함으로써 경험에 대한 기존의 인식을 확장적으로 펼쳐 나간 후 글쓰기를 시도할 수도 있다. 동일한 경험일지라도 어떤 관점으로 바라보느냐에 따라 경험의 의미는 달라질 수 있으며, 상황의 변화나 시간의 흐름 역시 경험을 재해석하게 하는 계기가 될 수 있는 것이다. 따라서 경험의 가치를 재인식하는 과정은 과거의 특정 경험에 대해 새로운 의미나 정서를 발견해 나가는 작업이 될 것이며, 이는 또한 과거의 경험이 현재나 미래적 삶과의 연관 속에서 재고찰되고 새로운 정서적 의미를 획득한 심화된 글쓰기 자료가 될 것이다.

[학생글3]

①몇 주 전에 흥행돌풍을 일으키고 있는 영화 '인터스텔라'를 보았다. 보통 공상 과학 영화를 보고 나면 여운이라든지, 꼬리를 무는 생각의 가지를 쳐 본 기억이 별로 없었다. 하지만 그날만은 이 영화를 보고 생긴 한 가지 생각을 중심으로 머릿속에서 가지들이 우후죽순 생겨났었다. '시간'에 대한 생각이었다. '시간은 일정하게 가고 있는 게 맞을까?', '영화에서 시간은

중력의 영향으로 달라질 수 있다는데, 우리 주변에도 어머어마한 중력과 같은 무언가 있는 게 아닐까?' (중략)

②시간과의 밀고 당김은 긍정적인 마음 앞에서 의미가 없는 것이었다. 수업 5분전 바뀌지 않던 신호등은 다음부터 여유롭게 오면 빨리 바꿔줄테니 그리하라는, 나를 가르치는 신호를 줬던 것이며, 한평생 같던 50분은 시험 치려면 공부할 것도 많을텐데 500분은 있어야 하지 않겠냐는 50분의 의미 였을 것이다. 마음먹기에 따라 시간은 항상 나를 챙겨주고 배려해 주는 친구로 여길 수 있는 것이다. 내 머릿속 '시간'의 씨앗은 완전히는 아니지 만 '시간'이라는 어린 나무로 자란 것 같았다. 시간이 빨리 가고 안 가고는 중요한 것이 아니다. 시간을 내가 원하는, 길거나 짧은 시간으로 만드는 중력 같은 힘은 바로 마음의 힘이라는 생각이 든다.

③이런 생각이 있은 후의 어느 날, 내 친구가 일을 마치고 와서는 기분 좋은 일이 있었다며 이야기를 하나 해줬다. 일하는 서점에 8-9살 정도로 되어 보이는 귀여운 아이가 카운터에 오더니 질문을 했다고 한다.

"서점 몇 시까지 해요?"

"늦은 9시까지 해요." 그 다음 대답이 아주 기분이 좋았다고 한다.

"우와, 열어서 정말 다행이에요."

사용할 수 있는 시간이 있다는 자체에 대해 아무 기준없이, 순수하게 감사해 하는 아이의 밝은 마음, 이 마음이 나 역시 웃게 만들었다. (후략)

위 학생은 영화를 본 경험을 토대로 시간에 대한 기존의 생각에 대해 끊임없이 질문하고 또 다른 경험과의 관련을 통해 자신의 생각을 명확히 하고 있음을 보여준다. 영화를 본 경험을 ①문단에서는 보통의 글쓰기와는 달리 영화의 내용과 관련된 단편적인 사건이나 줄거리의 나열을 벗어나 있다. 영화에 대한 경험을 언급하고는 있으나, 영화와 관련된 시간이라는 화두에 집중하고 시간에 대한 자신의 기존 인식과 정서에 방점을 두고 시간에 대한 의미적 차원의 재해석을 통해 새로운 인식의 단계까지 발전하게 된다. '시간은 일정하게 가고 있는 게 맞을까?'라는 질문이나 '영화에서 시간은 중력의 영향으로 달라질 수 있다는데, 우리 주변에도 어머어마한 중력과 같은 무언가 있는 게 아닐까?'라는 발문은, 시간은 일정한 흐름으로 동일하게 지속되는 물리적 흐름이라는 학생 자신의 기존 인식에 대해 문제를 제기하는 것이다.

만일, '시간'이라는 수필 제재를 토대로 '시간을 아껴쓰자', '현재의 시간을 토대로 미래의 시간을 알차게 계획하자'라는 식의 교훈적 내용으로 글을 구성했다면, 평범한 차원의 글로 전락하고 말았을 것이다. '의미 부여와 구성'의 의의는 여기에 있다고 하겠다. 기존 경험을 토대로 새로운 인식적 가치를 발견하고자 시도되는 '의미 부여'가 ②문단에서도 지속되고 있음을 볼 수 있다. 시험공부와 신호등과 관련된 시간 경험에 있어서도 학생은 단순한 시간의 흐름이라는 일반적 상식 차원의 시간 관념을 벗어나 '상대적 시간의 흐름'이라는 재해석된 의미 부여의 틀 내에서 경험을 글 속에 풀어내고 있는 것이다. 수필 갈래의 큰 특징 중의 하나가 경험을 토대로 글쓴이의 개성적 인식을 표출하는 것이다. 이렇게 볼 때, 의미 부여의 과정은 학생들의 경험에 기존의 인식을 벗어난 학생 자신만의 독자적이고 개성적 인식을 부여하기 위한 단초가 되며, 자신의 삶의 경험을 가치롭게 여기며 자신의 인격을 함양하는 매우 중요한 기회가 된다고 할 수 있겠다.

③문단에 언급되고 있는 아이와 관련된 경험은 학생이 경험 속에서 재

발견한 시간 관념을 토대로 경험을 해석한 사례에 해당한다. 어린 아이의 평범한 반응을 학생 자신이 발견한 시간에 대한 인식으로 재해석하고 일반화함으로써, 경험에 대한 의미 부여를 재점검하고 강화하는 부분이라 할 수 있다. 영화와 관련된 경험은 시간과 관련된 기존 인식에 문제를 제기하는 단초로서의 것이었다면, 시험 공부와 신호등과 관련된 경험은 시간에 대한 새로운 의미 부여에 확정적 근거를 제공하는 것으로 볼 수 있다. 아울러 마지막에 거론된 아이와 관련된 간접경험은 시간 관념에 대한 인식의 재발견을 일반적인 차원에서 확인하고 명확히 하는 것이라고 할 수 있다. 이러한 경험의 전개와 배열 과정은 '구성'적 차원의 의도적 수행이라 할 수 있다.

학생은 기존 경험에 새로운 의미를 부여하는 단계에 그치지 않고 이를 효과적으로 배열하기 위해 적절히 경험을 조직하고 배열하는 '구성적 차원'의 점검도 동시에 병행했다는 것을 알 수 있는 것이다. 유사성을 가지는 경험을 무의미하게 배치하는 것이 아니라, 글의 효율성을 높이기 위해 '문제 제기'와 '입증', '일반화'라는 일련의 과정을 학생 나름대로 계획하고 이를 경험의 구체적 배열을 통해 보여주고 있는 것이다. 좋은 수필의 요건을 일반화해서 언급하기란 쉽지 않다. 또한 작가로서의 수필 쓰기와 학생 자격으로 수필 쓰기에서 성취 가능한 목표를 동일시하거나 단순화해서 제시하기란 쉽지 않은 일이다. 하지만 수필이 문학인 이상, 경험을 통한 새로운 인식의 발견이라는 내용적 차원의 신선함의 추구와, 구성의 개성적 성취라는 형식적 측면의 실천적 모색은, 수필의 문학다움을 완성시키는 요체가 될 것이라 본다.

[학생글4]

①(전략) 다행히 진학한 고등학교는 너무나도 만족스러운 곳이었고, 비록 소심해져버린 성격은 다시 돌아오지 않았지만, 무난하게 고등학교 3학년에 올라가게 되었다. 그동안에 꽤나 공부에 도가 텄던 까닭인지 학교에서 좀 한다는 학생들을 모아서 자습을 시키는 공부방에 턱걸이로 들어가게 되었다. 내가 다녔던 고등학교는 도시에 위치했음에도 불구하고, 농촌이라고 하는 편이 더 어울렸던 곳인지라 밤이 되면 주변이 생각보다 깜깜해졌다. 그래서 3학년이 되어서 야간자율학습을 마치고, 책가방을 매고 운동장을 가로질러 걸어갈 때는 주변이 온통 먹으로 칠해놓은 듯했다. 아직까지 선명하게 기억에 남아있는 그 때의 장면이 있다.

②가장 안쪽에 위치한 3학년 건물을 나서면 보이는 깜깜한 운동장, 아직 불이 꺼지지 않은 몇몇 교실, 멀리서 정문을 밝히고 있는, 외롭게 서 있는 침침한 주황빛의 가로등이 보인다. <u>운동장을 가로지르면서, 어둠을 들이마시는 것 같은 뻑뻑한 밀도의, 상쾌한 공기를 마신다.</u> 갑갑한 교실과는 다르게 확 트인 운동장을 걷다 보면, 그냥 자연스럽게 가방이 당기는 힘 때문에 고개가 젖혀진다. 그동안 학원이니 뭐니 하면서, 하늘이 막힌 도심에서 생활하다보니 볼 기회가 없었던 밤하늘이 보인다. 별들이 도시 주제에 제법 빛나고 있다. 왠지 <u>밤하늘은 낮의 하늘보다 깊어 보였고, 깊은 밤하늘 속에서 반짝이는 별을 보고 있자니, 밤하늘이 내 마음이 된 것 같은 묘한 기분이 들었다.</u> (중략)

③<u>밤하늘이 아름다운 이유는 어두워지면 어두워질수록, 더 많은 별들이 보이기 때문이다.</u> 그리고 그것이 우리에게 묘한 위안을 가져다주는 것이 아닐까? 지금 생각해보면, 내가 어릴 적에 우주를 좋아한 진짜 이유가 여

기 있지 않을까하는 생각이 든다. 대학생이 된 지금은 밤하늘을 올려다보는 일이 드물어졌다. 23살밖에 안 된 주제에 삶을 말한다는 것이 우습기도 하지만, 지금은 사는 게 즐겁다. 하지만, 지금 거의 반 오십이니 앞으로 살아갈 날이 몇 배는 더 남았다. 그리고 힘든 시기는 언젠가 다시 나에게 안부를 물어올 것이다. 하지만 그때가 온다면, 밤하늘을 올려다보며 이렇게 생각할 것이다.

위 학생의 글을 놓고 의미 부여과 구성의 과정을 거쳤는지를 점검해 볼 수 있다. ①문단은 밤하늘을 본 경험을 이야기하기 위한 도입 부분으로 밤하늘의 별이 강렬한 인상으로 다가 왔던 전제 조건들에 대한 언급이다. ②문단을 통해 밤공기의 신선함과 밤을 배경으로 펼쳐지는 별의 묘미, 그리고 그것들이 안겨주는 아름다움과 감흥으로 인해 밤하늘과 자신의 마음을 동일시하는 정서적 교감을 드러내고 있다. 분명 ①문단은 ②문단에서 소개된 밤하늘의 강렬한 인상을 좀더 강화하기 위한 장치에 해당하는 것으로 문단 전개를 위해 학생이 구성적 장치에 세밀한 검토를 미리 했음을 짐작하게 한다. 느닷없이 ②문단의 핵심 내용이 밤하늘에 대한 정서적 감흥을 언급한다면 그러한 서정적 체험이 독자들에게 쉽게 공감될 리 만무하기 때문이다.

한편 ②문단에서는 현재 시제와 과거 시제가 교묘하게 교차되고 있다. 밤공기와 밤하늘에 도취되어 정서적 몰입을 이루는 장면에서는 현재 시제가 쓰였고 그러한 상황을 객관적이고 관조적인 차원에서 요약적으로 진술하는 부분에서는 다시 과거 시제를 쓰고 있는 것이다. 이러한 시제의 변화를 통해 학생은 자신만의 독특한 구성적 장치를 마련하고자 함을 엿볼 수 있다. 그리고 ①문단과 ②문단이 과거 밤하늘과 관련된 자신의 서정적 경험을 회고적 형태로 기술하고 있다면, ③문단은 밤하늘에서 얻었던 정서적 동일시의 근원을 나름대로 일반화해서 언급함으로써 어조의 변화를 꾀하고 있는 것이다. 뿐만 아니라 현재적 경험을 곁들임으로써 밤하늘에서 느꼈던 정서적 교감을 단편적 경험 차원으로 전락시키지 않고, 경험을 통해 재발견한 삶의 가치를 학생 자신의 삶 전체로 옮겨와 적용하고 있음을 보게 된다.

'밤하늘이 아름다웠다'라는 서정적 차원의 정서를 기술하는 데 머물지 않고, 별이 빛나는 이유에 대해 재고찰하고 이를 토대로 '고난 속에 빛나는 희망'이라는 삶의 가치를 이끌어 내고 있다. 이는 자기 경험에 대한 새로운 의미 부여에 해당하며, 이를 학생은 도입 문단의 제시, 시제의 혼용, 어조의 변화, 과거와 현재적 삶의 교차라는 구성적 방법을 통해 글쓰기의 효율성을 얻고자 하고 있다. 수필 쓰기가 매력적인 것은 글쓴이의 개성적 인식을 독특한 구성적 장치를 통해 드러내고자 하는 것이다. 이렇게 본다면 위 학생의 글은 지극히 단순하고 평범한 경험을 토대로 하고 있지만, 그 속에서 새로운 의미 부여와 그것을 효과적으로 전달하기 위해 유용한 구성적 장치를 마련하고자 했다고 할 수 있다.

3) 상위인지 전략의 활성화

글쓰기에서 학생들이 중요하게 인식하고 실천해야 할 사항이 '상위인지'에 대한 것이다. 자신의 글쓰기를 계획, 글쓰기, 고쳐 쓰기의 전 과정을 인식하고 스스로 점검하고 조절해 나가는 자기중심적 수행역량이 무엇보다 중요하기 때문이다.

[학생글5]

①㉠나는 요즘 언제 짜릿하고 가슴 뛰고 즐거웠다고 느꼈을까 생각해 보았
다. 대학교 입학 후 술을 마시고 새벽에 집에 들어갔을 때? 처음 클럽에
가 보았을 때? 다른 사람의 커다란 비밀을 몰래 이야기할 때? 너무나 ㉡유
흥에 물들고 다른 사람의 이야기로 대화의 꽃을 피웠던 검은색 기억들뿐
이었다.

②㉢내가 유치원에 다닐 때쯤으로 기억한다. 포장지에 '윈터'라고 적힌 달콤
한 초콜릿을 사먹곤 했는데 그 당시에 천원이 조금 넘었으니 매우 비싼
초콜릿이었다. 언니 용돈과 내 용돈을 합쳐서 하나를 사면 공평하게 먹어
야 하니까 밥 먹고 하나씩, TV 보면서 하나씩 먹었다. 아주 감질맛 나
게……. 그렇게 아끼고 아껴 먹던 초콜릿이 제일 생각날 때는 잠들기 전
침대에 누워있을 때이다. "언니 우리 초콜릿 하나씩 먹을까?" "안돼, 양치
질 또 해야 한단 말이야." "딱 하나만 먹고 비밀로 하고 자면 되지?" "그럼
엄마한텐 비밀이다." 그렇게 ㉣엄마 '몰래' 초콜릿을 먹어야 하는 사명을
가진 우리들은 초콜릿 껍질을 숨길 곳을 찾아 헤매었다. (중략)

③지금은 천원이 넘는 초콜릿을 사먹어도, 엄마 몰래 양치질을 하지 않아도
심장이 쿵쾅거리고 비밀이 생겼다는 사실에 짜릿하고 즐겁지도 않다. ㉤자
그마한 일에도 짜릿함을 느끼고 하루 종일 행복했던 내 어릴 적 하늘색
기억을 지금은 느낄 수 없다는 게 아쉽지만 다시 그때로 돌아가자 이런
마음보다 그때의 기억을 소중히 여기는 마음을 가지는 것만으로도 충분
히 가치있고 감사할 뿐이다. ㉥나는 오늘도 하늘색 기억을 꺼내본다.

위 학생의 글은 ①문단에서 ③문단까지 이어지면서 끊임없이 경험과

자신의 가치 인식을 대응시켜 감을 볼 수 있다. ①문단의 ㉠은 흥미나 긴장감을 유발시키는 경험에 대한 물음이다. 경험의 신선함 여부에 대한 물음이라기보다 경험에 대한 학생 자신의 정서와 인식에 대한 반문인 것이다. 하지만 결론은 ㉡과 같이 경험에 대해 무감각한 자신의 반응에 대한 확인으로 끝을 맺는다. 자신의 현재적 삶과 관련해 자기의식이 어떠한 상태이며 어떠한 정서적 상황에 있는지를 확인하고 질문한다는 것은 분명 '상위인지 전략'을 활성화해서 글을 써나가고 있음을 보여주는 것이다. 자기의식 세계를 들여다 보려하고 그 의식의 실상을 점검 차원에서 분석하려는 작업이 상위인지에 해당하기 때문이다.

②문단은 학생의 현재적 경험에 대한 인지적 정서적 반응의 무감각에 대한 반성으로 도입되는 경험에 대한 서술 부분이다. 유치원 때의 경험을 언급하기 위해 ㉢으로부터 시도되는 경험 내용은 ㉣과 같이 설렘과 긴장, 순수한 떨림이 있는 정서와 결부되는 것으로 드러나고 있다. 이를 위해 학생은 단순히 과거의 경험을 요약적으로 진술하는 형식에서 벗어나 대화와 행동 묘사, 정서적 반응에 집중한 기술 등으로 생동감과 현장감을 부여하기 위한 문체를 보여주고 있다. 따라서 ②문단은 ①문단에서 학생 스스로 자문한 현실적 권태와 무기력함에서 벗어날 수 있는 자기 조절을 위한 대안으로 제기되는 경험 진술인 것이다. 아울러 ①문단이 학생의 심리를 지시적 차원에서 요약적이고 명시적으로 드러내는 반면 ②문단에서는 ①문단과는 상반된 정서를 함축한 경험을 사실적으로 보여주려는 의도로 제시되고 있다.

이렇게 볼 때, 학생은 분명 내용적 측면에서의 자기 사고와 정서의 흐름을 적절히 인식하고 조절함으로써 글을 쓰려고 하는 상위인지 전략을 활성화하고 있음을 알 수 있으며, 표현과 구성적 측면에서도 문단 간의 차별화를 시도함으로써 자신의 의도를 명확히 하려는 상위인지를 가동하고 있음을 짐작할 수 있다. 현재적 인식에 대한 기술, 이에 반하는 경험 내용의 언급이라는 내용적 측면의 변화를 통해 글의 의도를 명확히 하려는 자기 점검과 조절 활동을 수행하고 있음을 알 수 있다. 형식적 차원에서 표현 방식을 달리함으로써 문체를 다변화하려는 시도 역시 자기 글에 대한 인식과 흐름을 조정하려는 사고가 개입되었음을 확인하게 된다.

③문단은 매사에 무기력하고 신선함을 느끼지 못하는 현실에 대한 자기 반성을 언급하면서도 과거의 설레었던 추억을 통해 극복해 나가려는 학생의 심리적 적극성이 돋보이는 부분이다. ⓜ과 ⓑ을 통해 알 수 있듯이 학생은 자신의 현실적 삶과 그로 인해 유발되는 정서를 스스로 조절하고 이를 글로 표현해 내는 모습을 보여준다. 이 역시 글쓰기 과정에서 상위인지 전략이 활용되고 있음을 보게 되는 것이다. ①문단과 ③문단에서의 학생의 인식은 확연히 차이가 나고 있다. ①문단에서 현실적 자기 삶에 대해 문제를 제기하고 ②문단에서 그러한 인식의 한계를 비판적으로 성찰할 수 있는 계기를 마련하고 있으며, 나아가 ③문단에서는 자기 삶에 대한 애착을 토대로 ②문단에서 언급한 과거의 경험을 현실적 한계를 극복하기 위한 인식적 계기로 삼고 있는 것이다. 이러한 흐름은 전체 문맥과 표현, 내용의 유기적 관련성을 고려하고 이를 조절해 나가려는 상위인지 전략이 적극 활용되었을 때 가능한 글 모습이라 볼 수 있는 것이다.

[학생글6]

①내게 있어 도시는 자연과 마찬가지이다. 자연과 도시는 다르지 않다. 현

대 사회에서의 도시, 더구나 도시에서 태어난 나의 도시는 자연과 가까운 곳에서 태어나고 자란 사람들의 자연과 형제이다. (중략)

②㉠자연에서는 졸졸 흘러가는 시냇물 소리, 추수가 끝난 논밭의 까치 날개 짓 소리, 늘어지는 오후 여물을 씹던 황소의 울음소리, 끝도 없이 떨어지는 하얀 폭포소리, 나뭇가지와 나뭇잎이 바람에 춤추는 소리, 풀벌레의 딱딱거림과 소나기 소리가 화음을 이룬다.] ㉡도시에서는 아득히 들려오는 학교 안의 떠드는 소리, 차들의 바퀴 굴러가는 소리, 에어컨 실외기 소리, 냉장고의 웅웅거림, 시계의 째깍거림, 노을 지는 놀이터의 아이들의 웃음소리, 조용한 교실에서 연필이 비처럼 부딪히는 소리가 있다.] 누군가는 이 소리들을 도시의 소음이라 한다. 그렇다면 나는 그 도시의 소음을 사랑한다.

③도시는 자연과 마찬가지로 아름다움과 추함, 따뜻함과 차가움이 있다. 조화도 있으며 경쟁도 있다. 도시는 사람들이 인위적으로 만든 것이지만 이제는 도시 자체가 스스로 그러한 속성을 가지게 되었다. 자본을 통해 자연을 빌리거나 구매하는 것보다 도시 안에서 가치를 발견하고 위로 받는 것이 더욱 인간적이고 자연친화적이지 않을까?

위 글의 학생은 '자연'과 '도시'를 대비시키면서 도시에 대한 긍정적 인식을 펼쳐 보이고 있다. 우리는 흔히 현실적으로는 도시를 지향하면서도 관념적이고 이상적 차원에서는 늘 자연을 동경하곤 한다. 매우 이율배반적인 모습을 보이고 있음을 보게 되는 것이다. 위 글의 학생은 문학 작품에서 이야기하는 이상적 차원의 자연이 아니라 현실적 차원에서의 도시와 그 도시가 갖는 속성, 그리고 그것을 기반으로 한 소망으로서의 도시를 언급하고 있다. ①문단에서 학생은 도시와 자연의 차별을 부정하고 그 둘 간의 친연성에 대해 지적하고 있다. 이러한 시도는 도시를 근대문명과 자본의 부산물이라고 폄하하는 가치에 대한 학생 자신만의 독자적인 안목이라 할 수 있다.

그 이유를 학생은 ②문단을 통해 보여주고 있는 것이다. 자연의 소리에 반해 도시의 소리를 흔히 소음이라 규정한다. 하지만 학생은 자연의 소리를 열거하고 그 하나하나의 가치를 거명한 것처럼, 도시의 여러 소리들을 언급하면서 그것이 가지는 의의를 나열과 압축이라는 방식으로 보여주고자 한다. 그러면서 ③문단에서 적시한 것처럼 도시 안에서 가치를 발견할 것을 권유하고 있다. '학교 안의 떠드는 소리'와 '바퀴 굴러가는 소리'를 단순한 소음으로만 치부할 수 있는가. 학생의 지적처럼 그러한 소리는 도시라는 공간 속에서 살아가는 인간들의 삶이 만들어 낸 소리이기에, '아름다움과 추함', '따뜻함과 차가움', '조화와 경쟁'이라는 긍정과 부정의 의미들이 공존하는 소리일 수 있는 것이다.

도시의 소리들이 소음으로 치부되더라도 또한, '인위적으로 만든 소리'일지라도 자연의 일부로서의 인간은 그 자체로 가치를 가지는 것이기에 자연친화적 인식을 전제로 한다면 충분히 가치롭고 사랑할 수 있는 대상이 된다는 것이 학생의 인식인 것이다. 이러한 학생의 인식은 상위인지의 활성화를 통해 자연과 도시의 대비, 그리고 도시가 갖는 가치를 자기 방식으로 사유하고 표현하려는 사고 과정이 빚어낸 결과로 볼 수 있는 것이다. 수필이 문학이라는 점을 염두에 두고 자신의 생각을 펼쳐 내기 위해, 자연과 도시를 대비시키고자 하는 전개 방식은 물론, 다양한 사고와 정서 유발이 가능한 구체적 대상의 나열이라는 표현법을 구사한 것 역시 자기 문체에 대한 점검과 조절 행위의 결과로 볼만하다.

위 글의 학생은 비문학적 글쓰기에서 요구되는 적극적이고 강한 어조의 자기 논리에 대한 입증의 방식을 따라가지 않고 있다. 구체적이고 개별적인 사물을 통해 글을 읽는 사람들로 하여금 자연의 소리와 도시의 소리를 환기시키게 하며, 소음으로만 여겼던 도시의 소리를 다시 한번 주목하게 하고 그 과정에서 도시에 대한 애착과 바람직한 도시의 소리에 대해 생각하게 하는 매력을 보여주고 있다. 이런 점에서 도시에 대한 인식의 새로움과 그것을 표현하는 전개의 묘미가, 학생 자신의 삶과 주변, 그리고 그것을 표현하고자 하는 구성의 방식에 대한 상위인지 작용이 빚어낸 결과물이라고 하기에 손색이 없다하겠다.

4. '나'에 초점을 둔 수필 쓰기

수필 쓰기는 경험과 인식의 재발견, 그리고 그것의 효과적인 표현으로 요약될 수 있다. 하지만 실제 교육현장에서 학생들의 모범적인 수필 쓰기를 감행하기 위한 방안을 마련하고 적용하는 것은 쉽지 않은 문제이다. 따라서 이 글에서는 이러한 점에 주목해서 실질적인 차원의 수필 쓰기에서 도입할 수 있는 교육방안에 대해 고찰해 보았다. '가치 있는 경험의 발견', '의미 부여와 구성', '상위인지 전략의 활성화' 이 세 가지를 핵심적인 방법으로 제시하고 이러한 방법에 따라 교육활동을 수행 한 후 학생글을 분석함으로써 방법적 타당성을 검증해 보고자 하였다.

'가치 있는 경험의 발견' 단계는 학생의 삶에 주목하게 하고 경험을 수필의 소재로 활용함은 물론 경험의 서열화와 나열을 통해 글의 구성의 계획하는 데 주력한 방법에 해당한다. 하지만 단편적인 경험의 나열이 문학으로서의 수필이 될 수 없기에 경험에 대한 재고찰을 통해 가치와 정서를 환기하고 이를 토대로 경험을 묶고 엮어서 글 구성을 위한 단초로 삼고자 하는 것이 중요함을 역설하였다. 사실 모든 경험이 수필의 소재가 될 수 있으나 그렇다고 모든 경험이 좋은 수필을 만드는 것은 아니기 때문이다. 그러므로 자기만의 생각과 정서를 강하게 드러낼 수 있기 위해서는 경험을 환기하고 경험의 우선순위를 고려해 보는 작업은 수필 쓰기의 준비 단계에서 매우 유의미하다고 할 수 있다.

'의미 부여와 구성'은 '가치 있는 경험의 발견'에 이어 수행해 볼 수 있는 수필 쓰기의 중요한 방법 중의 하나가 될 수 있다. 여기서는 경험의 의미를 재고해 보자는 의도가 중요한 요체이며 경험의 나열을 효과적인 구성 방식으로 재편해 보자는 것이다. 하나의 경험 사건이라 할지라도 상황의 변화나 자신의 인식, 관점의 다변화에 따라 다양하게 해석될 여지가 있으며, 그것을 표현하는 차원에서 어떻게 흐름의 변화를 시도하느냐에 따라 다른 느낌의 글이 되기에 내용과 형식상의 재고찰을 비중있게 다루어 보고자 하는 것이다. 이러한 과정을 거쳐 학생들이 동일한 경험을 다각도로 고찰하고 생각의 개선과 자기만의 가치 인식을 발견하고 그것을 자기만의 방식으로 표현해 낼 수 있다면 수필 쓰기에서 요구하는 목표를 성취했다고 볼 수 있기 때문이다.

'상위인지 전략의 활성화'는 자기식의 글쓰기를 시도하고 학생 스스로 글쓰는 방법과 과정을 조절해 나가는 것의 중요성을 부각시키기 위한 단계이다. 글쓰기는 문제해결 과정이면서 사고의 과정, 상상을 구체화시키는 과정이라 할 수 있다. 그러므로 수동적이고 단편적으로 글을 쓰는 행위와 결과로서의 완성글에 주목하기보다, 글쓰는 행위와 과정 자체에 주목할 수 있어야 할 필요가 있다. 과정을 교육하는 것이 학생의 글쓰는 역량을 강화시키는 매우 중요한 작업이기에, 그러한 점에서 상위인지 전략을 활성화할 수 있는 방법의 안내와 그에 입각한 글쓰기의 수행은 학생들의 수필 쓰기 역량을 확산적으로 강화시켜 나갈 것으로 기대할 수 있다고 본다.

가은아(2011)「쓰기교육에서 상위인지 조정전략의 지도방법」,『청람어문교육』44집, 청람
　　　　어문교육학회.
강문숙(2013)「유아문학교육 교과수업을 위한 교수설계 모형개발」,『어린이문학교육연구』
　　　　제14권 3호, 한국작문학회, pp.121-124.
강문숙·김석우(2012)「내러티브 스토리텔링의 교육적 효용성에 대한 학습자 인식 연구」,
　　　　『사고개발』제8권 2호, 대한사고개발학회, p.89.
강숙희(2007)「디지털스토리텔링을 이용한 독서지도 방안연구」,『한국문헌정보학회지』
　　　　제41권 1호, 한국문헌정보학회, pp.311-314.
강신재 외(1993)「좋은 글」,『잘된 문장은 이렇게 쓴다』, 문학사상사.
강영안(2005)『타인의 얼굴』, 서울:문학과지성사.
강은해(2007)「고려국 이야기와 베트남 전통극 엄티껌」,『한국문학이론과비평』35, 한국
　　　　문학이론과비평학회, pp.150-152.
강학순(2006)「하이데거에 있어서 실존론적 공간해석의 현대적 의의」,『존재론연구』제14호,
　　　　한국하이데거학회, p.31.
＿＿＿＿(2007)「공간의 본질에 대한 하이데거의 존재사건학적 해석의 의미」,『존재론연구』
　　　　제15집, 한국하이데거학회, pp.392-406.
＿＿＿＿(2007)「볼노우의 인간학적 공간론에 있어서 거주의 의미」,『존재론연구』제16호,
　　　　한국하이데거학회, p.15.
＿＿＿＿(2011)『존재와 공간』, 서울:한길사.
강현석 외(2004)「고등 사고력 함양을 위한 통합 교육과정의 구성 전략 탐구」,『교육학논총』
　　　　제25권 제2호, 대경교육학회, p.35.
강희복(2011)「고봉의 성리학과 수양론」,『한국철학논집』31(46), p.46.
고명철(2009)「송경동의 민중시가 획득한 미적 정치성」,『실천문학』94, pp.282-294.
고재석(2011)「육구연 내성외왕 수양론의 심학적 특징 연구」,『유교사상문화연구』45,
　　　　pp.272-274.
고춘화(2008)「사고력 함양을 위한 읽기 쓰기의 통합적 접근 모색」,『국어교육학연구』
　　　　제31집, 국어교육학회, p.222.
공광규(2005)『신경림 시의 창작방법 연구』, 서울:푸른사상사.
곽경숙(2011)「대학의 사고와 표현 관련 교육에서 스토리텔링의 활용에 대한 연구」,『한국
　　　　언어문학』제76집, 한국언어문학회, pp.381-388.

곽윤항(1998) 「칸트 입장에서 본 상대론적 시공간」, 『대동철학』 제2집, 대동철학회, pp.93-94.

구 상·정한모(1978) 『30년대의 모더니즘』, 범양사.

구인환 외(1989) 『문학교육론』, 서울:㈜삼지원.

_____(1998) 『문학 교수 학습 방법론』, 서울:㈜삼지원.

_____(1998) 『문학 교수 학습 방법론』, 서울:㈜삼지원.

_____(1998) 『문학 교수 학습 방법론』, 서울:㈜삼지원.

_____(1998a) 『문학 교수 학습 방법론』, 서울:㈜삼지원.

_____(1998b) 『문학교육론』, 서울:㈜삼지원.

구인환(2004) 『채봉감별곡』, 신원문화사.

국어국문학회(1980) 『수필문학연구』, 서울:㈜정음사.

권금상 외(2012) 『다문화 사회의 이해』, 서울:태영출판사.

권성우(1999) 『모더니티와 타자의 현상학』, 솔출판사.

권순긍(2007) 『고전소설의 교육과 매체』, 보고사.

권순희(2003) 「하이퍼텍스트를 통한 읽기교육 개념의 재설정」, 『국어교육학연구』 16, pp.41-43.

권영민(2008) 『한국현대문학사1』, 민음사.

권영희(2009) 「새로운 모더니즘 연구들」, 『안과밖』 27, 영미문학연구회, pp.215-220.

권오영(2011) 『조선 성리학의 의미와 양상』, 서울:일지사.

권우진(2011) 「스토리텔링을 적용한 자기소개 연구」, 『작문연구』 제13호, 한국작문학회, pp.264-271.

금동철(2003) 「현대시의 공간 인식 방법 연구」, 『우리말글』 제29호, 우리말글학회, p.347.

금영건(2011) 「왕양명의 심에 보이는 신성과 성성에 대한 이해」, 『동양철학연구』 6, pp.233-246.

금장태(2002) 『한국유학의 심설』, 서울:서울대학교출판부.

김건수(1991) 『심리언어과학』, 서울:한신문화사.

김경호(2007) 「진정성 회복을 위한 수양론의 두 유형」, 『유교사상문화연구』 28, p.116.

_____(2008) 『인격 성숙의 새로운 지평』, 서울:정보와사람.

_____(2014) 「율곡학파의 심학과 실학」, 『한국실학연구』 28, pp.45-65.

김경화(2012) 「모더니즘의 역사 속에서 쇤베르크 다시 읽기」, 『음악논단』 28, 한양대음악연구소, pp.105~109.

김경희(2010) 「다문화가정의 자녀교육을 위한 한국어문화 교육의 문학텍스트 활용방안 연구」, 『인문연구』 58, pp.739-741.

김광수(2012) 『비판적 사고론』, ㈜철학과현실사.

김광욱(2008) 「스토리텔링의 개념」, 『겨레어문학』 제41호, 겨레어문학회, pp.262-269.

김국태(2005) 「읽기 전략 수업의 설계 양상」, 『한국초등국어교육』 27, pp.171-173.

김균태 외(2012)『한국 고전소설의 이해』, 박이정.

김근호(2014)「19세기 심론의 주재 문제로 본 율곡학의 양상」,『율곡사상연구』 28, p.102.

김기국(2009)「디지털 스토리텔링의 이론적 배경」,『기호학연구』제25집, 한국기호학회, pp.290-301.

김기현(2005)「한국 성리학에 있어 주체적 사유의 역사」,『동양철학연구』 42, p.24.

김남국(2010)「다문화의 도전과 사회통합」,『유럽연구』 28(3), pp.145-147.

김도남(2007)「유식학에 기초한 읽기교육의 방향탐색」,『한국초등국어교육』 35, pp.13-19.

김도희(1997)「1930년대 시의 공간 연구」,『새얼어문논집』제10집, 새얼어문학회, p.248

김동규(2009)『하이데거의 사이 예술론』, 서울:그린비.

김동환(2007)「문학교육의 관점에서 본 소설읽기 방법의 재검토」,『문학교육학』 22, pp.13-26.

김동훈(2011)「공간 마련과 깃들임의 사유」,『도시인문학연구』제3권 1호, 서울시립대학교 도시인문학연구소, pp.22-23.

김만수(2012)『스토리텔링 시대의 플롯과 캐릭터』, 연극과인간.

김명순(2011)「읽기 교육내용의 선정 양상과 시사점」,『국어교과교육연구』 18, pp.50-56.

김명순·변혜경(2012)「미시적 읽기의 개념화와 교육적 함의」,『새국어교육』 90, pp.298-301.

김미란(2012)「다섯 가지 텍스트 해석방법을 활용한 읽기 중심 교육 모형의 개발」,『대학작품』 5, pp.77-85.

김미혜(2009)「다문화교육의 관점에서 본 북한 서정시와 문학교육」,『국어교육학연구』 34, p.179.

_____(2013)「다문화 문식성 신장을 위한 문학교육의 방향 연구」,『다문화사회연구』 6, 숙명여자대학교다문화통합연구소, p.19.

김민하(2014)「스토리텔링을 활용한 민요 교육 방법 연구」,『국악교육연구』제8권 1호, 한국국악교육연구학회, pp.10-26.

김봉군(2004)『현대문학의 쟁점과제와 문학교육』, 서울:새문사.

_____(2002)「균형있는 읽기교육의 가능성」,『한국어교육학회학술발표회』 2002(1), pp.119-122.

김석수(2011)「글로벌 시대의 다문화 교육」,『가톨릭철학』 17, p.343.

_____(2011)「세계시민주의에 대한 현대적 쟁점과 칸트」,『칸트연구』 27, p.156.

김선미(2011)「한국적 다문화정책과 다문화교육의 성찰과 제언」,『사회과교육』 50(4), 한국사회과교육연구학회, p.187.

김성종·김현진(2012)「다중지능이론 기반 디지털스토리텔링 학습환경의 바탕설계」,『교육공학연구』제28권 1호, 한국교육공학회, pp.34-35.

김수복(2005)『한국문학 공간과 문화콘텐츠』, 서울:청동거울.

김수업(1992)『배달문학의 갈래와 흐름』, 현암사.

_____(2002) 『배달말꽃』, 지식산업사.

김수이(2009) 「현대시에 나타난 다문화의 양상들」, 『어문연구』 37(4), p.243.

김승광(2012) 「수필쓰기지도에서 얻은 약간의 체득」, 『중국조선어문』 181집, 길림성민족
　　　　사무위원회.

김시태 · 이승훈 · 박상천(1995) 「1930년대 한국 모더니즘 연구」, 『동아시아문화연구』 26,
　　　　한양대한국학연구소, pp.317-320.

김연숙(2002) 『레비나스 타자의 윤리학』, 서울:인간사랑.

김영룡(2014) 「공간의 토포스와 서사의 토폴로지」, 『외국문학연구』 제53호, 한국외국어대
　　　　학교 외국문학연구소, p.84.

김영순(2011) 『스토리텔링의 사회문화적 확장과 변용』, 북코리아.

김영일(2006) 『쉽게 배우는 수필 창작법』, 서울:㈜에세이.

김영채(2000) 『바른 질문하기』, ㈜중앙적성출판사.

김영필(1994) 「후설과 칸트의 공간이론」, 『철학연구』 제2집, 대한철학회, pp.299-303.

김영희(2002) 「비판적 사고력 함양을 위한 실과교수학습 방안」, 『한국실과교육학회 학술
　　　　대회논문집』 제2002권 제2호, 한국실과교육학회, p.201.

김예리(2014) 『이미지의 정치학과 모더니즘』, 소명출판.

김왕배(2010) 『산업사회의 노동과 계급의 재생산』, 서울:한울.

김용락(2002) 「70년대 민중시의 정론성」, 『문예미학』 9, pp.111-123.

김용재(2011) 「다문화 시대의 서사교육 시론」, 『국어문학』 51, pp.283-295.

김우창(2008) 「이미지와 원초적 공간」, 『서강인문논총』 제24집, 서강대학교 인문과학연구소,
　　　　pp.179-180.

김원희(2012) 「대학생의 비판적 읽기와 창의적 쓰기를 위한 지도방안」, 『한국문학이론과
　　　　비평』 제55집, 한국문학이론과 비평학회, p.380.

김유동(1993) 『아도르노 사상』, 문예출판사.

김유미(1996) 「자기조절전략 수업과 상위인지가 아동의 작문수행에 미치는 효과」, 『교육학
　　　　연구』 34권 5호, 한국교육학회.

김유중(2006) 『한국 모더니즘 문학과 그 주변』, 푸른사상사.

김윤식 외(1989) 『한국문학의 리얼리즘과 모더니즘』, 민음사.

김윤식(1993) 『한국현대문학사』, 서울대학교출판부.

김윤정(2013) 「국어교육에서의 비판적 사고 프로그램의 활용성 연구」, 『한민족어문학』
　　　　제63집, 한민족어문학회, p.106.

_____(2005) 『한국 모더니즘 문학의 지형도』, 푸른사상사.

김은전 외(1996) 『현대시교육론』, 서울:시와시학사.

김재철(2010) 「실존론적 존재론적 공간사유」, 『철학연구』 제114집, 대한철학회, p.19.

김정곤(2002) 「왕양명의 수양론에 관한 연구」, 『양명학』 7, p.59.

김정원(2010) 「다문화교육의 문학적 접근을 위한 이론적 탐색」, 『어린이문학교육연구』

11(2), p.142.

김정자(2013) 「스토리텔링 모델 교과서를 적용한 수업 사례」, 『수학교육학술지』 제2013호, 한국수학교육학회, p.533.

김정주(2001) 『칸트의 인식론』, 서울:철학과현실사.

김종태(2014) 「다문화시대 시교육을 위한 제언」, 『한국어문교육연구』, p.60.

김종훈(2010) 「시와 삶과 노동시의 재인식」, 『실천문학』 97, pp.29-31.

김준오(2000) 『문학사와 장르』, 문학과지성사.

김중신(1997) 『문학교육의 이해』, 태학사.

김지일(2011) 「스토리텔링 학습을 통한 경제적 사고력 증진 방안」, 『교양종합연구』 제9권 제3호, 교육종합연구소, pp.37-38.

김진숙(2011) 「중학교 도덕수업을 통한 고차적 사고력 함양 방안」, 『윤리철학교육』 제16집, 윤리철학교육학회, pp.59-61.

김진우(2004) 『언어와 인지』, 서울:한국문화사.

_____(2008) 『언어와 사고』, 서울:한국문화사.

_____(2011) 『언어와 뇌』, 서울:한국문화사.

김진호(2014) 「텍스트를 활용한 쓰기 교육방안 모색을 위한 사전연구」, 『한국융합인문학』 2권 1호, 한국융합인문학회.

김창원(2009) 「읽기 독서교육과 문학교육의 교과론」, 『독서연구』 22, pp.92-96.

김창현(1997) 「추풍감별곡에 나타난 여성상과 이중적 모순」, 『성균어문연구』 32, 성균관 대학교국어국문학회, pp.203-204.

_____(2013) 「인문학적 관점에서 본 스토리텔링의 개념과 고전서사의 교육적 활용 가치」, 『한어문교육』 제29집, 한국언어문학교육학회, pp.18-27.

김창호(1999) 「시에서의 공간 문제」, 『영주어문』 제1집, 영주어문학회, pp.204-205.

김창환(2014) 『1950년대 모더니즘시의 알레고리적 미의식 연구』, 소명출판.

김태길(1991) 『수필문학의 이론』, 서울:㈜춘추사.

김학동 외(2005) 『현대시론』, ㈜새문사.

김학성(1980) 「한국고전시가의 미의식 체계론」 서울대학교 대학원 박사학위논문.

김현수(2010) 「교과서 시의 선정과 구성에 관한 연구」 고려대학교. 대학원 박사학위논문.

김형중·김정훈(2011) 「다문화교육의 방향과 문학교육의 효용성」, 『한국문학이론과비평』 15(4), pp.65-70.

김형효(2004) 『하이데거와 화엄의 사유』, 서울:청계.

_____(1995) 『메를로 퐁티의 애매성의 철학』, 철학과현실사.

김혜영(2012) 「다문화 문식성 신장을 위한 교육 내용 분류」, 『새국어교육』 90, p.267.

_____(2012) 「다문화 문식성 신장을 위한 교육 내용 분류」, 『새국어교육』 90, 한국국어 교육학회, pp.270-280.

김 훈 외(1996) 『한국현대문학의 이해』, 청문각.

김휘택(2008)「롤랑 바르트의 사상적 여정과 다문화」,『다문화콘텐츠연구』 4, pp.146-147.

나은영·나은주(2014)「디지털 스토리텔링을 활용한 한국어 수업에 관한 연구」,『새국어교육』 제99호, 한국국어교육학회, p.239.

나장함(2010)「다문화 교육 관련 다양한 접근법에 대한 분석」,『사회과교육』 49(4), 한국사회과교육연구학회, p.116.

남궁정(2011)「인터랙티브 스토리텔링을 활용한 서책형 현대시 교육의 디지털 교과서화」,『국어교육연구』 제49집, 국어교육학회, pp.221-222.

남　연(2011)「인성 함양 및 창의적 사고력 신장을 위한 한국 문학 교육 연구」,『문학교육학』 제35집, 한국문학교육학회, p.268.

남진숙(2013)「한국 현대시에 나타난 섬의 공간 및 그 의미」,『도서문화』 제42호, 목포대학교 도서문화연구소, p.193.

노　철(2006)「1980년대 민중시의 서정 연구」,『한국시학연구』 16, pp.83-96.

＿＿＿＿(2007)「시 교육에서 해석의 방법연구」,『문학교육학』 22, pp.41-50.

＿＿＿＿(2010)『시 교육의 방법』, ㈜태학사.

노명완·신헌재·박인기·김창원·최영환(2012)『국어교육학개론』, 서울:삼지원.

노은희(2012)「다문화적 교수 역량 강화를 위한 국어 교사교육 연구」,『새국어교육구』 90, p.140.

노희정(2012)「창의적 사고기술 함양을 위한 초등도덕교육」,『윤리교육연구』 제29집, 한국윤리교육학회, p.99.

＿＿＿＿(2012)「창의적 사고기술 함양을 위한 초등도덕교육」,『윤리교육연구』 제29집, 한국윤리교육학회, p.101.

다문화콘텐츠연구사업단(2010)『다문화주의의 이론과 실제』, 서울:경진.

독서개발연구회(1992)『수필문학』 서울:㈜독서개발연구회.

류수열 외(2007)『스토리텔링의 이해』, 글누림.

＿＿＿＿＿＿(2014)『문학교육개론II』, 역락.

류순태(2003)「모더니즘 시에서의 이미지와 서정의 상관성 연구」,『한중인문학연구』 11, 중한인문과학연구회, pp.160-164.

류승국(2009)『한국사상의 연원과 역사적 전망』, 서울:유교문화연구소.

류은영(2009)「내러티브와 스토리텔링」,『인문콘텐츠』 제14집, 인문콘텐츠학회, p.240-247.

류지석(2010)「공간과 시간의 결절」,『철학과 현상학연구』 제46호, 한국현상학회, pp.42-46.

류찬열(1999)「김용택론」,『어문논집』 27, pp.381-402.

류철균·윤현정(2008)「가상세계 스토리텔링의 이론」,『디지털스토리텔링연구』 제3집, 한국디지털스토리텔링학회, p.8.

맹문재(2012)「신시론의 작품들에 나타난 모더니즘 성격 연구」,『우리문학연구』 35, 우리문학회, pp.225-228.

문학과 사회연구회(1994)『문학과 사회』, 서울:영남대학교출판부.

문한별(2004) 「이광수 무정과 활자본 고소설 채봉감별곡의 공시적 비교 연구」, 『한국근대문학연구』 5(2), 한국근대문학회, p.97.

민용성 외(2009) 「다문화 사회에 대응하는 학교 교육과정 개발 방향 탐색」, 『학습자중심교과교육연구』 9(3), 학습자중심교과교육학회, p.249.

박길자(2006) 「사회과교육에서 IPSO기법을 활용한 비판적 사고력 함양 방안」, 『사회과교육연구』 제13권 2호, 한국사회교과교육학회, p.191.

박대현(2002) 「이웅인 시 연구」, 『지역문학연구』 13, pp.162-166.

박명숙(2012) 「새 교과서의 극 텍스트와 스토리텔링의 극 텍스트 교육」, 『배달말』 제51집, 배달말학회, pp.378-384.

박몽구(2006) 「모더니즘 기법과 비판 정신의 결합」, 『동아시아문화연구』 40, 한양대한국학연구소, pp.225-228.

_____(2007) 「박인환의 도시시와 1950년대 모더니즘」, 『한중인문학연구』 22, 중한인문과학연구회, pp.145-150.

박민규(2014) 「신시론과 후반기 동인의 모더니즘 시 이념 형성 과정과 성격」, 『어문학』 124, 한국어문학회, pp.322-330.

박선영(2004) 「오규원 시의 아이러니와 실존성의 상관관계 연구」, 『국제어문』 32, pp.151-155.

박세원(2011) 「비판적 사고교육을 위한 도덕수업 재구성」, 『한국초등교육』 제22권 1호, 서울교육대학교 초등교육연구소, pp.121-124.

박수연(2004) 「현대시의 영상적 주체구성과 시각구조」, 『어문연구』 44, pp.401-402.

박숙자(2010) 「스토리텔링을 활용한 외국어로서의 한국어 교육」, 『새국어교육』 제86호, 한국국어교육학회, p.120-121.

박순경(1996) 「교육과정 이해에 있어서의 텍스트 읽기의 의미」, 『교육학연구』 34, pp.211-220.

박순재(1994) 「황지우의 시 연구」, 『돈암어문학』 6, pp.212-215.

박승규 외(2012) 「다문화 교육에서 다문화의 교육적 의미 탐색」, 『사회과교육』 51(3), 한국사회과교육연구학회, p.160.

박영민(1995) 「공간에서 장소로, 다시 반대로」, 『공간과 사회』 제5호, 한국공간환경학회, pp.46-53.

박용찬(2005) 「이용악 시의 공간적 특성 연구」, 『어문학』(한국어문학회) 제89집, p.260.

박유정(2012) 「비판적 사고의 개발에 대한 논의」, 『교양교육연구』 제6권 제3호, 한국교양교육학회, p.407.

박은정(2010) 「하이데거와 메를로 퐁티의 공간 개념」, 『존재론연구』 제24집, 한국하이데거학회, pp.369-374.

박은진 외(2005) 『비판적 사고를 위한 논리』, ㈜아카넷.

_____(2008) 『비판적 사고』, ㈜아카넷.

박은희(2006) 『김종삼, 김춘수 시의 모더니티 연구』, 한국학술정보.

박인기(2004) 『한국현대문학론』, 국학자료원.

_____(2008)「문학교육과 문학 정전의 새로운 관계 맺기」,『문학교육학』25, p.31.

_____(2011)「스토리텔링과 수업 기술」,『한국문학논총』제59집, 한국문학회, pp.428-429.

이지연(2011)「스토리텔링의 이론과 실제」,『미술교육논총』제25권 3호, 한국미술교육학회, pp.127-134.

박 진(2013)「스토리텔링 연구의 동향과 사회문화적 실천의 가능성」,『어문학』제122집, 한국어문학회, pp.529-545.

박진용(2013)「텍스트구조 관련 읽기교육 내용고찰」,『한국초등국어교육』51, pp.78-80.

박진환·류혜숙(2008)「도덕과 교육에서 문학을 활용한 반편견 다문화교육」,『윤리교육연구』20, pp.38-39.

박찬국(2002)『하이데거와 윤리학』, 서울:그린비.

_____(2013)『들길의 사상가, 하이데거』, 서울:그린비.

박철홍(2008)「양명 심학과 선학적 사유」,『보조사상』29, pp.243-250.

박태일(1999)『한국 근대시의 공간과 장소』, 서울:소명출판.

박현수(2007)『한국 모더니즘 시학』, 신구문화사.

박형준(2003)「비판적 사고력 함양을 위한 경제교육의 교수 전략 개발」,『경제교육연구』제10집 2호, 한국경제교육학회, pp.4-5.

방기혁(2013)「다문화 대안학교를 위한 고등학교 수준의 교육과정 개발 및 편성」,『다문화교육연구』6(3), 한국다문화교육학회, p.51.

배경렬(2013)「최재서의 모더니즘 규정에 대한 비판적 고찰」,『한국사상과 문화』67, 한국사상문화학회, pp.70-76.

백낙청(1983)『리얼리즘과 모더니즘』, 창작과비평사.

백승국·김화영·정지연(2010)「스토리텔링 기호학의 이론과 방법론 연구」,『현대문학이론연구』제40집, 현대문학이론학회, pp.33-36.

백원기(2013)「초의선사의 선다시와 마음치유의 시학」,『불교문예연구』1, p.68.

백창재(2012)『근대 탈근대 정치의 이해』, 서울:인간사랑.

변경섭(1993)「삶의 깊이와 진정성으로의 만남」,『정세연구』12, p.140.

서도식(2008)「공간의 현상학」,『철학논총』제54호, 새한철학회, pp.341-342.

_____(2010)「존재의 토폴로지」,『시대와 철학』제21권 4호, 한국철학사상연구회, pp.237-238.

서동욱(2000)『차이와 타자』, 서울:문학과지성사.

서범석(1991)『한국 농민시 연구』, 서울:고려원.

_____(2004)「허문일의 농민문학 연구」,『국제어문』30, p.157.

_____(2006)「신경림의 농무 연구」,『국제어문』37, pp.171-173.

_____(2008)「농민시에 나타난 여성상 연구」,『국제어문』43, pp.172-173.

_____(2012)「개화기 농민시의 화자와 시의식 고찰」,『국제어문』56, pp.142-159.

서유경(2005)「디지털 스토리텔링을 활용한 고전소설교육 설계」,『고전문학과교육』제10집, 한국고전문학교육학회, pp.70-73.

서준섭(1986) 「모더니즘과 1930년대의 서울」, 『한국학보』 12(4), 일지사, p.91.
서희정(2005) 「한국어 학습자를 위한 고전 서사문학 작품선정방안」, 『고황논집』 36, p.122.
석봉래(2003) 『논리와 심리』, 서울:서광사.
선미라(2003) 「공간의 인식론적 의미」, 『프랑스문화예술연구』 제9집, 프랑스문화예술
학회, p.199.
선주원(2007) 「문학 읽기와 문학성, 그리고 문학교육」, 『문학교육학』 24, p.26.
성기조(1994) 『수필이란 무엇인가』, 서울:㈜학문사.
성호준(2010) 「퇴계의 심신관과 활인심법」, 『퇴계학논총』 16, p.80.
성홍기(2010) 『논리와 비판적 사유』, ㈜계명대학교출판부.
소광희(2004) 『하이데거 존재와 시간 강의』, 서울:문예출판사.
소흥열(1992) 『논리와 사고』, ㈜이화여자대학교출판부.
손동현(2013) 『세계와 정신』, 서울:철학과현실사.
손미영(2005) 「공간적 변화에 따른 시 의식의 변모 양상 연구」, 『우리문학연구』 제18호,
우리문학회, p.408.
손예희(2012) 「독자의 위치에 따른 상상적 시 읽기 교육 연구」, 『새국어교육』 90, pp.99-103.
손인수(1996) 『율곡사상의 현대적 공간』, 서울:다문.
손진은(2004) 「문학교육과 제재 선정의 문제」, 『논문집』 17, pp.231-232.
송기한(2007) 「오규원 시에서의 언어의 현실응전 방식 연구」, 『한민족어문학』 50,
pp.422-427.
송명희(2006) 『수필 쓰기와 읽기』, 서울:㈜푸른사상사.
_____(2008) 「이상화 시의 장소와 장소상실」, 『한국시학연구』 제23집, 한국시학회, p.222.
_____(2012) 「다문화소설에 재현된 베트남 여성」, 『현대소설연구』 51, 한국현대소설
학회, p.65.
송영진(2005) 『직관과 사유』, 서울:서광사.
_____(2010) 『철학과 논리』, ㈜충남대학교출판부.
송정남(2010) 『베트남 역사 읽기』, 한국외국어대학교출판부.
송하석(2011) 『리더를 위한 논리훈련』, ㈜사피엔스21.
신광영(2004) 『한국의 계급과 불평등』, 서울:을유문화사.
신규철(2006) 『자발적 다독법을 통한 통합적 읽기교육 연구』, 서울:한국학술정보.
신윤경 외(2015) 「학습환경에 따른 한국어 학습자와 한국인 대학생의 쓰기 상위인지 전략
사용 연구」, 『한국언어문학』 12권 3호, 국제한국언어문화학회.
신재기(2007) 「디지털시대 수필쓰기에 반영된 사이버리즘 연구」, 『한국문예비평연구』 22집,
한국현대문예비평학회.
_____(2009) 『수필과 시의 언어』, 박이정.
신재한(2005) 「글의 목적에 따른 수준별 읽기전략 수업설계」, 『한국초등국어교육』 28, p.99.
신정근(2009) 「전국시대 2단계 심 담론으로서 심학의 의의」, 『동양철학연구』 57, p.242.

_____(2011)『동양철학의 유혹』, 서울:이학사.

신중섭(1999)『포퍼의 열린 사회와 그 적들』, 서울:자유기업센터.

신행철 외(2000)『한국사회의 계급연구』, 서울:아르케.

심상민(2012)「다문화 사회에서의 문식성 교육의 제 문제」,『국어교육학연구』35, 국어교육
        학회, 349-351.

심영택(2013)「비판적 언어인식 교육 방법 연구」,『국어교육학연구』제46집, 국어교육
        학회, pp.62-63.

심재휘(2011)「황동규 초기 시에 나타난 공간과 장소」,『우리어문연구』제39집, 우리어문
        학회, p.441.

안병환(2009)「다문화교육의 현황과 다문화교육 접근방향 탐색」,『한국교육논단』8(2),
        한국교육포럼, p.167.

양광준(2010)「1980년대 노동시의 수사 기법 연구」,『비평문학』38, pp.314-323.

양미경(2013)「스토리텔링의 교육적 의의와 활용 방안 탐색」,『열린교육연구』제21권 3호,
        한국열린교육학회, pp.6-13.

엄동섭(2000)「신시론을 전후한 모더니즘 시운동의 흐름과 맥」,『어문논집』28, 중앙어문
        학회, pp.303-304.

엄성원(2013)「다문화 시대의 현대시 교육」,『교양교육연구』7(6), pp.464-466.

연재흠(2013)「장식의 심론 연구」,『중국학보』67, p.242.

오경석 외(2007)『한국에서의 다문화주의』, 서울:한울.

오문석(1995)「1950년대 모더니즘 시론 연구」,『현대문학의연구』7, 한국문학연구학회, pp.46-50.

오세영 외(2010)『현대시론』, ㈜서정시학.

_____(2001)「80년대 한국의 민중시」,『한국현대문학회 학술발표회자료집』, pp.7-18.

_____(2003)『문학과 그 이해』, 서울:국학자료원.

_____(1993)『문학연구방법론』, 시와시학사.

오수연(2005)「황지우 시에 나타난 환유적 구성 연구」,『문예시학』16, pp.271-272.

_____(2008)「1970년대 민중시의 구술성에 대한 소론」,『문예시학』19, pp.43-53.

오영목(1999)「칸트의 공간 이론에 관한 비판적 분석」,『대구보건대학 논문집』제19호,
        대구보건대학, pp.274-275.

오은엽(2013)「스토리텔링을 활용한 문학교육 방안연구」,『국제한국어교육학회학술대회
        논문집』제2013집, 국제한국어교육학회, pp.538-547.

오차숙(2007)『수필문학의 르네상스』, 서울:㈜문학관.

옥현진(2013)「디지털 텍스트 읽기능력과 디지털 텍스트 읽기평가에 대한 일고찰」,『새국어
        교육』94, pp.98-101.

완 유, 최귀묵 옮김(2004)『취교전』, 소명출판.

우정규(2011)「형식논리와 기출예제 학습을 통한 비판적 사고력 함양」,『교양논총』제5집,
        중앙대학교 교양교육연구소, pp.51-52.

우한용(1997)『문학교육과 문화론』, 서울:서울대학교출판부.

_____(2006)「문학 교육과정 개정의 방향 탐색」,『문학교육학』20, p.25.

우혜경(2011)「문학지문을 활용한 다문화 중학생의 한국어교육」,『청람어문교육』44, pp.585.

원자경(2009)「사고력 증진을 위한 문학교육 방안 연구」,『문학교육학』제30호, 한국문학
　　　교육학회, p.187.

_____(2009)「사고력 증진을 위한 문학교육 방안 연구」,『문학교육학』30, p.185.

_____(2011)「문학적 사고의 특성 연구」,『비평문학』제40집, 한국비평문학회, p.163.

원진숙(2013)「다문화 배경 국어교육 공동체 구성원들의 언어의식」,『국어교육학연구』46,
　　　p.131.

유권종(2008)「한국 유학의 심학도설에 관한 고찰」,『유교사상문화연구』34, p.239.

_____(2009)『예학과 심학』, 서울:한국학술정보.

_____(2011)「한강 정구의 수양론」,『남명학연구원총서』5, p.145.

유성호(2005)「한국 리얼리즘시의 범주와 미학」,『현대문학이론연구』제24집, 현대문학
　　　이론학회, pp.183-184.

_____(2008)「문학교육과 정전 구성」,『문학교육학』25, p.44.

_____(2011)「다문화와 한국 현대시」,『배달말』49, pp.128-129.

유영희(2007)「현대시 텍스트의 위계화 양상 및 방안」,『문학교육학』23, p.51.

유인선(2002)『새로 쓴 베트남의 역사』, 이산.

유지현(1999)『현대시의 공간 상상력과 실존의 언어』, 서울:청동거울.

윤대선(2009)『레비나스의 타자철학』, 서울:문예출판사.

윤모촌(1989)『수필문학의 이해』, 서울:㈜미리내.

윤병태(2000)『개념 논리학』, ㈜철학과현실사.

윤여탁(2003)『리얼리즘의 시정신과 시교육』, ㈜소명출판.

_____(2008)「한국 정치시의 논리와 문학교육학」,『문학교육학』25, p.358.

_____(2010)「다문화사회」,『국어교육연구』26, pp.4-6.

_____(2013)「다문화교육에서 문학교육의 지향과 다문화 교사 교육」,『다문화사회연구』6,
　　　숙명여자대학교다문화통합연구소, pp.68-69.

_____(2013)「다문화 사회의 문식성 신장을 위한 한국어교육의 전략」,『새국어교육』94,
　　　p.15.

윤영옥(2013)「다문화교육을 위한 소설텍스트 개발과 교육적 적용 시론」,『현대문학이론
　　　연구』52, pp.235-251.

윤영진(2004)「툴민의 정당근거론이 비판적 사고 교육에 주는 도덕적 함의」,『윤리교육연구』
　　　제25집, 한국윤리교육학회, p.45.

윤영천 외(2011)『문학의 교육, 문학을 통한 교육』, ㈜문학과지성사.

윤웅진(2001)『읽기지도의 이론과 실제』, 서울:한국문화사.

윤의섭(2011)「정지용 후기시의 장소성」,『현대문학이론연구』제46호, 현대문학이론학회, p.127.

윤인진(2010) 『한국인의 이주노동자와 다문화사회에 대한 인식』, 서울:이담북스.

윤재천(2010) 『수필론』, 서울:㈜문학관.

윤정일 외(1998) 『교육의 이4해』, 서울:학지사.

이가원 역(1989) 『맹자』, 서울:홍신문화사.

이강은(2002) 「민중시의 시적 주체와 객관현실」, 『문예미학』 9(1), pp.136-138.

이경무(2010) 「인(人), 기(己), 심(心), 욕(欲)과 공자의 인간 이해」, 『철학논총』 59, pp. 467-468.

이경하(2010) 「1920-30년대 한중 현대시의 모더니즘 수용 양상 비교」, 『중국어문학지』 33, 중국어문학회, pp.227-228.

이경화(2010) 『읽기교육의 원리와 방법』, 서울:박이정.

이관희(2010) 「다문화 국어교육에 대한 예비 초등 교사들의 인식 양상 연구」, 『한국초등국어교육』 44, 한국초등국어교육학회, pp.51-57.

이기동(1992) 『언어와 인지』, 서울:한신문화사.

_____(2000) 『인지언어학』, 서울:한국문화사.

이기성(2006) 『모더니즘의 심연을 건너는 시적 여정』, 소명출판.

이대규(1996) 『수필의 해석』, 서울:㈜신구문화사.

이동희(2012) 『주자학 신연구』, 서울:문사철.

이명숙(2011) 「스토리텔링을 활용한 언어적 창의력 신장 방법 연구」, 『새국어교육』 제87호, 한국국어교육학회, pp.227-239.

이명재 외(2001) 『인간과 문학』, 서울:동인.

이민경(2008) 「한국사회의 다문화 교육 방향성 고찰」, 『교육사회학연구』 18(2), 한국교육사회학회, pp.98-99.

이봉건(2009) 『의식심리학』, 서울:학지사.

이봉철(2006) 『삶의 질서와 서구 자유주의 정치이론』, 서울:인간사랑.

이상구(2004) 「구성주의적 읽기교육의 논의 양상과 과제」, 『배달말』 34, pp.250-257.

이상민(2013) 「대학생의 말하기 능력향상을 위한 스토리텔링 방법론 연구」, 『교양교육연구』 제7권 5호, 한국교양교육학회, p.270.

이상섭(2001) 『문학 역사 사회』, 서울:한국문화사.

이상태(2006) 「사고력 함양의 모국어 교육」, 『국어교육연구』 제39집, 국어교육학회, p.65.

이상호(2008) 「상산심학과 양명심학의 차별성 연구」, 『철학연구』 105, pp.341-344.

이석호(2011) 「다문화시대의 문학교육」, 『영미문학교육』 4, p.45.

이성영(2001) 「구성주의적 읽기교육의 방향」, 『한국초등국어교육』 18, pp.62-66.

_____(2009) 「읽기 교육에서 태도의 문제」, 『독서연구』 21, pp.301-305.

이성혁(2006) 「1980년대 노동시의 재인식」, 『실천문학』 82, pp.105-124.

_____(2013) 「2000년대 후반 한국 정치시의 전개」, 『세계문학비교학회 학술대회』 2013(5), 54-57.

이소영(2010) 「1950년대 모더니즘의 이념지향성 연구」, 『국제한국학연구』 4, 명지대국제한국학연구소, pp.130-136.

이수영(2009) 『권력이란 무엇인가』 서울:그린비.

이승훈(1998) 『해체시론』 서울:새미.

_____(2000) 『한국 모더니즘 시사』, 문예출판사.

이승희(2010) 「뉴스기사와 소설을 통한 읽기 교육의 실제」, 『우리말교육현장연구』 4(1), p.323.

이애희(2002) 『조선전기 성리학 연구』, 서울:경인문화사.

이영남(2012) 「릴케의 공간의 시학」, 『외국문학연구』 제47호, 외국문학연구, p.216.

이영석(1998) 「H. M. Enzensberger의 정치시 이론」, 『독일어문학』 7, p.358.

이영섭(2000) 『한국 현대시 형성 연구』, 국학자료원.

이영자(2013) 「성혼과 이이의 수양론과 그 현대적 의의」, 『동방학』 26, p.182.

이영철(1991) 『진리와 해석』, 서울:서광사.

이영태(2011) 「고등 문학 교과서 소재 고전시가를 통한 문학교육 방법의 모색」, 『어문연구』 제39권 4호, 한국어문교육연구회, p.10-475.

이오덕(1996) 『글쓰기 어떻게 가르칠까』, 보리.

이용욱(2013) 「국어국문학의 위기와 스토리텔링」, 『국어문학』 제54집, 국어문학회, pp.296-297.

이운발(2004) 「사회과에서 고등 사고력 함양과 관련한 단원 재구성의 방략」, 『현장연구』 제25호, 경북대학교 사범대학부속국민학교, p.92.

이유택(2013) 「하이데거의 존재론적 공간 이해」, 『해석학연구』 제33호, 한국해석학회, pp.246-247.

이윤정(2013) 「다문화교육을 위한 문학 교과서 개선 방안 연구」, 『새국어교육』 97, pp.97-104.

이윤호 · 강현석(2013) 「스토리텔링을 활용한 교과서 진술방안 탐색」, 『교육문화연구』 제19권 1호, 인하대학교교육연구소, pp.87-108.

이은호(2009) 「관자사편에서 심의 이중구조」, 『동양철학연구』 58, pp.155-157.

이인화(2014) 『스토리텔링 진화론』, 해냄출판사.

이재승(2003) 『글쓰기 교육의 원리와 방법』, 교육과학사.

이정림(2007) 『수필 쓰기』, 서울:㈜랜덤하우스코리아.

이종관(2010) 「시간공간의 상대성과 인식의 통일성」, 『철학과 현상학연구』 제44호, 한국현상학회, p.96.

이좌용 외(2009) 『비판적 사고』, ㈜성균관대학교출판부.

이진경(2012) 『대중과 흐름』, 서울:그린비.

이진영(2010) 「전후 현실의 조응으로서의 모더니즘 문학론」, 『한국문예비평연구』 33, 한국현대문예비평학회, pp.322-334.

이창후(2011) 『나를 성장시키는 생각의 기술』, ㈜원앤원북스.

이철호(2005) 『수필창작의 이론과 실기』, 서울:㈜정은출판.

이혜원(2014) 「한국 모더니즘 시의 전통 인식 양상」, 『한국학연구』 50, 고려대한국학연구 pp.101-107.

이홍군(2014) 「주희와의 연관 속에서 본 율곡 수양론의 특징」, 『퇴계학논집』 14, pp.118-129.

이효범(2011) 『논리적 사고, 비판적 사고, 창의적 사고』, ㈜공주대학교출판부.

이희재(2014) 『동양사상의 이해』, 서울:신아사.

이희중 외(1999) 「중등국어에서의 현대시 교육방법론연구」, 『교육논총』 14, p.52.

임경순(2011) 「다문화 시대 소설(문학)교육의 한 방향」, 『문학교육학』 36, pp.396-409.

임병권(2003) 「탈식민주의와 모더니즘」, 『민족문학사연구』 23, 민족문학사학회, pp.81-85.

임승기(1996) 「70-80년대 도이치 시문학 수용을 위한 작품선정 작업」, 『독일문학』 60(1), p.330

임의영(2011) 『형평과 정의』, 서울:한울.

임진아(2007) 「화이트헤드이 시공간론에 대한 연구」, 『동서사상』 제2집, 동서사상연구소, p.137.

장도준(2005) 『한국 현대시 교육론』, 서울:국학자료원.

장미영(2013) 「한국어교육과 다문화교육의 연동 방안」, 『국어문학』 54, p.320.

장세호(2012) 「선진도가와 원시불교의 수양론」, 『동아시아불교문화』 12, p.160.

장승구 외(2003) 『동양사상의 이해』, 서울:경인문화사.

전병욱(2010) 「다산의 미발설과 신독의 수양론」, 『철학연구』 40, p.185.

전은주(2012) 「다문화 배경 학습자를 위한 한국어 교육과정의 내용체계」, 『국어교육학연구』 45, p.68.

전철웅·우혜경(2011) 「고전문학을 활용한 중학교 다문화교육」, 『개신어문연구』 33, p.349.

전혜경(1993) 「베트남 문학작품에 나타난 베트남 여성」, 『아시아문화』 9, 한림대학교아시아문화연구소, pp.11-12.

정경운(2006) 「서사공간의 문화 기호읽기와 스토리텔링 전략」, 『현대문학이론연구』 제29집, 현대문학이론학회, pp.283-288.

정기철(2000) 『읽기 교육의 이론과 실제』, 서울:역락.

정대현(1965) 「칸트의 시간, 공간론에 관하여」, 『철학연구』 제3권 1호, 고려대학교 철학연구소, pp.24-27.

정덕현(2015) 「상위인지 조정과 힘글쓰기 전략을 활용한 교육연구」, 『인문학연구』 99집, 충남대인문과학연구소.

정도원(2010) 『퇴계 이황과 16세기 유학』, 서울:문사철.

정동환(2014) 『수필 창작론』, 서울:㈜역락.

정목일(2000) 『수필창작론』, 서울:㈜양서원.

정병훈 외(2012) 『비판적 사고』, ㈜경상대학교출판부.

정석환(2012) 「포스트모더니즘에 근거한 한국 다문화교육의 재개념화」, 『한국교육학연구』

18(2), 안암교육학회, p.41.

정영길(2002) 「문예창작교육의 효용성에 관한 연구」, 『현대문학이론연구』 17집, 현대문학
이론학회.

정은해(2001) 「하이데거의 공간 개념」, 『철학』 제68호, 한국철학회, p.211.

_____(2014) 「주자의 수양론의 불교적 해석」, 『철학사상』 52, p.62.

정일환 외(2008) 『교육의 이해』, 서울:동문사.

정장철 역(1992) 『순자』, 서울:혜원출판사.

정종진(2013) 「읽기와 쓰기 교육에서의 분석의 의의와 방법」, 『교양교육연구』 7(5),
pp.121-125.

정주환(2005) 『수필 창작론』, 서울:㈜푸른사상.

정형철(2007) 「디지털스토리텔링과 내러티브 이미지」, 『한국문학이론과비평』 제11권 3호,
한국문학이론과비평학회, pp.23-25.

정혜정(2003) 「불교적 조명에 의한 퇴계와 율곡의 공부론 비교」, 『종교교육학연구』 16,
p.192.

조긍호(2008) 『선진유학사상의 심리학적 함의』, 서울:서강대학교출판부.

조기섭 외(2004) 『문학의 이론』, 서울:형설출판사.

조대현(1997) 「문학성과 재미성의 조화」, 『한국아동문학연구』 7, pp.105-106.

조동일(1973) 『한국사상대계I』, 서울:대동문화연구원.

_____(1996) 『한국문학의 이해와 길잡이』, 서울:집문당.

_____(1999) 『문학연구방법』, 서울:지식산업사.

조성훈(2010) 『들뢰즈의 잠재론』, 서울:갈무리.

조영미(2013) 「1950년대 모더니즘 시의 이중언어 사용과 내면화 과정」, 『한민족문화연구』
42, 한민족문화학회, pp.502-510.

조윤형(2005) 「채봉감별곡의 교육적 성격」, 『청람어문교육』 30, 청람어문교육학회, p.422.

조은하 외(2008) 『스토리텔링』, 북스힐.

조재룡(2012) 「정치시의 미래를 견인하는 꿈의 전사」, 『실천문학』 108, pp.259-263.

조지훈(1996) 『수필의 미학』, 서울:㈜나남출판.

조 향(1994) 『조향전집2』, 열음사.

조현수(2007) 「베르그손 철학에서 시간과 공간의 관계와 형이상학의 과제」, 『철학』 제91호,
한국철학회, p.202.

조희연(1993) 『계급과 빈곤』, 서울:한울.

주재환 외(2015) 「KSL 학습자 다문화 문식성 교육을 위한 교수 학습 방안 연구」, 『Journal
of Korean Culture』 28, 한국어문학국제학술포럼, pp.27-29.

주칠성 외(1999) 『동아시아의 전통철학』, 서울:상지사.

지현배(2004) 『시 읽기와 시교육』, 서울:한국문화사.

진순애(1994) 『한국 현대시와 모더니티』, 태학사.

쩐 티 빅 프엉(2013)「베트남대학 고학년 한국 언어문화 전공 학습자를 위한 춘향전 교육
　　　　연구」,『고전문학과 교육』 26, 한국고전문학교육학회, p.126.
차봉희(2007)『디지로그 스토리텔링』, 문매미.
천경록(2002)「읽기 교육 방법과 사고구술」,『한국초등국어교육』 21, pp.57-61.
＿＿＿(2011)「읽기 교육과정과 교과서 간의 정합성 분석」,『새국어교육』 88, pp.125-131.
＿＿＿(2013)「국어과 교육과정 읽기영역의 계열성 분석」,『국어교육학연구』 46, pp.
　　　　540-545.
천영미(2010)「전국시대 맹자의 심에 대한 일고찰」,『동양철학연구』 61, pp.32-37.
＿＿＿(2014)「논어에 나타난 새로운 패턴의 수양론」,『한문고전연구』 28, p.308.
철학아카데미(2004)『공간과 도시의 의미들』, 서울:소명출판.
최귀묵(2010)『베트남문학의 이해』, 창비.
＿＿＿(2013)「베트남 중학교 어문 교과서와 고전문학 교육」,『고전문학과 교육』 25, 한국
　　　　고전문학교육학회, pp.194-196.
최미숙(2000)「국어교과서 제재 선정 및 수정방안 연구」,『독서연구』 5, p.232.
최병우(2013)「스토리텔링 연구의 성과와 과제」,『한국문학논총』 제64집, 한국문학회,
　　　　p.364.
최숙기(2011)「읽기교육의 상위인지 수용양상에 대한 비판적 검토」,『새국어교육』 89,
　　　　pp.419-421.
＿＿＿(2011)「차기 국어과 교육과정 읽기 영역 내용 체계의 방향설정」,『청람어문교육』
　　　　43, pp.44-51.
최승범(1980)『수필문학』, 서울:㈜형설출판사.
최시한(2003)『수필로 배우는 글읽기』, 서울:㈜문학과지성사.
최영진 외(2009)『한국철학사』, 서울:새문사.
최예정 외(2005)『스토리텔링과 내러티브』, 글누림.
최운식 외(2002)『설화 고소설 교육론』, 민속원.
최원오(2009)「다문화사회와 구비문학 교육」,『어문학』 106, pp.136-138.
최유찬 · 오성호(1994)『문학과 사회』, 서울:실천문학사.
최재목(2007)「퇴계의 경의 심학과 양명의 양지 심학」,『퇴계학과유교문화』 41, pp.54-69.
최지현 · 서혁 · 심영택 · 이도영 · 최미숙 · 김정자 · 김혜정(2008)『국어과 교수 학습 방법』,
　　　　서울:역락.
최충옥 외(2009)『다문화교육의 이론과 실제』, 서울:양서원.
최태호(2013)「문학교육을 통한 다문화가정 문화문식력 향상방안 연구」,『새국어교육』 94,
　　　　p.457.
최혜실(2008)「스토리텔링의 이론 정립을 위한 시론」,『국어국문학』 제149집, 국어국문학회,
　　　　pp.689-692.
최혜진(2008)「다문화시대의 설화 교육 시론」,『문학교육학』 26, pp.258-259.

클라이브 크리스티, 노영순 옮김(2005)『20세기 동남아시아의 역사』, 심산.

편집부 역(1992)『율곡전서』, 서울:성균관대학교대동문화연구원.

_____(1997)『퇴계전서』, 서울:성균관대학교대동문화연구원.

하상일(2008)「참여시의 현재와 그 기원」,『서정시학』제18집 1호, 서정시학, p.85.

하은하(2011)「결혼 이주 여성의 자아존중감 강화를 위한 내 복에 산다형 설화의 문학치료적 의미」,『구비문학연구』33, 한국구비문학회, pp.255-256.

_____(2011)「베트남 설화 금구전과의 비교를 통해 본 호동왕자와 낙랑공주의 문학치료적 의미」,『고전문학과교육』22, 한국고전문학교육학회, pp.338-339.

하제원(2007)「하이데거 기초존재론에서의 공간개념」,『존재론연구』제15집, 한국하이데거학회, p.680.

한국고소설학회(2012)『고전소설 교육의 과제와 방향』, 월인.

한국야스퍼스학회(2008)『칼 야스퍼스, 비극적 실존의 치유자』, 서울:철학과현실사.

한덕웅(1994)『퇴계 심리학』, 서울:성균관대학교출판부.

한동균(2009a)「양명심학에 있어서 심즉리기의 심 이해」,『남북문화예술연구』4, p.285.

_____(2009b)「왕양명 심학에서 심 의미 연구」,『양명학』23, p.75.

한만수(2002)『모더니즘문학의 병리성 연구』, 박이정.

한영옥(2011)『한국 현대 이미지스트 시인 연구』, 푸른사상사.

한용택(2010)「학교에서의 다문화교육을 위한 프랑스와 독일의 영화」,『비교문화연구』19, pp.211-217.

한원균(2004)「문학과 공간」,『한국문예창작』제3권 2호, 한국문예창작학회, p.33.

한형조(2009)『왜 동양철학인가』, 서울:문학동네.

한혜원(2007)「디지털 스토리텔링 활용방안 연구」,『디지털스토리텔링연구』제2집, 한국디지털스토리텔링학회, p.4.

_____(2014)「창의형 미디어 스토리텔링 교육 방안」,『인문콘텐츠』제32집, 인문콘텐츠학회, pp.66-71.

허만욱(2009)「다매체 시대 수필문학의 장르적 정체성과 발전 방안 연구」,『우리문학연구』26집, 우리문학회.

허문섭 외(1991)『채봉감별곡』, 태동.

허영식(2010)『다문화사회와 간문화성』, 서울:강현출판사.

허윤회(2007)『한국의 현대시와 시론』, 소명출판.

허재영(2001)『국어과 교육의 탐색』, 서울:박이정.

허 정(2012)「완득이를 통해 본 한국 다문화주의」,『다문화콘텐츠연구』12, 중앙대학교문화콘텐츠기술연구원, p.117.

허혜정(2005)「민중시의 알레고리로서의 일본」,『동서비교문학저널』12, pp.202-209.

_____(2008)「유신여성과 민중시의 성담론 연구」,『한국근대문학연구』18, p.379.

허희옥(2006)「내러티브 사고양식인 스토리텔링 기법을 이용한 멀티미디어 교육 컨텐츠

개발」, 『교육공학연구』 제22권 1호, 한국교육공학회, p.205.

홍성식(2010) 「한국 근대 농민들의 문학의식과 농민시 형성」, 『한국문예비평연구』 32, pp.261-263.

_____(2011) 「생활문학으로서의 농민시 연구」, 『한국문예비평연구』 36, pp.291-303.

홍용희(2005) 「양명 심학과 퇴계 심학 비교의 새로운 지평」, 『양명학』 13, pp.388-389.

_____(2011) 「시조 미학의 성리학적 세계관과 현재적 가능성」, 『한국언어문화』 45, p.394.

홍원표(2013) 『한나 아렌트 정치철학』, 서울:인간사랑.

홍태영(2011) 『정체성의 정치학』, 서울:서강대학교출판부.

황규관(2013) 「노동시가 남긴 것과 노동시가 가져야 할 것」, 『실천문학』 111, p.219.

황규호·양영자(2008) 「한국 다문화교육 내용선정의 쟁점과 과제」, 『교육과정연구』 26(2), pp.65-70.

황송문(1999) 『수필창작법』, 서울:㈜국학자료원.

황수영(2003) 『베르그손』, 이룸.

황윤실(1994) 「채봉감별곡 연구」, 『한국언어문화』 12, 한국언어문화학회, pp.173-187.

황의동(1998) 『율곡 사상의 체계적 이해』, 서울:서광사.

마르틴 하이데거, 권순홍 옮김(1993) 『사유란 무엇인가』, ㈜고려원.

마이크 새비지·얼랜 와드, 김왕배·박세훈 옮김(1996) 『자본주의 도시와 근대성』, 한울.

트리스탕 쟈라·앙드레 브르통, 송재영 옮김(1987) 『다다 쉬르레알리슴 선언』, 문학과 지성사.

하르트만, 전원배 옮김(1985) 『미학』, 서울:을유문화사.

M. 닐 브라운 외, 이명순 옮김(2011) 『비판적 사고력 연습』, ㈜돈키호테.

M. 버먼, 윤호병 외 옮김(1994) 『현대성의 경험』, 현대미학사.

Ames, R. T.(1994) 『Self as Person in Asian Theory and Practice』, 장원석 역(2005) 『동양철학, 그 삶과 창조성』, 서울:유교문화연구소.

Banks, J. A.(2008) 『An introduction to multicultural education』, 모경환 외 옮김(2008) 『다문화 교육 입문』, 서울:아카데미프레스.

Beck, L. A.(2004) 『The Story of Oriental Philosophy』, 윤태준 역(2013) 『동양의 생각지도』, 서울:유유.

Robertson, S. Ian.(1999) 『Types of thinking』, 이영애 역(2003) 『사고유형』, 서울:시그마프레스.

Salmon, Christian, 류은영 옮김(2010) 『스토리텔링Storytelling』, 현실문화.

Flower Linda(1993) 원진숙 외 옮김(1998) 『글쓰기의 문제해결전략』, 동문선.

Habermas, Jurgen.(2000) 『Die einbeziehung des anderen』, 황태연 옮김(2000) 『이질성의 포용』, 서울:나남.

Honneth, Axel.(2009) 『Das Andere der Gerechtigkeit』, 문성훈 외 옮김(2009) 『정의의 타자』, 서울:나남.

Kymlicka, Will.(2002) 『Contemporary political philosophy』, 장동진 외 옮김(2008) 『현대 정치

철학의 이해』, 서울:동명사.

Nagayama Hall Gordon C.(2009) 『Multicultural Psychology』, 임세라 외 옮김(2012) 『다문화 심리학』, 서울:시그마프레스.

Roland Alan.(1996) 『Cultural pluralism and psychoanalysis』, 심은정 옮김(2012) 『다문화와 정신분석』, 서울:학지사.

Fraser, N.(2008) 『Scales of justice: reimagining political space in a globalizing world.』, 김원식 역(2010) 『지구화 시대의 정의』, 서울:그린비.

Elias, N. & Scotson, John L.(1993) 『Etablierte und außenseiter.』, 박미애 역(2005) 『기득권자와 아웃사이더』, 서울:한길사.

Chomsky, N. & Bricmont, J.(2008) 『Raison contre pouvoir』, 강주헌 역(2008) 『권력에 맞선 이성』, 서울:청림출판.

Sennett, R.(2000) 『The corrosion of character: the personal consequences of work in the new capitalism』, 조용 역(2002) 『신자유주의와 인간성의 파괴』, 서울:중원문화.

Bichler, S. & Nitzan, J.(2004) 『Capital as power』, 홍기빈 역(2004) 『권력 자본론』, 서울:삼인.

Negri, Antonio(2010) 『Domination and sabotage』, 윤수종 역(2010) 『지배와 사보타지』, 서울:중원문화.

Grabb, Edward G.(1999) 『Theories of social inequality: classical and contemporary perspectives』, 양춘 역(2003) 『사회불평등』, 서울:고려대학교출판부.

Wright, Erik Olin(1998) 『Classes』, 이한 역(2007) 『계급론』, 서울:한울.

Merriam, C. E.(1987) 『Political power』, 신복룡 역(2006) 『정치권력론』, 서울:선인.

Bachelard, Gaston(1993) 『La poetique de l'espace, L' Harmattan』, 곽광수 역(2003) 『공간의 시학』, 서울:민음사.

Bollnow, Otto Friedrich(2010) 『Mensch und Raum, Kohlhammer』, 이기숙 역(2011) 『인간과 공간』, 서울:에코리브르.

Collot, Michel(1989) 『La Poesie moderne et la structure d'horizon, Paris : Presses universitaires de France』, 정선아 역(2003) 『현대시와 지평 구조』, 서울:문학과지성사.

Hall, John(1979) 『Sociology of literature, Longman』, 최상규 역(1999) 『문예사회학』, 서울: 예림기획.

Merleau-Ponty, Maurice(1945) 『Phénoménologie de la perception, Paris : Gallimard』, 류의근 역(2008) 『지각의 현상학』, 서울:문학과지성사.

Reichenbach,Hans(1957) 『The philosophy of space and time, Dover Publications』, 이정우 역(1990) 『시간과 공간의 철학』, 서울:서광사.

Relph, Edward(1004) 『Place and placelessness, Pion Ltd』, 김덕현 · 김현주 · 심승희 역(2005) 『장소와 장소상실』, 서울:논형.

Rovighi, Vanni(2004) 『Existentialism: Disintegration of Man's Soul, Guido De Ruggiero』, 이재룡 역(2005) 『인식론의 역사』, 서울:가톨릭대학교출판부.

Rombach, Heinrich(2003) 『*Die Welt als lebendige Struktur*, Rombach Verlag KG』, 전동진
　　　역(2004) 『살아있는 구조』, 서울:서광사.
杜維明(2006) 『對話與創新』, 김태성 옮김(2006) 『문명들의 대화』 서울:휴머니스트.
佐藤嘉幸(2012) 『権力と抵抗』, 김상운 옮김(2012) 『권력과 저항』 서울:난장.
中村雄二郎(2010) 『*Topos.*』, 박철은 역(2012) 『토포스』, 서울:그린비.
中野朝(1997) 『*Space & human.*』, 최재석 역(1999) 『공간과 인간』, 서울:국제.